KB024921

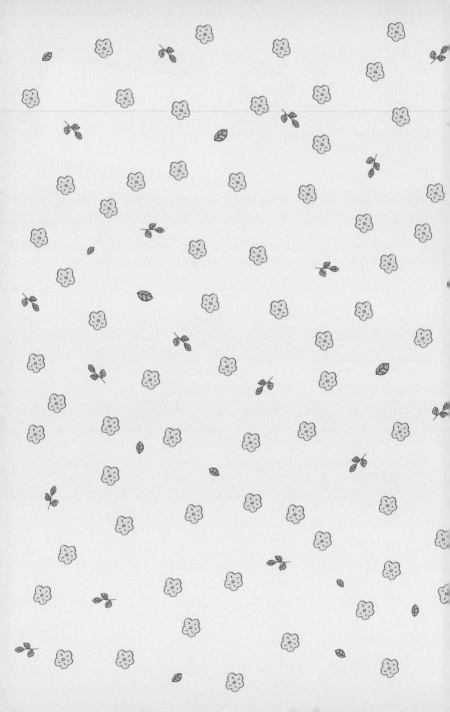

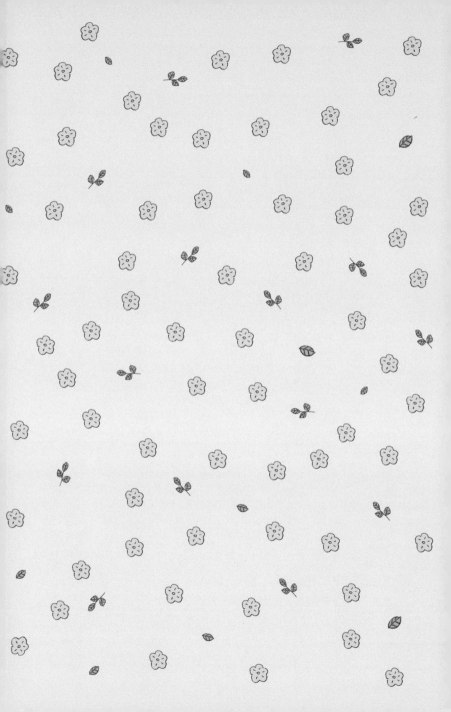

출판은 사람과 나무 사이에서 이루어지는 가치 있는 일입니다.
도서출판 **사람과나무사이**는 의미 있고 울림 있는 책으로
독자의 삶을 좀 더 풍요롭게 만들기 위해 최선을 다하겠습니다.

삶의 용기가
필요할 때 읽어야 할
빨간 머리 앤

옮긴이 **이길태**

대학교에서 영어영문학을 전공하고 번역의 길에 들어섰다. 옮긴 책으로『신창조 계급』
『마담 프레지던트』『위대한 평화의 심부름꾼 간디』『사랑으로 기적을 일으킨 마더 테레사』
『누가 이 아이들을 구할 것인가?』『어느 날 나는 그들이 궁금해졌다』 등이 있다.

삶의 용기가 필요할 때 읽어야 할
빨간 머리 앤

1판 1쇄 발행 2019년 5월 30일

지은이 루시 모드 몽고메리
옮긴이 이길태
그린이 깨깨
펴낸이 이재두
펴낸곳 사람과나무사이
등록번호 2014년 9월 23일(제2014-000177호)
주소 경기도 고양시 일산서구 강선로 142, 1701동 302호
전화 010-7770-9346 팩스 (031)601-6181
이메일 jaedoori@hanmail.net

ISBN 979-11-88635-19-1 04840
      979-11-88635-18-4 (세트)

잘못된 책은 구입하신 곳에서 바꾸어 드립니다.

이 도서의 국립중앙도서관 출판예정도서목록(CIP)은 서지정보유통지원시스템 홈페이지
(http://seoji.nl.go.kr)와 국가자료공동목록시스템(http://www.nl.go.kr/kolisnet)에서
이용하실 수 있습니다. (CIP2019018515)

삶의 용기가
필요할 때 읽어야 할
빨간 머리 앤

루시 모드 몽고메리 지음 | 이길태 옮김 | 깨깨 그림

사람과
나무사이

"네 인생이라는 배의 선장은 바로 너야, 꼬미!
누구도 네 배의 키를 대신 잡을 수는 없어.
내가 내 배의 키를 잡고 내가 원하는 방향으로 항해하는 것,
그게 바로 인생이야!"

_ 단발의 빨간 머리 앤

"칠흑 같은 어둠이 없으면 찬란한 태양도 볼 수 없는 법이야.
그러니 용기를 내, 앤!"

_ 북극곰 꼬미

단발의 빨간 머리 앤

루시 모드 몽고메리의 '주근깨 빼빼 마른…… 예쁘지는 않지만 사랑스러운' 빨간 머리 앤이 다시 태어났다. 양 갈래로 땋아 내린 머리가 아닌 상큼하고 발랄한 느낌의 단발머리를 하고서. 1908년의 원전 속 빨간 머리 앤이 단짝 다이애나와 학교로 들로 숲으로 다니며 기쁨과 슬픔을 함께했듯 현대판 빨간 머리 앤은 단짝인 북극곰 꼬미와 연어 스테이크가 유난히 맛있는 레스토랑과 진한 커피 향이 코끝을 간지럽히는 카페, 수많은 자동차가 빵빵거리며 거북이 행진을 하는 도로, 갈매기가 힘차게 날갯짓하고 비취색 물빛이 감탄을 자아내는 해변 등에서 소중한 시간을 함께한다.

북극곰 꼬미

영하 40도 추위와 시속 120킬로미터 강풍 속에서 반달무늬물곰을 사냥하며 살아가던 북극곰 꼬미. 어느 날, 꼬미는 거대한 빙하가 녹아내리며 만들어진 작은 배만 한 빙하 조각 위에서 잠이 든다. 꼬미가 잠든 사이 빙하 조각은 급속도로 빨라진 해류에 떠밀려 흘러가다가 캐나다의 어느 섬에 도착한다. 섬 이름은 프린스에드워드. 바다 위를 표류하다가 섬에 다다른 북극곰 꼬미는 100여 년 만에 환생한 단발의 빨간 머리 앤을 운명적으로 만난다. 둘은 원전 속 앤과 다이애나가 그랬듯, 처음 만난 그 순간부터 운명적인 우정을 느껴 세상에 둘도 없는 친구가 된다.

앤 셜리

고난을 단숨에 친구로 만들고, 절망도 희망으로 바꿔 버리는 용기와 긍정의 아이콘. 태어난 지 얼마 안 되어 부모가 모두 세상을 떠나 길바닥에 내동댕이쳐진 낡은 신발짝 같은 신세가 되지만, 아무리 암담한 순간에도 절망하지 않는다. 실수와 우연이 겹쳐 오게 된 에이번리의 초록 지붕 집에서 마릴라 아주머니, 매슈 아저씨와 한 가족이 되어 살게 된 앤. 그녀에게는 앞으로 어떤 일이 펼쳐질까?

마릴라 커스버트

고아가 되어 오갈 데 없는 앤을 만나 우여곡절 끝에 결국 '엄마 아닌 엄마 같은 엄마'가 되어 주는 여인. 겉은 딱딱하지만 속은 고소하고 말랑말랑한 호두 같은 캐릭터. 친엄마인 듯 앤을 아끼고 사랑하면서도 감정을 표현하는 일에 서툴러 오히려 불필요하게 엄히 대하곤 한다. 그러나 앤과 주위 사람들에게 본심을 종종 들킨다.

매슈 커스버트

마릴라의 친오빠이자 이 세상에 단 한 명뿐인 혈육. 바위처럼 입이 무겁고 부엉이처럼 무뚝뚝해 보이지만 누구보다 속 깊고 다정다감한 성격. 브라이트리버 역에서 운명적으로 앤을 만나 초록 지붕 집에 데려온 그날 이후 앤에게 친아버지보다 든든한 보호자가 되어 준다. 그런 그에게 어느 날 갑자기 혹독한 시련이 닥친다. 그의 운명은 과연 어떻게 될까?

다이애나 배리

앤의 절친. 약간 내성적이고 얌전한 성격. '예쁘지는 않지만 사랑스럽고' 자신과는 전혀 다른 성격의 앤에게 첫눈에 반해 그 순간부터 절친이 된다. 그러나 세상에 둘도 없는 그들의 우정을 운명이 시기라도 한 듯 몇 번의 치명적인 위기와 고비를 겪는데……. 다이애나와 앤은 그 위기들을 어떻게 헤쳐 나갈까?

차례

1
레이철 린드 부인이 놀라다

레이철 린드 부인은 에이번리의 큰길이 갈라져 작은 골짜기로 내려가는 길목에 살았다. 길가에는 오리나무와 금낭화가 자라고 커스버트 씨네 오래된 집이 자리한 숲에서 흘러나온 시내가 길을 가로질러 흘렀다. 숲속 상류에서 시내는 은밀한 비밀을 간직한 연못과 작은 폭포를 이루며 세차게 흐르지만 린드 부인의 골짜기에 다다라서는 조용하고 얌전하게 졸졸거렸다. 시냇물조차 레이철 린드 부인의 집을 지나칠 때는 예의와 품위를 갖추어야 한다는 것을 눈치챈 듯하다. 어쩌면 린드 부인이 창가에 앉아 시냇물이든 뛰노는 아이들이든 집 앞을 지나는 모든 것을 예리한 눈으로 지켜보며 뭔가 이상하거나 이해되지 않는 것이라도 보이면 그 이유를 밝혀낼 때까지 절대 가만있지 않음을 알고 있는 게 아닐까.

에이번리에도 자신의 일을 뒷전으로 미루면서까지 이웃의 일에 사사건건 참견하는 사람들이 많았다. 그러나 레이철 린드 부인은 자기 일을 완벽하게 해내면서 남의 일에도 나서는 능력을 갖추고 있었다. 그녀는 소문난 살림꾼으로 집안일을 항상 나무랄 데 없이 했으며 바느질 모임을 이끌고 교회 학교 운영을 돕는 한편 교회 자선 모임과 해외 선교 후원회를 열성적으로 지지했다. 이 많은 일을 하는 가운데 린드 부인은 부엌 창가에 몇 시간씩 앉아 침대보를 떴다. 이미 침대보 열여섯 장을 완성해 에이번리 주부들의 감탄과 존경의 대상이 된 린드 부인은 침대보를 뜨며 골짜기를 가로질러 비탈진 붉은 언덕 너머로 구불구불 이어지는 큰길을 날카롭게 주시하곤 했다. 에이번리는 세인트로렌스만을 향해 돌출된 작은 삼각형 반도에 자리해 양옆은 바다였다. 따라서 에이번리를 드나드는 사람은 누구든 그 언덕길을 지나야 했기에 길에서 한시도 눈을 떼지 않는 린드 부인의 보이지 않는 감시망에 걸리지 않을 수 없었다.

6월 초 어느 날 오후에도 린드 부인은 따스하고 밝은 햇살이 비쳐 드는 부엌 창가에 앉아 있었다. 집 아래 비탈진 과수원에는 신부의 얼굴처럼 홍조를 띤 화사한 연분홍빛 꽃이 만발했고 수많은 벌들이 윙윙거렸다. 에이번리 사람들이 '레이철 린드의 남편'

이라고 부르는, 온화한 성격의 자그마한 토머스 린드는 헛간 너머 언덕에 있는 밭에서 뒤늦게 순무 씨앗을 뿌리고 있었다. 매슈 커스버트도 초록 지붕 집 너머 시냇가의 널찍한 붉은 밭에서 씨를 뿌리고 있어야 했다. 린드 부인은 그렇게 알고 있었다. 매슈가 전날 저녁 카모디에 있는 윌리엄 블레어 상점에서 다음 날 오후에 순무 씨를 뿌릴 생각이라고 피터 모리슨에게 말하는 것을 들었기 때문이다. 물론 피터가 먼저 물어봤을 것이다. 매슈 커스버트는 평생 어떤 말이든 먼저 입 밖으로 꺼내는 법이 없었으니 말이다.

그런데 그렇게 바빠야 했을 오후 세 시 반에 매슈 커스버트는 차분히 마차를 끌고 골짜기를 지나 언덕을 오르고 있었다. 게다가 흰 칼라 셔츠에 그의 옷 중 가장 좋은 양복을 차려입었다는 것은 그가 에이번리 밖으로 나간다는 걸 의미했다. 밤색 암말이 마차를 끌게 한 것은 그가 상당히 먼 길을 나섰다는 뜻이었다. 매슈 커스버트는 지금 어디를, 무슨 일 때문에 가는 것일까?

에이번리 마을의 다른 사람이었다면 린드 부인은 이렇게 저렇게 잘 꿰맞추어 아주 그럴듯한 답을 추측해 낼 수 있었을 것이다. 하지만 매슈는 외출하는 일이 거의 없었으니 다급하고 특별한 일이 있어서 집을 나선 것이 분명했다. 그는 정말이지 세상에서 가장 숫기 없는 사람이라 할 만해서 낯선 사람들과 함께 있거나 자신이 말을 해야 하는 곳에 가는 것은 질색했다. 매슈가 흰 칼라 셔츠에 정장 차림으로 마차를 몰고 가는 모습은 자주 볼 수 있는 일이 아니었다. 린드 부인은 아무리 생각해도 짚이는 게 없어서 오후 내내 마음이 갑갑했다.

마침내 이 현명한 부인은 결론을 내렸다.

'차를 마신 후 초록 지붕 집에 가 봐야겠군. 매슈가 어디를, 왜 갔는지 마릴라에게 물어봐야지. 그는 이맘때 시내에 나가지 않잖아. 다른 사람 집에 갈 리는 더더욱 없고. 순무 씨가 부족했다면 저렇게 차려입고 마차를 몰고 가진 않을 거야. 마차를 급히 몰지 않는 것으로 봐선 의사를 데리러 가는 것도 아니고. 하지만 어젯밤 이후로 매슈가 집을 나서야 할 일이 생긴 게 분명해. 도대체 무슨 일인지 전혀 감이 안 잡히네. 매슈 커스버트가 오늘 무슨 일로 에이번리 밖으로 나갔는지 알아내기 전까지는 궁금해서 잠시도 못 견딜 것 같아.'

린드 부인은 차를 마시자마자 집을 나섰다. 그다지 멀지는 않았다. 크고 제멋대로 지어진 커스버트네 집은 과수원에 둘러싸여 있었다. 린드 부인의 골짜기에서 400미터도 안 되는 가까운 거리였다. 그러나 길게 이어지는 길은 꽤 멀게 느껴졌다. 매슈 커스버트의 아버지는 아들만큼이나 수줍음이 많고 조용한 사람이었다. 그는 숲속 깊은 곳은 아니더라도 마을 사람들에게서 가능하면 떨어져 있을 수 있는 곳에 터를 잡았고 그가 개간한 땅에서도 맨 끄트머리에 초록 지붕 집을 지었다. 그래서 에이번리의 다른 집들이 큰길가에 사이좋게 모여 있는 것과 달리 초록 지붕 집은 큰길에서 거의 보이지도 않았다. 레이철 린드 부인은 그런 곳에서 사는 건 제대로 사는 게 아니라고 여겼다.

그녀는 양옆으로 들장미 덤불이 무성하고 풀이 잔뜩 자랐으며 마차 바퀴 자국이 깊게 팬 길을 걸으면서 중얼거렸다.

'이건, 말하자면, 그냥 머무르는 거지. 이런 곳에 외따로 단둘이 오래 살다 보니 매슈와 마릴라가 약간 별스러워진 것도 당연해. 나무가 함께 있으니 괜찮다고 여길지 모르지만 나무하고는 친구가 될 수 없어. 나처럼 사람들을 보며 살아야지. 그들은 만족하며 사는 것 같기는 해. 아니, 이렇게 사는 데 익숙해진 거겠지. '우리 몸은 어떤 일에나, 심지어 목이 매달리는 일에도 익숙해질 수 있다'는 아일랜드 속담도 있으니 말이야.'

린드 부인은 혼잣말하며 초록 지붕 집 뒷마당으로 들어섰다. 초록빛이 완연한 마당은 깔끔하며 흠잡을 데 없이 정돈되어 있었다. 마당 한쪽에는 커다란 버드나무들이 늠름하게 버티고 있고 반대쪽에는 포플러들이 단정하게 자리하고 있었다. 아무렇게나 떨어진 나뭇가지나 돌멩이 하나 없었다. 그런 게 있었다면 린드 부인의 눈에 들어오지 않았을 리 없었다. 마릴라 커스버트가 집 안을 청소하는 만큼 빗자루로 마당을 자주 쓰는 모양이라고 린드 부인은 생각했다. 땅에 음식이 떨어졌다면 먼지를 털어 낼 것 없이 주워 먹어도 될 것 같았다.

린드 부인은 급히 부엌문을 두드리고 들어오라는 말이 들리자마자 안으로 들어갔다. 초록 지붕 집의 부엌은 기분 좋은 느낌을 주었는데 이용하지 않는 응접실처럼 유난스레 깔끔하지 않았더라면 훨씬 더 좋았을 것이다. 부엌 창문은 동쪽과 서쪽으로 나 있었다. 뒷마당으로 향한 서쪽 창으로는 따사로운 6월의 햇살이 밀려 들어왔다. 동쪽 창은 푸른 포도 덩굴로 뒤덮여, 왼쪽 과수원의 하얀 꽃을 화사하게 피운 벚나무와 시냇가 골짜기 아래쪽에서 흔들리는 가느다란 자작나무만 살짝 보였다. 마릴라 커스버트는 부엌에서는 언제나 동쪽 창가에 앉으며 햇살을 피했다. 마릴라는 진지해야 할 세상에서 햇살은 지나치게 변화가 심하며 무책임하다고 여겼다. 어쨌든 그때도 마릴라는 동쪽 창가에 앉아 뜨개질하고 있었고 뒤쪽 식탁에는 저녁 식사가 차려져 있었다.

린드 부인은 문을 채 닫기도 전에 식탁에 놓인 모든 것을 눈여겨봤다. 접시가 세 개인 것으로 보아 마릴라는 매슈와 함께 올 누군가와 차를 마시려고 기다리는 게 분명했다. 그러나 평소에 쓰는 접시에 사과잼과 한 종류의 케이크만 놓인 걸 보니 기다리는 사람이 특별한 손님은 아닌 모양이었다. 그렇다면 매슈는 왜 흰 칼라 셔츠를 입고 밤색 암말을 몰고 나갔을까? 린드 부인은 조용하며 비밀이라고는 없는 초록 지붕 집을 둘러싼 뜻밖의 수수께끼에 머리가 지끈거렸다.

"레이첼, 어서 와요. 정말 상쾌한 저녁이지요? 앉으세요. 집에는 별일 없죠?"

마릴라가 활기차게 맞이했다.

마릴라 커스버트와 린드 부인은 비슷한 점이 전혀 없는데도,

아니 어쩌면 그렇기 때문에 두 사람 사이에는 우정이라고밖에 표현할 길이 없는 감정이 존재했다.

마릴라는 키가 크고 말랐으며 둥근 데라고는 없는 각진 얼굴이었다. 군데군데 희끗희끗한 검은 머리는 늘 뒤로 말아 올리고 핀 두 개를 꽂아 단단히 고정했다. 마릴라는 세상 경험이 많지 않고 고지식한 인상인데, 실제로 그랬다. 그러나 입가에는 아주 조금만 발전시켰더라도 유머 감각으로 여겨질 만한 무언가가 감돌았다.

"우린 모두 잘 지내요. 그런데 당신네는 그렇지 않은 것 같던데요. 오늘 매슈가 외출하는 걸 봤어요. 의사에게 가는지도 모른다고 생각했죠."

린드 부인이 대답했다.

마릴라는 그럴 줄 알았다는 듯 입술을 씰룩거렸다. 마릴라는 린드 부인이 찾아올 것을 예상했다. 매슈가 뚜렷한 이유 없이 길을 나선 것에 린드 부인의 호기심이 엄청나게 발동하리라는 걸 마릴라는 잘 알았다.

"아, 아니에요. 어제 두통이 심하긴 했지만 이젠 괜찮아요. 매슈 오라버니는 브라이트리버 역에 갔어요. 노바스코샤의 한 보육원에서 남자아이를 데려오려고요. 그 아이가 오늘 밤 기차로 오거든요."

매슈가 오스트레일리아에서 온 캥거루를 맞이하러 브라이트리버 역에 갔다고 해도 린드 부인이 이처럼 소스라치게 놀라지는 않았을 것이다. 린드 부인은 5초 정도 아무 말도 하지 못했다. 마릴라가 자기를 놀리고 있다고 상상도 할 수 없었지만 그렇게밖에 생각할 수 없었다.

"마릴라, 정말이에요?"

입이 떨어지자 린드 부인이 따지듯 물었다.

"그럼요."

마릴라는 노바스코샤의 보육원에서 남자아이를 데려오는 것이 전례 없는 파격적인 일이 아니라 번듯한 에이번리 농장에서 봄마다 어김없이 하는 일이라도 된다는 듯 대답했다.

린드 부인은 심한 정신적 충격을 받았다. 머릿속이 느낌표로만 가득했다. 남자아이라니! 다른 사람도 아니고 마릴라와 매슈 커스버트가 남자아이를 입양한다니! 그것도 보육원에서! 이런, 세상이 뒤집힌 게 분명해! 앞으로 이보다 더 놀랄 일은 없을 거야! 없지!

"도대체 어쩌다 그런 생각을 하게 된 거예요?"

린드 부인이 못마땅한 듯 따져 물었다.

린드 부인에게 조언도 구하지 않고 일을 저질렀으니 탐탁지 않아 하는 것이 당연했다.

"우리는 한참 전부터 그런 생각을 했어요. 사실 겨우내 생각했죠. 알렉산더 스펜서 부인이 크리스마스 전날 여기 와서, 봄에 호프타운의 보육원에서 여자아이를 데리고 올 거라고 하더군요. 스펜서 부인은 호프타운에 사는 사촌을 찾아가 자세히 알아

봤대요. 그 이후 매슈 오라버니와 나는 그 문제를 상의하곤 했어요. 우리는 남자아이를 데려와야겠다고 생각했어요. 오라버니도 이제 늙었잖아요. 당신도 알다시피 벌써 예순 살이고 기력이 예전 같지 않아요. 심장 때문에 힘들어하기도 하고요. 일꾼을 고용해서 부리는 일이 얼마나 골치 아픈지 잘 알잖아요. 멍청하고 철도 안 든 프랑스 녀석들밖에 더 오겠어요? 그나마 데려다 일을 다 가르쳤다 싶으면 바로 바닷가재 통조림 공장이나 미국으로 떠나 버리잖아요. 오라버니는 처음에 영국 보육원 아이를 데려오자더군요. 내가 딱 잘라서 안 된다고 했어요. '거기 아이들이 나쁘다는 게 아니에요. 그 아이들이 괜찮을 수도 있지만 런던의 부랑아는 안 된다는 거예요. 적어도 우리나라 아이를 데리고 와야죠. 누구를 데려오든 위험이 따르겠지만 캐나다 아이라면 마음이 한결 편하고 밤에 잠도 더 푹 잘 수 있을 거예요'라고 말했죠. 그래서 우리는 스펜서 부인에게 여자아이를 데리러 갈 때 우리 집에 올 남자아이를 봐 달라고 하기로 했어요. 지난주에 스펜서 부인이 호프타운에 갈 거라는 소식을 듣고, 카모디에 사는 리처드 스펜서의 친척들에게 열 살이나 열한 살쯤 되는 영리하고 믿음직한 남자아이를 데려와 달라는 말을 전했어요. 그 나이가 딱 좋을 것 같았어요. 당장 허드렛일을 시키기에도 적당하고 아직 어리니 제대로 가르칠 수도 있을 테니까요. 우리는 그 아이에게 좋은 가족이 되어 주고 학교도 보낼 생각이에요. 그리고 오늘 알렉산더 스펜서 부인이 보낸 전보를 받았어요. 우체부가 역에서부터 가져온 전보에는 오늘 오후 5시 30분 기차를 타고 아이와 함께 올 거라고 적혀 있었어요. 그래서 오라버니가 그 아이를 만나러 브라이트리버 역에 간 거예요. 스펜서 부인이 아이를 역에 내려 주기로 했어요. 물론 스펜서 부인은 화이트샌즈 역까지 가겠죠."

린드 부인은 늘 자기 생각을 분명히 말하는 것을 자랑스럽게 여겼다. 그래서 이 놀라운 소식에 마음을 진정시킨 후 말을 시작했다.

"마릴라, 솔직히 말할게요. 당신과 매슈는 엄청나게 어리석은 일을 하고 있는 거예요. 정말 위험한 일을 저질렀다고요. 당신은 지금 무슨 일을 하고 있는지 모르고 있어요. 낯선 아이를 당신의 집, 당신의 가족으로 받아들이려는 거라고요. 그 애가 어떤 애인지, 성격은 어떤지, 부모가 어떤 사람이었는지, 나중에 어떻게 변할지 아무것도 알지 못하면서요. 아, 바로 지난주 신문에서 이런 기사를 읽었어요. 섬 서북쪽에 사는 한 부부가 보육원에서 남자아이를 데려왔는데 그 애가 밤에 집에 불을 질렀대요. 그것도 일부러요, 마릴라. 그 부부는 침대에서 자다가 타 죽을 뻔했대요. 또 다른 사건도 있었어요. 입양된 어떤 남자아이가 달걀을 빨아먹곤 했는데 그 버릇을 끝내 못 고쳤다고 해요. 당신이 미리 이 문제를 나와 상의했더라면 그런 일은 꿈에도 생각하지 말라고 말했을 거예요. 그런데 마릴라, 당신은 아무 내색도 하지 않았죠."

린드 부인의 말에 마릴라는 화를 내거나 놀라지도 않고 뜨개질만 계속했다.

"레이철, 당신의 말이 일리가 있다고 인정해요. 나도 좀 꺼림칙했거든요. 하지만 매슈 오라버니의 결심이 확고했어요. 그걸 알고는 뜻대로 하라고 했어요. 오라버니가 그렇게 단호하게 마음을 정하는 건 아주 드문 일이거든요. 그래서 그럴 때는 내가 그의 결정을 따라 주는 게 도리라고 생각해요. 이 세상에서 사람이 하는 거의 모든 일에는 위험이 따르기 마련이죠. 제 자식을 기를 때도 위험은 함께하지요. 아이들이 늘 잘 자라 주는 건 아니니까요. 더구나 노바스코샤는 이 섬에서 아주 가깝잖아요. 영국이나 미국에서 아이를 데려오는 게 아니니 그 아이는 우리와 크게 다르지 않을 거예요."

"그렇다면 잘 되기를 바랄게요."

린드 부인이 강한 의심을 거두지 않은 채 계속 말했다.

"그 아이가 초록 지붕 집을 홀라당 태우거나 우물에 독약을 넣더라도 왜 진작 경고하지 않았느냐고 나를 원망하지는 말아요. 보육원에서 데려온 아이가 그런 일을 저질러서 온 가족이 끔찍하게 고통받으며 죽었다는 이야기를 들은 적도 있어요. 뉴브런즈윅에서 있었던 일이에요. 물론 그 아이는 여자아이였다지만요."

"그래요? 우리는 여자아이를 데리고 오는 게 아니에요."

마릴라는 마치 우물에 독을 타는 짓은 순전히 여자아이나 저지를 일이어서 남자아이라면 걱정할 필요가 전혀 없다는 듯이 대꾸했다.

"여자아이를 데려다 키울 생각은 꿈에도 해 본 적 없어요. 알렉산더 스펜서 부인이 그러는 게 놀라울 따름이죠. 뭐, 스펜서 부인은 마음만 먹으면 보육원 아이들 전부를 입양한다고 해도 충분히 감당해 낼 사람이니까."

린드 부인은 매슈가 고아를 데리고 돌아올 때까지 기다리고 싶었다. 그러나 매슈가 도착하려면 적어도 두 시간은 걸릴 것이라는 생각이 들자 언덕길을 올라가 로버트 벨네 집에 들러 이 소식을 전하기로 했다. 분명히 그 어떤 이야기보다도 마을을 떠들썩하게 할 것이다. 린드 부인은 그런 일을 벌이는 것을 무척 좋아했다. 린드 부인이 초록 지붕 집을 떠나자 마릴라는 다소 마음이 놓였다. 린드 부인이 늘어놓은 비관적인 말에 마릴라의 마음에 불안하고 두려운 마음이 되살아났었기 때문이었다.

'세상에, 이게 무슨 일이야!'

린드 부인은 초록 지붕 집에서 충분히 멀어지자 느닷없이 소리를 질렀다.

'내가 꿈을 꾸고 있는 건 아니겠지? 그 가엾은 아이가 참 안됐네, 안됐어. 매슈와 마릴라는 아이에 대해서는 아는 게 없으니 그 아이가 자기 할아버지보다 더 지혜롭고 착실하기를 바라겠지. 그 아이에게 할아버지가 있었는지는 모르지만. 아무튼 초록 지붕 집에 아이가 있다는 생각만 해도 이상해. 거기에 아이가 살았던 적은 한 번도 없잖아. 그 집을 새로 지었을 때 매슈와 마릴라는 다 자란 성인이었으니. 하기야 그들이 어린아이였다고 해도 아이라고 믿어지진 않았겠지만. 나라면 무슨 일이 있어도 그 집에 입양되지 않을 거야. 아, 그 아이가 정말 가여워!'

린드 부인은 들장미 덤불에 대고 진심을 쏟아 냈다. 그러나 바로 그 순간에 브라이트리버 역에서 참을성 있게 기다리고 있는 아이를 보았더라면 린드 부인의 연민은 한층 더 깊어졌을 것이다.

2
매슈 커스버트가 놀라다

매슈 커스버트와 밤색 암말은 12킬로미터가 넘는 길을 느긋하게 달려 브라이트리버 역으로 향했다. 아담한 농장들 사이를 지나는 아름다운 길이었다. 전나무 숲을 지날 때는 발삼 향이 그윽했고 골짜기의 야생 자두나무는 하늘거리는 꽃을 가득 피웠다. 과수원의 주렁주렁 매달린 사과들로 공기마저 달콤했고 먼 지평선까지 비스듬히 펼쳐진 목초지에서는 진줏빛과 자줏빛 아지랑이가 피어올랐다.

여름이 마치 오늘 하루뿐인 듯

매슈는 도중에 마주친 여자들에게 고개 숙여 인사해야 할 때를 제외하고는 나름대로 역까지 가는 길을 즐기고 있었다. 프린스에드워드섬에서는 알든 모르든 길에서 만나는 모든 사람에게 고개 숙여 인사하는 것이 예의였다.

매슈는 마릴라와 린드 부인을 제외한 모든 여자를 무서워했다. 그 알 수 없는 피조물들이 은밀히 자신을 비웃는 것 같아 불편했다. 하긴 그가 그렇게 생각할 만도 한 것이, 매슈는 외모가 독특했다. 볼품없는 몸매에 구부정한 어깨까지 닿는 긴 잿빛 머리카락, 거기에 스무 살 때부터 길러온 풍성한 연갈색 턱수염. 스무 살 때나 예순인 지금이나 매슈의 모습은 희끗희끗한 머리카락 말고는 별반 달라진 게 없었다.

브라이트리버 역에 도착했을 때 기차가 머문 흔적이 보이지 않았기에 매슈는 자신이 너무 일찍 온 모양이라고 생각했다. 그는 자그마한 브라이트리버 호텔 뜰에 말을 매고는 역으로 갔다. 긴 플랫폼은 거의 비어 있었고 눈에 들어오는 사람이라고는 플랫폼 맨 끝에 쌓아 둔 널빤지 더미 위에 앉아 있는 소녀처럼 보이는 한 아이뿐이었다. 매슈는 그 아이가 여자아이라는 것을 알아채고는 눈길도 주지 않고 재빨리 지나쳐 갔다. 만일 아이를 쳐다보기만 했어도 긴장한 탓에 몸은 뻣뻣이 굳었지만 아이의 태도와 표정에는 기대감이 가득하다는 것을 한눈에 알아봤을 것이다.

여자아이는 뭔가를, 혹은 누군가를 기다리고 있었다. 아이는 가만히 앉아 기다리는 것 말고는 할 수 있는 일이 없었기에 온 힘을 다해 기다렸다.

매슈는 저녁을 먹으러 집에 가느라 매표소를 걸어 잠그는 역장과 마주치자 5시 30분 기차가 곧 오느냐고 물었다.

역장이 활기차게 대답했다.

"5시 30분 기차는 30분 전에 들어왔다가 떠났어요. 하지만 한 승객이 당신이 데려갈 거라며 여자아이를 내려놓았어요. 저기 널빤지 더미 위에 앉아 있군요. 숙녀 대기실에 들어가서 기다리라고 했는데도 자기는 밖에 있는 편이 더 좋다고 진지하게 대답하더군요. '상상할 거리가 더 많거든요'라면서. 평범한 아이는 아닌 것 같아요."

"여자아이가 아니에요. 제가 데리러 온 아이는 남자아이예요. 남자아이가 여기 있어야 해요. 알렉산더 스펜서 부인이 노바스코샤에서 남자아이를 데려다주기로 했거든요."

매슈가 멍하니 말하자, 역장이 휘파람 소리를 낸 후 말했다.

"착오가 있었던 모양이에요. 스펜서 부인이 저 여자아이를 데리고 기차에서 내려 나에게 맡겼어요. 당신과 당신의 여동생이 보육원에서 저 아이를 입양했고 곧 데리러 올 거라면서요. 내가 아는 건 그것뿐입니다. 이 근처 어디에 숨겨 놓은 다른 고아는 없어요."

"어떻게 된 거지?"

매슈는 어찌할 바를 몰랐다. 마릴라가 옆에 있어 이 난감한 상황을 해결해 주면 좋겠다고 생각했다.

역장은 태평스레,

"저 여자아이에게 물어보는 게 좋겠어요. 저 애가 설명해 줄 수 있을 것 같아요, 저 애도 입이 있으니 말이죠. 어쩌면 보육원에 당신들이 원하는 남자아이가 없었을 수도 있잖아요"라고 말하고는 배가 고팠는지 성큼성큼 걸어가 버렸다.

매슈는 난감하기 짝이 없었다. 이제 사자 굴에 들어가 사자를 마주하는 것보다 더 힘든 일을 해야만 했다. 바로 여자아이, 그것도 낯선 여자아이, 더구나 고아인 여자아이에게 다가가 왜 남자아이가 아니냐고 물어야 했다. 매슈는 속으로 신음하며 돌아서서 여자아이를 향해 발을 끌며 천천히 걸어갔다.

여자아이는 매슈가 자기 옆을 지나쳐 간 이후 줄곧 매슈를 지켜보고 있었고, 지금도 매슈에게서 시선을 거두지 않았다. 매슈는 아이를 쳐다보지 않았다. 설사 아이를 보았더라도 여자아이의 생김새가 눈에 들어오지 않았을 것인데, 보통 사람이라면 다음과 같은 모습을 보았을 것이다.

열한 살쯤으로 보이는 그 아이는 아주 짧고 몸에 딱 달라붙고 볼썽사나운 누르스름한 회색 혼방 원피스를 입고 있었다. 색이 바랜 갈색 세일러 해트를 썼고 숱이 많고 새빨간 머리카락은 두 갈래로 땋아 등 뒤로 늘어뜨렸다. 작고 하얀 야윈 얼굴에는 주근깨가 많았다. 입과 눈은 모두 컸는데, 눈동자는 햇살이나 기분에 따라 초록빛을 띠기도 하고 잿빛을 띠기도 했다.

여기까지가 일반적으로 알아차릴 수 있는 이 아이에 대한 인상이다. 좀 더 뛰어난 관찰자에게는 유난히 뾰족하고 도드라진 턱, 생기발랄한 커다란 눈, 귀여운 입술로 풍부한 감정을 표현하는 입, 넓고 둥근 이마가 예사롭게 보이지 않았을 것이다. 요컨대 안목이 있는 비범한 관찰자라면 소심한 매슈 커스버트가 그토록 터무니없이 두려워하는 이 오갈 데 없는 여자아이에게 평범하지 않은 영혼이 깃들어 있다고 결론 내릴 만했다.

그런데 매슈는 먼저 말을 건네야 하는 시련을 견뎌내지 않아도 되었다. 아이는 매슈가 자신을 향해 다가온다는 걸 확신하자 곧바로 일어섰다. 그러고는 햇볕에 그을린 가냘픈 손으로 낡고 촌스러운 여행 가방을 꼭 쥔 채 다른 쪽 손을 매슈에게 내밀었다.

"초록 지붕 집의 매슈 커스버트 씨이신가요?"

여자아이는 유달리 또렷하고 다정한 목소리로 물었다.

"만나서 정말 기뻐요! 아저씨가 저를 데리러 오지 않으실까 봐 슬슬 걱정되면서 아저씨가 오실 수 없는 수많은 상황을 상상하던 참이었어요. 오늘 밤에 아저씨가 저를 데리러 오시지 않는다면 기찻길을 따라 쭉 가서 저기 모퉁이에 있는 커다란 산벚나무 위에 올라가 밤을 보내려고 했어요. 그랬더라도 저는 조금도 무섭지 않았을 거예요. 하얀 꽃이 가득 피어난 산벚나무 위에서 달빛을 받으며 잠을 자다니, 정말 멋지잖아요? 온통 대리석으로 꾸며진 홀에서 살고 있다고 상상할 수도 있고요. 그리고 아저씨가 오늘 밤에 저를 데리러 오시지 않더라도 내일 아침에는 반드시 오실 거로 굳게 믿었어요."

매슈는 작고 깡마른 손을 어색하게 잡고는 어떻게 할지 결정했다. 반짝이는 눈으로 자신을 바라보는 이 아이에게 착오가 있었다고는 차마 말할 수 없었다. 아이를 집으로 데리고 가서 마릴라에게 그 이야기를 대신하게 할 생각이었다. 아무리 착오가 있었다고 해도 여자아이를 브라이트리버 역에 버려두고 갈 수는 없었다. 그러니 초록 지붕 집에 무사히 돌아갈 때까지 모든 질문과 해명은 미뤄 두는 편이 나을 것 같았다.

매슈가 숫기 없이 말했다.

"늦어서 미안하구나. 어서 가자. 말은 저기 뜰에 있단다. 가방을 이리 다오."

아이가 쾌활하게 대답했다.

"어머, 제가 들 수 있어요. 무겁지 않아요. 제가 가진 모든 게 가방 안에 들어 있지만 무겁지는 않아요. 그리고 이 가방은 정해진 방식으로 들지 않으면 손잡이가 빠져 버리거든요. 요령을 알고 있는 제가 드는 편이 나아요. 워낙 오래된 여행 가방이라서요. 오, 아저씨가 와 주셔서 정말 기뻐요, 산벚나무에서 자는 것도 멋졌겠지만요. 마차를 타고 한참을 가야 하죠? 그렇죠? 스펜서 아주머니가 12킬로미터도 넘는 거리라고 말해 주셨어요. 잘됐어요, 저는 마차 타는 걸 좋아하거든요. 아아, 제가 아저씨의 가족이 되어 함께 살게 된다니 정말 신나요! 저는 누구와 가족이

되어 본 적이 없어요, 진짜 가족 말이에요. 보육원은 끔찍했어요. 거기서 4개월을 지냈을 뿐이지만 그걸로 충분해요. 아저씨는 보육원에서 살아 본 적이 없을 테니 거기서 사는 게 어떤 건지 절대로 모르실 거예요. 아저씨가 상상도 할 수 없을 정도로 나빠요. 이렇게 말하는 것은 못된 짓이라고 스펜서 아주머니가 말씀하셨는데, 저는 못된 아이가 되고 싶지는 않아요. 하지만 나쁜 말은 자기도 모르게 튀어나오잖아요, 그렇죠? 착한 아이들이었어요, 보육원 아이들 말이에요. 보육원에는 상상할 거리가 거의 없어요. 그저 다른 고아들을 보면서 상상할 수밖에 없었죠. 사실 그건 꽤 재미있었어요. 이를테면 아저씨 옆에 앉은 여자아이가 백작의 딸인데, 갓난아기일 때 나쁜 유모한테 유괴당했고 그 유모는 진실을 털어놓지 못하고 죽었다고 상상하는 거예요. 저는 밤이면 자려고 누워서 그런 상상을 하곤 했어요. 낮에는 시간이 없었거든요. 제가 이렇게 깡마른 건 그 때문일 거예요. 정말 끔찍하게 말랐죠? 뼈에 살이라곤 없어요. 그래서 저는 팔꿈치가 옴폭 들어갈 만큼 예쁘게 토실토실한 제 모습을 상상하는 걸 무척 좋아해요."

매슈의 길동무는 거기까지 말하고는 입을 다물었다. 숨이 차기도 했고 마차 앞에 다다르기도 했기 때문이었다. 아이는 마을을 벗어나 가파른 작은 언덕길을 내려갈 때까지 아무 말도 하지 않았다. 부드러운 흙을 깊이 파서 만든 길옆 기슭에는 그들의 머리에서 1미터쯤 위로 꽃을 활짝 피운 산벚나무와 가느다란 흰 자작나무가 늘어서 있었다.

아이는 손을 내밀어 마차 옆을 스치는 야생 자두나무 가지 하나를 꺾었다.

"아름답지 않아요? 기슭에서 몸을 내밀고 있는 저 나무, 온통 하얀 레이스 같은 저 나무를 보면 무엇이 떠오르세요?"

아이가 묻자 매슈가 대답했다.

"글쎄다, 모르겠는데."

"아이, 당연히 신부죠. 안개 같은 예쁜 면사포를 쓰고 새하얗게 치장한 신부 말이에요. 한 번도 신부를 본 적은 없지만 어떤 모습일지 상상할 수는 있어요. 제가 신부가 되는 건 기대하지도 않아요. 너무 못생겨서 누구도 저와 결혼하고 싶어 하지 않을 테니까요. 외국인 선교사라면 모를까. 외국인 선교사는 그렇게 까다롭지 않을 것 같아요. 하지만 저도 언젠가는 하얀 드레스를 입고 싶어요. 그게 바로 제가 이 세상에서 가장 바라는 꿈이에요. 저는 정말이지 예쁜 옷을 무척 좋아해요. 그런데 저는 예쁜 드레스를 입어 본 기억이 없어요. 그러니 더욱 간절히 기대하는 게 당연하잖아요? 저는 눈부시게 차려입은 제 모습을 상상할 수 있어요. 오늘 아침에 보육원을 떠나올 때 얼마나 창피했는지 몰라요. 이 낡고 끔찍한 원피스를 입어야 했으니까요. 보육원의 아이들 모두가 이 옷을 입을 수밖에 없었어요. 지난겨울 호프타운의 한 상인이 혼방 직물 300마를 보육원에 기부했거든요. 팔리지 않는 옷감을 기부한 거라고 말하는 사람들도 있지만 저는 그 상인이 인정 많은 분이라고 믿고 싶어요. 아저씨도 그렇게 생각하지 않으세요? 기차에 올라탔을 때 모든 사람이 저를 쳐다보며 가엾게 여기는 것 같았어요. 얼른 저는 세상에서 가장 아름다운 하늘색 실크 드레스를 입고 있다고 상상했어요. 상상할 때는 멋지고 훌륭한 걸 머릿속에 그리는 편이 좋아요. 온갖 꽃과 하늘거리는 깃털로 장식한 커다란 모자, 금시계, 새끼 염소 가죽으로 만든 장갑과 구두까지. 저는 금세 기분이 좋아져서 이 섬까지 오는 여행을 마음껏 즐겼어요. 배를 타고 건너올 때 멀미도 나지 않았고요. 스펜서 아주머니도 마찬가지였어요. 평소에 멀미로 고생하는 스펜서 아주머니는 제가 물에 빠지지 않도록 살피느라 멀미할 새도 없었대요. 저처럼 여기저기 기웃대며 돌아다니는 사람은 본 적이 없다면서요. 하지만 그래서 아주머니가 멀미하지 않았다면 제가 두리번거리며 다닌 게 잘한 일 아닐까요? 저는 배에서 볼 수 있는 건 모조리 다 보고 싶었어요. 그런 기회가 또 있을지는 모르잖아요. 오, 꽃이 활짝 핀 벚나무가 아주 많아요! 이 섬은 꽃 천지군요. 저는 벌써 이곳이 무척 좋아졌어요. 여기서 살게 되어 정말 기뻐요. 프린스에드워드섬이 세상에서 가장 아름다운 곳이라는 얘기를 늘 들었거든요. 그래서 이 섬에서 사는 상상을 하곤 했지만 정말로 그렇게 될 거라고는 기대하지 않았어요. 상상한 일이 실제로 이루어지면 너무도 기분이 좋아요, 그렇지 않은가요? 그런데 저 붉은 길은 무척 이상해요. 샬럿타운에서 기차를 타고 오는데 붉은 길이 휙 스치고 지나가기 시작했어요. 스펜서 아주머니에게 왜 길이 붉은지 물었어요. 아주머니는 모른다고 하면서 제발 더는 묻지 말라고 했어요. 제가 이미 천 번은 질문했을 거라면서. 저도 그랬던 것 같기는 해요. 하지만 질문하지 않으면 모르는 걸 어떻게 알아낼 수 있죠? 그런데 저 길은 왜 붉은 거죠?"

"글쎄다, 모르겠는데."

매슈가 대답했다.

"좋아요, 언젠가 알아내겠어요. 알아야 할 온갖 것을 생각하면 신나지 않나요? 그로 인해 내가 살아 있다는 게 기쁘게 느껴지거든요. 정말 흥미진진한 세상인걸요. 우리가 세상의 모든 것을 다 알고 있다면 사는 재미를 절반도 느끼지 못할 거예요, 그렇죠? 그럼 상상할 거리도 없겠고요. 그런데 제가 말을 너무 많이 하나요? 제가 말이 너무 많다고 사람들이 늘 말하거든요. 아저씨도 제가 말하지 않는 게 더 좋은가요? 그렇다면 잠자코 있을게요. 마음먹으면 그렇게 할 수 있어요. 힘들긴 하지만요."

매슈는 스스로 놀랄 정도로 재미있게 듣고 있었다. 말이 없는 사람이 대개 그렇듯 매슈도 알아서 말을 하고 그에게 어떤 대답도 바라지 않는 수다스러운 사람을 좋아했다. 그렇기는 해도 매슈는 어린 여자아이와 함께 있으면서 즐거워할 줄은 꿈에도 몰랐다. 매슈는 여자들이라면 질색이었고 여자아이들은 특히 더 그랬다. 그는 여자아이들이 곁눈질하며 자기 옆을 슬금슬금 지나치는 게 아주 싫었다. 아이들은 한 마디라도 건네면 매슈가 자신을 한입에 삼켜 버리기라도 할 것처럼 굴었다. 가정교육을 잘 받았다는 에이번리의 어린 여자아이들은 대개 그렇게 했다. 그러나 이 주근깨투성이 꼬마는 전혀 달랐다. 매슈의 더딘 이해력으로는 재기발랄한 아이의 상상력을 따라가기가 힘겨웠지만 그래도 이 아이의 수다가 싫지는 않았다. 매슈는 늘 그렇듯 숫기 없이 말했다.

"글쎄, 하고 싶은 만큼 실컷 말하렴, 난 괜찮으니."

"어머, 정말 기뻐요! 아저씨와 제가 앞으로 잘 지낼 것 같은 예감이 들어요. 말하고 싶으면 말해도 되고, 아이들은 눈에는 보여도 소리를 내서는 안 된다는 말은 듣지 않아서 마음이 놓여요. 이제까지 그런 말을 백만 번쯤 들었거든요. 게다가 사람들은 제가 거창하게 말한다며 비웃는데, 거창한 생각이 떠오르면 그에 걸맞게 거창한 단어로 표현해야 하지 않겠어요?"

"글쎄, 일리 있는 듯하구나."

매슈가 대답했다.

"스펜서 아주머니는 제 혀가 입 한가운데에 떠 있는 게 틀림없대요. 하지만 그렇지 않아요. 한쪽 끝이 단단히 붙어 있는걸요. 스펜서 아주머니가 아저씨 집이 초록 지붕 집으로 불린다고 이야기해 주셨어요. 아주머니에게 초록 지붕 집에 대해 이것저것 물었어요. 집 주변에 온통 나무가 있다고 하시더군요. 그 말을 들으니 더욱더 기뻤어요. 저는 나무를 무척 좋아하거든요. 보육원에는 나무 같은 나무는 한 그루도 없었고 앞쪽에 볼품없는 아주 작은 나무 몇 그루와 그 옆으로 하얗게 칠해져 뭔지도 모르겠는 작은 나무들뿐이었어요. 그 나무들도 꼭 고아처럼 보여서 엉엉 울고 싶어지곤 했어요. 저는 나무들에게 이렇게 말해 주었어요. '오, 가엾은 작은 나무들아! 만일 너희가 큰 숲에서 다른 나무에 둘러싸여 있고, 작은 이끼와 종 모양으로 피어난 6월의 꽃이 뿌리 위로 자라며, 멀지 않은 곳에 시냇물이 흐르고, 새들이 너희 가지에 앉아 노래를 부른다면 크게 자랄 수 있을 텐데, 그렇지? 너희가 지금 있는 이곳에서는 크게 자랄 수가 없구나. 작은 나무들아, 나는 너희 기분을 너무도 잘 알고 있단다.' 오늘 아침에 그들을 남겨 두고 떠나려니 미안했어요. 아저씨도 이처럼 깊은 애정을 느끼는 것들이 있죠? 그렇죠? 그런데 초록 지붕 집 근처에 시내가 있나요? 스펜서 아주머니에게 물어본다는 걸 깜빡 잊었어요."

"글쎄, 그래. 집 바로 아래에 있단다."

"멋져요! 늘 시냇물 가까이에 사는 꿈을 꾸었거든요. 정말 그렇게 되리라고는 기대하지 않았지만요. 꿈은 자주 이루어지는 게 아니잖아요, 그렇죠? 꿈이 실현된다면 그보다 좋은 일이 어디 있겠어요? 지금 저는 굉장히 행복해요! 하지만 완벽하게 행복한 것은 아니에요. 후유, 아저씨는 이걸 무슨 색이라고 하시겠어요?"

아이는 가냘픈 어깨 위로 땋아 내린 윤기 나는 긴 머리카락 한 갈래를 홱 당겨 매슈의 눈앞에 들이댔다. 매슈는 여자들의 긴 머리카락 색깔을 정확히 구분하는 데 서툴렀지만 이번에는 많이 생각할 것도 없었다.

"빨간색이구나, 그렇지?"

매슈가 대답했다.

여자아이는 평생 쌓인 슬픔을 발끝에서부터 끌어 올려 뱉어 내는 듯한 한숨을 내쉬며 머리 갈래를 털썩 내려놓았다.

"맞아요, 빨간색이에요."

아이는 체념한 듯 말을 이어 갔다.

"아저씨는 이제 제가 왜 완벽하게 행복할 수 없는지 아실 거예요. 머리카락이 빨간 사람은 누구도 완전히 행복할 수 없어요. 다른 것들, 그러니까 주근깨나 초록색 눈, 빼빼 마른 몸은 신경 쓰이지 않아요. 그런 건 없어진다고 상상할 수 있으니까요. 저는 제가 아름다운 장미꽃잎 같은 얼굴빛과 별처럼 반짝이는 사랑스러운 보라색 눈을 가지고 있다고 상상할 수 있어요. 하지만 아무리 상상해도 빨간 머리카락이 사라지지는 않아요. 저는 최선을 다해 이렇게 생각하죠. '자, 내 머리카락은 눈부시게 아름다운 검은색, 까마귀의 날개 같은 검은색이야.' 그렇지만 제 머리카락이 그저 아주 빨갛다는 걸 저는 잘 알고 있어요. 가슴이 찢어질 수밖에요. 저는 머리카락 때문에 평생 슬퍼하며 살 거예요. 예전에 어느 소설에서 평생을 슬픔에 빠져 살아가는 한 여자아이의 이야기를 읽었는데 빨간 머리 때문은 아니었어요. 그 아이의 머리카락은 설화 석고 같은 이마에서부터 나풀거리며 흘러내리는 금발이었어요. 설화 석고 같은 이마는 어떤 이마인가요? 저는 도무지 모르겠는데, 아저씨는 아세요?"

"글쎄, 나도 모르겠구나."

어지러움을 느끼며 매슈가 대답했다. 철없던 시절에 간 소풍에서 다른 아이가 회전목마를 타 보라고 꼬드겼을 때 느낀 바로 그 기분이었다.

"정확한 뜻이 뭐든 간에 그건 분명 좋은 것일 거예요. 왜냐하면 그 여자아이는 성스럽게 아름다웠거든요. 성스럽게 아름다우면 어떤 기분일지 상상해 본 적 있으세요?"

"글쎄, 아니, 그런 적 없어."

매슈는 솔직하게 대답했다.

"저는 그런 상상을 자주 해요. 만약에 성스럽게 아름다운 것과 아찔할 정도로 똑똑한 것과 천사처럼 착한 것 중 한 가지를 선택하라면 어떤 걸 고르시겠어요?"

"글쎄, 나는…… 잘 모르겠다."

"저도 그래요. 절대 고를 수 없어요. 하지만 상관없어요. 그중 제가 될 만한 것은 없으니까요. 특히 제가 천사처럼 착할 수 없는 건 분명해요. 스펜서 아주머니가 말씀하셨는데…… 오, 커스버트 아저씨! 오오, 아저씨!! 우와, 커스버트 아저씨!!!"

스펜서 부인이 그렇게 말한 게 아니었다. 또 아이가 마차에서 굴러떨어졌거나 매슈가 뭔가 놀랄 만한 행동을 한 것도 아니었다. 그저 모퉁이를 돌자 '가로수 길'이 펼쳐졌을 뿐이었다.

뉴브리지 사람들이 '가로수 길'이라고 부르는 그 길은 400~500

미터 곧게 뻗었으며 수십 년 전 나이 지긋한 한 별난 농부가 심은 거대한 사과나무들이 가지를 활짝 뻗어 완전한 아치 모양을 이루고 있었다. 그래서 머리 위로 눈처럼 새하얗고 향긋한 꽃이 둥근 천장처럼 뒤덮여 있었고. 나뭇가지 아래는 자줏빛 황혼으로 가득했으며, 멀리 앞쪽으로는 그림 같은 노을 진 하늘이 대성당 복도 끝에 있는 커다란 장미 창처럼 찬란했다.

그 아름다운 풍경에 아이는 할 말을 잊은 모양이었다. 아이는 마차에 기대앉아 가냘픈 두 손을 모아 쥐고는 머리 위에 펼쳐진 순백의 광경을 환희에 차서 올려다보았다. 가로수 길을 빠져나와 뉴브리지로 이어지는 긴 내리막길로 접어들었는데도 꼼짝도 하지 않고 입도 떼지 않았다. 타오르는 하늘 쪽으로 몰려오는 눈부신 환영이라도 보는 듯 여전히 넋을 잃은 얼굴로 해가 저무는 먼 서쪽을 바라볼 뿐이었다. 매슈와 아이가 뉴브리지를 지나가자 이 작은 마을은 부산스러워졌다. 개들이 짖어 대고 남자아이들은 야유를 보냈으며 호기심 어린 얼굴들이 창가로 다가왔다. 두 사람은 마차 위에서 계속 말이 없었다. 그렇게 5킬로미터 가까이 가는 동안에도 아이는 아무런 말을 하지 않았다. 열정적으로 말하는 만큼이나 침묵을 지킬 줄도 아는 게 분명했다.

"무척 피곤하고 배고프겠구나."

이윽고 매슈가 아이의 오랜 침묵의 이유를 나름대로 헤아려 용기 내어 말했다.

"얼마 안 남았단다. 1.5킬로미터 정도만 더 가면 돼."

아이는 깊은숨을 내쉬며 몽상에서 빠져나왔다. 그리고 저 멀리 별이 이끄는 대로 여행하던 영혼의 꿈꾸는 듯한 눈으로 매슈를 바라보며 가만가만 말했다.

"아, 커스버트 아저씨, 우리가 지나온 곳 말이에요, 저 새하얀 곳, 그게 뭐였죠?"

잠시 생각에 잠겼던 매슈가 대답했다.

"글쎄, 가로수 길을 말하는 모양이구나. 예쁜 길이지."

"예쁘다고요? 아니, 예쁘다는 말로는 부족해요. 아름답다는 말도 마찬가지고요. 그런 말로는 충분하지 않아요. 그건, 경이로웠어요! 맞아요, 경이로운 거예요! 아무리 상상해도 그보다 멋진 풍경은 떠올릴 수 없을 거예요. 이런 경우는 처음이에요. 제 여기가 가득 차올랐어요."

아이가 한 손을 자기 가슴에 얹으며 말을 이었다.

"이상하게 가슴이 아팠어요. 하지만 기분 좋은 아픔이에요. 아저씨도 그렇게 아픈 적이 있었나요?"

"글쎄, 그런 기억은 없구나."

"저는 그런 적이 아주 많아요. 기막히게 아름다운 어떤 것을 볼 때마다 그래요. 하지만 저 멋진 곳을 그저 가로수 길이라고 부르면 안 되죠. 그런 이름에는 아무 의미가 없잖아요. 어떤 이름이 좋을까. 새하얀 환희의 길. 상상할 거리가 가득한 멋진 이름이지 않나요? 저는 장소나 사람의 이름이 마음에 들지 않으면 늘 새로운 이름을 지어 주고 그 이름으로 떠올려요. **보육원에 헵지버 젱**

킨스라는 여자아이가 있었는데 저는 늘 그 아이를 로잘리아 드비어라고 상상했어요. 다른 사람들이 그 길을 가로수 길이라고 부르더라도 저는 언제나 새하얀 환희의 길이라고 부르겠어요. 집에 도착하기까지 정말 1.5킬로미터도 안 남았나요? 기쁘지만 아쉽기도 해요. 마차를 타고 가는 게 너무 즐거워서 아쉬운 거예요. 즐거운 일이 끝날 때면 늘 아쉬운 마음이 들거든요. 더 즐거운 일이 뒤따를 수도 있지만 확신할 순 없으니까요. 더 즐겁지 않은 경우가 더 많기도 하고요. 어쨌든 제 경험으로는 그랬어요. 하지만 집에 곧 도착한다고 생각하니 기뻐요. 아시겠지만, 저는 진정한 의미의 집을 가져 본 기억이 없거든요. 정말로 진짜 집에 간다고 생각하니 다시 기분 좋은 아픔이 밀려와요. 아, 예뻐라!"

매슈와 아이는 언덕 꼭대기를 넘어가고 있었다. 그들 밑으로는 아주 길게 구불구불 이어져 거의 강처럼 보이는 연못이 있었다. 연못 중간에는 다리가 놓여 있고, 다리에서부터 호박색 모래 언덕 지대가 그 너머의 검푸른 만과 경계를 이루는 연못의 아래쪽 끝까지, 물은 온갖 색조로 시시각각 변화하며 반짝였다. 영혼을 울리는 자줏빛, 장밋빛, 영묘한 초록빛 색조, 명확한 이름을 붙일 수 없는 기묘한 빛깔이었다. 다리 위쪽의 연못은 전나무와 단풍나무가 숲까지 흘러가 나무의 흔들리는 그림자 속에서 어둑하고 반투명하게 보였다. 연못 둑 여기저기에는 하얀 옷을 입은 소녀가 까치발로 서서 물에 비친 자신의 모습을 들여다보듯 야생 자두나무가 몸을 내밀고 있었다. 연못 어귀 늪에서는 맑고 구슬픈 개구리의 합창 소리가 들려왔고, 그 너머 비탈에 하얀 사과나무 과수원으로 둘러싸인 작은 회색 집 한 채가 어렴풋이 보이기 시작했다. 아직 완전히 어두워지지 않았지만 그 집의 창문에서 불빛이 새어 나오고 있었다.

"저건 배리 연못이란다."

매슈가 말했다.

"아이, 그 이름도 마음에 안 들어요. 음, 저는 반짝이는 호수라고 부르겠어요. 그래요, 딱 어울리는 이름이에요. 가슴이 떨리는 거로 알 수 있거든요. 꼭 들어맞는 이름이 떠오르면 가슴이 떨리곤 해요. 아저씨 가슴을 떨리게 하는 것이 있나요?"

매슈는 곰곰이 생각했다.

"글쎄, 그래. 오이밭에서 흙을 헤치고 나온 징그러운 하얀 땅벌레를 보면 늘 가슴이 떨린단다. 그것들은 쳐다보기도 싫어."

"아, 그건 제가 말하는 가슴 떨림과는 전혀 다르죠. 같은 거로 생각하세요? 땅벌레와 반짝이는 호수는 아무런 연관이 없잖아요, 그렇죠? 그런데 왜 저기를 배리 연못이라고 부르죠?"

"배리 씨가 저 집에 살고 있어서 그럴 거야. 저 집은 비탈길 과수원 집이라고 불리고. 저 집 뒤쪽 커다란 덤불만 아니면 여기에서도 초록 지붕 집이 보일 텐데. 하지만 우리는 다리를 건너 길을 돌아가야 해. 800미터쯤만 가면 된단다."

"배리 씨에게 어린 딸이 있나요? 아주 어린 아이는 말고 제 또래 정도요."

"열한 살쯤 된 딸이 하나 있어. 이름은 다이애나란다."

아이가 숨을 길게 들이마시며 탄성을 내뱉었다.

"와! 정말 완벽하게 사랑스러운 이름이에요!"

"글쎄, 그건 모르겠구나. 나는 뭔가 기독교인답지 않은 분위기를 풍긴다고 생각해. 제인이나 메리 같은 쉬운 이름이 더 나은 것 같거든. 다이애나가 태어났을 때 그 집에 학교 선생님이 하숙하고 있었어. 배리 씨 부부가 그 선생님에게 아기의 이름을 부탁해서 다이애나라는 이름을 지어 주었다고 하더라."

"제가 태어났을 때도 옆에 그런 선생님이 있었으면 얼마나 좋았을까요. 아, 이제 다리에 왔군요. 저는 눈을 꼭 감고 있을게요. 다리를 건너는 건 늘 무섭거든요. 다리 중간쯤에 이르렀을 때 다리가 잭나이프처럼 탁 접혀서 죽을지도 모른다는 상상에서 벗어날 수가 없어요. 그래서 눈을 꼭 감는 거예요. 하지만 다리 한가운데쯤 온 듯하면 눈을 뜨지 않고는 못 배기겠어요. 다리가 정말로 접힌다면 그 광경을 꼭 보고 싶거든요. 우르르 무너지는 소리가 엄청날 거예요! 저는 그렇게 우르릉거리는 소리를 좋아해요. 이 세상에 좋아하는 게 아주 많다는 건 멋진 일이지 않나요? 드디어 다리를 건넜군요. 이제 뒤를 돌아보겠어요. 잘 자요, 반짝이는 호수님. 저는 사랑하는 것에게 늘 잘 자라고 말해요. 사람들에게 인사하듯이 말이죠. 그들도 좋아하는 것 같고요. 저 물이 제게 미소를 보내는 듯 보여요."

언덕길을 올라 모퉁이를 돌자 매슈가 말했다.

"이제 집에 거의 다 왔다. 저기가 초록 지붕 집……."

"아니요, 말하지 마세요."

아이가 다급히 말을 막으며 들어 올리려던 매슈의 팔을 붙들었다. 그러고는 매슈가 가리키는 곳을 보지 않겠다는 듯 눈을 감았다.

"제가 맞혀 볼게요. 자신 있어요."

아이는 눈을 뜨고 주위를 둘러보았다. 그들은 언덕마루에 있었다. 해는 이미 넘어갔지만 부드러운 노을빛을 받은 풍경은 여전히 또렷했다. 서쪽으로는 교회의 검은 첨탑이 금잔화빛 하늘에 우뚝 솟아 있었다. 아래로는 작은 골짜기가 있고 그 너머 완만하게 이어지는 긴 비탈에 아담한 농가가 드문드문 흩어져 있었다. 아이는 열의와 동경 어린 눈빛으로 이 집 저 집을 재빠르게 훑었다. 마침내 아이의 눈이 길에서 왼편으로 멀찍이 물러나 있는 곳에 고정되었다. 주변 숲에 땅거미가 내려앉아 나무에 피어난 하얀 꽃이 희미하게 보였고, 그 위 구름 한 점 없이 맑은 남서쪽 하늘에 커다란 수정 같은 하얀 별이 길잡이와 약속의 등불인 듯 반짝였다.

"바로 저 집이에요, 맞죠?"

아이가 손가락으로 가리키며 물었다.

매슈는 흐뭇해하며 고삐로 암말의 등을 찰싹 쳤다.

"그래, 제대로 맞혔구나! 스펜서 부인이 말해 주었나 보구나."

"아니에요. 아주머니가 가르쳐 주지 않았어요. 스펜서 아주머니가 해 주신 말씀은 거의 다른 집 이야기 같아요. 그래서 집이 어떤 모습인지 정말 몰랐어요. 하지만 저 집을 보자마자 바로 우리 집이라는 느낌이 들었어요. 세상에, 정말 꿈만 같아요! 아마 지금쯤 제 팔꿈치 위쪽은 멍투성이일 거예요. 오늘 수도 없이 꼬집었거든요. 순간순간 불길한 생각에 사로잡혀 모든 것이 꿈일까 봐 굉장히 두려웠어요. 문득 그때마다 진짜인지 확인하려고 팔을 꼬집은 거예요. 그러다가 이 모든 게 꿈이라면 되도록 오랫동안 계속 꿈을 꾸는 게 낫다는 생각이 들어서 더는 꼬집지 않았어요. 하지만 이건 실제이고 우리는 집에 거의 다 왔군요."

기쁨의 숨을 몰아쉰 아이는 다시 침묵에 빠져들었다. 매슈는 불안해진 한편 오갈 데 없는 이 비쩍 마른 아이에게 그렇게 간절히 바라는 집이 결국은 그 아이의 집이 될 수 없다고 말할 사람이 그가 아닌 마릴라여서 천만다행이라고 여겼다. 두 사람은 린드 부인의 골짜기로 들어섰다. 길은 이미 상당히 어두웠지만 밖이 잘 내다보이는 창 너머로 두 사람이 언덕을 올라 초록 지붕 집으로 이어진 긴 길에 접어드는 것이 보이지 않을 정도는 아니었다. 집에 도착할 즈음 매슈는 알 수 없는 기운과 함께 맞닥뜨려야 하는 사실 앞에서 몸이 움츠러들었다. 그는 이 착오로 인해 마릴라나 자신이 겪어야 할 곤란에 대해서는 생각하지 않았다. 그가 염려한 것은 아이가 느낄 실망감이었다. 아이의 눈에 가득했던 환희의 빛이 사라질 것을 떠올리자 매슈는 뭔가를 죽이는 것을 거드는 것마냥 마음이 불편했다. 양이나 송아지 또는 죄 없는 어린 짐승을 죽여야 할 때와 똑같은 기분에 휩싸였다.

매우 어두워진 뜰로 들어섰다. 포플러 잎이 부드럽게 바스락거렸다.

"나무들이 잠자면서 중얼거리는 소리를 들어 보세요. 멋진 꿈을 꾸고 있나 봐요!"

매슈가 아이를 안아 내려 주자 아이가 속삭였다.

그러고 나서 아이는 '자기가 가진 모든 것'이 들어 있는 여행 가방을 꼭 쥐고 매슈를 따라 집 안으로 들어갔다.

3
마릴라 커스버트가 놀라다

매슈가 문을 열자 마릴라가 급히 걸어 나왔다. 그러다 빨간 머리카락을 길게 땋아 내리고 들뜬 눈을 빛내는, 뻣뻣하고 볼썽사나운 원피스를 입은 작고 별난 여자아이를 본 순간 너무 놀란 나머지 걸음을 우뚝 멈추었다.

"오라버니, 얘는 누구죠? 남자아이는 어딨어요?"

마릴라가 소리치자 매슈가 풀 죽은 목소리로 대답했다.

"남자아이는 없었어. 이 여자아이뿐이었어."

매슈는 고갯짓으로 아이를 가리켰다. 그러고 보니 아이의 이름 조차 묻지 않았다는 생각이 들었다.

"남자아이가 없었다니요! 남자아이가 있었어야 하잖아요. 스펜서 부인에게 남자아이를 데려와 달라고 했으니까요."

마릴라가 주장했다.

"글쎄, 스펜서 부인이 그러지 않았어. 저 여자아이만 데리고 왔더군. 역장에게도 물어봤고. 그래서 아이를 데리고 올 수밖에 없었어. 어디서부터 잘못됐는지 몰라도 아이를 거기에 두고 올 순 없잖아."

"어휴, 정말 골치 아픈 일이 생겼군요!"

마릴라가 소리쳤다.

이런 대화가 오가는 동안 아이는 잠자코 매슈와 마릴라를 번갈아 쳐다보기만 했다. 아이의 얼굴은 생기가 모조리 빠져나간 듯 창백해졌다. 순간, 대화의 의미를 완전히 알아차린 모양이었다. 아이는 소중히 여기던 가방을 바닥에 떨어뜨린 채 한 발짝 앞으로 내딛으며 두 손을 맞잡았다.

아이가 외쳤다.

"저를 원한 게 아니었군요! 남자아이가 아니라서 저를 원하지 않는군요! 예상했어야 했는데. 지금껏 저를 원하는 사람은 아무도 없었으니까요. 이렇게 멋진 일이 오래갈 리 없다는 걸 알았어야 했는데. 누구도 진심으로 저를 원하지 않으리라는 걸 알았어야 했는데. 아, 어떡하죠? 눈물이 쏟아질 것 같아요!"

아이는 왈칵 울음을 터뜨렸다. 식탁 옆 의자에 주저앉아 식탁에 두 팔을 얹고 얼굴을 파묻은 채 서럽게 울었다. 마릴라와 매

슈는 난로를 사이에 두고 원망하는 눈빛으로 서로를 바라보았다. 두 사람 모두 무슨 말을 해야 할지, 어떻게 해야 할지 몰랐다. 결국 마릴라가 조심스럽게 나섰다.

"저런, 저런, 그래도 이렇게까지 울 건 없잖니?"

"아니요, 있어요!"

아이가 고개를 홱 들었다. 얼굴은 눈물 범벅에 입술이 바들바들 떨렸다.

"아주머니도 울지 않고는 못 배길걸요. 아주머니가 고아인데, 자기 집이 될 거로 잔뜩 기대하고 간 집에서 남자아이가 아니라는 이유로 아주머니를 원하지 않는다면요. 아, 제 일생일대에 가장 비극적인 일이에요!"

마릴라의 굳은 얼굴이 누그러지며 마지못한 것 같은 미소로 바뀌었다. 오랫동안 짓지 않은 탓에 상당히 어색한 미소였다.

"자, 이제 그만 울어라. 오늘 밤에 당장 너를 돌려보내지는 않을 거란다. 어떻게 된 일인지 알아낼 때까지 넌 여기에서 지낼 거야. 이름이 뭐니?"

잠시 머뭇거리던 아이가 간곡하게 말했다.

"코델리아라고 불러 주시겠어요?"

"코델리아라고 불러 달라고? 그게 네 이름이니?"

"아, 아니요. 진짜 이름은 아니지만 코델리아라고 불러 주시면 좋겠어요. 정말 흠잡을 데 없이 품위 있는 이름이잖아요."

"도대체 무슨 소린지 모르겠구나. 코델리아가 아니라면 진짜 이름은 뭐지?"

"앤 셜리예요."

그 이름의 주인은 더듬거리며 마지못해 대답했다.

"하지만 오, 제발 코델리아라고 불러 주세요. 제가 이 집에 잠시 동안만 있을 거라면 어떤 이름으로 부르시든 아주머니에게는 그다지 중요하지 않잖아요, 그렇죠? 앤은 낭만과는 너무도 거리가 먼 이름이라서요."

"낭만적이지 않다니 어이가 없구나! 앤은 소박하며 쉽게 부를 수 있는 아주 좋은 이름이야. 그 이름을 부끄러워할 필요가 없단다."

마릴라가 냉정한 투로 말하자 앤이 해명했다.

"오, 그 이름을 부끄러워하는 게 아니에요. 코델리아라는 이름이 더 좋을 뿐이죠. 저는 늘 제 이름이 코델리아라고 상상했어요. 적어도 최근 몇 년 동안은 줄곧 그랬죠. 어렸을 때는 제럴딘이라고 상상하곤 했지만 지금은 코델리아가 더 좋아요. 하지만 아주머니가 저를 앤이라고 부르시겠다면 부디 끝에 e를 붙인 앤으로 불러 주세요."

마릴라는 찻주전자를 집어 들고 다시 어색한 미소를 지으며 물었다.

"그렇게 부르면 뭐가 달라진다는 거니?"

"아, 많이 달라요. 훨씬 더 품위 있게 들리잖아요. 아주머니는 어떤 이름을 부를 때 늘 마음속으로 그 이름이 떠오르지 않나요? 꼭 이름이 인쇄되어 나오는 것처럼요. 저는 그래요. A-N-N은

아무도 날
사랑하지 않는다고
느끼는 날

"누구를 사랑하고자 한다면 너 자신을 먼저 사랑해!"

_영화 〈울보 권투부〉 중에서

끔찍해 보이지만 A-N-N-E는 훨씬 더 고상하게 보여요. 만일 아주머니가 e를 붙인 앤으로 불러 주신다면 코델리아라는 이름으로 불리지 않는 걸 받아들여 볼게요."

"그래, 좋아. 그러면 끝에 e를 붙인 앤, 어쩌다가 이런 착오가 생겼는지 말해 줄 수 있겠니? 우리는 스펜서 부인에게 남자아이를 데리고 와 달라고 부탁했거든. 보육원에 남자아이가 없었니?"

"아니요, 남자아이들은 많이 있었어요. 하지만 스펜서 아주머니는 아주머니가 열한 살가량 된 여자아이를 원한다고 분명히 말했어요. 그러자 원장님이 제가 적격이라고 했고요. 제가 얼마나 기뻤는지 아주머니는 모르실 거예요. 너무 기뻐서 밤새 한숨도 못 잤어요."

아이는 매슈를 돌아보며 원망하듯 덧붙였다.

"왜 역에서 저를 원한 게 아니라고 말하고 저를 내버려 두고 가시지 않은 거죠? 새하얀 환희의 길과 반짝이는 호수를 보지 않았더라면 이렇게까지 힘들지는 않을 텐데요."

"도대체 저 애가 무슨 말을 하는 거예요?"

마릴라가 매슈를 빤히 보며 물었다.

"저, 저 아이는 오는 길에 나눈 이야기를 하는 거야. 마릴라, 나가서 말을 들여 넣고 오마. 내가 오기 전까지 차를 준비해 다오."

매슈가 허둥대며 대답했다.

"스펜서 부인이 너말고 다른 아이도 데리고 왔니?"

매슈가 나가자 마릴라가 계속 물었다.

"아주머니는 릴리 존스를 집으로 데려갔어요. 릴리는 다섯 살밖에 안 됐고 아주 예뻐요. 머리카락은 밤색이고요. 만일 제가 아주 예쁘고 밤색 머리카락을 가졌다면 저를 데리고 사실 건가요?"

"아니. 우리는 매슈 오라버니의 농장 일을 도울 남자아이를 원한단다. 여자아이는 우리에게 아무런 도움이 안 될 거야. 모자를 벗으렴. 모자와 가방은 현관 탁자에 놓아두마."

앤은 순순히 모자를 벗었다. 매슈가 돌아오고 세 사람은 저녁을 먹으려고 앉았다. 그러나 앤은 음식이 넘어가질 않았다. 버터 바른 빵을 조금씩 뜯어 씹고 자기 접시 옆에 놓인 가리비 모양 유리그릇에 담긴 사과잼을 찍어 먹어 보았으나 소용없었다. 앤은 거의 먹지 못했다.

"아무것도 안 먹는구나."

마릴라는 그것이 심각한 결점이라는 듯 앤을 바라보며 날카롭게 말했다.

앤은 한숨을 내쉬었다.

"못 먹겠어요. 저는 절망의 구렁텅이에 빠져 있는걸요. 아주머니는 절망의 구렁텅이에 빠졌는데 음식을 먹을 수 있겠어요?"

"나는 절망의 구렁텅이에 빠져 본 적이 없어서 대답을 못 하겠구나."

"그런 적이 없다고요? 그럼 절망의 구렁텅이에 빠졌다고 상상해 본 적은요?"

"아니, 없단다."

"그렇다면 아주머니는 어떤 기분인지 알 수 없어요. 정말 아주 불편해요. 뭘 먹으려고 하면 어떤 덩어리가 목구멍으로 치밀어 올라와 아무것도 삼킬 수가 없어요. 초콜릿 캐러멜일지라도 말이죠. 2년 전에 초콜릿 캐러멜을 먹어 봤는데 정말 맛있었어요. 그 뒤로 초콜릿 캐러멜을 잔뜩 가지고 있는 꿈을 자주 꿨지만 먹으려고만 하면 늘 잠에서 깨어나요. 제가 못 먹는 것 때문에 아주머니가 언짢아하지 않으셨으면 좋겠어요. 음식이 하나같이 무척 맛있지만 그래도 못 먹겠어요."

"피곤한 것 같구나. 마릴라, 아이를 재우는 게 좋겠어."

마구간에서 돌아온 뒤로 아무 말도 하지 않던 매슈가 입을 열었다.

마릴라는 앤을 어디에서 재울지 곰곰이 생각하던 참이었다. 바라고 고대하던 남자아이를 위해 부엌방에 준비해 둔 긴 의자가 깔끔하기는 했지만 여자아이를 재우기에는 적당하지 않은 것 같았다. 그렇다고 오갈 데 없는 아이에게 손님방을 내줄 수도 없다 보니 결국 동쪽에 있는 방만 남았다. 마릴라는 촛불을 밝히고 앤에게 따라오라고 말했다. 앤은 맥없이 뒤따르며 현관 탁자에서 모자와 여행 가방을 챙겼다. 복도는 엄청나게 깨끗했으며 앤이 막 들어선 작은 방은 훨씬 더 깨끗해 보였다.

마릴라는 다리가 세 개 달린 탁자에 촛불을 놓아두고 침대 이불을 젖히며 물었다.

"잠옷은 가지고 있지?"

앤이 고개를 끄덕였다.

"네, 두 벌 있어요. 보육원 원장님이 만들어 주셨는데 얼마나 작은지 몰라요. 보육원에는 넉넉하게 남아도는 거라고는 없어서 뭐든지 늘 작아요. 적어도 우리 보육원처럼 가난한 보육원은 그래요. 저는 작은 잠옷이 싫어요. 하지만 그런 잠옷을 입든, 목에 주름 장식이 있고 바닥에 끌리는 멋진 잠옷을 입든 누구나 꿈을 꿀 수 있어요. 그게 그나마 위로가 돼요."

"자, 얼른 옷을 벗고 누워라. 조금 있다 촛불을 가지러 다시 오마. 네가 알아서 불을 끄도록 맡겨 둘 수는 없어. 네가 여기를 태워 버릴 수도 있으니."

마릴라가 나가자 앤은 아쉬운 눈길로 주위를 둘러보았다. 회반죽을 바른 벽은 장식이라고는 없이 횅하니 비어 있었다. 벽도 자신의 황량한 신세를 가슴 아파하는 게 틀림없다고 생각했다. 바닥 역시 앤이 한 번도 본 적 없는, 직접 짠 둥근 매트가 한가운데 깔려 있을 뿐 아무것도 없었다. 방 한구석에 검고 낮은 기둥 네 개가 달린 높직한 구식 침대가 있고 다른 한구석에는 앞에서 말한 삼각 탁자가 있었다. 탁자에는 가장 강한 바늘 끝마저 휘어질 정도로 딴딴하고 불룩한 붉은 벨벳 바늘겨레가 장식처럼 놓여 있고 그 위에는 가로 15센티미터, 세로 20센티미터 크기의 작은 거울이 걸려 있었다. 탁자와 침대 사이 창문에는 얼음처럼 하얀 모슬린 커튼이 드리워져 있고 그 반대편에 세면대가 있었다. 방 전체에 말로 표현할 수 없는 엄격한 분위기가 가득해 앤은 뼛

속까지 떨렸다. 앤은 흐느껴 울면서 옷을 벗어 던지고 작은 잠옷으로 갈아입었다. 그러고는 침대로 뛰어올라 얼굴을 베개에 파묻고 이불을 머리끝까지 끌어올렸다. 마릴라가 촛불을 가지러 올라왔을 때 바닥에 너저분하게 떨어진 작은 옷가지와 격한 감정으로 가득한 침대가 그 방에 마릴라 외에 다른 존재가 있음을 알려주고 있었다.

마릴라는 천천히 앤의 옷을 주워 노란 의자에 가지런히 올려놓고는 촛불을 들고 침대로 갔다.

"잘 자라."

마릴라가 다소 어색하지만 무뚝뚝하지는 않은 투로 말했다.

그러자 이불이 젖혀지며 앤의 하얀 얼굴과 커다란 눈이 불쑥 나왔다.

"어떻게 제게 잘 자라고 말하실 수 있어요? 오늘 밤이 제 인생에서 가장 끔찍한 밤이라는 걸 아시면서요."

원망하듯 말한 앤은 다시 이불 속으로 들어가 버렸다.

마릴라는 천천히 부엌으로 내려가 저녁에 먹은 그릇을 씻어 정리했다. 매슈는 담배를 피우고 있었다. 마음이 편치 않은 게 분명했다. 매슈가 담배를 피우는 일은 거의 없었다. 흡연은 아주 지저분한 습관이라며 마릴라가 단호히 반대하기 때문이었다. 그러나 매슈는 특정한 때나 계절에는 담배를 피우고 싶은 충동을 강하게 느꼈다. 그럴 때 마릴라는 남자에게도 감정을 분출할 수단이 있어야 한다며 담배를 피우는 것을 못 본 채 눈감아 주었다.

"일이 복잡해졌어요. 우리가 직접 가지 않고 말로 전하는 바람에 이런 일이 생긴 거예요. 아무래도 리처드 스펜서네가 말을 잘못 알아들었나 봐요. 우리 중 한 명이 내일 스펜서 부인을 만나러 가야 해요. 저 아이를 보육원으로 다시 돌려보내야 한다고요."

마릴라가 잔뜩 화가 나서 말했다.

"그래, 그래야겠지."

매슈가 마지못해 대답했다.

"그래야겠지라뇨! 그렇게 생각하지 않는다는 건가요?"

"글쎄, 저 아이는 참 괜찮은 아이야, 마릴라. 여기서 그렇게 살고 싶어 하는데 돌려보내는 건 너무 가엾잖아."

"오라버니, 설마 우리가 저 아이를 키워야 한다고 생각하는 건 아니겠죠?"

매슈가 물구나무서기를 좋아한다고 말했다 해도 마릴라가 이보다 놀라진 않았을 것이다.

"글쎄, 아니, 그런 게 아니라…… 꼭 그런 건 아니야. 내 생각에…… 우리가 저 아이를 키울 순 없겠지."

매슈는 자기 생각을 분명히 밝혀야 하자 몹시 불편한 듯 말을 더듬었다.

"아무렴요. 저 아이가 우리한테 무슨 도움이 되겠어요?"

"우리가 저 아이에게 도움이 될 수 있겠지."

매슈가 느닷없이 뜻밖의 말을 했다.

"오라버니, 저 아이에게 완전히 홀렸군요! 저 아이를 키우고 싶다고 얼굴에 아주 노골적으로 써 있잖아요."

"글쎄, 저 아이는 정말이지 재밌더라고. 역에서 집까지 오는 길에 아이가 한 말을 너도 들었어야 했는데."

매슈가 주장을 굽히지 않았다.

"그래요, 말은 술술 잘하더군요. 나도 단번에 알아봤지만 그건 좋은 게 아니에요. 나는 말이 너무 많은 아이를 좋아하지 않아요. 고아 여자아이는 바라지도 않을 뿐더러 설사 바란다고 해도 저런 아이는 아니에요. 저 애한테는 어딘가 이해할 수 없는 구석이 있어요. 안 돼요, 저 아이는 자기가 있던 곳으로 당장 돌아가야 해요."

"나를 도와줄 아이는 프랑스 남자아이로 구할게. 저 아이는 네 말벗이 될 거야."

"말벗이 없어 힘든 일은 없어요. 그러니 나는 저 아이를 기르지 않을 거예요."

마릴라가 퉁명스럽게 말했다.

"글쎄, 물론 네가 말한 대로 되겠지, 마릴라. 난 그만 자러 가겠어."

매슈가 자리에서 일어나 파이프를 치우며 말했다.

매슈는 침실로 갔다. 그릇 정리를 끝낸 마릴라는 마음을 굳힌 듯 얼굴을 찌푸린 채 자러 갔다. 그리고 위층 동쪽 방에서는 정에 굶주린 외로운 아이가 울다가 잠이 들었다.

4
초록 지붕 집에서 맞이한 아침

잠에서 깨어난 앤은 침대에 앉아 어리둥절한 표정으로 창밖을 멀뚱히 내다보았다. 벌써 환한 대낮이었다. 상쾌한 햇살이 쏟아져 들어오는 창밖으로 하얗고 깃털 같은 것들이 파란 하늘을 가로질러 흩날렸다.

앤은 순간 자기가 어디에 있는지 잊었다. 처음엔 아주 좋은 일이 있었던 듯 짜릿한 설렘이 몰려왔다 금세 끔찍한 기억이 되살아났다. '여기는 초록 지붕 집이고 아저씨와 아주머니는 남자아이가 아니라는 이유로 나를 원하지 않았어! 하지만 어김없이 아침이 왔고, 그래. 창밖에는 벚꽃이 만발했지, 앤은 침대에서 뛰쳐

나와 방을 질러 창가로 갔다. 창문을 들어 올리는데 오랫동안 닫혀 있었는지 뻑뻑하고 삐걱거렸다. 창은 꽉 끼어서 무엇인가로 받쳐 두지 않아도 괜찮았다.

앤은 무릎을 꿇고 6월의 아침을 가만히 바라보았다. 두 눈이 찬란한 기쁨으로 반짝였다. 아, 정말 아름다워! 너무나 멋진 곳이야! 이런 곳에서 살 수 없다니! 앤은 여기서 사는 걸 상상해 보았다. 상상할 거리가 넘쳐나는 곳이었다.

밖에는 어마어마하게 큰 벚나무가 무척 가까이 있어 나뭇가지가 집에 거의 닿았고 꽃이 가득 피어나 잎은 보이지도 않았다. 집 양옆 큰 과수원의 사과나무와 벚나무도 꽃을 흐드러지게 매달았으며 풀밭은 민들레 천지였다. 아래쪽 정원에서 자줏빛 꽃을 피운 라일락의 짙은 향기가 아침 바람을 타고 창가로 밀려왔다.

정원 아래로 클로버가 뒤덮은 초록 들판이 골짜기까지 비스듬히 이어지고 시내가 흐르는 골짜기에는 하얀 자작나무 수십 그루가 서 있었다. 덤불 속에는 고사리와 이끼, 숲 속의 수많은 식물이 덤불 위로 살그머니 뻗어 올라 있을 것이다. 그 너머 언덕은 가문비나무와 전나무의 초록빛 깃털 같은 잎으로 뒤덮여 있고 그러한 풍경 사이로 반짝이는 호수 맞은편에서 보았던 작은 집의 회색 지붕 끝이 보였다.

왼편으로 좀 떨어진 곳에는 커다란 헛간이 있고, 헛간 저편 나지막하게 비탈진 초록 들판 끝으로 반짝이는 푸른 바다가 언뜻 보였다.

아름다운 것에 빠져들고 마는 앤의 두 눈은 풍경 하나하나에 오래 머물며 모든 것을 탐욕스럽게 담아 두었다. 가엾은 아이는 지금까지 아름답지 않은 곳을 너무 많이 보고 살아왔다. 그러나 이곳은 앤이 꿈꾸던 그 어떤 곳만큼이나 아름다웠다.

앤은 무릎 꿇고 앉은 자세 그대로 주변의 사랑스러운 풍경을 넋 놓고 바라보다가 누군가 어깨에 손을 얹자 소스라치게 놀랐다. 이 작은 몽상가는 마릴라가 들어오는 것조차 알아차리지 못했던 것이다.

"이제 옷을 갈아입어야지."

마릴라가 무뚝뚝하게 말했다.

마릴라는 아이들에게 어떤 식으로 말해야 하는지 정말로 알지 못했다. 그래서 마음과 달리 딱딱하고 무뚝뚝한 말투가 나온 것이다.

앤은 일어나서 숨을 길게 내쉬었다.

"정말, 아름답지 않아요?"

밖에 펼쳐진 멋진 세상을 향해 손을 흔들며 말했다.

"큰 나무지, 꽃도 많이 피고. 하지만 열매는 그다지 실하지 않단다. 작고 벌레가 많거든."

마릴라가 말했다.

"아, 저 나무만 말하는 게 아니에요. 물론 저 나무는 멋져요. 맞아요, 눈부시게 아름다워요. 꽃도 활짝 피웠고요. 하지만 저는 모든 걸 말하는 거예요. 정원과 과수원과 시냇물과 숲, 커다랗고 소중한 이 세상 전부요. 이런 아침에는 세상을 무작정 사랑할 것 같지 않으세요? 시냇물의 웃음소리가 여기까지 들려오는 것 같아요. 시냇물이 얼마나 활기찬 것인지 느껴본 적이 있으세요? 시냇물은 항상 웃고 있어요. 겨울에도 시냇물이 얼음 밑에서 웃는 소리를 들은 적이 있거든요. 초록 지붕 집 가까이에 시내가 있어서 너무 좋아요. 어차피 아주머니는 저를 데리고 살지 않을 테니까 그게 무슨 상관이냐고 생각하실지 모르지만, 그렇지 않아요. 설사 저 시냇물을 두 번 다시 보지 못한다고 해도 초록 지붕 집에 시냇물이 있다는 것을 언제나 즐거운 마음으로 떠올릴 테니까요. 시냇물이 없었다면 거기에는 시냇물이 꼭 있어야 한다는 생각에 사로잡혀 마음이 편치 않을 거예요. 오늘 아침에는 절망의 구렁텅이에 빠져 있지 않았어요. 아침에는 절대 그럴 수가 없어요. 아침이 있다는 건 정말 멋지지 않아요? 하지만 저는 무척 슬퍼요. 조금 전까지 아주머니가 결국 저를 원해서 제가 여기서 영원히, 영원히 살 거라고 상상하고 있었거든요. 그렇게 상상하는 동안은 크게 위로가 되었어요. 하지만 상상의 가장 나쁜 점은 상상을 끝내야 하는 때가 결국 오고 그러면 마음이 아프다는 거예요."

마릴라가 적당한 틈을 타고 불쑥 끼어들었다.

"옷을 갈아입고 아래층으로 내려가자. 상상은 그만하도록 해. 아침을 먹어야지. 세수하고 머리를 빗어라. 창문은 열어 두고 이불은 침대 발치에 개어 놓고. 잘해 보렴."

앤은 10분 만에 옷을 단정하게 입고 머리를 빗어 가지런히 땋아 내리고 세수를 하고는 아래층으로 내려왔다. 마릴라가 시키는 걸 빠짐없이 해냈다는 생각에 뿌듯했는데 사실 이불 정리는 깜빡 잊었다.

"오늘 아침에는 무척 배가 고파요!"

앤은 마릴라가 준비해 둔 의자에 살며시 앉으며 말했다.

"세상이 어젯밤처럼 그렇게 스산한 황무지처럼 보이지는 않거든요. 화창한 아침이라서 정말 기뻐요! 저는 비 내리는 아침도 참 좋아하지만요. 어떤 아침이든 모두 흥미로워요. 그렇게 생각하지 않으세요? 하루 동안 무슨 일이 생길지 모르니까 상상의 나래를 펼칠 거리가 아주 많잖아요. 그래도 오늘은 비가 내리지 않아 다행이에요. 맑은 날에는 기분이 좋아지고 괴로움을 견디기가 더 쉬우니까요. 제겐 견뎌내야 할 일이 많은 것 같아요. 슬픈 이야기를 읽고 주인공처럼 슬픔을 견디며 살아가는 모습을 상상하는 건 좋아요. 그렇지만 실제로 그런 일을 겪으면 그다지 기분이 좋지 않아요, 그렇죠?"

"제발 입 좀 다물어라. 어린아이가 어쩜 그렇게 말을 많이 하니?"

마릴라가 말했다.

앤은 곧바로 순순히, 그리고 완전히 입을 다물었다. 앤이 계속 침묵을 지키자 마릴라는 자연스럽지 않은 것 같아 오히려 초조해졌다. 매슈 역시 말하지 않았지만 그건 그래도 자연스러웠다. 조용한 식사가 이어졌다.

시간이 지날수록 앤은 점점 더 뭔가에 마음이 쏠린 듯 기계적으로 음식을 씹으며 커다란 두 눈으로 창밖 하늘을 멍하니 바라보고 있었다. 그 모습을 본 마릴라는 더욱 초조해졌다. 이 엉뚱한 아이의 몸은 식탁에 앉아 있을지라도 영혼은 상상의 나래를 펴고 아득한 공상의 세계에 있으리라 생각하니 마릴라는 마음이 영 편치 않았다. 누가 이런 아이를 데리고 있고 싶어 하겠는가?

하지만 매슈는 이 아이를 키우고 싶어 하는데, 도대체 영문을 모르겠다! 마릴라는 매슈가 지난밤과 마찬가지로 오늘 아침에도 그 생각이 전혀 바뀌지 않았다는 사실을 눈치챘다. 그렇다면 매슈의 생각은 앞으로도 변하지 않을 터였다. 매슈는 그런 성격이었다. 어떤 생각이 머릿속에 들어오면 말은 한 마디도 하지 않으면서 고집을 부렸다. 말로 하는 것보다 침묵을 지키는 것이 열배는 더 강력하고 효과적이었다.

식사를 끝내자 앤은 몽상에서 깨어나 설거지를 돕겠다고 했다.

"설거지를 제대로 할 줄은 아는 거니?"

마릴라가 미덥지 않은 듯 물었다.

"꽤 잘해요. 아이들 돌보는 일을 더 잘하긴 하지만요. 그 일을 아주 많이 했거든요. 여긴 제가 돌봐 줄 아이가 없어서 정말 아쉬워요."

"지금 함께 있는 아이 말고 더 많은 아이를 돌보고 싶지 않구나. 네 문제만으로도 골치가 아파. 너를 대체 어떻게 해야 할지 모르겠다. 오라버니처럼 대책 없는 사람도 없을 거야."

"아저씨는 정말 좋은 분이에요. 이해심도 많고요. 제가 말을 많이 해도 싫어하시지 않았어요. 아니, 오히려 좋아하시는 것 같았어요. 저는 아저씨를 보자마자 저와 통하는 분이라고 느꼈어요."

앤은 비난하는 듯한 투로 말했다.

"둘 다 유별나긴 하다. 통한다는 네 말이 그런 의미라면 말이다."

마릴라가 코웃음을 치며 말했다.

"좋아, 설거지를 해 보렴. 뜨거운 물을 충분히 쓰고 반드시 그릇을 잘 말려야 해. 나는 오늘 아침에 할 일이 많단다. 오후에 화이트샌즈에 가서 스펜서 부인을 만나야 하니 말이다. 너도 함께 가서 이 일을 어떻게 할지 결정하도록 하자. 설거지를 마치면 2층에 올라가서 침대를 정리하렴."

앤은 능숙하게 설거지를 해냈다. 마릴라는 그 모습을 유심히 지켜보았다. 이어 앤은 침대를 정리했지만 설거지만큼 잘하지는 못했다. 깃털 이불을 요령껏 다루는 걸 배운 적이 없기 때문이었다. 그런대로 이불을 단정하게 해 놓자 마릴라는 앤이 있는 것이 신경 쓰여서 점심때까지 밖에 나가 놀라고 말했다.

앤은 환한 얼굴로 눈을 반짝이며 후다닥 문으로 달려갔다. 그러나 문턱 바로 앞에서 갑자기 멈춰서더니 되돌아와서 식탁 옆에 앉았다. 누군가 찬물을 끼얹기라도 한 듯 얼굴의 환한 빛이 사그라졌다.

"왜 그러니?"

마릴라가 물었다.

앤이 세속의 모든 즐거움을 포기한 순교자처럼 말했다.

"밖에 나갈 엄두가 나지 않아요. 여기에서 지낼 수 없다면 초록 지붕 집을 좋아한다고 한들 아무 소용이 없잖아요. 밖에 나가 저 모든 나무와 꽃과 과수원과 시냇물과 인사를 나누고 친해진다면 그들을 사랑하지 않을 수 없을 거예요. 지금도 충분히 힘든데, 더 힘들어지고 싶지 않아요. 저는 너무도 밖에 나가고 싶어요. 다들 저를 부르는 것 같거든요. '앤, 앤, 이리 나와 봐. 앤, 앤, 함께 놀자.' 하지만 나가지 않는 게 나아요. 곧 헤어지게 될 텐데 사랑해 봤자 아무 소용이 없잖아요, 그렇죠? 그리고 사랑하는 것과 헤어지는 건 무척 힘들잖아요, 그렇지 않은가요? 그래서 제가 여기서 산다고 생각했을 때 굉장히 기뻤어요. 사랑할 것이 아주 많고 방해할 건 아무것도 없을 것 같았으니까요. 하지만 짧은 꿈으로 끝나 버렸어요. 이제는 제 운명을 받아들여야죠. 저는 또다시 제가 운명을 받아들이지 않을까 봐 두려워서 밖에 나가지 않으려는 거예요. 그런데 창턱에 있는 저 제라늄은 이름이 뭐죠?"

"사과 향 제라늄이란다."

"아, 그런 이름 말고요. 아주머니가 저 제라늄에게 직접 지어 준 이름이요. 이름을 지어 주지 않으셨나요? 그러면 제가 지어 줘도 될까요? 저라면, 어디 보자, 보니가 좋겠어요. 제가 여기 있는 동안 저 제라늄을 보니라고 불러도 될까요? 오, 그렇게 부르게 해 주세요!"

"맙소사, 난 상관없다. 제라늄에 이름을 지어 준들 대체 무슨 의미가 있다는 거니?"

"그저 제라늄이라고 해도 이름을 가지면 좋겠어요. 그럼 더 사람처럼 느껴지잖아요. 그냥 제라늄이라고만 하는 것 때문에 제라늄이 상처받고 있을지 누가 알겠어요? 아주머니도 늘 아주머니라고만 불리면 좋지 않을 거예요. 그래요, 저는 보니라고 부르겠어요. 오늘 아침에 침실 창밖으로 보이는 벚나무에도 이름을 지어 주었어요. 온통 하얘서 눈의 여왕이라고 불렀죠. 물론 벚나무에 늘 꽃이 피어 있는 건 아니지만 그렇게 상상할 수 있잖아요, 안 그런가요?"

마릴라는 감자를 가지러 저장실로 내려가며 중얼거렸다.

'내 평생에 저런 애는 듣도 보도 못했어. 오라버니 말대로 재미있는 아이야. 저 애가 그다음엔 무슨 말을 할지 나 역시 벌써 궁금해지니 말이야. 내게도 마법을 걸 거야, 오라버니에게는 이미 마법을 걸었고. 오라버니가 밖으로 나가면서 나를 바라보는 표정에는 어젯밤에 몇 번이고 말하고 넌지시 암시한 것이 모두 담겨 있었어. 여느 남자처럼 오라버니도 뭐든 말로 표현하면 얼마나 좋아. 그러면 말대꾸도 하고 설득도 할 수 있을 텐데. 그저 묵묵히 바라보기만 하는 사람과 뭘 할 수 있겠어?'

마릴라가 돌아와 보니 앤은 두 손으로 턱을 괴고 하늘을 바라보며 몽상에 빠져 있었다. 마릴라는 이른 점심을 차릴 때까지 앤을 그대로 내버려 두었다.

"오라버니, 오후에 말과 마차를 써도 되죠?"

마릴라가 물었다.

매슈가 애처롭게 앤을 바라보며 고개를 끄덕이자 마릴라는 매슈의 눈길을 막으며 냉정하게 말했다.

"화이트샌즈에 가서 이 문제를 해결해야겠어요. 앤도 데리고 갈 거예요. 스펜서 부인이 앤을 당장 노바스코샤로 돌려보낼 수 있게 조치하겠죠. 차는 준비해 놓고 갈게요. 우유를 짜는 시간까지는 돌아올 거예요."

여전히 매슈는 아무런 대답을 하지 않았다. 마릴라는 자기 입만 아프게 얘기한 기분이 들었다. 무슨 말에도 대꾸하지 않는 남자만큼 화를 돋우는 것도 없다. 대꾸하지 않는 여자를 제외하고는 말이다.

떠날 시간이 되자 매슈가 암말을 마차에 매어 주었고 마릴라와 앤은 길을 나섰다. 마당의 문을 열어 주고 마차가 천천히 지나갈 때 매슈는 혼잣말하듯 중얼거렸다.

"오늘 아침에 크리크 출신의 제리 부트라는 남자아이가 왔었어. 여름에 일손이 필요하니 도와줘야 할 것 같다고 말해 뒀지."

마릴라는 아무런 대답 없이 운수 사나운 암말을 채찍으로 세게 내리쳤다. 그러자 그런 대접을 받아 본 적 없는 뚱뚱한 말이 성난 듯 놀라운 속도로 오솔길을 내달렸다. 덜컹거리는 마차에서 마릴라가 흘끗 돌아보니 짜증스러운 매슈는 문에 기대 선 채 안타까운 눈빛으로 그들을 바라보고 있었다.

5
앤의 이야기

"있잖아요, 저는 즐거운 마음으로 마차를 타고 가기로 했어요."

앤이 속을 터놓듯 말했다.

"뭐든 즐겁게 하겠다고 단단히 마음먹으면 그렇게 할 수 있다는 걸 경험으로 터득했거든요. 물론 마음을 단단히 먹어야 해요. 마차를 타고 가는 동안에는 보육원으로 돌아간다는 생각은 하지 않을 거예요. 그냥 마차를 타고 가는 것만 생각하려고요. 어머, 보세요. 벌써 들장미가 피었어요! 정말 예쁘죠? 장미는 자기가 장미라는 사실을 틀림없이 마음에 들어 할 것 같지 않나요? 장미가 말을 할 수 있다면 얼마나 좋을까요. 분명 장미는 우리에게 멋진 이야기를 들려줄 거예요. 그리고 분홍색은 세상에서 가장 매혹적인 색깔이지 않나요? 저는 분홍색을 좋아해요. 분홍색 옷을 입을 수는 없지만요. 머리카락이 빨간색인 사람은 분홍색 옷을 입을 수가 없어요. 상상 속에서도 안 돼요. 혹시 어릴 때는 머리카락이 빨간색이었는데 어른이 되고 나서 머리카락 색깔이 바뀐 사람 이야기를 들어 보셨나요?"

"아니, 그런 얘기는 들어 본 적이 없어. 너한테 그런 일이 일어날 것 같지도 않구나."

마릴라가 매정하게 대답하자 앤이 한숨을 내쉬었다.

"어휴, 희망이 또 하나 사라졌어요. 제 인생은 희망을 묻어 버린 묘지예요. 언젠가 책에서 읽은 구절인데 뭔가에 실망할 때마다 그 구절을 되뇌며 저 자신을 위로해요."

"그 말이 어떻게 위로가 된다는 건지 모르겠구나."

"아, 아주 멋지고 낭만적으로 들리기 때문이에요. 마치 제가 책 속의 주인공이 된 것처럼 말이죠. 저는 낭만적인 것을 무척 좋아해요. 묻어 버린 희망이 가득한 묘지는 누구나 상상할 수 있을 만큼 낭만적이에요. 그렇지 않나요? 제게 그런 묘지가 있어서 전 오히려 기뻐요. 오늘도 반짝이는 호수를 건너가나요?"

"네가 말하는 반짝이는 호수가 배리 연못이라면 그리로 가지 않을 거야, 해변 길로 갈 거다."

앤이 꿈을 꾸듯 말했다.

"해변 길이라니, 멋질 것 같아요. 이름처럼 정말 근사한가요?

아주머니가 '해변 길'이라고 말씀하시자마자 제 머릿속에 그림이 떠올랐어요. 순식간에요! 화이트샌즈 또한 예쁜 이름이에요. 하지만 에이번리만큼은 아니에요. 에이번리는 정말 아름다운 이름이에요. 마치 음악 소리처럼 들리거든요. 화이트샌즈는 얼마나 먼가요?"

"8킬로미터쯤 가면 돼. 쉴 새 없이 이야기할 생각이라면 차라리 너 자신에 관한 이야기를 해 보려무나."

"아, 제가 알고 있는 제 이야기는 말할 만한 게 없어요. 제가 저에 대해 상상하는 이야기가 훨씬 더 재미있을 거예요."

앤이 진지하게 말했다.

"아니, 네가 상상한 이야기는 듣고 싶지 않아. 사실 그대로만 얘기해 보렴. 처음부터 말이야. 어디서 태어났고 지금 몇 살이지?"

작은 한숨을 내쉬며 앤은 사실을 이야기하기 시작했다.

"지난 3월에 열한 살이 되었어요. 노바스코샤 볼링브로크에서 태어났고요. 아빠 이름은 월터 셜리고 볼링브로크 고등학교 선생님이었어요. 엄마 이름은 버사 셜리에요. 월터와 버사, 멋진 이름이지 않나요? 부모님 이름이 멋져서 정말 좋아요. 만일 아빠 이름이…… 음, 제데디아라면 정말 부끄러웠을 것 같아요. 그렇지 않나요?"

"행실이 단정하다면 이름이 뭐든 중요하지 않단다."

마릴라는 올바르고 유용한 도덕 규범을 가르쳐야 한다는 생각으로 말했다.

"글쎄요, 잘 모르겠어요."

앤은 생각에 잠긴 것 같았다.

"언젠가 책에서 장미는 다른 이름이었어도 향기는 똑같이 달콤할 거라는 걸 읽었지만 저는 그 말을 믿을 수가 없었어요. 장미를 엉겅퀴나 앉은부채라고 부른다면 지금처럼 아름다울 것 같지 않아요. 아빠 이름이 제데디아였더라도 아빠는 좋은 사람이었을 거로 생각해요. 하지만 이름이 힘들게 했을 거예요. 어쨌든 엄마도 고등학교 선생님이었는데, 결혼하면서 학교를 그만두었어요. 남편이 가정을 책임지는 법이니까요. 토머스 아주머니가 말하기를, 아빠와 엄마는 둘 다 애들 같았고 찢어지게 가난했대요. 두분은 볼링브로크의 아주 작은 노란 집에서 살았어요. 저는 그집을 보지 못했지만 수없이 상상해 봤어요. 거실 창문 위로 인동덩굴이 자라고 앞뜰에는 라일락이, 대문 바로 안쪽에는 은방울꽃이 피어 있었을 거예요. 맞아요. 창문마다 모슬린 커튼이 걸려있고요. 모슬린 커튼은 집을 아늑하게 만들어 주잖아요. 저는그 집에서 태어났어요. 토머스 아주머니는 저처럼 못생긴 아기는처음 봤다고 했어요. 아주 깡마르고 작아서 눈밖에 보이지 않았대요. 하지만 엄마는 제가 정말 예쁘다고 생각했대요. 집안일을도와주러 온 가난한 아주머니보다는 엄마가 더 정확하게 판단했을 거예요. 그렇게 생각하지 않으세요? 엄마가 저를 예뻐했다니다행이에요. 엄마가 저를 보고 실망했다면 무척 슬펐을 거예요.

엄마는 그 후로 얼마 살지 못했거든요. 제가 겨우 3개월일 때 엄마는 열병으로 돌아가셨어요. 제가 엄마라고 부른 걸 기억할 수 있을 때까지만이라도 살아 계셨으면 좋았을 텐데. '엄마'라고 부르는 건 너무도 정다워요, 그렇죠? 아빠도 나흘 뒤 열병으로 돌아가셨대요. 그래서 저는 고아가 되었고, 토머스 아주머니의 말에 따르면, 마을 사람들이 저를 어떻게 하면 좋을지 몰라 난감해했대요. 그때도 아무도 저를 원하지 않았던 거예요. 그게 제 운명인가 봐요. 아빠와 엄마 모두 먼 곳에서 왔기 때문에 친척이 없다는 사실을 모르는 사람이 없었어요. 결국 찢어지게 가난한 데다 술주정뱅이 남편까지 있는 토머스 아주머니가 저를 데려가겠다고 했대요. 아주머니가 저를 손수 키웠어요. 그런데 손수 키워진 사람은 그렇게 자라지 않은 사람보다 특별히 더 나은 점이 있나요? 왜냐하면 제가 말을 듣지 않을 때마다 아주머니는 손수 키웠는데 어쩜 이렇게 나쁜 애처럼 굴 수 있냐고 나무랐거든요.

토머스 아주머니와 아저씨는 볼링브로크에서 메리즈빌로 이사했고 저는 여덟 살까지 함께 살았어요. 그 집에는 저보다 어린아이가 네 명이나 있어서 그 애들 돌보는 걸 거들었어요. 정말 손이 많이 가는 아이들이었죠. 그러던 어느 날 토머스 아저씨가 기차에서 떨어져 돌아가셨어요. 토머스 아저씨네 어머니가 아주머니와 아이들을 데려가겠다고 했지만 저까지는 원하지 않았어요. 아주머니가 저를 어떻게 해야 할지 몰라 난처해하고 있을 때 강 상류에 사는 해먼드 아주머니가 저를 데려가겠다고 했어요. 제가 아이들을 잘 돌본다는 걸 알았거든요. 그래서 저는 강 상류로 올라가 그루터기가 드문드문 있는 작은 빈터에서 해먼드 아주머니와 함께 살았어요. 그곳은 인적이 드문 곳이었어요. 상상력이 없었다면 저는 거기서 살지 못했을 거예요. 해먼드 아저씨는 작은 제재소를 운영했고 아주머니는 아이를 여덟 명 낳았어요. 쌍둥이를 세 번이나 낳았죠. 아이들이 적당히 많은 건 괜찮지만 연달아 세 번이나 쌍둥이를 낳는 건 너무하다 싶더라고요. 마지막 쌍둥이가 태어났을 때 해먼드 아주머니에게 단호하게 그렇게 말했어요. 그 아이들을 돌보느라 녹초가 되곤 했거든요.

해먼드 아주머니와 2년 넘게 살았어요. 그러다 해먼드 아저씨가 돌아가시자 아주머니는 살림을 포기해 버렸어요. 아이들은 여기저기 친척에게 맡기고 미국으로 떠났죠. 저는 호프타운에 있는 보육원에 갈 수밖에 없었어요. 아무도 저를 데려가려고 하지 않았으니까요. 그런데 보육원에서도 저를 원하지 않았어요. 고아들이 너무 많아서 더는 받을 수 없다고 했대요. 하지만 결국 저를 받아 주었고, 스펜서 아주머니가 오실 때까지 넉 달 동안 보육원에서 지냈어요."

앤은 한숨을 내쉬며 이야기를 마쳤다. 이번에는 안도의 한숨이었다. 자기를 원하지 않았던 세상에서 겪은 일을 이야기하는 것이 내키지 않았던 게 분명했다.

"학교에 다닌 적은 있니?"

마릴라가 밤색 암말을 해변 길로 돌리며 물었다.

'절망'이라는 두 글자가
온종일 머릿속을 맴도는 날

"태양이 높이 뜨면 그림자는 사라지는 법이에요!"

_ 영화 〈백야행〉 중에서

"얼마 못 다녔어요. 토머스 아주머니와 함께 살던 마지막 해에 잠시 다녔어요. 강 상류에 살 때는 학교가 너무 멀어서 겨울에는 걸어서 다닐 수가 없고 여름에는 방학이었어요. 그래서 봄과 가을에만 학교에 갈 수 있었죠. 물론 보육원에 있는 동안은 학교에 다녔어요. 저는 글을 제법 잘 읽고 시도 많이 외우고 있어요. 「호엔린든 전투」, 「플로든 전투 이후의 에든버러」, 「라인강의 빙겐」, 그리고 「호수의 여인」의 여러 편과 제임스 톰슨의 「사계」 대부분을 외울 수 있어요. 아주머니는 소름이 등줄기를 타고 내릴 정도로 전율하게 만드는 시를 좋아하지 않으세요? 5학년 읽기 책에 있는 「폴란드의 멸망」은 정말 감동적이에요. 물론 저는 4학년이어서 5학년 읽기 책을 가지고 있지는 않았어요. 언니들이 읽어 보라고 자기네 걸 빌려주곤 했죠."

"그 여자들, 그러니까 토머스 부인과 해먼드 부인이 너에게 잘해 주었니?"

마릴라가 곁눈질로 앤을 쳐다보며 물었다.

"어……."

앤이 자신 없이 더듬거렸다. 예민한 작은 얼굴이 갑자기 새빨개졌고 당황한 기색이 역력했다.

"그분들은 제게 잘해 주려고 했어요. 되도록 상냥하게 잘해 주려고 했다는 걸 알아요. 사람들이 잘해 주려는 마음이 있다면 실제로 잘해 주지 않더라도 그다지 신경 쓰지 않잖아요. 그분들에게는 걱정거리가 많았어요. 남편이 술주정뱅이면 정말 힘들잖아요. 또 세 번 연달아 쌍둥이를 낳는 건 보통 일이 아닐 거예요, 그렇게 생각하지 않으세요? 하지만 그분들이 마음으로는 제게 잘해 주고 싶어 했다고 확신해요."

마릴라는 더는 묻지 않았다. 앤은 조용히 해변 길에 빠져들었고 마릴라는 깊은 생각에 잠겨 멍하니 말을 몰았다. 갑자기 앤을 향한 연민이 일어 마릴라의 마음을 휘저었다. 얼마나 굶주리며 사랑받지 못한 채 살아왔을까. 고되게 일하고 가난에 시달리며 보살핌을 받지 못하고 자란 아이였다. 눈치 빠른 마릴라는 앤의 이야기 속에서 숨은 의미와 진실을 알아차릴 수 있었다. 앤이 진짜 집을 갖게 됐다고 그렇게 기뻐한 것도 당연했다. 보육원으로 되돌아갈 수밖에 없게 된 건 너무 가여운 일이었다. 만일 마릴라가 알다가도 모를 매슈의 고집을 받아들여 앤을 초록 지붕 집에 살게 하면 어떻게 될까? 매슈는 이미 마음을 굳힌 상태인 데다 아이는 착하고 잘 가르치면 괜찮을 것 같았다.

마릴라는 속으로 생각했다.

'이 아이는 말이 너무 많기는 하지만 가르치면 나아질 거야. 말하는 걸 들어 보면 무례하거나 거친 구석은 없어. 점잖은 아이야. 괜찮은 집안의 아이였을 것 같아.'

해변 길은 숲이 우거지고 황량하며 인적이 드물었다. 오른편에는 오랜 세월 바닷바람에 시달리면서도 기상이 꺾이지 않은 전나무가 빽빽하게 자라 있었다. 왼편은 가파른 붉은 사암 절벽이었는데, 군데군데 길이 절벽과 너무 가까워 그들의 밤색 말처럼 차분한 말이 아니었다면 마차에 탄 두 사람은 마음을 졸였을 것이다. 절벽 아래에는 파도에 파이고 깎인 바위와 바다 보석 같은 자갈이 점점이 박힌 모래사장이 있었다. 그 너머로 일렁이는 파란 바다가 보이고 햇빛을 받은 갈매기가 은빛 날개를 반짝이며 날아다녔다.

"바다는 정말 아름답지 않나요?"

눈을 크게 뜬 채 오랫동안 말이 없던 앤이 입을 열었다.

"예전에 메리즈빌에 살 때 토머스 아저씨가 우편 마차를 빌려와 우리 모두를 태우고 16킬로미터쯤 떨어진 해변에 가서 하루를 보낸 적이 있어요. 그날은 매 순간이 즐거웠어요. 아이들을 돌봐야 하긴 했지만요. 그 뒤로도 몇 년 동안이나 그때를 떠올리며 행복한 꿈을 꾸었어요. 이 해변이 메리즈빌의 해변보다 더 근사해요. 저 갈매기들도 멋지지 않나요? 갈매기가 되고 싶진 않으세요? 저는 갈매기가 되고 싶어요. 만약 사람이 될 수 없었다면요.

해가 뜰 때 잠에서 깨어나 바다로 급강하하거나 온종일 저 아름다운 푸른 하늘을 날아다니다 밤이 되면 둥지로 돌아가는 거예요, 정말 신나지 않겠어요? 아, 그렇게 살아가는 저를 당장 상상할 수 있어요. 저기 앞에 있는 큰 집은 뭐죠?"

"화이트샌즈 호텔이란다. 커크 씨가 운영하지. 아직은 손님이 몰려올 시기가 아닌데 여름이면 미국인들이 무척 많이 온단다. 그들도 이 해변이 마음에 든다고 생각하는 모양이다."

앤이 서글프게 말했다.

"저는 저기가 스펜서 아주머니네 집일까 봐 걱정했어요. 거기에 도착하지 않았으면 좋겠어요. 거기에 가면 모든 게 끝나 버릴 것 같아요."

6
마릴라가 마음을 정하다

앤과 마릴라는 적당한 때에 도착했다. 화이트샌즈 만에 자리한 커다란 노란 저택에 사는 스펜서 부인은 놀라움과 반가움이 뒤섞인 다정한 얼굴로 문가에 나왔다.

"어머나, 어머나, 오늘 만나게 될 줄은 꿈에도 몰랐어요. 정말 반가워요! 말을 안으로 들일 거죠? 앤, 잘 지냈니?"

"아주 잘 지내고 있어요. 고맙습니다!"

웃음기 없이 대답하는 앤의 얼굴에 어두운 그림자가 드리워졌다.

"말을 쉬게 할 겸 잠깐만 있다 갈게요. 매슈 오라버니에게 일찍 돌아가겠다고 해 놓았거든요. 스펜서 부인, 사실은 어딘가에서 묘한 실수가 있었나 봐요. 어떻게 된 일인지 알아보려고 온 거예요. 오라버니와 저는 보육원에서 남자아이를 데려다 달라는 말을 부인에게 전해 달라고 했어요. 부인의 동생 로버트에게, 우리가 열 살이나 열한 살 먹은 남자아이를 원한다고 당신에게 전해 달라고 부탁했어요."

"마릴라 커스버트, 그럴 리가요!"

스펜서 부인이 당황하며 말했다.

"로버트가 딸 낸시 편에 당신이 여자아이를 원한다는 말을 전했어요. 안 그러니, 플로라 제인?"

스펜서 부인은 계단에 나와 있던 딸에게도 확인했다.

"낸시가 분명히 그렇게 말했어요, 커스버트 아주머니."

플로라 제인이 확신에 차서 대답했다.

"너무나 유감스러운 일이군요. 정말 안된 일이지만 제 잘못은 아니에요, 미스 커스버트. 저는 최선을 다했고 부인의 부탁대로 한 줄로 알았어요. 낸시는 아주 많이 덜렁대는 아이예요. 조심성이 없어서 제게 자주 꾸중을 듣거든요."

마릴라가 체념한 듯 말했다.

"우리 잘못이에요. 그런 중요한 얘기를 말로 전할 게 아니라 직접 부인에게 말했어야 했어요. 아무튼 일은 이미 벌어졌으니 이제 바로잡기만 하면 되겠군요. 이 아이를 보육원으로 돌려보내도 되겠죠? 아이를 다시 받아 줄 것 같은데요, 그렇지 않을까요?"

스펜서 부인은 무슨 생각이 있다는 듯 말했다.

"그럴 거예요. 하지만 이 아이를 돌려보내지 않아도 될 것 같아요. 어제 피터 블루엣 부인이 여기 와서 부인을 도와줄 여자아이를 보내 달라고 신신당부했거든요. 알다시피 블루엣 부인네는 대가족인데 도와줄 사람을 구하기가 힘든가 봐요. 앤이 그 집에 적격일 것 같아요. 이건 분명 신의 뜻이에요."

마릴라는 신의 뜻과는 관계없다고 생각하는 표정이었다. 달갑지 않은 고아를 떼어 보낼 기회를 뜻밖에 만났지만 전혀 다행인 것 같지 않았다.

마릴라는 피터 블루엣 부인과 겨우 얼굴만 아는 사이였는데, 뼈에 살이라고는 붙어 있지 않은 작은 체구에 잔소리가 심할 것 같은 인상이었다. 자주 들려오는 소문에 따르면, 블루엣 부인은 '지독하게 일하고 지독하게 일을 시키는 사람'이었다. 해고당한 하녀들은 블루엣 부인의 성미가 고약하고 인색하며 아이들은 당돌하고 걸핏하면 싸운다며 몹시 분해했다. 마릴라는 앤을 그런 인정머리 없는 여자에게 넘겨준다고 생각하자 마음이 찜찜했다.

"글쎄요, 들어가서 이 문제를 의논해 보죠."

마릴라가 말했다.

"어머, 마침 블루엣 부인이 저기 오는군요!"

스펜서 부인은 서둘러 손님들을 안으로 맞아들였다. 거실에 들어서자 차디찬 냉기가 밀려왔다. 진녹색 블라인드가 창문을 완전히 가려 오랫동안 공기가 순환되지 않으면서 원래 있던 온기마저 사라진 것 같았다.

"정말 다행이에요! 이 문제를 곧바로 해결할 수 있어서요. 미스 커스버트, 안락의자에 앉으세요. 앤, 너는 여기 긴 의자에 앉아 얌전히 있어라. 모자는 이리 주고. 플로라 제인, 가서 주전자를 올려놓으렴. 어서 오세요, 블루엣 부인. 부인이 때맞춰 와서 참 다행이라고 얘기 나누던 참이었어요. 서로 소개해 드릴게요. 블루엣 부인이고 미스 커스버트예요. 아, 잠깐 실례해야겠어요. 플로라 제인에게 오븐에서 빵을 꺼내라고 말하는 걸 깜빡했지 뭐예요."

스펜서 부인은 블라인드를 올리고 나서 급히 나갔다. 앤은 힘껏 맞잡은 두 손을 무릎 위에 올려놓고 긴 의자에 앉아서 블루엣 부인을 빤히 바라보았다. 얼굴도 눈매도 날카로운 이 여자에게 맡겨지는 걸까? 앤은 목구멍에 덩어리가 걸려 있는 기분이 들었고 눈이 쓰라렸다. 앤은 눈물을 참을 수 없을 것 같았다. 그때 스펜서 부인이 상기된 얼굴로 돌아왔다. 육체적인 문제든 정신적인 문제든, 혹은 영적인 문제에 이르기까지 어떤 어려움도 단숨에 해결할 수 있다는 표정이었다.

스펜서 부인이 말했다.

"블루엣 부인, 이 아이의 일에 착오가 생겼어요. 저는 커스버트 씨네가 여자아이를 입양하려는 줄 알았어요. 분명히 그렇게 들었거든요. 하지만 남자아이를 원하셨대요. 부인이 지금도 어제와 같은 생각이라면 이 아이가 제격일 것 같아요."

블루엣 부인은 앤을 머리부터 발끝까지 쓱 훑어본 후 물었다.

"몇 살이고 이름은 뭐지?"

"앤 셜리예요. 열한 살이고요."

앤은 잔뜩 움츠러들어 이름 철자에 주의를 기울여 달라는 조건도 달지 못하고 더듬거렸다.

"흠! 재주가 많을 것 같진 않지만 강단은 있어 보이는구나. 강단이 있는 사람이 제일이지. 내가 널 데리고 가면 착한 아이가 되어야 한다. 착하고 똑똑하고 예의 바르게 굴라는 말이야. 네가 밥값을 확실히 할 거로 기대하마. 좋아요, 미스 커스버트, 제가 이 아이를 데려가는 게 좋겠어요. 아기가 얼마나 보채는지 그 애를 보느라 저는 진이 다 빠졌어요. 괜찮으시다면 지금 당장 이 아이를 데리고 갈게요."

마릴라는 앤을 쳐다보았다. 앤의 창백한 얼굴을 보니 마음이 약해졌다. 막 빠져나온 덫에 다시 사로잡힌 듯 무력한 어린아이의 표정에는 절망감이 가득했다. 마릴라는 그 간절한 표정을 외면한다면 죽는 날까지 괴로울 것 같았다. 게다가 블루엣 부인이 마음에 들지 않았다. 예민하고 '잔뜩 긴장한' 아이를 저런 여자에게 맡긴다니! 아니, 도저히 그렇게는 할 수는 없어!

마릴라가 천천히 말을 꺼냈다.

"글쎄요, 모르겠어요. 오라버니와 제가 이 아이를 기르지 않겠다고 확실히 결정한 건 아니에요. 사실 오라버니는 이 아이를 데리고 있으려 해요. 저는 그저 어떻게 해서 착오가 생겼는지 알아보려고 온 거예요. 이 아이를 다시 집으로 데리고 가서 오라버니와 의논해 봐야겠어요. 어떤 일이든 오라버니와 의논하지 않고 결정하면 안 된다고 생각해요. 아이를 데리고 있지 않기로 하면 내일 밤이라도 아이를 부인에게 데려다주든지 혼자 보내든지 할게요. 만일 그런 일이 없으면 이 아이는 우리와 함께 사는 거로 아시면 돼요. 그러면 되겠죠, 블루엣 부인?"

"그래야 할 것 같군요."

블루엣 부인은 탐탁지 않다는 듯 대답했다.

마릴라가 말하는 동안 앤의 얼굴은 마치 해가 떠오르듯 밝아졌다. 먼저 절망적인 표정이 사라지더니 차츰 희망으로 얼굴이 상기되면서 두 눈이 새벽별처럼 그윽하고 영롱하게 빛났다. 앤의 모습은 완전히 달라졌다. 잠시 후 애초에 요리책을 빌리러 온 블루엣 부인이 스펜서 부인과 나가자 앤은 벌떡 일어나 방을 가로질러 마릴라에게 뛰어갔다.

"오, 미스 커스버트, 저를 초록 지붕 집에서 데리고 살지도 모른다고 말씀하신 게 정말인가요? 정말로 그렇게 말씀하신 거죠? 아니면 제가 그렇게 상상한 건가요?"

앤은 마치 큰 소리로 얘기하면 그 영광스러운 기회가 산산이 부서져 사라지기라도 한다는 듯 숨을 죽이고 속삭였다.

"앤, 현실과 상상을 구분하지 못할 정도라면 그 상상이라는 걸 조절하는 법을 배워야겠구나. 그래, 네가 들은 그대로다. 아직 결정된 건 아니야. 너를 블루엣 부인에게 보내기로 할 수도 있어. 나보다는 블루엣 부인에게 네가 더 필요한 건 분명하니까."

마릴라는 심술궂게 말했다.

"저 아주머니와 사느니 보육원으로 돌아가는 게 낫겠어요. 저 아주머니는 꼭…… 꼭 송곳처럼 생겼잖아요."

앤이 흥분해서 말했다.

마릴라는 앤이 그렇게 말하는 걸 따끔히 혼내야 한다는 생각에 억지로 웃음을 참으며 엄하게 말했다.

"너 같은 어린아이가 잘 알지도 못하는 어른을 그런 식으로 말하는 건 부끄러운 일이야. 네 자리로 돌아가서 조용히 입 다물고 앉아 있어라. 얌전하게 굴어야지."

"저를 데리고 있어 주시기만 한다면 아주머니가 하라는 대로 뭐든 하겠어요."

앤이 고분고분하게 긴 의자로 돌아가며 말했다.

그날 저녁, 마릴라와 앤이 초록 지붕 집으로 돌아올 때 매슈는 오솔길까지 나와 그들을 맞이했다. 마릴라는 매슈가 길에서 서성대는 모습을 멀리서부터 보았고 그 이유를 짐작할 수 있었다. 마릴라가 앤을 다시 데리고 돌아온 것을 보고 매슈의 얼굴에 안도하는 기색이 어릴 것은 모두 예상한 바였다. 마릴라는 그 일에 대해 매슈에게 아무 말도 하지 않다가 뒤뜰에 나와 소젖을 짜는 동안 입을 열었다. 마릴라는 매슈에게 앤이 자라온 이야기와 스펜서 부인 집에서의 일을 간략히 들려주었다.

"그 블루엣이라는 여자에게는 내가 좋아하는 개도 주지 않을 거야."

매슈가 여느 때와 달리 활기차게 말했다.

"저도 그 여자가 마음에 들지 않았어요. 하지만 앤을 그 여자에게 보내든지 우리가 키우든지 둘 중 하나는 해야 해요. 오라버니가 앤을 데리고 있고 싶어 하니 저도 따를게요. 아니, 꼭 데리고 있어야겠어요. 이 생각을 하도 많이 하다 보니 당연히 그래야 할 것만 같아요. 이제는 일종의 의무라고 생각해요. 저는 한 번도 아이를, 특히 여자아이를 키워 본 적 없잖아요. 엉망진창이 될지도 몰라요. 하지만 최선을 다해 보겠어요. 오라버니, 아무튼 제 생각에는 앤을 데리고 살아도 괜찮을 것 같아요."

늘 수줍음이 어린 매슈의 얼굴이 기쁨으로 빛났다.

"글쎄, 네가 그렇게 생각할 줄 알았다, 마릴라. 저 애는 정말 재미있는 아이거든!"

"저 애가 쓸모 있는 아이라고 말씀하시면 더 좋았을 거예요. 제가 그런 아이로 키우겠어요. 그러니 오라버니, 제 양육 방식을 간섭하려 들지 마세요. 노처녀가 아이 키우는 법을 잘 알 리 없지만 노총각보다는 낫지 않겠어요? 앤을 다루는 건 제게 맡겨 두세요. 제가 실패한 뒤에 오라버니가 도와주셔도 충분해요."

매슈는 마릴라를 안심시켰다.

"그럼, 그럼, 마릴라, 네가 알아서 하렴. 그저 버릇이 나빠지지 않는 선에서 되도록 다정하고 친절하게 대해 줘. 저 애가 너를 사랑하게만 할 수 있다면 너는 저 아이와 함께 무슨 일이든 할 수 있을 거다."

매슈가 여자들 사이의 일을 안다는 듯 말하자 마릴라는 코웃음 치며 우유가 든 양동이를 들고 자리를 떴다.

마릴라는 우유를 크림 분리기에 넣고 거르며 곰곰이 생각했다.

'오늘 밤에는 앤에게 여기서 살아도 좋다는 말은 하지 말아야겠어. 잔뜩 흥분해서 밤새 한숨도 못 잘 테니까. 마릴라 커스버트, 결국 하기로 했구나. 네가 고아 여자아이를 입양하는 날이 올 줄은 꿈에도 몰랐지? 정말 놀라운 일이야. 하지만 더 놀라운 건 매슈 오라버니야. 여자아이라면 늘 그렇게 질색했는데 말이지. 아무튼 우리는 아이를 키우기로 했으니 앞으로 어떻게 될지는 두고 봐야겠지.'

7
앤이 기도하다

그날 밤 마릴라는 앤을 침대로 데리고 가면서 엄하게 말했다.

"앤, 어젯밤에 보니 옷을 벗어서 바닥에 아무렇게나 던져 놓았더구나. 그건 단정치 못한 행동이야. 난 그런 건 용납 못 한다. 옷을 벗으면 반듯하게 개서 의자 위에 둬야 해. 깔끔하지 않은 여자아이는 아무 쓸모 없어."

"어젯밤에는 너무 괴로워서 옷에 신경 쓸 겨를이 없었어요. 오늘 밤에는 잘 개어 놓을게요. 보육원에서도 늘 그렇게 하라고 배웠는데 절반쯤은 깜빡 잊고 서둘러 침대로 들어가기 바빴어요. 조용히 재미있는 상상을 하고 싶었거든요."

마릴라가 나무라듯 말했다.

"여기에서 지내게 된다면 좀 더 잘 기억해야 할 거다. 그래, 그렇게 하면 돼. 이제 기도하고 잠자리에 들어라."

"저는 기도를 해 본 적이 없는걸요."

마릴라가 깜짝 놀라며 물었다.

"뭐라고, 앤, 그게 무슨 말이니? 기도하는 걸 배운 적이 없다는 거니? 하나님은 늘 어린아이들이 기도하기를 원하신단다. 앤, 하나님이 누구신지도 모르니?"

마릴라의 말이 떨어지기 무섭게 앤이 막힘없이 대답했다.

"하나님은 영혼이요, 무한하고 영원하고 불변하시며 그 안에 지혜와 힘, 거룩함과 정의, 선함과 진리가 있도다."

마릴라는 다소 안심했다.

"어느 정도 알고는 있구나. 다행이야! 이교도는 아닌 모양이니. 그건 어디에서 배웠니?"

"보육원 주일 학교에서요. 교리 문답서를 통째로 외우게 했거든요. 저는 교리 문답서를 꽤 좋아했어요. 멋진 단어들이 있더라고요. '무한하고 영원하고 불변하시며.' 정말 장엄하지 않은가요? 커다란 오르간을 연주하는 것처럼 울림이 있어요. 시라고 할 수는 없지만 꼭 시처럼 들리기도 해요. 그렇지 않나요?"

"앤, 지금 시가 아니라 기도 이야기를 하고 있잖니. 매일 밤 기도하지 않는 게 얼마나 나쁜 건지 모르니? 네가 나쁜 아이일까 봐 걱정스럽구나."

앤이 원망하듯 말했다.

"아주머니도 빨간 머리였으면 착한 사람보다 나쁜 사람이 되기가 쉽다는 걸 아셨을 거예요. 빨간 머리가 아닌 사람은 그 괴로운 심정을 몰라요. 하나님이 제 머리카락을 일부러 빨갛게 만들었다고 토머스 아주머니가 말했어요. 그 후로 저는 하나님에게 관심을 두지 않았어요. 그리고 밤이 되면 늘 너무 피곤해서 도저히 기도할 수 없었어요. 쌍둥이를 돌봐야 하는 사람들은 기도할 수 없을 거예요. 아주머니는 정말로 그들이 기도할 수 있다고 생각하세요?"

마릴라는 앤에게 당장 종교 교육을 시작해야겠다고 마음먹었다. 잠시도 미룰 수 없는 일이었다.

"내 집에 있는 동안에는 반드시 기도해야 한다, 앤."

"그야 물론이죠. 아주머니가 원하시면 어떤 일이든 하겠어요. 하지만 이번만은 어떻게 기도해야 하는지 알려 주세요. 그러면 밤마다 잠자리에서 할 멋진 기도를 생각할게요. 막 떠오른 건데 기도도 정말 재미있을 것 같아요."

앤이 흔쾌히 대답했다.

"우선 무릎을 꿇으렴."

마릴라가 당황스러워하며 말했다.

앤은 마릴라 앞에 무릎 꿇고 앉아 진지한 표정으로 고개를 들었다.

"왜 기도할 때 무릎을 꿇어야 하죠? 진심으로 기도하고 싶을 때 전 이렇게 하겠어요. 드넓은 들판이나 깊고 깊은 숲속으로 혼자 갈 거예요. 그런 다음 파란색이 끝없이 펼쳐진 듯한 아름다운 파란 하늘을 높이, 높이, 높이 올려다볼 거예요. 그러고 나면 기도가 느껴질 거예요. 자, 전 준비 됐어요. 뭐라고 말해야 하죠?"

마릴라는 더욱더 당혹스러웠다. 원래는 앤에게 '이제 잠자리에 들려고 합니다' 같은 전형적인 어린아이 기도문을 알려 줄 생각이었다. 그러나 마릴라는 조금이나마 유머 감각이 있는 사람이었다. 다시 말해 합리적인 판단을 할 수 있었다. 그래서 하얀 잠옷을 입고 어머니의 무릎에서 혀짧은 소리를 하는 어린 시절에나 신성하게 여겨지는 단순한 기도가 이 주근깨투성이 어린 마녀에게는 적합하지 않다는 생각이 문득 들었다. 이 아이는 인간의 사랑을 통해 하나님의 사랑을 경험해 본 적이 없어 하나님을 알지도 못하고 관심도 없지 않은가.

마침내 마릴라가 말했다.

"앤, 너는 혼자서 기도할 수 있는 나이란다. 베풀어 주신 은혜에 감사드리고 네 소망이 이루어지게 해 달라고 겸손하고 예의 바르게 말하렴."

앤은 마릴라의 무릎에 얼굴을 묻으며 약속했다.

"네, 최선을 다해 볼게요. 하늘에 계신 자비로운 하나님 아버지…… 교회에서 목사님이 이렇게 말씀하시던데, 혼자 기도할 때 해도 괜찮겠죠?"

앤이 기도하다 말고 잠시 고개를 들어 묻고는 다시 고개를 숙

였다.

"하늘에 계신 자비로운 하나님 아버지, 새하얀 환희의 길과 반짝이는 호수, 보니, 눈의 여왕을 주셔서 감사합니다! 정말 너무도 감사합니다! 하나님께 감사드릴 것으로 지금 떠오른 건 그게 전부입니다. 그리고 제가 바라는 것들은요, 너무 많아서 일일이 말하자면 시간이 엄청나게 걸릴 거예요. 그래서 가장 중요한 소망 두 가지만 말씀드릴게요. 제발 초록 지붕 집에서 살게 해 주세요. 그리고 제가 어른이 되면 예뻐지게 해 주세요. 안녕히 계세요. 앤 셜리 올림."

앤이 일어서면서 간절함이 묻어나는 얼굴로 물었다.

"어때요, 제대로 했나요? 생각할 시간이 조금만 더 있었더라면 훨씬 더 멋지게 할 수 있었을 텐데요."

마릴라는 완전히 절망에 빠지려던 마음을 간신히 추슬렀다. 앤이 그렇게 엉뚱하게 간청한 것은 불손해서가 아니라 영적으로 무지해서라는 생각이 들었기 때문이었다. 마릴라는 앤에게 이불을 덮어 주면서 당장 다음 날부터 기도하는 법을 가르쳐야겠다고 다짐했다. 그러고는 촛불을 들고 방을 나가려는데 앤이 마릴라를 불렀다.

"방금 생각났어요. '안녕히 계세요' 대신 '아멘'이라고 말해야 했어요, 그렇죠? 목사님이 그렇게 하시잖아요. 깜빡 잊었는데, 어떤 방식으로든 기도를 끝내야 한다는 생각에 그렇게 말한 거예요. 그런데 무슨 차이가 있을까요?"

"뭐, 그럴 것 같지는 않구나. 이제 착한 아이처럼 자렴. 잘 자라."

앤이 베개 속으로 파고들며 말했다.

"오늘 밤에는 안녕히 주무시라고 마음 편히 인사할 수 있어요."

마릴라는 부엌으로 돌아와 촛불을 식탁에 단단히 세워 놓고 매슈를 쏘아보았다.

"오라버니, 누구든 저 아이를 입양해서 제대로 가르쳐야 해요. 저 아이는 거의 이교도나 마찬가지예요. 앤이 오늘 밤 이전에 기도를 한 번도 해 본 적이 없다는 게 믿어지세요? 내일 목사관에 보내서 새벽 성경 공부 책을 빌려 오라고 해야겠어요. 꼭 그래야겠어요. 그리고 앤이 입을 만한 옷을 만드는 대로 주일 학교에도 보내야죠. 앞으로 눈코 뜰 새 없이 바쁠 것 같아요. 그래요, 우리 몫으로 주어진 고생을 하지 않고 이 세상을 살 수는 없겠죠. 지금까지는 꽤 편하게 살아온 거예요. 마침내 올 것이 온 모양이에요. 그러니 최선을 다해야죠."

8
앤의 교육이 시작되다

마릴라는 다음 날 오후까지도 앤이 초록 지붕 집에서 살게 되었다고 이야기해 주지 않았다. 오전에는 앤에게 여러 가지 일을 시키고 앤이 일하는 모습을 주의 깊게 지켜보았다. 정오가 되자 마릴라는 앤이 영리하고 고분고분하며 적극적인 데다 뭐든 빨리 배운다는 것을 알았다. 가장 심각한 단점은 일하다가 자주 몽상에 빠지는 것인데, 앤은 호된 꾸지람을 듣거나 기어코 일을 저지르고 나서야 몽상에서 깨어났다.

앤은 점심 설거지를 마치자 최악의 소식이라도 들을 준비를 끝낸 듯 단단히 작정하고 마릴라에게 다가갔다. 작고 야윈 몸은 머리부터 발끝까지 떨고 있었다. 빨갛게 상기된 얼굴에 검은 눈동자가 다 보이도록 눈을 크게 뜨고는 두 손을 맞잡고 애원하는 목소리로 말했다.

"제발, 커스버트 아주머니, 저를 돌려보낼 건지 아닌지 말씀해 주세요. 아침 내내 참으려고 애썼지만 더는 못 견디겠어요! 너무 두려워요! 제발 말씀해 주세요."

마릴라가 냉정하게 말했다.

"깨끗하고 뜨거운 물로 행주를 소독하라고 알려 줬는데 하지 않았더구나. 그 일까지 다 해 놓고 와서 다시 물어라, 앤."

앤은 행주를 처리하고 곧장 돌아와서 간절한 눈빛으로 마릴라의 얼굴을 바라보았다.

더 미룰 만한 핑곗거리를 찾지 못한 마릴라가 결국 입을 열었다.

"그래, 이제 말해 주는 게 좋겠구나. 오라버니와 나는 널 데리고 있기로 했다. 너는 착한 아이가 되고 감사하는 마음을 보여 주려고 노력해야겠지. 아니, 애야, 왜 그러니?"

앤이 어쩔 줄 몰라 하며 말했다.

"전 지금 울고 있어요. 왜 눈물이 나는지 모르겠어요. 말할 수 없이 기뻐요! 아, 기쁘다는 말로는 부족해요. 새하얀 환희의 길과 벚꽃을 보았을 때도 기뻤어요. 하지만 지금은! 아, 기쁨 이상이에요. 너무 행복해요! 착한 아이가 되도록 노력할게요. 물론 쉽지 않겠죠. 토머스 아주머니는 걸핏하면 제게 지독히 못됐다고 그랬거든요. 하지만 최선을 다할게요. 그런데 제가 왜 울고 있을까요?"

마릴라가 못마땅한 듯 말했다.

"너무 흥분하고 들떠서 그럴 게다. 저 의자에 앉아서 마음을 차분히 가라앉히렴. 너는 너무 쉽게 울고 웃는 게 탈이다. 그래, 넌 여기에서 살고 우리는 널 잘 키우려고 노력할 거야. 학교에도 가야 한단다. 방학까지 2주밖에 안 남았으니 9월에 새 학기가 시작되면 그때 가는 게 좋겠구나."

"아주머니를 어떻게 불러야 하죠? 커스버트 아주머니라고 할까요? 마릴라 이모님이라고 불러도 될까요?"

"아니, 그냥 마릴라라고 불러라. 미스 커스버트나 커스버트 아주머니는 익숙하지 않아서 거북해."

"그냥 마릴라라고 부르는 건 굉장히 무례하게 보이지 않을까요?"

"네가 예의를 갖춰 조심스레 부른다면 그렇게 보이지 않을 거다. 젊은이나 노인이나 에이번리 사람들은 모두 나를 마릴라라고 부른단다. 목사님만 예의상 미스 커스버트라고 부르지. 생각날 때만 그러지만."

앤이 아쉬운 듯 말했다.

"저는 마릴라 이모님이라고 부르고 싶어요. 제게는 이모님이나 친척이 한 분도 없거든요. 할머니마저도요. 그렇게 부르면 제가 정말 아주머니와 한 가족이 된 기분일 거예요. 마릴라 이모님이라고 부르면 안 될까요?"

"안 돼. 나는 네 이모가 아니고, 가족이 아닌 사람을 그렇게 부르는 걸 좋아하지도 않아."

"아주머니가 제 이모님이라고 상상할 수도 있잖아요."

"나는 그렇게 상상할 수 없어."

마릴라가 엄하게 말했다.

"실제와 다르게 상상해 본 적 한 번도 없으세요?"

앤이 눈을 휘둥그레 뜨고 물었다.

"없단다."

"휴우!"

앤은 긴 한숨을 내쉬었다.

"아, 커스버…… 마릴라 아주머니, 너무 안타까워요!"

마릴라가 대꾸했다.

"나는 실제와 다르게 상상하는 건 옳지 않다고 생각해. 하나님이 우리가 어떤 상황을 만나게 하셨다면 그 상황을 우리 상상으로 없애 버리라고 하신 건 아닐 거야. 그러고 보니 생각나는 게 있구나. 앤, 거실에 가서 벽난로 위에 있는 그림 카드를 가져오너라. 먼저 발을 깨끗이 닦고 파리가 안으로 들어가지 않게 주의하고. 그 카드에 주기도문이 있으니, 오후에 틈을 내서 주기도문을 외워라. 어젯밤처럼 기도하지 않게 말이다."

앤이 변명하듯 말했다.

"제가 생각해도 이상했어요. 한 번도 기도해 본 적이 없었으니까요. 처음부터 기도를 완벽하게 잘하길 기대할 수는 없잖아요, 그렇죠? 약속한 대로 잠자리에 들고 나서 멋진 기도문을 생각해

냈어요. 목사님의 기도처럼 길고 시적인 기도문이었어요. 하지만 믿으실 수 있겠어요? 오늘 아침에 일어나니 기도문이 한 마디도 기억나지 않는 거예요. 그 기도문만큼 멋진 기도문을 다시는 생각해 내지 못할 것 같아요. 뭐든지 처음에 생각해 낸 것이 가장 좋더라고요. 아주머니도 그걸 아시죠?"

"앤, 너야말로 알아야 할 게 있다. 내가 뭘 시키면 즉시 해야 해. 꼼짝 않고 서서 이야기만 늘어놓지 말고. 어서 가서 내가 시킨 대로 해라."

앤은 마릴라의 말이 떨어지기 무섭게 복도를 지나 거실로 갔지만 돌아오지 않았다. 10분이 지나도 나타나지 않자 마릴라는 뜨개질 거리를 내려놓고 굳은 표정으로 앤을 찾으러 갔다. 앤은 두 창문 사이 벽에 걸린 그림을 꼼짝 않고 서서 보고 있었다. 두 손은 뒷짐을 쥐고 얼굴은 위로 향했으며 눈은 꿈을 꾸듯 반짝였다. 바깥의 사과나무와 우거진 덩굴 틈새로 들어온 기이한 흰색과 초록색 빛이 황홀경에 빠진 어린아이를 비추고 있었다.

"앤, 도대체 무슨 생각을 하는 거니?"

마릴라가 날카롭게 물었다.

앤이 깜짝 놀라 정신을 차렸다.

"저 그림이요."

앤이 강렬한 석판화 〈아이들을 축복하는 그리스도〉를 가리키며 말했다.

"제가 저 아이 중 하나라는 상상을 하고 있었어요. 저기 파란 옷을 입고 구석에 혼자 떨어져 있는 여자아이요. 외롭고 슬퍼 보여요. 그렇지 않나요? 엄마도 아빠도 없을 거예요. 하지만 저 아이도 축복받고 싶어서 멀찍이 있다가 수줍어하며 조용히 다가온 거예요. 예수님 외에는 아무도 자기를 눈치채지 않기를 바라면서요. 아이의 기분이 어떨지 저는 알 수 있어요. 아이의 심장은 마구 뛰고 손은 차가워졌을 거예요. 여기에서 살아도 되냐고 물었을 때 제가 그랬던 것처럼요. 아이는 예수님이 자기를 알아보지 못할까 봐 걱정했어요. 하지만 예수님이 알아보셨겠죠? 저는 그 모든 광경을 상상하려고 애쓰고 있었어요. 아이는 예수님에게 가까이 다가갈 때까지 아주 조금씩 움직였어요. 그리고 마침내 예수님이 아이를 발견하고 아이의 머리에 손을 올리셨어요. 오, 아이는 아주 짜릿한 기쁨에 휩싸였어요! 하지만 화가가 예수님을 너무 슬픈 표정으로 그린 점이 아쉬워요! 아주머니도 아시겠지만 예수님 그림은 모두 저렇더라고요. 하지만 저는 예수님이 정말로 저렇게 슬픈 얼굴이었을 거로는 믿지 않아요. 그러면 아이들이 예수님을 무서워했을 거예요."

마릴라는 진작 앤의 말을 중단시키지 않은 것을 후회하며 말했다.

"앤, 그렇게 말하면 안 된다. 그건 불경스러워…… 확실히 불경스러워!"

앤의 눈이 휘둥그레졌다.

"어머, 전 아주 경건하게 생각했어요. 불경스러운 마음은 전혀 없었어요."

"그래, 그럴 의도가 있었다고는 생각하지 않아. 하지만 그런 것을 스스럼없이 말하는 건 올바르지 않은 것 같다. 그리고 앤, 또 하나, 내가 뭘 가져오라고 보냈으면 그걸 바로 가지고 와야지, 그림 앞에 서서 몽상과 상상에 빠지면 되겠니? 명심해라. 저 카드를 가지고 곧장 부엌으로 가라. 자, 구석에 앉아서 기도문을 외우렴."

앤은 식탁을 장식하려고 꺾어온 사과 꽃이 가득한 꽃병에 카드를 세워 놓고 두 손으로 턱을 괴고 몇 분 동안 조용히 집중해서 기도문을 외웠다. 마릴라는 곁눈질로 꽃을 보았지만 아무 말도 하지 않았다.

드디어 앤이 입을 열었다.

"이 기도문이 마음에 들어요. 아름다워요! 전에 들어본 적이 있어요. 보육원 주일 학교 교장 선생님이 이 기도문을 읽는 걸 들은 적이 있어요. 하지만 그때는 좋지 않았어요. 교장 선생님이 심하게 갈라진 목소리로 아주 슬프게 읽었거든요. 분명히 교장 선생님은 기도하는 것을 내키지 않는 의무라고 생각했을 거예요. 이건 시는 아니지만 시를 읽을 때와 똑같은 기분이 들게 해요. '하늘에 계신 우리 아버지, 이름을 거룩하게 하오시며.' 정말 한 줄의 음악 같아요. 와, 이걸 배울 수 있게 해 주셔서 정말 기뻐요, 커스버…… 마릴라 아주머니."

"아무 말 말고 기도문을 외워라."

마릴라가 퉁명스럽게 말했다.

앤은 사과 꽃이 담긴 꽃병을 살짝 기울여 꽃봉오리에 달린 분홍 꽃받침에 살짝 입맞춤한 다음 아까보다 조금 더 오랫동안 열심히 기도문을 외웠다.

"아주머니, 저도 에이번리에서 친구를 사귈 수 있을까요?"

앤이 잠시 뒤에 물었다.

"어, 어떤 친구 말이니?"

"단짝……, 친한 친구 있잖아요. 깊은 속마음을 털어놓을 수 있는 마음이 통하는 친구요. 저는 지금껏 그런 친구를 만날 수 있기를 꿈꿔 왔어요. 이루어질 것이라고는 생각지 않았지만요. 제 소중한 꿈들이 한꺼번에 실현되었으니 어쩌면 그 꿈도 이루어질지 모르겠어요. 그럴 것 같지 않으세요?"

"비탈길 과수원 집에 다이애나 배리가 살고 있는데, 네 또래일 거야. 아주 착한 아이란다. 그 아이가 집에 오면 네 친구가 될 수도 있겠구나. 지금은 카모디에 있는 숙모네 놀러 갔거든. 하지만 조심스럽게 행동해야 한다. 배리 부인은 무척 까다로운 사람이라서 착하고 얌전한 아이가 아니면 다이애나와 함께 놀지 못하게 할 거야."

앤이 사과 꽃 틈새를 통해 마릴라를 바라보았다. 앤의 눈이 호기심으로 반짝였다.

"다이애나는 어떤 아이예요? 머리카락이 빨갛지는 않죠? 오, 빨간색만 아니면 좋겠어요. 제 머리카락도 빨간데 단짝까지 빨간 건 정말이지 못 참을 것 같아요."

"다이애나는 아주 예쁜 아이야. 눈동자와 머리카락이 검은색이고 뺨은 발그레하단다. 게다가 착하고 똑똑한데, 예쁜 것보다그 점이 더 훌륭하지."

마릴라는 『이상한 나라의 앨리스』에 나오는 공작부인처럼 도덕 규범을 좋아했고, 자라는 아이에게 하는 모든 말이 도덕적이어야 한다고 굳게 믿었다.

그러나 앤은 도덕 규범은 대수롭지 않게 여겨 제쳐 두고 기분좋은 일이 일어날 가능성에만 집중했다.

"어머, 다이애나가 예쁘다니 정말 기뻐요! 제가 예쁜 게 가장좋기는 하지만 제가 예쁘기는 글렀잖아요. 그렇다면 예쁜 친구를 사귀는 것이 그다음으로 좋은 일일 거예요. 토머스 아주머니와 함께 살 때 그 집 거실에 유리문이 있는 책장이 있었어요. 책이라고는 한 권도 없었고 가장 좋은 도자기와 저장 식품을 그곳에 보관해 두었어요. 저장 식품이 있을 때 말이죠. 한쪽 유리문은 어느 날 술에 취한 토머스 아저씨가 박살 냈지만 다른 쪽 유리문은 온전히 남아 있어서 그 유리문에 비친 저를 그 안에 사는 또 다른 여자아이라고 생각했어요. 그 아이를 케이티 모리스라고 부르며 아주 친하게 지냈어요, 특히 일요일에는. 한 시간마다 케이티와 이야기 나누곤 했어요. 모든 걸 다 털어놓았죠. 케이티는 제 인생의 위안이 되어 주었어요. 우리는 책장이 마법에 걸렸다고 상상했어요. 그리고 저장 식품과 도자기가 보관된 책장 선반을 모리스의 방이라 불렀어요. 그래서 만일 제가 주문을 알

기만 하면 문을 열고 케이티 모리스가 사는 방에 곧바로 들어갈 거로 상상하면서요. 그러면 케이티 모리스가 손을 잡고 저를 이끌며 온갖 꽃과 햇빛과 요정들이 있는 멋진 곳으로 안내할 거예요. 우리는 그 후로 영원히 행복하게 살았을 거고요. 해먼드 아주머니와 살기 위해 떠나면서 케이티 모리스를 두고 갈 수밖에 없어 마음이 무척 아팠어요. 케이티 역시 기분이 안 좋았을 거예요. 저는 그 사실을 잘 알아요. 왜냐하면 책장 문을 통해 작별의 입맞춤을 했을 때 케이티는 울고 있었거든요. 해먼드 아주머니의 집에는 책장이 없었어요. 하지만 집에서 강의 상류로 좀 더 올라가면 초록빛의 길쭉한 작은 골짜기가 있고 거기에 아주 멋진 메아리가 살았어요. 뭐든 말만 하면 그 소리가 메아리쳐 돌아왔지요. 크게 말하지 않아도요. 저는 메아리를 비올레타라는 작은 여자아이라고 상상했고, 우리는 멋진 친구가 되었어요. 케이티 모리스를 사랑했던 것처럼 비올레타를 사랑했어요. 케이티에 대한 사랑이 좀 더 깊긴 했지만요. 보육원으로 가기 전날 밤, 비올레타에게 작별 인사를 했어요. 메아리쳐 돌아오는 비올레타의 작별 인사가 무척 슬프게 들렸지요. 비올레타에게 깊이 정들었던 저는 보육원에서는 다른 친구를 상상하는 것이 내키지 않았어요. 그곳에 상상의 여지가 있었다고 해도 말이에요."

마릴라가 무미건조하게 말했다.

"상상의 여지가 없는 편이 오히려 다행인 것 같구나. 그런 상상을 하다니 꺼림칙한걸. 너는 네 상상을 꽤 믿는 것 같은데, 네 머

마음이 통하는
친구를 만나고 싶은 날

다른 사람에게는 절대 열어 주지 않는 문을
당신에게만 열어 주는 사람이 있다면
그 사람이야말로 당신의 진정한 친구이다.

_생텍쥐페리, 『어린 왕자』 중에서

리에서 그런 말도 안 되는 상상이 펼쳐지지 않도록 살아 있는 현
실 속 친구가 생기면 좋겠다. 하지만 배리 부인 귀에 케이티 모리
스와 비올레타 같은 상상의 친구들 이야기가 들어가지 않게 조
심해라. 배리 부인은 네가 이야기를 지어내는 거로 생각할 테니."

"아, 말하지 않을 거예요. 모든 사람에게 그 친구들 얘기를 할
수는 없어요. 그 친구들과 함께한 추억이 제게는 무척 소중하거
든요. 하지만 마릴라 아주머니에게는 그 친구들을 소개하고 싶었
어요. 어머, 여기 좀 보세요. 사과 꽃에서 커다란 벌이 나왔어요.
사과 꽃 안에 산다니 정말 근사해요! 바람이 사과 꽃을 흔들 때
그 안에서 잠잔다고 상상해 보세요. 만일 제가 사람이 아니라면
벌이 되어 이 꽃 저 꽃에서 살고 싶을 것 같아요."

마릴라가 코웃음을 쳤다.

"어제는 갈매기가 되고 싶다고 했잖니. 너는 변덕이 아주 심하
구나. 기도문을 외우라고 했지, 떠들라고는 하지 않았어. 너는 얘
기를 들어줄 사람이 앞에 있으면 도무지 입을 다물지 못하는구
나. 이제 네 방으로 가서 외워라."

"거의 다 외운걸요. 마지막 줄만 빼고요."

"더 핑계 대지 말고 말 들어라. 네 방에 올라가 기도문을 마저
외우도록 해. 그리고 차 준비하는 것을 도와 달라고 부를 때까지
네 방에 있으렴."

"혼자 가면 외로우니 사과 꽃을 가져가도 될까요?"

앤이 간청했다.

"안 돼. 너도 네 방이 꽃으로 어수선해지는 건 싫지? 처음부터 나무에서 꽃을 꺾지 말았어야지."

"저도 그런 생각이 조금 들기는 했어요. 꽃을 꺾어서 꽃의 사랑스러운 생명을 단축시켜서는 안 될 것 같았어요. 제가 사과 꽃이라도 누가 나를 꺾는 건 원하지 않을 거예요. 하지만 유혹을 뿌리칠 수가 없었어요. 유혹을 뿌리칠 수 없을 때는 어떻게 하세요?"

앤이 말했다.

"앤, 네 방으로 가라는 말 못 들었니?"

앤이 한숨을 쉬며 동쪽 방으로 가서 창가 의자에 앉았다.

'됐다. 이제 기도문을 다 외웠어. 2층에 올라오면서 마지막 문장을 외웠으니까. 이제는 이 방에서 상상을 펼칠 거야. 그러면 앞으로는 늘 상상한 그대로 기억에 남을 테니까. 바닥에는 분홍색 장미가 흐드러져 있는 하얀 벨벳 카펫이 깔려 있고 창문에는 분홍색 실크 커튼이 달려 있어. 네 벽면에는 금색과 은색 양단으로 짠 태피스트리가 걸려 있지. 가구는 마호가니야. 마호가니를 본 적은 없지만 이름만 들어도 아주 고급스러운 느낌이잖아. 이건 분홍색과 파란색, 진홍색과 황금색 실크 쿠션이 잔뜩 쌓여 있는 소파야. 나는 소파에 우아하게 기대어 있어. 그리고 벽에 걸린 저 멋진 커다란 거울에 비친 내 모습이 보여. 나는 키가 크고 위엄이 있어. 밑단이 끌리는 흰 레이스가 달린 드레스를 입고 가슴에는 진주 십자가 목걸이가, 머리에는 진주 핀이 달려 있지. 머리카락은 한밤중의 어둠처럼 까만색이고, 피부는 티 없이 깨끗한

상아색으로 창백해. 내 이름은 코델리아 피츠제럴드 아가씨. 아니야, 그 이름은 현실성이 떨어져.'

앤은 춤을 추며 작은 거울 앞으로 다가가 거울을 자세히 들여다보았다. 주근깨가 난 뾰족한 얼굴과 차분한 회색 눈이 앤을 바라보고 있었다.

앤이 진지하게 말했다.

'너는 초록 지붕 집의 앤일 뿐이야. 내가 코델리아 아가씨를 상상하려고 할 때마다 네가 지금 나를 보고 있는 것처럼 나는 네가 보여. 하지만 특별히 어디에도 속해 있지 않은 앤보다는 초록 지붕 집의 앤이 백만 배는 더 좋지 않아?'

앤은 앞으로 허리를 숙이고 거울에 비친 자기 모습에 다정하게 입 맞추고는 열린 창문으로 다가갔다.

'눈의 여왕님, 안녕. 골짜기의 자작나무도 안녕. 언덕의 회색 집도 안녕. 다이애나가 나의 친구가 될까? 그렇게 되면 좋겠어. 그러면 나는 다이애나를 무척 사랑하게 될 거야. 하지만 케이티 모리스와 비올레타를 잊어서는 안 돼. 내가 그 친구들을 잊어버리면 크게 상처받고 말 테니. 누구에게도 상처 주고 싶지 않아. 작은 책장 소녀나 작은 메아리 소녀일지라도. 그 친구들을 잊지 않도록 조심하고 매일 그 아이들에게 입맞춤을 보낼게.'

앤은 손가락 끝에 두 번 입을 맞추어 벚꽃 너머 허공으로 날려보냈다. 그러고는 두 손으로 턱을 받치고 몽상의 바다를 마음껏 떠다녔다.

9
레이철 린드 부인이 기절초풍하다

앤이 초록 지붕 집에서 지낸 지 2주 남짓 되었을 무렵이었다. 린드 부인이 앤을 보겠다고 찾아왔다. 변명하자면, 린드 부인이 그렇게 늦게 온 것은 그녀의 잘못이 아니었다. 인정 많은 이 부인은 지난번 초록 지붕 집에 다녀간 뒤로 때아닌 독감에 심하게 걸려 집에 갇혀 있다시피 했다. 린드 부인은 병치레를 자주 하지 않아서 툭하면 아픈 사람들을 노골적으로 경멸했다. 그러나 부인의 주장대로 독감은 이 세상의 다른 병과는 달라서 오로지 신의 뜻에 따라 특별히 앓는 병으로 해석될 수도 있었다. 린드 부인은 의사가 외출해도 된다고 허락하자마자 부랴부랴 초록 지붕 집을 찾아갔다. 매슈와 마릴라가 데려온 고아가 얼른 보고 싶어서 마음이 급했다. 그 아이를 두고 에이번리에서는 온갖 이야기와 추측이 돌았다.

2주 동안 앤은 깨어 있는 시간을 단 한 순간도 허투루 보내지 않았다. 앤은 집 근처의 나무와 관목을 일찌감치 다 꿰었다. 사과나무 과수원 밑으로 길이 나 있고 그 길을 따라 올라가면 숲이 있었다. 앤은 숲이 끝나는 곳까지 가 보았다. 숲에는 전나무가 무리 지어 자라고 야생 벚나무는 아치를 이루었다. 구석진 곳에는 양치식물이 우거져 있고 여러 갈래로 나뉜 샛길에는 단풍나무와 마가목이 울창했다. 시냇물이 흐르고 다리가 놓여 있기도 했다. 도무지 예측할 수 없는 다채로운 숲을 탐색하다 보면 저절로 기분이 좋아졌다.

앤은 골짜기 아래 샘과 친구가 되었다. 샘은 놀라울 정도로 깊고 맑고 얼음처럼 차가웠다. 부드러운 붉은 사암에 둘러싸인 샘 가에는 커다란 손바닥처럼 생긴 물고사리가 자랐고 그 너머 시내 위로 통나무 다리가 놓여 있었다.

앤은 춤추듯 걸으며 통나무 다리를 지나 나무가 우거진 언덕으로 올라갔다. 곧고 빽빽하게 자란 전나무와 가문비나무 아래는 땅거미가 내려 영원히 가시지 않은 듯 어두컴컴했다. 꽃이라고는 두 종류뿐이었는데, 숲에서 피는 꽃 중에서 가장 수줍음 많고 향기롭고 섬세한 '종 모양 6월의 꽃'과 작년에 핀 꽃의 영혼 같은, 엷은 색 하늘하늘한 별 모양 꽃이 전부였다. 나무 사이에 걸린 거미줄이 은실처럼 반짝였다. 전나무의 가지와 잎은 서로 다정하게 이야기 나누는 것 같았다.

앤에게는 이따금 놀이 시간이 30분씩 주어져 이처럼 황홀한 탐색을 즐겼다. 그런 다음 돌아와서는 매슈와 마릴라가 듣거나 말거나 새롭게 발견한 것들의 이야기를 늘어놓았다. 확실히 매슈는 싫어하는 기색이 없었다. 말없이 미소를 띠고 앤의 모든 이야기를 즐거운 마음으로 들었다. 마릴라도 앤이 재잘거리는 것을 어느 정도 허용하기는 했다. 그러다가 자기도 모르게 앤의 이야기에 지나치게 빠져든다 싶으면 곧바로 입을 다물라며 짤막하게 명령을 내려 입을 막아 버렸다.

린드 부인이 왔을 때 앤은 과수원으로 나와 붉은 저녁 햇살에 물들고 바람에 흔들리는 무성한 풀밭을 자유롭게 돌아다니고 있었다. 그래서 인정 많은 린드 부인은 그동안 독감을 앓았던 일을 원 없이 이야기할 수 있었다. 린드 부인이 여기저기 아팠던 사연이며 맥박 뛰는 일까지 어찌나 즐겁게 이야기하는지 마릴라는 수많은 이야깃거리를 남겨 준 독감도 걸릴 만하다는 생각마저 들었다. 더는 할 이야기가 없자 린드 부인은 초록 지붕 집을 찾아온 본래 용건을 꺼냈다.

"당신과 매슈에 관한 놀라운 소문이 들리던데요?"

"당신이나 나나 놀란 건 매한가지일걸요. 나는 지금도 놀란 가슴을 진정시키고 있으니까요."

마릴라가 말했다.

"그런 착오가 있었다니 정말 안됐어요. 그 아이를 돌려보낼 순 없었어요?"

린드 부인이 안쓰럽다는 듯 말했다.

"그럴 수도 있었지만 그러지 않기로 했어요. 오라버니가 그 아이를 마음에 들어했거든요. 솔직히 말하면 저도 그 아이가 좋아요. 물론 흠이 있기는 해요. 하지만 벌써부터 집안 분위기가 달라졌어요. 어찌나 성격이 밝은지."

린드 부인의 표정에서 못마땅해하는 기색을 본 마릴라는 의도했던 것보다 더 많은 말을 했다.

"커다란 책임을 떠안았군요. 특히나 당신은 아이를 키워 본 경험이 없으니 말이에요. 그 아이의 성격이 정말로 어떤지 잘 모르잖아요. 그런 아이가 어떻게 성장할지 도무지 알 수도 없는 노릇이고. 하지만 나는 당신의 의욕을 꺾고 싶지는 않아요, 마릴라."

린드 부인이 걱정스럽게 말하자 마릴라가 태연스레 대답했다.

"괜찮아요. 전 어떤 것을 하기로 마음먹으면 절대로 흔들리지 않아요. 앤을 한번 보고 싶으시죠? 들어오라고 할게요."

마릴라가 부르자 앤이 곧장 뛰어 들어왔다. 과수원을 마음껏 돌아다니며 즐거운 생각을 한 덕분에 얼굴에 생기가 넘쳤으나 뜻밖의 낯선 사람을 보고 당황했던지 문 앞에서 걸음을 멈추었다. 앤은 보육원에서부터 입은 짧고 몸에 꼭 맞는 혼방 원피스 차림에 치마 밑으로 드러난 마른 다리가 볼품없이 길어 보여 우스꽝스러웠다. 주근깨가 어느 때보다 두드러졌고 모자를 쓰지 않아

바람에 휘날린 머리카락은 엉망으로 헝클어져 있었다. 그날따라 머리카락이 유난히 더 빨갛게 보였다.

"저런, 외모를 보고 널 선택한 건 아니구나. 그건 분명해."

레이철 린드 부인이 노골적으로 말했다. 상대방의 기분은 아랑곳없이 자신의 생각을 서슴없이 말하는 것을 자랑스럽게 여기는 사람들이 있기 마련인데, 린드 부인도 그중 하나였다.

"마릴라, 이 아이는 빼빼 마르고 못생겼군요. 얘야, 이리 와 봐라. 어디 좀 보자. 세상에, 저런 주근깨는 처음 보네. 게다가 머리카락은 홍당무처럼 빨갛구나! 이리 와 보라니까."

앤은 '거기로' 갔지만 정확히 린드 부인이 기대한 대로는 아니었다. 앤은 단숨에 부엌을 가로질러 린드 부인 앞에 섰다. 얼굴은 화가 나서 새빨갛게 달아올랐고 입술이 바르르 떨렸다. 머리부터 발끝까지 마른 몸 전체를 떨고 있었다.

앤은 발을 구르며 목이 메어 외쳤다.

"아주머니가 미워요. 미워, 미워, 미워요!"

밉다고 할 때마다 더 큰 소리로 발을 굴렀다.

"어떻게 빼빼 마르고 못생겼다고 말할 수 있어요? 어떻게 주근깨투성이에 빨간 머리라고 말할 수 있냐고요! 아주머니는 교양 없고 예의 없고 감정도 없는 사람이에요!"

"앤!"

마릴라가 당황해서 소리쳤다.

그러나 앤은 고개를 꼿꼿이 세우고 린드 부인을 노려보았다.

"꼬미, 너에게 함부로 대하는 사람에게
멋지게 복수하는 방법을 알려 줄까?
웃는 얼굴로 그 사람을 쳐다보며 마음속으로 이렇게 외쳐!
'반사!' 그런 다음 더 근사한 사람이 되는 일에 집중하는 거야!"

나에게 함부로 대하는
사람에게 멋지게
한 방 먹이고 싶은 날

"삶이 너를 힘들게 할 때 뭘 해야 하는지 알고 있니?
그냥 계속 헤엄치는 거야!"
_애니메이션 〈니모를 찾아서〉 중에서

이글이글 타오르는 눈으로 주먹을 꼭 쥔 채 분노를 격정적으로 토해 냈다.

"어떻게 그렇게 말할 수 있어요? 누군가 아주머니에게 그렇게 말하면 기분 좋겠어요? 아주머니에게 뚱뚱하고 미련한 데다 상상력이라고는 눈곱만큼도 없어 보인다고 말하면 기분이 어떻겠어요? 제가 이렇게 말해서 아주머니가 기분이 상했다고 해도 상관없어요! 아니, 오히려 기분이 상했으면 좋겠어요. 아주머니는 토머스 아주머니의 술주정뱅이 남편보다도 훨씬 더 큰 상처를 제게 주었으니까요. 아주머니를 절대로 용서하지 않을 거예요. 절대로, 절대로!"

쿵! 쿵!

"이런 성질머리 좀 봐!"

린드 부인이 기겁하며 외쳤다.

"앤, 네 방으로 올라가서 내가 갈 때까지 꼼짝 말고 있어라."

말문이 막혔던 마릴라가 간신히 정신을 차리고 말했다.

앤은 왈칵 눈물을 쏟으며 복도로 연결된 문으로 후다닥 달려가 문을 쾅 닫았다. 문을 얼마나 세게 닫았던지 바깥 현관 벽 위의 함석들까지 달가닥거렸다. 앤은 회오리바람처럼 복도를 지나 계단을 올라갔다. 2층에서도 문소리가 들리는 것을 보니 동쪽 방문도 아까처럼 세게 닫은 모양이었다.

"마릴라, 당신이 저런 아이를 키우는 게 조금도 부럽지 않군요."

린드 부인이 이루 말할 수 없이 침통하게 말했다.

마릴라는 어떻게 사과하고 용서를 빌어야 할지 모르겠다고 말하려 입을 열었다가 자기가 내뱉은 말에 스스로 깜짝 놀랐다. 그 당시에도 그렇고 그 뒤에도 그렇게 말한 자신이 두고두고 놀라웠다.

"레이철, 아이의 외모를 보고 비웃지 말았어야죠."

"마릴라 커스버트, 방금 본 저런 고약한 성질머리를 가진 아이를 두둔하는 건 아니겠죠?"

린드 부인이 화가 나서 따졌다.

"그래요. 저 아이를 감싸려는 게 아니에요."

마릴라가 천천히 말했다.

"버릇없이 굴었으니 그 점은 꾸짖을 거예요. 하지만 저 애를 이해해야 해요. 무엇이 옳은 건지 아무도 가르쳐 준 적이 없으니까요. 그리고 레이철, 당신도 너무 심했어요."

마릴라는 마지막 말을 덧붙이지 않을 수 없었다. 그렇게 말하는 자신에게 다시 한 번 놀랐다. 린드 부인은 자존심이 상한 듯자리에서 일어섰다.

"알았어요, 마릴라. 앞으로 조심해서 말하도록 하죠. 어디서 왔는지도 모르는 고아의 기분이 무엇보다 중요하다면요. 아, 아니에요. 화난 건 아니니 걱정하지 말아요. 당신이 너무 안됐다는 생각이 들어 언짢은 기분도 싹 사라졌어요. 저 애 때문에 앞으로고생 좀 하겠군요. 내가 아이들 열 명을 키웠고 그중 두 아이를잃었다 해도 당신이 내 조언을 듣지는 않겠지만. 한마디만 할게요. 당신은 굵직한 자작나무 회초리로 꾸짖어야 할 거예요. 저런 아이에게는 그게 가장 잘 통할 테니까요. 성질머리가 자기 머리 색깔하고 똑같군요. 마릴라, 이제 가 볼게요. 평소처럼 우리 집에 자주 놀러 와요. 하지만 내가 당분간 이 집에 오는 일은 없을 거예요. 이런 식으로 공격받고 모욕당하고 싶지는 않으니까요. 이런 일은 내 평생 처음이에요."

린드 부인은 그렇게 말하고는 휙 나가 버렸다. 늘 뒤뚱거리며 걷는 뚱뚱한 여자를 두고 휙 나갔다고 표현할 수 있을지는 모르겠지만. 마릴라는 엄한 얼굴을 하고 동쪽 방으로 향했다.

마릴라는 계단을 오르며 어떻게 해야 할지 고심했다. 조금 전 눈앞에서 벌어진 일은 적잖이 충격이었다. 다른 사람도 아니고 하필 레이철 린드 부인 앞에서 그런 성미를 드러내다니! 그러다 문득 앤의 심각한 성격적 결함이 아닌 자기가 당한 창피함 때문에 기분이 언짢고 앤을 질책하고 있다는 것을 깨달았다. 그러니 어떻게 벌을 줘야 할까? 회초리를 들어야 한다는 린드 부인의 충고는 마음에 들지 않았다. 안타깝게도 린드 부인의 아이들 모두 회초리 효과를 톡톡히 본 모양이었다. 마릴라는 아이를 차마 때리지는 못할 것 같았다. 그렇게 펄펄 뛰며 화를 낸 것은 명백히 큰 잘못이라는 사실을 앤이 제대로 깨닫게 해 줄 다른 벌을 생각해 내야 했다.

마릴라가 방에 들어섰을 때 앤은 침대에 얼굴을 묻고 서럽게 울고 있었다. 진흙이 묻은 장화를 신은 채 깨끗한 침대보 위에 올라갔다는 사실은 안중에도 없어 보였다.

"앤."

마릴라가 너무 딱딱하지 않은 목소리로 불렀다.

대답이 없었다.

"앤, 당장 침대에서 일어나 내 말을 들어라."

마릴라의 목소리가 좀 더 엄격해졌다.

앤이 주춤주춤 일어나 옆에 있는 의자에 앉았다. 눈물로 얼룩진 얼굴은 퉁퉁 부었고 고집스레 바닥만 내려다보고 있었다.

"정말 잘했구나, 앤! 부끄럽지도 않니?"

"그 아주머니는 못생기고 머리가 빨갛다고 저를 놀릴 권리가 없어요."

앤이 반항하듯 대꾸했다.

"앤, 너 역시 린드 부인에게 불같이 화내고 버릇없게 말할 권리가 없어. 너 때문에 부끄러웠다. 정말 부끄러웠어. 네가 린드 부인에게 상냥하게 행동하기를 바랐는데, 그러기는커녕 나를 망신당하게 했어. 린드 부인이 못생기고 머리카락이 빨갛다고 말했다고 해서 네가 왜 그렇게까지 화를 냈는지 정말 모르겠구나. 그 말은 네 입으로도 종종 하잖니."

앤이 큰 소리로 울부짖었다.

"아, 하지만 제 입으로 말하는 것과 다른 사람들이 그렇게 말하는 걸 듣는 건 전혀 달라요. 사실이 그렇다는 걸 알아도 다른 사람들은 그렇게 생각하지 않았으면 하고 바라는 마음이 생기기 마련이잖아요. 아주머니는 제가 고약한 성미를 가졌다고 생각하실 텐데 저도 어쩔 수가 없었어요. 그 아주머니가 그렇게 말하자 뭔가가 제 속에서 치밀어 올라 숨이 턱 막혔어요. 화내고 대들지 않고는 견딜 수가 없었어요."

"그래, 너에 대한 첫인상을 아주 잘 심어 놨구나. 린드 부인에게 여기저기 떠들고 다닐 만한 좋은 얘깃거리를 준 것이고, 보나마나 떠들고 다닐 거다. 앤, 그렇게 이성을 잃는 건 네게 엄청난 손해란다."

앤은 눈물을 가득 담아 말했다.

"만일 누가 아주머니를 바로 앞에 두고 아주머니가 빼빼 마르고 못생겼다고 말한다면 기분이 어떨지 상상해 보세요."

별안간 오래전 기억이 마릴라의 머릿속에 떠올랐다. 마릴라가 어렸을 때 한 이모가 다른 이모에게 자기 이야기를 하는 걸 들었다. '어린아이가 저렇게 얼굴이 까맣고 못생기다니 참 가엾구나!' 송곳처럼 파고들어 마릴라를 아프게 한 그 기억을 지워 버리는 데 50년이나 걸렸다.

마릴라는 한결 부드러워진 목소리로 말했다.

"린드 부인이 그렇게 말한 게 옳았다고 생각하지는 않는단다, 앤. 레이철이 말을 함부로 하기는 해. 그렇다고 해도 네가 한 행동은 잘한 게 아니야. 린드 부인은 네가 처음 보는 사람이고, 너보다 나이도 많은 데다 내 손님이잖니. 이 세 가지 이유만으로도 너는 부인에게 공손하게 굴어야 했어. 너는 무례하고 건방지게 행동했어."

그때 앤에게 줄 적당한 벌이 번뜩 떠올랐다.

"린드 부인에게 가서 버릇없이 굴어 죄송하다고 말씀드리고 용서를 구해라."

"그렇게는 절대 못 해요, 마릴라 아주머니. 차라리 무슨 벌이든 달게 받겠어요. 뱀과 두꺼비가 사는 캄캄하고 축축한 지하 감옥에 가두고 빵과 물만 주셔도 불평하지 않을 거예요. 하지만 린드 아주머니에게 용서를 빌 수는 없어요."

앤이 어두운 표정으로 단호히 말했다.

"우리는 어둡고 습한 지하 감옥에 사람을 가두지 않아. 에이번리에 지하 감옥이 있을 리도 없고. 어쨌든 너는 린드 부인에게 반드시 사과해야 한다. 기꺼이 사과해야겠다고 말할 수 있을 때까지 네 방에서 나오지 마라."

마릴라가 냉담하게 말했다.

"그럼 저는 영원히 이 방에서 나가지 못할 거예요. 린드 아주머니에게 죄송하다고 말할 수 없으니까요. 어떻게 그럴 수 있겠어요? 전혀 죄송하지 않은데요. 마릴라 아주머니를 곤란하게 한 건 죄송해요! 하지만 저는 그렇게 말한 건 잘했다고 생각해요. 속이 다 시원했어요. 죄송하지도 않은데 어떻게 죄송하다고 말할 수 있겠어요, 그렇지 않나요? 그런 건 상상도 못 하겠어요."

앤이 비통하게 말했다.

마릴라가 방을 나가려고 일어서며 말했다.

"내일 아침이 되면 상상이 잘될 거다. 오늘 밤에 잘 생각해 봐

라. 그러면 기분이 좀 나아지겠지. 우리가 널 초록 지붕 집에 살게 해 주면 너는 착한 아이가 되려고 노력하겠다고 했지? 하지만 오늘 저녁에는 전혀 그런 것 같지 않구나."

마릴라는 결정적인 말로 어수선한 앤의 마음을 들쑤시고는 동굴처럼 어두운 방에서 나와 부엌으로 내려갔다. 마릴라 역시 착잡하고 괴로웠다. 마릴라는 앤에게 화가 난 것 못지않게 자기 자신에게도 화가 났다. 너무 놀라서 말문이 막힌 린드 부인의 얼굴을 떠올릴 때마다 즐거워서 입술이 씰룩거리고 미안하게도 웃음이 터질 것 같았기 때문이었다.

10
앤이 사과하다

마릴라는 매슈에게 그날 저녁의 일을 말하지 않았으나 다음 날 아침에도 앤이 고집을 꺾지 않고 아침을 먹으러 내려오지 않자 그 사정을 매슈에게 설명할 수밖에 없었다. 마릴라는 전날 저녁에 있었던 일을 빠짐없이 전하며 매슈도 당연히 앤의 행동이 크게 잘못되었다고 생각하게끔 애썼다.

"레이철 린드가 혼났다니 잘됐군! 오지랖 넓은 수다쟁이 노인네잖니."

매슈는 위로한답시고 한마디 했다.

"매슈 오라버니, 정말 놀랍군요. 앤의 행동이 잘못인 걸 알면서도 무조건 두둔한다니요! 이제는 앤이 벌 받을 필요가 없다고 말할 참인가요?"

"글쎄, 아니, 꼭 그런 건 아니야. 앤이 벌을 조금 받기는 해야지. 하지만 마릴라, 너무 심하게 야단치지는 마라. 앤이 제대로 교육받지 못하고 자란 걸 생각하렴. 그런데…… 먹을 걸 좀 가져다줘야 하잖니?"

매슈가 안절부절못하며 말했다.

"제가 언제 굶기면서 바르게 행동하도록 가르친 적 있었나요? 끼니는 꼭 챙길 거예요. 제가 직접 가져다줄 거라고요. 하지만 린드 부인에게 진심으로 사과하겠다고 하기 전까지 앤은 그 방에 있어야 해요. 더는 다른 말 마세요, 오라버니."

마릴라가 버럭 화를 내며 따졌다.

아침과 점심, 그리고 저녁 식사 시간이 전과 달리 매우 조용했다. 앤이 여전히 고집을 꺾지 않았기 때문이었다. 매슈와 식사를 마치고 나면 마릴라는 쟁반에 음식을 잘 차려서 동쪽 방으로 가져다주었고 나중에 가지고 내려왔다. 하지만 음식이 눈에 띄게 줄어 있지는 않았다. 매슈는 앤이 조금이라도 먹었을까 걱정스러운 눈으로 아래층에 내려온 쟁반을 훑어보았다.

그날 저녁 마릴라가 뒤쪽 목초지로 소들을 데리러 나가자 헛간에서 어슬렁대던 매슈는 도둑처럼 조용히 집으로 들어와 2층으로 살금살금 올라갔다. 매슈는 대체로 부엌과 복도 끝에 있는 작은 방만 들락거렸다. 작은 방이 매슈가 잠을 자는 곳이었다. 그

외에는 가끔 목사가 차를 마시러 들를 때 마지못해 응접실이나 거실에 들어갔다. 더구나 2층은 어느 봄에 마릴라가 손님방에 도배하는 일을 도와주려고 올라간 이후로는 한 번도 올라가지 않았다. 그게 벌써 4년 전이었다.

매슈는 까치발을 하고 복도를 걸어가서도 방문 앞에 몇 분 동안 서 있다가 용기 내어 손가락으로 문을 톡톡 두드리고는 문을 열고 안을 들여다보았다.

앤은 창가의 노란 의자에 앉아 슬픈 눈으로 정원을 바라보고 있었다. 앤은 아주 작고 불쌍해 보였다. 매슈는 가슴이 찢어질 듯 아팠다. 매슈는 살며시 문을 닫고 앤에게 살금살금 다가갔다.

"기분이 어떠냐, 앤?"

누가 엿듣기라도 할까 봐 속삭였다.

앤은 힘없이 미소를 지었다.

"아주 잘 지내요. 상상을 많이 해서 시간을 보내는 데 도움이 돼요. 물론 좀 외롭기는 하지만요. 곧 익숙해지겠죠."

앤은 앞으로 몇 년에 걸쳐 오랫동안 쓸쓸하게 감금 생활을 할 각오가 단단히 서 있다는 듯 다시 미소 지었다.

매슈는 시간 끌지 말고 할 말을 서둘러 해야겠다고 생각했다. 마릴라가 예상보다 일찍 돌아올 수도 있기 때문이었다.

"저기, 앤, 그걸 해서 빨리 매듭을 짓는 게 낫지 않겠니? 언젠가는 해야 할 거야. 마릴라는 고약할 정도로 완강한 여자야. 앤, 보통이 아니란다. 얼른 해 버리고 끝내렴."

매슈가 속삭였다.

"린드 아주머니에게 사과하라는 말씀인가요?"

"그래, 사과 말이다, 바로 그거야. 원만하게 끝내자는 거다. 난 그게 좋을 것 같구나."

매슈가 간절하게 말했다.

앤은 생각에 잠겼다.

"아저씨를 위해서라면 할 수도 있어요. 제가 죄송하다고 말한 다면 그건 진심에서 우러나온 말이에요. 왜냐하면 저는 지금 정 말로 죄송하거든요. 어젯밤에는 조금도 죄송하지 않았어요. 어젯 밤에는 단단히 화가 나서 밤새도록 그런 상태에 있었어요. 자다 가 세 번 깼는데 그때마다 화가 치밀었거든요. 하지만 오늘 아침 에는 달랐어요. 더 화가 나지 않고 그냥 기운이 완전히 빠져나간 듯했어요. 저 자신이 너무 부끄러웠어요. 하지만 린드 아주머니 에게 가서 그런 말을 하는 건 생각도 하기 싫어요. 그건 너무 수 치스러울 것 같아요. 그러느니 차라리 이 방에 영원히 갇혀 지내 겠다고 마음먹었어요. 그래도 아저씨를 위해서라면 뭐든지 할 수 있어요. 아저씨가 정말로 제가 그러길 원하신다면요."

"저기, 물론 원한단다. 네가 없으니 아래층이 얼마나 쓸쓸한지 몰라. 그만 가서 문제를 해결하고 와라. 그래야 착한 아이지."

"알았어요. 마릴라 아주머니가 들어오시면 바로 제가 뉘우쳤다 고 말씀드릴게요."

앤이 체념하듯 말했다.

"그래, 그래야지, 앤. 그런데 내가 뭐라고 했다는 말은 마릴라에게 하지 마라. 내가 참견한다고 생각할 수도 있거든. 그러지 않기로 약속했는데."

앤이 진지하게 약속했다.

"야생마라도 제게서 비밀을 알아낼 수 없을 거예요. 그런데 야생마가 어떻게 사람한테서 비밀을 캐낼 수 있다는 거죠?"

매슈는 벌써 사라졌다. 앤을 설득할 수 있었다니 놀라웠다. 매슈가 2층에서 뭘 했는지 마릴라가 의심하지 않도록 목초지에서도 가장 먼 구석으로 황급히 달아났다. 마릴라는 집에 돌아오자마자 계단 난간에서 앤이 구슬프게 "마릴라 아주머니" 하고 부르는 소리를 듣고 깜짝 놀라면서도 반가웠다.

"왜 그러니?"

마릴라는 현관으로 들어서면서 대답했다.

"화내고 무례하게 말해서 죄송해요! 린드 아주머니에게도 그렇게 말씀드릴게요."

"좋아."

마릴라는 안도의 기색을 내비치지 않은 채 건조하게 대답했지만 사실 앤이 고집을 꺾지 않으면 도대체 어떻게 해야 하나 고심하던 중이었다.

"우유를 짜고 나서 같이 가자."

마릴라는 우유를 짠 후에 앤을 데리고 오솔길을 내려갔다. 마릴라는 꼿꼿하고 의기양양한 모습이고 앤은 풀이 죽어 낙담한 모습이었다. 그러나 절반쯤 갔을 때 마법에라도 걸린 듯 앤은 생기를 되찾았다. 고개를 들어 노을 진 하늘을 바라보며 가볍게 발걸음을 옮기는 앤은 오히려 들뜬 마음을 억누르는 듯 보였다. 마릴라는 앤의 태도가 바뀐 것을 못마땅한 눈으로 바라보았다. 그것은 잘못을 뉘우치며 화가 난 린드 부인에게 사과하러 가는 모습이 아니었다.

"앤, 무슨 생각을 하는 거니?"

마릴라가 매섭게 물었다.

"린드 아주머니에게 뭐라고 해야 할지 생각하고 있어요."

앤이 꿈꾸듯 대답했다.

만족스러웠다. 아니, 만족스러워야 했다. 그러나 마릴라는 그렇게 벌주려는 자신의 계획이 어딘가 잘못되어 가고 있다는 생각을 떨쳐 낼 수 없었다. 앤의 얼굴이 그처럼 즐겁고 환하게 빛날 상황이 아니었다.

환한 표정으로 즐거워하던 앤의 얼굴은 부엌 창가에 앉아 뜨개질하던 린드 부인 앞에 서자 다시 어두워졌다. 그리고 애절한 표정의 얼굴에는 어느 모로 보나 뉘우치는 기색이 역력했다. 앤은 깜짝 놀란 린드 부인 앞에 느닷없이 무릎 꿇고 애원하듯 두 손을 내밀며 떨리는 목소리로 말했다.

"오, 린드 아주머니, 정말 죄송해요! 사전에 있는 단어를 다 동원해도 저의 큰 슬픔을 표현할 수는 없을 거예요. 상상해 보세요. 아주머니께 제가 너무 버릇없이 행동했어요. 그리고 제가 남자아이가 아닌데도 저를 초록 지붕 집에 살게 해 주신 매슈 아저씨와 마릴라 아주머니를 망신시켰어요. 저는 끔찍하게 못됐고 배은망덕한 아이예요. 저는 벌을 받고 훌륭한 분들에게서 영원히 쫓겨나야 마땅해요. 아주머니는 사실을 말씀하셨을 뿐인데, 그렇게 화를 내며 달려든 건 몹시 나쁜 행동이었어요. 그건 사실이었어요. 아주머니의 말씀 한 마디 한 마디가 모두 사실이었죠. 저는 머리카락은 빨간색이고 주근깨투성이인 데다 빼빼 마르고 못생겼어요. 제가 아주머니께 한 말 역시 사실이었지만 저는 그렇게 말하지 말았어야 했어요. 오, 린드 아주머니, 제발, 제발, 용서해 주세요. 만일 아주머니께서 저를 용서하지 않으면 저는 평생 슬픔을 안고 살아갈 거예요. 아무리 성질이 고약한 아이일지라도 아주머니는 그 불쌍한 고아에게 평생 슬픔이라는 짐을 지우실 분이 아니잖아요? 오, 안 그러실 거라고 확신해요. 제발 저를 용서한다고 말씀해 주세요, 린드 아주머니."

앤은 두 손을 맞잡고 고개를 숙인 채 처분을 기다렸다.

앤이 진심으로 사과하는 건 분명했다. 앤의 목소리에는 진심이 가득 담겨 있었다. 마릴라와 린드 부인 모두 앤이 진심이라는 걸 인정했다. 그러나 마릴라는 앤이 굴욕의 순간을 정말로 즐기고 있다는 것, 엄청나게 창피한 순간을 한껏 즐기고 있다는 것을 알고 당황했다. 마릴라가 바람직한 방법이라며 우쭐하게 생각한 그 벌은 지금 어디 있는 것일까? 앤은 그걸 아주 즐거운 일로 바꿔 놓았다.

단순한 린드 부인은 눈치가 빠르지 못해 이런 부분을 간파하지 못했다. 앤이 진심으로 뉘우치고 있다고만 생각했다. 그래서 오지랖 넓게 참견하기는 해도 친절한 린드 부인의 마음에서 화난 감정은 싹 사라졌다.

"그래, 그래, 애야, 얼른 일어나렴. 너를 용서하고말고. 어쨌든 나도 너한테 심하긴 했다. 하지만 나는 워낙 솔직한 사람이란다. 그러니 나를 너무 미워하지는 마라. 그러면 좋겠구나. 네 머리카락이 엄청나게 빨간 건 사실이지. 그런데 예전에 내가 알던 어떤 여자아이가 있어. 그 아이와 함께 학교에 다녔거든. 그 친구도 어릴 때는 너처럼 머리카락이 새빨갰는데, 어른이 되면서 색깔이 어두워지더니 정말로 멋진 적갈색이 됐지 뭐니. 네 머리카락 역시 그렇게 된다고 해도 난 조금도 놀라지 않을 거야, 전혀."

린드 부인이 진심으로 말했다.

앤은 일어서며 긴 한숨을 내쉬었다.

"오, 린드 아주머니, 아주머니는 제게 희망을 주셨어요. 아주머니를 언제까지나 은인으로 생각할게요. 어른이 됐을 때 머리카락이 멋진 적갈색으로 변하기만 한다면 저는 무슨 일이든 견뎌낼 수 있을 것 같아요. 머리카락이 멋진 적갈색이 되면 착하게 행동하는 일이 좀 더 쉬울 거예요, 그렇지 않겠어요? 마릴라 아주머니와 이야기를 나누시는 동안 저는 정원에 나가서 사과나무 아래 벤치에 앉아 있어도 될까요? 저 밖에는 상상할 거리가 무척 많거든요."

"저런, 그래, 얼른 나가 보아라, 애야. 원한다면 정원 구석에 핀 하얀 수선화를 한 다발 꺾어도 된다."

앤이 나가자 린드 부인은 얼른 일어나 램프에 불을 붙였다.

"저 애는 정말 별나군요. 마릴라, 이 의자에 앉아요. 당신이 앉은 의자보다 이 의자가 더 편해요. 그건 일하러 오는 남자아이 앉으라고 둔 거예요. 맞아요, 저 애는 유별난 아이지만 매력이 있군요. 당신과 매슈가 저 애를 키운다고 한 게 그리 놀랄 일도 아니란 생각이 들어요. 당신이 안됐다는 생각도 이젠 사라졌고요. 저 애는 잘 자랄 거예요. 물론 자기 생각을 표현하는 방법이 특이하긴 해요. 좀 지나치죠. 너무 강하다고 할까요? 하지만 이제 교양 있는 사람들과 살게 되었으니 차차 나아지겠죠. 또 성미가 급한데 그나마 다행인 건 그런 아이는 쉽게 화를 냈다가도 금방 마음을 풀어요. 교활하거나 거짓말하는 법은 없죠. 저는 교활한 아이는 딱 질색이에요. 마릴라, 대체로 저 애가 마음에 드는군요."

마릴라가 집으로 돌아가려고 나오자 앤이 땅거미가 내려앉은 향기로운 과수원에서 모습을 드러냈다. 두 손에는 수선화 한 다발을 들고 있었다.

"제가 사과를 꽤 잘했죠? 이왕 할 거면 완벽하게 하자고 생각했거든요."

마릴라와 함께 걷던 앤이 자랑스러워하며 물었다.

"그래, 아주 완벽하게 잘했다."

마릴라가 말했다. 마릴라는 조금 전 일을 떠올리면 자꾸 웃음이 나오려 해서 당혹스러웠다. 게다가 사과를 너무 완벽하게 한 걸 나무라야 한다는 생각에 마음이 불편했다. 그런데 그런 일로 혼내는 것도 우스꽝스러웠다! 마릴라는 따끔하게 한마디만 하고 말기로 했다.

"앞으로는 이번처럼 사과할 일을 만들지 않으면 좋겠구나. 앤, 이제 감정을 잘 다스리려고 노력하도록 해."

"사람들이 제 외모를 비웃지만 않으면 그건 그렇게 어렵지 않을 거예요."

앤이 한숨을 내쉬며 말했다.

"다른 일로는 웬만해서는 기분이 상하지 않지만 제 머리카락을 가지고 이러쿵저러쿵하는 건 정말 넌더리가 나요. 그럴 때는 화가 치밀어요. 그런데 이다음에 제 머리카락도 정말 멋진 적갈색으로 변할까요?"

"앤, 외모에 너무 신경 쓰지 않으면 좋겠구나. 이제 보니 너는 허영심이 많은 아이로구나."

"제가 못생긴 걸 아는데 어떻게 허영심이 많을 수 있겠어요? 저는 예쁜 것을 무척 좋아해요. 그래서 거울을 봤을 때 예쁘지 않은 것이 눈에 보이면 싫어요. 그러면 무척 슬퍼지거든요. 흉한 것을 볼 때 드는 기분과 다를 게 없어요. 그런 것은 아름답지 않기 때문에 가엾다는 생각이 들어요."

앤이 항의하자 마릴라는 속담 한 구절을 인용했다.

"행동이 훌륭한 사람은 얼굴도 아름다워 보인다는 말이 있잖니."

앤이 미심쩍어하는 표정으로 수선화 향기를 맡으며 말했다.

"전에도 그런 말을 들었는데, 정말 그럴까요? 아, 정말 향기로운 꽃이에요! 꽃을 주시다니, 린드 아주머니는 정말 친절하세요. 이제 아주머니에게 나쁜 감정은 없어요. 사과하고 용서받으면 기쁘고 마음이 편안해져요. 안 그런가요? 오늘 밤에 유난히 별들이 초롱초롱하지 않나요? 아주머니는 만일 별에서 살 수 있다면 어느 별을 고르실 거예요? 저는 저기 컴컴한 언덕 위에 있는 아름답고 커다란 별이 마음에 들어요."

"앤, 이제 그만 입을 다물어라."

마릴라가 앤의 말을 귀담아들으려고 애쓰다가 완전히 지쳐서 말했다.

앤은 집으로 이어지는 길로 꺾어져 들어가기 전까지 아무 말도 하지 않았다. 집시 같은 바람이 살랑 불어 두 사람을 맞이했다. 이슬에 젖은 어린 고사리의 알싸한 향기가 바람에 실려 풍겼다. 멀리 어둠 속에 초록 지붕 집 부엌에서 비치는 따뜻한 불빛이 나무들 틈새로 새어 나와 어슴푸레 빛났다. 앤은 갑자기 마릴라에게 바짝 다가가 굳은살이 박인 나이 든 여자의 손 안으로 자기 손을 슬쩍 밀어 넣었다.

"집으로 가고 있다는 것, 그리고 그것이 우리 집이라는 게 정말 좋아요. 저는 진작부터 초록 지붕 집이 좋았어요. 전에는 좋아하는 장소가 없었거든요. 어떤 곳도 집 같지 않았어요. 아, 마릴라 아주머니, 전 정말 행복해요! 당장이라도 기도할 수 있어요.

이제 조금도 어렵지 않거든요."

가냘프고 작은 손이 손바닥에 닿자 마릴라의 마음이 왠지 따뜻해지면서 기분이 좋아졌다. 마릴라가 경험해 본 적 없는 모성애가 솟구치는 모양이었다. 마릴라는 어색하기도 하고 낯간지럽기도 해서 멋쩍었다. 그래서 앤에게 도덕 규범을 심어 줌으로써 평소처럼 다시 차분해지려고 서둘러 말했다.

"네가 착한 아이가 된다면 너는 늘 행복한 앤으로 살게 될 거야. 그리고 기도하는 걸 어려워해서는 안 돼."

"누군가를 위해 기도하는 것과 그냥 기도하는 것은 엄연히 달라요. 하지만 저는 제가 저기 나무 꼭대기에 부는 바람이라고 상상할 거예요. 저 나무가 싫증 나면 고사리를 살며시 흔들 거예요. 그런 다음, 린드 아주머니의 정원으로 날아가 꽃들이 춤추게 할 거예요. 그다음에는 클로버가 덮인 저 들판을 휩쓸고 지나간 뒤 반짝이는 호수에서 반짝이는 잔물결을 일으키겠어요. 와, 바람에는 상상할 거리가 정말 많이 있군요! 마릴라 아주머니, 이제부터는 아무 말도 하지 않을 거예요."

앤이 명상에 잠겨 중얼거렸다.

"정말 고맙구나."

마릴라는 천만다행이라고 생각했다.

11

앤이 주일 학교에서 받은 인상

"어떠니?"

마릴라가 물었다.

앤은 침대에 펼쳐 놓은 새 원피스 세 벌을 심각한 표정으로 바라보았다. 하나는 지난여름 행상인의 부추김에 넘어가서 산 무척 실용적으로 보이는 갈색 무명 옷감으로 만들었고, 다른 하나는 겨울에 할인 매장에서 고른 흰색과 검은색 체크무늬 새틴으로 지었다. 나머지 하나는 그 주에 카모디 상점에서 뻣뻣하고 칙칙한 파란 천을 사서 만든 원피스였다.

마릴라가 손수 지은 원피스는 세 벌 모두 비슷비슷한 모양이었다. 그저 잘록하게 허리에 꼭 맞는 평범한 치마에 허리선과 치마와 마찬가지로 평범한 소매는 팔이 겨우 들어갈 정도로 딱 맞았다.

"마음에 든다고 상상하겠어요."

앤이 솔직하게 대답했다.

"그렇게 상상하길 바라는 게 아니야. 보아하니 옷이 마음에 들지 않는 모양이구나! 뭐가 어떻다는 거지? 모두 단정하고 깨끗한 새 옷이잖니?"

마릴라가 언짢아하며 말했다.

"그렇죠."

"그런데 왜 싫다는 거지?"

"그러니까…… 예쁘지 않아요."

앤이 마지못해 대답했다.

"예쁜 옷이라고!"

마릴라가 코웃음 치며 말했다.

"나는 네게 예쁜 원피스를 만들어 주느라 골머리를 썩이고 싶지 않아. 앤, 분명히 말하지만 너의 허영심 따위는 채워 줄 생각이 없단다. 이 옷은 주름 장식이나 옷단 장식은 없지만 단정하고 실용적인 원피스야. 올여름에 네가 입을 옷은 이 세 벌이 전부다. 갈색과 파란색 원피스는 앞으로 학교에 갈 때 입으면 좋을 거야. 새틴 원피스는 교회와 주일 학교에 갈 때 입고. 늘 단정하고 깨끗하게 입도록 하고 찢어지지 않게 조심하렴. 그 꼭 끼는 원피스만 입었으니 다른 웬만한 옷이라면 뭐든 감사할 줄 알았다."

"아, 당연히 감사해요. 하지만 이 중 딱 한 벌만이라도 어깨를 부풀린 퍼프소매였다면 훨씬 더 감사한 마음이 들었을 거예요. 요즘 퍼프소매가 대유행이거든요. 마릴라 아주머니, 퍼프소매가 달린 원피스를 입으면 무척 황홀한 기분이 들 거예요."

앤은 칭얼대듯 말했다.

"그럼, 앞으로 넌 그런 황홀한 기분은 느끼지 못할 거다. 퍼프소매를 만드는 데 허비할 천은 없거든. 그런 소매는 우스꽝스러워 보이더라. 나는 평범하고 편한 옷이 더 좋단다."

"저 혼자만 평범하고 편한 옷을 입느니 차라리 우스꽝스러워 보이는 게 낫겠어요."

앤이 처량하게 말하며 계속 고집을 피웠다.

"마음대로 생각하든지! 원피스를 옷장에 잘 걸어 두고 주일 학교에서 배울 거나 공부해라. 벨 씨에게서 네게 줄 교리 문답서를 얻어 왔단다. 내일부터 주일 학교에 가는 거야."

화가 난 마릴라는 아래층으로 가 버렸다.

앤은 두 손을 모아 쥐고 원피스를 내려다보며 절망감에 휩싸여 중얼거렸다.

'퍼프소매가 달린 하얀 원피스를 지어 주시길 바랐는데. 딱 한 벌이라도 갖게 해 달라고 기도하면서도 별로 기대하지는 않았어. 하나님이 고아의 옷까지 신경 쓰실 겨를이 있을 거라고는 생각하지 않았으니까. 마릴라 아주머니에게 달린 일이란 걸 알고 있었어. 그래, 세 원피스 중 하나는 아름다운 레이스 주름으로 장식

되고 삼단 퍼프소매가 달린 눈처럼 하얀 모슬린 원피스라고 상상할 수 있으니 괜찮아.'

다음 날 아침, 마릴라는 두통 때문에 앤을 데리고 주일 학교에 갈 수가 없었다.

"앤, 내려가서 린드 부인께 들러라. 린드 부인이 네가 반을 제대로 찾아가는지 봐 주실 거다. 예의 바르게 행동하는 것 잊지 말고. 공부가 끝나면 설교 시간까지 기다렸다가 린드 부인에게 우리 자리로 데려가 달라고 하렴. 1센트를 줄 테니 헌금으로 내도록 하고. 사람들을 빤히 쳐다보거나 몸을 꼼지락거리지 말고 얌전히 있어야 해. 집에 돌아와 오늘 배운 성경 말씀을 알려 다오."

앤은 흑백 체크무늬 새틴 원피스를 입고 반듯한 모습으로 집을 나섰다. 원피스는 길이가 적절해서 작다는 말을 들을 일은 분명 없었지만 마치 앤의 마른 몸을 일부러 구석구석 강조하도록 만들어진 것 같았다. 새 모자는 작고 납작하고 반들반들 윤이 나는 세일러 해트였는데 옷과 마찬가지로 평범하기 그지없어 리본과 꽃이 달려 있기를 은근히 기대했던 앤은 실망스러웠다. 하지만 꽃장식은 큰길에 이르기 전에 해결되었다. 오솔길을 절반쯤 가자 흐드러진 황금빛 미나리아재비가 바람에 흔들리고 눈부시게 아름다운 들장미가 피어 있었다. 앤은 그 꽃들로 화관을 만들어 모자에 둘렀다. 남들이 어떻게 생각하든 앤은 만족스러웠다. 분홍색과 노란색 꽃으로 장식된 빨간 머리를 당당하게 치켜든 앤은 즐겁고 경쾌하게 길을 따라 내려갔다.

린드 부인 집에 가 보니 린드 부인은 벌써 나가고 없었다. 앤은 전혀 기죽지 않고 혼자서 교회로 갔다. 교회 입구에 여자아이들이 모여 있었는데 대부분 흰색과 파란색, 분홍색 원피스 차림이어서 화사해 보였다. 아이들은 머리에 기이한 장식을 하고 나타난 낯선 아이를 호기심 어린 눈으로 바라보았다. 에이번리의 여자아이들은 앤을 둘러싼 이상한 소문을 이미 들어 알고 있었다. 린드 부인은 앤이 고약한 성질을 지녔다고 했고, 초록 지붕 집에서 일하는 제리 부트는 앤이 정신 나간 사람처럼 혼잣말하거나 늘 나무와 꽃에게 말을 건다고 했다. 아이들은 앤을 흘끔거리며 교리 문답서로 입을 가리고 서로 수군거릴 뿐 누구도 친절하게 다가오지 않았다. 개회 예배가 끝나고 앤이 로저슨 선생님의 반에 들어간 후에도 마찬가지였다.

로저슨 선생님은 20년째 주일 학교에서 아이들을 가르치는 중년 여자였다. 로저슨 선생님은 교리 문답서에 나오는 질문을 던지고 교리 문답서 너머로 한 아이에게 엄격한 눈빛을 보내 지명하면 그 아이가 질문에 답하는 방식으로 가르쳤다. 로저슨 선생님은 앤을 자주 그렇게 바라보았고 마릴라가 연습시킨 덕분에 앤은 즉각 대답할 수 있었다. 그러나 앤이 질문이나 대답을 제대로 이해했는지는 확실하지 않았다.

앤은 로저슨 선생님이 마음에 들지 않았다. 또 그 반의 여자아이들이 모두 퍼프소매 원피스를 입고 있어 비참한 기분이 들었다. 퍼프소매 옷을 입지 않고서는 살아갈 가치도 없다고까지 생각했다.

"그래, 주일 학교는 어땠니?"

앤이 집에 돌아오자 마릴라가 궁금해서 물었다. 시들어 버린 화관은 길에 내버렸기 때문에 마릴라는 한동안 화관에 대해서는 알지 못했다.

"마음에 드는 구석이 하나도 없었어요. 끔찍했어요."

"앤 셜리!"

마릴라가 호통쳤다.

앤은 긴 한숨을 내쉬며 흔들의자에 앉아 보니의 잎에 입을 맞추고 꽃을 피운 푸크시아에게 손을 흔들었다.

"제가 없는 동안 이 아이들이 외로웠을 거예요. 주일 학교에서는 말이죠, 아주머니 말씀대로 예의 바르게 행동했어요. 린드 아주머니가 집에 안 계셨지만 저 혼자 잘 찾아갔고요. 다른 여자아이들과 함께 교회 안으로 들어가 창가 좌석 끝에 앉아 예배를 드렸어요. 벨 아저씨의 기도는 엄청나게 길었어요. 창가에 앉지 않았더라면 정말 지루해서 못 견뎠을 거예요. 다행히 창밖으로 반짝이는 호수가 보여서 거길 바라보며 온갖 멋진 상상을 했어요."

"그러면 안 돼. 벨 씨의 기도를 잘 들었어야지."

그러자 앤이 이의를 제기했다.

"하지만 벨 아저씨가 저에게 말씀하신 건 아니잖아요. 아저씨는 하나님께 이야기하고 있었는데 그것도 건성으로 하는 것 같았어요. 벨 아저씨는 하나님이 너무 멀리 계셔서 기도해도 별 소용없다고 생각했나 봐요. 그래도 저는 혼자서 짧게 기도했어요. 줄지어 늘어선 하얀 자작나무들이 호수 위로 가지를 늘어뜨리고 나무 사이로 비집고 들어온 햇살이 깊은 물 속까지 비췄거든요. 아, 마릴라 아주머니, 정말 아름다운 꿈을 꾸는 것만 같았어요! 얼마나 황홀했는지 저도 모르게 '하나님 감사합니다'라는 말을 두세 번이나 했다니까요."

"큰 소리로 하지는 않았겠지?"

마릴라가 걱정스러운 듯 말했다.

"아, 아니요, 작은 소리로 했죠. 드디어 벨 아저씨의 기도가 끝났고 사람들이 제게 로저슨 선생님의 교실로 가라고 했어요. 거기에는 여자아이들 아홉 명이 있었는데 모두 퍼프소매 원피스를 입었어요. 제 옷도 퍼프소매라고 상상하려 했지만 잘 되지 않았어요. 왜 안 됐을까요? 동쪽 방에 혼자 있을 때는 퍼프소매 옷을 상상하기가 쉬웠는데 정말로 퍼프소매 원피스를 입은 아이들 틈에서는 엄청나게 힘들었어요."

"주일 학교에서 소매만 생각하면 안 되잖니. 수업에 열중했어야지. 모를 리 없을 텐데."

"아, 그럼요. 저는 많은 질문을 받고 잘 대답했어요. 로저슨 선생님이 정말 얼마나 많이 질문했는지 몰라요. 선생님만 질문하는 건 공평하지 않아 보여요. 저도 선생님께 묻고 싶은 게 많았거든요. 하지만 선생님과 마음이 잘 맞지 않을 것 같아서 질문하지 않았어요. 그런 다음 아이들 모두 어떤 구절을 암송했어요. 선생님이 저더러 그걸 아느냐고 물었어요. 그래서 그 구절은 모르지만 선생님께서 허락하시면 「주인 무덤가의 개」를 암송할 수 있다고 했죠. 3학년 읽기 교과서에 나오는 시예요. 종교적인 시는 아니지만 무척 슬프고 우울해서 종교적인 시라고 할 만하거든요. 로저슨 선생님은 됐다고 하면서 다음 일요일까지 열아홉 번째 구절을 외워 오라고 하셨어요. 주일 학교가 끝난 후 교회에서 그 구절을 읽어 봤는데 멋지더라고요. 특히 두 줄이 감동적이었어요.

살육당한 기병대가 무너져 내리듯 순식간에
미디안에 닥친 불운의 날

'기병대'나 '미디안'이 무슨 뜻인지 모르지만 무척 비극적으로 들려요. 빨리 다음 일요일이 와서 이 구절을 암송하면 좋겠어요. 이번 주 내내 연습할 거예요. 주일 학교가 끝난 뒤에는 로저슨 선생님께 우리 자리가 어디인지 알려 달라고 했어요. 린드 아주머니는 너무 멀리 계셨거든요. 저는 정말 꼼짝 않고 앉아 있었어요. 오늘 성경 말씀은 요한계시록 3장 2절과 3절이었어요. 아주 긴 구절이었는데, 제가 목사님이었다면 짧고 멋진 구절을 택했을 거예요. 설교 역시 지독하게 길었어요. 성경 구절이 긴 만큼 설교도 길게 해야 한다고 생각하셨나 봐요. 목사님 설교는 조금도 흥미롭지 않았어요. 목사님은 상상력이 부족한 게 문제인 것 같아요. 저는 설교를 제대로 듣지 않았어요. 그냥 이런저런 생각, 정말 기발한 상상을 했어요."

마릴라는 앤의 이 모든 태도를 엄하게 꾸짖어야 한다고 생각한 한편 앤의 말 가운데 일부는 부인할 수 없는 사실이라는 점이 마음에 걸렸다. 특히 목사님의 설교와 벨 씨의 기도에 대해서는 마릴라도 같은 생각이었으며, 오래전부터 마음속으로 그런 생각을 해 왔지만 한 번도 내색한 적은 없었다. 차마 말로 내뱉지는 못하고 은밀히 품고만 있던 비판적인 생각이 솔직하고 거리낌 없이 표현하는 이 어린아이의 입을 통해 비난의 말이 되어 나온 것 같았다.

12
엄숙한 맹세와 약속

그다음 주 금요일이 되어서야 마릴라는 화관으로 장식한 모자 이야기를 들었다. 마릴라는 린드 부인의 집에서 돌아오자마자 앤을 불러 자초지종을 설명하게 했다.

"앤, 린드 부인이 그러더구나. 네가 지난 일요일에 장미와 미나리아재비로 모자를 장식한 우스꽝스러운 모습으로 교회에 갔다고. 도대체 왜 그렇게 분별없이 구는 거니? 아주 볼만했겠다!"

"아, 저도 분홍색과 노란색이 저에게 어울리지 않는다는 건 알아요."

앤이 입을 열기 시작했다.

"쓸데없는 소리 하지 말고! 모자에 꽃을 꽂은 걸 얘기하는 거잖니. 꽃 색깔이 뭐든 우스꽝스러운 거라고. 넌 정말 못 말리는 아이다!"

"원피스에 꽃을 다는 것은 괜찮고 모자에 꽃을 다는 건 왜 우스꽝스럽다고 하시는지 모르겠어요. 교회에 온 여자아이들이 대부분 원피스에 꽃을 꽂고 있었다고요. 무슨 차이가 있죠?"

앤이 항의했다.

마릴라는 확실하고 구체적인 사실에서 추상적이고 모호한 생각으로 말려들지 않았다.

"앤, 그런 식으로 말대답하지 마라. 넌 정말 바보 같은 짓을 한 거다. 두 번 다시 내게 그런 모습이 보이거나 들리지 않게 해 다오. 린드 부인은 네가 그렇게 꽃으로 치장하고 오는 모습을 본 순간 바닥에 주저앉을 뻔했다더라. 얼른 화관을 벗으라고 일러 주려고 가까이 가려 했지만 이미 늦었더란다. 사람들이 보고는 심한 말도 하더래. 물론 사람들은 내가 감각이 없어서 너를 그렇게 꾸며 내보냈다고 생각했겠지."

앤이 눈에 눈물이 그렁그렁한 채 말했다.

"아, 정말 죄송해요! 그렇게 싫어하실 줄은 몰랐어요. 전 그저 장미와 미나리아재비가 너무 향기롭고 예뻐서 제 모자에 장식하면 멋지겠다고 생각했을 뿐이에요. 애들이 모자에 조화를 꽂고 있었거든요. 제가 아주머니에게 골칫거리가 될까 두려워요. 차라리 저를 보육원에 돌려보내는 편이 좋을지도 몰라요. 그건 너무 끔찍한 일이라 제가 견뎌낼 수 있을지 모르겠지만요. 아마 폐병에 걸려 버리겠죠. 이렇게 말랐으니까요. 하지만 아주머니에게 골칫거리가 되느니 차라리 그편이 낫겠어요."

"말도 안 되는 소리를 하는구나. 너를 보육원으로 돌려보낼 생각은 없어. 그건 장담하마. 다만 네가 다른 여자아이들처럼 행동하고 너 자신을 우스꽝스럽게 만들지 않았으면 하고 바랄 뿐이야. 그만 울어라. 너에게 알려 줄 소식이 있단다. 다이애나 배리가 오늘 오후에 집에 왔다고 하는구나. 배리 부인한테 치마 본을 빌리러 가려는 참인데 괜찮다면 너도 함께 가서 다이애나를 만나 보렴."

마릴라가 앤을 울린 자기 자신을 탓하며 말했다.

두 손을 모으고 벌떡 일어서는 바람에 앤이 가장자리를 감치고 있던 행주가 바닥에 떨어졌다. 두 뺨에는 여전히 눈물이 흐르고 있었다.

"아, 마릴라 아주머니, 두려워요! 막상 때가 닥치니 너무도 두려워요! 다이애나가 저를 좋아하지 않으면 어쩌죠? 제 인생에서 가장 비극적이고 실망스러운 일이 될 거예요."

"호들갑 떨지 마라. 그리고 그렇게 거창한 표현은 쓰지 않으면 좋겠다. 어린애가 그런 식으로 말하니 너무 우습게 들리는구나. 다이애나는 틀림없이 널 좋아할 거야. 네가 조심해야 할 사람은 다이애나의 엄마란다. 배리 부인이 너를 좋아하지 않으면 다이애나가 널 아무리 좋아해도 소용없어. 린드 부인에게 성질부린 일과 모자를 미나리아재비로 장식하고 교회에 간 일을 배리 부인이 들었다면 너를 어떻게 생각할지 모르겠구나. 아무튼 공손하고 얌전하게 행동해야 해. 엉뚱한 말은 한 마디도 하지 말고. 세상에, 어쩜 이렇게 떨고 있니!"

앤은 정말로 바들바들 떨고 있었다. 얼굴이 창백하고 굳어졌다.

"아, 마릴라 아주머니, 아주머니도 단짝이 되기를 바라는 아이를 곧 만날 건데 그 애 엄마가 아주머니를 마음에 들어 하지 않을 수도 있다면 이렇게 떨릴 거예요."

서둘러 모자를 가지러 가며 앤이 말했다.

그들은 시내를 건너고 전나무가 우거진 언덕을 오르는 지름길을 지나 비탈길 과수원 집에 다다랐다. 마릴라가 문을 두드리자 배리 부인이 대답하며 부엌문으로 나왔다. 배리 부인은 키가 크고 눈동자와 머리카락이 검은색이었으며 입매가 무척 단호해 보였다. 배리 부인은 아이들을 엄격하게 가르치는 것으로 유명했다.

"안녕하세요, 마릴라. 들어오세요. 이 아이가 입양했다는 아이인가요?"

배리 부인이 다정하게 인사했다.

"네, 앤 셜리라고 해요."

마릴라가 대답했다.

"끝에 e를 붙이는 앤이에요."

떨리고 흥분되었음에도 그 점은 분명히 해야 한다는 생각에 앤이 조심스레 덧붙였다.

배리 부인은 앤의 말을 못 들었는지 아니면 이해하지 못했는지 그저 악수하며 친절하게 안부를 물었다.

"잘 지내니?"

"마음은 마구 헝클어져 있지만 몸은 건강해요. 고맙습니다, 아주머니."

앤은 진지하게 대답하고는 마릴라를 향해 작게 속삭였다.

"방금 제가 한 말에 엉뚱한 내용은 없었죠, 마릴라 아주머니?"

다이애나는 소파에 앉아 책을 읽고 있다가 손님이 들어오자 책을 내려놓았다. 다이애나는 무척 예쁜 여자아이였다. 어머니의 검은색 눈과 머리카락, 장밋빛 뺨을 물려받았고 명랑한 표정은 아버지를 닮았다.

배리 부인이 말했다.

"얘는 내 딸 다이애나란다. 다이애나, 앤을 데리고 정원에 나가서 네 꽃을 보여 주는 게 어떠니? 책을 보느라 눈이 피로해지는 것보다는 그게 좋겠구나."

아이들이 밖으로 나가자 배리 부인이 마릴라에게 말했다.

"다이애나는 책을 너무 많이 읽어요. 말려도 소용없어요. 애들 아빠가 옆에서 감싸고 도니까요. 다이애나는 늘 책에만 빠져 지내는데, 함께 놀 친구가 생겨서 정말 다행이에요. 아무래도 밖에서 더 많이 놀 테니까요."

정원에는 서쪽의 오래된 검은 전나무 사이로 비쳐 드는 그윽한 석양빛이 가득했다. 앤과 다이애나는 아름답게 피어난 참나리 무리 옆에서 부끄러운 듯 서로를 마주 보았다.

배리 씨네 정원은 꽃이 만발한 나무가 우거져 있어 운명의 갈림길에 서지 않는 한 언제든 앤을 기쁘게 할 만한 곳이었다. 오래된 거대한 버드나무와 높다란 전나무가 정원을 에워쌌고 그 밑에는 그늘을 좋아하는 꽃들이 자리했다. 조가비로 예쁘게 가장자리를 장식한 반듯하고 각진 작은 길이 촉촉한 빨간 띠처럼 정원을 가로질렀고 그사이 꽃밭에는 꽃들이 만발해 있었다. 장밋빛 금낭화와 탐스러운 진홍색 모란, 향기로운 하얀 수선화, 가시가 많은 향긋한 스코틀랜드 장미, 분홍색과 파란색과 흰색 매발톱꽃, 옅은 자줏빛 비누풀, 개사철쑥과 갈풀과 박하 무리, 아담과 이브라고 불리는 보랏빛 난초, 수선화, 여리고 향긋하며 가지가 깃털 같은 흰전동싸리 무리, 단정하고 하얀 사향 아욱을 향해 불타는 창을 겨눈 수레동자꽃 등이 흐드러졌다. 햇살이 떠나기 아쉬운 듯 머뭇거리고 벌들이 윙윙대며 바람이 이끌려와 바스락대는 기분 좋은 소리를 내며 돌아다니는 정원이었다.

마침내 앤이 두 손을 모으고 속삭이다시피 말했다.

"저, 다이애나, 있잖아, 나를 조금이라도 좋아할 수 있을 것 같아? 단짝이 될 만큼?"

다이애나가 웃었다. 다이애나는 말을 하기 전에 늘 웃었다.

"응, 그럴 것 같아. 네가 초록 지붕 집에서 살게 되었다니 정말 기뻐! 함께 놀 친구가 있다는 건 즐거운 일일 거야. 우리 집 가까이에는 같이 놀 친구가 없거든. 동생들은 아직 어리고."

다이애나가 솔직하게 대답하자 앤이 간절한 목소리로 물었다.

"영원히, 영원히 내 친구가 되어 주겠다고 맹세할 수 있어?"

다이애나는 깜짝 놀라며 나무라듯 말했다.

"어머, 맹세하는 건 너무 위험해."

"아, 아니야. 그런 맹세를 말하는 게 아니야. 맹세에는 두 가지가 있거든."

"그런 얘기는 처음 듣는데."

다이애나가 미심쩍어하며 말했다.

"정말 다른 맹세가 있어. 전혀 위험한 게 아니야. 그냥 엄숙히 다짐하면서 약속하는 거야."

"그런 거라면 괜찮아. 어떻게 하는 거야?"

다이애나가 안심하며 동의했다.

"우리는 손을 맞잡아야 해. 원래는 흐르는 물 위에서 해야 하지만 이 길을 흐르는 물이라고 상상하자. 내가 먼저 맹세할게. '나는 태양과 달이 사라지지 않는 한 세상에서 가장 친한 내 친구 다이애나 배리에게 충실할 것을 엄숙히 맹세합니다.' 이제는 너도 내 이름을 넣어서 맹세해."

앤이 진지한 목소리로 말했다.

다이애나는 웃으며 그 '맹세'를 똑같이 했고 맹세를 다 한 후에 또다시 웃으며 말했다.

"앤, 너는 특이한 아이구나. 네가 특이하다는 말을 들은 적이 있어. 하지만 나는 네가 정말 좋아질 것 같아!"

마릴라와 앤이 집으로 돌아갈 때 다이애나는 통나무 다리까지 배웅을 나왔다. 두 소녀는 서로 팔짱을 끼고 함께 걸었다. 시냇가에서 헤어질 때는 다음 날 오후를 함께 보내자며 거듭 약속했다.

"그래, 다이애나와는 마음이 맞든?"

초록 지붕 집의 정원으로 들어서며 마릴라가 물었다.

기쁨에 겨운 앤은 마릴라의 빈정대는 투를 알아차리지 못하고 한숨을 내쉬었다.

"어머, 그럼요. 아, 마릴라 아주머니, 지금 이 순간 프린스에드워드섬에서 가장 행복한 아이는 바로 저예요. 오늘 밤에는 정말 좋은 마음으로 기도할 수 있어요. 다이애나와 저는 내일 윌리엄 벨 아저씨의 자작나무 숲에 소꿉놀이할 집을 짓기로 했어요. 장작 헛간에 있는 깨진 그릇을 가져가도 될까요? 다이애나의 생일은 2월이고 제 생일은 3월이에요. 우연치고 참 신기하지 않아요? 다이애나는 제게 책도 빌려주기로 했어요. 아주 훌륭하고 엄청나게 재미있는 책이래요. 또 숲속에 프리틸라리아가 자라는 곳을 보여 주겠다고도 했어요. 다이애나의 눈이 무척 열정적으로 보이지 않으세요? 제 눈도 그랬으면 좋겠어요. 다이애나가 〈개암나무 골짜기의 넬리〉라는 노래도 가르쳐 줄 거예요. 제 방에 걸 그림도 준다고 했고요. 하늘색 실크 드레스를 입은 사랑스러운 여자를 그린 그림인데 정말 흠잡을 데 없이 아름답다고 해요. 재봉틀 파는 사람이 주었대요. 제게도 다이애나에게 줄 게 있으면 좋겠어요. 키는 제가 다이애나보다 2.5센티미터 정도 더 크지만 몸은 다이애나가 훨씬 통통해요. 다이애나는 마른 사람이 더 우아해 보인다면서 자기도 말랐으면 좋겠대요. 저를 위로해 주려고 그렇게 말하는 것 같았어요. 언젠가는 바닷가에 가서 조가비를 주워 올 거예요. 우리는 통나무 다리 옆에 있는 샘을 드라이아드의 물거품이라고 부르기로 했어요. 정말 우아한 이름이죠? 예전에 그런 이름을 가진 샘 이야기를 읽은 적이 있어요. 드라이아드는 어른 요정인가 봐요."

"그래, 다이애나가 힘들어할 정도로 말을 많이 하지 말기를 바란다. 그리고 명심할 게 있다, 앤. 온종일 놀기만 할 수는 없어. 해야 할 일이 있으니 그걸 먼저 끝내야 한다."

마릴라가 말했다.

앤이 가진 행복의 잔은 이미 가득 찼는데, 매슈가 그 잔을 넘쳐흐르게 했다. 매슈는 카모디에 있는 상점에 갔다가 막 돌아와서는 주머니에서 작은 꾸러미를 꺼내어 멋쩍은 듯 앤에게 건넸다. 그러면서 마릴라의 눈치를 살폈다.

"네가 초콜릿을 좋아한다고 해서 좀 사 왔단다."

매슈가 말했다.

"흥. 그런 건 먹어 봐야 이가 썩고 속만 거북하죠. 이런, 아니다, 얘야, 그렇게 슬퍼하지 마라. 오라버니가 일부러 가서 사 왔으니 먹어도 좋아. 박하사탕을 사 왔으면 더 좋았을 걸 그랬다. 그게 몸에는 더 좋으니까. 초콜릿을 한꺼번에 다 먹어서 탈 나지 않게 조심해라."

마릴라가 코웃음 치며 말했다.

"그럼요. 그러지 않을 거예요. 마릴라 아주머니, 오늘 밤에는 딱 한 개만 먹겠어요. 그리고 절반은 다이애나에게 주고 싶은데, 그래도 될까요? 다이애나에게 주고 나면 초콜릿은 절반밖에 남지 않지만 두 배로 더 맛있을 거예요. 다이애나에게 줄 게 있다고 생각하니 너무 기뻐요!"

앤이 방으로 올라가자 마릴라가 말했다.

"저 애는 말이죠, 인색하지 않아요. 전 인색하게 구는 아이를 가장 싫어하는데 정말 다행이지 뭐예요. 세상에, 우리 집에 온 지 3주밖에 안 됐는데 저 애가 늘 여기에 살았던 것 같아요. 이제 이 집에 저 애가 없는 건 상상도 할 수 없어요. 오라버니, 그럴 줄 알았다는 눈빛으로 바라보지 말아요. 여자들의 그런 표정도 싫지만 남자들이 그러는 건 더 참을 수 없어요. 솔직히 인정할게요. 앤을 키우자는 오라버니의 말을 따른 건 정말 잘한 일이에요. 저 애가 점점 좋아지거든요. 그렇지만 자꾸 그걸 상기시키지는 말라고요, 매슈 오라버니."

"앤, 몇 개의 별을 좀 더 크고 선명하게 보고 싶다면
망원경으로 밤하늘을 봐. 반대로, 조금 흐리더라도
좀 더 많은 별을 보고 싶다면 망원경을 내려놓고
너의 두 눈으로 밤하늘을 봐!"

관계에서
'넓이'와 '깊음'의 문제로
고민스러운 날

"어두운 밤하늘에 반짝이는 건
다 별이랬어요."
_ 영화 〈산다〉 중에서

13
기대하는 기쁨

"앤이 들어와서 바느질할 시간인데."

마릴라는 시계를 흘끗 보고는 밖을 내다보았다. 8월의 누르스름한 오후 열기에 지쳐 만물이 꾸벅꾸벅 졸고 있는 듯했다.

"허락한 시간보다 30분이나 더 다이애나와 놀고 와서는 이제 아예 장작더미에 걸터앉아서 오라버니에게 잠시도 쉬지 않고 말을 하고 있네. 일할 시간이라는 걸 뻔히 알면서도 말이야. 오라버니는 앤의 말을 한 마디라도 놓칠세라 얼빠진 바보처럼 열심히 듣고 있지. 오라버니가 뭔가에 저렇게 빠진 모습은 처음 봐. 저 애가 엉뚱한 이야기를 하면 할수록 오라버니는 더 재밌어한다니까. 앤 설리! 당장 들어와라, 알겠니?"

마릴라가 서쪽 창문을 신경질적으로 두드려 대는 소리에 앤은 집 안으로 부리나케 들어왔다. 두 눈은 반짝이고 뺨은 발그레 상기되었으며 땋지 않고 늘어뜨린 머리카락이 마구 휘날렸다.

"마릴라 아주머니, 다음 주에 주일 학교에서 소풍을 간대요. 반짝이는 호수 바로 근처에 있는 하먼 앤드루스 아저씨네 들판으로요. 벨 아주머니와 레이철 린드 아주머니가 아이스크림을 만들어 줄 거래요. 마릴라 아주머니, 아이스크림이요! 아, 아주머니, 저도 가도 돼요?"

앤이 숨을 헐떡이며 소리쳤다.

"앤, 시계 좀 봐라! 내가 몇 시에 들어오라고 했지?"

"2시요. 하지만 소풍을 간다니 정말 멋지지 않아요, 아주머니? 제발, 저도 가게 해 주세요. 저는 소풍을 가 본 적이 없어요. 소풍 가는 걸 꿈꾸기는 했지만 한 번도 못 가 봤어요."

"그래, 내가 2시에 들어오라고 했지. 그런데 지금은 3시 15분 전이다. 왜 내 말을 듣지 않았는지 궁금하구나, 앤."

"저, 시간을 지키려고 했어요, 정말로요. 하지만 한가로운 황야가 너무나 환상적이었어요. 그리고 매슈 아저씨에게 소풍 이야기를 해 드려야 했고요. 아저씨는 제 이야기를 정말 잘 들어 주세요. 저도 가도 돼요?"

"너는 그 한가로운 어쩌고의 유혹을 뿌리치는 법부터 배워야 겠구나. 내가 몇 시까지 오라고 하면 그 시간을 지키라는 말이지,

30분이나 지나서 오라는 게 아니다. 또 들어오는 도중에 멈춰 서서 말 잘 들어 주는 사람과 이야기 나눠서도 안 되고. 소풍이라면, 물론 너도 가야지. 너도 주일 학교 학생이고 다른 아이들이 다 가는데 내가 왜 너만 못 가게 하겠니?"

"하지만……"

앤이 말을 더듬었다.

"하지만 다들 바구니에 각자 먹을 것을 가져가야 한다고 다이애나가 말했어요. 아주머니도 아시다시피 저는 요리를 못하잖아요. 그리고…… 그리고…… 퍼프소매 옷을 입지 않고 소풍 가는 것은 괜찮지만 바구니를 들고 가지 않으면 몹시 창피할 것 같아요. 다이애나에게 그 말을 들은 뒤로 계속 마음에 걸렸어요."

"그건 걱정할 필요 없다. 내가 바구니에 먹을 것을 채워 주마."

"아, 마릴라 아주머니, 정말 고마워요! 아, 아주머닌 저한테 정말 잘해 주세요. 아, 정말 고맙습니다!"

기쁨의 탄성을 연발하던 앤은 마릴라의 품으로 뛰어들어 마릴라의 창백한 뺨에 열정적으로 입을 맞추었다. 어린아이가 자진해서 마릴라의 얼굴에 입을 맞춘 건 평생 처음 있는 일이었다. 깜짝 놀랄 만큼 갑작스럽게 와 닿은 달콤한 느낌에 마릴라는 다시 한 번 전율을 느꼈다. 마릴라는 앤의 충동적인 입맞춤에 속으로는 굉장히 기분이 좋았고, 그래서 더 무뚝뚝하게 말이 나왔다.

"이런, 이런. 그런 일로 입맞춤까지 하다니. 그보다는 내가 한 말을 네가 정확히 실천하는 걸 얼른 보고 싶구나. 조만간 요리도 가르쳐 줄 생각이야. 하지만 앤, 넌 아직 너무 덤벙대더구나. 네가 좀 더 진지해지고 차분해지면 그때 시작할 거다. 요리할 때는 정신을 바싹 차리고 도중에 온갖 다른 생각에 빠져들어서는 안돼. 이제 바느질감을 가져와서 차 마시는 시간까지 조각보를 끝내도록 해라."

앤은 바느질 바구니를 찾아와 빨간색과 흰색 마름모꼴 헝겊 더미 앞에 앉으며 시무룩하게 말했다.

"저는 조각보 만드는 게 싫어요. 재미있는 바느질도 있을 텐데, 조각보를 만드는 일에는 상상할 여지가 전혀 없어요. 한 솔기 꿰매고 나면 또 꿰매고, 이렇게 하는 게 무슨 소용인지 모르겠거든요. 물론 저는 놀기만 하고 아무 할 일이 없는 다른 곳에 사는 앤보다는 조각보를 만드는 초록 지붕 집의 앤으로 살겠어요. 다만 제가 다이애나와 놀 때 시간이 빨리 지나가는 것처럼 조각보를 만들 때도 그러면 좋겠어요. 아, 마릴라 아주머니, 다이애나와 저는 정말 멋진 시간을 보냈어요. 대부분 제가 생각해 내야 하지만 저는 상상을 잘하니까 괜찮아요. 다이애나는 다른 건 뭐든 잘해요. 우리 농장과 배리 아저씨네 농장 사이로 흐르는 시내 건너편에 작은 땅이 있잖아요. 그 땅은 윌리엄 벨 아저씨네 땅이라고 해요. 거기 한구석에 하얀 자작나무가 둥그렇게 둘러싼 아늑한 공터가 있어요. 정말 낭만적인 곳이에요. 다이애나와 저는 그곳에 소꿉놀이 집을 지었어요. 우리는 그 집을 한가로운 황야라고 불러요. 시적인 이름이죠? 그 이름을 생각해 내기까지 시간이 좀 걸렸지만요. 밤을 거의 새우다시피 했어요. 막 잠이 들려는 찰나에 영감처럼 떠올랐죠. 다이애나는 그 이름을 듣더니 멋지다며 감탄했어요. 우리는 집을 멋지게 꾸며 놓았어요. 마릴라 아주머니, 꼭 와서 보셔야 해요. 아셨죠? 이끼 낀 커다란 돌이 의자고요, 나무와 나무 사이에 판자를 걸쳐서 선반을 만들고 그릇을 전부 올려 두었어요. 물론 모두 깨진 것들이지만 멀쩡한 그릇이라고 상상하는 건 세상에서 가장 쉬운 일이거든요. 빨갛고 노랗게 담쟁이덩굴이 그려진 접시가 하나 있는데 그 접시가 유독 아름다워요. 우리는 그 접시를 거실에 두었고요, 요정의 잔도 거기에 두었어요. 요정의 잔은 꿈처럼 멋져요. 다이애나가 집 닭장 뒤 숲에서 찾았대요. 요정의 잔에는 온통 무지개가 그려져 있는데, 아직 크게 자라지 않은 작고 어린 무지개 같아요. 다이애나의 엄마가 예전에 천장에 걸어둔 등이 깨진 거라고 했대요. 하지만 요정들이 어느 날 밤 무도회를 열었다가 잃어버린 거라고 상상하는 편이 더 재밌어서 우리 그걸 요정의 잔이라고 부르기로 했어요. 매슈 아저씨는 식탁을 만들어 주신댔어요. 아 참, 배리 아저씨네 밭 너머에 있는 작고 둥근 연못에는 버드나무 연못이라는 이름을 지어 줬어요. 다이애나가 빌려준 책에 나오는 이름이에요. 아주머니, 그 책은 정말 재밌었어요. 여주인공에게 애인이 다섯 명 있었어요. 저라면 한 명으로 만족할 텐데요, 그렇지 않아요? 여주인공이 무척 예뻤는데 큰 시련을 많이 겪어요. 걸핏하면 기절하고요. 저도 기절할 수 있으면 좋겠어요. 아주머니는 안 그런가요? 아주 낭만적이잖아요. 저는 빼빼 말랐지만 무척 건강해요. 그런데 점점 살이 찌는 것 같아요. 그런 것 같지 않아요? 매일 아침에 일어나면 팔꿈치에 옴폭하게 들어가는 곳이 있는지 살펴봐요. 다이애나는 반소매 드레스를 새로 만들고 있대요. 소풍 갈 때 입고 온댔어요. 아, 다음 주 수요일에 날씨가 맑아야 하는데. 무슨 일이 생겨 소풍을 가지 못하게 되면 전 그 실망을 견뎌낼 수 없을 것 같아요. 어떻게든 견디고 살아가겠지만 평생 잊지 못할 슬픔으로 남을 게 분명해요. 그 뒤로 소풍을 백 번 간다고 해도 아무 소용없을 거예요. 이번에 못 간 소풍을 대신할 수는 없으니까요. 이번 소풍에서 반짝이는 호수에서 배도 타고, 말씀드린 대로 아이스크림도 먹을 거예요. 저는 아이스크림을 한 번도 먹어 본 적이 없거든요. 다이애나가 아이스크림 맛을 설명하려고 애썼지만 아이스크림 맛은 도저히 상상할 수 없는 것 중하나인 것 같아요."

"앤, 정확히 10분 동안이나 떠들었어. 이제부터는 꼭 그만큼 입을 다물고 있을 수 있는지 어디 보자꾸나."

마릴라가 말했다.

앤은 마릴라의 바람대로 입을 다물었다. 하지만 그 주 내내 앤은 소풍 이야기를 하고 소풍 생각을 하고 소풍 꿈을 꾸기까지 했다. 토요일에 비가 내리자 앤은 수요일까지 비가 계속 내릴까 봐 안절부절못했다. 마릴라는 앤을 진정시키려고 조각보를 더 꿰매게 했다.

일요일에 교회에서 집으로 돌아오는 길에 앤은 목사님이 단상에서 소풍을 간다고 말했을 때 너무 흥분해서 온몸에 소름이 돋았다고 마릴라에게 털어놓았다.

"마릴라 아주머니, 짜릿한 전율을 느꼈어요! 그전까지는 정말로 소풍 가는 거라고 완전히 믿지 않았었나 봐요. 제 상상 속에만 있는 일이 아닐까 두렵기도 했거든요. 하지만 목사님이 단상에서 말씀하셨으니 틀림없겠죠?"

"너는 뭐든 마음을 너무 쏟아서 탈이야, 앤. 앞으로 살면서 실망할 일이 많을까 봐 걱정이다."

"아, 아주머니, 뭔가를 몹시 기대하면 그것이 이루어진 순간 얻게 되는 기쁨의 절반을 미리 느낄 수 있어요. 그걸 얻지 못할 수도 있지만 기대하는 동안 얻는 즐거움은 그 무엇도 막지 못하거든요. 린드 아주머니는 이런 말씀을 하셨어요. '아무것도 기대하지 않는 사람이 행복하다. 실망하지도 않을 테니까.' 하지만 저는 실망하는 것보다 아무것도 기대하지 않는 게 더 나쁘다고 생각해요."

마릴라는 여느 때처럼 그날도 자수정 브로치를 달고 교회에 갔다. 교회에 갈 때는 늘 자수정 브로치를 달았다. 그 브로치를 달지 않고 교회에 가는 것을 성서나 헌금 10센트를 깜빡 잊고 가는 것만큼 큰 죄라고 생각하는 듯했다. 그 자수정 브로치는 마릴라가 가장 소중히 여기는 보물이었다. 선원으로 일하던 삼촌이 마릴라의 어머니에게 주었고, 어머니가 마릴라에게 물려준 것이었다. 브로치는 고풍스러운 타원형으로 가장자리에 맑은 자수정이 촘촘히 박혀 있고 안에는 어머니의 땋은 머리카락이 담겨 있었다. 보석을 잘 알지 못하는 마릴라는 그 자수정이 실제로 얼마나 좋은 것인지 알지 못했지만 무척 아름답다고 생각했다. 그래서 자기 눈에는 보이지 않아도 고급 갈색 새틴 드레스 위 목 부분에서 보랏빛으로 반짝이고 있다는 걸 늘 흐뭇해했다.

앤은 처음 그 브로치를 보았을 때 완전히 매료되어 아주 즐거워하며 감탄했다.

"와, 마릴라 아주머니, 너무나 우아한 브로치예요. 그 브로치를 달고서 어떻게 설교나 기도에 집중하실 수 있는지 모르겠어요. 저라면 그렇게 못할 거예요. 자수정이 정말 아름다워요! 제가 상상했던 다이아몬드와 비슷한데요. 오래전에, 제가 다이아몬드를 직접 보기 전 다이아몬드에 관한 책을 읽었거든요. 그래서 다이아몬드가 어떻게 생겼을까 상상해 보았어요. 저는 다이아몬드가 반짝반짝 빛나는 멋진 자주색 보석일 거로 생각했어요. 그런데 어느 날 어떤 부인의 반지에 박힌 진짜 다이아몬드를 보고 무척 실망해서 울고 말았어요. 물론 그건 아주 아름다웠지만 제가 생각했던 다이아몬드는 아니었거든요. 잠깐 브로치를 만져 봐도 될까요? 자수정은 선한 제비꽃의 영혼일 것 같지 않으세요?"

14

앤의 고백

소풍을 앞둔 월요일 저녁에 마릴라는 걱정스러운 얼굴로 자기 방에서 나왔다.

"앤."

그 작은 아이는 먼지 하나 없는 식탁에서 콩깍지를 까며 다이애나가 가르쳐 준 대로 감정까지 넣어서 힘차게 〈개암나무 골짜기의 넬리〉를 부르고 있었다.

"내 자수정 브로치 못 봤니? 어제저녁에 교회에 갔다 와서 바늘겨레에 꽂았다고 생각했는데 찾을 수가 없구나."

"어, 어, 오늘 오후에 아주머니가 자선 모임에 가셨을 때 봤어요. 방문 앞을 지나가다가 바늘겨레에 꽂혀 있는 걸 보고 방에 들어가서 봤어요."

앤이 약간 천천히 말했다.

"그걸 만졌니?"

마릴라가 엄한 목소리로 물었다.

"아……, 네. 제 가슴에 달아 봤어요. 어떤지 보려고요."

앤이 인정했다.

"어떻게 그런 짓을 할 수 있지? 어린아이가 남의 물건을 마음대로 만지는 건 몹시 나쁜 짓이야. 애당초 내 방에 들어가서도 안 되었고. 네 것이 아니니 만지지도 말았어야지. 그래서 브로치는 어디에다 뒀니?"

"어, 서랍장 위에 도로 올려놨어요. 금방 제자리에 두었어요. 정말로 아무 거나 마음대로 만지려던 건 아니었어요, 아주머니. 방에 들어가서 브로치를 달아 보는 게 잘못된 행동이라는 생각을 미처 못했어요. 하지만 이제 알았어요. 두 번 다시 그런 행동은 하지 않을게요. 그게 제 장점 중 하나예요. 같은 잘못을 두 번 다시 하지 않아요."

"너는 브로치를 제자리에 두지 않았어. 브로치는 서랍장 위 어디에도 없어. 네가 브로치를 가져갔든지 했겠지, 앤."

"저는 정말로 제자리에 놓았어요. 바늘겨레에 꽂아 두었는지 도자기 쟁반에 두었는지는 기억나지 않지만 분명히 제자리에 뒀어요."

다급히 말하는 앤의 말투가 건방지게 느껴진 마릴라는 확실히 해야겠다고 마음먹었다.

"가서 다시 찾아보마. 네가 브로치를 갖다 놓았다면 그 자리에 그대로 있겠지. 만일 없다면 네가 갖다 놓지 않은 거다, 그렇지?"

마릴라는 방으로 가서 샅샅이 뒤져 보았다. 서랍장 위뿐만 아니라 브로치가 있을 만한 곳은 구석구석 다 찾아보았지만 브로치는 없었다. 마릴라는 부엌으로 다시 왔다.

"앤, 브로치는 없어. 네가 인정한 대로 마지막으로 브로치를 만진 사람은 너였어. 자, 브로치를 어떻게 했지? 당장 사실대로 말해라. 밖에 가지고 나갔다 잃어버렸니?"

앤은 마릴라의 화난 얼굴을 똑바로 바라보며 분명히 말했다.

"아니요, 그러지 않았어요. 절대로 방에서 브로치를 갖고 나오지 않았어요. 정말이에요. 제가 그것 때문에 단두대에 끌려간다고 해도 그건 엄연한 사실이에요. 단두대가 뭔지는 확실히 모르지만요. 그러니 그만 하세요, 마릴라 아주머니."

앤이 '그만 하세요'라고 한 건 자기 말을 강조하기 위해서였으나 마릴라는 반항의 표시라고 여겼다. 그래서 마릴라는 매몰차게 말했다.

"너는 지금 거짓말을 하고 있어, 앤. 네가 거짓말하고 있다는 걸 난 알아. 그러니 모든 진실을 털어놓을 준비가 되어 있지 않다면 이제부터 아무 말도 하지 마라. 네 방에 가서 고백할 준비가 될 때까지 나오지도 말고."

"콩을 가져갈까요?"

앤이 물었다.

"아니. 콩깍지는 내가 마저 까마. 넌 시킨 대로나 하렴."

앤이 올라간 뒤 마릴라는 몹시 심란해하며 저녁 일을 했다. 소중한 브로치를 영영 잃어버릴까 봐 걱정되었다. 앤이 잃어버렸으면 어쩌지? 틀림없이 가지고 나갔으면서 잡아떼다니 못된 아이 같으니라고! 누가 봐도 앤이 가져간 게 확실한데! 그렇게 아무렇지도 않은 얼굴을 하다니!

마릴라는 초조한 마음으로 콩깍지를 까며 생각했다.

'내가 어떻게 해야 했는지 모르겠네. 물론 앤이 브로치든 뭐든 훔칠 의도가 있었던 건 아닐 거야. 가지고 놀거나 상상의 나래를 펴 볼 생각으로 가져갔겠지. 아무튼 가져간 건 분명해. 앤의 말 대로라면 앤이 내 방에 들어간 뒤로 그 방에 들어간 사람이 아무도 없었으니까. 그러고 나서 내가 오늘 밤에 들어간 거잖아. 그런데 브로치가 없어졌단 말이야. 틀림없이 앤이 잃어버려 놓고선 혼날까 봐 사실대로 말하지 못하는 걸 거야. 앤이 거짓말한다고 생각하니 끔찍하군. 거짓말은 버럭 성질을 내는 것보다 훨씬 더 나빠. 믿을 수 없는 아이를 집에서 키워야 한다니 무서운데. 교활하고 정직하지 못했어. 앤이 바로 그런 면을 내보인 거야. 브로치보다도 그런 점이 더 마음에 걸려. 앤이 정직하게 말하기만 했어도 내가 이렇게까지 기분이 나쁘진 않을 텐데.'

마릴라는 저녁 내내 틈틈이 자기 방으로 가서 찾아보았으나 브로치는 온데간데없었다. 취침 시간에 동쪽 방에도 가 보았지만 아무 소용이 없었다. 앤은 브로치가 어디 있는지 모른다고 계속 주장했고, 마릴라는 앤의 짓이라는 확신을 더욱 굳혀 갔다.

다음 날 아침, 마릴라는 매슈에게 전날 있었던 일을 말해 주었다. 매슈는 어리둥절해 하고 혼란스러워했다. 앤을 믿는 마음을 그렇게 빨리 저버릴 수는 없었지만 이야기를 들어 보니 의심할 만도 했다.

"서랍장 뒤에 떨어지지 않은 게 확실하지?"

매슈는 그렇게 물어보는 것 외에는 달리 할 말이 없었다.

"서랍장을 옮겨 보기도 하고 서랍을 다 빼 보기도 했어요. 방 안을 구석구석 다 살펴봤다고요. 그런데도 브로치가 없어요. 저 아이가 브로치를 가져가 놓고 거짓말하는 거예요. 그게 분명하면서도 추한 진실이에요. 매슈 오라버니, 우리는 그 진실을 직시하는 게 좋을 거예요."

마릴라가 확신에 차서 대답했다.

"글쎄, 이제 어떻게 할 거니?"

매슈가 허망한 표정으로 물었다. 마음속으로는 자신이 아니라 마릴라가 그 상황을 해결해야 한다는 점을 다행으로 여겼다. 이번에는 참견할 생각이 전혀 없었다.

"앤이 고백할 때까지 방에 있게 할 거예요."

마릴라가 전에 그 방법을 써서 효과를 보았던 일을 떠올리며 엄숙하게 말했다.

"지켜보자고요. 앤이 브로치를 어디로 가져갔는지 말만 하면 틀림없이 찾을 수 있을 거예요. 아무튼 브로치를 찾더라도 따끔하게 벌을 받아야 할 거예요, 오라버니."

"그럼, 혼을 내야지."

매슈가 손을 뻗어 모자를 챙기며 말했다.

"네가 간섭하지 말라고 했으니까 알아서 해라."

마릴라는 모두에게 버림받은 기분이었다. 조언을 구하러 린드 부인에게 갈 수도 없었다. 마릴라는 아주 심각한 얼굴로 동쪽 방에 올라갔다가 더욱 심각한 얼굴로 방에서 나왔다. 앤은 계속 고백하려 들지 않았다. 앤은 브로치를 가져가지 않았다고 집요하게 주장했다. 앤은 울고 있었던 것이 분명했다. 마릴라는 그런 앤의 모습을 보자 가여워서 가슴이 아팠지만 마음을 다부지게 먹었다. 밤이 되자 마릴라는 자기 말마따나 '녹초'가 되었다.

"앤, 너는 고백을 할 때까지 이 방에 있어야 해. 네 결정에 달렸어."

마릴라가 단호하게 말했다.

"마릴라 아주머니, 하지만 내일은 소풍 가는 날이에요."

앤이 외쳤다.

"소풍을 못 가게 하진 않으실 거죠? 소풍 갈 때만 외출을 허락해 주시겠어요? 그러면 소풍 갔다 온 뒤에는 즐거운 마음으로 아주머니가 있으라고 할 때까지 방에 있을게요. 하지만 소풍은 꼭 가야겠어요."

"앤, 고백할 때까지는 소풍이든 그 어디든 갈 수 없어."

"아, 아주머니."

앤이 기겁하며 말했다.

그러나 마릴라는 밖으로 나가 문을 닫았다.

소풍을 위해 특별히 준비된 날이기라도 한 것처럼 화창한 수요일 아침이 밝았다. 초록 지붕 집 주위에서 새들이 지저귀었다. 정원에 핀 흰 나리의 향기가 축복의 영혼처럼 눈에 보이지 않는 바람에 실려 모든 문과 창문으로 들어와 복도와 방 이곳저곳을 배회했다. 골짜기의 자작나무들은 기뻐서 손을 흔들었다. 마치 앤이 평소처럼 동쪽 방에서 아침 인사를 건네기를 기다리는 듯했다. 그러나 앤은 창가에 있지 않았다. 마릴라가 앤의 아침 식사를 챙겨서 가 보니 앤이 침대에 얌전하게 앉아 있었다. 창백한 얼굴은 결연한 표정을 띠었고 입술은 굳게 다물었으며 눈은 반짝였다.

"고백하겠어요, 마릴라 아주머니."

"아!"

마릴라는 쟁반을 내려놓았다. 다시 한 번 이 방법이 성공을 거두었지만 이번에는 무척 씁쓸했다.

"그래, 어디 네 말을 들어 보자꾸나, 앤."

앤은 배운 것을 암송하듯 말했다.

"제가 자수정 브로치를 가지고 나갔어요. 아주머니가 말씀하신 것처럼 제가 가지고 나갔어요. 방에 들어갈 때는 그럴 생각이 아니었어요. 하지만 가슴에 달아 본 순간 브로치가 너무 아름다워서 유혹을 뿌리칠 수가 없었어요. 브로치를 한가로운 황야에 가져가서 코델리아 피츠제럴드 아가씨 놀이를 하면 기분이 얼마나 짜릿할까 상상했어요. 진짜 자수정 브로치를 달면 코델리아 아가씨라고 상상하기가 훨씬 더 쉬울 것 같았어요. 다이애나와 제가 로즈베리 목걸이를 만들기는 했지만 로즈베리를 어떻게 자수정에 비교할 수 있겠어요? 그래서 브로치를 가져갔어요. 아주머니가 집에 오시기 전에 브로치를 갖다 놓을 수 있을 거로 생각했어요. 조금이라도 더 기분을 내려고 길을 빙빙 돌아갔죠. 반짝이는 호수 위 다리에서 브로치를 빼서 한 번 더 보려고 했어요. 와, 햇빛을 받은 브로치가 얼마나 눈부시게 빛나던지! 그런데 제가 다리에 기대는 순간 브로치가 그만 손가락에서 빠져나갔어요. 그리고 아래로, 아래로, 보랏빛을 반짝이며 떨어져 호수 바닥에 영원히 가라앉고 말았어요. 여기까지가 최선을 다한 제 고백이에요, 마릴라 아주머니."

마릴라는 뜨거운 분노가 가슴에서 솟구치는 것 같았다. 이 아이는 마릴라가 소중히 여기는 자수정 브로치를 가져가서 잃어버려 놓고는 자리에 태연히 앉아서 그 이야기를 자세히 하고 있었다. 죄책감이나 뉘우치는 기색은 조금도 찾아볼 수 없었다.

"앤, 무시무시한 일을 저질렀구나. 너처럼 못된 아이는 처음 본다."

마릴라가 애써 침착하게 말했다.

"네, 저도 그렇게 생각해요. 제가 벌을 받아야 하는 것도 알아요. 아주머니가 벌주시는 건 당연하죠. 그런데 지금 벌을 주고 끝내면 안 될까요? 아무런 부담 없이 소풍을 가고 싶거든요."

앤이 차분하게 동의했다.

"소풍이라고, 세상에! 너는 오늘 소풍에 못 간다, 앤 셜리! 그게 네 벌이야. 네가 한 짓에 비하면 이건 너무 가벼운 벌이지!"

"소풍을 못 간다니요! 소풍은 보내 준다고 약속하셨잖아요! 아, 마릴라 아주머니, 저는 꼭 소풍을 가야 해요. 그래서 고백한 거라고요. 어떤 벌이라도 받을 테니, 아주머니, 제발, 제발, 소풍은 가게 해 주세요. 아이스크림을 생각해 보세요! 두 번 다시 아이스크림 맛볼 기회가 없을지도 모른다고요."

앤이 벌떡 일어나 마릴라의 손을 덥석 잡았지만 마릴라는 매달리는 앤의 손을 냉정하게 뿌리쳤다.

"애원해도 소용없다, 앤. 너는 소풍에 가지 못할 테니까 이제 그만 해. 더는 아무 말 마라."

앤은 마릴라의 마음을 되돌릴 수 없다는 걸 알았다. 앤은 두 손을 맞잡고 귀청이 찢어질 듯 소리를 지르고는 몸을 던져 침대에 엎드렸다. 그러더니 절망감에 빠져 몸부림치며 엉엉 울었다.

마릴라는 서둘러 방에서 나오며 기겁해서 말했다.

'세상에! 제정신이 아니군. 제정신이라면 저렇게 행동할 리 없지. 제정신이라면 몹시 나쁜 아이이고 말이야. 아, 맙소사, 애당초 레이철의 말이 옳았는지도 몰라. 하지만 어려운 결정이었으니 후회는 하지 않겠어.'

그날 아침은 분위기가 우울했다. 마릴라는 닥치는 대로 일했다. 특별히 할 일이 없자 현관 바닥과 유제품을 올려놓는 선반을 박박 문질러 닦았다. 선반과 현관 모두 청소할 필요가 없었지만 마릴라는 군이 청소를 했다. 그런 다음 밖으로 나가 뜰에서 갈퀴로 낙엽을 모았다.

"앤, 내려와서 점심 먹어라."

점심 식사가 준비되자 계단을 올라가 앤을 불렀다. 눈물이 얼룩져 비극적으로 보이는 얼굴이 난간 위에 나타났다.

"점심 먹고 싶지 않아요. 저는 아무것도 먹을 수가 없어요. 저는 마음에 상처를 입었어요. 아주머니는 제 마음에 상처를 준 대가로 언젠가는 양심의 가책을 느끼게 될 거예요. 하지만 저는 아주머니를 용서하겠어요. 그때가 오면 제가 용서했다는 사실을 떠올려 주세요. 하지만 저더러 뭘 먹으라는 말은 제발 하지 말아 주세요. 특히 삶은 돼지고기와 데친 채소는 말이에요. 마음이 괴로운 사람에게 그런 음식은 전혀 낭만적이지 않거든요."

앤이 흐느껴 울며 말했다.

몹시 화가 난 마릴라는 부엌으로 돌아와서 매슈에게 답답한 속내를 쏟아 냈다. 매슈는 공정해야 한다는 걸 알지만 인정상 앤이 가엾기도 해서 마음이 착잡하기 이를 데 없었다.

"글쎄, 마릴라, 앤이 브로치를 가져가지 말았어야 했는데. 아니면 진작 사실대로 말하든가."

매슈는 자신의 접시에 가득 담긴 낭만적이지 않은 돼지고기와 채소를 슬픈 눈으로 살펴보며 한마디 거들었다. 앤처럼 매슈 역시 감정이 극단으로 치달은 위태로운 상황에서는 그런 음식이 적합하지 않다고 생각하는 듯했다.

"하지만 앤은 아직 어린…… 아주 호기심 많은 아이잖아. 소풍을 저렇게도 가고 싶어 하는데 못 가게 하는 건 너무 가혹하다고 생각하지 않니?"

"매슈 오라버니, 어떻게 그런 말을 해요? 나는 저 아이에게 너무 가벼운 벌을 주었다고 생각하는데. 그리고 저 아이는 자신이 얼마나 못된 짓을 했는지 깨닫지 못하는 것 같다고요. 그 점이 가장 걱정스러워요. 앤이 진심으로 뉘우친다면 그나마 괜찮은데. 그런데 오라버니도 그 점을 깨닫지 못하는 것 같군요. 항상 이런저런 핑계를 대며 앤을 두둔하니 말이에요. 내가 그 속셈을 모를 줄 알아요?"

"글쎄, 아직 어린아이잖니. 그 점도 고려해야지, 마릴라. 제대로 교육받지 못하고 자랐다는 거 알잖아."

매슈가 작은 소리로 거듭 말했다.

"그래서 지금 제대로 교육하고 있잖아요."

매슈는 마릴라의 말에 동의하지 않았지만 입을 다물었다. 점심 식사하는 동안 분위기는 푹 가라앉아 있었다. 농장 일을 거드는 아이 제리 부트만 쾌활했는데 마릴라는 그런 제리 부트가 왠지 거슬러서 벌컥 화를 냈다.

마릴라는 설거지를 마치고 빵 반죽을 해 놓은 다음 암탉에게 모이를 주었다. 그때 가장 아끼는 검은색 레이스 숄에 약간 헤진

부분이 있다는 사실이 문득 생각났다. 월요일 오후에 자선 모임에 갔다 와서 숄을 벗다가 그 사실을 알아챘다. 마릴라는 숄을 수선하려고 방으로 올라갔다.

숄은 트렁크 안 상자에 들어 있었다. 마릴라가 숄을 들어 올리자 창문 주위에 무성하게 모여 있는 포도나무 틈새로 들어온 햇빛을 받아 숄에 달린 어떤 물건이 보랏빛으로 반짝거렸다. 마릴라는 소스라치게 놀라 그것을 낚아챘다. 자수정 브로치였다. 브로치가 레이스 실에 걸려 있었다.

마릴라는 멍하니 혼잣말로 중얼거렸다.

'이럴 수가! 도대체 어떻게 된 거지? 배리 연못 바닥에 가라앉아 있어야 할 브로치가 여기에 잘 있잖아. 저 애가 브로치를 가져가서 잃어버렸다고 한 건 뭐지? 초록 지붕 집이 뭔가에 홀린 것 같아. 이제야 기억나네. 월요일 오후에 숄을 벗어서 잠깐 서랍장 위에 놓아두었었지. 그때 브로치가 숄에 걸린 모양이야, 이거 참!'

마릴라는 브로치를 들고 동쪽 방으로 올라갔다. 앤은 울다가 지쳐서 맥없이 창가에 앉아 있었다.

마릴라가 엄숙한 목소리로 말했다.

"앤 셜리, 방금 브로치를 찾았다. 내 검은색 레이스 숄에 걸려 있더구나. 네가 오늘 아침에 털어놓은 장황한 이야기는 도대체 뭐였지?"

"제가 고백할 때까지 아주머니가 저를 이 방에 가둬 둔다고 하셨잖아요. 그래서 고백하기로 했던 거예요. 소풍을 꼭 가야 했으

197 · Anne of Green Gables · 197

니까요. 어젯밤에 자려고 누웠을 때 고백할 내용을 생각해 낸 다음 최대한 재미있게 만들었어요. 그리고 잊어버리지 않으려고 몇 번이고 되뇌었어요. 하지만 아주머니는 결국 저를 소풍에 보내지 않으셨어요. 그러니 괜한 일을 한 셈이죠."

마릴라는 자기도 모르게 웃음이 나왔지만 양심의 가책을 느꼈다.

"앤, 넌 정말 사람을 놀라게 하는 재주가 있구나! 하지만 내가 잘못했다, 이제 알았어. 네 말을 의심하지 말았어야 했는데. 네가 이야기를 지어내리라고는 상상도 못 했다. 물론 네가 하지도 않은 일을 했다고 고백하는 것도 옳지 않았어. 그런 행동은 잘못된 거야. 하지만 내가 너를 그렇게 하도록 몰아간 셈이지. 그래서 말인데 앤, 네가 나를 용서한다면 나도 너를 용서하마. 그러면 우리 이제부터 다 잊어버리고 다시 잘 지내보자. 자, 어서 소풍 갈 준비를 해라."

앤이 벌떡 일어났다.

"아, 마릴라 아주머니, 너무 늦지 않았어요?"

"아니야, 이제 겨우 2시인걸. 사람들이 아직 다 모이지도 않았을 거야. 차를 마시려면 한 시간은 더 있어야 할 게다. 세수하고 머리를 빗고 체크무늬 원피스를 입도록 해. 난 들고 갈 바구니를 채워 주마. 빵을 많이 구워 놨단다. 그리고 제리한테 마차를 준비해서 너를 소풍 장소까지 태워 주라고 할게."

"아, 마릴라 아주머니, 저는 5분 전만 해도 아주 비참한 기분이 들어서 이 세상에 아예 태어나지 말 걸 그랬다고 생각했어요. 그런데 지금은 천사와도 제 인생을 바꿀 생각이 없어요!"

앤이 세면대로 달려가며 외쳤다.

그날 저녁 앤은 아주 행복하고 완전히 지친 모습으로 초록 지붕 집으로 돌아왔다. 말로 표현할 수 없이 행복해 보였다.

"아, 마릴라 아주머니, 저는 너무나 근사한 시간을 보냈어요! 근사하다는 말은 오늘 배운 새로운 말이에요. 메리 앨리스 벨이 그렇게 말하는 걸 들었어요. 아주 멋진 표현이죠? 모든 게 즐거웠어요! 향기로운 차를 마셨고, 그런 다음 하먼 앤드루스 아저씨가 배를 태워 주겠다며 우리를 반짝이는 호수로 데리고 갔어요. 여섯 명을 한꺼번에요. 제인 앤드루스는 물에 빠질 뻔했어요. 수련을 꺾겠다고 몸을 숙였거든요. 마침 앤드루스 아저씨가 제인의 허리띠를 잡지 않았다면 제인은 물속에 빠져 죽었을지도 몰라요. 그게 저였다면 좋았을 텐데. 물에 빠져 죽을 뻔하다니 그런 경험은 정말 낭만적이잖아요. 정말 가슴 두근거리게 하는 이야깃거리가 될 수도 있고요. 그리고 아이스크림을 먹었어요. 아이스크림 맛은 말로는 도저히 표현할 수 없어요. 마릴라 아주머니, 아이스크림은 정말 최고였어요!"

그날 밤 마릴라는 양말을 짜면서 매슈에게 그날 있었던 일을 빠짐없이 들려주었다. 그리고 솔직하게 말했다.

"제 잘못이라는 걸 순순히 인정하겠어요. 이번 일로 교훈을 얻었어요. 앤의 '고백'을 떠올리면 웃지 않을 수 없어요. 새빨간 거짓말이니 웃으면 안 된다는 걸 알면서도요. 하지만 이번 거짓말

자신감이 떨어지고
우울한 날

"마음으로 지지 마라. 너희는 강하다!"

_영화 〈울보 권투부〉 중에서

"고개를 들고 하늘을 봐, 앤!
갈매기가 얼마나 힘차게 날갯짓하는지 봐!
코끝을 스치는 바다 냄새를 맡아 봐!
푸른 바다의 생명력이 느껴지지 않니?
자, 가슴을 쫙 펴고 갈매기처럼 바다처럼 당당해져!"

은 다른 것만큼 나쁘다는 생각이 들지는 않아요. 어쨌든 제 책임
이에요. 저 애는 어떤 면에서 이해하기 힘든 구석이 있어요. 하지
만 잘 자랄 거라고 믿어요. 또 한 가지 확실한 건 저 애가 있는
집은 지루할 틈이 조금도 없다는 거예요."

15
학교에서 일어난 소동

"정말 화창한 날이야! 이런 날은 살아 있다는 것만으로도 기분 좋지 않아? 아직 태어나지 않아서 이런 날을 경험하지 못하는 사람들이 가여워. 물론 그들에게도 좋은 날이 있겠지만 오늘 같은 날은 두 번 다시 경험하지 못할 거야. 이렇게 아름다운 길을 걸으며 학교에 갈 수 있어서 더욱 좋아, 그렇지?"

앤이 길게 숨을 들이마시며 말했다.

"큰길로 가는 것보다 훨씬 더 좋아! 큰길은 흙먼지가 너무 많고 뜨거워."

다이애나는 현실적으로 대답한 후 점심 바구니를 들여다보며 머릿속으로 계산했다. 바구니 안에 있는 촉촉하고 맛있는 라즈베리 타르트 세 개를 여자아이 열 명이 나눠 먹으려면 얼만큼씩 먹어야 할까?

에이번리 학교의 어린 여학생들은 늘 점심을 함께 먹었다. 그래서 라즈베리 타르트 세 개를 혼자 먹는다든지 가장 친한 친구하고만 먹으면 '아주 쩨쩨한' 아이로 영원히 낙인찍힐 게 뻔했다. 하지만 열 명이 타르트 세 개를 나눠 먹는다면 감질만 날 것 같았다.

앤과 다이애나가 학교에 가는 길은 무척 예뻤다. 앤은 다이애나와 함께 학교를 오가는 이 길보다 더 멋진 건 상상할 수 없었다. 큰길은 전혀 낭만적이지 않았겠지만 연인들의 오솔길, 버드나무 연못, 제비꽃 골짜기, 자작나무 길은 그 어떤 것보다 낭만적이었다.

연인들의 오솔길은 초록 지붕 집 과수원 아래에서 시작해 커스버트 농장 끝에 있는 숲까지 뻗어 있었다. 이 길을 따라 소들을 집 뒤쪽 목초지로 몰고 가고 겨울에는 땔감을 운반해 왔다. 앤은 초록 지붕 집에 온 지 한 달도 안 되었을 때 그 길에 '연인들의 오솔길'이라는 이름을 붙였다.

앤은 마릴라에게 그 이유를 다음과 같이 설명했다.

"연인들이 정말로 그 길을 걷기 때문은 아니에요. 다이애나와 저는 너무나도 훌륭한 책을 읽고 있는데 거기에 연인들의 오솔길이 나와요. 그래서 우리도 그런 길을 갖고 싶었어요. 무척 예쁜 이름이죠, 그렇지 않나요? 정말 낭만적이에요! 연인들이 그 길을 거닌다고 상상할 수 있잖아요. 저는 그 길이 좋아요. 왜냐하면 거기서는 사람들한테 정신 나갔다는 말을 들을 일 없이 큰 소리로 혼잣말을 할 수 있거든요."

아침에 앤은 집을 나서 연인들의 오솔길을 따라 혼자 시내까지 갔다. 거기서 다이애나를 만나고 둘은 단풍나무가 아치를 이룬 길을 걸어 통나무 다리까지 갔다.

"단풍나무는 아주 사교적인 나무야. 늘 바스락거리며 너에게 속삭이잖아."

앤이 이런 말을 하는 동안 그들은 오솔길에서 벗어나 배리 씨네 집 뒷밭을 가로질러 버드나무 연못을 지나갔다. 버드나무 연못을 지나면 제비꽃 골짜기가 나오는데, 그곳은 앤드루 벨 씨의 커다란 숲 그늘에 자그맣게 움푹 들어간 골짜기다.

앤은 마릴라에게 이렇게 말했다.

"물론 지금은 거기에 제비꽃이 없지만, 다이애나 말로는 봄에 제비꽃이 엄청나게 많이 핀대요. 아, 마릴라 아주머니, 제비꽃이 흐드러진 골짜기가 그려지지 않나요? 상상만 해도 숨이 멎을 것 같아요. 제가 제비꽃 골짜기라고 이름 지었어요. 저처럼 여기저기에 딱 맞는 환상적인 이름을 잘 생각해 내는 사람은 처음 봤다고 다이애나가 그랬어요. 뭔가 잘하는 게 있다는 건 좋은 일이에요, 그렇지 않나요? 하지만 자작나무 길이라는 이름은 다이애나가 지었어요. 다이애나가 그렇게 부르고 싶다고 해서 저도 좋다고 했어요. 저라면 자작나무 길처럼 평범한 이름보다는 좀 더 시적인 이름을 생각해 냈을 테지만요. 그런 이름은 누구라도 생각해 낼 수 있잖아요. 아무튼 자작나무 길은 세상에서 가장 예쁜 길 중 하나예요, 마릴라 아주머니."

정말 그랬다. 앤만이 아니라 우연히 그 길을 지나가는 사람이면 누구나 그렇게 생각했다. 좁다랗고 꼬불꼬불한 그 길은 긴 언덕을 넘어 내려가며 벨 씨의 숲을 가로질렀고, 수많은 에메랄드 그물망에 걸러지며 다이아몬드의 심장처럼 티끌 하나 없어진 햇살이 쏟아져 내렸다. 길 양옆으로 하얀 줄기에 가냘픈 가지를 뻗은 가느다랗고 어린 자작나무가 늘어서 있었다. 또 고사리, 별 모양 꽃, 은방울꽃, 새빨간 피전 베리가 무성하게 자랐다. 공기는 늘 향긋했고 새들의 노랫소리와 바람이 나무를 스치며 살랑대고 재잘거리며 웃는 소리가 끊이지 않았다. 가만히 있으면 이따금 토끼가 길을 가로질러 뛰어가는 모습을 볼 수 있다지만 앤과 다이애나도 아주 드물게 목격했을 뿐이다. 길은 골짜기 아래에서 큰길로 이어졌고 큰길을 따라 가문비나무 언덕을 올라가면 학교가 나왔다.

에이번리 학교는 회반죽을 바른 건물로 처마가 낮고 창문은 큼직했다. 교실에는 덮개를 여닫을 수 있으며 편안하고 튼튼한 구식 책상이 놓여 있었다. 책상 덮개에는 삼대에 걸쳐 학생들이 새긴 이름의 머리글자와 그림이 온통 도배되어 있었다. 길에서 저만치 들어간 곳에 자리한 학교 건물 뒤에는 거무스름한 전나무 숲과 시내가 있었는데, 아이들은 아침에 가져온 우유가 점심 때까지 시원하도록 우유병을 시냇물에 담가 두었다.

9월의 첫날, 마릴라는 학교에 가려고 집을 나서는 앤을 걱정스레 지켜보았다. 앤은 정말이지 너무도 엉뚱한 아이였다. 다른 아이들과 잘 지낼 수 있을까? 수업 시간에 입을 잘 다물고 있으려나?

그러나 그것은 괜한 걱정이었다. 앤은 그날 오후에 잔뜩 들떠서 집에 돌아왔다.

"학교가 좋아질 것 같아요!"

앤이 단언했다.

"선생님은 별로지만요. 선생님은 계속 콧수염을 비비 꼬면서 프리시 앤드루스만 쳐다봐요. 프리시는 다 컸잖아요. 열여섯 살이고 내년에 샬럿타운에 있는 퀸스 전문학교에 가려고 입학시험을 준비하고 있어요. 틸리 볼터가 그러는데, 선생님이 프리시에게 푹 빠졌대요. 프리시는 얼굴도 예쁜 데다 갈색 곱슬머리를 아주 우아하게 올렸거든요. 프리시는 교실 뒤 긴 의자에 앉는데 선생님도 대부분 그 자리에 앉아 있어요. 선생님은 프리시의 공부를 도와주기 위해서라고 변명했지만, 선생님이 프리시의 석판에 뭔가를 쓰자 프리시가 그걸 읽고는 얼굴이 새빨개져서 킥킥거리고 웃는 걸 루비 길리스가 봤대요. 루비 길리스는 그 글이 공부하고는 아무런 상관 없는 내용이지 않겠냐고 했어요."

"앤 셜리, 다시는 그런 식으로 선생님 이야기를 하지 마라. 선생님을 흉보려고 학교에 가는 게 아니잖니. 선생님은 네게 뭔가를 가

르쳐 주실 테고 너는 그걸 배우기만 하면 되는 거야. 지금 이 순간
부터는 집에 와서 선생님 이야기를 늘어놓지 않았으면 좋겠구나.
그런 건 좋은 일이 아니란다. 그런데 학교에서는 잘 지냈겠지?"

마릴라가 따끔하게 말했다.

"그럼요, 잘 지냈어요. 아주머니가 걱정하시는 것처럼 그렇게
힘들지 않았어요. 저는 다이애나 옆에 앉아요. 우리 자리는 창가
여서 반짝이는 호수가 내려다보여요. 학교에 좋은 여학생이 많았
고 점심시간에 함께 무척 재미있게 놀았어요. 같이 놀 수 있는
친구들이 많아서 신나요. 하지만 물론 저는 다이애나가 가장 좋
고 그건 앞으로도 쭉 그럴 거예요. 다이애나가 정말 너무너무 좋
아요. 저는 다른 애들에 비해 진도가 늦어요. 모두 5학년 과정
을 배우는데 저만 4학년 과정이거든요. 사실 좀 창피했어요. 하
지만 저만큼 상상력이 풍부한 아이는 없어요. 그건 금방 알겠더
라고요. 오늘은 읽기, 지리, 캐나다 역사를 배웠고 받아쓰기 시험
을 봤어요. 필립스 선생님은 제 받아쓰기가 엉망이라며 맞은 게
하나도 없는 제 석판을 들어 모든 아이에게 보여 주셨어요. 마릴
라 아주머니, 전 수치스러웠어요. 선생님은 새로 온 아이에게 좀
더 친절하게 대하셨어야 해요. 루비 길리스는 제게 사과를 주었
고 소피아 슬론은 '집에 놀러 가도 돼?'라고 쓰여 있는 예쁜 분
홍색 카드를 빌려주었어요. 그건 내일 돌려줄 거예요. 틸리 볼터
는 자기 구슬 반지를 오후 내내 끼고 있게 해 주었어요. 다락방
에 있는 낡은 바늘겨레에서 진주 구슬을 몇 개 떼어 내서 반지를

만들어도 될까요? 아 참, 마릴라 아주머니, 제인 앤드루스가 그러는데, 프리시 앤드루스가 사라 길리스에게 제 코가 아주 예쁘다고 말하는 걸 미니 맥퍼슨이 들었다고 제인에게 말했대요. 마릴라 아주머니, 그건 제가 지금까지 살면서 처음 들어본 칭찬이었어요. 제 기분이 얼마나 묘했는지 아주머니는 상상할 수 없을 거예요. 아주머니, 제 코가 정말 예쁜가요? 솔직히 말씀해 주세요."

"그런대로 괜찮지."

마릴라가 짧게 대답했다. 사실 마음속으로 앤의 코가 굉장히 예쁘다고 생각했지만 그렇게 얘기해 주고 싶지는 않았다.

이때가 3주 전이었고 그 뒤로 모든 일이 순조로웠다. 그리고 지금, 상쾌한 9월의 아침에 에이번리에서 가장 행복한 두 아이, 앤과 다이애나는 자작나무 길을 즐겁게 걷고 있었다.

"오늘 길버트 블라이드가 학교에 올 것 같아. 여름 내내 뉴브런즈윅에 있는 사촌 집에 가 있다 토요일 밤에 돌아왔대. 앤, 길버트는 굉장히 잘생겼어. 그런데 여자애들을 아주 짓궂게 괴롭혀. 못 견딜 정도로."

다이애나는 말은 그렇게 했지만 길버트가 괴롭히는 걸 은근히 좋아하는 눈치였다.

"길버트 블라이드? 현관 벽에 크게 '주목'이라고 쓰여 있고 그 아래 줄리아 벨의 이름과 나란히 있는 이름 아니야?"

앤이 묻자 다이애나가 고개를 치켜들며 말했다.

"맞아. 하지만 길버트가 줄리아 벨을 그다지 좋아하지 않는 게 분명해. 길버트가 줄리아의 주근깨로 구구단을 외웠다고 말하는 걸 내가 들었거든."

앤이 애원했다.

"아, 내 앞에서 주근깨 얘기는 하지 말아 줘. 나 같은 주근깨투성이 앞에서 그런 말은 실례야. 하지만 벽에 남자애와 여자애 이름을 쓰고 주목하게 한 건 정말 바보 같은 짓이야. 누가 내 이름을 남자애 이름과 같이 쓰기만 해 봐라."

앤은 그렇게 말하고는 황급히 덧붙였다.

"물론 그럴 애도 없겠지만."

앤은 한숨을 내쉬었다. 앤은 자기 이름이 벽에 쓰이는 걸 바라지 않았다. 하지만 절대 그럴 염려가 없다고 생각하니 좀 창피했다.

다이애나가 말했다.

"말도 안 돼."

에이번리의 남학생들은 다이애나의 검은 눈과 윤기가 흐르는 치렁치렁한 검은 머리카락만 보면 심장이 콩콩 뛰었다. 그래서 학교 현관 벽에 주목하라며 쓰인 이름 중 절반은 다이애나의 이름이었다.

"그건 그냥 장난이야. 그리고 네 이름이 거기에 적히지 않을 거로 너무 장담하지는 마. 찰리 슬론이 너한테 푹 빠졌던데. 그 애가 자기 엄마한테, 글쎄 엄마한테 말했대. 네가 학교에서 가장 똑똑한 여학생이라고. 그건 예쁘다는 말보다 더 좋은 거야."

앤이 말했다.

"아니야. 나는 똑똑하다는 말보다 예쁘다는 말이 더 좋아. 그리고 난 찰리 슬론이 싫어. 퉁방울눈은 질색이야. 누구든 그 애이름과 내 이름을 같이 써 놓으면 절대 그냥 넘어가지 않을 거야, 다이애나 배리. 하지만 반에서 일등인 건 좋아!"

"길버트도 너와 같은 수업을 들을 거야. 그 애는 일등을 도맡아 하곤 했어. 길버트는 열네 살이 다 됐는데 아직 4학년이야. 4년 전에 길버트 아버지가 아파서 앨버타에 가서야 했는데, 그때 그 애도 함께 갔거든. 그곳에서 지낸 3년 동안 길버트는 거의 학교에 다니지 않았대. 이제 일등 하기가 쉽지 않을 거야, 앤."

"잘됐어. 아홉 살이나 열 살밖에 안 된 어린 학생들 사이에서 일등 하는 것이 그다지 자랑스럽지는 않았거든. 어제 나는 '비등점'의 철자를 잘 말했어. 전에 일등이던 조시 파이는 글쎄 책을 몰래 들여다보더라고. 필립스 선생님은 프리시 앤드루스만 보고 있느라 못 봤지만 난 봤어. 그래서 내가 조시에게 차디찬 표정으로 경멸의 눈빛을 보냈어. 그랬더니 조시의 얼굴이 홍당무처럼 빨개져서는 결국 철자를 틀렸지 뭐니."

"파이네 자매는 뭘 하든 속임수를 쓴다니까. 어제 거티 파이는 시냇물의 내 자리에 자기 우유병을 넣어 둔 거 있지. 너도 그런 적 있어? 난 이제 그 애랑 말도 안 해."

큰길의 울타리를 넘으며 다이애나가 분개했다.

필립스 선생님이 교실 뒤에서 프리시 앤드루스가 라틴어를 읽는 걸 듣고 있을 때 다이애나가 앤에게 속삭였다.

"앤, 네 옆 통로 건너 바로 오른쪽에 앉아 있는 애가 길버트 블라이드야. 잘생긴 것 같은지 한번 봐."

앤이 그쪽을 쳐다보았다. 마침 길버트 블라이드는 앞에 앉은 루비 길리스의 땋아 내린 긴 금발 머리를 의자 등받이에 몰래 핀으로 꽂는 데 정신을 팔고 있어 그 애를 살펴보기에 좋은 기회였다. 길버트는 키가 크고 갈색 곱슬머리였다. 초록빛을 띤 갈색 눈에는 장난기가 흘러넘쳤으며 삐죽이는 입술은 짓궂은 인상을 주었다. 이윽고 루비 길리스가 계산한 결과를 들고 선생님에게 가려고 일어서다가 머리카락이 뿌리째 뽑히는 아픔에 꺅하는 비명을 지르며 도로 자리에 철퍼덕 주저앉았다. 모두의 시선이 루비에게 쏠렸고, 필립스 선생님이 엄한 눈초리로 쏘아보자 루비는 울음을 터뜨렸다. 길버트는 재빨리 핀을 감추고는 세상에서 가장 진지한 얼굴로 역사책을 열심히 보고 있었다. 그리고 소란이 잠잠해지자 길버트는 앤을 바라보더니 익살스럽게 윙크했다.

"길버트 블라이드가 잘생기기는 했어. 하지만 아주 뻔뻔하더라. 낯선 여자아이한테 윙크하는 건 예의가 아니잖아."

앤이 다이애나에게 말했다.

그러나 그 일은 오후에 일어난 사건에 비하면 아무것도 아니었다. 필립스 선생님은 교실 뒤 구석에서 프리시 앤드루스에게 대수학 문제를 설명하고 있었고 나머지 학생들은 제멋대로 뭔가를 하고 있었다. 풋사과를 먹는가 하면 속닥거리며 떠들고 석판에 그림을 그리거나 귀뚜라미를 실로 묶어 통로에서 몰고 다녔다.

길버트 블라이드는 앤 셜리의 시선을 끌려고 애를 썼지만 아무 소용이 없었다. 그 순간 앤은 길버트 블라이드의 존재뿐 아니라 에이번리 학교의 다른 학생들, 그리고 에이번리 학교 자체도 까맣게 잊은 채 두 손으로 턱을 괴고 서쪽 창밖에서 파랗게 빛나는 반짝이는 호수를 바라보고 있었다. 아름다운 꿈나라로 멀리 떠나 멋진 상상의 나래를 펼치느라 그 외에 다른 것은 들리지도 보이지도 않았다.

길버트 블라이드는 여자아이의 시선을 끌기에 실패한 적이 없었다. 길버트는 빨간 머리에 턱이 뾰족하고 에이번리의 다른 여자애들과 달리 커다란 눈을 가진 앤 셜리도 당연히 자기를 쳐다봐야 한다고 생각했다.

길버트는 통로 건너편으로 손을 뻗어 길게 땋은 앤의 빨간 머리끝을 집어 한껏 당기며 날카롭게 속삭였다.

"홍당무! 홍당무!"

그러자 앤이 매서운 눈빛으로 길버트를 노려보았다.

앤은 노려보는 것에 그치지 않고 벌떡 일어섰다. 밝고 즐거운 상상의 세계가 돌이킬 수 없이 허물어지자 앤은 이글거리는 눈으로 길버트를 쏘아보았다. 분노로 타오르던 눈빛은 곧 분노의 눈물에 사로잡혔다.

"비열하고 나쁜 녀석! 감히 그런 말을 하다니!"

앤이 흥분해서 소리쳤다.

그런 다음 앤은 석판으로 길버트의 머리를 탁 내리쳐 반으로

깔끔하게 쪼갰다. 길버트의 머리가 아니라 석판을.

에이번리 학교 아이들은 언제나 구경거리를 즐겼다. 이번에 일어난 일은 특히 흥미진진했다. 다들 겁도 나고 재미있기도 해서 "와!" 하고 소리쳤다. 다이애나는 숨도 제대로 쉴 수가 없었다. 예민하게 반응하곤 하는 루비 길리스는 울기 시작했고, 토미 슬론은 입을 벌린 채 그 광경을 멍청하게 바라보다가 귀뚜라미 떼를 전부 놓치고 말았다.

필립스 선생님이 성큼성큼 걸어와 앤의 어깨를 꽉 누르며 화난 목소리로 물었다.

"앤 셜리, 이게 무슨 짓이냐?"

앤은 아무런 대답도 하지 않았다. 죽는 한이 있어도 모든 아이 앞에서 '홍당무'라 불렸다고 이야기할 수는 없었다. 용감하게 대답한 것은 길버트였다.

"제 잘못이에요, 선생님. 제가 앤을 놀렸어요."

필립스 선생님은 길버트의 말은 듣지도 않았다.

"내가 가르치는 학생이 그런 식으로 화를 내면서 앙갚음하는 모습을 보이다니 유감이구나. 앤, 교단으로 올라가 수업이 끝날 때까지 칠판 앞에 서 있어라."

필립스 선생님은 엄숙한 목소리로 말했다. 마치 자기 학생이라는 단순한 사실 하나만으로 불완전한 아이의 마음에서 모든 사악한 것들을 뿌리 뽑아야 한다는 듯.

앤은 그런 벌보다 차라리 회초리를 맞는 게 훨씬 낫겠다고 생각했다. 예민한 앤은 회초리를 맞은 것처럼 바들바들 떨었다. 앤은 창백하게 굳은 얼굴로 필립스 선생님의 말씀에 따랐다. 선생님은 분필을 집어 들고 앤의 머리 위에 다음과 같이 적었다.

"앤 셜리는 성질이 아주 못됐다. 앤 셜리는 화를 참는 법을 배워야 한다."

그러고는 아직 글자를 모르는 1학년 학생들도 이해할 수 있도록 두 문장을 큰 소리로 읽었다.

앤은 칠판의 그 글씨 밑에 오후 내내 서 있었다. 앤은 울지도 고개를 숙이지도 않았다. 여전히 마음속에서 뜨겁게 타오르는 분노가 있었기에 그 수치스러운 고통을 견뎌낼 수 있었다. 분노로 이글대는 눈빛과 새빨갛게 달아오른 얼굴로 다이애나의 동정어린 시선, 찰리 슬론의 화난 고갯짓, 그리고 조시 파이의 악의적인 미소를 고스란히 마주했다. 그러나 길버트 블라이드에게는 눈길조차 주지 않았다. 다시는 길버트를 쳐다보지 않을 것이다! 절대 말도 하지 않을 생각이다!

학교가 끝나자 앤은 빨간 머리를 꼿꼿이 들고 걸어 나왔다. 길버트 블라이드가 현관에서 앤을 가로막았다.

"앤, 머리카락을 갖고 놀려서 정말 미안해!"

길버트가 깊이 뉘우치는 목소리로 작게 말했다.

"진심이야, 이제 마음 풀어."

앤은 길버트를 바라보지 않고 그의 말이 들리지도 않는다는 듯 지나가 버렸다.

"어머, 어떻게 그럴 수 있어, 앤?"

다이애나는 앤과 걸으며 반은 나무라는 투로, 반은 감탄하는 투로 나직이 말했다. 다이애나는 길버트가 그렇게까지 사과하면 절대 뿌리칠 수 없을 것 같았다.

"난 길버트 블라이드를 절대 용서하지 않을 거야. 그리고 필립스 선생님은 내 이름을 쓸 때 끝에 e를 빼먹었어. 내 영혼은 학대받았어, 다이애나."

앤이 단호하게 말했다.

다이애나는 앤이 무슨 말을 하는지 이해할 수 없었지만 끔찍한 의미일 거로 짐작할 수 있었다.

"길버트가 네 머리카락을 갖고 놀렸다고 너무 속상해하지 마. 길버트는 모든 여자애를 놀리는걸. 내 머리카락이 너무 까맣다고 놀렸었다고. 나를 까마귀라고 불렀지만 한 번도 사과한 적 없어."

다이애나가 앤을 달랬다.

"까마귀라는 소리를 듣는 것과 홍당무라는 소리를 듣는 건 엄청나게 달라. 길버트 블라이드는 내 마음을 찢어지게 했어, 다이애나."

앤이 위엄 있게 말했다.

다른 일이 또 일어나지 않았다면 그 일은 아무런 고통 없이 잊혔을지도 모른다. 그러나 일이란 한 번 꼬이면 계속 꼬이기 마련이다.

에이번리 학생들은 점심을 먹은 후 벨 씨의 넓은 목초지 건너편 언덕에 있는 가문비나무 숲에서 나뭇진을 채취하곤 했다. 거기서는 필립스 선생님이 하숙하는 에빈 라이트의 집이 훤히 보였다. 필립스 선생님이 그 집에서 나오는 걸 보면 아이들은 학교로 부리나케 달려갔다. 그러나 그곳에서 학교까지 가는 길은 라이트 씨의 집에서 학교까지 오는 것보다 세 배는 더 멀어 아이들은 숨이 차서 헐떡거리며 3분쯤 늦게 도착하기 일쑤였다.

그다음 날 필립스 선생님은 학생들을 바로잡아야겠다는 생각으로 점심을 먹으러 가기 전에 엄포를 놓았다. 자신이 학교에 돌아오기 전 모든 학생이 자리에 앉아 있어야 하며, 늦게 오는 학생은 벌을 받을 것이라고 경고한 것이다.

모든 남자아이와 여자아이 몇 명은 평소처럼 벨 씨의 가문비나무 숲으로 갔다. '한 번 씹을 정도의 나뭇진'만 모아 올 생각이었다. 그러나 가문비나무 숲과 노란 나뭇진 열매는 사람의 마음을 확 끄는 매력이 있었다. 아이들은 열매를 따고도 이리저리 어슬렁대며 늑장을 부렸다. 그때 평소처럼 커다란 가문비나무 꼭대기에 올라가 있던 지미 글로버가 "선생님 나오셨다"라고 소리쳤고 아이들은 정신이 번쩍 들었다.

땅에 있던 여자아이들은 먼저 달려 가까스로 제시간에 학교에 도착했지만 나무에서 허겁지겁 내려온 남자아이들은 좀 더 늦게 왔다. 앤은 열매를 따지는 않았지만 고사리가 허리까지 자란 숲의 끝자락에서 행복에 젖어 배회하며 마치 어두운 땅의 여신이라도 된 듯 쌀백합 화관을 머리에 쓰고 나지막이 노래를 흥얼거리고 있다가 가장 늦게 도착했다. 하지만 앤은 사슴처럼 달릴 수 있어 꼬마 귀신처럼 교실 문 앞에서 남자아이들을 따라잡았고, 필립스 선생님이 모자를 거는 순간 남자아이들과 휩쓸려 교실에 들어갔다.

학생들을 바로잡아야겠다는 필립스 선생님의 의지는 오래가지 않았다. 선생님은 열두 명이나 되는 아이들을 벌주는 것도 귀찮았다. 하지만 일단 말을 해 놓은 이상 그냥 넘어갈 수는 없어 희생양을 찾아 교실을 두리번거렸다. 그때 숨을 헐떡이며 자리에 앉아 있는 앤이 눈에 들어왔다. 깜빡하고 벗지 않은 화관이 한쪽 귀 위로 삐딱하게 걸려 있는 바람에 앤은 유난히 단정하지 못하고 어수선해 보였다.

"앤 셜리, 넌 남자아이들을 무척 좋아하는 것 같으니 오늘 오후에 네 취향을 마음껏 충족시켜 주마. 머리에 있는 꽃을 치우고 길버트 블라이드 옆에 가서 앉아라."

필립스 선생님이 빈정거리며 말했다.

남자아이들이 낄낄댔다. 다이애나는 앤이 가엾다는 생각에 얼굴이 창백해진 채 머리에서 화관을 벗겨 주고 손을 꼭 쥐었다. 앤은 돌처럼 굳어 선생님을 빤히 쳐다보았다.

"내 말 못 들었니, 앤?"

필립스 선생님이 엄하게 물었다.

"들었어요. 하지만 진심으로 하신 말씀이라고 생각하지 않았어요."

앤이 천천히 대답했다.

"분명히 말하마, 진심이다."

필립스 선생님은 여전히 비꼬는 투였다. 모든 아이, 특히 앤은 그 말투가 싫었다. 그 말투 때문에 더 화가 났다.

"당장 시킨 대로 해."

잠깐 앤은 필립스 선생님의 지시를 거역하려는 듯 보였다. 하지만 앤은 어쩔 수 없다는 것을 깨닫고 도도하게 자리에서 일어나 통로를 건너가서 길버트 블라이드 옆에 앉아 책상에 두 팔을 얹고 얼굴을 묻었다. 곁눈으로 이를 지켜본 루비 길리스는 집으로 돌아가는 길에 다른 아이들에게 "그런 얼굴은 처음 봤어. 작고 빨간 점들이 끔찍하게 무서웠어"라고 떠들어댔다.

앤은 모든 것이 끝난 기분이었다. 똑같은 잘못을 저지른 열두 명의 아이들 중에서 혼자 벌을 받은 사실도 기분 나쁜데 남자아이 옆에 가서 앉으라니 기가 막혔다. 게다가 그 남자아이가 다른 사람도 아니고 길버트 블라이드였으니 도저히 참을 수 없는 상처에 모욕까지 잔뜩 받은 셈이었다. 앤은 견딜 수 없었지만 울어도 소용이 없을 터였다. 앤은 수치심과 분노, 굴욕감으로 부글부글 끓어올랐다.

아이들은 처음에는 앤을 쳐다보며 속닥거리고 킥킥 웃고 옆구리를 쿡쿡 찔러댔다. 그러나 앤은 절대 고개를 들지 않았고 길버트는 분수 문제를 푸는 데만 열중했다. 아이들은 곧 각자 일에 집중했고 앤의 일은 까맣게 잊었다. 필립스 선생님이 역사 수업을 하겠다며 아이들을 나가라고 했을 때 따라갔어야 했지만 앤은 꼼짝도 하지 않았다. 수업하기 전에 선생님은 「프리실라에게」라는 시를 적으며 까다로운 시구를 생각하느라 앤이 없다는 사실을 눈치채지 못했다. 교실에 보는 사람이 아무도 없자 길버트가 책상에서 하트 모양의 작은 분홍색 사탕을 꺼냈다. 사탕에는 '너는 달콤해'라는 글이 황금색으로 쓰여 있었다. 길버트는 그 사탕을 앤의 팔꿈치 밑으로 슬쩍 밀어 넣었다. 그러자 앤이 벌떡 일어나 손가락 끝으로 사탕을 집어 바닥에 떨어뜨리더니 발꿈치로 짓눌러 가루를 만들어 버렸다. 그러고는 길버트에게는 눈길조차 주지 않고 다시 책상에 엎드렸다.

수업이 모두 끝나자 앤은 재빠르고 단호한 걸음으로 자기 책상으로 걸어가 보란 듯이 책상 안에 있는 물건을 모조리 꺼냈다. 책과 쓰기판, 펜과 잉크, 성경책과 수학책 등이 쪼개진 앤의 석판 위에 가지런히 쌓였다.

"앤, 그 물건들을 왜 전부 집으로 가져가니?"

다이애나는 학교 밖으로 나오자마자 물었다. 아까부터 궁금했지만 학교에서는 물어볼 엄두가 나지 않았다.

"이제 학교에 안 다닐 거야."

앤이 대답했다.

다이애나는 숨을 멈추고 진심으로 하는 말인가 싶어 앤을 빤히 바라보았다.

다이애나가 다시 물었다.

"마릴라 아주머니가 허락하실까?"

"그러서야 할 거야. 그 사람이 있는 한 학교에는 절대 가지 않을 테니까."

앤이 대답했다.

"아, 앤!"

다이애나가 울 것 같은 표정으로 말했다.

"그러지 마. 나는 어떻게 하라고? 필립스 선생님은 나를 아주 진저리나는 거티 파이 옆에 앉힐 거라고. 틀림없이 그럴 거야. 그 애는 지금 혼자 앉아 있으니까. 그러지 말고 학교에 다니자, 앤."

"나는 너를 위해서라면 무슨 일이든 할 거야, 다이애나. 너에게 도움이 된다면 내 몸이 갈가리 찢어져도 좋아. 하지만 이번 일은 안 되겠어. 그러니까 제발 그렇게 말하지 마. 내 마음이 아프잖아."

앤이 슬프게 말했다.

"네가 놓칠 재미있는 일들을 생각해 봐. 우린 시냇가에 멋진 새 집을 지을 계획이었잖아. 다음 주에는 공놀이를 할 건데, 앤, 너는 공놀이를 한 번도 해 본 적이 없잖아. 공놀이는 정말 재미있어. 우리는 새 노래도 배울 거야. 제인 앤드루스가 지금 연습하고 있어. 또 다음 주엔 앨리스 앤드루스가 새 팬지꽃 책을 가지고 와서 우리 모두 시냇가에서 그 책을 아무 페이지나 펼치고 큰 소리로 읽기로 했잖아. 앤, 너는 큰 소리로 책을 읽는 걸 무척 좋아하잖아."

다이애나가 애절하게 말했지만 앤의 마음을 되돌릴 수 없었다. 앤의 결심은 확고부동했다. 필립스 선생님이 있는 학교에 다시는 갈 생각이 없었다. 앤은 집에 도착하자마자 마릴라에게 그렇게 말했다.

"말도 안 되는 소리를 하는구나."

마릴라가 말했다.

"말도 안 되는 게 아니에요. 마릴라 아주머니, 이해 못 하시겠어요? 저는 모욕을 당했다고요."

앤이 엄숙하고 책망하는 눈빛으로 마릴라를 쳐다보며 말했다.

"모욕이라니 말도 안 된다! 평소처럼 내일도 학교에 가는 거다."

앤은 천천히 고개를 저었다.

"싫어요. 마릴라 아주머니, 학교엔 가지 않을 거예요. 집에서 공부하면서 진짜 착한 아이가 되겠어요. 가능하면 종일 말도 하지 않을게요. 하지만 학교에는 안 가겠어요, 정말이에요."

마릴라는 앤의 작은 얼굴에서 절대로 굽히지 않을 고집을 보았다. 그 고집을 꺾으려면 무척 힘들겠다는 생각이 들었다. 그래서 더 아무 말도 하지 않기로 지혜롭게 마음을 먹고는 속으로 생각했다.

'오늘 저녁에 레이철에게 가 봐야겠어. 지금 앤과 씨름해 봤자 소용없겠어. 앤이 너무 흥분해 있으니. 앤은 한번 마음먹으면 도무지 고집을 꺾지 않는 아이잖아. 또 앤한테 들은 얘기로 봐선 필립스 선생님이 지나치게 앤을 몰아붙였어. 하지만 앤에게 그렇게 말할 수는 없지. 레이철과 상의해 봐야겠어. 레이철은 아이를 열 명이나 학교에 보냈으니 좋은 해결 방법을 알고 있을 거야. 지

금쯤이면 레이철도 모든 이야기를 들었겠군.'

마릴라가 찾아가니 린드 부인은 평소처럼 부지런히 즐겁게 뜨개질을 하고 있었다.

"내가 왜 왔는지 알죠?"

마릴라가 조금 부끄러워하며 물었다.

린드 부인이 고개를 끄덕였다.

"앤이 학교에서 일으킨 소동 때문이겠죠? 틸리 볼터가 집에 가는 길에 들러 얘기해 주더라고요."

"그 애를 어떻게 해야 할지 모르겠어요. 학교에 가지 않겠다고 선언했거든요. 그렇게 흥분하는 건 처음 봤어요. 학교에 보낼 때부터 말썽이 있으리라는 건 예상했어요. 한데 지금까지는 너무 순조로워서 이상하다 싶었죠. 앤은 지금 잔뜩 흥분해 있어요. 레이철, 어떻게 하면 좋을까요?"

누가 조언을 구하러 오는 것을 무척 좋아하는 린드 부인이 상냥하게 대답했다.

"좋아요, 마릴라, 당신이 조언을 구했으니 말하는데, 나라면 처음에는 앤의 비위를 맞춰 주겠어요. 나도 필립스 선생님이 잘못했다고 생각해요. 그런 말을 아이에게는 하면 안 되죠. 어제 앤이 성질을 부려서 혼난 건 그럴 만했어요. 하지만 오늘 일은 경우가 다르죠. 늦은 아이들 모두 똑같이 벌을 받았어야죠. 당연히 그랬어야 해요. 그리고 벌로 여자아이를 남자아이 옆에 앉힌 건 말도 안 되는 일이에요. 온당치 않은 처사죠. 틸리 볼터는 정말 화가 단단히 났더군요. 줄곧 앤을 두둔하면서 다른 아이들도 자기와 같은 생각이라고 하더라고요. 앤이 아이들 사이에서 인기가 많은가 봐요, 왜 그런지는 몰라도. 앤이 아이들에게 그렇게 인기가 많을 줄은 몰랐어요."

"그러면 앤을 집에 있게 하는 편이 낫다는 말이군요."

마릴라가 놀라서 말했다.

"그래요. 앤이 자기 입으로 학교에 간다고 할 때까지 학교에 가라는 이야기는 하지 마세요. 걱정하지 말아요, 마릴라. 그 아이는 일주일쯤 지나면 흥분이 가라앉아서 자진해서 학교에 가겠다고 할 거예요. 만일 당신이 내일 당장 앤을 학교에 보내면 다음엔 어떤 변덕이나 성질을 부릴지 몰라요. 더 큰 문제를 일으킬 수도 있어요. 작은 사고가 상황을 더 낫게 만들 수도 있다고 생각해요. 학교가 지금과 같다면 앤이 학교에 가지 않는다고 해서 손해 볼 일도 별로 없을 거예요. 필립스 씨는 교사로서 자질이 없는 사람이에요. 기강을 세우기는커녕 흐트러뜨리는 사람이죠. 게다가 어린아이들은 내버려 두고 퀸스 학교를 준비하는 큰 아이들에게만 신경을 쓴대요. 필립스 씨 삼촌이 학교 이사였기에 또 한 해를 학교에서 가르치게 된 거잖아요. 그 이사가 나머지 이사 두 명을 꽉 쥐고 있거든요. 이 섬의 교육이 앞으로 어떻게 되려는지 모르겠어요."

린드 부인은 자기가 이 지역 교육 책임자였다면 사정이 훨씬 더 나아졌으리라 말하는 것처럼 고개를 절레절레 흔들었다.

마릴라는 린드 부인의 조언을 받아들여 앤에게 학교 가라는 소리는 한 마디도 하지 않았다. 앤은 집에서 공부하고 집안일을 돕고 쌀쌀한 가을의 자줏빛 황혼 아래에서 다이애나와 놀았다. 그러나 길이나 주일 학교에서 길버트 블라이드와 마주치면 경멸하는 표정으로 냉정히 무시하고 지나갔다. 길버트 블라이드는 앤의 마음을 어떻게든 풀어 주고 싶어 하는 눈치였지만 앤은 조금도 누그러지지 않았다. 다이애나가 둘을 화해시키려고 해 보았으나 아무 소용이 없었다. 앤은 평생 길버트 블라이드를 싫어하기로 단단히 마음먹은 게 분명했다.

하지만 앤은 길버트를 증오하는 마음만큼 다이애나를 좋아하는 마음도 컸다. 앤의 작은 심장이 감당해 낼 수 있는 만큼 다이애나를 열렬히 좋아했다. 어느 날 저녁, 마릴라는 사과 바구니를 들고 과수원에서 오는 길에 앤이 땅거미가 지는 동쪽 창가에 혼자 앉아 엉엉 울고 있는 모습을 보았다.

"앤, 무슨 일이니?"

마릴라가 물었다.

"다이애나 때문에요."

앤이 서럽게 흐느꼈다.

"마릴라 아주머니, 저는 다이애나가 너무 좋아요. 다이애나 없이는 살 수가 없어요. 하지만 우리가 어른이 되면 다이애나가 결혼해서 저를 떠나 멀리 가 버릴 날이 올 거예요. 아, 그러면 전 어떡하죠? 저는 다이애나의 남편이 미워요. 너무너무 미워요. 상상해 봤거든요. 결혼식을 비롯한 모든 것을요. 다이애나는 눈처럼 하얀 옷을 입고 면사포를 썼어요. 여왕처럼 아름답고 위엄 있게 보였어요. 저 역시 신부 들러리로서 멋진 퍼프소매 드레스를 입었어요. 미소 짓는 얼굴 뒤로 찢어질 듯 아픈 마음을 감추고 있어요. 그리고 다이애나에게 '안녕'이라고 말하겠죠."

앤은 감정에 북받친 나머지 눈물을 펑펑 쏟아 냈다.

마릴라는 터져 나오려는 웃음을 감추려고 황급히 고개를 돌렸지만 소용없었다. 마릴라는 가까이 있는 의자에 주저앉아서 그녀답지 않게 큰 소리로 한바탕 웃음을 터뜨렸다. 뜰 안으로 들어서던 매슈가 깜짝 놀라서 멈춰 섰다. 마릴라가 저렇게 웃는 모습을 언제 보았던가?

"앤 셜리, 걱정할 게 그렇게 없니? 그렇다면 집안일이나 좀 신경 쓰렴. 넌 정말 상상력이 풍부하구나. 정말 대단해."

16
다이애나를 초대했지만 비극으로 끝나다

    초록 지붕 집의 10월은 아름다웠다. 골짜기의 자작나무는 햇빛처럼 황금색으로 변했고 과수원 뒤쪽의 단풍나무는 위풍당당한 진홍색으로 물들었다. 길을 따라 즐비한 야생 벚나무는 검붉은 색과 적갈색의 멋진 그늘을 드리웠다. 가을걷이를 끝낸 들판에는 환한 햇살이 내리비쳤다.

    앤은 온갖 색으로 물든 세상을 만끽했다.

    어느 토요일 아침, 앤은 예쁜 나뭇가지를 한 아름 안고 춤을 추며 들어와 소리쳤다.

    "아, 마릴라 아주머니, 10월이 있는 세상에 살고 있다는 것이 너무 기뻐요! 만일 10월을 건너뛰고 9월에서 11월로 넘어간다면 정말 끔찍할 것 같아요, 그렇지 않나요? 이 단풍나무 가지 좀 보세요. 보기만 해도 가슴이 두근대지 않나요? 이걸로 제 방을 장식할 거예요."

"지저분해. 앤, 바깥에서 너무 많은 걸 방으로 가져와 잔뜩 어질러 놓았잖니. 방은 잠을 자는 곳이야."

미적 감각이 그다지 발달하지 않은 마릴라가 말했다.

"어머, 꿈을 꾸는 곳이기도 하잖아요, 마릴라 아주머니. 방에 예쁜 것이 많으면 훨씬 더 멋진 꿈을 꿀 수 있어요. 이 가지를 오래된 파란 단지에 꽂아서 책상 위에 올려놓을 거예요."

"계단 여기저기에 나뭇잎을 떨어뜨리지 않도록 조심해라. 앤, 나는 오늘 오후에 카모디에서 열리는 자선 모임에 갔다 어두워진 후에 돌아올 거다. 네가 매슈 아저씨와 제리의 저녁을 준비해 주렴. 지난번처럼 식탁에 앉기 전에 차 끓이는 거 잊지 말고."

"그때 깜빡 잊은 건 정말 죄송해요! 하지만 그날 오후에는 제비꽃 골짜기 이름을 골똘히 생각해 내느라 다른 일은 까맣게 잊었지 뭐예요. 매슈 아저씨는 정말 인자하세요. 조금도 나무라지 않으셨거든요. 직접 차를 우리며 조금만 기다리면 된다고 하셨어요. 그래서 기다리는 동안 재미있는 요정 이야기를 해 드렸더니 매슈 아저씨는 기다리는 시간이 조금도 지루하지 않았다고 했어요. 마릴라 아주머니, 정말 아름다운 요정 이야기였어요. 그 결말이 생각나지 않아서 마지막은 제가 지어냈죠. 하지만 아저씨는 어디서부터가 꾸며 낸 이야기인지 전혀 모르겠다고 했어요."

앤이 미안한 표정으로 말했다.

"앤, 매슈 오라버니는 네가 한밤중에 일어나 밥을 먹자고 해도 좋다고 할 사람이다. 하지만 이번에는 정신 똑바로 차려야 해. 그리고 내가 잘하는 건지 모르겠는데, 왜냐하면 네가 평소보다 더 정신이 없을 것 같아서 말이다만, 오후에 다이애나를 불러서 차를 마시며 놀아도 괜찮다."

앤은 두 손을 맞잡으며 탄성을 질렀다.

"아, 마릴라 아주머니! 너무너무 멋져요! 아주머니도 드디어 상상할 줄 알게 되셨군요. 그렇지 않다면 제가 그런 순간을 간절히 바란다는 걸 어떻게 아셨겠어요. 다이애나를 초대해 차를 마시면 마치 어른이 된 듯 아주 근사할 것 같아요. 친구가 있으면 차를 끓이는 걸 깜빡할까 봐 걱정할 일도 없겠지요. 마릴라 아주머니, 장미꽃 무늬가 있는 찻잔 세트를 써도 될까요?"

"안 돼, 절대 안 된다! 장미꽃 찻잔 세트라니! 그다음에는 또 뭘 말할래? 그 찻잔은 목사님이나 자선 모임 회원들이 올 때가 아니면 쓰지 않는다는 걸 너도 알잖니. 오래된 갈색 찻잔 세트를 쓰도록 해라. 하지만 체리 절임을 담아 둔 노란 단지는 열어도 좋아. 이제 먹을 때가 됐으니까. 맛이 들기 시작했을 거다. 과일 케이크와 과자, 비스킷도 먹으렴."

앤이 황홀한 표정으로 눈을 감고 말했다.

"제가 식탁 상석에 앉아 차를 따르는 모습이 그려져요. 다이애나에게 설탕을 넣겠냐고 물어볼 거예요. 다이애나가 설탕을 넣지 않는다는 걸 알고 있지만 마치 그 사실을 모르는 듯 묻는 거죠. 그런 다음 과일 케이크 한 조각과 체리 절임을 더 먹으라고 권하고요. 아, 마릴라 아주머니, 생각만 해도 신이 나요. 다이애나가 오면 손님방으로 안내해서 모자를 벗으라고 해도 될까요? 그러고 나서 응접실에 데려가 앉고요?"

"안 돼. 너와 네 손님은 거실이면 충분해. 며칠 전 교회 친목 모임에서 먹고 남은 딸기 주스가 반병쯤 남았단다. 거실 벽장 두 번째 선반에 있으니 마시고 싶으면 과자와 함께 마시렴. 매슈 오라버니는 감자를 배까지 실어다 줘야 해서 차 마시러 좀 늦게 오실 거야."

앤은 쏜살같이 골짜기를 내려가 드리아드의 물거품을 지나고 가문비나무 길을 올라가 비탈길 과수원 집에 이르러 다이애나에게 차를 마시러 오라고 청했다. 마릴라의 마차가 카모디를 향해 출발하자마자 다이애나는 차를 함께 마시자고 초대받은 사람답게 가지고 있는 옷 중에서 두 번째로 좋은 옷을 차려입고 초록 지붕 집으로 왔다. 다른 때는 노크도 하지 않고 부엌으로 달려 들어왔지만 이번에는 깍듯하게 현관에서 문을 두드렸다. 역시 두 번째로 좋은 옷을 입고 기다리던 앤이 정중하게 문을 열자 어린 두 소녀는 마치 처음 만난다는 듯 우아하게 악수를 했다. 다이애나를 동쪽 방으로 안내해 모자를 벗게 하고 거실에서 발끝을 모으고 얌전히 앉아 있는 10분여 동안 이런 어색한 점잖은 채는 계속되었다.

"어머니는 안녕하신가요?"

그날 아침에 배리 부인이 건강하고 활기찬 모습으로 사과를 따는 걸 보지 못했다는 듯 앤이 예의 바르게 물었다.

"아주 잘 지내세요, 감사합니다. 커스버트 아저씨는 오늘 오후에 감자를 가지고 릴리샌즈로 가신다죠?"

다이애나가 물었다. 그날 아침에 다이애나는 매슈의 수레를 타고 하먼 앤드루스 씨의 집에 갔었다.

"네. 올해 저희 감자 농사가 풍년이랍니다. 당신 아버지의 수확도 좋았겠지요?"

"상당히 잘 됐어요. 감사합니다. 사과는 많이 따셨나요?"

"아주 많이 땄어요."

앤이 점잖게 행동하는 걸 깜박하고 재빨리 벌떡 일어서며 말했다.

"다이애나, 과수원에 가서 빨간 사과를 좀 따자. 나무에 남아 있는 사과는 전부 먹어도 된다고 마릴라 아주머니가 말했거든. 아주머니는 무척 인심이 후한 분이야. 오늘 차를 마실 때 과일 케이크와 체리 절임을 곁들여 먹어도 된다고 하셨어. 하지만 손님에게 뭘 먹을지 말하는 건 예의가 아니지. 그러니 우리가 마실 것은 말해 주지 않겠어. '딸'과 '주'자로 시작하고 빨간색이란 것만 말해 줄게. 나는 빨간색 음료가 무척 좋아, 넌 안 그러니? 다른 색보다 두 배는 더 맛있는 것 같아."

열매를 매달고 땅으로 휘어진 가지를 쭉쭉 뻗은 나무가 있는 과수원은 아이들에게 즐거운 곳이었다. 앤과 다이애나는 기분이 무척 좋아서 오후 대부분을 과수원에서 보냈다. 서리를 피해 푸르름을 잃지 않은 풀밭 한구석에 앉아 포근하고 따스한 가을 햇살을 받으며 사과를 먹고 쉴 새 없이 이야기를 나누었다. 다이애나는 학교에서 있었던 일에 대해 앤에게 들려줄 이야기가 많았다. 거티 파이 옆에 앉아야 해서 싫다는 이야기를 했다. 거티가 글씨를 쓸 때마다 끽끽 소리가 나서 소름이 끼친다고 말하기도 했다. 루비 길리스는 크리크에서 온 메리 조 할머니가 준 마법의 조약돌로 무사마귀를 없앴는데, 초승달이 뜬 날 마법의 조약돌로 무사마귀를 문지른 후 조약돌을 왼쪽 어깨너머로 던지니 무사마귀가 없어졌다는 이야기도 전해 주었다. 그 밖에 누군가 학교 현관 벽에 찰리 슬론과 엠 화이트의 이름을 나란히 써서 엠 화이트가 몹시 화를 냈다는 이야기, 샘 볼터는 수업 시간에 필립스 선생님에게 '말대꾸'를 해서 선생님에게 회초리로 맞았고 샘의 아버지가 학교에 찾아와 앞으로 자기 아이에게 손찌검하면 혼쭐을 내주겠다고 위협했다는 이야기, 매티 앤드루스가 빨간 모자를 쓰고 술이 달린 파란 숄을 두르고 학교에 와서 예쁜 척하는 꼴이 너무나 역겨웠다는 이야기, 마미 윌슨의 언니가 리지 라이트 언니의 애인을 가로채서 마미 윌슨과 리지 라이트가 서로 말도 하지 않고 지낸다는 이야기 등을 쏟아냈다. 다이애나는 아이들 모두 앤을 무척 보고 싶어 하고 앤이 다시 학교에 오기를 바란다는 말도 했다. 그리고 마지막으로 길버트 블라이드는……

그러나 앤은 길버트 블라이드의 이야기는 듣고 싶어 하지 않았다. 앤은 갑자기 벌떡 일어나더니 집에 들어가서 딸기 주스를 마시자고 했다.

그런데 거실 벽장의 두 번째 선반에 딸기 주스가 없었다. 여기저기 뒤지다 맨 위 선반에서 주스 병을 찾아냈다. 앤은 주스 병을 쟁반에 받쳐 들고 와 큰 컵과 함께 탁자에 놓았다.

"다이애나, 드셔 보세요. 저는 지금 아무것도 못 먹겠어요. 사과를 너무 많이 먹었나 봐요."

앤이 정중하게 말했다.

다이애나는 딸기 주스를 큰 컵에 가득 따른 후 주스의 새빨간 빛을 감탄하는 눈빛으로 바라보고는 우아하게 조금 마셨다.

"앤, 정말 맛있어! 딸기 주스가 이렇게 맛있는 줄 몰랐어."

"맛있다니 다행이야. 마음껏 마셔. 나는 얼른 가서 불을 좀 살펴보고 올게. 살림하려니 신경 써 챙길 일이 정말 많네, 그렇지 않아?"

앤이 부엌에서 돌아왔을 때 다이애나는 주스를 두 잔째 마시고 있었다. 앤이 더 마시라고 권하자 다이애나는 거절하지 않고 세 번째 잔도 마셨다. 큰 컵에 가득 따라 마신 딸기 주스는 정말 맛있었다.

"이제껏 마셔 본 주스 가운데 제일 맛있어. 린드 아주머니가 자신이 만든 주스가 가장 맛있다고 자랑하시지만 이게 훨씬 더 맛있어. 린드 아주머니네 것과는 맛이 아주 달라."

다이애나가 말했다.

"당연히 마릴라 아주머니의 딸기 주스가 린드 아주머니네 것보다 훨씬 맛있으리라 생각해. 마릴라 아주머니는 요리를 잘하기로 소문이 났잖아. 아주머니가 요즘 내게 요리를 가르쳐 주시는데, 다이애나, 장담하건대 요리는 정말 어려워. 요리에는 상상할여지가 거의 없어. 정해진 대로 해야 하니까. 지난번에는 케이크를 만드는데 밀가루를 넣는 걸 깜박 잊었거든. 너와 나의 아름다운 이야기를 생각하다가 말이야. 네가 천연두에 걸려서 무척 아파하는데 모두가 너를 버렸어. 하지만 나는 용감하게 네 침대 옆으로 가서 널 간호해서 살려냈어. 그런데 이번에는 내가 천연두에 걸렸고 결국 나는 죽어서 공동묘지의 포플러나무 밑에 묻혔어. 넌 내 무덤 곁에 장미를 심고 네 눈물로 나무를 적셔 주었어. 그리고 넌 자기 목숨을 희생해 가며 너를 살린 어린 시절의 친구를 영원히, 영원히 잊지 않았던 거지. 아, 다이애나, 정말 슬픈 이야기였어. 케이크 재료를 섞는 동안 눈물이 줄줄 흘러내렸어. 그러다 밀가루 넣는 걸 깜빡 잊어서 케이크를 완전히 망친 거야. 밀가루는 케이크에 꼭 들어가야 하는 재료잖아. 마릴라 아주머니가 무척 화를 내셨는데, 그럴 만도 했지. 마릴라 아주머니는 나때문에 마음 편할 날이 없어. 지난주에는 푸딩 소스 때문에 아주머니가 망신을 톡톡히 당했어. 화요일 점심때 자두 푸딩을 먹고 푸딩 절반과 소스 한 주전자가 남았거든. 아주머니는 다음에

한 번 더 먹을 수 있으니 뚜껑을 닫아서 식품 저장실 선반에 잘 두라고 하셨어. 다이애나, 나는 정말 뚜껑을 덮어 두려고 했어. 그런데 그걸 들고 가면서 내가 수녀라는 상상을 한 거야. 물론 나는 기독교 신자지만 가톨릭 신자라고 상상한 거지. 상처 입은 마음으로 수녀원에서 은둔 생활하는 수녀를 상상하다가 푸딩 소스에 뚜껑 덮는 걸 까맣게 잊어버렸어. 다음 날 아침에 별안간 생각이 나서 저장실로 달려가 보니, 생쥐가 푸딩 소스에 빠져 죽어 있는 거야. 다이애나, 내가 얼마나 놀랐을지 상상할 수 있겠지? 나는 숟가락으로 쥐를 건져 마당에 던져 버리고 숟가락을 세 번 이나 씻었어. 마릴라 아주머니는 그때 밖에서 젖을 짜고 계셔서 아주머니가 돌아오시면 그 소스를 돼지에게 줘도 되는지 물어보 려고 했어. 하지만 아주머니가 돌아오셨을 때 나는 숲을 돌아다 니면서 나무들이 원하는 대로 빨갛고 노랗게 물들여 주는 서리 의 요정이라는 상상을 하고 있었어. 그래서 푸딩 소스를 또 까맣 게 잊어버렸지. 게다가 마릴라 아주머니가 사과를 따오라고 나를 내보내셨어. 그런데 그날 아침에 스펜서베일에 사는 체스터 로스 부부가 우리 집에 오신 거야. 너도 알겠지만 그분들은 형식을 무 척 중요하게 여기잖아. 체스터 로스 아주머니가 특히 그러시지. 마릴라 아주머니가 불러서 들어가 보니 이미 점심 식사 준비가 끝나 모두 식탁 앞에 앉아 있었어. 나는 최대한 예의 바르고 점 잖게 행동하려고 노력했어. 체스터 로스 아주머니가 내가 예쁘 지는 않아도 정숙한 아이라고 생각하기를 바랐으니까. 모든 것이 순조로웠어. 마릴라 아주머니가 한 손엔 자두 푸딩을, 다른 한 손엔 푸딩 소스를 데운 주전자를 들고 오는 걸 보기 전까지는. 다이애나, 정말 끔찍한 순간이었어. 그제야 난 모든 기억이 떠올라 벌떡 일어나서 소리쳤어. '마릴라 아주머니, 그 푸딩 소스는 먹으면 안 돼요. 거기에 쥐가 빠져 죽어 있었는데 알려드린다는 걸 깜빡했어요.' 아, 다이애나, 내가 백 살이 되어도 그 끔찍한 순간은 영영 잊지 못할 거야. 체스터 로스 아주머니가 나를 바라보기만 했지만 나는 너무 창피해서 땅속으로 꺼졌으면 좋겠다고 생각했어. 체스터 로스 아주머니는 나무랄 데 없는 주부인데 우리를 어떻게 생각했겠어. 마릴라 아주머니는 얼굴이 새빨개진 채 아무 말도 하지 않으셨어. 그저 소스와 푸딩을 가지고 나가신 후 딸기 절임을 가지고 오셨어. 나한테도 먹으라고 하셨지만 나는 한 입도 삼킬 수 없었어. 불타는 석탄을 머리 위에 잔뜩 이고 있는 기분이었으니까. 체스터 로스 아주머니가 떠난 뒤 마릴라 아주머니에게 호되게 혼났지. 어, 다이애나, 왜 그래?"

다이애나는 휘청거리며 일어섰다가 곧 두 손으로 머리를 감싸며 주저앉았다.

"나…… 나 많이 아파. 나…… 나는 바로 집에 가야겠어."

다이애나가 약간 잠긴 목소리로 말했다.

"아니, 차도 마시지 않고 집에 가면 안 되지. 내가 금방 준비할게. 당장 가서 차를 끓일게."

앤이 당황해하며 소리쳤다.

"집에 가야겠어."

다이애나는 멍하니, 그러나 단호하게 되풀이해서 말했다.

"그래도 점심은 먹어야지. 과일 케이크와 체리 절임을 조금 가져올게. 소파에 잠깐 누워 있으면 괜찮아질 거야. 어디 아프니?"

앤이 애원했다.

"집에 가야겠어."

다이애나는 똑같은 말만 되풀이했다. 앤이 말렸지만 소용없었다.

"손님이 차도 마시지 않고 집에 가는 법이 어디 있어? 아, 다이애나, 너 정말로 천연두에 걸린 거 아냐? 정말 그렇다면 내가 너를 간호해 줄게. 날 믿어. 난 절대 너를 버리지 않을 거야. 하지만 그래도 차를 마시고 가면 좋겠는데. 어디가 아픈 거야?"

"머리가 너무 어지러워!"

다이애나는 정말로 어지러운 듯 비틀비틀 걸었다. 앤은 실망한 나머지 눈에 눈물이 그렁그렁한 채 다이애나의 모자를 챙겨서 다이애나를 배리 씨네 마당의 울타리까지 데려다주었다. 그런 다음 초록 지붕 집으로 돌아오는 내내 눈물을 흘렸다. 앤은 슬픈 표정으로 남은 딸기 주스를 벽장에 올려놓고 매슈와 제리를 위해 차를 준비했다. 열의에 넘쳤던 앤의 모습은 온데간데없었다.

다음 날은 일요일이었고 새벽부터 땅거미가 질 때까지 비가 억수같이 퍼부었다. 그래서 앤은 초록 지붕 집에서 한 발짝도 나가지 않았다. 월요일 오후에 마릴라는 앤을 린드 부인의 집으로 심부름을 보냈다. 잠시 후 앤이 눈물을 뚝뚝 흘리며 집으로 달려왔다. 앤은 부엌으로 쏜살같이 들어오더니 소파에 얼굴을 파묻고 서럽게 흐느꼈다.

"앤, 이번엔 뭐가 잘못됐니? 설마 린드 부인에게 또 무례하게 군 건 아니겠지?"

마릴라가 어리둥절한 표정으로 당황해서 물었다.

앤은 아무 대답도 하지 않고 더욱더 서럽게 울었다.

"앤 셜리, 묻는 말에 대답해야지. 당장 똑바로 앉아서 왜 우는지 말해 봐."

그제야 앤은 똑바로 앉았다. 비극에 휩싸인 듯 보였다.

"린드 아주머니가 오늘 배리 아주머니를 만나러 가셨는데, 배리 아주머니가 무척 화가 나 있더래요. 제가 토요일에 다이애나를 술에 취해 엉망인 모습으로 집에 보냈다고, 제가 몹시 나쁘고 사악한 아이가 분명하니 절대로 두 번 다시 다이애나를 저와 놀지 못하게 할 거라고 했대요. 아, 마릴라 아주머니, 너무 괴롭고 슬퍼요!"

마릴라는 깜짝 놀라서 멍하니 앤을 바라보았다. 잠시 후 가까스로 정신을 차리고는 앤에게 물었다.

"다이애나를 취하게 했다고? 앤, 네가 정신이 나간 거니 아니면 배리 부인이 말도 안 되는 소리를 하는 거니? 도대체 다이애나에게 뭘 준 거지?"

말문이 막혀 있던 마릴라가 되물었다.

"딸기 주스밖에 안 줬어요. 딸기 주스가 사람을 취하게 하는 줄은 정말 몰랐어요, 마릴라 아주머니. 큰 컵으로 석 잔 가득 마셔도 괜찮을 줄 알았거든요. 아, 토머스 아주머니의 남편이 말하는 것처럼 들렸어요! 하지만 전 다이애나를 취하게 할 생각은 결단코 없었어요."

앤이 흐느껴 울며 말했다.

"취하다니 말도 안 돼!"

마릴라는 거실 벽장으로 성큼성큼 걸어갔다. 선반에 있는 병을 본 순간 그것이 3년 전에 자신이 담근 커런트 과실주란 걸 바로 알아챘다. 마릴라는 에이번리에서 과실주 담그는 솜씨로 명성이 자자했지만 배리 부인처럼 엄격한 사람들은 술 담그는 걸 못마땅하게 여겼다. 그제야 마릴라는 딸기 주스를 거실 벽장이 아닌 지하 저장실에 두었다는 생각이 떠올랐다.

마릴라는 과실주 병을 손에 들고 부엌으로 갔다. 웃음을 참느라 자기도 모르게 얼굴이 씰룩거렸다.

"앤, 너는 말썽을 일으키는 데 정말 천재다. 다이애나에게 딸기 주스가 아닌 커런트 과실주를 주었어. 맛을 보고도 몰랐니?"

"저는 마시지 않았거든요. 그게 주스인 줄만 알았어요. 손님 대접을 아주…… 아주…… 잘하고 싶었어요. 다이애나는 굉장히 아파서 집에 가야만 했어요. 배리 아주머니가 린드 아주머니에게 다이애나가 잔뜩 취했다고 말했대요. 배리 아주머니가 어떻게 된 일이냐고 묻자 다이애나는 바보같이 웃기만 하다가 잠이 들어서 몇 시간이나 잤대요. 배리 아주머니는 냄새를 맡아 보고

서야 다이애나가 취한 걸 알았대요. 다이애나는 어제 온종일 심한 두통에 시달렸대요. 그래서 배리 아주머니가 몹시 화가 난 거예요. 제가 일부러 그런 게 아니라고 해도 절대 믿지 않으시겠죠?"

마릴라가 퉁명스럽게 말했다.

"다이애나야말로 벌을 받아야겠구나. 뭐였든지 그렇게 많이 마시는 욕심을 부렸으니 말이다. 그 큰 컵으로 석 잔을 마셨으면 딸기 주스라도 배가 아팠을 거다. 어쨌든 커런트 과실주를 담그는 것을 두고 나를 못마땅하게 여기던 사람들이 이 이야기를 들으면 아주 고소해하겠네. 목사님이 좋게 생각하지 않는 걸 알고는 3년 전부터 담그지도 않았는데 말이야. 이 병은 아플 때 쓰려고 남겨둔 거란다. 자, 애야, 그만 울어라. 네가 잘못한 건 없다. 이런 일이 일어나서 내가 미안하구나."

"자꾸 눈물이 나요. 너무 속상해요! 마릴라 아주머니, 전 정말 운이 없나 봐요. 다이애나와 저는 이제 영영 못 만날 거예요. 아, 아주머니, 처음에 다이애나와 우정의 맹세를 했을 때는 이런 일이 생길 줄은 꿈에도 몰랐어요."

"바보 같은 소리 하지 마라, 앤. 네가 아무 잘못이 없다는 걸 알고 나면 배리 부인도 마음이 바뀔 거야. 배리 부인은 네가 장난으로 그랬다고 생각하는 모양인데, 저녁에 가서 사실대로 얘기하는 게 좋겠다."

앤이 한숨을 내쉬며 말했다.

"화가 잔뜩 나신 배리 아주머니를 찾아뵐 용기가 안 나요. 마릴라 아주머니, 아주머니가 대신 가 주시면 안 될까요? 아주머니는 저보다 훨씬 더 점잖으시잖아요. 배리 아주머니가 저보다는 마릴라 아주머니의 말을 더 경청하실 것 같아요."

"그래, 그렇게 하마. 앤, 그만 울어라. 다 잘될 거야."

마릴라도 그렇게 하는 편이 낫겠다고 생각했다.

마릴라는 비탈길 과수원 집에서 나오며 잘될 거라던 생각을 버렸다. 앤은 마릴라가 오는 것을 보고 부리나케 현관으로 달려가 마릴라를 맞이했다.

"아, 마릴라 아주머니, 안색을 보니 아무 소용이 없었다는 걸 알겠어요. 배리 아주머니가 저를 용서하지 않으시겠다던가요?"

앤이 슬픈 목소리로 물었다.

"배리 부인은 정말! 그렇게 말이 안 통하는 고집불통은 처음 봤다. 모든 일이 실수에서 빚어졌고 너는 아무 잘못이 없다고 말했는데도 도무지 내 말을 믿지 않더구나. 오히려 내 커런트 과실주를 들먹이며 나더러 그 술이 누구에게도 해를 끼치지 않을 거라고 입버릇처럼 말했으면서 어떻게 된 일이냐고 따지지 뭐니. 그래서 커런트 과실주를 한 번에 석 잔 가득 마시면 안 되고, 만일 내 아이가 그렇게 욕심을 부리면 엉덩이를 흠씬 두들겨서 정신을 차리게 해 주었을 거라고 분명하게 말하고 왔다."

마릴라는 이렇게 내뱉고는 괴로움에 어쩔 줄 모르는 어린 영혼을 현관에 남겨 둔 채 부엌으로 가 버렸다. 앤은 모자도 쓰지 않고 쌀쌀한 가을 땅거미 속으로 뛰쳐나갔다. 마음을 단단히 먹은 앤은 클로버가 시들어 버린 들판을 지나고 통나무 다리를 건너 서쪽 숲 위에 낮게 걸린 창백한 달이 비추는 길을 따라 가문비나무 숲으로 올라갔다. 조심스레 문을 두드리는 소리에 배리 부인이 나왔다. 입술이 하얗게 질려 간절히 애원하는 아이가 계단에 서 있었다.

배리 부인의 얼굴이 굳어졌다. 배리 부인은 편견이 심하고 싫은 걸 분명히 드러내는 사람이었다. 게다가 화가 나면 냉정하고 시무룩한 표정으로 변했고 좀처럼 화를 풀지 않았다. 배리 부인은 정말로 앤이 순전히 나쁜 마음에서 다이애나를 취하게 했다고 믿었다. 그래서 어린 딸이 그런 아이와 친하게 지내다가 나쁜 영향을 받지 않도록 어떻게든 지켜 주고 싶었다.

"무슨 일이지?"

배리 부인이 딱딱하게 물었다.

앤은 두 손을 꽉 모아 쥐며 애원했다.

"배리 아주머니, 제발 저를 용서해 주세요. 전 정말 다이애나를 술에 취하게…… 취하게 할 생각은 전혀 없었어요. 제가 어떻게 그러겠어요? 아주머니가 가엾은 고아 소녀인데 친절한 사람들한테 입양되어 이제 막 이 세상에서 하나밖에 없는 단짝을 사귀었다고 상상해 보세요. 아주머니라면 일부러 그런 친구를 술에 취하게 하시겠어요? 저는 그게 정말 딸기 주스인 줄 알았어요. 그때는 정말 딸기 주스라고 믿었어요. 제발, 두 번 다시 다이애나를 저와 놀게 하지 않겠다는 말씀만은 하지 말아 주세요. 그렇게 하시면 제 삶을 슬픔과 고통의 먹구름으로 뒤덮으시는 거예요."

인정 많은 린드 부인이었다면 그 말에 금방 마음이 누그러졌을 터였다. 그러나 배리 부인에게는 통하지 않았다. 오히려 화를 더 돋우기만 했다. 배리 부인은 과장된 말과 극적인 몸짓을 보고 앤을 더욱 의심했다. 그리고 앤이 자신을 놀린다고 생각했다. 그래서 냉정하고 잔인하게 대꾸했다.

"너는 다이애나에게 어울리는 친구가 아닌 것 같구나. 집으로 돌아가거라. 그리고 앞으로는 얌전히 굴도록 해."

앤이 입술을 바들바들 떨며 간청했다.

"작별 인사라도 하게 다이애나를 딱 한 번만이라도 만나게 해 주시겠어요?"

"다이애나는 아빠와 카모디에 가고 없다."

배리 부인은 집에 들어가 문을 쾅 닫아 버렸다.

앤은 절망감에 휩싸여 초록 지붕 집으로 돌아왔다. 그리고 마릴라에게 말했다.

"마지막 희망마저 사라졌어요. 배리 아주머니를 찾아갔지만 아주머니는 저를 아주 모욕적으로 대하셨어요. 마릴라 아주머니, 배리 아주머니는 교양 있는 사람이 아닌 것 같아요. 기도하는 수밖에 없겠죠. 하지만 기도가 크게 도움이 될 거라고는 믿지 않아요. 아무리 하나님이라도 배리 아주머니처럼 고집불통인 사람은 어쩔 수 없을 테니까요."

"앤, 그렇게 말하면 안 돼."

마릴라는 앤을 꾸짖으면서 웃음이 터져 나오려는 것을 참느라 무진장 애를 썼다. 그리고 그날 밤 매슈에게 이 모든 이야기를 빠짐없이 해 주면서 앤이 겪고 있는 어처구니없는 시련에 배꼽을 잡고 웃었다.

마릴라는 잠자리에 들기 전 동쪽 방에 살짝 들어가 울다 지쳐 잠든 앤을 바라보았다. 마릴라의 얼굴에 평소에 볼 수 없는 부드러움이 감돌았다.

"가엾은 것!"

마릴라는 눈물로 얼룩진 앤의 얼굴에서 머리카락을 떼어 주며 중얼거렸다. 그러고는 허리를 숙여 베개 위에 놓인 발그레한 뺨에 입을 맞추었다.

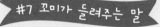

인생이 꼬여만 간다고
느끼는 날

"앤, 뜨개질하다 보면 실이 걷잡을 수 없이 꼬일 때가 있어. 그럴 때도 포기하지 않고 차근차근 꼬인 실을 풀어 가며 계속하다 보면 마침내 멋진 스웨터를 얻게 되잖아! 인생도 마찬가지야. 꼬인 실타래가 풀리듯 너의 꼬인 일들이 곧 술술 풀릴 거야. 그리고 앤…… 실이 너무 꼬이면 풀려고 하기보다 과감히 끊어 버리고 이어서 다시 시작하듯 인생에서도 그래야 할 때가 있어. cut, and restart!"

17
새로운 재미가 생기다

다음 날 오후에 앤이 부엌 창가에서 고개를 숙이고 바느질을 하다가 우연히 고개를 들었을 때 다이애나가 드리아드의 물거품 옆에서 이상하게 손짓하는 모습이 눈에 들어왔다. 앤은 즉시 집에서 뛰쳐나가 쏜살같이 골짜기로 갔다. 놀라움과 희망을 품고 달려갔지만 다이애나의 풀 죽은 얼굴을 보자 희망은 사라지고 말았다.

숨을 헐떡이며 앤이 물었다.

"엄마의 화가 조금도 풀리지 않으셨어?"

다이애나는 슬픈 표정으로 고개를 내저었다.

"엄마가 너랑 다시는 놀지 말래, 앤. 네 잘못이 아니라고 아무리 울면서 애원해도 소용없었어. 작별 인사를 하고 오겠다고 겨우 허락받고 온 거야. 엄마가 시간을 재고 있을 테니 10분 안에 돌아오라고 하셨어."

"영원한 작별 인사를 하기에 10분은 너무 짧아. 아, 다이애나, 나를 절대로 잊지 않겠다고 약속해 주겠니? 더 소중한 친구가 널 아껴 준다고 해도 어린 시절의 친구로서 말이야."

앤이 눈물을 글썽이며 말했다.

"꼭 그럴게. 다른 단짝은 사귀지 않을 거야. 그러고 싶지 않아. 어떤 친구를 만나도 너만큼 사랑할 수는 없어."

다이애나가 흐느끼며 말했다.

"아, 다이애나, 정말로 나를 사랑하니?"

앤이 두 손을 모으며 외쳤다.

"그야 물론이지. 그걸 몰라서 묻니?"

앤이 한숨을 내쉬며 말했다.

"몰랐어. 물론 네가 나를 좋아한다고는 생각했어. 하지만 나를 사랑할 거라고는 생각 못 했어. 다이애나, 난 아무도 나를 사랑할 리 없다고 생각했거든. 누가 나를 사랑해 준 기억도 없고. 와, 정말 믿기지 않아! 그건 너와 이별하고 내 앞에 놓인 어둠의 길을 영원히 비추어 줄 한 줄기 빛이야, 다이애나. 아, 다시 한 번 말해 줄래?"

"앤, 나는 너를 마음속 깊이 사랑해. 그리고 앞으로도 사랑할

거야. 내 말을 믿어도 좋아."

다이애나가 확고하게 말했다.

"다이애나, 나도 언제나 그대를 사랑하겠소. 우리가 마지막으로 함께 읽은 이야기처럼, 그대에 대한 기억은 하나의 별이 되어 외로운 내 삶에 떠올라 반짝반짝 빛나리라. 다이애나, 항상 소중히 간직할 테니 칠흑 같은 그대의 머리카락을 조금 잘라 작별의 정표로 주지 않겠소?"

앤의 감동적인 말에 눈물을 흘리던 다이애나가 눈물을 훔치고 마음을 가라앉힌 뒤에 물었다.

"머리카락을 자를 만한 게 있어?"

"다행히 내 앞치마 주머니에 조각보 바느질 가위가 있어."

앤은 약간 엄숙한 표정을 지으며 다이애나의 곱슬머리를 조금 잘랐다.

"사랑하는 친구여, 그대에게 작별 인사하노라. 이제부터 우리는 바로 이웃에 살면서도 모르는 사람처럼 서로를 대해야 하겠지. 그러나 그대를 향한 나의 충실한 마음은 변치 않을 것이라오."

앤은 멀어지는 다이애나의 모습을 지켜보았다. 다이애나가 뒤를 돌아볼 때마다 앤은 슬픈 표정으로 다이애나에게 손을 흔들었다. 그런 다음 집으로 돌아왔다. 그렇게 낭만적인 작별 인사를 했는데도 조금도 위로가 되지 않았다.

앤이 마릴라에게 알렸다.

"다 끝났어요. 앞으로는 친구를 사귀지 않을 거예요. 이렇게 괴로웠던 적이 없어요. 케이티 모리스도 비올레타도 없으니까요. 설사 그 친구들이 있다고 해도 전과 같지는 않을 거예요. 진정한 친구를 사귀고 나니 왠지 상상 속 친구로는 성이 차지 않아요. 다이애나와 저는 샘물가에서 아주 감동적인 작별 인사를 했어요. 그 순간을 제 기억 속에 영원히 간직할 거예요. 제가 생각해 낼 수 있는 가장 시적인 말들을 썼고 '그대'라고 말했어요. '너'보다는 '그대'가 훨씬 더 낭만적인 것 같아서요. 다이애나는 저에게 머리카락도 조금 잘라 주었어요. 저는 그 머리카락을 작은 주머니에 넣어서 꿰맨 다음 평생 목에 걸고 다닐 거예요. 제가 죽으면 그 주머니를 함께 묻어 주세요. 아무래도 저는 오래 살지 못할 것 같으니까요. 아마 배리 아주머니는 당신의 눈앞에서 차가운 시신이 되어 누워 있는 제 모습을 보면 자기 행동을 뉘우치고 다이애나가 제 장례식에 오는 걸 허락할지도 몰라요."

"앤, 그렇게 말을 잘하는 걸 보니 네가 슬퍼서 죽지는 않겠구나."

마릴라가 냉담하게 말했다.

다음 월요일에 앤은 책이 담긴 바구니를 팔에 끼고 단호한 표정으로 입을 꼭 다물고 방에서 내려왔다. 그 모습에 마릴라는 깜짝 놀랐다.

"다시 학교에 가겠어요. 친구마저 무자비하게 빼앗겼으니 제게 남은 건 학교밖에 없어요. 학교에 가면 다이애나를 볼 수 있고 떨어져 있어도 골똘히 생각할 수 있으니까요."

"공부나 수학을 골똘히 생각하는 게 낫지 않겠니? 어쨌든 학교에 다시 가더라도 석판으로 친구의 머리를 내리치거나 하는 어리석은 행동을 했다는 말을 더는 듣지 않게 해 다오. 얌전히 행동하고 선생님 말씀 잘 듣도록 해라."

마릴라는 상황이 긍정적으로 반전되자 내심 기뻤지만 내색하지 않았다.

앤은 잔뜩 풀이 죽어 대답했다.

"모범생이 되려고 노력해 볼게요. 재미는 없겠지만요. 필립스 선생님은 미니 앤드루스가 모범생이라고 하셨어요. 그런데 미니 앤드루스는 상상력이라고는 눈곱만큼도 찾을 수 없는 아이거든요. 그 아이는 따분하고 행동이 굼떠요. 하지만 이제는 제가 별수 없이 모범생이 돼야 한다고 생각하니 기분이 우울해요. 저는 큰길로 돌아서 갈 거예요. 혼자서 자작나무 길을 갈 수는 없어요. 그 길로 간다면 쓰라린 눈물이 쏟아질 거예요."

앤은 학교에 돌아오자 대대적인 환영을 받았다. 학생들은 게임을 할 때는 앤의 상상력을, 노래할 때는 앤의 목소리를, 점심시간에 책을 읽을 때는 연극을 하듯 큰 소리로 읽는 앤의 능력을 그리워했다. 루비 길리스는 성경 읽는 시간에 푸른 자두 세 개를 앤에게 몰래 전달했다. 엘라 메이 맥퍼슨은 에이번리 학생들이 책상을 꾸밀 때 귀하게 여기는 꽃 목록 표지에서 엄청나게 큰 노란 팬지를 찢어서 앤에게 주었다. 소피아 슬론은 새로 배운 우아한 레이스 뜨는 법을 가르쳐 주겠다고 했는데 앞치마의 가장자리를 장식하기에 무척 예쁜 레이스라고 했다. 케이티 볼터는 석판을 지우는 물을 담을 수 있는 향수병을 앤에게 주었다. 줄리아 벨은 물결 모양을 덧대어 가장자리를 장식한 옅은 분홍색 종이에 다음과 같은 시를 정성껏 써 주었다.

앤에게

땅거미가 커튼을 내리고
별 하나를 꽂을 때
너에게 친구가 있다는 것을 잊지 말아 줘
비록 멀리서 방황하고 있다 해도

그날 밤 앤은 기쁨의 한숨을 내쉬며 말했다.
"인정받아서 기분이 정말 좋았어요!"
여자아이들만 앤을 '인정'한 게 아니었다. 점심시간이 끝나자 앤은 필립스 선생님이 정해 준 자리로 돌아왔다. 앤의 자리는 모범생 미니 앤드루스 옆이었다. 앤의 책상에는 큼직하고 먹음직스러운 '딸기 사과' 하나가 놓여 있었다. 앤은 사과를 집어 들고 베어 물으려다가 멈칫했다. 에이번리에서 딸기 사과를 재배하는 유일한 곳이 반짝이는 호수 반대편에 있는 블라이드 씨의 오래된 과수원이라는 사실이 문득 떠올랐기 때문이다. 앤은 사과가 마치 뜨겁게 달궈진 석탄이기라도 하듯 떨어뜨리고는 보란 듯이 손수건으로 손가락을 닦았다. 사과는 아무도 손을 대지 않아서 다음 날 아침까지 책상에 놓여 있었고, 학교 청소와 불 피우는 일을 하는 어린 티머시 앤드루스가 이게 웬 사과인가 싶어 냉큼 챙겼다. 점심시간이 끝나자 찰리 슬론이 환영의 뜻으로 석필을 주었다. 보통 석필은 1센트에 불과했지만 빨간색과 노란색 줄무늬 종이로 치장된 슬론의 석필은 2센트나 했다. 앤이 석필을 기쁜 마음으로 상냥하게 받고 답례로 미소를 지어 보였다. 그러자 앤에게 푹 빠진 어린 찰리는 더할 나위 없는 기쁨에 도취된 나머지 받아쓰기 시험에서 끔찍한 실수를 저지르고 말았다. 결국 필립스 선생님은 찰리 슬론에게 방과 후에 남아서 받아쓰기를 다시 쓰게 했다.

그러나 앤은 마냥 좋지만은 않았다.

카이사르 행렬에 브루투스의 흉상이 없어
로마는 로마 최고의 아들을 더욱 떠올렸다.

앤의 심정이 꼭 이랬다. 앤은 거티 파이와 함께 앉아 있는 다이애나 배리에게서 어떤 찬사나 인정도 받지 못하자 마음이 휑해서 친구들의 환영에 우쭐하면서도 기분이 씁쓸했다.

"어쩌면 다이애나가 저를 보고 한 번쯤 미소를 지었을지도 몰라요."

앤은 마릴라에게 슬픈 목소리로 말했다.

다음 날 아침, 앤은 예쁘게 접은 쪽지와 작은 꾸러미 하나를 전해 받았다.

사랑하는 앤에게 [앞 사람에게 전달]

엄마가 학교에서도 너와 놀지 말고 이야기도 나누지 말라고 했어. 내 잘못이 아니니 날 원망하지 말아 줘. 너를 사랑하는 내 마음은 변함이 없어. 너에게 내 모든 비밀을 털어놓을 수 있으면 좋겠어. 거티 파이는 눈곱만큼도 좋아하지 않아. 네게 주려고 빨간 종이로 책갈피를 만들었어. 요즘 한창 유행하는 건데 이걸 만들 줄 아는 여자애는 학교에 딱 세 명밖에 없어. 이걸 볼 때마다 나를 기억해 줘.

너의 진정한 친구,

다이애나 배리

앤은 쪽지를 읽고 책갈피에 입맞춤했다. 그런 다음 곧바로 답장을 써서 교실 반대편으로 보냈다.

나의 유일한 사랑 다이애나,

물론 나는 너를 원망하지 않아. 넌 엄마 말씀을 들어야 하니까. 그래도 우리 영혼은 서로 통할 수 있어. 네가 준 예쁜 선물을 영원히 간직할게. 미니 앤드루스는 상상력이 없긴 하지만 아주 착한 아이야. 그렇더라도 다이애나의 단짝이었던 내가 미니의 단짝이 될 수는 없어. 많이 나아지긴 했지만 아직 철자법이 엉망인 걸 용서해 줘.

죽음이 갈라놓을 때까지 네 친구인

추신. 네 쪽지를 오늘 밤 베개 밑에 넣고 잘 거야.

마릴라는 앤이 다시 학교에 나가기 시작한 뒤로 또 말썽을 일
으키지 않을까 걱정했지만 아무 일도 일어나지 않았다. 앤은 미
니 앤드루스 옆에 앉더니 모범생이 되어 가는 모양이었다. 아무
튼 그 뒤로 앤은 필립스 선생님과도 잘 지냈다. 앤은 열성적으로
공부했다. 어떤 과목에서도 길버트 블라이드에게 뒤처지지 않으
려고 단단히 마음을 먹었다. 이윽고 앤과 길버트 블라이드가 서
로 경쟁하고 있다는 사실은 누가 봐도 알 수 있었다. 길버트는
순전히 선의의 경쟁을 하고 있었다. 그러나 앤은 그렇다고 말할
수 없다는 점에서 걱정스러운 면이 있었다. 앤은 앙심을 품으면
좀처럼 풀지 않는, 도저히 칭찬할 수 없는 고집이 있는 게 분명했
다. 누군가를 사랑할 때처럼 증오심도 강렬했다. 앤은 공부를 두
고 길버트와 경쟁하고 있다는 사실을 인정하려 들지 않았다. 그
걸 인정하면 앤이 고집스럽게 무시하는 길버트의 존재를 시인하
는 셈이 되기 때문이었다. 그러나 경쟁은 엄연히 있었고, 우등생
의 자리는 두 사람이 번갈아 차지하곤 했다. 길버트가 철자법에
서 1등을 하면 다음에는 앤이 길게 땋아 내린 빨간 머리를 휙 넘
기며 길버트를 이겼다. 어느 날 아침, 길버트가 수학 문제를 모두
정확히 풀어서 우등생 이름을 적어 놓는 칠판에 이름을 올리면
다음 날 아침에는 전날 저녁 내내 십진법과 씨름한 앤의 이름이

올랐다. 어느 끔찍한 날에는 앤과 길버트가 동점이 되어 이름이 나란히 칠판에 적혔다. 그것은 현관 벽에 '주목'이라는 말 아래 이름이 적히는 것만큼 기분 나쁜 일이었다. 길버트는 만족스러워하는 것 같았지만 앤은 치욕스러워하는 기색이 역력했다. 월말 필기시험에서는 팽팽한 긴장감이 돌았다. 첫 달에는 길버트가 3점을 앞섰다. 그다음 달에는 앤이 5점 차로 길버트를 이겼다. 그러나 길버트가 모든 학생 앞에서 진심으로 앤에게 축하 인사를 건넸다는 사실에 앤은 이기고도 마음이 편하지 않았다. 차라리 길버트가 자신이 졌다는 사실을 분하게 여겼다면 훨씬 더 고소했을 터였다.

필립스 선생님은 그다지 훌륭한 선생님이 아니었지만 앤처럼 배우려는 열의가 확고한 학생이라면 어떤 선생님이 지도한다고 해도 성적이 나아질 수밖에 없을 터였다. 학기가 끝날 무렵, 앤과 길버트는 둘 다 5학년으로 진급해서 라틴어, 기하학, 프랑스어, 대수 같은 과목을 공부했다. 앤은 기하학에서 참패를 맛보았다.

앤이 신음하듯 말했다.

"마릴라 아주머니, 기하학은 아주 끔찍한 과목이에요. 아무리 공부해도 뭐가 뭔지 모르겠어요. 기하학에는 상상의 여지가 하나도 없어요. 필립스 선생님이 저처럼 머리가 둔한 지진아는 처음 본다고 하셨어요. 그런데 길…… 그러니까 다른 아이 중 몇몇은 기하학을 아주 잘하더라고요. 정말 창피해요, 아주머니. 다이애나도 저보다 잘해요. 다이애나한테 뒤떨어지는 건 괜찮아요.

지금은 서로 모른 체하며 지내지만 그래도 다이애나를 사랑하는 제 마음은 식지 않았거든요. 다이애나를 생각하면 무척 슬퍼져요. 하지만 마릴라 아주머니, 정말이지 이렇게 흥미로운 세상에서 슬픔에만 빠져 지낼 수는 없잖아요, 그렇죠?"

18
앤이 생명을 구하다

큰일과 작은 일은 모두 서로 얽히기 마련이다. 처음에는 캐나다 총리의 정치적 순방 일정에 프린스에드워드섬을 넣는다는 결정이 초록 지붕 집의 어린 앤 셜리의 운명과 아무 상관이 없어 보였다. 하지만 상관이 있었다.

총리가 충실한 지지자들, 그리고 지지자는 아니지만 샬럿타운에서 열리는 큰 규모의 군중 연설회에 참석하기로 한 사람들에게 연설하기 위해 온 것은 1월이었다. 에이번리 주민들은 대부분 총리를 지지했다. 그래서 군중 연설회가 있던 날에 거의 모든 남자와 상당히 많은 여자가 50킬로미터 가까이 떨어진 샬럿타운으로 갔다. 물론 레이철 린드 부인도 갔다. 린드 부인은 비록 정치에 직접 관여하며 사는 것은 아니지만 정치에 관심이 많아서 그런 집회에 자기가 빠져서는 안 된다고 믿었다. 그래서 린드 부인은 말을 돌봐 줄 남편 토머스와 마릴라 커스버트를 데리고 샬럿타운으로 갔다. 마릴라는 정치에 은밀히 관심이 있었고 살아 있는 총리를 실제로 볼 유일한 기회라고 생각해 그 제안을 흔쾌히 받아들였다. 그리고 다음 날 돌아올 때까지 앤과 매슈에게 집을 맡겼다.

마릴라와 린드 부인이 군중 연설회에서 즐겁게 지내는 동안 앤과 매슈는 초록 지붕 집 부엌에서 그들 나름대로 활기찬 시간을 보냈다. 구식 워털루 난로에서는 밝은 불이 타오르고 창유리에 낀 푸르스름하고 하얀 서리는 크리스털처럼 반짝였다. 매슈는 소파에 앉아 『농민의 지지자』를 펼쳐 놓고 꾸벅꾸벅 졸고 있었다. 앤은 식탁 앞에 앉아서 단단히 결심하고 공부에 집중했다. 그러면서도 아쉬운 표정으로 시계가 있는 선반에 간간이 눈길을 주곤 했다. 제인 앤드루스가 그날 빌려준 새로운 책이 선반에 놓여 있었기 때문이었다. 제인은 그 책을 읽는 동안 짜릿함을 느끼거나 탄성을 내뱉는 일이 많을 것이라고 장담했다. 앤은 책을 읽고 싶어서 손이 근질거렸지만 그러다가는 다음 날 길버트 블라이드가 우승을 거머쥘 것이 뻔했다. 앤은 시계를 올려 둔 선반을 등지고 앉아 그곳에 책이 없다는 상상을 하려고 애썼다.

"매슈 아저씨, 학교 다닐 때 기하학을 배우셨어요?"

"글쎄, 아니, 안 배웠어."

졸고 있던 매슈가 깜짝 놀라서 대답했다.

"배우셨으면 좋았을 텐데 아쉬워요. 그러면 제 심정을 이해하실 테니 말이죠. 한 번도 기하학을 공부한 적이 없다면 제 마음을 정확히 아실 수가 없겠죠. 제 인생 전체가 먹구름에 뒤덮인 듯한 기분이에요. 매슈 아저씨, 저는 기하학에는 구제불능이에요."

매슈가 위로하듯 말했다.

"글쎄, 잘 모르겠다만 너는 뭐든 잘하는 것 같은데. 필립스 선생님이 지난주에 카모디에 갔다가 윌리엄 블레어 상점에서 나한테 그러더구나. 네가 학교에서 가장 똑똑한 학생이고 성적이 쑥쑥 올라가고 있다고. 선생님이 자기 입으로 '쑥쑥 올라간다'고 표현했어. 테디 필립스를 가리켜 좋은 선생님이 아니라고 헐뜯는 사람들이 있지만 내가 보기에는 괜찮은 선생님 같더구나."

매슈는 앤을 칭찬하는 사람이면 누구든 '괜찮다'고 생각할 터였다.

"선생님이 글자를 바꾸지만 않았어도 제가 기하학을 더 잘했을 거예요. 제가 대수 정리를 외웠는데 선생님이 칠판에 적으시며 책에 있는 것과 다른 글자를 써 놓으면 제 머릿속이 온통 뒤죽박죽돼요. 선생님이 그런 편법을 쓰면 안 되는 거 아닌가요? 요즘 우리는 농업을 공부하고 있어요. 그래서 이제 왜 길이 붉은색을 띠는지 알게 됐어요. 정말 다행이에요! 마릴라 아주머니와 린드 아주머니가 즐겁게 지내고 계신지 궁금해요. 린드 아주머니는 오타와가 돌아가는 꼴을 보면 캐나다가 엉망이 되어 가고 있다고 얘기하세요. 그리고 그건 유권자들에게 주는 무시무시한 경고와 다름없다며 만일 여자들에게 투표권이 주어지면 곧 멋진 변화가 올 거라고도 하셨어요. 매슈 아저씨, 어디에 투표하실 거예요?"

"보수당이지."

매슈는 주저 없이 대답했다. 보수당에 표를 주는 일은 매슈에게는 종교나 마찬가지였다.

앤이 단호하게 말을 이었다.

"그러면 저도 보수당을 지지하겠어요. 정말 다행이에요! 왜냐하면 길…… 아니 학교에 있는 남학생 중 몇몇이 진보당을 지지하거든요. 필립스 선생님도 진보당 지지자일 거예요. 프리시 앤드루스의 아버지도 진보당 지지자니까요. 그리고 루비 길리스가 그러더라고요. 남자가 구애할 때는 반드시 애인의 어머니가 믿는 종교를 믿고 애인의 아버지가 지지하는 정당을 지지해야 한대요. 정말로 그런가요, 매슈 아저씨?"

"글쎄, 모르겠다."

매슈가 대답했다.

"매슈 아저씨, 구애하신 적 있어요?"

"글쎄, 모르겠다. 그런 적이 있는지 모르겠구나."

매슈가 말했다. 매슈는 평생을 살면서 그런 일은 한 번도 생각해 본 적이 없는 게 분명했다.

앤은 두 손으로 턱을 괴고 곰곰이 생각에 잠겼다.

"꽤 흥미로울 것 같지 않아요, 매슈 아저씨? 루비 길리스는 어른이 되면 남자친구를 아주 많이 사귀어서 자기한테 모두 푹 빠지게 할 거라고 해요. 하지만 저는 그러면 감당이 안 될 것 같아요. 저에겐 정신이 똑바로 박힌 남자 한 명이면 돼요. 하지만 루비 길리스는 그런 문제를 아주 잘 알아요. 루비 길리스한테는 언니들이 많거든요. 린드 아주머니가 길리스 집안의 딸들은 시집을 잘 갔다고 하셨어요. 필립스 선생님은 거의 매일 저녁 프리시 앤드루스를 보러 가요. 선생님 말로는 프리시의 공부를 봐준다고 해요. 하지만 미란다 슬론도 퀸스 전문대학 입학시험을 준비하고 있어요. 제가 보기에는 머리가 좀 더 둔한 미란다가 프리시보다 훨씬 더 많은 도움이 필요하거든요. 하지만 선생님은 미란다를 봐주러 한 번도 가지를 않아요. 매슈 아저씨, 이 세상에는 제가 도저히 이해할 수 없는 일이 얼마나 많은지 몰라요."

"글쎄, 나도 전부 이해하고 있는지 모르겠구나."

매슈가 인정했다.

"이제 공부를 마저 해야겠어요. 이걸 다 하기 전까지는 제인이 빌려준 새 책을 볼 수 없는데 유혹을 떨치기가 너무 힘들어요, 매슈 아저씨. 저 책에 등을 돌리고 있는데도 책이 저기에 있다는 것이 또렷하게 보이는 것 같거든요. 제인은 저 책을 보고 울다가 지쳤대요. 저는 저를 울게 만드는 책이 정말 좋아요! 하지만 아무래도 저 책을 거실에 들고 가서 잼 선반에 넣어 잠가 두고 열쇠를 아저씨에게 맡겨야겠어요. 아저씨, 제가 공부를 다 할 때까지 저한테 열쇠를 주시면 안 돼요. 제가 무릎 꿇고 애원해도 말이에요. 유혹을 물리치겠다고 말하기야 하지만 열쇠를 손에 넣을 수 없어야 유혹을 뿌리치기가 훨씬 더 쉽거든요. 그러면 제가 식품 저장실로 내려가서 적갈색 사과를 좀 가져올까요? 적갈색 사과를 좋아하지 않으세요?"

"글쎄, 모르겠다만 좀 먹어 보자."

매슈는 적갈색 사과를 먹지 않지만 앤이 적갈색 사과를 좋아한다는 사실을 알고 있었다.

앤은 사과를 한 접시 가득 담아 저장실에서 의기양양하게 나왔다. 그때 밖에서 판자를 깔아 만든 차디찬 길을 후다닥 뛰어오는 소리가 들렸다. 그런 다음 부엌문이 홱 열리더니 머리에 되는 대로 숄을 두른 다이애나 배리가 창백한 얼굴로 숨을 헐떡이며 황급히 들어왔다. 앤은 다이애나를 본 순간 깜짝 놀라서 초와 접시를 떨어뜨렸다. 접시와 초, 사과는 저장실 계단 아래로 떨어져 박살이 났다. 다음 날 저장실 바닥에 촛농과 함께 붙어 있는 잔해를 발견한 것은 마릴라였다. 마릴라는 잔해를 치우며 집에 불이 나지 않은 것을 천만다행으로 여겼다.

"다이애나, 무슨 일이야? 엄마의 화가 드디어 풀리셨어?"

앤이 소리쳤다.

"아니, 앤, 빨리 와 줘. 미니 메이가 몹시 아파. 메리 조 말에 의하면 후두염에 걸렸대. 그런데 아빠와 엄마는 멀리 시내에 나가

서서 의사를 부르러 갈 사람이 아무도 없어. 미니 메이는 상태가 무척 안 좋고 메리 조는 어쩔 줄 몰라 안절부절못하고 있어. 아, 앤, 너무 무서워!"

다이애나가 초조한 얼굴로 울먹이며 간청했다.

매슈는 아무 말 없이 모자와 외투를 집어 들고 다이애나 옆을 지나 캄캄한 마당으로 사라졌다. 앤이 서둘러 모자와 재킷을 걸치며 말했다.

"매슈 아저씨는 의사를 부르러 카모디에 가려고 밤색 암말에 마구를 채우러 가신 거야. 아저씨가 말하지 않으셔도 난 잘 알아. 우리는 눈빛만 봐도 통하는 사이라 말 한 마디 없이도 나는 아저씨의 생각을 읽을 수 있어."

다이애나가 흐느끼며 말했다.

"매슈 아저씨가 카모디에서 의사를 찾아내기는 힘들 거야. 내가 알기로 블레어 선생님도, 스펜서 선생님도 시내에 가셨어. 메리 조는 후두염에 걸린 사람을 한 번도 본 적이 없다고 하고 린드 아주머니도 집에 안 계셔. 어떡해, 앤!"

"울지 마, 다이애나. 후두염에 걸렸을 때 어떻게 해야 하는지 내가 정확히 알고 있어. 해먼드 아주머니가 쌍둥이를 세 번이나 낳았다고 한 거 잊었구나? 쌍둥이를 세 쌍이나 돌보다 보면 자연스럽게 많은 경험을 하게 돼. 그 아이들 모두 후두염에 자주 걸렸어. 잠깐 기다려 봐, 토근 병을 가져올게. 너희 집에 토근이 없을지도 모르잖아. 이제 얼른 가자."

앤이 활기차게 말했다.

어린 두 소녀는 손을 잡고 서둘러 밖으로 나가 허둥지둥 연인들의 오솔길을 지나 그 너머의 얼어붙은 눈으로 뒤덮인 들판을 질러갔다. 눈이 너무 깊게 쌓여 있어서 숲속의 지름길로는 갈 수가 없었기 때문이다. 앤은 미니 메이가 진심으로 걱정되는 한편 이런 낭만적인 상황과 그걸 마음이 통하는 친구와 다시 공유할 수 있다는 것에 기쁨을 느끼지 않을 수 없었다.

그날 밤은 맑고 서리가 내렸다. 흑단 같은 어둠이 깔리고 눈으로 덮인 비탈은 은빛으로 반짝였다. 고요한 들판 위로 커다란 별들이 빛났다. 여기저기 어둠에 싸인 뾰족한 전나무가 서 있었고 바람이 휘파람 소리를 내며 지나갈 때마다 가지에서 눈이 후두두 떨어졌다. 앤은 아주 오랫동안 떨어져 있었던 단짝과 이 신비롭고 아름다운 풍경을 함께 지나갈 수 있는 것이 진심으로 기뻤다.

세 살배기 미니 메이는 정말 심각하게 아팠다. 열에 들뜬 채 부엌 소파에 누워 몸을 뒤척이고 있었는데 숨소리가 어찌나 거친지 집 안 어디에서도 들릴 정도였다. 메리 조는 배리 부인이 집을 비우는 동안 아이들을 봐 달라고 고용한 크리크에서 온 프랑스 여자로 가슴이 풍만하고 얼굴이 넓적했다. 메리 조는 당황해서 손도 쓰지 못하고 있었다. 어떻게 해야 할지 몰랐고 설령 알았더라도 실행에 옮기지는 못할 것 같았다.

앤은 신속하고 능숙하게 조치를 했다.

"후두염이 꽤 심하기는 하지만 걱정할 정도는 아니야. 이보다

더 심한 경우도 봤는걸. 먼저 뜨거운 물이 많이 있어야 해. 다이애나, 주전자에 물이 한 컵 정도밖에 없어! 자, 내가 주전자에 물을 가득 채울게. 메리 조, 난로에 장작을 더 넣어 줘요. 기분을 상하게 하고 싶지는 않지만 상상력이 있다면 진작 이 정도는 생각했어야죠. 다이애나, 미니 메이의 옷을 벗기고 침대에 눕힐게, 너는 부드러운 천을 찾아봐. 우선 미니 메이에게 토근즙을 먹여야겠어."

미니 메이는 토근즙을 마시지 않으려고 했지만 쌍둥이 세 쌍을 키운 앤에게 그것은 문제가 되지 않았다. 앤과 다이애나는 초조한 마음으로 힘들어하는 미니 메이를 끈기 있게 간호하며 기나긴 밤을 보냈다. 그러는 동안 미니 메이는 토근즙을 여러 번 먹었다. 메리 조는 자신이 할 수 있는 유일한 일에 열성을 다했다. 불을 활활 피워서 후두염에 걸린 아기들이 입원해 있는 병원에서 필요한 양보다 더 많은 물을 끓였다.

새벽 3시가 되어서야 매슈가 의사를 데리고 왔다. 의사를 찾아 스펜서베일까지 갈 수밖에 없었기 때문이었다. 그러나 위급한 상태는 이미 넘긴 뒤였다. 미니 메이는 훨씬 상태가 나아져서 곤히 잠들어 있었다.

"절망에 빠져 거의 포기할 뻔했어요. 미니 메이의 증상이 점점 더 나빠져서 제가 마지막으로 키운 해먼드 아주머니의 쌍둥이들보다도 더 심해졌거든요. 미니 메이가 숨이 막혀 죽는 건 아닌가 생각했을 정도예요. 저 병에 든 토근즙을 전부 먹였어요. 마지막 남은 토근즙을 먹이면서 저는 혼자 중얼거렸어요. 다이애나나 메리 조에게는 아무 말 안 했어요. 그렇지 않아도 걱정하고 있는데 더 걱정시키고 싶지 않아서요. 하지만 제 마음을 진정시키기 위해 저는 저 자신에게라도 말해야만 했어요. '이게 마지막 남은 희망인데 효과가 없으면 어떡하지?' 하지만 3분 정도 지나자 미니 메이가 기침하면서 가래를 뱉더니 점점 나아지기 시작했어요. 의사 선생님, 제가 그 순간 얼마나 안심했을지 상상해 보세요. 그 심정을 말로는 도저히 설명하지 못하겠거든요. 말로 표현할 수 없는 것이 있다는 걸 선생님도 아시잖아요."

"그럼, 알지."

의사는 고개를 끄덕였다. 의사는 말로 표현할 수 없는 뭔가를 생각하듯이 앤을 바라보았다. 하지만 의사는 나중에 그 생각을 배리 부부에게 말로 표현했다.

"커스버트 씨네 빨간 머리 여자아이 말이에요. 굉장히 똑똑하더군요. 정말로 그 애가 이 아기의 생명을 구한 거예요. 제가 이곳에 왔을 때 치료했다면 너무 늦었을 테니까요. 그 애는 재주가 있고 나이에 비해 아주 침착한 것 같아요. 저에게 상황을 설명해 줄 때 그 애의 눈빛과 같은 눈빛은 이제껏 한 번도 본 적이 없어요."

앤은 흰 서리로 뒤덮인 멋진 겨울 아침에야 집으로 돌아갔다. 잠을 못 자서 눈꺼풀이 무거웠지만 길고 하얀 들판을 지나 연인들의 오솔길에 늘어선 단풍나무 아치 아래를 걸어가며 매슈에게 지칠 줄 모르고 이야기했다.

"와, 매슈 아저씨, 정말 아름다운 아침이죠? 마치 하나님이 기분 전환을 위해 상상으로 펼쳐 놓은 세상 같아요. 저 나무들을 보세요. 입김 한 번에 날아갈 것만 같아요. 후! 흰 서리가 있는 세상에 살고 있어서 정말 기뻐요! 아저씨는 그렇게 생각하지 않으세요? 그리고 해먼드 아주머니가 쌍둥이를 세 번 낳았다는 것도 정말 기뻐요! 해먼드 아주머니가 그러지 않았다면 저는 미니 메이를 위해서 어떻게 해야 할지 몰랐을 거예요. 쌍둥이를 낳았다고 해먼드 아주머니에게 화를 낸 것이 정말 미안해요! 하지만 아, 매슈 아저씨, 너무 졸려요. 학교에 못 가겠어요. 학교에 가 봤자 눈도 제대로 못 뜨고 바보처럼 멍하게 있을 거예요. 하지만 집에 있기는 싫어요. 왜냐하면 길…… 아니 다른 애들이 앞질러 갈 거고 제가 다시 따라잡는 건 정말 힘들거든요. 물론 힘들수록 그걸 해냈을 때의 만족감이 더 클 테지만요, 그렇죠?"

매슈는 앤의 창백하고 작은 얼굴과 눈 밑 그림자를 바라보며 말했다.

"글쎄, 너는 잘 해낼 거야. 집에 가는 대로 푹 자도록 해라. 집 안일은 내가 다 알아서 하마."

앤은 매슈의 말대로 오랫동안 깊은 잠을 잤다. 하얀 장밋빛으로 빛나는 겨울 오후가 되어서야 잠에서 깨어난 앤은 부엌으로 내려왔다. 부엌에는 그사이 돌아온 마릴라가 뜨개질하며 앉아 있었다.

"마릴라 아주머니, 총리를 보셨어요? 어떻게 생겼어요?"

앤이 다짜고짜 물었다.

"글쎄, 외모 덕분에 총리가 된 건 아니더구나. 코가 어쩜 그렇게 생겼는지! 하지만 연설은 잘하더라. 내가 보수당 지지자인 게 자랑스럽게 느껴질 정도였으니까. 물론 레이철 린드는 자유당 지지자니까 총리를 싫어했지. 앤, 네 점심은 오븐 안에 있단다. 저 장실에서 자두 절임을 꺼내 먹어도 돼. 배고프지? 어젯밤에 무슨 일이 있었는지 매슈 오라버니가 말해 주었어. 네가 어떻게 해야 하는지 알고 있어서 천만다행이었어. 내가 있었어도 어찌해야 할지 몰랐을 거야. 후두염에 걸린 사람을 본 적이 없거든. 자, 점심을 다 먹을 때까지 얘기할 생각은 하지도 마. 네 얼굴을 보아하니 할 말이 많은 모양인데, 일단은 식사부터 하렴."

마릴라도 앤에게 해 줄 이야기가 있었지만 나중으로 미루었다. 그 말을 들으면 앤이 잔뜩 흥분한 나머지 식욕이나 식사 같은 물리적인 문제는 까맣게 잊어버릴 것을 잘 알기 때문이었다. 앤이 자두 절임을 다 먹은 뒤에야 마릴라가 입을 열었다.

"앤, 오후에 배리 부인이 여기 다녀갔단다. 너를 만나고 싶어 했지만 내가 너를 깨우지 않았어. 배리 부인이 네가 미니 메이의 생명을 구했다고 하면서 커런트 과실주 사건이 일어났을 때 자기 행동을 무척 미안해하더구나. 이제야 네가 일부러 다이애나를 취하게 한 게 아니라는 걸 알았다고 했어. 자기를 용서하고 다이애나와 다시 좋은 친구로 지내기를 바란다고도 했고. 다이애나는 어젯밤에 심한 감기에 걸려서 밖으로 나올 수가 없다고 하니 네가 좋다면 오후에 가 보렴. 앤 셜리, 제발 너무 들뜨지 마라."

마릴라의 부탁은 아무 소용이 없었다. 앤은 너무나 감격스럽고 꿈만 같아서 자리에서 벌떡 일어났다. 가슴속에서 타오르는 기쁨으로 앤의 얼굴이 환하게 빛났다.

"아, 마릴라 아주머니, 지금 당장 가도 될까요? 설거지를 안 했지만요. 설거지는 돌아와서 할게요. 지금은 마음이 너무 설레서 설거지 같은 낭만적이지 않은 일에 저 자신을 매어 둘 수가 없어요."

마릴라가 너그럽게 말했다.

"그래, 좋아. 가 보렴. 앤 셜리, 제정신이니? 당장 이리 와서 뭘 좀 걸쳐라. 아이고, 차라리 바람한테 소리치는 게 낫지. 모자도 안 쓰고 외투도 안 입고 가 버렸네. 머리카락을 휘날리며 과수원을 헤치고 쏜살같이 달리는 모습 좀 봐. 저러다 독감에 걸리면 어쩌려고."

앤은 겨울의 자줏빛 황혼 속에서 춤을 추며 눈 덮인 들판을 질러 집으로 돌아왔다. 희미한 황금빛과 오묘한 장밋빛이 깔린 저 먼 남서쪽 하늘에서 진주처럼 반짝이는 저녁별 하나가 거뭇한 가문비나무 골짜기 너머로 희미하게 빛났다. 눈 덮인 언덕을 지나가는 썰매에 달린 종이 딸랑대는 소리가 작고 여린 요정의 종소리처럼 차디찬 공기를 가르며 퍼졌다. 그러나 앤의 마음과 입술에서 새어 나오는 노랫소리가 요정의 노래보다 더 감미로웠다.

앤이 선언하듯 말했다.

"마릴라 아주머니, 지금 아주머니 앞에 완벽하게 행복한 사람

이 있어요. 전 완벽하게 행복해요! 맞아요, 머리카락이 빨간데
도 행복해요. 지금 이 순간에는 빨간 머리카락도 창피하다는 생
각이 들지 않아요. 배리 아주머니가 제게 입을 맞추고 울면서 굉
장히 미안하다고 말씀하셨어요. 그 무엇으로도 은혜를 갚을 길
이 없다고도 하셨어요. 마릴라 아주머니, 저는 몹시 당황했지만
최대한 공손하게 말했어요. '배리 아주머니, 저는 아주머니를 전
혀 원망하지 않아요. 다이애나를 취하게 할 의도는 절대로 없었
다는 점을 다시 한 번 분명하게 말씀드리고 싶어요. 이제부터 저
는 망각의 망토로 지난 일들을 덮어 둘 거예요.' 아주머니, 꽤 위
엄 있게 말하지 않았나요? 제가 원수를 은혜로 갚아서 배리 아
주머니는 무척 부끄러워하시는 것 같았어요. 다이애나와 저는 행
복한 오후를 보냈어요. 다이애나가 카모디에 있는 이모에게서 배
운 새로 유행하는 뜨개질법을 제게 가르쳐 주었어요. 에이번리에
서 그 뜨개질법을 아는 사람은 우리 둘뿐이에요. 우리는 그걸 아
무한테도 가르쳐 주지 않기로 약속했어요. 다이애나가 장미 화환
으로 장식하고 시가 쓰인 아름다운 카드를 주었어요.

　　내가 당신을 사랑하듯 당신이 나를 사랑한다면
　　죽음 외에 무엇이 우리를 갈라놓으리오.

　정말이에요, 마릴라 아주머니. 우리는 필립스 선생님에게 다시
둘이 같이 앉게 해 달라고 부탁드릴 거예요. 거티 파이는 미니

앤드루스와 앉으면 돼요. 우리는 우아하게 차를 마셨어요. 배리 아주머니가 가장 좋은 찻잔 세트를 꺼내셨어요. 제가 정말 귀한 손님이라도 되는 것처럼요. 제 마음이 얼마나 설렜는지 몰라요. 지금까지 오로지 저를 위해 가장 좋은 찻잔을 내놓은 사람은 없었거든요. 우리는 과일 케이크와 파운드 케이크, 도넛, 그리고 두 종류의 절임을 먹었어요, 마릴라 아주머니. 그리고 배리 아주머니가 저에게 차가 어떤지 물어보면서 말씀하셨어요. '여보, 앤에게 비스킷 좀 건네주시겠어요?'라고. 마릴라 아주머니, 어른인 것처럼 대접받기만 해도 이렇게 기분이 좋은 걸 보니 어른이 되는 건 틀림없이 멋진 일일 것 같아요."

"난 잘 모르겠구나."

마릴라가 짤막하게 한숨을 내쉬며 말했다.

"아무튼 제가 어른이 되면 항상 여자아이들에게 어른 대하듯 말할 거예요. 그리고 아이들이 거창한 말을 해도 절대 웃지 않을 거예요. 그게 얼마나 상처가 되는지 저는 슬픈 경험을 통해 잘 알고 있거든요. 차를 마시고 나서 다이애나와 저는 태피를 만들었어요. 별로 잘 만들지는 못했어요. 다이애나도 저도 처음 만들어 봐서 그런 것 같아요. 다이애나가 접시에 버터를 바르는 동안 저에게 태피를 저으라고 했는데 제가 깜빡 잊고 태워 버렸어요. 그런 다음 태피를 식히려고 조리대에 올려 두었는데 고양이가 접시 위로 지나가는 바람에 한 개는 버려야 했어요. 하지만 태피를 만드는 건 굉장히 재미있었어요. 그리고 나서 집으로 돌아올 때

"꼬미, 체중계를 두려워하지 마!
체중계는 널 부끄럽게 하는 도구가 아니야.
너의 다이어트와 건강을 돕는 고마운 도구라고!"

실패가 두려워 아무것도
시도하지 못하는 날

"때론 미친 척하고 딱 20초만 용기를 내 볼 필요가 있어.
진짜 딱 20초만 창피해도 용기를 내는 거야.
그럼 장담하는데, 멋진 일이 생길 거야!"
_영화 〈우리는 동물원을 샀다〉 중에서

배리 아주머니가 자주 놀러 오라고 하셨고, 다이애나는 창가에 서서 제가 연인들의 오솔길에 갈 때까지 입맞춤을 보냈어요. 마릴라 아주머니, 오늘 밤에는 꼭 기도하고 싶어요. 이번 일을 기념하는 특별한 기도문을 새로 생각해 낼 거예요."

19
발표회, 큰 실수, 그리고 고백

"마릴라 아주머니, 잠깐 다이애나를 만나고 와도 돼요?"

2월의 어느 날 저녁, 앤이 동쪽 방에서 헐레벌떡 달려오며 물었다.

"날이 어두워졌는데 무슨 일로 나간다는 거니? 너와 다이애나는 학교 마치고 같이 걸어서 집에 왔고 30분 넘게 저 눈밭에 서서 재잘재잘 신나게 떠들었잖니. 그러고도 또 다이애나를 보러 가야 할 만큼 급한 용무가 있을 것 같지는 않은데."

마릴라가 퉁명스럽게 말했다.

"하지만 다이애나가 저를 보고 싶어 해요. 제게 긴히 할 말이 있대요."

앤이 애원했다.

"네가 그걸 어떻게 아니?"

"다이애나가 방금 창가에서 신호를 보냈어요. 우리는 촛불과 판지로 신호를 보내는 방법을 만들었어요. 창틀에 초를 세워 놓고 판지로 촛불을 가렸다 치우기를 반복해서 불이 깜빡이게 하는 거예요. 불이 깜빡이는 횟수가 아주 많다는 건 특별히 할 말이 있다는 뜻이에요. 제가 생각해 낸 아이디어예요, 마릴라 아주머니."

"그랬겠지. 그렇게 신호를 보내다가 커튼에 불이 붙을 거다."

마릴라가 힘주어 말했다.

"저희도 아주 조심하고 있어요, 마릴라 아주머니. 그런데 얼마나 재미있는지 몰라요. 두 번 깜빡이면 '거기 있니?'라는 뜻이에요. 세 번 깜빡이면 '그렇다', 네 번 깜빡이면 '아니', 다섯 번 깜빡이면 '가능한 한 빨리 이리로 와. 중요한 말이 있어'라는 뜻이에요. 다이애나가 방금 불을 다섯 번 깜빡였어요. 저는 무슨 일인지 궁금해서 못 견디겠어요."

"못 견딜 필요는 없다. 갔다 오렴. 하지만 10분 안에 돌아와야 한다, 명심해."

마릴라가 비꼬는 투로 말했다.

앤은 잊지 않고 정해진 시간 안에 돌아왔다. 10분 안에 다이애나와 중요한 이야기를 마쳐야 한다는 게 앤에게는 얼마나 힘든 일인지 그 누구도 알지 못할 테지만. 어쨌든 앤은 10분을 아주 잘 활용했다.

"마릴라 아주머니, 어떻게 생각하세요? 내일이 다이애나의 생일인데, 배리 아주머니가 다이애나에게 말씀하셨대요. 내일 학교를 마치고 저를 집으로 데리고 와서 밤새 같이 지내도 된다고요. 그리고 다이애나의 사촌들이 뉴브리지에서 썰매를 타고 와서 내일 밤에 열리는 토론 클럽 발표회에 갈 건데 다이애나와 저를 발표회에 데리고 간대요……, 아주머니가 허락하시면요. 마릴라 아주머니, 허락해 주실 거죠? 아, 생각만 해도 신이 나요."

"진정해라, 너는 가지 않을 테니까. 네 침대에서 자는 게 좋아. 그리고 그 토론 클럽 발표회 말인데, 그게 다 쓸데없는 짓이다. 어린 여자애들은 그런 곳에 가면 안 돼. 절대 안 돼."

"토론 클럽은 틀림없이 아주 훌륭한 모임일 거예요."

앤이 간청했다.

"훌륭하지 않다는 게 아니야. 하지만 발표회에 간답시고 여기저기 나다니고 밤새 밖에서 지내는 건 좋지 않아. 어린애들이 그러고 돌아다닌다니 볼썽사납구나. 배리 부인이 다이애나를 보낸다고 한 게 정말 이상하구나."

"하지만 이건 특별한 경우잖아요. 다이애나의 생일은 1년에 딱 한 번밖에 없어요. 생일은 특별한 날이잖아요, 마릴라 아주머니. 프리시 앤드루스는 「오늘 밤에는 종을 울리지 마세요」라는 시를 낭송할 거예요. 아주머니, 그건 도덕적인 훌륭한 시예요. 그걸 들으면 제게도 아주 좋을 거예요. 그리고 합창단이 아름답고 애처로운 노래를 네 곡 부른대요. 찬송가만큼 훌륭한 곡이래요. 아, 마릴라 아주머니, 목사님도 참여하신대요. 연설하실 거래요. 그러면 설교하시는 거나 마찬가지잖아요. 제발, 가면 안 돼요, 마릴라 아주머니?"

앤이 울먹이며 침울하게 말했다.

"아까 한 말 못 들었니, 앤? 이제 장화를 벗고 가서 자라. 벌써 8시가 지났어."

앤이 마지막 포탄을 꺼내기라도 하는 듯한 태도로 말했다.

"마릴라 아주머니, 한 가지만 더요. 배리 아주머니가 다이애나에게 우리 둘이 손님방에서 자도 된다고 말씀하셨대요. 아주머니의 어린 앤이 손님방 침대에서 잔다고 생각해 보세요. 영광스러운 일이지 않나요?"

"그런 것 없이 잘 지내는 게 좋은 거다. 어서 자라, 앤. 이제 그만 입 다물고."

앤은 눈물을 주르르 흘리며 슬픈 표정으로 2층에 올라갔다. 그러자 거실에서 줄곧 깊이 잠들었던 것처럼 보였던 매슈가 눈을 뜨고 단호하게 말했다.

"저기, 마릴라, 앤을 보내 줘라."

"안 돼요. 누가 저 애를 키우고 있죠? 오라버니인가요, 전가요?"

마릴라가 쏘아붙였다.

"그야, 너지."

"그럼 참견하지 마세요."

"글쎄, 참견하려는 게 아니야. 내 의견을 말하는 걸 참견한다고 볼 수는 없잖니? 내 의견은 네가 앤을 보내 주어야 한다는 거야."

"앤이 원한다면 달에라도 보내 주어야 한다고 하시겠군요. 다이애나 집에서 자는 것뿐이라면 허락할 수도 있어요. 하지만 발표회에 가는 건 찬성할 수 없어요. 가서 감기에 걸려 올지도 모르고 바람이 잔뜩 들어 흥분해서 돌아올 거예요. 아마 일주일 동안은 들떠 있을 거예요. 매슈 오라버니, 전 저 아이의 성격을 잘 알고 어떻게 하는 게 좋을지도 잘 알고 있어요."

"내 생각엔 앤이 원하는 대로 해 주는 게 좋겠다."

매슈는 단호하게 되풀이해서 말했다. 매슈는 논쟁에는 서툴렀지만 자기 의견을 고수하는 일은 분명 누구에게도 뒤지지 않았다. 마릴라는 못 말린다는 듯 숨을 헉 들이마시더니 입을 닫아 버렸다. 다음 날 아침, 앤이 아침 식사를 하고 나서 부엌에서 설거지할 때 매슈는 헛간에 가려고 나가다가 걸음을 멈추고 마릴라에게 다시 한 번 말했다.

"마릴라, 앤이 원하는 대로 해 주는 게 좋겠다."

마릴라는 잠깐 동안 아무 대꾸도 하지 않다가 어쩔 수 없다는 생각에 항복해 버렸다.

"좋아요. 오라버니 생각이 정 그렇다면 보내 줄게요."

앤은 물이 뚝뚝 떨어지는 행주를 든 채 부엌에서 부리나케 달려 나왔다.

"아, 마릴라 아주머니, 마릴라 아주머니, 그 축복의 말을 다시 한 번 해 주세요."

"한 번 얘기한 거로 됐다. 이건 매슈 오라버니가 허락한 것이지 내 뜻은 아니다. 네가 익숙하지 않은 침대에서 자거나 한밤중에 후텁지근한 발표회에서 밖으로 나오다가 폐렴에 걸려도 나를 원망하지 말고 매슈 아저씨를 원망해라. 앤 셜리, 바닥에 온통 기름기 있는 물을 떨어뜨리고 있잖니. 저렇게 조심성 없는 아이는 처음 본다니까."

앤은 뉘우치는 기색으로 말했다.

"아, 전 정말 골칫덩이죠, 마릴라 아주머니. 전 실수를 너무 많이 해요. 하지만 제가 실수하지 않은 것들도 떠올려 주세요. 학교에 가기 전에 모래를 가져다 얼룩을 닦을게요. 아, 마릴라 아주머니, 제 마음은 벌써 발표회에 가 있어요. 저는 발표회에 가 본 적이 한 번도 없어요. 그래서 다른 여자아이들이 학교에서 발표회 이야기를 할 때면 소외감을 크게 느꼈어요. 그때 제 심정이 어땠는지 아주머니는 모르실 거예요. 하지만 매슈 아저씨는 알아주셨어요. 아저씨는 저를 이해하세요. 제 기분을 이해해 주는 분이 있다니 정말 좋아요, 마릴라 아주머니."

앤은 너무 흥분한 나머지 그날 아침 학교 수업에 집중하지 못했다. 길버트 블라이드는 철자 시험에서 앤을 이겼고 암산에서도 앤을 크게 앞질렀다. 앤은 연이어 굴욕을 맛보았지만 발표회와 손님방에서 잔다는 생각에 그나마 참을 만했다. 앤과 다이애나는 온종일 그 이야기만 했다. 필립스 선생님보다 더 엄격한 선생님이었더라면 보나 마나 크게 혼났을 것이다.

앤은 발표회에 가지 못하게 되었다면 견디기 힘들었으리라 생각하며 그날 학교에서 다른 이야기는 꺼내지도 않았다. 겨우내 2주에 한 번씩 열리는 에이번리 토론 클럽은 더 작은 규모의 무료 행사도 여러 번 개최했다. 그러나 이번에 열리는 행사는 규모가 큰 것으로 입장료 10센트를 받아 도서관을 지원할 계획이었다. 에이번리의 젊은이들은 몇 주 동안 연습했다. 모든 학생이 특히 발표회에 관심을 두는 이유는 형이나 누나가 발표회에 참가하기 때문이었다. 학교에서는 아홉 살 이상의 학생은 전부 발표회에 갈 참이었지만 캐리 슬론은 예외였다. 캐리의 아버지는 마릴라와 같은 생각이었다. 어린 여자아이들이 발표회에 간답시고 밤에 밖에서 돌아다니는 것을 탐탁지 않게 여겼다. 캐리 슬론은 오후 내내 문법책에 얼굴을 묻고 엉엉 울면서 이렇게 살아서 뭐 하겠느냐고 생각했다.

학교가 끝나자 앤은 본격적으로 마음이 설레기 시작했다. 그때부터 설레는 마음은 점점 더 커져 발표회가 시작될 무렵엔 최고조에 이르렀다. 앤과 다이애나는 '아주 우아하게' 차를 마셨다. 그런 다음 2층에 있는 다이애나의 작은 방에서 즐겁게 단장했다. 다이애나는 앤의 앞머리를 올백으로 넘겨 새로운 스타일로 해 주었다. 특별한 손재주가 있는 앤은 다이애나에게 나비 모양 리본을 매 주었다. 앤과 다이애나는 긴 뒷머리로 최소한 여섯 가지

날마다 반복되는 지루한 일상을
벗어나고 싶은 날

"매일, 매분, 매초마다 인생을 바꿀 수 있는 기회가 있어!"

_애니메이션 〈아기코끼리 덤보〉 중에서

"앤, 이따금 반복되는 일상에서 한 발짝만 벗어나려고 노력해 봐.
우리 삶이 놀라운 기적으로 가득 채워져 있다는 걸 알게 될 거야.
바쁜 일상에 치여 그걸 못 보고, 못 듣고, 못 느끼고 있을 뿐이라고!"

스타일을 해 보기도 했다. 드디어 앤과 다이애나는 외출할 준비를 마쳤다. 볼은 새빨갛게 달아오르고 눈은 흥분으로 반짝였다.

사실 앤은 다이애나의 멋진 털모자와 세련되고 깜찍한 재킷에 비해 자기의 두건 같이 소박한 검은 모자와 집에서 만든 소매가 좁고 볼품없는 회색 외투가 마음에 들지 않아 조금 속이 상했다. 하지만 자기에게는 풍부한 상상력이 있으니 그것을 발휘하면 된다는 생각이 때마침 들었다.

그때 뉴브리지에서 다이애나의 사촌인 머레이 가족이 왔다. 그들은 털 담요를 두르고 밀짚이 깔린 커다란 상자 모양 썰매에 빽빽하게 들어앉아 있었다. 앤은 썰매를 타고 강당까지 가는 길이 무척 즐거웠다. 공단처럼 매끄러운 길을 달리자 썰매가 바닥에 닿을 때마다 눈에서 뽀드득 소리가 났다. 해가 지는 모습은 너무도 장엄했고, 마치 진주와 사파이어로 만든 거대한 잔에서 포도주와 불이 넘쳐흐르는 것처럼 세인트로렌스만의 눈 덮인 언덕과 깊고 푸른 바다는 저녁놀의 장관에 에워싸였다. 썰매에 달린 종이 짤랑거리는 소리와 멀리서 들려오는 웃음소리가 숲속 요정들이 도란대는 소리인 듯 사방팔방에서 메아리쳐 왔다.

앤은 담요 밑으로 다이애나의 장갑 낀 손을 꼭 잡으며 나직이 말했다.

"아, 다이애나. 모든 게 아름다운 꿈 같지 않니? 내 모습이 평소와 다름없어 보여? 마치 전혀 딴사람이 된 것 같아. 그래서 내 외모도 달라 보이지 않을까 하는 생각이 들거든."

"넌 아주 근사해 보여! 네 얼굴빛은 정말 아름다워!"

방금 사촌에게 칭찬받은 다이애나가 앤에게도 칭찬을 들려줘야겠다고 생각하며 말했다.

그날 밤에 진행된 프로그램은 적어도 한 청중에게는 감동의 연속이었다. 앤이 다이애나에게 장담했듯이 순서가 진행될수록 감동은 점점 더 커졌다. 프리시 앤드루스는 분홍색 실크 블라우스를 입고 매끈한 흰 목에는 진주 목걸이를 하고 머리에는 카네이션 생화를 꽂았다. 소문에 따르면, 필립스 선생님이 프리시에게 주려고 샬럿타운까지 수소문해서 생화를 주문했다고 한다. 프리시가 그런 차림으로 '빛 한 줄기 없는 캄캄한 곳에서 진흙투성이 사다리를 타고 올라갔을 때'라고 낭송하자 앤은 무척 기쁜 마음으로 지지하며 전율을 느꼈다. 합창단이 〈다정한 데이지 꽃 위로 저 멀리〉를 부를 때 앤은 마치 천장에 천사들을 그린 프레스코화가 있는 것처럼 천장을 가만히 바라보았다. 샘 슬론이 '소커리가 어떻게 암탉에게 알을 품게 했는가'를 설명하고 이해하기 쉽게 그림을 그리기 시작하자 앤은 웃음을 터뜨렸다. 그 바람에 주위에 있는 사람들도 덩달아 웃었다. 에이번리 주민에게는 상당히 빤한 내용이라 재미가 있어서라기보다는 앤을 따라 웃은 것이었다. 필립스 선생님은 죽은 카이사르의 시신을 앞에 두고 마르쿠스 안토니우스가 한 연설을 읊으며 한 문장이 끝날 때마다 시선을 프리시 앤드루스에게로 향했다. 심금을 강하게 울리는 어조에 앤은 로마 시민이 한 명이라도 앞장선다면 자기도 그 자리에

서 벌떡 일어나 반란에 가담할 수 있을 것 같았다.

그날 프로그램 가운데 앤의 관심을 끌지 못한 게 딱 하나 있었다. 길버트 블라이드가 「라인강의 빙겐」을 암송할 때 앤은 로다 머레이가 도서관에서 빌린 책을 집어 들고 읽었다. 낭송이 끝났을 때도 다이애나는 손바닥이 얼얼할 때까지 손뼉을 쳤지만 앤은 움직이지 않고 꼿꼿이 앉아 있었다.

앤과 다이애나는 11시가 되어서야 집에 도착했다. 실컷 놀아서 아쉬울 게 없었지만 발표회 이야기를 나눌 때 느끼는 큰 즐거움은 줄어들 줄 몰랐다. 모두가 잠들어 있는지 집은 캄캄하고 조용했다. 앤과 다이애나는 발끝으로 살금살금 걸어 길고 좁은 응접실로 갔다. 응접실에서 나오면 손님방이 있었다. 응접실은 벽난로에 남은 불씨 덕택에 어렴풋이 불빛이 있어서 따뜻하고 포근했다.

다이애나가 말했다.

"우리 여기서 옷을 벗자. 아주 따뜻해."

흥분이 아직 가시지 않은 듯 앤이 한숨을 내쉬며 말했다.

"정말 즐거운 시간이었지? 무대에 올라가서 낭송하는 건 분명 멋질 것 같아. 다이애나, 우리에게도 무대에 서는 날이 올까?"

"그럼, 물론이지. 언젠가는 그런 날이 올 거야. 발표회에서는 늘 큰 학생들이 낭송하기를 원하거든. 길버트 블라이드는 자주 나와. 우리보다 겨우 두 살밖에 많지 않은데도. 참, 앤, 너는 길버트 블라이드가 낭송할 때 어쩜 그렇게 딴전을 피울 수 있니? 길버트가 '또 한 여인이 있습니다. 누이는 아닙니다'라는 구절을 읊으면서 바로 너를 바라봤다고."

"다이애나, 넌 내 단짝이지만 내 앞에서 그 애 이야기는 하지 말 아 줬으면 해. 잘 준비됐니? 누가 먼저 침대까지 가는지 시합하자."

다이애나는 앤의 제안에 구미가 당겼다. 흰 옷을 입은 어린 두 소녀는 긴 방을 냅다 달리기 시작했다. 손님방 문을 지나 동시에 침대 위로 껑충 뛰어올랐다. 그때 앤과 다이애나 밑에서 뭔가가 움직이며 고통스러운 비명을 내질렀다.

"어이쿠!"

앤과 다이애나는 어떻게 침대에서 뛰어 내려와 방 밖으로 줄 달음쳤는지 기억도 나지 않았다. 급하게 뛰어나와 정신을 차리고 보니 둘은 2층에서 바들바들 떨면서 발끝으로 서 있었다.

"어머나, 누구였니……? 그게 뭐였어?"

앤이 속삭였다. 무섭기도 하고 춥기도 해서 이가 딱딱 맞부딪 쳤다.

"아, 앤, 어떻게 와 계신지는 몰라도 조세핀 할머니야. 어휴, 분 명히 노발대발하실 거야. 끔찍하다, 정말 끔찍해! 그런데 정말 웃 기지 않니, 앤?"

다이애나가 웃느라 숨도 제대로 못 쉬고 말했다.

"조세핀 할머니가 누군데?"

"아빠의 숙모님인데 샬럿타운에 살고 계셔. 연세가 아주 많으 시지. 올해 일흔 살이시니까. 조세핀 할머니에게도 어린 시절이 있었다는 사실이 믿어지지 않아. 우리 집에 오신다는 건 알고 있었지만 이렇게 빨리 오실 줄은 몰랐어. 조세핀 할머니는 굉장히 고지식하고 예의를 따지는 분이라 이 일로 심하게 꾸중하실 거야. 아무래도 미니 메이와 함께 자야겠어. 미니 메이가 발을 얼마나 차는지 넌 상상도 못 할걸?"

다음 날 이른 아침 식사 시간에 조세핀 배리 할머니는 나타나지 않았다. 배리 부인은 앤과 다이애나를 바라보며 다정하게 미소를 지어 보였다.

"어젯밤에는 즐거웠니? 너희가 올 때까지 안 자려고 했는데 너무 피곤해서 잠이 들었지 뭐니. 조세핀 할머니가 와 계시니까 너희가 2층에 가서 자야겠다고 말해 주려고 했거든. 다이애나, 할머니가 주무시는데 깨운 건 아니겠지?"

다이애나는 신중하게 아무 말도 하지 않았지만 다이애나와 앤은 식탁을 사이에 두고 은밀한 미소를 주고받았다. 죄책감이 들기는 했지만 우습다는 생각을 떨칠 수가 없었다. 앤은 아침 식사를 하고 나서 서둘러 집으로 돌아왔다. 그래서 다행히도 그 뒤에 곧바로 배리 씨네서 소동이 일어났다는 사실을 알지 못했다. 앤은 오후 늦게 마릴라가 린드 부인의 집으로 심부름을 보냈을 때야 그 소식을 들었다.

"너와 다이애나 때문에 어젯밤에 가엾은 조세핀 배리 할머니가 깜짝 놀라서 돌아가실 뻔했다면서? 배리 부인이 조금 전 카모디에 가는 길에 여기 들렀단다. 그것 때문에 몹시 걱정하더구나. 조세핀 배리 할머니가 오늘 아침에 일어나서 불같이 화를 내셨다고 해. 배리 할머니는 성미가 정말 보통이 아니거든. 다이애나와는 말도 하지 않으신대."

린드 부인의 말투는 엄했지만 눈은 호기심으로 반짝반짝 빛났다.

"그건 다이애나의 잘못이 아니에요. 제 잘못이에요. 누가 먼저 침대까지 가는지 시합하자고 제가 말했거든요."

앤이 몹시 후회하는 표정으로 말했다.

"그럴 줄 알았지! 그 생각이 네 머리에서 나왔을 줄 알았다니까. 어쨌든 문제가 커졌단다. 조세핀 배리 할머니는 한 달 동안 지내다 가실 계획이었는데, 하루도 더 못 있겠다며 당장 내일 일요일에 샬럿타운으로 돌아가겠다고 하신다는구나. 방금 들은 얘기로는 그래. 배리 씨가 오늘 여건이 됐으면 할머니는 아마 오늘 가셨을 거다. 조세핀 배리 할머니가 다이애나의 음악 레슨 한 학기 비용을 대 주겠다고 예전에 약속하셨는데 지금은 그런 말괄량이한테는 한 푼도 줄 수 없다고 마음을 굳히셨대. 오늘 아침에 배리 씨 가족이 한바탕 난리를 치렀다고 해. 배리 씨 가족은 속상했을 거야. 부자인 조세핀 배리 할머니 눈 밖에 나지 않으려고 가족 모두 노력했거든. 물론 배리 부인이 나한테 그런 말을 한 건 아니지만 사람의 마음이 다 그런 법이란다."

린드 부인은 자신의 짐작이 들어맞은 것에 의기양양했다.

앤이 침울하게 말했다.

"저는 정말 운이 나쁜 여자아이예요. 늘 말썽 피우는 거로도 모자라서 가장 친한 친구까지 곤경에 처하게 하니 말이에요. 그 친구를 위해서라면 제 심장의 피를 흘린다고 해도 아깝지 않은데. 왜 그런지 설명해 주시겠어요, 린드 아주머니?"

"그건 네가 너무 조심성이 없고 충동적이기 때문이야. 너는 한시도 생각을 멈추지 않는 데다 머릿속에 들어오는 생각을 무심코 말해 버리거나 행동에 옮기잖니."

"하지만 그게 최선인걸요. 기발한 생각이 문득 떠오르는 순간 그걸 말로 끄집어내야 해요. 그러지 않고 그것을 곰곰이 생각하면 다 망쳐요. 그런 경험 없으세요, 린드 아주머니?"

앤이 반박하듯 대꾸했다.

린드 부인은 그런 경험을 한 적이 없어서 점잖게 고개를 저었다.

"앤, 넌 좀 더 생각하는 습관을 들여야 해. 너는 '행동하기 전에 먼저 생각하라'는 교훈을 명심하면 좋을 것 같구나. 특히 손님방 침대 앞에서는 말이다."

린드 부인은 자기가 던진 농담에 유쾌하게 웃었지만 앤은 고민에 빠진 표정이었다. 앤은 그 상황이 조금도 웃을 수 없는 심각한 일이라고 생각했다. 앤은 린드 부인의 집에서 나와 눈이 얼어붙은 들판을 질러 비탈길 과수원 집으로 갔다. 다이애나가 부엌문에서 앤을 맞이했다.

"조세핀 할머니가 그 일로 무척 화가 나셨다면서?"

앤이 속삭였다.

"응. 노발대발하셔서, 앤. 와, 얼마나 꾸중하셨는지 몰라. 나처럼 행동거지가 나쁜 아이는 처음 봤다고 말씀하셨어. 그리고 부모님께 나를 이렇게 키워 놓은 걸 부끄럽게 여겨야 한다고 하셨고. 조세핀 할머니가 더는 우리 집에 계시지 않겠다고 하시는데, 난 정말 아무 상관 없어. 하지만 아빠와 엄마는 그렇지 않으신가 봐."

다이애나가 어깨너머로 닫혀 있는 거실문을 걱정스러운 눈빛으로 힐끗 보더니 터져 나오려는 웃음을 꾹 참으며 대답했다.

"나 때문이었다고 말씀드리지 그랬니?"

다이애나가 샐쭉거리며 말했다.

"내가 그렇게 할 것 같니? 앤 셜리, 나는 고자질쟁이가 아니야. 그리고 이번 일에 나도 책임이 있어."

"내가 들어가서 조세핀 할머니께 직접 말씀드려야겠어."

앤이 단호히 말했다.

다이애나가 앤을 빤히 바라보았다.

"앤 셜리, 절대 안 돼. 어휴, 조세핀 할머니가 너를 가만두지 않을 거라고!"

"그렇지 않아도 마음이 조마조마하니까 더 겁주지 마. 내 발로 호랑이 굴에 들어가겠어. 다이애나, 꼭 그렇게 해야겠어. 그 일은 내 잘못이니까 사실대로 말씀드릴래. 다행히 나는 고백해 본 적이 몇 번 있어서 괜찮아."

"글쎄, 조세핀 할머니는 거실에 계셔. 원하면 가서 말씀드려. 하지만 나라면 그렇게 하지 않을 거야. 사실대로 말씀드린다고 해서 조금도 나아질 것도 없고."

앤은 전혀 힘이 되지 않는 다이애나의 응원을 들으며 담판을 지으러 갔다. 거실문으로 결연히 걸어가 살짝 문을 두드렸다. 날카롭게 들어오라고 내뱉는 말이 들렸다.

조세핀 배리 할머니는 벽난로 옆에서 뜨개질하고 있었다. 마른 체형에 고지식하고 엄격한 모습이었다. 아직도 화가 가라앉지 않았는지 금테 안경 너머로 바라보는 눈빛이 날카로웠다. 조세핀 할머니는 다이애나가 들어왔을 거로 생각하고 의자에 앉은 채 몸을 돌렸다. 그런데 다이애나 대신 창백한 얼굴의 여자아이가 앞에 서 있었다. 여자아이의 커다란 눈에는 절박한 용기와 공포로 움츠러든 기색이 잔뜩 어려 있었다.

"넌 누구지?"

조세핀 베리 할머니가 대뜸 물었다.

"저는 초록 지붕 집에 사는 앤이에요. 허락해 주신다면 고백할 게 있어요."

어린 방문객이 두 손을 꽉 모아 쥔 특유의 몸짓에 약간 떨리는 목소리로 말했다.

"무슨 고백?"

"어젯밤에 침대 위로 뛰어오른 일은 다 제 잘못이에요. 제가 내기하자고 했거든요. 다이애나는 그런 장난은 절대로 생각하지 못할 아이에요. 할머니, 다이애나는 아주 정숙한 아이거든요. 그러니까 할머니가 다이애나를 꾸중하시는 건 정말 부당한 일이에요."

"부당한 일이라고? 어쨌든 다이애나도 침대에 같이 뛰어들었잖니. 점잖은 집에서 그런 행동을 하다니!"

"하지만 저희는 장난으로 그랬을 뿐이에요. 저희를 용서해 주셨으면 좋겠어요. 이렇게 사과를 드리고 있으니까요. 다이애나를 용서해 주시고 다이애나가 음악 레슨을 받을 수 있게 해 주세요. 할머니, 다이애나는 음악 레슨을 무척 고대하고 있어요. 고대하던 일을 못 하게 되면 그 심정이 어떨지 저는 너무 잘 알거든요. 누군가에게 꼭 화를 내셔야겠다면 저한테 내세요. 저는 어릴 때부터 사람들이 저한테 화내는 일에 굉장히 익숙해서 다이애나보다는 훨씬 더 잘 참을 수 있어요."

앤이 얘기하는 동안 분노가 어려 있던 조세핀 할머니의 눈빛은 많이 누그러지고 대신 재미있다는 듯 호기심으로 반짝였다. 그러나 조세핀 할머니는 여전히 엄격하게 말했다.

"장난으로 그랬다는 게 변명이 될 수 있을 것 같지 않구나. 내가 어렸을 때는 어린 여자애들이 절대 그런 장난을 치지 않았어. 길고 힘든 여행을 한 후 피곤한 몸으로 깊은 잠에 빠졌는데 느닷없이 두 아이가 달려들어 잠이 깨 버리면 어떤 기분이 드는지 너희는 모를 거다."

앤이 얼른 말했다.

"잘 모르지만 상상할 수는 있어요. 틀림없이 무척 충격을 받고 몹시 화가 나셨을 거예요. 하지만 저희도 할 말이 있어요. 배리 할머니, 할머니도 상상해 본 적이 있으세요? 그렇다면 저희 입장이 되었다고 상상해 보세요. 저희는 그 침대에 누가 있을 줄 꿈에도 몰랐어요. 그래서 너무 놀라 죽을 뻔했고 끔찍한 기분이었어요. 저희는 원래 손님방에서 자기로 되어 있었는데 그럴 수도 없었잖아요. 할머니는 손님방에서 주무시는 게 익숙하시겠지만 손님방에서 자는 영예를 한 번도 누린 적이 없는 작은 고아 소녀의 기분이 어땠을지 상상해 보세요."

이제 조세핀 할머니의 눈빛에서 화난 기색은 찾아볼 수 없었다. 조세핀 할머니는 오히려 웃기까지 했다. 부엌에서 마음을 졸이며 기다리고 있던 다이애나는 할머니의 웃음소리에 긴 안도의 한숨을 내쉬었다.

"아주 오랜만에 상상해 보는 거라 예전 같지 않다. 너도 나 못지않게 자기주장이 강하구나. 같은 문제를 놓고도 어느 관점에서 보느냐에 따라 의견이 다를 수 있지. 여기에 앉아서 네 이야기를 좀 해 봐라."

조세핀 할머니가 말했다.

"정말 죄송하지만 그럴 수가 없어요. 할머니가 흥미로운 분이신 것 같아서 얘기해 드리고 싶기는 해요. 겉으로는 그렇게 보이지 않지만 저와 말이 잘 통하는 분일 것 같기도 하고요. 하지만 저는 집에 가서 마릴라 커스버트 아주머니께 가 봐야 해요. 마릴라 아주머니는 저를 입양해서 올바르게 양육해 주시는 아주 친절한 분이에요. 마릴라 아주머니는 최선을 다해 저를 키우시지만 아주 힘드실 거예요. 제가 침대에 뛰어들었다고 해서 절대 마릴라 아주머니를 흉보지는 말아 주세요. 하지만 제가 가기 전에 할머니의 답변을 듣고 싶어요. 다이애나를 용서해 주시고 원래

일정대로 에이번리에서 지내다 가시겠어요?"

앤이 단호하게 말했다.

"만일 네가 가끔 여기 와서 내 말벗이 되어 준다면 그럴 수도 있겠구나."

조세핀 할머니가 말했다.

그날 저녁 조세핀 할머니는 다이애나에게 늘어뜨린 장식이 달린 은팔찌를 주고 배리 가족에게 여행 가방을 다시 풀었노라고 말했다.

조세핀 할머니는 솔직하게 말했다.

"순전히 앤이라는 여자아이를 더 알고 싶어서 지내다 가기로 했다. 아주 재미있는 아이더구나! 내 평생 살면서 재미있는 사람을 만나는 건 정말 드문 일이거든."

마릴라는 모든 이야기를 들은 후 한마디만 했다.

"내가 그럴 거라고 했죠?"

그 말은 매슈가 들으라고 한 말이었다.

조세핀 할머니는 에이번리에서 한 달 동안 지냈다. 여느 때와는 달리 조세핀 할머니는 아주 유쾌한 손님이었다. 앤이 조세핀 할머니를 계속 즐겁게 해 주었기 때문이었다. 조세핀 할머니와 앤은 둘도 없는 친구가 되었다.

조세핀 할머니는 에이번리를 떠나면서 말했다.

"앤, 샬럿타운에 오면 꼭 우리 집에 들르도록 해라. 가장 좋은 손님방에서 자게 해 줄 테니까."

앤이 마릴라에게 털어놓았다.

"조세핀 할머니도 저와 마음이 통하는 분이셨어요. 아마 조세핀 할머니를 보면 그렇게 생각되지 않겠지만 정말 다정한 분이에요. 매슈 아저씨처럼 처음에는 잘 모르지만 조금 지나면 곧 알게 돼요. 제가 생각했던 것과는 달리 마음이 통하는 사람이 그렇게 드물지는 않더라고요. 이 세상에 그런 사람들이 많다는 사실을 알게 돼서 정말 신나요!"

20
지나친 상상에 혼쭐이 나다

초록 지붕 집에 또다시 봄이 왔다. 아름답고 변덕스럽고 우유
부단한 캐나다의 봄은 4월과 5월 내내 머물렀다. 향기롭고 신선
하고 쌀쌀한 날이 이어지는 봄은 분홍빛 일몰, 그리고 부활과 성
장의 기적을 볼 수 있는 시기였다. 연인들의 오솔길에 늘어선 단
풍나무에는 붉은 새싹이 돋아나고, 구불구불한 작은 고사리가
드리아드의 물거품 주위를 치고 올라왔다. 저 멀리 사일러스 슬
론 씨의 집 뒤편 황무지에는 산사나무가 갈색 잎 아래로 분홍색
과 흰색 별 모양 꽃을 피웠다. 여학생과 남학생 가리지 않고 학
교의 모든 아이는 모두 그 꽃을 주우며 즐거운 오후 한때를 보냈

다. 그러고 나서 팔과 바구니 가득 꽃을 안고 맑은 황혼이 깔릴 때 집으로 돌아왔다.

"산사나무 꽃이 피지 않는 땅에서 사는 사람들은 정말 안됐어요. 다이애나는 그런 사람들에게는 더 좋은 뭔가가 있을 거라고 했지만 산사나무 꽃보다 더 좋은 게 있을까요, 마릴라 아주머니? 그리고 다이애나는 산사나무 꽃을 본 적 없는 사람들은 그 꽃이 없는 걸 아쉬워하지 않을 거라고 했어요. 하지만 저는 그거야말로 가장 슬픈 일이라고 생각해요. 산사나무가 뭔지도 모르고 그게 없어도 아무렇지 않다니, 그건 비극이에요. 제가 산사나무 꽃을 뭐라고 생각하는지 아세요? 산사나무 꽃은 지난여름에 진 꽃들의 영혼이고, 이곳은 그 꽃들의 천국이 틀림없어요. 우리는 오늘 멋진 시간을 보냈어요. 오래된 우물 옆에 있는, 이끼가 낀 커다란 골짜기에서 점심을 먹었어요. 정말 낭만적인 장소였죠. 찰리 슬론이 아티 길리스한테 우물을 뛰어넘어 보라고 부추겼어요. 그런데 아티가 뛰어넘었지 뭐예요. 아티는 도전을 피하기 싫어서 뛰어넘었어요. 요즘 학교에서는 도전 놀이가 대유행이에요. 필립스 선생님은 직접 주운 산사나무 꽃을 전부 프리시 앤드루스에게 주셨어요. 그러면서 '아름다운 것을 아름다운 사람에게'라고 속삭이셨어요. 그건 책에 나오는 구절인데 선생님도 상상력이 조금은 있는 모양이에요. 저에게도 산사나무 꽃을 준 아이가 있었지만 저는 코웃음 치며 거절했어요. 그 애의 이름은 밝힐 수 없어요. 왜냐하면 그 애의 이름을 절대로 입에 올리지 않겠다고 맹세했기 때문이에요. 우리는 산사나무 꽃으로 화관을 만들어서 모자에 얹었어요. 그리고 집으로 올 때는 두 명씩 짝지어 화관을 쓴 채 꽃다발을 들고 〈언덕 위 나의 집〉이라는 노래를 부르며 길을 내려왔어요. 와, 얼마나 가슴이 두근거렸는지 몰라요, 마릴라 아주머니. 사일러스 슬론 씨네 사람들이 우리를 보려고 우르르 달려 나왔고, 길에서 만난 모든 사람이 멈춰 서서 우리를 빤히 바라보았어요. 우리 때문에 마을이 시끌벅적해졌어요."

"당연하지! 그런 바보 같은 짓을 하는데!"

마릴라가 시큰둥하게 반응했다.

산사나무 꽃에 이어 제비꽃도 피어나 제비꽃 골짜기는 온통 보랏빛으로 물들었다. 앤은 학교 가는 길에 마치 신성한 땅을 디디듯 경건한 발걸음과 숭배하는 눈빛으로 그곳을 지나갔다.

"아무튼 이곳을 지나갈 때만큼은 길…… 아니, 반에서 누가 나를 앞지르든 정말 상관없어. 하지만 학교에 들어가면 얘기가 달라지지. 어느 때보다도 더 성적에 관심이 커져. 내 안에는 다른 모습의 앤이 많이 있어. 그래서 내가 자주 문제를 일으키는 건가 하는 생각이 간혹 들어. 만일 내가 단 한 명의 앤이라면 훨씬 더 편할 거야. 대신 그다지 재미는 없을 것 같아."

앤이 다이애나에게 말했다.

6월의 어느 날 저녁 무렵, 과수원에 다시 분홍색 꽃이 피고 개구리들이 반짝이는 호수 어귀의 습지에서 낭랑한 소리로 노래를 부르며 클로버 들판과 전나무 숲의 향기가 대기에 가득할 때 앤은 자기 방 창가에 앉아 있었다. 공부하고 있었지만 너무 어두워져서 책을 볼 수가 없자 눈을 크게 뜨고 눈의 여왕의 가지 너머를 바라보며 몽상에 잠겨 있었다. 눈의 여왕의 가지에는 다발로 꽃이 피어나 다시 한 번 눈부신 자태를 뽐내고 있었다.

작은 앤의 방은 하나도 변한 게 없었다. 벽은 전과 다름없이 하얗고 바늘겨레도 여전히 단단했다. 노란 의자도 그대로 똑바르게 놓여 있었다. 하지만 방의 전체적인 분위기는 전과 달랐다. 생동감이 흘러넘치고 고동치는 개성이 온 방에 가득했다. 여학생의 책과 옷, 리본, 심지어 탁자 위의 사과 꽃으로 가득한 금이 간 파란 단지까지 예전과는 너무 달라졌다. 이 방의 주인이 잘 때나 깨어 있을 때나 꾸는 꿈이 손에 잡히지 않아도 생생하게 보이는 듯 기본적인 가구만 놓인 휑한 방에 무지개와 달빛으로 만든 아름다운 얇은 천을 둘러친 듯했다. 이윽고 마릴라가 앤이 학교에서 쓰는 앞치마를 새로 다려서 들고 들어왔다. 마릴라는 앞치마를 의자 위에 걸쳐 놓으며 짧게 한숨을 내쉬고 앉았다. 그날 오후 마릴라는 또 두통에 시달렸다. 이제 통증은 사라졌지만 기운이 없었고, 마릴라의 표현을 빌리자면 '녹초'가 되어 있었다. 앤은 맑은 눈으로 마릴라를 걱정스레 바라보았다.

"마릴라 아주머니, 제가 대신 두통을 앓았으면 좋겠어요. 아주머니를 위해서라면 기쁜 마음으로 견딜 수 있어요."

마릴라는 두통이 올 때면 늘 그랬듯이 다소 빈정대는 투로 말했다.

"내가 쉴 수 있도록 네가 일을 대신 해 주었잖니. 이젠 제법 일도 잘하고 실수도 많이 줄었더구나. 매슈 오라버니의 손수건에 풀을 먹인 건 쓸데없는 짓이었지. 그리고 파이를 오븐에 데울 때는 탈 때까지 내버려 두지 않고 데워지면 꺼내서 먹어야 하지 않겠니? 네가 파이를 데우는 방식은 다른 것 같구나."

앤이 뉘우치는 목소리로 말했다.

"어머, 죄송해요! 오븐에 파이를 넣은 걸 지금까지 까맣게 잊고 있었어요. 어쩐지 점심 식탁에 뭔가 빠진 것 같다는 생각이 본능적으로 들긴 했어요. 오늘 아침에 아주머니가 제게 일을 맡기셨을 때 저는 어떤 상상도 하지 않겠다고 굳게 결심했어요. 눈앞에 보이는 일에만 집중하자고 다짐했어요. 파이를 오븐에 넣을 때까지는 꽤 잘했는데 그다음에 그만 저항할 수 없는 유혹에 빠지고 말았어요. 제가 마법에 걸린 공주가 되어 쓸쓸한 탑에 갇혀 있는 상상이었어요. 잘생긴 기사가 새까만 말을 타고 저를 구하러 오는 거죠. 그러는 바람에 파이는 깜빡 잊고 말았어요. 손수건에 풀을 먹였는지도 몰랐어요. 다림질하는 동안에는 다이애나와 제가 시냇물 상류에서 발견한 새로운 섬에 어떤 이름을 붙일까 줄곧 생각했거든요. 마릴라 아주머니, 그곳은 매우 아름다워요! 그 섬에는 단풍나무가 두 그루 있고, 시냇물이 바로 그 섬을 빙 돌아 흘러요. 드디어 그곳을 빅토리아섬이라고 부르면 멋지겠다는 생각이 떠올랐어요. 왜냐하면 저희가 그 섬을 여왕의 생일날에 발견했거든요. 다이애나와 저는 둘 다 여왕에게 아주 충성스러운 시민이에요. 하지만 파이와 손수건 일은 정말 죄송해요! 오늘은 기념일이라서 특별히 잘하고 싶었는데. 1년 전 오늘 무슨 일이 있었는지 기억하세요, 마릴라 아주머니?"

"아니, 뭐 특별히 생각나는 일은 없는데."

"아, 마릴라 아주머니, 오늘이 바로 제가 초록 지붕 집에 온 날이에요. 저는 그날을 절대로 잊을 수 없어요. 제 삶의 전환점이 된 날이니까요. 물론 마릴라 아주머니한테는 별로 중요한 일이 아닐 수도 있지만요. 전 여기서 지낸 1년 동안 정말 행복했어요! 물론 힘든 일도 있었지만, 누구나 힘든 일을 겪으며 사는 거잖아요. 마릴라 아주머니, 저를 입양한 걸 후회하세요?"

"아니, 후회한다고 말할 순 없지. 아니야. 절대 후회하지 않아. 앤, 공부를 다 했으면 얼른 배리 부인한테 가서 다이애나의 앞치마 본을 빌려줄 수 있는지 여쭤보고 와라."

마릴라는 앤이 초록 지붕 집에 오기 전에는 어떻게 살았을까 생각해 보기도 했다.

"어…… 지금은…… 너무 어두운데요."

"너무 어둡다고? 이제 땅거미가 지는 것뿐인데. 넌 어두워진 뒤에도 자주 가 봤으면서 무슨 소리를 하는 거니?"

"내일 아침에 일찍 가 볼게요. 해가 뜨자마자 곧장 일어나서 갈게요, 마릴라 아주머니."

앤이 애원하듯 말했다.

"앤 셜리, 도대체 왜 그러는 거니? 오늘 저녁에 네 새 앞치마를 만들어 주고 싶으니 당장 다녀오너라."

"그러면 큰길로 돌아서 가야겠어요."

앤이 마지못해 모자를 집어 들고 대답했다.

"그래, 빙 돌아가서 30분을 허비해라! 도대체 왜 그러는지 모르겠구나."

"유령의 숲을 지나갈 수 없어요, 마릴라 아주머니."

앤이 절박하게 외쳤다.

마릴라가 앤을 빤히 바라보았다.

"유령의 숲? 제정신이니? 유령의 숲이라니, 대체 그게 뭐지?"

"시내 건너에 있는 가문비나무 숲이요."

앤이 작은 목소리로 우물거렸다.

"말도 안 되는 소리! 유령의 숲 같은 건 어디에도 없어. 누가 너한테 그런 말을 한 거니?"

"아무도 말해 주지 않았어요. 다이애나와 제가 그 숲에 유령이 산다고 상상한 거예요. 이 근처에는 하나같이 너무…… 너무…… 평범한 곳밖에 없어서 우리가 재미로 지어냈어요. 4월에 그 이름으로 부르기 시작했죠. 마릴라 아주머니, 유령의 숲은 아주 낭만적이에요. 우리가 가문비나무 숲을 골라서 유령의 숲이라고 한 건 그곳이 무척 어둡기 때문이에요. 아, 우리는 가장 끔찍한 걸 상상했어요. 밤에 이맘때면 시냇물을 따라 걸어가는 하얀 옷을 입은 여자가 자신의 두 손을 비틀고 비벼대면서 울부짖듯 소리를 질러요. 가족 중에 곧 죽음을 앞둔 사람이 있을 때 그 여자가 나타나요. 그리고 살해당한 자그마한 어린아이의 유령이 한가로운 황야 구석에 나타나요. 그 유령은 뒤에서 슬며시 나타나 차가운 손가락을 사람의 손에 얹어요. 아, 아주머니, 생각만 해도 소름이 돋아요. 그리고 머리가 없는 남자가 길을 활보하고 나뭇가지 사이로 해골이 노려봐요. 아, 마릴라 아주머니, 저는 이제 어두워진 뒤에는 어떤 일이 있어도 유령의 숲은 지나가지 않을 거예요. 보나 마나 그 하얀 유령들이 나무 뒤에서 손을 뻗어 저를 움켜잡을 거예요."

마릴라가 어이가 없어서 아무 말도 못 하다가 소리쳤다.

"말이 되는 소리를 해라! 앤 셜리, 네가 상상해 낸 그 터무니없는 엉뚱한 이야기를 전부 믿는다는 말을 내게 하려는 건 아니겠지?"

앤이 더듬거리며 말했다.

"그럼요, 다 믿는 건 아니에요. 아무튼 낮에는 믿지 않아요. 하지만 어두워지고 나면 얘기가 달라져요. 유령이 활동하는 시간이잖아요."

"앤, 유령 같은 건 없어."

앤은 급기야 울먹이기 시작했다.

"있어요, 마릴라 아주머니. 유령을 본 사람들도 있는걸요. 모두 점잖은 분들이에요. 찰리 슬론이 할아버지가 돌아가시고 1년 뒤 어느 날 밤에 소들을 몰고 집으로 가는 걸 할머니가 보셨다고 말했어요. 찰리 슬론의 할머니는 절대로 이야기를 지어내는 법이 없는 분이란 걸 아시잖아요. 찰리 슬론의 할머니는 아주 신앙심이 깊은 분이에요. 그리고 토머스 아주머니의 아버지는 어느 날 밤에 온몸에 불이 붙은 채 가죽이 벗겨지고 목이 잘린 어린 양에게 쫓겨서 집에 왔대요. 그리고 그것이 자기 형의 영혼이고 자신이 9일 안에 죽을 것임을 일러 주는 경고라는 것을 알았다고 말했대요. 토머스 아주머니의 아버지는 9일 안은 아니지만 2년 뒤에 돌아가셨대요. 이제 유령이 정말로 있다는 걸 아시겠죠? 그리고 루비 길리스 말로는……"

마릴라가 앤의 말을 단호하게 가로챘다.

"앤 셜리, 그런 이야기는 두 번 다시 듣고 싶지 않다. 그동안 네가 상상하는 게 잘하는 건지 미심쩍었는데 결과가 이렇다면 더는 그런 상상을 용납하지 못하겠구나. 당장 배리 부인에게 가라. 꼭 가문비나무 숲을 지나가야 한다. 좋은 교훈이자 경고가 될 거다. 그리고 두 번 다시 유령의 숲 이야기를 꺼내지 마라."

앤은 한없이 간청하며 울고 싶었고 정말로 그렇게 했다. 앤의 상상이 너무 앞질러가고 그 공포가 너무 생생해 어둠이 내린 후의 가문비나무 숲은 끔찍하게 무서운 곳으로 변해 있었다. 그러나 마릴라는 인정사정없었다. 잔뜩 겁을 먹은, 유령을 믿는 아이를 샘으로 데려가 곧장 다리를 건너 울부짖는 여자와 머리 없는 유령이 있는 어둠 속으로 계속 걸어가라고 했다.

앤은 흐느껴 울었다.

"아, 마릴라 아주머니, 어쩜 그렇게 잔인할 수가 있으세요? 만약 하얀 옷을 입은 유령이 저를 낚아채 멀리 데리고 가면 어떻게 하시려고요?"

"할 수 없지. 내가 언제 허튼소리 하는 거 봤니? 유령이 여기저기서 나타난다고 상상하는 병을 내가 고쳐 주고 말겠다. 이제 씩씩하게 걸어가렴."

마릴라가 냉정하게 말했다.

앤은 씩씩하게 걸었다. 실상을 말하자면 앤은 휘청대며 다리를 넘고 그 너머에 있는 무시무시한 길을 바들바들 떨며 걸었다. 앤은 그 숲길을 절대로 잊지 않았다. 자유롭게 상상의 나래를 펼친 것이 몹시 후회스러웠다. 앤이 상상한 유령들이 앤 주위에 있는 모든 그림자에 숨어 있었다. 그러고는 살점이 없는 차가운 손을 뻗어 그들을 창조한 겁에 질린 작은 여자아이를 움켜잡으려고 했다. 갈색 들판을 넘어 분지에서 날아오는 하얀 자작나무 껍질 때문에 앤은 심장이 멎는 줄 알았다. 늙은 가문비나무 가지들이 서로 부딪치며 울부짖듯 길게 내지르는 소리에 앤의 이마에는 땀이 송골송골 맺혔다. 어둠 속에서 머리 위로 푸드덕거리며 지나가는 박쥐는 도저히 이 세상의 생명체 같지 않았다. 간신히 윌리엄 벨 씨네 밭에 이르렀을 때는 하얀 유령으로 이루어진 부대에 쫓기듯 쏜살같이 내달렸다. 그리하여 배리 씨네 부엌문 앞에 다왔을 때는 어찌나 숨이 가쁘던지 앞치마 본을 빌려 달라는 말도 간신히 내뱉었다. 다이애나가 집에 없었기 때문에 앤은 시간을 끌 구실도 없었다. 집으로 돌아갈 일이 막막했지만 달리 방법이 없었다. 앤은 두 눈을 질끈 감고 집으로 출발했다. 하얀 유령을 보느니 차라리 나뭇가지에 부딪혀 머리가 깨지는 위험을 감수하는 편이 더 나았다. 드디어 휘청거리며 통나무 다리를 건너온 후에야 덜덜 떨리는 중에도 긴 안도의 한숨을 내쉴 수 있었다.

"아무것도 너를 잡아가지 않은 모양이구나?"

마릴라가 냉정하게 물었다.

"아, 마…… 마릴라 아주머니, 이……이제부터는 펴……평범한 곳이라며 부……불평하지 않을게요."

앤이 덜덜 떨며 대답했다.

21
새로운 맛을 만들어 내다

"린드 아주머니 말대로 이 세상은 만남과 헤어짐의 연속인 것 같아요."

6월의 마지막 날, 앤이 석판과 책을 부엌 식탁에 내려놓으며 슬프게 말했다. 그러면서 축축한 손수건으로 충혈된 눈을 닦았다.

"마릴라 아주머니, 오늘 학교에 갈 때 손수건을 하나 더 가져가길 정말 잘했죠? 왠지 필요할 것 같은 예감이 들었어요."

"네가 필립스 선생님을 그렇게 좋아하는 줄은 몰랐구나. 선생님이 가신다고 눈물 닦을 손수건이 두 장이나 필요할 정도로."

앤이 곰곰이 생각하며 말했다.

"제가 정말로 필립스 선생님을 좋아해서 운 건 아니었다고 생각해요. 다른 아이들이 울어서 덩달아 울었을 뿐이에요. 처음 울음을 터뜨린 건 루비 길리스였어요. 루비 길리스는 필립스 선생님이 싫다는 말을 달고 살았어요. 그런데 선생님이 작별 인사를 하려고 일어나자마자 눈물을 흘렸어요. 그러자 다른 여자아이들이 하나둘 울기 시작했어요. 마릴라 아주머니, 저는 눈물을 꾹 참으려고 애썼어요. 필립스 선생님이 저를 길…… 남학생 옆에 앉게 한 일, e를 빼고 제 이름을 칠판에 적은 일, 저더러 기하학을 이렇게 못하는 지진아는 처음 봤다고 말한 일, 언제나 아주 불쾌하게, 빈정거리는 태도를 보인 일들을 떠올리려고 노력했어요. 하지만 왠지 잘 안 되었어요, 마릴라 아주머니. 그래서 저도 울고 말았죠. 제인 앤드루스는 필립스 선생님이 가시게 돼서 무척 기쁘다는 말을 한 달 동안 하면서 절대 눈물을 보이지 않을 거라고 단언했어요. 그래 놓고 자기 오빠한테 손수건을 빌려야 할 정도로 누구보다도 서럽게 울었어요. 제인 앤드루스는 손수건이 필요하지 않을 거로 생각해서 손수건을 가져오지 않았거든요. 물론 남자아이들은 울지 않았어요. 아, 마릴라 아주머니, 얼마나 슬펐는지 몰라요. 필립스 선생님은 아주 아름다운 작별 인사를 했어요. '우리가 헤어질 때가 왔군요'라는 말로 시작했는데 그 말이 마음을 울렸어요. 그리고 선생님 눈에도 눈물이 글썽거렸어요. 학교에서 떠들고 석판에 선생님 그림을 그려 놓고 선생님과 프리시를 놀린 일 등 모든 게 무척 죄송하기도 하고 후회스럽기도 했어요. 정말로 제가 미니 앤드루스처럼 모범생이었다면 좋았을 텐데 하는 생각이 들었어요. 미니 앤드루스는 마음에 걸리는 게 하나도 없었을 거예요. 여자아이들은 학교를 마치고 집에 오면서도 계속 울었어요. 캐리 슬론은 '우리가 헤어질 때가 왔군요'라는 말을 몇 분에 한 번씩 계속 했어요. 그 바람에 우리는 더는 울지 않으려고 해도 그때마다 다시 왈칵 눈물을 터뜨렸어요. 마릴라 아주머니, 저는 무척 슬퍼요. 하지만 두 달간의 방학을 코앞에 두고 있는데 깊은 절망에 빠질 순 없잖아요? 게다가 기차역에서 새로 오시는 목사님 부부를 만났어요. 필립스 선생님이 떠나는 일로 기분이 안 좋았지만 새 목사님에게 관심 가는 건 어쩔 수 없었어요. 목사님 사모님은 굉장한 미인이세요. 물론 위엄이 있어 보일 만큼 아름답지는 않지만요. 목사님이 위엄 있어 보이는 미인을 부인으로 두는 건 어울리지 않을 것 같아요. 그럴 경우, 나쁜 선례를 남길 수 있으니까요. 린드 아주머니가 뉴브리지에 있는 목사님 사모님이 너무 유행하는 옷만 입어서 몹시 나쁜 선례를 남겼다고 말씀하셨어요. 새 목사님 사모님은 퍼프소매가 달린 파란색 모슬린 드레스를 입었어요. 장미로 가장자리를 장식한 모자를 썼고요. 제인 앤드루스는 퍼프소매가 목사님 사모님에게는 너무 세속적인 옷인 것 같다고 했지만 저는 그런 몰인정한 말은 하지 않았어요, 마릴라 아주머니. 왜냐하면 퍼프소매를 몹시 입고 싶은 마음이 어떤지 잘 아니까요. 게다가 그분은 목사님 사모님이 된 지 얼마 되지 않았잖아요. 그러니까 그런 점을 생각해야 하지 않겠어요? 목사님 부부는 목사관이 준비될 때까지 린드 아주머니 집에서 머무르실 거예요."

그날 저녁 마릴라는 지난해 겨울에 빌린 퀼트 틀을 돌려주기로 약속했다며 린드 부인의 집으로 내려가 보았다. 그러나 만일 그것이 핑계에 불과하고 다른 속셈이 있었다고 해도 비난할 일은 아니었다. 그런 면모는 마릴라뿐 아니라 에이번리의 주민들 대부분에게서 볼 수 있었다. 린드 부인이 때로는 받을 기대를 하지 않고 빌려준 많은 물건이 그날 밤에 빌려 간 사람들과 함께 집으로 돌아왔다. 새로운 목사님 부부는 떠들썩한 일이 거의 일어나지 않는 조용하고 작은 시골 마을에서는 큰 호기심의 대상일 수밖에 없었다.

앤이 상상력이 부족하다고 판단한 나이 지긋한 벤틀리 목사님은 18년 동안 에이번리의 목사로 지냈다. 벤틀리 목사님은 에이번리에 올 때부터 홀아비였다. 그래서인지 체류하는 동안 어떤 여자와 결혼했다는 소문이 매년 정기적으로 돌았으나 벤틀리 목사님은 계속 홀아비로 살았다. 벤틀리 목사님은 지난 2월에 목사직을 그만두고 아쉬워하는 주민들의 배웅을 받으며 에이번리를 떠났다. 벤틀리 목사님은 설교를 잘하지는 못했지만 주민들 대부분과 오랫동안 소통한 덕택에 정이 두터웠다. 그 뒤로 에이번리의 교회는 일요일마다 '대리로' 시험 설교를 하러 온 여러 목사 후보자의 다양한 설교를 들었다. 그 후보자들은 교회 신자들의 판단에 따라 운이 갈렸다. 오래된 커스버트 씨네 가족석 한구석에 얌전히 앉아 있는 빨간 머리의 자그마한 여자아이도 후보자들에 대한 자기 의견이 있어 매슈와 진지하게 이야기를 나누었다. 반면 마릴라는 어떤 식으로든 목사를 평가하지 않는다는 신조를 절대로 버리지 않았다.

앤이 마침내 자기 의견을 한마디로 정리했다.

"매슈 아저씨, 스미스 목사님은 안 될 것 같아요. 린드 아주머니는 스미스 목사님의 설교가 형편없었다고 했어요. 하지만 제 생각엔 스미스 목사님은 벤틀리 목사님과 마찬가지로 상상력이 전혀 없다는 게 가장 큰 단점이에요. 반면 테리 목사님의 상상력은 너무 지나쳐요. 제가 유령의 숲 이야기를 지어낸 것처럼 그분도 한없이 자기만의 상상을 펼치더라고요. 게다가 린드 아주머니는 테리 목사님의 신학이 건전하지 않다고 했어요. 그레섬 목사님은 훌륭하고 신앙심이 깊은 분이었지만 우스운 이야기를 너무 많이 해서 사람들이 교회에서 웃게 했어요. 그래서 위엄이 없었어요. 목사님이라면 위엄이 있어야 하지 않겠어요, 매슈 아저씨? 저는 마셜 목사님이 확실히 매력적이라고 생각했어요. 하지만 린드 아주머니가 특별히 알아봤더니 마셜 목사님은 결혼하지 않았고 약혼조차 하지 않았대요. 그러면서 에이번리에 미혼의 젊은 목사가 있는 건 바람직하지 않다고 했어요. 신자와 결혼할 수도 있고, 그럴 경우 문제가 생길 수 있기 때문이래요. 린드 아주머니는 멀리 내다볼 줄 아는 분이에요, 그렇죠, 아저씨? 앨런 목사님을 모시게 돼서 저는 정말 기뻐요! 앨런 목사님은 설교도 재미있고 습관처럼 기도하지 않고 진심을 담은 듯 기도하기 때문이에요. 린드 아주머니는 앨런 목사님도 완벽하진 않지만 연봉 750달러로 완벽한 목사님을 기대할 수 있겠느냐고 했어요. 어쨌든 앨런 목사님의 신학 이론이 논리적이라고 했고요. 아주머니가 목사님의 교리에 대한 생각을 철저하게 질문해 보셨대요. 그리고 아주머니는 목사님 사모님의 집안도 아는데 모두 아주 점잖은 분들이고 여자분들은 모두 정숙한 주부라고 해요. 린드 아주머니는 교리에 대해 논리 정연한 지식을 갖춘 남자와 살림을 잘하는 여자라면 목사 집안으로 이상적인 결합이라고 했어요."

젊고 쾌활한 새 목사 부부는 아직 신혼이었으며 자신들이 선택한 평생의 일에 대해 선하고 아름다운 열정으로 넘쳤다. 에이번리의 주민들은 처음부터 두 사람에게 마음을 열었다. 젊은이들과 노인들은 높은 이상을 가진 솔직하고 활기찬 젊은이와 목사관의 안주인 역할을 맡은, 밝고 온화하며 아담한 부인을 마음에 들어 했다. 앤은 금세 앨런 부인에게 푹 빠졌다. 말이 통하는 사람이 또 한 명 생겼다.

어느 일요일 오후에 앤이 단언했다.

"목사님 사모님은 무척 사랑스러운 분이에요. 주일 학교에서 저희 반을 맡으셨는데 정말 훌륭한 선생님이에요. 수업을 시작하자마자 선생님만 질문하는 건 공평하지 않다고 하시지 뭐예요. 마릴라 아주머니, 저도 항상 그렇게 생각하고 있었거든요. 사모님이 학생들도 하고 싶은 질문이 있으면 해도 된다고 하셨어요. 그래서 저는 질문을 아주 많이 했어요. 제가 질문을 무척 잘하잖아요, 마릴라 아주머니."

"그건 내가 잘 알지."

마릴라가 말했다.

"루비 길리스를 제외하고는 아무도 질문하지 않았어요. 루비 길리스는 이번 여름에 주일 학교에서 소풍 갈 예정이냐고 물었어요. 저는 그 질문은 그다지 적절하지 않다고 생각했어요. 사자 우리에 갇힌 다니엘에 관한 수업을 하고 있었는데, 그 내용과 아무 관련이 없었으니까요. 하지만 사모님은 미소를 지으면서 아마 소풍 갈 거라고 대답하셨어요. 사모님의 미소는 아름다워요. 보조개가 아주 매력적이에요. 마릴라 아주머니, 저한테도 보조개가 있으면 좋겠어요. 제가 이곳에 처음 왔을 때보다 두 배는 통통해졌지만 아직 보조개는 생기지 않았어요. 만일 저에게 보조개가 있다면 사람들에게 영향을 끼칠 수 있을 텐데요. 우리는 늘 다른 사람들에게 좋은 영향을 끼치려고 노력해야 한다고 사모님이 말씀하셨거든요. 사모님은 뭐든지 아주 좋게 이야기하셨어요. 종교가 이렇게 재미있는 것인지 그전에는 몰랐어요. 저는 종교가 약간 우울하다고 생각했거든요. 하지만 사모님은 그렇지 않아요. 그래서 만일 제가 사모님처럼 될 수 있다면 저도 기독교인이 되고 싶어요. 주일 학교의 벨 교장 선생님 같은 기독교인은 되고 싶지 않아요."

마릴라가 엄하게 말했다.

"벨 씨를 그런 식으로 말하다니 아주 버릇이 없구나. 벨 씨는 정말 좋은 분이야."

앤도 동의했다.

"아, 물론 벨 선생님은 좋은 분이에요. 하지만 벨 선생님은 종교에서 편안함을 얻지 못하는 것 같아요. 만일 제가 좋은 사람이 될 수 있다면 저는 너무 기뻐서 온종일 춤추고 노래할 거예요. 사모님은 나이가 많아서 춤추고 노래하지는 못하겠지요. 그리고 목사님 사모님이 그런 행동을 보이는 것은 품위 없어 보일 테고요. 하지만 저는 사모님이 자기가 기독교인이라는 사실을 기뻐한다는 것을 느낄 수가 있어요. 사모님은 기독교를 믿지 않아도 천국에 갈 수 있는 성품이지만 그래도 기독교를 믿을 분이에요."

마릴라가 곰곰이 생각하며 말했다.

"조만간 목사님 부부를 초대해서 차를 대접해야겠구나. 우리 집 말고 다른 집은 대부분 들른 것 같더구나. 어디 보자. 돌아오는 수요일에 초대하는 게 좋겠다. 하지만 매슈 오라버니에게는 아무 말도 하지 마라. 목사님 부부가 온다는 걸 오라버니가 알면 그날 어디론가 갈 구실을 만들어 놓을 테니까. 오라버니는 벤틀리 목사님에게는 완전히 익숙해져서 그분이 온다고 하면 별로 신경 쓰지 않았어. 하지만 새 목사님과 안면을 트는 건 어려워할 거야. 더구나 목사님 사모님을 만나면 더 어쩔 줄 몰라 할 테고."

앤이 장담했다.

"절대 말하지 않을게요. 그런데 마릴라 아주머니, 그날 제가 케이크를 구워도 될까요? 사모님을 위해 뭐라도 하고 싶어요. 이제 제가 케이크를 꽤 잘 굽는다는 거 아시잖아요."

"그래. 레이어 케이크를 만들도록 해."

마릴라가 허락했다.

월요일과 화요일 이틀 동안 초록 지붕 집에서는 손님맞이 준비가 한창이었다. 목사님 부부에게 차를 대접하는 것은 대단히 진지하고 중요한 일이었다. 마릴라는 에이번리의 어떤 주부보다도 더 잘 대접하겠다고 마음먹었다. 앤은 신이 나서 들떠 있었다. 앤은 화요일 밤에 땅거미가 질 때 다이애나와 드리아드의 물거품 옆에 있는 커다란 붉은 돌 위에 앉아 전나무 향유에 담가 둔 작은 가지로 물속에 무지개를 만들면서 목사 부부를 초대한 이야기를 늘어놓았다.

"다이애나, 준비는 다 됐어. 케이크만 구우면 돼. 케이크는 아침에 만들 거야. 베이킹파우더 비스킷은 마릴라 아주머니가 차 마시기 직전에 만들기로 했어. 다이애나, 아주머니와 나는 정말로 꼬박 이틀 동안 무척 바빴어. 목사님 부부를 초대하는 일은 엄청난 책임감이 따르는 일이야. 그런 경험은 한 번도 해 본 적이 없어. 우리 집 선반을 봐야 해. 정말 대단해! 젤리형 소스를 뿌리는 닭고기와 차가운 소 혓바닥 요리를 할 거야. 빨간색과 노란색 젤리 두 가지, 생크림과 레몬 파이, 체리 파이, 과자 세 가지, 과일 케이크, 그리고 특별히 목사님을 위해 보관해 두는 마릴라 아주머니의 유명한 노란 자두 절임, 파운드 케이크, 레이어 케이크, 아까 말한 비스킷, 새 빵, 그리고 목사님이 소화 불량에 걸렸을 때와 새 빵을 먹을 수 없는 때를 대비해 미리 만들어 둔 빵을 준비할 거야. 린드 아주머니는 목사님들 대부분이 소화 불량에 걸린다고 얘기하시지만 앨런 목사님이 소화 불량에 걸릴 정도로 목사직을 오래 하진 않은 것 같아. 난 레이어 케이크 생각만 해도 초조해져. 아, 다이애나, 케이크를 제대로 못 만들면 어떡하지! 어젯밤에 머리가 있어야 할 자리에 커다란 레이어 케이크가 달린 무서운 괴물한테 계속 쫓기는 꿈을 꿨어."

"걱정하지 마. 다 잘 될 거야. 2주 전 점심에 네가 구운 케이크를 한가로운 황야에서 먹었잖아. 완벽한 맛이었어!"

마음을 편하게 해 주는 친구답게 다이애나가 격려해 주었다.

유난히 발삼이 잘 배어든 나뭇가지를 물에 띄우면서 앤은 한숨을 내쉬었다.

"맞아. 하지만 케이크는 특별히 더 잘 만들려고 하면 오히려 망치기에 십상이잖아. 그러니 모든 결과는 하늘에 맡기고 밀가루를 넣는 걸 까먹는 일이 없도록 해야지. 어머, 다이애나, 이것 좀 봐. 아주 멋진 무지개가 떴어! 우리가 가고 나면 나무와 숲의 요정인 드리아드가 나와서 무지개를 스카프처럼 목에 두를까?"

"드리아드 같은 건 없어."

다이애나가 말했다. 다이애나의 엄마는 유령의 숲 이야기를 전해 듣고는 무척 화를 냈다. 그래서 다이애나는 상상의 나래를 펴는 일을 그만두었다. 드리아드가 해를 끼치는 건 아니지만 드리아드가 있다고 자꾸 믿는 것도 분별없는 행동이라고 여겼다.

"하지만 정말 있다고 상상하는 건 무척 쉬운걸. 나는 매일 밤 잠자리에 들기 전 창밖을 내다보고 드리아드가 정말로 여기에 앉아 샘을 거울삼아 머리를 빗고 있지 않을까 하는 생각을 해. 가끔 아침 이슬을 보며 드리아드의 발자국을 찾기도 하고. 아, 다이애나, 드리아드에 대한 믿음을 버리지 마!"

수요일 아침이 되었다. 해가 뜨자마자 앤은 자리에서 일어났다. 너무 흥분해서 잠을 이루지 못한 탓이었다. 전날 저녁에 샘에서 물장난을 한 탓에 심한 감기에 걸려 머리가 아팠다. 그러나 설사 폐렴에 걸렸다고 해도 그날 아침 요리를 하고 싶은 앤의 욕심은 식지 않았을 터였다. 앤은 아침을 먹고 나서 케이크를 만들기 시작했다. 앤은 마침내 오븐 덮개를 닫고 나서 길게 한숨을 내쉬었다.

"마릴라 아주머니, 이번에는 분명 아무것도 빠뜨리지 않았어요. 베이킹파우더가 안 좋으면 어떡하죠? 새 통조림에 든 걸 썼거든요. 린드 아주머니가 요즘에는 불순물이 섞이지 않은 물건이 없어서 좋은 베이킹파우더를 샀다고 절대 장담할 수 없다고 했어요. 정부가 그 문제를 해결해야 하지만 보수당 정권이 그런 일에 나설 리 없다고 하면서요. 마릴라 아주머니, 만약 케이크가 부풀어 오르지 않으면 어떡하죠?"

"다른 게 얼마든지 있잖니?"

마릴라는 대수롭지 않은 문제라는 듯 말했다.

하지만 케이크는 멋지게 부풀었고 황금빛 거품처럼 부드럽고 가벼운 모습으로 오븐을 나왔다. 기뻐서 얼굴이 달아오른 앤은 켜켜이 루비처럼 붉은 잼을 발라 포갰다. 머릿속으로는 앨런 부인이 케이크를 먹고 나서 한 조각 더 달라고 하는 장면을 상상했다!

"마릴라 아주머니, 당연히 가장 좋은 찻잔 세트를 쓰시겠지요. 들장미와 고사리로 식탁을 꾸밀까요?"

앤이 물었다.

"그런 건 쓸데없는 짓이야. 음식이 중요하지 그게 무슨 소용이 있겠니."

마릴라가 코웃음 치며 말했다.

"배리 아주머니가 식탁을 장식해 놓았더니 목사님이 배리 아주머니를 멋진 말로 칭찬했대요. 입은 물론이고 눈도 즐겁다고 하면서요."

앤은 뱀처럼 지혜를 써서 마릴라의 심기를 자극한 것이 살짝 마음에 걸렸다.

"좋을 대로 해라. 대신 접시와 음식 놓을 자리는 넉넉히 남겨두도록 해."

마릴라는 배리 부인이든 다른 누구에게든 지지 않기로 단단히 마음먹었다.

앤은 배리 부인에게 뒤지지 않을 정도로 열심히 식탁을 꾸몄다. 장미와 고사리가 많이 있는 데다 앤의 깊은 예술적 취향이 더해져 식탁은 아름답게 장식되었다. 목사님 부부는 동시에 멋지다고 감탄하며 식탁 앞에 앉았다.

"앤의 솜씨예요."

마릴라는 그저 무뚝뚝하게 말했다. 앤은 앨런 부인의 감탄하는 미소를 보며 하늘 끝까지 날아오를 듯 기뻤다.

매슈는 앤이 구슬린 덕에 그 자리에 있었다. 마릴라는 지나치게 부끄러움을 많이 타고 긴장하는 매슈를 포기했다. 그러나 앤이 매슈의 손을 잡고 무사히 식탁으로 데리고 왔다. 매슈는 흰 칼라 셔츠를 깔끔하게 받쳐 입은 가장 좋은 차림새로 자리에 앉아 목사님과 흥미롭게 이야기를 나누었다. 앨런 부인에게는 한마디도 하지 않았는데 그것까지 바라는 건 무리였다.

앤이 만든 레이어 케이크가 나오기 전까지는 모든 것이 순조로 웠다. 앨런 부인은 눈이 휘둥그레질 만큼 다양한 음식을 이미 먹고 난 상태라서 케이크를 사양했다. 마릴라는 앤의 실망하는 얼굴을 보고 미소 지으며 말했다.

"앨런 사모님, 케이크를 꼭 드셔야 해요. 앤이 사모님을 위해서 특별히 만든 케이크거든요."

"그렇다면 무조건 맛을 봐야겠군요."

앨런 부인이 웃으면서 잘 부풀어 오른 삼각형 조각을 집어 들었다. 목사님과 마릴라도 한 조각씩 들었다.

그런데 케이크를 한 입 먹은 앨런 부인이 묘한 표정을 지었다. 하지만 아무 말도 하지 않고 한 조각을 다 먹었다. 마릴라는 그 표정을 보고는 얼른 케이크를 먹어 보았다.

"앤 셜리! 도대체 케이크에 뭘 넣은 거니?"

마릴라가 소리쳤다.

"요리법대로만 한 걸요, 마릴라 아주머니. 맛이 없나요?"

앤이 걱정스러운 표정으로 물었다.

"맛이 없냐고? 아주 끔찍한 맛이다. 앨런 사모님, 애써 드시려고 하지 마세요. 앤, 네가 먹어 봐라. 대체 여기에 어떤 맛을 넣은 거니?"

"바닐라요. 바닐라만 넣었어요. 오, 마릴라 아주머니, 틀림없이 베이킹파우더에 문제가 있을 거예요. 아무래도 그 베이킹파우더가 의심······."

케이크를 맛본 앤이 창피해서 홍당무가 된 얼굴로 말했다.

"베이킹파우더 때문이라니 말도 안 돼! 가서 네가 쓴 바닐라 병을 가져와 봐라."

앤은 얼른 달려가 갈색 액체가 들어 있는 작은 병을 들고 왔다. 병에는 '최고의 바닐라'라는 노란 딱지가 붙어 있었다.

"맙소사! 앤, 케이크에 진통제를 넣었구나. 지난주에 진통제 병을 깨뜨려서 남은 약을 오래된 빈 바닐라 병에 넣어 두었거든. 내 잘못이 크다. 너에게 일러 주었어야 했는데 말이야. 하지만 냄새를 맡아 보지도 않았니?"

앤은 부끄러움이 밀려와 울음을 터뜨렸다.

"냄새를 맡을 수 없었어요······. 감기에 걸렸거든요!"

앤은 도망치듯 방으로 올라가 침대에 몸을 던지고 어떤 말로도 위로받지 못할 사람처럼 펑펑 울었다.

금방 계단에서 가벼운 발소리가 들리더니 누군가가 방으로 들어왔다.

앤은 고개도 들지 않은 채 흐느껴 울며 말했다.

"아, 마릴라 아주머니, 영원히 씻을 수 없는 망신을 당했어요. 이 망신은 영원히 씻어 낼 수 없을 거예요. 에이번리에 소문이 쫙 퍼지겠죠. 에이번리에서는 뭐든 소문이 잘 나니까요. 다이애나도 제게 케이크가 잘 구워졌는지 물을 테고, 저는 사실대로 말할 수밖에 없어요. 그러면 전 케이크에 진통제를 넣은 아이라고 영원히 손가락질받게 될 거예요. 길…… 아니 남자애들이 두고두고 저를 놀릴 거예요. 아, 마릴라 아주머니, 기독교인으로서 조금이라도 동정심이 있다면 저에게 이제 그만 울고 아래층에 내려가서 설거지해야 한다는 말씀은 하지 말아 주세요. 목사님 부부가 가시면 할게요. 하지만 사모님의 얼굴은 두 번 다시 못 볼 것 같아요. 아마 사모님은 제가 당신을 독살하려 했다고 생각하실 거예요. 린드 아주머니는 은인을 독살하려고 한 어떤 고아 여자아이를 안다고 말씀하시겠죠. 하지만 진통제에는 독이 없잖아요. 진통제는 케이크에 넣어 먹는 건 아니지만 복용하는 약이기도 하고요. 사모님께 그렇게 말씀해 주시겠어요, 마릴라 아주머니?"

"일어나서 네 입으로 직접 말하렴."

상냥한 목소리가 대답했다.

앤이 벌떡 일어나 보니 앨런 부인이 침대 옆에 서서 웃는 눈으로 앤을 살펴보고 있었다.

앨런 부인은 비극적인 앤의 얼굴을 보고 진심으로 안쓰러워하며 말했다.

"귀여운 꼬마 아가씨, 이렇게 울지 않아도 돼. 그건 누구나 저지를 수 있는 재미있는 실수에 지나지 않는걸."

"아니에요, 저만 그런 실수를 저질러요. 전 사모님께 정말 맛있는 케이크를 구워 드리고 싶었어요."

앤이 쓸쓸한 목소리로 말했다.

"그래, 알아. 네 의도와는 달리 케이크를 만들면서 실수가 있기는 했지만 네가 나를 생각해서 친절하게 케이크를 구워 준 건 정말 고맙구나! 자, 이제 그만 울렴. 나와 함께 내려가서 네 꽃밭을 구경시켜 주겠니? 미스 커스버트가 네가 손수 키우는 작은 꽃밭이 있다고 하시더구나. 꽃밭을 보고 싶어. 나는 꽃에 관심이 아주 많거든."

앤은 앨런 부인을 따라 내려가면서 위로받았다. 그러면서 앨런 부인과 마음이 통하는 것이 정말 다행스러운 일이라고 생각했다. 누구도 더는 진통제 케이크를 언급하지 않았고, 손님들이 가고 나자 앤은 끔찍한 사건이 일어난 것 치고는 예상했던 것보다 더 즐겁게 저녁 시간을 보냈다는 사실을 깨달았다. 그럼에도 앤은 깊은 한숨을 내쉬었다.

"마릴라 아주머니, 내일이 아직 실수를 저지르지 않은 새로운 날이라고 생각하면 기분이 좋지 않으세요?"

"넌 내일도 분명히 많은 실수를 저지를 거다, 앤. 네가 실수하지 않는 날을 못 봤으니까."

"네. 저도 잘 알아요. 그래도 한 가지 다행스러운 점이 있다는 거 아세요, 마릴라 아주머니? 저는 같은 실수를 두 번 저지르지는 않아요."

앤이 서글픈 목소리로 말했다.

"늘 새로운 실수를 저지르니 너의 다행스러운 점을 미처 알아차리지 못했다."

"어머, 그거 모르세요, 마릴라 아주머니? 한 사람이 저지를 수 있는 실수에는 분명 한계가 있을 거예요. 제가 그 끝에 이르면 더는 실수하지 않겠죠. 그렇게 생각하면 마음이 편해요."

"그래, 이제 그 케이크는 돼지에게나 가져다줘라. 사람은 도저히 못 먹겠더라. 제리 부트도 그건 안 먹을 거다."

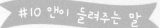

끔찍한 실수를 저질러서
죄책감에 빠지고
자신감이 바닥을 치는 날

"세상이 붕괴될 때의 얘기야……. 어떤 사람이 떨어지면서
계속 자신에게 타일렀대. '아직은 괜찮아!' '아직은 괜찮아!'
어떻게 떨어지느냐는 중요치 않아. 중요한 건 착륙이야."

_영화 〈증오〉 중에서

22
앤이 목사관에 초대받다

"도대체 왜 또 눈이 휘둥그레졌니? 마음이 통하는 사람을 새롭게 만나기라도 한 거냐?"

우체국에 갔던 앤이 집으로 뛰어 들어오자 마릴라가 물었다.

앤은 흥분에 휩싸인 탓에 얼굴이 발그레하고 눈은 반짝반짝 빛났다. 앤은 8월 오후의 그윽한 햇살과 나른한 그늘로 가득한 오솔길에서 바람을 타고 날아다니는 요정처럼 춤추듯이 집으로 왔다.

"아니에요, 마릴라 아주머니. 무슨 일이 있었는지 아세요? 내일 오후 목사관 다과회에 초대받았어요! 사모님이 제게 쓴 편지를 우체국에 두고 가셨어요. 보세요, 아주머니. '초록 지붕 집의 앤 셜리 양.' 누가 저를 '양'이라고 부른 건 이번이 처음이에요. 그 말을 들은 순간 얼마나 기분이 짜릿했는지 몰라요! 이 편지를 제 여러 보물 중 하나로 소중히 간직할 거예요."

"앨런 사모님이 주일 학교의 아이들을 차례로 초대할 거라고 말씀하셨단다. 그러니까 그렇게 호들갑을 떨 필요는 없어. 무슨 일이든 침착하게 받아들이는 법을 배우도록 해라, 앤."

마릴라는 그 멋진 일을 대수롭지 않게 생각한다는 듯 말했다.

온통 '영혼이고 불이고 이슬' 그 자체인 앤에게는 삶의 기쁨과 고통이 세 배는 더 강렬하게 다가왔다. 마릴라는 앤의 이런 면을 감지했고 막연하게 걱정되었다. 이 충동적인 아이는 살아가면서 맞닥뜨려야 하는 기쁨과 슬픔을 제대로 감당해 내지 못할 것 같 았다. 또 기쁨이 크다고 슬픔을 더 많이 보상받으리라 생각지도 않았다. 그래서 마릴라는 앤에게 한결같은 차분함을 가르치는 것 이 자기 의무라고 여겼지만, 얕은 시내에서 아른거리며 춤추는 햇살과 마찬가지로 앤에게 그것은 불가능한 일이었다. 마릴라 스 스로 인정하듯 그러한 훈련은 큰 진전을 보이지 않았다. 간절한 소망이나 계획이 이루어지지 않으면 앤은 '절망의 구렁텅이'로 곤 두박질쳤고, 그러한 것이 이루어지면 환희의 세계로 치솟아 올랐 다. 마릴라는 이 변덕스러운 아이를 자기 기준에 맞춰 얌전하고 단정한 아이로 변화시키겠다는 생각을 거의 포기하기에 이르렀 다. 그리고 믿기지 않지만 마릴라는 있는 그대로의 앤을 훨씬 더

좋아했다.

앤은 그날 밤 마음이 괴로워서 아무 말 없이 잠자리에 들었다. 매슈가 바람이 북동쪽으로 휘몰아치는 걸 보니 내일 비가 올 것 같아서 걱정이라고 말했기 때문이었다. 집 주위에 있는 포플러 나뭇잎이 바스락대는 소리가 빗방울이 후두두 떨어지는 것처럼 들려서 앤은 불안했다. 저 멀리 만에서 어렴풋이 '우르르' 소리가 들렸다. 다른 때 앤은 그 소리를 즐거운 마음으로 귀 기울여 들었다. 이상하게 듣기 좋기도 하고 자꾸 생각나는 그 소리의 리듬을 무척 좋아했다. 그러나 지금은 특별히 화창한 날을 원하는 작은 아가씨에게 닥칠 폭풍과 재앙을 예고하는 소리처럼 들렸다. 앤은 아침이 절대 오지 않으리라 생각했다.

그러나 모든 일에는 끝이 있는 법이다. 드디어 목사관에서의 다과회에 초대받은 날이 왔다. 매슈가 예상한 것과는 달리 아침 날씨는 화창했고 앤은 뛸 듯이 기뻐했다.

앤은 아침 설거지를 하면서 외쳤다.

"아, 마릴라 아주머니, 왠지 오늘은 누구를 만나든 전부 사랑할 수 있을 것 같아요. 제가 얼마나 기분이 좋은지 모르실 거예요! 이런 기분이 계속된다면 좋지 않을까요? 매일 다과회에 초대받는다면 모범적인 아이가 될 수도 있을 것 같아요. 하지만 마릴라 아주머니, 그 시간은 엄숙한 행사이기도 하잖아요. 그래서 걱정돼요. 제 행동이 올바르지 않으면 어떡하죠? 저는 목사관에서 차를 마셔 본 적이 한 번도 없잖아요. 그런 자리에서 지켜야 할 예절을 잘 모를 수도 있고요. 이곳에 온 뒤로 《패밀리 헤럴드》 티켓 난에 나온 규칙을 열심히 공부하기는 했지만 바보 같은 짓을 하거나 마땅히 해야 할 일을 잊어버릴까 봐 불안해요. 음식이 정말 맛있으면 조금 더 달라고 해도 예의에 어긋나지 않을까요?"

"앤, 네 문제는 말이다, 너 자신에 대해 너무 많이 생각한다는 거야. 그냥 앨런 사모님만 생각해 봐. 어떻게 하면 앨런 사모님에게 가장 좋을지, 앨런 사모님의 기분이 가장 유쾌할지 말이야."

마릴라가 지금까지 해 준 충고 중 가장 간결하면서도 뜻깊은 충고를 해 주었다. 앤은 바로 알아들었다.

"맞는 말씀이에요, 마릴라 아주머니. 저 자신은 되도록 생각하지 않도록 노력해 볼게요."

앤은 목사관을 방문하는 동안 '예의'에 크게 어긋나는 행동은 하지 않은 모양이었다. 사프란색과 장밋빛 구름이 걸린 높은 하늘 아래로 땅거미가 내릴 무렵 앤은 환희에 차서 집으로 돌아왔다. 앤은 부엌문 근처에 놓인 커다란 붉은 사암에 앉아 지친 머리를 마릴라의 치마폭에 누인 채 목사관에서 있었던 일을 빠짐없이 들려주었다.

시원한 바람이 서쪽 전나무 언덕 언저리에서부터 추수를 앞둔 긴 밭 위로 불어와 포플러 나뭇잎을 흔들었다. 과수원 위로는 밝은 별 하나가 떠 있었고 연인들의 오솔길에서는 반딧불이들이 고사리와 작은 나뭇가지 사이를 날아다녔다. 앤은 쉴 새 없이 이야기하면서 반딧불이를 구경했다. 바람과 별과 반딧불이가 한데 어우러져 말로 표현할 수 없을 만큼 아름답고 황홀한 광경을 연출하는 것 같았다.

"아, 마릴라 아주머니, 아주 멋진 시간을 보내고 왔어요. 인생을 헛되게 살지는 않았다는 생각이 들어요. 목사관 다과회에 다시 초대받지 못하더라도 그 생각은 변하지 않을 거예요. 목사관에 도착하니 사모님이 현관에서 저를 맞이해 주었어요. 주름 장식이 많이 달린 연한 분홍색 반소매 드레스 차림의 사모님은 마치 천사 같았어요. 마릴라 아주머니, 저도 어른이 되면 목사님의 아내가 되고 싶어요. 목사님이라면 제 빨간 머리카락은 개의치 않을 수도 있어요. 그런 세속적인 것은 생각하지 않을 테니까요. 하지만 물론 그러려면 천성적으로 착해야겠지요. 저는 천성적으로 착한 사람이 되지는 못할 테니까 목사님의 아내가 된다는 생각을 해 봐야 소용없을 것 같아요. 천성적으로 착한 사람들이 있잖아요. 저처럼 안 그런 사람도 있고. 린드 아주머니는 제게 원죄로 가득한 아이라고 말했어요. 제가 아무리 착한 사람이 되려고 노력한다고 해도 절대로 천성적으로 착한 사람처럼 되지는 못할 거예요. 그건 기하학과 상당히 비슷해요. 하지만 그렇게 열심히 노력한다는 게 중요하지 않을까요? 사모님은 천성적으로 착한 사람이에요. 저는 사모님을 열렬히 사랑해요. 매슈 아저씨와 사모님처럼 아무 고민 없이 금방 사랑할 수 있는 사람들이 있잖아요? 그리고 아주 열심히 노력해야 사랑할 수 있는 린드 아주머니 같은 사람들도 있어요. 아는 것이 많고 교회에서 활발하게 활동하는 분들이니 사랑해야 한다고 끊임없이 저 자신에게 일깨우지 않으면 사랑하는 마음을 갖기가 힘들어요. 목사관에 차를 마시러 온 또 다른 여자아이가 있었어요. 화이트샌즈 주일 학교에서 온 로레타 브래들리라는 아주 좋은 아이였어요. 말이 통하는 사이까진 아니었지만 그래도 무척 좋은 아이였어요. 우리는 우아하게 차를 마셨고 저는 모든 예의범절을 잘 지켰다고 생각해요. 사모님은 차를 마시고 나서 피아노를 치며 노래했고 저와 로레타에게도 함께 부르자고 했어요. 사모님이 제 목소리가 좋다면서 이제부터 주일 학교 합창단에서 노래하라고 했어요. 그 생각만 해도 마음이 얼마나 설레는지 아주머니는 상상도 못 할 거예요. 다이애나처럼 주일 학교 합창단에서 노래하는 것을 오랫동안 꿈꿔왔지만 저는 그것이 제가 절대로 동경할 수 없는 명예로운 일이 아닐까 생각했거든요. 로레타는 집에 일찍 가야 했어요. 오늘 밤 화이트샌즈 호텔에서 큰 발표회가 열리는데, 로레타의 언니가 시를 낭송하기로 되어 있대요. 그 호텔에 있는 미국인들이 샬럿타운 병원을 돕기 위해 격주로 발표회를 열고 화이트샌즈 주민들에게 와서 시를 낭송해 달라고 부탁한대요. 로레타는 언젠가 자기도 시 낭송을 하라고 요청받을 날을 기다린대요. 저는 그 말을 듣고 대단하다는 생각이 들어서 로레타를 가만히 바라보았어요. 로레타가 가고 난 뒤 사모님과 저는 마음을 툭 터놓고 이야기를 나누었어요. 저는 앨런 사모님에게 모든 걸 말했어요. 토머스 아주머니와 쌍둥이들, 케이티 모리스, 비올레타에 대해, 그리고 초록 지붕 집에 입양된 이야기와 기하학 공부의 어려움에 대해. 그런데 마릴라 아주머니, 이 말을 들으면 믿으시겠어요? 사모님도 기하학을 정말 못했대요. 그 말을 들으며 얼마나 위로가 되었는지 모르실 거예요. 제가 목사관에서 나오기 직전에 린드 아주머니가 왔어요. 그런데 무슨 일이 있었는지 아세요, 마릴라 아주머니? 학교 이사회에서 새로운 선생님을 고용했는데, 여자분이래요. 이름은 뮤리엘 스테이시고요. 정말 낭만적인 이름이라고 생각하지 않으세요? 린드 아주머니는 에이번리에 여자 선생님이 오는 건 처음 있는 일이라며, 위험하지만 파격적인 결정이 아닐까 생각한다고 했어요. 하지만 저는 여자 선생님이 오신다니 너무 기뻐요! 개학하려면 2주나 남았는데 어떻게 기다리죠? 새로운 선생님이 보고 싶어서 못 견디겠어요."

23
앤이 자존심을 지키려다 사고를 당하다

앤은 학교 갈 날을 2주 이상 기다려야 했다. 진통제 케이크 사건이 있고 난 뒤 한 달쯤 지나자 앤은 탈지유가 담긴 냄비를 돼지 먹이통이 아닌 저장실 선반에 있는 털실 뭉치 바구니에 쏟아 버린다든지 공상에 빠져 걷다가 통나무 다리에서 미끄러져 시냇물에 빠지는 등 자잘한 새로운 실수를 거듭해서 저질렀다.

목사관에서 차를 마시고 나서 일주일이 지났을 때 다이애나 배리가 파티를 열었다.

"친한 애들만 몇 명 부르는 작은 파티예요. 우리 반 여자아이들만 부른대요."

앤이 마릴라를 안심시켰다.

아이들은 즐겁게 지냈고, 차를 마신 후 정원으로 나가기 전까지는 특별한 일이 일어나지 않았다. 이런저런 놀이에 슬슬 싫증이 난 아이들은 머리를 짜낸 끝에 도전 놀이를 해 보기로 했다. 도전 놀이는 당시 에이번리의 조무래기들 사이에서 유행하는 놀이로 남자아이들 사이에서 시작되었다가 얼마 후 여자아이들에게까지 퍼졌다. 그리하여 그해 여름 에이번리에서는 온갖 어리석은 짓이 대유행했고 그런 아이들의 이야기를 글로 적으면 책 한 권은 될 터였다.

그날 배리 씨네 정원에서는 가장 먼저 캐리 슬론이 루비 길리스에게 현관문 앞에 있는 거대하고 오래된 버드나무의 어떤 지점까지 올라가라고 부추겼다. 루비 길리스는 버드나무에 우글거리는 통통한 쐐기벌레를 몹시 무서워하고 새 모슬린 원피스가 찢어지기라도 하면 엄마에게 혼날까 봐 걱정하면서도 날렵하게 해내어 캐리 슬론을 당황하게 했다. 그다음으로는 조시 파이가 제인 앤드루스에게 오른발을 땅에 딛지 말고, 또 한 번도 멈추지 말고 왼발로 깡충깡충 뛰어 정원을 한 바퀴 돌고 오라고 부추겼다. 제인 앤드루스는 굳게 마음먹고 노력했지만 세 번째 모퉁이에서 힘이 빠지고 말았다. 그래서 자신의 패배를 인정할 수밖에 없었다.

앤은 조시가 이겼다고 우쭐대는 모습이 눈에 거슬러서 그 아이에게 정원 동쪽으로 경계를 이룬 나무 울타리 꼭대기를 걸어 보라고 부추겼다. 나무 울타리를 '걷는' 일은 한 번도 그런 것을 해 본 적이 없는 사람이 짐작하는 것보다 훨씬 더 머리부터 발뒤 꿈치까지 균형 잡는 요령이 필요했다. 그러나 조시 파이는 인기를 얻는 자질은 부족해도 나무 울타리 위를 걷는 일쯤은 거뜬히 해낼 타고난 재능이 있었고 또 해 본 짓이기도 했다. 조시는 대수롭지 않다는 듯 무심한 태도로 배리 씨네 울타리 위를 걸었다. 마치 그것을 '도전'이라고 할 것도 없는 쉬운 일이라고 여기는 표정으로. 조시가 당당히 해내는 것을 보고 아이들은 내키지 않았지만 감탄할 수밖에 없었다. 대부분 울타리 위를 걸어 보려고 애를 쓰다가 많은 일을 겪었기 때문에 그것이 얼마나 힘든 일인지 잘 알고 있었다. 조시는 승리의 기쁨으로 의기양양하게 울타리에서 내려오며 보란 듯이 앤을 쏘아보았다.

앤은 땋아 내린 빨간 머리를 휙 넘기며 말했다.

"나지막한 작은 나무 울타리 위를 걷는 것이 그렇게 놀랄 일이야? 내가 아는 메리즈빌에 사는 어떤 여자애는 지붕의 마룻대를 걷는다니까."

"말도 안 돼. 마룻대를 걸을 수 있는 사람이 어딨어? 넌 절대로 못 할걸."

조시가 딱 잘라 말했다.

"내가 왜 못해?"

앤이 발끈하며 외쳤다.

"그러면 어디 한번 해 봐. 저기에 올라가서 배리 씨네 부엌 위지붕의 마룻대를 걸어 봐."

조시가 도전적으로 말했다.

앤은 얼굴이 창백해졌지만 이제 와서 발뺌할 수도 없는 노릇이었다. 앤은 부엌 지붕까지 사다리를 기대어 놓은 쪽으로 걸어갔다.

"어머!"

아이들이 흥분하기도 하고 당황하기도 해서 일제히 말했다.

"하지 마, 앤. 떨어지면 죽어. 조시 파이 말은 절대 신경 쓰지 마. 누구든 그렇게 위험한 일에 도전하는 건 올바르지 않아."

다이애나가 애원했다.

"난 꼭 해야겠어. 내 명예가 걸린 일이야."

앤이 엄숙하게 말했다.

"다이애나, 나는 저 마룻대를 걸을 거야. 아니면 시도해 보다가 죽든지 둘 중 하나겠지. 혹시 내가 죽으면 내 진주 구슬 반지는 네가 가져."

모두가 숨죽이고 말없이 지켜보는 가운데 앤은 사다리를 타고 위험하기 짝이 없는 마룻대에 올라가 균형을 잡고 똑바로 섰다. 그런 다음 마룻대를 따라 걸음을 옮기기 시작했다. 높은 곳에 올라서니 불안하고 어지러웠다. 마룻대를 걷는 일은 상상력의 도움을 크게 받을 수 있는 게 아니라는 걸 깨달았다. 앤은 간신히 몇 발자국을 걸었지만 결국 비극적인 일이 일어나고야 말았다. 앤이 휘청하더니 균형을 잃고 비틀거리다 넘어졌다. 그런 다음 햇볕에 달궈진 지붕을 타고 미끄러져 내려와 담쟁이덩굴 아래로 추락했다. 그 광경을 지켜보던 아이들은 깜짝 놀라고 공포에 휩싸

인 나머지 동시에 비명을 질렀다.

만일 앤이 처음에 올라갔던 지붕에서 굴러떨어졌다면 아마 다이애나는 그 자리에서 진주 구슬 반지를 상속받았을 터였다. 다행히 앤은 반대편으로 떨어졌다. 반대편은 지붕이 베란다 위로 내려가 있어 땅과 가까웠기 때문에 거기에서는 떨어져도 크게 다칠 염려는 없었다. 다이애나와 다른 아이들이 정신없이 집 반대편으로 달려가는 와중에 루비 길리스는 땅에 뿌리 박힌 듯 꼼짝 못 하고 서서 발작을 일으키려고 했다. 앤은 새파랗게 질린 얼굴로 축 늘어져서 담쟁이덩굴 잔해 한가운데에 누워 있었다.

"앤, 죽었니? 어머, 앤, 사랑하는 앤, 한 마디라도 좋으니 말을 해 봐. 죽었으면 죽었다고 말해 줘."

다이애나가 친구 옆에 털썩 무릎을 꿇고 주저앉아서 다급하게 소리를 질렀다.

"아니야, 다이애나, 나는 죽지 않았어. 하지만 감각이 없어진 것 같아."

앤이 비틀거리며 일어나 앉아서 불분명하게 말하자 아이들은 모두 크게 안심했다. 특히 조시 파이는 말할 것도 없었다. 그도 그럴 것이 조시 파이는 상상력이 부족하기는 하지만 앤 셜리를 때 이른 비극적인 죽음으로 몰아넣은 아이로 영원히 낙인이 찍힐지도 모른다는 무시무시한 상상에 사로잡혀 있었다.

"어머나, 어디가? 어디가 감각이 없어, 앤?"

캐리 슬론이 흐느끼며 물었다.

날 응원하고 지지해 줄
친구가 절실한 날

"친구가 없는 날은 꿀이 없는 꿀단지 같아!"
_애니메이션화 〈곰돌이 푸〉 중에서

"날씨는 신경 쓰지 마, 앤."

앤이 대답할 새도 없이 배리 부인이 나타났다. 앤은 배리 부인을 보자 허둥지둥 일어나려고 했지만 작게 외마디 소리를 지르며 다시 주저앉았다.

"무슨 일이니? 어디 다쳤니?"

배리 부인이 물었다.

"발목이요. 다이애나, 아빠에게 나를 우리 집까지 데려다 달라고 부탁드려 줘. 집까지 걸어갈 수 없을 것 같아. 제인은 한 발로 깡충 뛰어서 이 정원도 돌지 못했는데 한 발로 집까지 뛰어갈 수는 없잖아."

앤이 숨을 헐떡이며 간신히 대답했다.

마릴라는 과수원에서 여름 사과를 따고 있다가 배리 씨가 통나무 다리를 건너 비탈 위로 올라오는 것을 보았다. 옆에는 배리 부인이 있고 뒤로 여자아이들이 줄줄이 따라오고 있었다. 배리 씨에게 안긴 앤은 머리를 힘없이 그의 어깨에 기대고 있었다.

마릴라는 그 광경을 본 순간 불현듯 심장을 찌르는 듯한 두려움에 휩싸이며 앤이 자신에게 어떤 존재인지 절실히 깨달았다. 마릴라는 자신이 앤을 좋아한다는 것, 아니 앤을 광장히 좋아한다는 걸 인정하기는 했었다. 정신없이 비탈길을 내려가며 마릴라는 앤이 이 세상 무엇과도 바꿀 수 없는 소중한 존재라는 것을 그제야 알았다.

"배리 씨, 앤에게 무슨 일이 있었던 거죠?"

언제든 빈틈없는 자제력과 현명함을 잃지 않던 마릴라가 창백해진 얼굴로 덜덜 떨며 간신히 물었다.

앤이 머리를 들어 직접 대답했다.

"마릴라 아주머니, 놀라지 마세요. 지붕 마룻대를 걷다가 떨어졌어요. 발목을 삔 것 같아요. 그렇지만 아주머니, 목이 부러질 수도 있었어요. 불행 중 다행이에요."

그제야 마릴라는 조금 마음을 놓으며 날카롭고 퉁명스럽게 말했다.

"파티에 가는 걸 허락하면서도 네가 무슨 일을 저지르지 않을까 걱정되기는 했어. 배리 씨, 앤을 안으로 데리고 가서 소파에 눕혀 주세요. 세상에, 애가 기절했어요!"

사실이었다. 통증을 이기지 못한 앤은 소원 하나를 이루고야 말았다. 기절한 것이다.

밭에서 추수하던 매슈가 소식을 듣고 급히 달려왔다 곧 의사를 데리러 갔다. 의사는 바로 왔다. 매슈와 마릴라가 생각했던 것보다 앤의 상처는 더 심각했다. 발목이 부러진 것이다.

그날 밤 마릴라가 동쪽 방으로 올라가 보니 침대에 누운 창백한 얼굴의 여자아이가 애처로운 목소리로 말했다.

"제가 가엾지 않으세요, 마릴라 아주머니?"

"네 잘못이잖니."

마릴라가 블라인드를 잡아당겨서 내리고 램프에 불을 붙이며 말했다.

"그러니까 저를 가엾게 생각하셔야죠. 전부 제 잘못이라는 생각 때문에 굉장히 힘들거든요. 차라리 원망할 사람이라도 있으면 한결 마음이 후련하겠어요. 하지만 아주머니, 만약 마룻대를 걸어 보라는 도전을 받았다면 어떻게 하시겠어요?"

"나는 단단한 땅에 계속 발을 붙이고 서서 그 사람들한테 당신들이나 마룻대를 걸으라고 할 거야. 그런 어리석은 짓을 왜 하니?"

마릴라가 말하자 앤이 한숨을 지었다.

"마릴라 아주머니, 아주머니는 마음이 다부지시지만 저는 그렇지가 않아요. 조시 파이가 어찌나 저를 무시하던지 도저히 참을 수 없었어요. 안 그랬으면 아마 평생 제 앞에서 잘난 체했을 거예요. 그리고 저는 제가 벌을 충분히 받았다고 생각해요. 그러니까 마릴라 아주머니, 저한테 화내지 말아 주세요. 아무튼 기절하는 건 전혀 좋은 게 아니더라고요. 의사 선생님이 제 발목을 접합해 주실 때 끔찍하게 아팠어요. 앞으로 6주나 7주 동안은 돌아다니지 못하겠어요. 새로 온 여자 선생님을 못 봬서 아쉬워요! 제가 학교에 갈 수 있을 때쯤이면 선생님은 더는 새로 오신 분이라고 할 수 없겠죠. 그리고 길…… 다른 아이들 모두 저보다 공부를 앞질러 갈 테고요. 아, 괴로워요! 하지만 마릴라 아주머니, 아주머니가 화내시지만 않는다면 저는 그 모든 고난을 용감하게 견뎌내려고 노력할 거예요."

"그래, 그래. 화내지 않으마. 너는 참 운이 없는 아이다. 하지만 네 말처럼 잘 견뎌내야지. 자, 저녁을 좀 먹어 보렴."

"제가 상상력이 풍부해서 정말 다행이라고 생각하지 않으세요? 상상력을 동원하면 고난을 훌륭히 견뎌낼 수 있을 거예요. 상상력이 없는 사람들은 뼈가 부러졌을 때 어떻게 이겨 낼까요, 마릴라 아주머니?"

앤은 그 뒤 7주 동안 지루한 시간을 보냈다. 그러면서 자연스레 자신에게 상상력이 있어서 다행이라는 생각을 여러 번 했다. 그러나 앤은 상상력에만 의지하지 않았다. 손님들이 많이 왔고 단 하루도 여자애들이 들르지 않는 날이 없었다. 아이들은 앤에게 꽃과 책을 갖다 주고 에이번리의 청소년 세계에서 일어나고 있는 모든 일을 이야기해 주었다.

다리를 절뚝거리며 처음으로 마룻바닥을 걸을 수 있게 된 날, 앤은 행복감에 젖어 한숨을 내쉬었다.

"마릴라 아주머니, 다들 정말 인정이 많고 친절해요. 꼼짝도 못하고 누워 있는 건 그다지 기분 좋은 일은 아니지만 좋은 점도 있어요. 자기에게 친구가 몇 명이나 있는지 알게 되거든요. 세상에, 벨 교장 선생님도 저를 보러 오셨잖아요. 그런데 벨 교장 선생님은 정말로 좋은 분이세요. 물론 마음이 통하는 분은 아니지만, 저는 그래도 벨 선생님이 좋아요. 벨 선생님의 기도를 비난한 일이 무척 죄송하더라고요. 이제는 벨 선생님이 진심을 담아 기도한다는 걸 알겠어요. 마치 진심이 아닌 것처럼 기도하는 버릇이 생긴 것뿐이었어요. 조금만 노력하면 그런 단점을 극복할 수 있을 텐데. 그래서 제가 힌트를 드렸어요. 제가 혼자 짧은 기도를 할 때 재미있게 하려고 굉장히 노력한다는 사실을 말씀드렸죠. 벨 선생님은 어렸을 때 발목이 부러졌던 일을 전부 얘기해 주셨어요. 벨 선생님이 예전에 남자아이였다고 생각하니 정말 이상하더라고요. 그걸 상상할 수 없을 만큼 제 상상력에도 한계가 있지 뭐예요. 남자아이였던 벨 선생님을 상상하려고 하면 키만 작을 뿐이지 자꾸 주일 학교에서 늘 보는, 희끗희끗한 구레나룻이 있고 안경 낀 모습이 떠올라요. 그런데 목사님 사모님이 어린 소녀였던 시절을 상상하는 건 아주 쉬워요. 사모님은 저를 보러 열네 번이나 오셨어요. 그건 정말 자랑할 일 아닌가요, 마릴라 아주머니? 사모님이 일부러 시간을 내서 그렇게 자주 찾아오시니 말이에요! 사모님은 함께 있으면 기분 좋은 분이에요. 일이 그렇게 된게 제 잘못이라고 말하는 법이 절대 없고, 오히려 그런 일을 겪었으니 더 얌전한 아이가 되면 좋겠다고 했어요. 린드 아주머니도 저를 보러 오면 늘 그렇게 말하는데 그 말투에서 제가 얌전한 아이가 될 거라고 기대하시지 않는다는 게 느껴져요. 조시 파이도 저를 보러 왔어요. 저는 최대한 예의 바르게 조시를 대했어요. 저한테 마룻대를 걸으라고 부추긴 걸 후회할 것 같아서요. 만일 제가 죽었다면 조시는 평생 자책하며 힘들어했을 거예요. 다이애나는 정말 좋은 친구예요. 제가 집에서 외롭게 지내니까 매일 와서 저를 위로해 줘요. 하지만 아, 학교에 갈 수 있게 되면 정말 기쁠 것 같아요! 새 선생님에 대한 흥미로운 이야기를 많이 들었거든요. 다들 선생님이 아주 다정하다고 생각해요. 다이애나는 선생님처럼 그렇게 아름다운 금발 곱슬머리는 처음 봤다고 해요. 눈도 무척 매력적이래요. 옷도 아름답게 입는데, 퍼프소매가 에이번리에 사는 다른 누구의 것보다도 크대요. 격주로 금요일 오후에는 낭송을 한대요. 한 사람도 빠짐없이 낭송하든가 대화극에 참여해야 한대요. 와, 그 장면을 생각만 해도 멋져요! 조시 파이는 낭송이 싫대요. 하지만 그건 단지 조시가 상상력이 부족하기 때문이에요. 다이애나와 루비 길리스, 제인 앤드루스는 다음 주 금요일에 발표할 '어느 아침의 방문'이라는 제목의 대화극을 준비하고 있어요. 그리고 낭송하지 않는 금요일 오후에는 스테이시 선생님이 아이들을 모두 데리고 숲으로 '야외 수업'을 간대요. 거기에서 양치식물과 꽃, 새를 공부한대요. 그리고 아침과 저녁에는 체육을 하고요. 린드 아주머니는 그런 활동은 한 번도 들어본 적 없다면서 그 모든 게 여자 선생님을 두면서 나타난 현상이라고 했어요. 하지만 저는 그 활동이 아주 좋을 거로 생각해요. 아무래도 스테이시 선생님은 마음이 통하는 사람일 것 같아요."

"앤, 이제 보니 이거 하나는 확실히 알겠다. 배리 씨 지붕에서 떨어지기는 했지만 네 혀는 조금도 다치지 않고 아주 멀쩡하구나."

책 속엔 숲이 있고
그 숲엔 수많은 길이 있어.
이따금 그 숲에서
길을 잃어도 좋아!

온종일 책에 빠져
지내고 싶은 날

잠시 가던 길을 잃었다고 무어 그리 조급할 게 있겠습니까.
잃은 길도 길입니다.
_이원규, 『길을 지우며 길을 걷다』(좋은생각) 중에서

24
스테이시 선생님과 학생들이 발표회를 준비하다

다시 10월이 왔고 앤은 학교에 다닐 준비가 되었다. 온통 붉은
색과 황금색으로 물들어 눈부시게 아름다운 10월의 아침은 햇
살이 자수정 같은 보랏빛, 진줏빛, 은빛, 장밋빛, 그리고 잿빛이
감도는 푸른빛 빛줄기로 퍼져 나가도록 가을의 정령이 쏟아부은
듯한 은은하고 옅은 안개로 자욱했다. 수많은 이슬이 내려앉은
들판은 은빛 천을 깔아 놓은 듯 반짝였다. 골짜기에 잔뜩 쌓인
낙엽은 지나가는 이들의 발밑에서 바스락바스락 소리를 냈다. 자
작나무 길은 노란 장막을 친 듯했고 갈색으로 시든 고사리가 길
을 따라 늘어서 있었다. 공기 중에 떠다니는 톡 쏘는 향기가 작

은 아가씨들의 심장에 기운을 불어넣어 학교로 향하는 즐겁고 경쾌한 발걸음을 재촉했다. 앤은 다시 작은 갈색 책상에 다이애나와 나란히 앉았다. 통로 건너편에 있는 루비 길리스가 고개를 끄덕여 인사했다. 캐리 슬론은 쪽지를 보내왔고 줄리아 벨은 뒷자리에서 껌을 전달해 주었다. 이 모든 게 너무도 즐거웠다. 앤은 연필을 깎고 책상 안에 있는 그림 카드를 정리하면서 행복에 겨운 긴 숨을 내쉬었다. 인생은 분명 무척 즐거운 것이다.

앤은 새로 오신 선생님이 진실하고 유익한 친구처럼 느껴졌다. 스테이시 선생님은 학생들의 사랑을 받았다. 그녀는 정신적으로나 도덕적으로 학생들에게 잠재된 최고의 자질을 끌어낼 수 있도록 열정적으로 도왔다. 젊고 유쾌하며 동정심 많은 선생님의 영향 아래 앤은 꽃처럼 피어났다. 집으로 돌아와서는 칭찬을 잘하는 매슈와 비판적인 마릴라에게 학교생활과 목표에 대해 신이 나서 이야기했다.

"마릴라 아주머니, 저는 진심으로 스테이시 선생님을 사랑해요. 스테이시 선생님은 무척 숙녀답고요, 목소리도 예뻐요. 선생님이 제 이름을 부를 때 끝에 e자를 꼭 넣는다는 걸 본능적으로 느낄 수 있어요. 오늘 오후에는 시를 낭송했어요. 아주머니가 그 자리에서 제가 「스코틀랜드의 메리 여왕」을 낭송하는 걸 보셨어야 했는데. 온 영혼을 다 바쳐서 낭송했거든요. 집으로 돌아오는 길에 루비 길리스는 제가 '그녀가 말했네, 이제 아버지의 권력을 위해, 여인의 마음을 버리겠노라'라는 구절을 읊을 때 피가 얼어붙는 것 같았다고 말했어요."

"저기, 언제 시간 나면 헛간에서 나를 위해 시를 낭송해다오."

매슈가 제안했다.

앤이 생각에 잠겨 말했다.

"물론 낭송해 드릴게요. 하지만 아주 완벽히 잘할 수는 없을 거예요. 숨죽이고 제 말 한 마디 한 마디에 귀 기울이는 전교생 앞에서 하는 것만큼 흥분되진 않을 테니까요. 아무래도 아저씨의 피를 얼어붙게 하지는 못할 거예요."

"린드 부인은 지난 금요일에 남자아이들이 까마귀 둥지를 찾아 벨 씨네 언덕에 있는 큰 나무 꼭대기에 올라가는 것을 보고 피가 얼어붙는 줄 알았다고 하더구나. 나는 그런 남자아이들을 부추기는 스테이시 선생님이 정말 놀랍다."

마릴라가 말했다.

"하지만 자연 공부에 까마귀 둥지가 필요했거든요. 그건 오후 야외 수업에서 하는 활동이었어요. 마릴라 아주머니, 오후 야외 수업은 정말 신나요! 그리고 스테이시 선생님은 뭐든 아주 아름답게 설명해 주세요. 야외 수업 후에는 작문을 해야 하는데 작문은 제가 가장 잘해요."

"네 입으로 그렇게 말하다니 너무 잘난 척하는 거 아니니? 그런 말은 선생님이 하는 거란다."

"선생님이 바로 그렇게 말씀하셨어요, 마릴라 아주머니. 정말 잘난 척하는 게 아니에요. 기하학을 그렇게 못하면서 어떻게 잘

난 척을 할 수 있겠어요? 그나마 이제는 기하학도 조금씩 이해하기 시작했어요. 스테이시 선생님이 이해하기 쉽게 설명해 주시거든요. 그래도 제가 기하학을 잘하는 일은 없을 거예요. 이건 분명히 겸손한 생각이잖아요. 하지만 작문은 정말 좋아요. 스테이시 선생님은 대개 우리가 자유롭게 주제를 선택하게 하시지만 다음 주에는 훌륭한 사람에 대한 글을 써야 해요. 이 세상에 훌륭한 사람이 너무 많아서 한 사람만 고르려니 힘들어요. 훌륭한 사람이 되어 이 세상을 떠난 뒤에 누군가가 그런 나에 대해 작문한다는 건 정말 멋진 일 아닌가요? 아, 저도 훌륭한 사람이 되고 싶어요. 저는 어른이 되면 능력 있는 간호사가 되어 적십자에 들어가서 자비의 전령으로 전쟁터에 갈 거예요. 만일 제가 선교사가 되어 외국에 가지 못한다면 말이에요. 그건 정말 낭만적일 거예요. 하지만 선교사가 되려면 마음이 선량해야 하는데 아무래도 그 점이 걸림돌일 것 같아요. 우리는 매일 체조도 해요. 체조를 하면 몸이 유연해지고 소화도 잘된대요."

"소화가 잘된다니, 말도 안 돼!"

마릴라는 솔직히 그런 것은 모두 쓸데없다고 생각했다.

그러나 오후 야외 수업과 금요일 낭송회, 체조 시간은 스테이시 선생님이 11월에 제안한 한 계획으로 인해 모두 시시해져 버렸다. 그 계획은 에이번리 학교의 학생들이 크리스마스 저녁에 강당에서 발표회를 열고 그 수익금으로 학교에 국기를 마련해 달자는 것이었다. 학생들은 모두 그 계획을 마음에 들어 했고 곧바

로 프로그램을 준비하기 시작했다. 발표회에 출연하는 학생들 모두 열정적이었지만 앤 셜리만큼 흥분한 학생은 없었다. 앤은 온 힘을 다해 뛰어들었다. 그러나 마릴라의 반대에 부딪히고 말았다. 마릴라는 그 모든 일이 다 부질없는 짓이라고 생각했다.

마릴라가 투덜댔다.

"발표회를 해 봐야 머리에 쓸데없는 생각만 가득해지지. 그럴 시간에 공부하는 게 낫겠구나. 나는 어린애들이 발표회를 준비하고 연습한다며 몰려다니는 것이 탐탁지 않구나. 그러다가 허영심이 많아지고 싸돌아다니는 걸 좋아하게 되는 거야."

"하지만 발표회의 목적이 가치 있잖아요. 마릴라 아주머니, 국기는 애국심을 길러 줄 거예요."

앤이 애원했다.

"허튼소리! 너희 학생들 중 눈곱만큼이라도 애국심을 생각하는 아이가 있을 것 같니? 그저 하고 싶은 거 하면서 시간을 때우려는 거지."

"애국심도 생기고 재미있는 활동도 하면 좋지 않을까요? 물론 발표회를 여는 건 정말 멋진 일이에요. 우리는 여섯 곡을 합창으로 부르고, 다이애나는 독창할 거예요. 저는 연극 두 작품을 해요. 하나는 〈소문이 금지된 사회〉이고 다른 하나는 〈요정 여왕〉이에요. 남학생들도 연극을 할 거예요. 그리고 저는 시 두 편을 낭송할 거예요, 마릴라 아주머니. 생각만 해도 떨리지만 마음이 설레는 기분 좋은 떨림이에요. 그리고 마지막으로 타블로(역사적인 장면 등이 그려진 배경 앞에서 여러 명의 배우가 마치 그림 속 인물인 듯 정지된 상태로 재현해 보여 주는 것_옮긴이)를 할 거예요. 제목은 〈믿음, 소망, 사랑〉이고 다이애나와 루비, 그리고 제가 출연해요. 저희는 모두 하얀 옷을 입고 머리를 늘어뜨릴 거예요. 소망 역할을 맡은 저는 두 손을 모아 쥐고 시선은 위로 향하는 자세를 취해요. 제 방에서 연습할 건데 이상한 소리가 나도 놀라지 마세요. 비통하게 신음하는 대목이 있거든요. 그런데 마릴라 아주머니, 예술적으로 멋지게 신음하는 건 정말 어려워요. 조시 파이는 연극에서 자기가 원하는 역할을 맡지 못해서 시무룩해 있어요. 요정 여왕을 하고 싶어 했거든요. 조시 파이가 여왕 역할을 했다면 우스꽝스러웠을 거예요. 조시처럼 뚱뚱한 요정 여왕이 어디 있겠어요? 요정 여왕은 틀림없이 날씬할 건데 말이죠. 제인 앤드루스가 여왕 역할을 맡고 저는 여왕의 여러 시녀 중 한 명을 맡았어요. 조시는 뚱뚱한 요정 못지않게 빨간 머리 요정도 우스꽝스러운 것 같다고 했어요. 하지만 조시의 말에 신경 쓰지 않으려고 해요. 저는 머리에 흰 장미 화관을 얹어요. 루비 길리스가 실내화를 빌려줄 거예요. 저한테는 실내화가 없으니까요. 요정들은 실내화를 신어야 해요. 장화를 신은 요정은 상상이 안 가잖아요? 특히 발가락이 구리로 덮인 장화라니 말이 안 되죠? 우리는 가문비나무와 전나무 가지들과 분홍색 종이로 만든 장미로 강당을 장식할 거예요. 관객이 모두 앉으면 엠마 화이트가 오르간으로 연주하는 행진곡에 맞춰 두 명씩 짝을 지어 입장해요. 아, 마릴라 아주머니, 아주머니는 발표회에 저처럼 관심이 없다는 건 알지만, 아주머니의 어린 앤이 발표회에서 돋보이는 걸 원하지 않으세요?"

"내가 원하는 건 네가 얌전히 행동하는 것뿐이야. 이 요란한 법석이 얼른 끝나서 네가 안정을 찾으면 정말이지 기쁘겠구나. 네 머릿속에는 연극과 신음과 타블로 같은 것만 가득 차 있잖니. 네 혀가 닳지 않는 게 참 놀랍다."

앤은 한숨을 내쉬며 뒤뜰로 갔다. 밝은 녹황색 서쪽 하늘을 바라보니 잎이 다 떨어진 포플러 나뭇가지 사이로 초승달이 빛났다. 매슈는 장작을 패고 있었다. 앤은 네모난 나무토막 위에 걸터앉아 발표회 이야기를 늘어놓았다. 적어도 매슈만큼은 감탄하며 공감해 주리라 확신했다.

"글쎄, 아주 멋진 발표회가 될 것 같구나. 그리고 너는 네 역할을 훌륭히 잘 해낼 거야."

매슈가 생기와 열의가 넘치는 앤의 작은 얼굴을 내려다보고 미소 지으며 말했다. 앤 역시 매슈를 바라보고 미소 지었다. 두 사람은 가장 좋은 친구였고, 매슈는 앤을 양육하는 일에 관여하지 않기로 한 것을 다행스럽게 여길 때가 종종 있었다. 앤을 양육하는 일은 마릴라가 도맡았다. 만일 그 일을 매슈가 도맡았다면 매슈는 마음이 하는 말과 교육상 해야 하는 말 사이에서 자주 갈등하며 마음고생 했을 터였다. 그도 그럴 것이, 매슈는 마릴라의 표현처럼 마음껏 '앤의 응석을 모두 받아 주고 있었다.' 그러나 그건 그렇게 나쁜 일은 아니었다. 때로는 작은 '이해'가 가장 공들인 '교육'만큼 효과가 큰 법이니까.

25
매슈가 퍼프소매를 고집하다

　매슈는 무척 괴로운 10분을 보냈다. 어둑해지는 추운 12월의 저녁 황혼이 질 무렵, 매슈는 부엌으로 들어와 무거운 장화를 벗으려고 구석에 있는 장작통에 걸터앉았다. 그때까지 매슈는 앤과 앤의 친구들이 거실에서 〈요정 여왕〉을 연습하고 있다는 사실을 알지 못했다. 얼마 후 아이들이 복도를 지나 명랑하게 재잘대고 깔깔거리며 부엌으로 우르르 몰려 들어왔다. 숫기 없는 매슈는 한 손에는 장화를, 다른 손에는 구둣주걱을 든 채 장작통 뒤 어둠 속으로 뒷걸음질 쳤기에 아이들은 매슈를 보지 못했다. 거기서 매슈는 아이들이 모자를 쓰고 외투를 입으면서 연극과 발표회 이야기를 하는 것을 10분 동안이나 숨어서 지켜보았다. 아이들 틈에서 밝고 생기 있는 앤의 모습이 보였다. 그런데 가만히 보니 앤이 친구들과는 어딘가 달라 보인다는 생각이 불현듯 들었다. 매슈는 그런 차이가 있다는 것 자체가 있을 수 없는 일이라고 여겨 마음이 불편했다. 앤은 친구들보다 얼굴이 더 밝고, 눈은 더 크고 더 반짝였으며, 이목구비는 더 섬세했다. 부끄러움이 많아 뭔가를 주시해 보는 법이 없는 매슈의 눈에도 그런 점은 보였다. 그러나 매슈의 마음을 심란하게 한 차이점은 그런 게 아니었다. 그럼 무엇이었을까?

여자아이들이 팔짱을 끼고 단단히 얼어붙은 긴 오솔길을 따라 돌아가 버린 한참 뒤에도 매슈는 그 질문에 사로잡혀 있었다. 앤은 옆에서 책에 온통 집중하고 있었다. 차마 마릴라에게 물어볼 수는 없었다. 보나 마나 조롱하듯 코웃음 치며 이런 말을 내뱉을 것이 뻔했다. 앤과 다른 여자아이들 사이에서 보이는 유일한 차이는 다른 아이들은 가끔 한동안 조용히 입을 다물고 있는데 앤은 그렇지 않은 거라고. 매슈는 그런 말은 들어 봐야 별 도움이 되지 않는다고 생각했다.

그날 저녁 매슈는 파이프 담배까지 피우며 그 질문을 파고드는 바람에 마릴라를 질색하게 했다. 두 시간 동안 담배를 피우고 열심히 생각한 끝에 문제의 답을 찾았다. 바로 앤의 차림새가 다른 아이들과 다르다는 점이었다!

매슈는 생각하면 할수록 앤이 초록 지붕 집에 온 뒤로 다른 여자아이들처럼 옷을 입어 본 적이 한 번도 없었다는 사실을 더욱더 확신했다. 마릴라는 앤에게 계속 평범하고 어두운 빛깔에, 똑같은 모양 원피스를 만들어 입혔다. 매슈도 옷에 유행이 있다는 것 정도는 알았고, 앤이 입은 옷의 소매가 다른 여자아이들의 옷소매와 완전히 다르다는 것을 분명히 알아차렸다. 매슈는 그날 저녁에 앤과 함께 있던 여자아이들의 모습을 떠올려 보았다. 다들 빨간색, 파란색, 분홍색, 흰색 등 화사한 옷을 입고 있는데 왜 마릴라는 앤에게 그렇게 소박하고 수수한 옷만 늘 입히는지 알 수가 없었다.

물론 그게 맞는지도 모른다. 앤을 양육하는 당사자는 마릴라이고, 마릴라가 알아서 잘할 터였다. 아마 미처 짐작할 수 없는 어떤 지혜로운 이유가 있어서 그런 옷을 입히는 것일 수도 있었다. 그래도 앤에게 다이애나 배리가 늘 입는 옷과 비슷한, 예쁜 원피스 한 벌 정도 입힌다고 해서 해가 될 건 분명 없을 것 같았다. 매슈는 앤에게 옷을 한 벌 사 주기로 마음을 먹었다. 그런다고 쓸데없이 참견한다며 마릴라가 반대하고 나설 리 없었다. 크리스마스가 앞으로 2주밖에 남지 않았다. 멋진 새 원피스를 크리스마스 선물로 주면 아주 좋을 것 같았다. 드디어 매슈는 만족스러운 듯 한숨을 내쉬며 파이프를 치우고 잠자리에 들었고, 마릴라는 집에 있는 문이란 문은 모조리 열어 환기했다.

바로 다음 날 오후에 매슈는 원피스를 사려고 카모디로 나갔다. 낯을 많이 가리는 매슈로서는 쉬운 일이 아니었지만 큰마음먹고 옷을 사 오기로 했다. 매슈는 옷을 사는 것이 만만치 않은 일이겠거니 생각했다. 어떤 물건은 꽤 흥정을 잘해서 살 수 있었지만 여자아이의 옷을 사려면 가게 주인의 도움을 받을 수밖에 없었다.

매슈는 한참 생각한 끝에 윌리엄 블레어 상점 대신 새뮤얼 로슨 상점에 가기로 했다. 커스버트 남매는 늘 윌리엄 블레어 상점에서 옷을 사 입었다. 두 사람에게 윌리엄 블레어 상점과 거래하는 것은 장로 교회에 다니고 보수당에 투표하는 일만큼이나 양심의 문제에 가까웠다. 그러나 윌리엄 블레어의 두 딸이 상점에서 손님들의 시중을 들 때가 자주 있었는데, 매슈는 그 딸들을 두려워했다. 매슈가 사고 싶은 옷이 정확히 어떤 것인지 알아서 확실하게 고를 수 있을 때는 두 딸을 어떻게든 상대할 수 있을 터였다. 그러나 여자아이의 옷 문제에 관해서라면 설명과 조언이 필요했기 때문에 남자가 운영하는 상점이 좀 더 편할 것 같았다. 그래서 새뮤얼 로슨 상점에 가기로 한 것이었다. 그 상점에서는 새뮤얼이나 그의 아들이 매슈에게 옷을 골라 줄 터였다.

맙소사! 매슈는 새뮤얼이 최근에 사업을 확장하며 여자 점원을 한 명 더 두었다는 사실을 미처 알지 못했다. 그녀는 새뮤얼 부인의 조카로, 젊고 활달했으며 앞머리를 이마 위로 높게 빗어 올리고 커다란 갈색 눈을 이리저리 굴리며 상대가 당황스러울 정도로 요란하게 웃어 댔다. 무척 세련된 옷차림에 팔찌를 여러 개 해서 두 손이 움직일 때마다 팔찌가 반짝이면서 짤랑대는 소리를 냈다. 매슈는 여자 점원을 보자 혼란에 휩싸였고 짤랑거리는 팔찌들이 넋을 나가게 했다.

"커스버트 씨, 무엇을 찾으세요?"

루실라 해리스가 두 손으로 계산대를 톡톡 두드리며 활기차고 싹싹하게 물었다.

"호…… 호…… 혹시…… 정원용 갈퀴 있어요?"

매슈가 더듬거리며 물었다.

루실라는 좀 놀란 것 같았다. 12월 한겨울에 갈퀴를 찾는 손님이 다 있으니 그럴 만도 했다.

"아마 한두 개는 남았을 거예요. 그런데 2층 창고에 있어요. 가서 찾아볼게요."

루실라가 자리를 비운 동안 매슈는 정신을 차리기 위해 안간힘을 썼다.

루실라는 갈퀴를 들고 돌아와서 쾌활하게 물었다.

"커스버트 씨, 또 필요한 건 없으세요?"

그러자 매슈가 간신히 용기를 내어 대답했다.

"글쎄, 그렇게 물으니까 말인데, 저기, 저…… 그거…… 풀씨 좀 주시오."

루실라는 매슈 커스버트가 특이한 사람이라는 말을 들은 적이 있었다. 그리고 이제는 그가 완전히 제정신이 아니라고 결론 내렸다.

"풀씨는 봄에만 팔아요. 지금은 하나도 없어요."

루실라가 거만하게 설명했다.

"아, 그렇겠죠…… 그렇고말고요…… 그럴 거예요."

가엾은 매슈가 갈퀴를 쥐고 문을 향해 걸어가면서 더듬거렸다. 문간에 이르러 돈을 내지 않았다는 사실이 떠오른 매슈는 비참한 기분으로 돌아섰다. 루실라가 거스름돈을 계산하는 동안 매슈는 절박한 심정으로 용기를 그러모아 마지막 시도를 했다.

"저기, 괜찮다면…… 저기…… 설탕을 좀…… 보고 싶어요."

"흰 설탕이요, 흑설탕이요?"

루실라가 참을성 있게 물었다.

"아…… 저기…… 흑설탕이요."

매슈가 힘없이 대답했다.

"저기 있어요. 저것밖에 없어요."

루실라는 팔찌를 흔들며 설탕통을 가리켰다.

"저…… 저…… 9킬로그램만 줘요."

매슈의 이마에 땀이 송골송골 맺혔다.

매슈는 집으로 돌아가는 길 중간 지점에 와서야 비로소 온전히 정신을 차렸다. 상점에서 끔찍한 경험을 하기는 했지만 늘 가던 거래처가 아닌 낯선 가게에 갔으니 그런 일을 겪는 게 당연하다고 생각했다. 매슈는 집에 오자 갈퀴는 헛간에 숨겨 놓고 설탕은 마릴라에게 갖다 주었다.

"웬 흑설탕이에요? 그것도 이렇게 많이 사 오다니. 일꾼들 죽을 만들거나 검은 과일 케이크를 만들 때만 흑설탕을 쓴다는 걸 알잖아요. 제리도 이제 없고, 케이크를 안 만든 지 오래됐다고요. 게다가 좋은 설탕도 아니에요. 거친 데다 색이 시커멓잖아요. 윌리엄 블레어 상점에는 이런 설탕을 취급하지 않는데."

마릴라가 소리쳤다.

"어……, 언젠가 쓸 일이 있겠지."

매슈는 겨우 이렇게 변명했다.

매슈는 다시 궁리했지만 이런 일에는 아무래도 여자의 도움이 필요할 것 같았다. 그러나 마릴라에게 도움을 청할 수는 없었다. 마릴라는 자신이 계획한 일에 즉시 찬물을 끼얹을 것이 뻔했다. 그렇다면 남은 사람은 린드 부인뿐이었다. 에이번리의 다른 여자들한테는 조언을 구할 엄두가 나지 않았다. 매슈는 린드 부인을 찾아갔고 인정 많은 린드 부인은 괴로워하는 남자의 짐을 재빨리 덜어 주었다.

"앤에게 줄 원피스를 골라 달라는 거죠? 걱정하지 말아요. 내일 카모디에 갈 거니까 한번 살펴볼게요. 특별히 생각해 둔 원피스가 있나요? 없죠? 그러면 내가 알아서 살게요. 앤한테는 짙은 갈색이 어울릴 것 같아요. 마침 윌리엄 블레어 상점에 진짜 예쁜 글로리아 천이 새로 들어왔거든요. 괜찮다면 내가 옷을 만들어 줄 수도 있어요. 마릴라가 만들면 아마 크리스마스가 오기도 전에 앤이 눈치챌 테니 깜짝 선물이 될 수 없잖아요. 내가 만들게요. 괜찮아요, 이건 조금도 폐가 되는 일이 아니에요. 바느질을 좋아하니까요. 조카딸 제니 길리스한테 맞게 옷을 지으면 될 거예요. 제니와 앤은 쌍둥이처럼 체격이 비슷하거든요."

"저기, 정말 고맙습니다. 그리고…… 그리고…… 모르겠어
요……. 하지만…… 요즘에는 소매가 달라진 것 같던데……. 폐
가 되지 않는다면…… 새로운 방식으로 소매를 만들어 주면 좋
겠어요."

"퍼프소매 말이죠? 물론이에요. 조금도 걱정할 필요 없어요, 매
슈. 최신 유행하는 소매로 만들게요."

매슈가 나가자 린드 부인이 혼잣말로 덧붙였다.

'그 가엾은 아이가 근사한 옷을 입은 모습을 보면 속이 시원할
것 같군. 마릴라가 앤에게 입혀 놓은 옷을 보면 우스꽝스럽기 짝
이 없다니까. 그 얘기를 솔직하게 마릴라에게 해 주고 싶어서 입
이 근질거린 적이 한두 번이 아니었어. 하지만 입을 다물고 있었
지. 마릴라가 귓등으로도 듣지 않을 게 뻔하니까. 마릴라는 아이
를 낳아 키워 보지도 않았으면서 나보다 자기가 아이를 양육하
는 문제를 더 잘 안다고 생각하는 것 같거든. 하지만 사람들이
다 그렇지 뭐. 아이를 키워 본 사람들은 모든 아이에게 들어맞는
명확한 방법이 없다는 걸 알지. 하지만 아이를 길러 본 적이 없
는 사람들은 규칙을 세우고 그대로만 하면 되는 줄 알아. 아이
키우는 일이 계산대로 착착 맞아떨어질까. 피와 살로 이루어진
존재를 수학 문제 다루듯 할 수는 없는데, 마릴라는 그런 이치를
모르니 실수하는 거라고. 앤한테 옷을 그런 식으로 입혀서 겸손
한 미덕을 키워 주려고 하는 모양이야. 하지만 그래 봐야 불만이

쌓이고 시기심만 돋울걸. 앤도 자기 옷이 다른 여자아이들 옷과 다르다는 걸 분명히 느꼈을 텐데. 그런데 매슈가 그 점을 알아챘다니! 예순 살이 넘어서야 잠에서 깨어나고 있나 봐.'

마릴라는 그 후 2주 동안 매슈에게 무슨 꿍꿍이가 있다는 것은 눈치챘지만 전혀 짐작하지 못하다가 크리스마스이브가 되어 린드 부인이 새 원피스를 가져오자 그제야 알았다. 린드 부인은 만일 마릴라가 원피스를 만들면 앤이 너무 일찍 알아 버릴까 봐 매슈가 걱정해서 자신이 만들었다고 잘 둘러댔다. 마릴라는 그 말을 믿지 않았지만 내색하지 않고 태연하게 행동했다.

마릴라는 약간 딱딱한 듯했지만 관대하게 말했다.

"이것 때문에 오라버니가 2주 동안 그렇게 수상쩍게 굴며 혼자 빙글빙글 웃곤 했군요. 바보 같은 일을 벌이고 있는 줄 알았다니까. 사실 앤에게 다른 옷은 더 필요 없어요. 내가 지난가을에 따뜻하고 실용적인 좋은 옷감으로 원피스를 세 벌이나 지어 줬거든요. 옷은 더 있어 봐야 낭비예요. 그런 소매에 쓰인 재료만으로도 허리춤을 넉넉히 만들 수 있을 거예요. 오라버니가 그래 봤자 앤의 허영심만 키워 줄 뿐이에요. 지금도 앤이 얼마나 허영에 들떠 있는지 알아요? 앤이 이제 만족하면 좋겠어요. 그런 바보 같은 소매가 유행한 뒤 몹시 갖고 싶어 했거든요. 그 뒤로 그런 말은 두 번 다시 꺼내지 않았지만. 소매가 계속 커지고 더 우스꽝스러워지고 있어요. 지금은 풍선처럼 커졌다니까요. 내년쯤이면 그런 옷을 입은 사람은 문을 통과할 때 옆으로 가야 할걸요?"

하얗게 온통 눈으로 뒤덮인 아름다운 세상에 크리스마스 아침이 밝았다. 12월이지만 날씨가 포근해서 사람들은 눈이 내리지 않는 그린 크리스마스가 될 거로 생각했다. 그러나 에이번리의 풍경을 싹 바꿔 놓을 만큼 부드러운 눈이 밤새 넉넉히 내렸다. 앤은 기뻐서 눈을 휘둥그레 뜨고 동쪽 방의 서리 긴 창으로 밖을 살짝 내다보았다. 유령의 숲에 우거진 전나무가 하얀 깃털을 뒤집어쓴 듯 근사했고 자작나무와 야생 벚나무는 진주를 매달고 있는 듯 보였다. 쟁기로 갈아 놓은 밭은 잔물결이 찰랑대는 하얀 바다 같았다. 신선한 공기는 상쾌하고 알싸했다. 앤은 노래를 부르며 계단을 후다닥 내려갔다. 앤의 목소리가 초록 지붕 집 전체에 울려 퍼졌다.

"메리 크리스마스, 마릴라 아주머니! 메리 크리스마스, 매슈 아저씨! 정말 아름다운 크리스마스예요! 화이트 크리스마스라서 정말 좋아요. 화이트 크리스마스가 아니면 크리스마스 기분이 나지 않잖아요, 그렇죠? 그린 크리스마스는 싫어요. 사실 초록빛이라고 할 수도 없는, 색이 바랜 갈색과 잿빛이니까요. 그런데 사람들은 왜 그린 크리스마스라고 불렀을까요? 어…… 어…… 매슈 아저씨, 그거 제게 주시는 건가요? 어머나, 매슈 아저씨!"

매슈는 수줍어하며 포장지를 벗기고 원피스를 꺼내어 펼친 다음 마릴라의 눈치를 살피며 원피스를 내밀었다. 마릴라는 관심도 없다는 듯 찻주전자에 물을 담고 있었지만 곁눈질로 그 장면을 꽤 흥미 있게 지켜보았다.

앤은 원피스를 받아 들고는 경건한 눈빛으로 아무 말 없이 원피스를 바라보았다. 아, 얼마나 예쁜 옷인가! 실크처럼 윤이 나는 아름답고 부드러운 갈색 글로리아 천으로, 치마는 우아하게 주름이 잡혀 있고 블라우스는 최신 유행의 핀턱 장식으로 공을 들였으며 목깃에도 하늘하늘한 레이스가 달려 있었다. 무엇보다도 소매가 왕관처럼 아름다웠다! 팔목에서 팔꿈치까지는 꼭 맞았다. 그 위로 두 단으로 커다랗게 부풀린 소매가 달려 있고 여러 겹의 셔링과 나비 모양 갈색 실크 리본으로 장식되어 있었다.

매슈가 수줍은 듯 말했다.

"앤, 크리스마스 선물이다. 이런…… 왜…… 왜…… 그러니, 앤, 마음에 안 드니?"

갑자기 앤의 눈에 눈물이 그렁그렁 고였다.

"마음에 안 들다니요! 아, 매슈 아저씨!"

앤은 원피스를 의자 위에 펼쳐 놓고 두 손을 맞잡았다.

"매슈 아저씨, 정말 완벽하게 아름다운 원피스예요! 아, 뭐라고 표현해야 할지 모를 정도로 감사해요. 저 소매 좀 보세요! 아, 마치 행복한 꿈을 꾸고 있는 것 같아요."

"자, 자, 아침이나 먹읍시다."

마릴라가 끼어들었다.

"앤, 너한테 이런 옷이 필요하다고는 생각하지 않지만 매슈 오라버니가 너를 위해 마련해 주었으니 소중하게 입도록 해라. 린드 부인이 네게 주라는 머리 리본도 있어. 그 원피스에 어울리는

갈색 리본이야. 자, 이제 와서 앉아라."

행복에 취한 앤이 말했다.

"아침을 먹을 수 있을지 모르겠어요. 이렇게 흥분되는 순간에 아침을 먹는다는 건 너무 평범한 것 같아요. 전 차라리 이 원피스만 보면서 눈을 기쁘게 하겠어요. 퍼프소매가 아직 유행하고 있어서 다행이에요. 제가 그런 옷을 입어 보기도 전에 유행이 지나면 두고두고 후회할 것 같았거든요. 그랬다면 어떤 원피스를 입어도 만족하지 못했을 거예요. 린드 아주머니가 저를 위해 리본까지 만들어 주셨다니 정말 감동적이에요. 이제부터 아주 착한 아이가 되어야겠어요. 이럴 때는 제가 모범적인 아이가 아니라서 죄송해요. 그래서 그럴 때마다 앞으로 착한 아이가 되겠다고 결심하죠. 하지만 거부할 수 없는 유혹이 생길 때는 결심한 것을 실천하기가 왠지 힘들어요. 그래도 이제부터는 정말로 좀더 노력해 볼게요."

그 평범한 아침 식사가 끝났을 때 다이애나가 진홍색 외투를 입고 골짜기의 하얀 통나무 다리를 건너오는 모습이 보였다. 앤은 다이애나를 맞으러 부리나케 비탈을 내려갔다.

"메리 크리스마스, 다이애나! 정말 멋진 크리스마스야. 너에게 보여 줄 것이 있어. 매슈 아저씨가 세상에서 가장 아름다운 퍼프소매 원피스를 선물해 주셨어. 이보다 더 훌륭한 원피스는 상상도 할 수 없어!"

"나도 네게 줄 게 있어. 자, 이 상자를 받아. 조세핀 할머니가

순간순간을 기쁨으로
채우고 싶은 날

♪ ♫ ♪

"내 기분은 내가 정해. 오늘 나는 '행복'으로 할래."
_ 애니메이션 〈이상한 나라의 앨리스〉 중에서

"Life is dancing!
꼬미, 춤추듯 사는 게 인생이야!
마음 가는 대로, 몸 가는 대로, 리듬에 맞춰 물 흐르듯 자연스럽게!
자, 따라 해 봐. 이렇게, 이렇게."

갖가지 많은 물건이 든 커다란 상자를 보내셨는데, 이건 네 거야. 어젯밤에 주고 싶었는데 어두워진 뒤에야 상자가 도착했어. 그리고 날이 저물면 유령의 숲을 지나갈 엄두가 나지 않아서 말이야."

다이애나가 숨찬 목소리로 말했다.

앤은 상자를 열어 안을 들여다보았다. '꼬마 앤에게, 메리 크리스마스'라고 쓰인 카드가 보였다. 그리고 앙증맞게 작은 어린이 실내화 한 켤레가 나왔다. 발등에 구슬 장식이 있고 새틴 리본과 반짝이는 버클 장식이 달려 있었다.

"어머, 다이애나, 내가 이런 걸 받아도 될까? 꿈을 꾸고 있는 것만 같아!"

"하늘이 도왔다고 생각해. 루비의 실내화를 빌리지 않아도 되잖아. 루비의 실내화는 너에게 너무 크니까 잘 됐어. 요정이 발을 질질 끌고 다니면 얼마나 우스꽝스럽겠니? 그러면 조시 파이가 고소해하겠지. 있잖아, 로브 라이트가 그저께 밤에 연습하고 나서 거티 파이와 함께 집에 갔대. 그 얘기 들었니?"

그날 에이번리의 학생들은 강당을 장식하고 마지막으로 총연습하느라 모두 잔뜩 들떠 있었다.

드디어 발표회가 저녁에 열렸고 대성공을 거두었다. 작은 강당은 사람들로 붐볐다. 출연한 학생들 모두 무척 잘했지만 발표회에서 단연 빛난 아이는 바로 앤이었다. 샘이 많은 조시 파이조차 그 사실을 부인하지 못했다.

"아, 굉장한 저녁이었지?"

모든 것이 끝나고 다이애나와 함께 집으로 걸어오던 앤이 긴 한숨을 내쉬며 말했다. 캄캄한 하늘에는 별이 총총했다.

"모든 게 아주 잘 진행되었어. 앨런 목사님이 발표회 이야기를 샬럿타운 신문에 보낼 거라는 걸 보니 아마 10달러는 번 것 같아."

다이애나는 현실적인 이야기를 했다.

"어머, 다이애나, 우리 이름이 정말로 신문에 실리는 거야? 생각만 해도 마음이 설레. 다이애나, 너의 독창은 완벽했어! 네가 앙코르를 받았을 때는 너보다도 내가 더 뿌듯했다니까. '저렇게 칭송받는 아이가 바로 내 단짝이라니!'라고 혼잣말을 했어."

"앤, 너의 시 낭송은 모든 관객을 휘어잡았잖아. 슬픈 시는 정말 훌륭했어!"

"어휴, 얼마나 긴장했는지 몰라, 다이애나. 앨런 목사님이 내 이름을 불렀을 때 단상에 어떻게 올라갔는지 도무지 기억이 안 날 정도야. 수많은 관객의 눈이 나를 뚫어지게 바라보는 느낌이었어. 그러더니 어느 순간 도저히 입을 뗄 수가 없겠다는 생각이 강하게 들어서 무서웠어. 그때 매슈 아저씨가 선물로 준 퍼프소매 원피스를 떠올리며 용기를 냈어. 그 소매에 어울리는 사람이 될 수 있게 행동해야 한다는 생각이 들었거든. 그래서 시 낭송을 시작했는데, 내 목소리가 아주 멀리서 들리는 것 같았어. 마치 앵무새가 된 기분이더라고. 방에서 자주 연습하길 정말 잘했어. 그렇지 않았으면 잘 해내지 못했을 거야. 내가 신음하는 대목 괜찮았니?"

"응, 아주 그럴듯했어."

다이애나가 자신 있게 말했다.

"자리로 돌아와 앉으면서 보니까 나이 지긋한 슬론 아주머니가 눈물을 훔치고 계셨어. 내가 누군가의 마음을 움직였다고 생각하니까 가슴이 벅차오르더라고. 발표회에 참여하는 건 무척 낭만적인 일이라고 생각하지 않니? 아, 정말 오래도록 기억에 남을 거야."

"남자아이들 연극도 훌륭하지 않았니? 길버트 블라이드는 정말 멋지더라. 앤, 길버트를 대하는 너의 태도는 너무 심해. 내 말아직 안 끝났으니까 기다려 봐. 네가 요정 연극을 마치고 단상에서 뛰어 내려왔을 때 네 머리에서 장미꽃 한 송이가 떨어졌어. 길버트가 그 꽃을 주워서 자기 재킷 앞주머니에 꽂더라. 내가 할얘기는 여기까지야. 너는 무척 낭만적인 아이니까 그런 이야기를들으면 좋아할 것 같은데."

다이애나가 말했다.

"그 애가 뭘 하든 난 상관없어. 그 애 일로 한순간도 허비하고싶지 않아, 다이애나."

앤이 거만하게 말했다.

그날 밤, 20년 만에 처음으로 발표회에 다녀온 마릴라와 매슈는 앤이 자러 간 후에도 한참 동안 부엌 난롯가에 앉아 있었다.

"글쎄, 우리 앤이 그 누구보다 잘한 것 같아!"

매슈가 자랑스러워하며 말했다.

"맞아요. 앤은 영리한 아이예요, 매슈 오라버니. 그리고 아주 예뻐 보였어요. 저는 발표회를 반대했지만 별로 해가 될 건 없는 것 같아요. 아무튼 저는 오늘 밤에 앤이 자랑스러웠어요! 하지만 그 말은 앤에게 해 주지 않을 거예요."

"글쎄, 나는 앤이 자랑스러웠고, 그래서 앤이 2층으로 올라가기 전에 말해 주었어. 마릴라, 이제 앤을 위해 우리가 무엇을 해 줄 수 있을지 알아봐야겠어. 머지않아 앤은 에이번리 학교에 다니는 것만으로는 성에 차지 않을 것 같구나."

"그 문제라면 생각할 시간은 충분해요. 3월이면 앤은 겨우 열세 살인걸요. 하긴 오늘 밤에 보니 앤이 부쩍 컸다는 생각이 들었어요. 린드 부인이 원피스를 약간 길게 만들어서 앤의 키가 한결 커 보이더라고요. 앤은 뭐든 빨리 배우니까 아무래도 조금 더 있다가 퀸스 전문대학교에 보내는 편이 가장 좋을 것 같아요. 하지만 아직 1, 2년 동안은 그런 말을 꺼낼 필요는 없겠어요."

"글쎄, 그 문제를 가끔 생각해 보는 건 나쁘지 않겠지. 그런 문제는 생각을 많이 할수록 좋으니까."

26
이야기 클럽을 만들다

에이번리의 아이들은 단조로운 생활로 다시 돌아가는 것을 힘들어했다. 특히 앤은 하루하루가 김이 빠진 것처럼 끔찍하게 따분하고 아무 보람 없이 흘러가는 것만 같았다. 몇 주 동안 발표회 준비를 하면서 흥분에 휩싸여 지낸 탓이었다. 조용히 즐거움을 찾던, 발표회를 하기 전의 시절로 돌아갈 수 있을까? 그 시절이 아득하기만 했다. 앤은 다이애나에게 말한 대로 처음에는 그때로 돌아가지 못할 것 같았다.

"다이애나, 나는 삶이 오래전과 다시 똑같아질 수는 없다고 확신해."

앤은 적어도 50년 전의 옛날을 말하는 듯 구슬프게 말했다.

"시간이 조금 지나면 결국 나도 익숙해지겠지. 하지만 발표회를 하고 나면 사람들은 일상생활에 쉽게 적응하지 못해. 그래서 마릴라 아주머니가 발표회를 못마땅하게 생각하나 봐. 마릴라 아주머니는 현명한 분이잖아. 현명하다는 것은 좋은 일이지만 그래도 나는 정말로 현명한 사람이 될 마음은 없는 것 같아. 왜냐하면 현명한 사람에게는 낭만적인 구석이라고는 찾아볼 수가 없거든. 내가 현명한 사람이 될 리는 없으니 걱정하지 말라고 린드 아주머니가 말했는데 그건 모르는 일이잖아. 지금 당장은 나중에 크면 현명해질 수도 있겠다는 생각이 들어. 하지만 그건 아마 피곤한 탓일 거야. 어젯밤에 잠을 설쳤거든. 누워서 몇 번이고 발표회를 상상했어. 발표회는 정말 신나는 일이었어. 다시 떠올려 봐도 아주 멋진 경험이야."

에이번리 학교는 다시 예전의 일상으로 돌아왔고 예전의 흥미를 되찾았다. 확실히 발표회는 후유증을 남겼다. 루비 길리스와 엠마 화이트는 발표회 무대에서 좋은 자리를 놓고 다툰 이후 더는 같은 책상에 나란히 앉지 않았다. 언제까지고 계속될 것 같았던 3년 우정이 깨진 것이었다. 조시 파이와 줄리아 벨은 석 달 동안이나 서로 말을 하지 않았다. 조시 파이가 베시 라이트에게 줄리아 벨이 낭송하려고 일어서서 허리 숙여 인사하는 모습에서 닭이 머리를 홱 숙이는 것이 연상되었다고 말했고, 베시가 그 말을 줄리아에게 전했기 때문이었다. 슬론 집안은 벨 집안과 어떤 거래도 하지 않으려고 했다. 슬론 집안이 발표회 프로그램에서 너무 많은 역할을 맡았다고 벨 집안이 단언했고, 그러자 벨 집안은 작은 역할 하나도 제대로 못 한다고 슬론 집안이 맞받아쳤기 때문이었다. 마지막으로 찰리 슬론이 무디 스퍼전 맥퍼슨과 싸웠다. 왜냐하면 무디 스퍼전이 앤 셜리가 낭송 좀 했다고 잘난 체한다고 말했기 때문이었다. 무디 스퍼전은 실컷 두들겨 맞았다. 결국 무디 스퍼전의 누이 엘라 메이는 겨우내 앤 셜리에게 한마디도 하려 들지 않았다. 이처럼 사소하게 불화가 일어난 것을 제외하면 스테이시 선생님의 작은 왕국은 규칙대로 순조롭게 흘러갔다.

어느덧 겨울이 지나갔다. 눈이 오는 날도 드문 유례없이 온화한 겨울이어서 앤과 다이애나는 거의 매일 자작나무 길을 걸어 학교에 갈 수 있었다. 앤의 생일날 앤과 다이애나는 자작나무 길을 경쾌하게 걸어 내려오며 연신 재잘거리면서도 두 눈과 귀를 예민하게 열어 두었다. 스테이시 선생님이 조만간 '겨울 숲 산책'을 주제로 작문을 해야 한다고 말했기 때문이었다. 그래서 앤과 다이애나는 주변을 잘 관찰해야 했다.

앤이 진지하게 말했다.

"다이애나, 생각해 봐. 오늘 나는 열세 살이 됐어. 내가 십 대가 되다니 도저히 믿어지지 않아. 오늘 아침에 깨어나 보니 왠지 모든 것이 달라 보였어. 너는 한 달 전에 열세 살이 되었으니까 지금의 나만큼 신기하다는 생각이 별로 들지 않겠지. 열세 살이 되니까 인생이 훨씬 더 흥미로워 보여. 2년 뒤면 나는 정말로 성인이 돼. 그러면 거창하게 말해도 비웃음을 당할 일이 없으니까 생각만 해도 큰 위로가 되더라."

"루비 길리스는 열다섯 살이 되면 남자친구를 사귈 거래."

다이애나가 말하자 앤이 무시하는 투로 이어 말했다.

"루비 길리스는 남자친구 생각밖에 안 해. 현관 벽에 자기 이름이 적혀 있으면 겉으로는 펄펄 뛰는 체하지만 사실 속으로는 무척 좋아하거든. 내 말이 좀 야박하기는 하지. 목사님 사모님이 절대로 말을 야박하게 해서는 안 된다고 하셨는데 말이야. 하지만 나도 모르게 말이 튀어나올 때가 있지 않니? 조시 파이에 대해서라면 야박한 말을 안 할 수가 없기 때문에 그 아이 얘기는 절대 입에 올리지 않아. 너도 눈치챘을지 모르겠구나. 나는 사모님처럼 되려고 최선을 다해 노력하고 있어. 사모님은 완벽하시니까. 앨런 목사님도 그렇게 생각하시더라. 사모님이 밟고 지나가는 땅까지 앨런 목사님이 귀하게 여긴다고 린드 아주머니가 그러셨어. 린드 아주머니는 목사님이 인간이라는 존재에 그렇게 많은 애정을 쏟는 것이 바람직하지 않다고 생각하셔. 하지만 다이애나, 목사님도 사람이고 다른 모든 사람처럼 저지르기 쉬운 죄가 있기 마련이잖아. 나는 지난 일요일 오후에 사모님과 인간이 저지르기 쉬운 죄에 대해서 아주 흥미로운 이야기를 나눴어. 일요일에 나눌 수 있는 몇 안 되는 적절한 이야깃거리 중 하나였어. 내가 쉽게 저지르는 죄는 상상을 너무 많이 해서 할 일을 잊어버린다는 거야. 나는 그러지 않으려고 노력하고 있어. 이제 열세 살이 되었으니까 아마 나아질 거야."

"4년만 있으면 우리도 머리를 올릴 수 있어. 앨리스 벨은 겨우 열여섯 살인데 머리를 올리고 다녀. 그건 우스운 짓 같아. 나는 열일곱 살이 될 때까지 기다릴 거야."

다이애나가 말했다.

"만일 내가 앨리스 벨처럼 코가 휘었다면 나는 절대로…… 아, 그 얘긴 여기까지만 할게. 아주 야박한 말을 하게 될 테니까. 게다가 그 아이의 코를 내 코와 비교했는데 그것도 허영심에서 나오는 행동이니까. 오래전에 내 코를 칭찬하는 이야기를 들은 뒤로 코 생각을 너무 많이 하나 봐. 내겐 그 말이 큰 위안이 되거든. 아, 다이애나, 저기 봐, 토끼가 있어. 저 장면을 잘 기억해 두었다가 숲 산책 작문을 할 때 적으면 되겠어. 숲은 여름 못지않게 겨울에도 정말 아름다워. 새하얗고 조용하고. 마치 모두 잠들어 예쁜 꿈을 꾸고 있는 것 같아."

"이번 작문은 괜찮아. 숲에 대해서라면 어떻게든 쓸 수 있으니까. 하지만 월요일에 제출해야 하는 작문 때문에 걱정이 태산이야. 스테이시 선생님이 이야기를 지어내서 쓰라고 하셨잖아!"

다이애나가 한숨을 내쉬며 말했다.

"그게 얼마나 쉬운데 그래."

앤이 말했다.

"너는 상상력이 풍부하니까 쉬운 일이겠지만 원래부터 상상력이 부족한 사람은 어떻게 하니? 너는 벌써 작문을 다 해 놨지?"

앤은 잘난 체하는 듯 보이지 않으려고 애를 썼지만 실패하고 고개를 끄덕였다.

"지난 월요일 저녁에 썼어. 제목은 '질투심 많은 경쟁자' 혹은 '죽음도 갈라놓을 수 없다'라고 했어. 그 글을 마릴라 아주머니에게 읽어 드렸더니 말도 안 된다고 하시더라. 그런 다음 매슈 아저씨에게 읽어 드렸더니 훌륭하다고 하셨어. 그런 비평은 듣기 좋던데. 내가 쓴 글은 슬프기도 하고 달콤하기도 한 이야기야. 나는 그 글을 쓰면서 어린아이처럼 엉엉 울었어. 그 글은 코델리아 몽모랑시와 제럴딘 세이머라는 두 아름다운 아가씨에 관한 이야기야. 두 아가씨는 같은 마을에 살았고 서로에 대한 우정이 각별했어. 코델리아는 탐스러운 검은 머리에 새까만 눈동자가 반짝반짝 빛나는 기품 있는 아가씨이고 제럴딘은 여왕처럼 우아한 금발 머리에 눈은 옅은 자줏빛이야."

"자줏빛 눈을 가진 사람은 한 번도 본 적이 없어."

다이애나가 미심쩍어하며 말했다.

"나도 못 봤어. 그냥 상상한 거야. 평범한 건 싫어서. 제럴딘은 눈썹도 설화 석고 같아. 설화 석고 같은 눈썹이 뭔지 알게 됐어. 그게 열세 살이 됐을 때의 장점이야. 열두 살이었을 때보다 아는 게 훨씬 더 많아졌어."

"그래서 코델리아와 제럴딘은 어떻게 되는데?"

다이애나는 두 여자의 운명에 점점 흥미를 느꼈다.

"두 여자는 나란히 미인으로 성장해서 열여섯 살이 돼. 그때 버트럼 드비어가 두 여자의 고향 마을에 오고 금발의 제럴딘과 사랑에 빠져. 버트럼이 제럴딘의 생명을 구해 줘. 제럴딘의 말이 제럴딘이 타고 있는 마차를 끌고 막무가내로 달려서 제럴딘이 버트럼의 품 안에서 기절해. 그래서 버트럼이 제럴딘을 5킬로미터 거리에 있는 제럴딘의 집으로 안고 가. 마차가 다 부서졌거든. 청혼하는 장면을 상상하기가 꽤 어려웠어. 나는 그런 경험이 전혀 없어서 감이 안 잡히더라. 그래서 루비 길리스에게 남자들이 어떻게 청혼하는지 아느냐고 물었어. 루비 길리스는 결혼한 언니들이 많으니까 청혼에 대해서라면 꽤 잘 알 수도 있겠다는 생각이 들었어. 그랬더니 루비가 말해 줬어. 어느 날 맬컴 앤드루스가 루비의 언니 수잔에게 청혼할 때 루비는 식품 저장실에 숨어 있었대. 맬컴 아버지가 농장을 맬컴 명의로 물려주셨다고 하면서 수잔 언니에게 물었대. '사랑하는 수잔, 우리 올가을에 결혼하면 어때?' 하고. 그러자 수잔 언니가 '그래…… 아니야…… 모르겠어…… 글쎄'라고 말했는데, 말이 떨어지기 무섭게 약혼했대. 하지만 그런 식의 청혼은 그다지 낭만적이지 않다는 생각이 들어서 결국 내가 그럴듯하게 상상해야만 했어. 아주 향기롭고 시적인 청혼을 상상했지. 버트럼이 무릎을 꿇어. 요즘에는 그런 식으로 청혼하지 않는다고 루비 길리스가 말하기는 했지만. 제럴딘은 한 페이지에 걸쳐 말을 하면서 버트럼을 받아들여. 그 말을 지어내느라고 무척 힘들었어. 그 대목을 다섯 번 고쳐 썼는데, 내가 보기에 그 부분이 걸작이야. 버트럼은 제럴딘에게 다이아몬드 반지와 루비 목걸이를 주면서 유럽으로 신혼여행을 가자고 말해. 버트럼은 어마어마한 부자거든. 하지만 두 사람의 앞길에 검은 그림자가 덮치기 시작해. 사실 코델리아는 버트럼을 몰래 사랑했어. 그런데 제럴딘이 약혼했다는 이야기를 코델리아에게 하자 코델리아는 불같이 화를 내. 특히 목걸이와 다이아몬드 반지를 보는 순간 더욱. 제럴딘을 향한 코델리아의 애정은 모두 격렬한 증오로 바뀌고, 코델리아는 제럴딘이 버트럼과 절대 결혼하지 못하게 하겠다고 다짐해. 하지만 코델리아는 전과 다름없이 제럴딘의 친구인 것처럼 행동해. 어느 날 저녁, 두 여자는 다리 위에 서 있었어. 다리 아래에는 강물이 사납게 흐르고 있었지. 코델리아는 주위에 아무도 없다고 생각하고 조롱하듯 '하, 하, 하' 웃으며 제럴딘을 난간 너머로 밀었어. 하지만 버트럼이 그 모든 광경을 보고 즉시 물속으로 뛰어들면서 소리쳐. '내가 당신을 구해 줄게요, 소중한 나의 제럴딘.' 하지만 안타깝게도 버트럼은 자신이 수영하지 못한다는 사실을 깜빡 잊은 거야. 그래서 두 사람은 서로를 품에 꼭 안은 채 익사하고 말아. 얼마 뒤에 버트럼과 제럴딘의 시신이 강가로 밀려와. 두 사람은 한 무덤에 묻히고 장례식이 성대하게 거행돼, 다이애나. 결혼식보다는 장례식으로 이야기를 마무리 짓는 편이 훨씬 더 낭만적이야. 코델리아는 후회하며 미쳐서 결국 정신병원에 갇혀. 코델리아가 지은 죄의 대가를 그렇게 치르도록 하는 게 시적인 징벌이라고 생각했어."

"너무나 멋진 이야기야! 그런 감동적인 이야기를 어떻게 지어낼 수 있는지 정말 신기하다, 앤. 나도 너처럼 상상력이 풍부하면 좋겠어."

매슈와 비슷한 평을 하는 부류인 다이애나가 한숨을 내쉬며 말했다.

"연습하면 돼. 다이애나, 방금 좋은 생각이 떠올랐어. 우리 둘만의 이야기 클럽을 만들어서 연습 삼아 이야기를 쓰는 거야. 너 혼자 이야기를 쓸 수 있을 때까지 내가 계속 너를 도울게. 사람은 상상력을 길러야 한다는 걸 너도 알지? 스테이시 선생님이 그렇게 말씀하셨잖아. 그런데 올바른 방향으로 해야겠더라. 내가 선생님께 유령의 숲 이야기를 해 드렸더니 선생님이 그런 건 바람직하지 않다고 하셨어."

이렇게 해서 이야기 클럽이 생겼다. 처음에는 다이애나와 앤만 클럽의 회원이었지만 곧 제인 앤드루스와 루비 길리스가 들어왔다. 그리고 상상력을 기를 필요가 있다고 느끼는 한두 명이 더 들어오게 되었다. 루비 길리스는 남자아이들이 들어오면 더 재미있을 거라고 했지만 남자아이들은 낄 수가 없었다. 이야기 클럽 회원은 일주일에 이야기 한 편씩 지어야 했다.

앤이 마릴라에게 말했다.

"이야기 클럽이 얼마나 재미있는지 몰라요. 한 명씩 자기가 쓴 이야기를 큰 소리로 읽어요. 그러면 우리는 그 이야기를 놓고 토론해요. 우리는 우리의 후손이 읽을 수 있도록 우리가 쓴 이야기를 모두 신성하게 보관할 거예요. 우리는 각자 필명으로 글을 쓰는데, 제 필명은 로자먼드 몽모랑시예요. 모두 제법 글을 잘 써요. 루비 길리스는 약간 감상적이에요. 이야기 속에 구혼 장면이 얼마나 많은지 몰라요. 너무 지나치면 모자라는 것보다 나쁘잖아요. 제인은 절대 그런 장면을 넣지 않아요. 그런 대목을 큰 소리로 읽으면 완전히 바보가 된 기분이 든대요. 제인의 이야기는 굉장히 이성적이에요. 다이애나의 이야기에는 사람을 죽이는 장면이 너무 많아요. 다이애나 말로는 이야기를 쓰다가 등장인물을 어떻게 처리해야 할지 몰라서 고민스러우면 그냥 죽여서 없애 버린대요. 저는 늘 아이들에게 어떻게 글을 써야 하는지 말해 줘야 해요. 하지만 그건 어렵지 않아요. 저한테는 생각이 넘치거든요."

"이 이야기 짓는 일이야말로 가장 쓸데없는 짓 같구나. 머릿속에 말도 안 되는 생각을 잔뜩 집어넣는다며 시간을 낭비해서야 되겠니? 그 시간에 공부해야지. 이야기를 읽는 것도 마음에 걸리는데 이야기를 짓는다니 그건 더 탐탁지 않아."

마릴라가 핀잔을 주었다.

"하지만 마릴라 아주머니, 우리는 이야기 속에 도덕적 교훈을 심으려고 특히 주의하고 있어요. 제가 그걸 강조해요. 선한 사람은 모두 복을 받고 나쁜 사람은 적절히 벌 받는 거죠. 그렇게 하면 유익한 영향을 줄 수 있다고 확신해요. 도덕적 교훈은 좋은 거예요. 앨런 목사님이 그렇게 말씀하셨어요. 제가 지은 이야기 중 한 편을 앨런 목사님 부부에게 읽어 드렸더니 두 분 다 훌륭

한 도덕적 교훈을 넣었다고 동의하셨어요. 그런데 두 분은 웃지 말아야 할 대목에서 웃으셨어요. 저는 사람들이 울 때가 더 좋거든요. 제가 슬픈 대목을 읽으면 제인과 루비는 거의 늘 울어요. 다이애나는 조세핀 할머니에게 우리 클럽에 대한 이야기를 편지에 적어서 보냈어요. 그러자 조세핀 할머니가 우리가 지은 이야기를 보내 달라고 답장하셨죠. 그래서 우리는 우리가 쓴 것 중 가장 좋은 글을 적어서 보냈어요. 그 뒤에 조세핀 배리 할머니가 답장을 보내셨어요. 그렇게 재미있는 이야기는 평생 처음 읽어 본다고 하셨어요. 그래서 우리는 좀 어리둥절했어요. 왜냐하면 그 이야기는 전부 아주 애처로운 내용이고 등장인물들이 거의 다 죽거든요. 아무튼 조세핀 할머니가 우리 이야기를 마음에 들어 하신다니 기뻐요! 그것만 보더라도 우리가 미약하게나마 세상에 보탬이 되는 일을 하고 있다는 걸 알 수 있잖아요. 목사님 사모님은 무슨 일을 하든 세상에 도움 되는 일을 목표로 삼아야 한다고 하셨어요. 저는 그걸 제 목표로 삼으려고 노력하지만 재미있을 때는 자주 잊어버려요. 전 어른이 되었을 때 조금이라도 사모님처럼 됐으면 좋겠어요. 그렇게 될 가능성이 있을까요, 마릴라 아주머니?"

"가능성이 아주 크다고 말하지는 못하겠구나. 앨런 사모님은 어릴 때 너처럼 잘 잊어버리고 엉뚱하게 굴지는 않았을 것 같으니 말이다."

이것이 마릴라가 건넨 격려의 대답이었다.

"맞아요. 하지만 사모님도 지금처럼 늘 아주 착하기만 했던 건 아니었대요. 사모님이 저한테 직접 그렇게 말씀하셨어요. 사모님은 어렸을 때 장난이 너무 심해서 늘 말썽을 일으켰대요. 그 말은 제게 큰 위로가 되었어요. 다른 사람이 나쁜 행동을 하고 짓궂었다는 이야기를 듣고 위로받았다니 저는 정말 못된 아이죠? 린드 아주머니가 저한테 못됐다고 하셨어요. 린드 아주머니는 누구든 아무리 어릴 때라고 해도 말썽을 피웠다는 사람들 이야기를 들으면 늘 충격을 받으신대요. 한번은 이런 이야기를 들으셨대요. 어떤 목사님이 어릴 때 이웃 아주머니네 식품 저장실에서 딸기 타르트를 훔쳤다고 고백했대요. 그 뒤로 린드 아주머니는 그 목사님에 대한 존경심이 싹 사라졌다고 해요. 린드 아주머니와 달리 저라면 '그런 일을 고백한 목사님이 훌륭하네. 말썽을 피우고 후회하는 요즘 남자아이들이 그 이야기를 들으면 자기들도 커서 목사님이 될 수 있겠다고 생각하면서 용기를 얻겠어'라고 생각했을 거예요. 그게 제 생각이에요, 마릴라 아주머니."

"앤, 지금 나한테 드는 생각은 네가 설거지를 마칠 때가 되었다는 거야. 떠드느라고 평소보다 30분은 더 걸렸잖니. 먼저 일을 하고 이야기는 나중에 하는 습관을 들이도록 해."

27
허영심과 마음고생

4월 말의 어느 저녁, 마릴라는 자선 모임을 마치고 집으로 걸어오면서 젊고 행복한 사람에게는 물론 늙고 슬픈 사람에게도 어김없이 기쁨을 가져다주는 봄이 왔다는 생각에 젖었다. 마릴라는 자기 생각이나 감정을 주관적으로 분석하는 성격이 아니었다. 지금도 마릴라는 자신이 자선 모임과 헌금 상자, 예배실에 깔새 양탄자 생각을 하고 있다고 여길 터였다. 하지만 그런 생각 밑으로 황혼 속에서 옅은 자줏빛 안개가 피어오르는 붉은 들판, 시내 건너 목초지로 길고 뾰족한 그림자를 드리운 전나무, 거울 같은 숲속 연못가에서 진홍색 새싹을 틔운 단풍나무, 겨울잠에서 깨어나는 소리와 잿빛 잔디 아래에서 고동치는 맥박을 느끼고 있었다. 대지에 봄기운이 완연했다. 봄이 선사하는 원초적인 기쁨 덕분에 중년 여인의 차분한 발걸음은 경쾌하고 활기차졌다.

마릴라는 애정 어린 눈으로 초록 지붕 집을 바라보았다. 나무들 틈으로 집이 보였고 여러 작은 창문에 햇빛이 반사되는 모습이 눈부시게 찬란했다. 마릴라는 촉촉한 오솔길을 조심스럽게 걸어가며 앤이 초록 지붕 집에 오기 전에 그랬듯 자선 모임을 끝내고 온기 없는 집으로 돌아가는 게 아니라 난롯불이 탁탁 소리를 내며 타오르고 차를 마실 준비가 된 집으로 돌아간다는 생각에 마음이 흐뭇했다.

그런 까닭에 불이 꺼져 있고 앤의 기척도 없는 부엌에 들어서며 실망감에 더해 화가 치밀었다. 앤에게 오후 5시에 차를 준비해 놓으라고 신신당부했기 때문이었다. 마릴라는 두 번째로 좋은 옷을 허둥지둥 벗어 놓고 매슈가 밭에서 돌아오기 전에 서둘러 식사 준비를 해야 했다.

"앤이 돌아오면 야단을 쳐야겠어요."

마릴라가 큰 칼로 불씨를 필요 이상으로 힘차게 그러모으며 엄하게 말했다. 매슈는 집에 와서 구석에 앉아 참을성 있게 차를 기다리고 있었다.

"앤은 어딘가에서 다이애나와 쏘다니고 있을 거예요. 이야기를 쓰거나 연극 연습 같은 쓸데없는 짓을 하고 있겠죠. 거기에 정신이 팔려서 시간이 가는 줄도 모르고 자기가 해야 할 일도 까맣게 잊고 있는 거예요. 해야 할 일이 있으면 얼른 집으로 와야 하는데 말이에요. 앨런 사모님이 앤처럼 똑똑하고 사랑스러운 아이는 처음 본다고 말하지만 이건 다른 문제예요. 앤이 똑똑하고 사랑스러울지는 모르지만 머리는 쓸데없는 일로 가득하고 그다음에 어떤 일이 생길지 도무지 생각할 줄 몰라요. 이상한 일을 이제 안 벌인다 싶으면 어느새 또 다른 일을 벌이고. 그래도 그렇지! 오늘 자선 모임에서 레이첼 린드가 하는 말을 듣고 어찌나부아가 나던지. 앨런 사모님이 앤을 강력히 두둔하는 말을 해 주어 정말 기뻤어요. 만일 앨런 사모님이 그러지 않았다면 모든 사람이 보는 앞에서 내가 레이첼한테 매정하게 한마디 쏘아붙였을 테니까요. 앤한테 단점이 많다는 건 사실이니까 부정할 생각은 추호도 없어요. 하지만 앤을 양육하는 사람은 레이첼 린드가 아니라 나라고요. 레이첼 린드는 만일 가브리엘 천사가 에이번리에 살고 있다면 가브리엘 천사의 흠을 들추고도 남을 사람이에요. 마찬가지로 앤도 이렇게 집 밖에 있을 이유가 없다는 거예요. 오후에 집에 있으면서 내가 시킨 일이나 할 것이지. 앤이 아무리 단점이 많아도 전에는 내 말을 듣지 않거나 못 믿을 행동은 한 적이 없는데, 지금 그런 모습을 발견해서 정말 실망이에요."

참을성 있고 현명하기도 하지만 무엇보다 배가 고픈 매슈는 마릴라가 분노를 마음껏 쏟아낼 수 있도록 내버려 두는 것이 최선이라고 생각했다. 또 쓸데없는 언쟁으로 시간을 끌지 않으면 마릴라가 훨씬 일을 빨리한다는 사실을 경험으로 알고 있었다.

"글쎄, 모르겠다. 마릴라, 네가 사정도 모르고 너무 성급하게 판단하는 걸 수도 있어. 앤이 네 말을 거역했다는 확신이 들기 전까지는 앤을 믿을 수 없는 아이라고 말하지는 마. 아마 그럴 만한 사정이 있을 거야. 앤이 집에 오면 설명을 잘 해 주겠지."

"집에 있으라고 했는데 지금 없잖아요. 그 애도 내가 이해할 수 있도록 설명하기는 어려울 거예요. 오라버니가 앤을 두둔할 줄은 진작부터 알았다니까요. 하지만 앤을 양육하는 사람은 오라버니가 아니라 나라고요."

저녁 식사가 준비되었을 때는 날이 어두컴컴했다. 그런데도 앤이 서둘러서 통나무 다리를 건넌다든지 맡은 일을 하지 않은 것을 뉘우치면서 숨을 헐떡이며 연인들의 오솔길을 올라온다든지 하는 인기척이 없었다. 마릴라는 엄숙한 표정으로 설거지를 하고 접시를 치웠다. 그런 다음 식품 저장실에 내려갈 때 길을 밝혀 줄 초가 필요해서 동쪽 방으로 올라갔다. 평소에 앤의 탁자에 초가 세워져 있기 때문이었다. 마릴라가 초에 불을 붙이고 돌아서자 베개에 얼굴을 파묻고 침대에 엎드려 있는 앤의 모습이 보였다.

"맙소사! 자고 있었니, 앤?"

마릴라가 깜짝 놀라서 물었다.

"아니요."

대답 소리가 작게 들렸다.

"그럼, 어디 아프니?"

마릴라가 침대로 다가가며 걱정스러운 표정으로 물었다.

앤은 사람의 눈을 피해 영원히 숨어 있기라도 하려는 듯 몸을 웅크려 베개 속으로 더 깊이 파고들었다.

"안 돼요. 마릴라 아주머니, 제발 가세요. 저에게는 눈길도 주지 마세요. 저는 깊은 절망의 구렁텅이에 빠졌어요. 이제 반에서 누가 일등을 하든 작문을 가장 잘하든 주일 학교 합창단에서 노래를 하든 관심 없어요. 이제 그런 사소한 일은 전혀 중요하지 않아요. 저는 두 번 다시 어디에도 못 갈 테니까요. 제 인생은 끝났어요. 마릴라 아주머니, 제발 저를 볼 생각 마시고 가세요."

"무슨 뚱딴지같은 소리를 하는 거니? 앤 셜리, 도대체 무슨 일이니? 무슨 짓을 한 거야? 얼른 일어나서 말해, 어서. 그래, 뭣 때문에 그러니?"

앤은 절망에 빠진 듯 마릴라의 말대로 침대에서 슬며시 나와 바닥에 주저앉았다.

"제 머리를 보세요, 마릴라 아주머니."

앤이 다 기어들어 가는 소리로 우물거렸다.

마릴라는 촛불을 들어 등 위로 치렁치렁한 숱 많은 앤의 머리카락을 자세히 보았다. 머리카락이 분명 이상해 보이기는 했다.

"앤 셜리, 머리카락에 무슨 짓을 한 거니? 세상에, 초록색이잖아!"

굳이 이 세상에 있는 색깔로 말하라면 초록색이라고 하면 될 것 같았다. 앤의 머리카락은 기묘하고 칙칙한 구릿빛 초록색으로 본래 있던 빨간색이 군데군데 보여서 더욱 섬뜩했다. 마릴라는 평생을 살면서 그 순간 앤의 머리카락처럼 그렇게 기이한 것은 처음 보았다.

"맞아요, 초록색이에요. 예전에는 빨간 머리처럼 안 좋은 것도 없다고 생각했어요. 그런데 이제 보니 초록색 머리카락이 열 배는 더 안 좋아요. 아, 마릴라 아주머니, 제가 얼마나 비참한지 아마 모르실 거예요."

앤이 서글프게 말했다.

"어쩌다가 이런 짓을 했는지 모르겠다만 일단 부엌으로 내려가자. 여기는 너무 추우니까. 그리고 무슨 짓을 한 건지 빠짐없이 이야기해라. 네가 두 달 넘게 아무 문제를 일으키지 않아서 언젠가 이상한 일이 일어나겠지, 예상은 하고 있었어. 이럴 줄 알았다니까. 그래, 머리카락에 무슨 짓을 했니?"

"염색을 했어요."

"염색을 했다고? 머리에 염색을 했단 말이니? 앤 셜리, 염색이 얼마나 나쁜 짓인지 몰랐니?"

"조금 나쁜 짓이라는 건 알았지만 빨간 머리카락을 없앨 수만 있다면 조금 나쁜 짓을 해도 되지 않을까 생각했어요. 혼날 각오도 했고요, 마릴라 아주머니. 게다가 제가 한 잘못을 만회하려고 다른 면에서는 더 착한 아이가 될 생각이었다고요."

마릴라가 빈정대며 말했다.

"그래, 내가 만일 머리카락을 염색할 가치가 있다고 판단했다면 적어도 나는 괜찮은 색깔로 했을 거야. 초록색으로 하지는 않았겠지."

앤이 맥없이 이의를 제기했다.

"저도 초록색으로 염색할 생각은 아니었어요, 마릴라 아주머니. 설사 제가 나쁜 짓을 한다고 하더라도 괜히 그러겠어요? 어떤 목적이 있어서 나쁜 짓을 하려고 마음먹겠죠. 그 사람이 그렇게 하면 제 머리카락이 검고 윤기 나는 아름다운 색으로 변할 거라고 했어요. 분명히 그렇게 될 거라고 장담하더라고요. 그러니 그 사람의 말을 제가 어떻게 의심하겠어요, 마릴라 아주머니? 누가 내 말을 의심하면 기분이 어떤지 저는 알거든요. 그리고 목사님 사모님이 그러셨어요. 상대방이 진실을 말하지 않는다는 증거가 없다면 절대 누구의 말도 의심해서는 안 된다고. 이제 저에게는 증거가 있어요. 초록색 머리카락이 누구든 이해시킬 수 있는 증거예요. 하지만 그 당시에는 증거가 없어서 저는 그 사람이 넌지시 한 말을 전부 믿었어요."

"누가 그랬다는 거니? 누구를 말하는 거야?"

"오늘 오후에 이곳에 왔던 행상인이요. 그 행상인한테 염색약을 샀어요."

"앤 셜리, 그 이탈리아 사람을 절대로 집 안에 들이지 말라고 누누이 얘기했잖니! 난 그런 사람을 우리 집 주변에서 어슬렁거리게 하고 싶지 않단 말이다."

"그 사람을 집에 들어오게 하지는 않았어요. 아주머니가 하신 말씀이 생각나더라고요. 그래서 밖으로 나간 다음 문을 조심스럽게 닫고 계단에서 행상인의 물건을 훑어봤어요. 게다가 그 사람은 이탈리아 사람이 아니었어요. 독일계 유대인이었어요. 그 아저씨한테 커다란 상자가 있었는데 그 안에는 아주 흥미로운 물건이 가득했어요. 아저씨가 저한테 말했어요. 아내와 아이들을 독일에서 데려올 돈을 마련하려고 열심히 일하고 있다고. 아저씨가 가족들 이야기를 하며 얼마나 가슴 아파하는지 안쓰러운 마음이 들었어요. 그래서 아저씨가 그런 가치 있는 목표를 이룰 수 있도록 돕고 싶어서 뭐라도 사고 싶었어요. 그때 갑자기 염색약 병이 눈에 들어왔어요. 아저씨는 그 염색약은 어떤 머리카락이든 윤기 나는 검은색으로 물들여 주고 머리를 감아도 색이 빠지지 않는다고 했어요. 순간 윤기 나는 검은 머리카락의 제 모습이 떠올랐어요. 그러자 유혹을 뿌리칠 수가 없었죠. 하지만 염색약은 75센트였고 저는 50센트밖에 가지고 있지 않았어요. 아저씨가 저한테는 50센트에 팔겠다면서 그렇게 되면 공짜로 주는 거나 마찬가지라고 했어요. 저는 아저씨가 인정이 아주 많은 분이라고 생각했어요. 그래서 염색약을 샀어요. 아저씨가 가자마자 저는 여기에 와서 설명서에 적혀 있는 대로 염색약을 오래된 빗으로 머리에 발랐어요. 염색약 한 통을 다 썼어요. 그런데 아, 마릴라 아주머니, 머리가 이렇게 끔찍한 색깔로 바뀐 걸 본 순간 나쁜 짓을 한 걸 후회했어요. 정말이에요. 그 어느 때보다도 뼈저리게 뉘우치고 있어요."

마릴라가 모질게 말했다.

"그래, 두고두고 후회하면서 교훈을 잊지 않기를 바란다. 허영심 때문에 네가 어떻게 되었는지 잘 깨닫도록 해, 앤. 세상에, 머리를 어떻게 하면 좋으니? 우선 머리를 박박 감아서 효과가 있는지 보자."

앤은 비누와 물로 열심히 머리를 문질러서 감았다. 행상인이 한 말의 진실성이 여러모로 의심스러웠지만 염색약이 절대 빠지지 않으리라던 장담만큼은 진실인 게 분명했다.

앤은 눈물을 흘리며 물었다.

"아, 마릴라 아주머니, 어떻게 하면 좋죠? 이대로 살 수는 없어요. 사람들은 진통제 케이크나 다이애나를 취하게 만든 일이나 린드 아주머니에게 대든 일 같은 다른 실수는 잊어 주겠지만 이번 일은 절대 잊지 않을 거예요. 모두 다 저를 놀리겠죠. 아, 마릴라 아주머니, '처음 거짓을 행할 때, 스스로를 옭아맬 거미줄을 짜고 있는지'라는 시구가 있는데, 그게 사실이에요. 그리고 조시 파이가 저를 얼마나 비웃겠어요! 마릴라 아주머니, 저는 조시 파이를 차마 못 볼 것 같아요. 저는 프린스에드워드섬에서 가장 불행한 여자아이예요."

앤의 불행은 일주일 정도 계속되었다. 그동안 앤은 아무 데도 가지 않고 매일 머리를 감았다. 가족 이외에 그 치명적인 비밀을 아는 사람은 다이애나뿐이었다. 그러나 다이애나는 누구에게도 그 이야기를 하지 않겠다고 엄숙하게 약속했고, 훗날에도 그 사실을 아무도 모르는 것을 보면 다이애나가 약속을 잘 지킨 모양

이었다. 주말에 마릴라가 단호하게 말했다.

"앤, 소용없어. 색이 잘 안 빠지는 염색약인 모양이니 머리카락을 잘라야겠다. 다른 방법이 없어. 그런 꼴로 밖에 나갈 수는 없잖니?"

앤의 입술이 떨렸다. 그러나 앤은 마릴라의 말이 씁쓸한 사실이라는 것을 알았다. 앤은 땅이 꺼지게 한숨을 쉬며 가위를 가지러 갔다.

"마릴라 아주머니, 지금 당장 잘라 주세요. 아, 가슴이 찢어질 것 같아요. 이건 정말 낭만과는 거리가 먼 고통이에요. 책에 나오는 여자아이들은 열병에 걸려서 머리카락을 잃거나 좋은 일에 쓰려고 머리카락을 팔아서 돈을 구하잖아요. 저도 차라리 그런 비슷한 이유로 머리카락을 잃는다면 괜찮을 것 같아요. 하지만 끔찍한 색깔로 염색해서 머리카락을 잘라야 한다니 마음이 영 불편해요. 그렇지 않겠어요? 아주머니가 제 머리카락을 자르는 동안 저는 계속 울 거예요. 그렇게 해도 방해되지 않는다면요. 이건 너무나 비극적인 일이거든요."

앤은 눈물을 흘렸고 다 자른 후 2층에 올라가서 거울을 들여다보았을 때는 절망감에 빠져 눈물도 나오지 않았다. 초록색을 전부 없애기 위해서 마릴라는 머리를 아주 꼼꼼히 바짝 자를 수밖에 없었다. 짧게 자른 머리는 앤에게 어울리지 않았다. 어울리지 않는다는 말은 그나마 부드러운 표현이었다. 앤은 거울을 벽쪽으로 돌려 버렸다.

'머리카락이 자랄 때까지 두 번 다시 거울을 보지 않겠어.'

앤은 격정적으로 외쳤다.

그러다 갑자기 거울을 원래대로 돌려놓았다.

'아니야, 거울을 봐야겠어. 나쁜 행동을 한 걸 속죄하는 마음으로. 방에 올 때마다 내 모습이 얼마나 흉한지 볼 거야. 상상으로 그 모습을 애써 지우려고도 하지 않겠어. 내가 다른 건 몰라도 내 머리카락에 대해 허영심을 품고 있다고는 한 번도 생각하지 않았어. 그런데 이제 보니 허영심이 있었네. 머리카락이 빨간색인데도 말이야. 머리카락이 아주 길고 숱이 많은 곱슬머리라서 허영심이 들었나 봐. 이러다 이다음에는 내 코에 무슨 일이 생길 것만 같아.'

그다음 월요일에 앤이 짧은 머리를 하고 학교에 가자 학생들 사이에서 난리가 났다. 그러나 다행히 머리를 자른 진짜 이유는 아무도 짐작하지 못했다. 조시 파이도 마찬가지였다. 하지만 조시 파이는 앤의 모습이 꼭 허수아비 같다는 말을 기어코 앤에게 했다.

그날 저녁에 앤이 말했다. 마릴라는 두통에 시달린 뒤라 소파에 누워 있었다.

"조시가 그 말을 했을 때 아무 대꾸도 하지 않았어요. 그게 제가 받아야 할 벌 중 하나가 아닐까 하는 생각이 들어서 꾹 참았어요. 저더러 허수아비 같다고 했는데 그 말을 듣고 있으니 힘들더라고요. 그래서 한마디 하고 싶었지만 하지 않았어요. 경멸하는 눈빛으로 조시 파이를 쳐다보고는 용서했어요. 사람들을 용서하고 나면 우쭐한 기분이 들지 않아요? 이제부터 저는 저의 모든 에너지를 좋은 사람이 되는 일에 쏟을 작정이에요. 그리고 다시는 더 예뻐지려는 노력은 절대 하지 않을 거예요. 물론 좋은 사람이 되는 편이 더 낫죠. 그렇다는 건 알지만 그런 사실을 알면서도 그걸 믿는다는 건 때로는 아주 힘들어요. 저는 정말로 아주머니와 목사님 사모님, 그리고 스테이시 선생님처럼 좋은 사람이 되고 싶어요. 그래서 어른이 되면 아주머니가 자랑스러워할 만한 사람이 되고 싶어요. 다이애나가 저더러 제 머리카락이 자라기 시작하면 검은색 벨벳 리본을 머리 전체에 두르고 한쪽에 나비 모양으로 매듭을 지으라고 해요. 그러면 저한테 잘 어울릴 것 같대요. 저는 그걸 머리망이라고 부를 거예요. 낭만적으로 들리지 않나요? 그런데 마릴라 아주머니, 제가 말을 너무 많이 하고 있나요? 그래서 머리가 아프세요?"

"지금은 한결 나아졌어. 오늘 오후에는 어찌나 심하던지! 두통이 점점 심해지고 있어. 병원에 가서 진찰을 받아 봐야겠구나. 이제는 네가 아무리 재잘거려도 거슬리지 않는구나……. 아무래도 적응이 된 모양이야."

마릴라는 앤의 이야기를 듣고 싶다는 걸 그런 식으로 표현했다.

"앤, 헤드폰을 네 심장에 꽂아,
그리고 너의 마음이 들려주는 소리에
귀를 기울여 봐!"

#14 꼬미가 들려주는 말

세상의 소란스러움에서
벗어나 잃어버린 자아를
발견하고 싶은 날

그 누구도 아닌 자기 걸음을 걸어라. 나는 독특하다는 것을 믿어라.
누구나 몰려가는 줄에 설 필요는 없다. 자신만의 걸음으로
자기 길을 가라. 바보 같은 사람들이 무어라 비웃든 간에.

_영화 〈죽은 시인의 사회〉 중에서
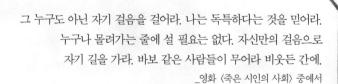

28
불행한 백합 아가씨

"앤, 아무래도 네가 일레인을 해야겠어. 나는 거기로 떠내려갈 자신이 없어."

다이애나가 이렇게 말하자 루비 길리스도 몸서리치며 말했다.

"나도 그래. 우리 둘이나 셋이서 배에 타고 똑바로 앉아 있을 수 있다면 떠내려가도 상관없어. 그러면 재미있을 거야. 하지만 누워서 죽은 척하는 건…… 난 도저히 못 하겠어. 정말로 무서워서 죽을 것 같아!"

제인 앤드루스도 뒤로 물러섰다.

"물론 그건 낭만적일 거야. 하지만 나는 꼼짝하지 않고 가만히 있지를 못해. 나는 내가 어디에 있는지, 너무 멀리 떠내려가는 건 아닌지 확인하려고 자꾸 벌떡 일어날 것 같아. 앤, 그러면 분위기가 깨지잖아."

"하지만 빨간 머리 일레인도 우스꽝스러워. 나는 떠내려가는 건 무섭지 않아. 일레인이 무척 하고 싶어. 하지만 아무리 생각해도 우스워. 루비가 일레인을 해야 해. 루비는 무척 예쁘고 머리카락도 길고 아름다운 황금빛이니까. 일레인은 '금발을 치렁치렁 늘어뜨리고 다니잖아.' 그리고 일레인은 백합 아가씨였어. 머리카락이 빨간색인 사람이 백합 아가씨를 할 수는 없잖아."

앤이 슬프게 말했다.

"너는 얼굴빛이 루비만큼이나 하얘. 그리고 머리카락은 자르기 전보다 훨씬 더 어두운색으로 변했어."

다이애나가 진심으로 말했다.

"어머, 정말 그렇게 생각하니? 나도 가끔 그런 생각을 했거든……. 하지만 아무한테도 물어볼 수가 없었어. 아니라는 대답을 들을까 봐. 그러면 이제 내 머리카락을 적갈색이라고 할 수 있을까, 다이애나?"

앤이 기쁜 마음에 얼굴까지 붉히며 외쳤다.

"그래, 색깔이 정말 예뻐!"

다이애나가 발랄해 보이는 검은색 벨벳 나비 리본을 두른 윤기가 흐르는 앤의 짧은 곱슬머리를 감탄하는 눈빛으로 바라보며 말했다.

앤과 친구들은 비탈길 과수원 아래에 있는 연못 둑 위에 서 있었다. 그곳에는 자작나무에 둘러싸인 작은 곶이 있었다. 그리고 그 끄트머리에 낚시꾼이나 오리 사냥꾼을 위해 만든 나무 선착장이 있었다. 한여름 오후에 루비와 제인이 다이애나와 거기서 놀고 있었고 앤도 합류했다.

앤과 다이애나는 그해 여름의 대부분을 연못 주위에서 놀았다. 한가로운 황야는 이제 추억의 장소가 되었다. 벨 씨가 봄에 집 뒤편 목초지에 있는 작은 나무들을 무자비하게 베어 버렸기 때문이었다. 앤은 잘려나간 그루터기에 앉아 지난 일을 생각하며 엉엉 울었지만 곧 진정했다. 다이애나와 이야기한 대로 곧 열네 살이 되는, 열세 살의 다 큰 여자아이들이 소꿉놀이 집 같은 걸 가지고 노는 건 너무 유치했기 때문이었다. 그리고 연못 주위에서 더 신나는 놀이를 얼마든지 찾아서 할 수 있었다. 다리 위에서 송어 낚시를 하는 것은 멋진 일이었다. 앤과 다이애나는 배리 씨가 오리 사냥할 때 쓰는, 바닥이 평평한 작은 어선을 타고 노 젓는 법을 터득했다.

일레인 역할을 넣어 연극을 해 보자는 제안은 앤의 아이디어였다. 앤과 친구들은 지난겨울 학교에서 테니슨의 시를 공부했다. 교육감이 프린스에드워드섬에 있는 모든 학교의 영어 과정에 테니슨의 시를 넣었기 때문이었다. 여자아이들은 테니슨의 시에 숨은 의미가 남아 있을까 싶을 정도로 놀라울 만큼 치밀하게 분석했다. 그러다 보니 아름다운 백합 아가씨와 랜슬롯과 귀네비어와 아서 왕이 실존 인물처럼 친근하게 느껴졌다. 앤은 캐멀롯에 태어나지 않은 것을 마음속으로 매우 안타까워하기에 이르렀다. 앤은 그 시절이 현재보다 훨씬 더 낭만적이었다고 말했다.

앤의 계획은 열렬한 환호를 받았다. 아이들은 배를 나루터에서 밀면 배가 물살을 따라 다리 아래로 떠내려가다가 결국 연못의 굽이진 곳에 있는, 더 낮은 지대의 또 다른 곳에 좌초한다는 사실을 발견했다. 아이들은 배를 타고 종종 그런 식으로 하류로 내려갔다. 일레인 연극을 하는 데 거기만큼 안성맞춤인 곳도 없었다.

"좋아, 내가 일레인을 할게."

앤이 마지못해 승낙했다. 주인공 역을 하는 건 기뻤지만 앤의 예술적인 감각으로는 자신이 딱 맞는 인물은 아니었다.

"루비, 네가 아서 왕을 하고 제인이 귀네비어, 그리고 다이애나가 랜슬롯을 하면 되겠어. 하지만 우선 너희가 형제들과 아버지 역할도 해야 해. 말을 못 하는 나이 든 하인은 둘 수가 없겠어. 배에 한 사람이 누워 있으면 두 사람이 탈 공간이 없거든. 우리는 아주 검은 천으로 배를 완전히 덮어야 해. 너희 엄마의 낡은 검은색 숄이 딱 좋은데, 다이애나."

다이애나가 검은색 숄을 가져오자 앤은 배 바닥에 숄을 깔고 누웠다. 눈은 감고 두 손은 포개어 가슴 위에 얹었다.

"어머나, 앤이 정말로 죽은 사람 같아."

루비 길리스가 꼼짝 않고 있는 작고 하얀 얼굴을 내려다보며

초조해하는 목소리로 속삭였다. 하얀 얼굴에 자작나무 그림자가 어른거렸다.

"애들아, 난 겁이 나! 이런 연극을 해도 정말 괜찮을까? 린드 아주머니가 모든 연극은 가증스러울 만큼 사악하다고 했잖아."

"루비, 린드 아주머니 얘기를 꺼내면 어떡하니? 이건 린드 아주머니가 태어나기 수백 년 전 이야기인데. 그러면 분위기가 깨지잖아. 제인, 네가 어떻게 좀 해 봐. 죽은 일레인이 말한다는 게 우습잖아."

앤이 엄격하게 말했다.

제인이 수완을 발휘했다. 덮을 만한 황금빛 천은 없었지만 낡은 노란색 피아노 덮개가 훌륭한 대용물이 되었다. 하얀 백합은 절기상 구할 수 없었지만 기다란 파란색 붓꽃을 포개 놓은 손 위에 올려놓으니 제법 그럴듯해 보였다.

제인이 말했다.

"자, 이제 일레인은 준비가 다 됐어. 우리는 일레인의 이마에 조용히 입을 맞춰야 해. 다이애나, 너는 '잘 가, 누이'라고 말해. 루비는 '잘 가, 사랑스러운 누이'라고 말하고. 너희 둘 다 최대한 슬프게 말해야 해. 맙소사, 앤, 살짝 미소를 짓고 있어야지. 일레인이 '마치 미소를 짓고 있는 듯 누워 있다'는 대목 알잖아. 그래, 훨씬 나아졌어. 이제 배를 밀어."

그러자 배는 떠밀려서 오래전부터 박혀 있는 말뚝을 스치며 나아갔다. 다이애나와 제인과 루비는 가만히 한참을 기다렸다.

잠시 뒤 배가 물살을 타고 다리를 향해 가다가 날쌔게 숲을 관통해 길 건너편으로 가더니 더 낮은 곳으로 내려가는 광경이 보였다. 랜슬롯과 귀네비어와 아서 왕처럼 여자아이들은 더 낮은 곳에서 백합 아가씨를 맞이할 준비를 했다.

앤은 천천히 떠내려가면서 몇 분 동안 그 낭만적인 상황을 한껏 즐겼다. 그때 전혀 낭만적이지 않은 일이 일어났다. 배에 물이 들어오기 시작한 것이다. 일레인은 재빨리 일어나서 황금 덮개와 검은색 천을 집어 들고 배 바닥에 생긴 커다란 틈을 멍하니 바라볼 수밖에 없었다. 그 틈으로 물이 그야말로 콸콸 들어오고 있었다. 선착장에서 배가 말뚝의 뾰족한 부분에 부딪히면서 널빤지 하나가 부서져 버린 것이다. 앤은 그 사실을 몰랐지만, 자신이 위험한 곤경에 처해 있음을 금방 깨달았다. 이 속도라면 배가 더 낮은 곳에 도착하기 한참 전에 바닥에 물이 차서 가라앉을 것이 뻔했다. 노가 어디에 있지? 아, 선착장에 놓고 왔잖아!

앤은 기겁하며 작게 비명을 질렀지만 그 소리를 들은 사람은 아무도 없었다. 앤은 입술까지 새하얘졌지만 냉정을 잃지 않았다. 살아남을 기회는 한 번, 딱 한 번뿐이었다.

"무서워서 혼났어요!"

그다음 날 앤이 앨런 부인에게 말했다.

"배가 다리까지 떠내려가고 시시각각 물이 차오르는데 그 시간이 몇 년처럼 길게 느껴졌어요. 사모님, 저는 진심으로 기도했어요. 하지만 눈 감고 기도하지는 않았어요. 하나님이 저를 구해 주실 수 있는 유일한 방법은 제가 올라설 수 있을 만큼 배가 다리 말뚝에 가까이 가서 거기에 매달리는 것뿐이었으니까요. 그 상황에서 기도하는 것이 당연했지만 저도 제 역할을 해야 했어요. 상황을 잘 지켜봐야 한다는 걸 알았거든요. 저는 거듭 이렇게 기도했어요. '존경하는 하나님, 배가 말뚝에 가까이 갈 수 있게만 해 주시면 나머지는 제가 다 알아서 할게요.' 그런 상황에서 문학적인 기도를 하기 위해 골똘히 생각할 수는 없잖아요. 하지만 하나님이 제 기도를 들어주셨어요. 배가 잠깐 말뚝에 정면으로 충돌했거든요. 그래서 저는 덮개와 숄을 어깨에 휙 걸치고 하나님이 내려 주신 커다란 나무토막 위로 재빨리 올라갔어요. 사모님, 그래서 저는 그 매끄러운 낡은 말뚝에 매달려서 올라가지도 못하고 내려오지도 못했어요. 낭만과는 거리가 먼 볼썽사나운 자세로 말이에요. 하지만 그 당시에는 그런 생각은 하지 않았어요. 물에 빠져 죽을 수도 있는 상황에서 간신히 빠져나왔는데 낭만 따위는 생각할 겨를이 없잖아요. 저는 곧바로 감사의 기도를 한 다음 있는 힘을 다해 말뚝에 꼭 매달렸어요. 누가 도와주기 전에는 마른 땅으로 돌아갈 수 없었으니까요."

배는 다리 아래로 떠내려갔고 순식간에 물줄기 한가운데로 가라앉았다. 벌써 저지대 곳에서 배를 기다리던 루비와 제인과 다이애나는 눈앞에서 배가 사라지는 광경을 보았다. 그래서 세 친구는 앤이 배와 함께 가라앉았다고 생각할 수밖에 없었다. 친구들은 그런 비극적인 일을 목격하자 잠시 꼼짝 않고 서 있었다. 안색은 창백해지고 공포감에 몸은 얼어붙었다. 그런 다음 친구들은 목청껏 소리를 지르며 미친 듯이 숲을 달렸다. 한 번도 멈추지 않고 큰길을 건너 다리가 있는 쪽을 얼핏 보았다. 앤은 말뚝에 위태롭게 필사적으로 매달려서 친구들이 부리나케 달려오는 모습을 보고 친구들의 비명을 들었다. 조금만 버티면 친구들이 도와주겠지만 자세가 여간 불편하지 않았다.

몇 분이 흘렀다. 운이 나쁜 백합 아가씨에게는 마치 몇 시간이 흘러간 기분이 들었다. 왜 아무도 안 오는 걸까? 친구들이 다 어디로 갔지? 전부 기절했나? 아무도 안 오는 거 아니야? 이러다가 너무 지치고 쥐가 나서 더 매달리지 못하는 건 아닐까? 앤은 사악해 보이는 깊은 초록빛 강물을 내려다보고 몸을 떨었다. 강물에는 기름기가 있는 긴 그림자가 너울거렸다. 앤은 온갖 소름 끼치는 상상이 들기 시작했다.

앤이 팔과 손목이 너무 아파서 정말로 한시도 더 버틸 수 없다고 생각하던 바로 그때였다. 길버트 블라이드가 하먼 앤드루스 씨의 배를 타고 노를 저으며 다리 아래로 오는 것이 아닌가!

길버트가 무심코 올려다보니 커다란 잿빛 눈에 작고 새파랗게 질린 얼굴이 쌀쌀맞은 표정으로 자기를 경멸스럽다는 듯 바라보고 있었다.

"앤 셜리! 도대체 왜 거기에 있는 거야?"

길버트가 외쳤다. 길버트는 대답을 기다리지도 않고 말뚝에 배를 바짝 대고 한 손을 내밀었다. 그렇게 하는 것 외에는 달리 방

법이 없었다. 앤은 길버트 블라이드의 손을 꼭 잡고 엉금엉금 기
어 내려와야 했다. 흙투성이가 된 앤은 얼굴을 잔뜩 찌푸리고 배
뒤쪽에 앉았다. 품에는 물이 뚝뚝 떨어지는 숄과 젖은 덮개를 안
고 있었다. 그런 상황에서 품위를 지킨다는 건 분명 아주 힘든
일이었다.

"앤, 무슨 일이야?"

길버트가 노를 집어 들며 물었다.

앤은 자신을 구해 준 길버트에게 눈길 한번 주지 않고 냉랭하
게 자초지종을 설명했다.

"일레인 연극 놀이를 하고 있었어. 내가 작은 배를 타고 캐멀롯
으로 떠내려가는 장면을 연출하고 있었거든. 그런데 배에 물이
들어오기 시작해서 배에서 나와 말뚝으로 올라갔어. 친구들은
구조를 요청하러 갔어. 배를 선착장에 대서 나를 내려 주겠니?"

길버트는 친절하게 선착장까지 태워다 주었고 앤은 길버트의
도움을 거부하며 재빨리 기슭으로 풀쩍 뛰어내렸다.

"구해줘서 고마워."

앤이 거만하게 말하며 돌아섰다. 하지만 길버트도 배에서 뛰어
내려 앤의 팔을 붙들고 서둘러 말했다.

"앤, 잠깐만. 우리 좋은 친구로 지낼 수 없을까? 그때 네 머리
카락을 가지고 놀린 일은 정말 미안해! 그냥 장난이었을 뿐 너를
화나게 할 의도는 없었어. 게다가 그건 아주 오래전 일이잖아. 지
금은 네 머리카락이 아주 예쁘다고 생각해……. 진심이야. 우리

친구로 잘 지내자."

앤은 잠깐 망설였다. 잔뜩 화가 나서 오만한 태도를 보이는 이면에서 이상하게 길버트가 새롭게 보였다. 살짝 부끄러워하면서도 간절해 보이는 길버트의 적갈색 눈이 어딘가 굉장히 매력적으로 보였다. 순간 앤의 심장이 야릇하게 살짝 떨렸다. 하지만 예전에 자신의 기분을 무척 상하게 했던 씁쓸한 일이 떠오르자 흔들리던 앤의 결심은 그 즉시 확고해졌다. 2년 전의 장면이 마치 어제 일어난 일처럼 불현듯 떠올랐다. 길버트는 앤을 '홍당무'라고 불러서 전교생이 보는 앞에서 앤에게 톡톡히 망신을 주었다. 다른 사람이나 나이가 많은 사람이 그랬다면 웃어넘겼을지 모르지만 앤의 분노는 시간이 흘러도 조금도 누그러지지 않은 모양이었다. 앤은 길버트 블라이드를 미워했다! 길버트 블라이드를 용서할 생각은 눈곱만큼도 없었다!

앤이 차갑게 말했다.

"싫어, 너와 친구가 되는 일은 절대 없을 거야, 길버트 블라이드. 친구가 되고 싶지 않아!"

앤이 차갑게 말했다.

"좋아! 다시는 친구가 되자고 말하지 않겠어, 앤 셜리. 나도 너와 친구가 되고 싶지 않아!"

길버트가 화가 나서 벌게진 얼굴로 배에 뛰어들며 말했다.

길버트는 재빨리 격렬하게 노를 저으며 배를 몰아갔고 앤은 단풍나무가 우거지고 고사리가 자란 가파른 좁은 길을 올라갔다.

앤은 고개를 꼿꼿이 세우고 있었지만 이상하게 후회가 밀려들었다. 그렇게 대답하지 말 걸 그랬나 하는 생각마저 스쳤다. 물론 길버트가 앤을 심하게 모욕했지만 그렇다고 해도……. 이런저런 생각이 들자 앤은 차라리 주저앉아서 한바탕 울고 나면 마음이 편해질 것 같았다. 정말이지 마음을 다잡을 수가 없었다. 공포에 질려 있었던 데다 쥐가 나도록 매달려 있던 탓에 그 여파가 아직 남아 있었다.

앤은 다급하게 연못을 향해 돌아오는 제인과 다이애나를 길 중간쯤에서 만났다. 깜짝 놀라 기겁을 하던 제인과 다이애나는 간신히 마음을 추스른 상태였다. 제인과 다이애나는 비탈길 과수원 집으로 가 보았지만 배리 부부가 모두 외출해서 도와줄 사람을 찾지 못했다. 루비 길리스는 발작을 일으키다 기절해서 정신을 차리게 놔두기로 했다. 제인과 다이애나는 쏜살같이 달려 유령의 숲을 지나고 시내를 건너 초록 지붕 집으로 갔다. 그러나 거기에도 아무도 없었다. 마릴라는 카모디에 갔고 매슈는 뒷밭에서 건초를 만들고 있었기 때문이었다.

다이애나가 기겁하면서 앤의 목덜미를 덥석 안으며 안도감과 기쁨에 눈물을 흘렸다.

"아, 앤. 앤…… 우리는…… 네가 물에 빠져…… 죽은 줄…… 우리가 살인자가 된 것 같은 기분이……. 왜냐하면 우리가…… 너한테 일레인을…… 하라고 했으니까. 그리고 루비는 발작했고…… 앤, 거기에서 어떻게 나온 거야?"

"말뚝에 매달려 있었는데 길버트 블라이드가 앤드루스 씨의 배를 타고 와서 나를 땅 위로 내려줬어."

앤이 힘없이 설명했다.

"어머, 앤, 길버트 블라이드가 훌륭한 일을 했구나! 와, 정말 낭만적이야! 앤, 이제부터는 당연히 길버트와 말을 하고 지내겠지?"

제인이 마침내 숨을 헐떡이며 말했다.

문득 예전에 있었던 일이 떠오르자 앤은 다시 발끈했다.

"당연히 안 하지. 그리고 낭만적이라는 말은 다시는 듣고 싶지 않아, 제인 앤드루스. 얘들아, 너희가 그렇게 공포에 질려 있었다니 정말 미안해! 다 내 잘못이야. 나는 불행한 운명을 타고났나 봐. 뭐든 하기만 하면 나한테, 아니면 내가 가장 소중히 여기는 친구에게 문제가 생기니 말이야. 다이애나, 너희 아빠의 배를 타고 가다가 잃어버렸잖아. 그래서 불길한 예감이 들어. 앞으로 우리가 연못에서 배를 타는 걸 어른들이 허락하지 않을 것 같아."

앤의 예감은 틀리지 않았다. 오후에 일어난 사건이 알려지자 배리 가족과 커스버트 가족의 놀라움과 걱정은 무척 컸다.

"도대체 언제 정신을 차릴 거니, 앤?"

마릴라가 핀잔을 주었다.

"아, 네, 앞으로는 정신을 차릴 것 같아요, 마릴라 아주머니. 이번 일로 그럴 가능성이 어느 때보다도 커졌어요."

앤이 천연덕스레 대답했다. 이미 동쪽 방에서 원하는 만큼 혼자만의 시간을 가지면서 실컷 울고 나니 마음이 차분해지고 평소대로 다시 쾌활해졌다.

"글쎄다."

마릴라가 말했다.

"오늘 새삼 귀중한 교훈을 얻었어요. 저는 초록 지붕 집에 온 뒤로 여러 잘못을 저질렀어요. 그럴 때마다 저의 큰 단점을 고칠 수 있었죠. 자수정 브로치 사건을 겪으면서 제 것이 아닌 물건에 손대는 버릇을 고쳤어요. 유령의 숲을 통해 지나친 상상력은 해로울 수 있다는 걸 배웠고요. 진통제 케이크 사건에서는 요리할 때 조심해야 한다는 걸 깨달았어요. 염색 사건을 겪으면서 허영심을 버려야겠다고 생각했고요. 지금은 제 머리카락과 코에 대해서는 아무 생각도 하지 않아요……. 적어도 거의 생각하지 않아요. 그리고 오늘 저지른 잘못으로 지나친 낭만 타령은 그만하기로 했어요. 에이번리에서는 낭만을 추구하려고 노력해 봐야 소용없다고 결론 내렸거든요. 수백 년 전에 탑이 있던 캐멀롯에서는 그런 것이 아마 어렵지 않았겠지만, 지금은 낭만이 대우받는 시대는 아닌 것 같아요. 마릴라 아주머니, 그 점에서는 조만간 제가 크게 나아진 모습을 틀림없이 보게 되실 거예요."

"정말 그랬으면 좋겠구나."

마릴라가 미심쩍어하며 말했다.

그러나 마릴라가 밖으로 나가자 구석에서 말없이 앉아 있던 매슈가 앤의 어깨에 손을 얹고는 수줍게 속삭였다.

"그렇다고 낭만을 완전히 저버리지는 말아라, 앤. 낭만은 좋은

것이란다……. 물론 지나치지만 않으면……. 하지만 조금씩, 조
금씩은 추구하는 거다, 앤."

인생의 묘미를 느끼고 싶은 날

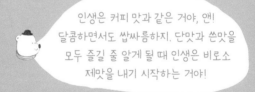

인생은 커피 맛과 같은 거야, 앤!
달콤하면서도 쌉싸름하지. 단맛과 쓴맛을
모두 즐길 줄 알게 될 때 인생은 비로소
제맛을 내기 시작하는 거야!

......!!!

"인생은 아이스크림과도 같아. 녹기 전에 맛있게 먹어야 해."
_영화 〈블랙〉 중에서

29
앤 인생의 획기적인 사건

앤은 집 뒤의 방목장에서 소를 몰고 연인들의 오솔길을 지나 집으로 오고 있었다. 9월의 저녁이었고 숲의 모든 틈새와 빈터는 루비색 노을빛으로 넘쳤다. 오솔길 여기저기도 석양빛으로 물들었지만 단풍나무 아래는 이미 어둠이 내렸다. 전나무 아래에도 포도주처럼 맑은 자줏빛 땅거미가 짙게 깔려 있었다. 바람은 나무 위를 스쳐 지나갔다. 저녁 무렵 바람이 전나무 사이를 스치며 연주하는 곡만큼 아름다운 것은 이 세상에 없을 것 같았다.

소들은 몸을 이리저리 흔들며 길을 따라 얌전히 내려왔다. 앤은 전쟁 시 「마미온」의 전투 장면을 큰 소리로 되풀이하며 꿈을 꾸듯 소들을 따라갔다. 그러다가 병사들이 돌진하는 구절과 창을 부딪치는 구절에서는 그 장면을 머릿속으로 그렸다. 이 시도 지난겨울 영어 시간에 스테이시 선생님이 외우라고 한 것이었다. 앤은 다음 구절에 이르렀다.

창을 든 완강한 병사들이
캄캄한 숲을 지켜냈다네

앤은 황홀경에 빠져 걸음을 멈추고 눈을 감았다. 그러고는 자신이 그 영웅 중 한 명이라고 상상했다. 앤이 다시 눈을 떴을 때 배리 씨 들판으로 통하는 문에서 나오는 다이애나가 보였다. 앤은 다이애나의 표정이 꽤 진지한 걸 보고 전해 줄 새로운 소식이 있다는 것을 금세 눈치챘다. 앤은 몹시 궁금했지만 지나치게 내색하지 않으려고 했다.

"다이애나, 이런 저녁이 되면 자줏빛 꿈을 꾸는 기분이 들지 않니? 그럴 때는 살아 있다는 것이 무척 기뻐! 아침이 오면 나는 늘 아침이 하루 중 가장 좋은 때라고 생각해. 그런데 막상 저녁이 오면 저녁이 훨씬 더 아름답다는 생각이 들어."

"정말 멋진 저녁이야! 하지만 이런 풍경만큼 멋진 소식이 있어, 앤. 맞혀 봐. 세 번의 기회를 줄게."

다이애나가 말했다.

"샬럿 길리스가 결국 교회에서 결혼하기로 했고, 그래서 목사님 사모님이 우리가 교회를 꾸며 주었으면 하신대?"

"아니야. 샬럿의 애인이 거부한대. 그 교회에서 아무도 결혼식한 적 없고, 교회에서 결혼식 하면 꼭 장례식이랑 비슷할 것 같은 기분이 들어서래. 성격도 유별나지? 교회에서 하면 아주 재미있을 것 같은데 말이야. 아무튼 다시 맞혀 봐."

"제인의 어머니가 제인에게 생일파티를 해도 된다고 허락을 하셨나?"

다이애나는 이 상황이 무척 재미있어서 검은 눈을 반짝이며 고개를 가로저었다.

"잘 모르겠는데. 혹시 무디 스퍼전 맥퍼슨이 어젯밤에 네가 기도 모임을 마치고 널 집까지 데려다줬니? 그런 거야?"

"그럴 리가 있니? 설사 그 애가 그렇게 했다고 하더라도 내가 그걸 자랑하고 싶어 하겠어? 생각만 해도 소름 끼쳐! 네가 못 맞출 줄 알았어. 엄마가 오늘 조세핀 할머니의 편지를 받았어. 조세핀 할머니가 다음 주 화요일에 나와 너를 박람회에 데려가 주신대!"

앤이 당장 쓰러지기라도 할 것처럼 단풍나무에 기대어 나직하게 말했다.

"어머, 다이애나, 정말이야? 하지만 마릴라 아주머니가 허락하지 않을 것 같아. 여자아이가 여기저기 나다니는 걸 부추길 수는 없다고 하실걸? 지난주에 제인이 2인용 마차를 타고 화이트샌즈 호텔에서 열리는 발표회에 가자고 권유했을 때도 그렇게 말씀하셨어. 난 가고 싶었지만 마릴라 아주머니가 나도 그렇고 제인도 그렇고 집에서 공부하는 편이 낫겠다고 하셨어. 그때 내가 얼마나 실망했는지 몰라, 다이애나. 어찌나 상심했는지 잠들기 전에 기도도 하지 않았어. 곧 뉘우치고 한밤중에 일어나서 기도했지만."

"있잖아, 우리 엄마한테 마릴라 아주머니께 말씀드려 달라고 하자. 그러면 아주머니가 허락해 주실 확률이 더 높지 않을까? 아주머니가 허락해 주시면 우리는 신나게 즐기는 거야. 앤, 나는 박람회에 한 번도 못 가 봤어. 그래서 다른 아이들이 박람회에 다녀온 이야기를 들으면 아주 약이 올라. 제인과 루비는 두 번이나 다녀왔는데 올해에 또 간대."

다이애나가 말했다.

"나는 내가 갈 수 있을지 없을지 알 수 없는 상황에서 그 일을 생각하지 않겠어. 내가 그 일을 생각하고 나서 실망한다면 견디기 힘들 거야. 하지만 박람회에 가게 된다면 내 새 외투가 그때까지는 완성되면 좋겠어. 마릴라 아주머니는 나한테 새 외투가 필요하지 않다고 생각하셨어. 지금 있는 외투로도 겨울을 한 해 더 얼마든지 잘 지낼 수 있고 새 원피스가 생긴 것만으로도 만족해야 한다고. 원피스가 아주 예쁘거든, 다이애나. 감청색이고 요즘 유행하는 디자인이야. 이제는 마릴라 아주머니가 늘 내 원피스를 유행에 맞게 만들어 주셔. 그렇게 하지 않으면 매슈 아저씨가 린드 아주머니에게 가서 또 부탁할 수도 있다고 하면서. 나야 좋지. 유행하는 옷을 입으면 착한 아이가 되기가 훨씬 더 쉽거든. 아무튼 나는 그래. 선천적으로 착한 사람들에게는 별 차이가 없겠지만. 하지만 매슈 아저씨가 나한테 새 외투가 있어야 한다고 말해서 마릴라 아주머니가 멋진 파란색 옷감을 사 왔어. 그리고 카모디에 있는 진짜 재단사가 새 외투를 만들고 있어. 외투는 토요일 밤까지 완성될 거야. 나는 내가 일요일에 새 외투와 모자를 쓰고 교회 통로를 걸어가는 모습을 상상하지 않으려고 노력하고 있어. 그런 걸 상상하는 건 옳지 않다는 생각이 들어서. 하지만 나도 모르게 그런 상상을 할 때가 있어. 내 모자가 얼마나 예쁜지 몰라. 카모디에 간 날 매슈 아저씨가 사 주셨어. 요즘 한창 유행하는 파란색 작은 벨벳 모자야. 금색 끈과 술이 달려 있지. 다이애나, 네 새 모자는 우아하고 아주 잘 어울려. 지난 토요일에 네가 교회에 들어오는 모습을 본 순간, 나는 네가 나와 가장 친한 친구라는 게 자랑스러워서 가슴이 벅차올랐어. 너는 우리가 옷에 대해서 이렇게 많은 생각을 하는 것이 잘못이라고 생각하니? 마릴라 아주머니는 그것이 큰 죄라고 말하거든. 하지만 패션은 정말 흥미로운 화제 아니니?"

마릴라는 앤을 시내에 보내는 데 동의했고 배리 씨가 그다음 화요일에 다이애나와 앤을 데리고 가기로 했다. 샬럿타운은 50킬로미터 거리에 있었다. 배리 씨가 당일 날 갔다 오기를 원했기 때문에 일찍 출발해야 했다. 앤은 그날을 손꼽아 기다리다가 화요일 아침에 해가 뜨기 전에 일어났다. 창문에서 얼핏 보니 분명 날

씨가 좋을 것 같았다. 유령의 숲에 있는 전나무 뒤로 보이는 동쪽 하늘이 온통 은빛이고 구름 한 점 없었기 때문이었다. 나무들 틈으로 비탈길 과수원 집 서쪽 방에 촛불이 켜져 있는 것을 보니 다이애나 역시 일어난 모양이었다.

매슈가 불을 지폈을 때 앤은 옷을 차려입고 아침 식사를 준비했다. 준비가 다 될 무렵 마릴라가 내려왔다. 앤은 너무 들떠서 식사를 할 수가 없었다. 앤은 새 모자와 외투를 걸치고 서둘러 시냇물을 건넜고 전나무 숲을 지나 비탈길 과수원 집으로 향했다. 배리 씨와 다이애나가 앤을 기다리고 있었고 세 사람은 곧 출발했다.

마차를 타고 한참 가야 했지만 앤과 다이애나는 매 순간을 즐겼다. 이른 아침의 붉은 햇살을 받으며 촉촉한 길을 덜컹덜컹 달리는 것이 재미있었다. 햇살이 추수한 들판에 서서히 내려앉기 시작했다. 공기는 상쾌했고 푸르스름한 옅은 안개가 골짜기를 휘감아 언덕에서부터 뿌옇게 껴 있었다. 이따금 단풍나무가 주홍색 깃발처럼 물들기 시작하는 숲을 지나가기도 했다. 다리를 지나 강을 건널 때도 있었다. 앤은 여전히 다리를 건널 때면 즐거우면서도 두려운 마음에 소름이 돋았다. 때로는 항구 해안을 따라 구불구불 달리기도 하고 비바람에 잿빛이 된 오두막 몇 채가 모여 있는 작은 낚시터를 지나가기도 했다. 그러고 나면 또다시 언덕을 향해 올라갔다. 언덕에서는 굽이지며 길게 펼쳐진 고지대나 안개가 낀 파란 하늘을 볼 수 있었다. 어느 곳을 가든 흥미로운 이야깃거리가 많았다. 정오가 거의 다 돼서야 그들은 시내에 도착해 비치우드로 갔다. 비치우드는 아주 훌륭한 오래된 대저택으로 길 뒤편에 초록색 느릅나무와 가지를 내뻗은 너도밤나무가 모여 있는 외떨어진 곳에 자리했다. 조세핀 할머니가 예리한 검은 눈을 반짝이며 현관에서 세 사람을 맞이했다.

"앤, 드디어 나를 보러 왔구나."

조세핀 할머니가 말했다.

"세상에, 애야, 그동안 훌쩍 컸구나! 나보다 더 큰 게 분명해. 게다가 예전에 봤을 때보다 훨씬 더 예뻐졌어! 하지만 내가 굳이 말하지 않아도 그 사실을 알고 있겠지?"

"전 정말 몰랐어요."

앤이 환한 얼굴로 말했다.

"예전만큼 주근깨가 많지 않다는 건 알아요. 그것만 해도 무척 감사하죠! 하지만 그 외에 다른 곳까지 더 나아졌으면 하고 바라지는 못 하겠더라고요. 그런데 할머니가 그렇다고 생각하신다면 저야 무척 기쁘죠!"

조세핀 할머니의 집은 앤이 나중에 마릴라에게 한 표현대로라면 가구들이 '웅장하고 화려하게' 비치되어 있었다. 시골 출신의 어린 두 여자아이는 응접실의 위용에 조금 주눅이 들었다. 조세핀 할머니는 식사 준비가 어떻게 되어 가는지 확인하러 갔기 때문에 응접실에 없었다.

"꼭 궁전 같지 않니? 난 한 번도 조세핀 할머니의 집에 와 본 적

이 없어서 이렇게 웅장한 곳인지 몰랐어. 줄리아 벨이 이곳을 볼 수 있으면 좋을 텐데……. 자기 엄마 응접실을 자랑하며 어찌나 잘난 체를 하던지."

다이애나가 속삭였다.

"벨벳 카펫, 그리고 실크 커튼! 내가 꿈꿔 온 것들이야, 다이애나. 그런데 이렇게 막상 보니까 별로 편하지가 않아. 이 방에는 아주 많은 물건이 있고 전부 훌륭해서 상상의 여지가 없어. 가난하면 상상할 수 있는 것이 훨씬 더 많잖아. 그것이 가난할 때 얻을 수 있는 한 가지 위안이야."

앤이 요란하게 한숨을 내쉬었다.

시내에서 머무는 것은 앤과 다이애나가 수년 동안 꿈꿔 온 일이었다. 시내에서 보낸 첫날부터 마지막 날까지 기쁨의 연속이었다.

조세핀 할머니는 수요일에 앤과 다이애나를 데리고 박람회에 가서 그곳에서 온종일 시간을 보냈다.

앤은 나중에 마릴라에게 이야기보따리를 풀었다.

"정말 멋졌어요! 그렇게 흥미로운 건 상상해 본 적이 없어요. 어느 부분이 가장 흥미로웠다고 해야 할지 모르겠어요. 말과 꽃, 그리고 수예품이 가장 마음에 들었어요. 조시 파이는 레이스 뜨개질로 1등 상을 받았는데 정말 기뻤어요! 그런 저 자신을 보니 전보다 나아지고 있는 것 같아서 기쁘더라고요! 친구의 성공을 진심으로 기뻐했으니까요. 그렇게 생각하지 않으세요, 마릴라 아주머니? 하면 앤드루스 씨는 그라벤슈타인 종 사과로 2등 상을,

벨 씨는 돼지로 1등 상을 받았어요. 다이애나는 주일 학교 교장 선생님이 돼지를 키워서 상을 받았다는 사실이 우스꽝스럽다고 했어요. 하지만 저는 그 이유를 모르겠어요. 아주머니는 어때요? 다이애나는 그 뒤로 벨 씨가 아주 엄숙하게 기도할 때마다 늘 그 사실이 떠오른대요. 클라라 루이스 맥퍼슨은 그림으로 상을 받았고, 린드 아주머니는 수제 버터와 치즈로 1등 상을 받았어요. 그래서 에이번리의 명예를 더욱 높이는 계기가 되었어요, 그렇지 않은가요? 그날 린드 아주머니가 그곳에 계셨어요. 온통 낯선 사람들 틈에서 아는 얼굴이 눈에 띈 순간 전에는 몰랐는데 린드 아주머니가 무척 반가웠어요. 그곳에 사람들이 수천 명이나 있었거든요, 마릴라 아주머니. 그 틈에 있으니 저 자신이 아주 초라하게 느껴졌어요. 그리고 조세핀 할머니는 특등 관람석에서 경마를 볼 수 있게 해 주셨어요. 린드 아주머니는 경마는 혐오스러운 경기이고 교회 신자로서 경마를 멀리하여 좋은 모범을 보이는 것이 당신의 의무라고 하면서 가지 않으려고 했어요. 하지만 워낙 사람이 많아서 린드 아주머니가 안 간다고 해도 별로 티가 나지 않았을 거예요. 그런데 경마를 자주 보러 가지는 말아야겠더라고요. 굉장히 짜릿했거든요! 다이애나는 너무 흥분해서 저한테 빨간 말이 이긴다는 데 10센트를 걸고 내기를 하자고 제안했어요. 저는 빨간 말이 이길 거로 생각하지 않았지만 거절했어요. 왜냐하면 목사님 사모님에게 시내에 갔던 일을 빠짐없이 말씀드릴 생각인데 내기를 한 이야기는 적절하지 않을 테니까요. 사모님에게 말할 수 없는 행동은 아예 안 하는 게 좋아요. 보나 마나 잘못된 일이니까요. 사모님을 친구로 두는 건 양심을 지키는 데 큰 도움이 돼요. 그리고 내기를 안 하길 잘했어요. 빨간 말이 정말로 이겼거든요! 하마터면 10센트를 잃을 뻔했어요. 이것만 봐도 착한 마음을 먹으면 좋은 일이 생긴다는 걸 알 수가 있어요. 우리는 한 남자가 풍선을 타고 올라가는 걸 봤어요. 마릴라 아주머니, 저도 풍선을 타고 올라가 보고 싶어요. 정말 신날 것 같아요. 그리고 우리는 점괘를 파는 남자를 봤어요. 그 남자한테 10센트를 주면 작은 새가 점괘를 물어 준대요. 조세핀 할머니는 운세를 보라며 다이애나와 저에게 각각 10센트씩 주셨어요. 제 운세는 이렇게 나왔어요. 제가 피부가 거무스름한 아주 부유한 남자와 결혼하고 바다 건너에 가서 산대요. 그 뒤로 얼굴이 검은 남자들이 눈에 띄면 유심히 보았지만 그다지 끌리지 않았어요. 아무튼, 아직 남자를 찾기에는 너무 이른 것 같아요. 와, 그날은 절대 잊지 못할 거예요, 마릴라 아주머니. 너무 피곤해서 잠을 이루지 못했어요. 조세핀 할머니는 약속대로 우리를 손님방에서 자게 해 주셨어요. 아주머니, 손님방은 우아한 분위기였지만 막상 그곳에서 자 보니 제가 상상했던 것과는 달랐어요. 그 점이 어른이 돼 가면서 나쁜 점이겠죠. 그것을 깨닫기 시작했어요. 어렸을 때 간절히 원하던 일이 실제로 이루어지면 생각했던 것보다 절반도 좋지 않아요."

목요일에 앤과 다이애나는 공원에서 마차를 탔고 저녁에는 조세핀 할머니가 음악 학교에서 열리는 콘서트에 데리고 갔다. 콘서트에서 유명한 프리마돈나가 노래하기로 되어 있었다. 앤에게 그날 저녁은 기쁨이 반짝이는 날이었다.

"와, 마릴라 아주머니, 상상조차 할 수 없는 광경이 펼쳐졌어요. 제가 너무 흥분해서 말도 할 수 없었으니까 어느 정도였는지 짐작이 가실 거예요. 저는 넋이 나가서 조용히 앉아 있었어요. 셀리츠키 부인은 나무랄 데 없이 아름다웠고, 흰 공단으로 된 의상을 입고 다이아몬드를 착용했어요. 하지만 셀리츠키 부인이 노래를 부르기 시작했을 때 저는 다른 생각은 하지 못했어요. 아, 그때 제 기분이 어땠는지 도저히 말로는 표현을 못 하겠어요. 하지만 앞으로는 착한 사람이 되기가 그렇게 어려운 일이 아닐 거라는 생각이 들었어요. 마치 하늘의 별을 올려다보는 기분이 들었어요. 눈에 눈물이 차올랐지만 아, 그건 너무 행복해서 흘린 눈물이었어요. 노래가 끝났을 때 저는 너무 서운했어요. 그래서 조세핀 할머니에게 어떻게 다시 평범한 일상으로 돌아갈 수 있을지 모르겠다고 했어요. 조세핀 할머니는 길 건너 식당에 가서 아이스크림을 먹으면 조금 도움 될 수도 있을 것 같다고 하셨어요. 그 말이 좀 시시하다고 생각했는데, 놀랍게도 그 말이 맞았어요. 마릴라 아주머니, 아이스크림은 정말 맛있었고, 밤 11시에 거기에 앉아서 아이스크림을 먹으니 정말 기분이 좋고 일탈하는 기분이 들었어요. 다이애나는 도시 생활이 자기에게 딱 맞는 것 같다고 했어요. 조세핀 할머니가 제 의견을 물으셨지만 저는 아주 신중

하게 생각해 봐야 제가 정말로 어떻게 생각하는지 말씀드릴 수
있을 것 같다고 대답했어요. 저는 잠자리에서 그 부분을 곰곰이
생각했어요. 취침 직전은 골똘히 생각하기 가장 좋은 시간이거
든요. 그러고 나서 도시 생활이 저에게 맞지 않는다는 결론에 도
달했어요, 마릴라 아주머니. 그래서 기뻤어요. 가끔 밤 11시에 멋
진 식당에서 아이스크림을 먹는 건 좋아요. 하지만 일상적으로
하는 일이라면 차라리 그 시간에 동쪽 방에서 잠을 자겠어요.
잠을 자면서도 바깥에서는 별이 반짝이고 시냇물 건너편에 있는
전나무 숲에서 바람이 불어온다는 걸 알 수 있는 동쪽 방이 더
좋아요! 저는 그다음 날 아침 식사할 때 조세핀 할머니에게 그렇
게 말씀드렸어요. 그랬더니 조세핀 할머니가 웃으셨어요. 조세핀
할머니는 제가 무슨 말을 해도 웃을 때가 많아요. 아주 엄숙한
이야기를 할 때도 그러신다니까요. 마릴라 아주머니, 저는 그 점
이 썩 좋지는 않았던 것 같아요. 제가 웃기려고 한 말이 아니니
까요. 하지만 조세핀 할머니는 무척 친절하고 우리를 극진히 대
접해 주셨어요."

금요일이 되었고, 이제 집에 갈 시간이 되었다. 배리 씨가 두
여자아이를 데리러 왔다.

"즐거웠기를 바란다."

조세핀 할머니가 앤과 다이애나에게 작별 인사하며 말했다.

"정말 즐거웠어요!"

다이애나가 말했다.

"너는 어땠니, 앤?"

"매 순간이 즐거웠어요!"

앤이 나이 지긋한 조세핀 할머니의 목을 충동적으로 덥석 끌어안고 주름진 볼에 입을 맞추며 대답했다. 그런 행동은 다이애나로서는 상상도 못 할 일이었다. 다이애나는 앤의 자유분방한 행동을 보고 상당히 놀랐다. 그러나 조세핀 할머니는 흡족해했고, 베란다에 서서 마차가 보이지 않을 때까지 지켜보았다. 그런 다음, 한숨을 내쉬고 커다란 집으로 들어갔다. 풋풋한 젊음이 없는 집이 쓸쓸해 보였다. 사실대로 말하자면 조세핀 할머니는 꽤 이기적인 노부인이었고 자기 자신 외에는 누구도 그다지 좋아하지 않았다. 자신에게 도움이 되거나 자신을 즐겁게 해 줄 때만 사람들을 소중히 여겼다. 앤은 조세핀 할머니를 즐겁게 해 주었고 결국 노부인의 눈에 들었다. 그러나 조세핀 할머니는 독특하지만 매력 있는 앤의 말투보다는 생기 넘치는 열정과 숨김없는 감정, 사람의 마음을 끄는 태도, 다정한 눈빛과 입술에 이끌렸다.

'마릴라 커스버트가 보육원에서 여자아이를 입양했다는 소식을 듣고 어리석은 짓을 했다고 생각했는데, 이제 보니 실수한 게 아니었어. 앤 같은 아이가 집에 있다면 마음이 더 넉넉해지고 행복해질 것 같아!'

조세핀 할머니가 혼잣말했다.

앤과 다이애나는 마차를 타고 집으로 가는 길이 여행을 떠났을 때만큼이나 즐거웠다. 길 끝에 집이 기다리고 있다고 생각하니 기분이 좋아서 더욱더 즐거웠다. 앤과 다이애나가 화이트샌즈를 통과해 해안가 도로로 접어들었을 때는 해 질 녘이었다. 그 너머에 에이번리 언덕이 짙은 황색 하늘을 배경으로 검은 자태를 드러냈다. 언덕 뒤편 바다 위로 달이 떠올라 바다는 점점 밝게 빛났고 달빛을 받아 모습이 바뀌었다. 굽이진 도로가 난 작은 만에는 파도가 춤추는 경이로운 광경이 펼쳐졌다. 파도는 만 아래에 있는 바위에 부드럽게 철썩 부딪히며 부서졌고, 신선하고 진한 바다 냄새가 코를 찔렀다.

"아, 살아 있다는 것이 이렇게 좋구나! 그리고 집으로 돌아가고 있다는 사실도."

앤이 나직이 말했다.

앤이 시냇물 위에 놓인 통나무 다리를 건널 때 초록 지붕 집 부엌 불빛이 앤에게 돌아온 것을 환영한다며 다정하게 윙크했다. 열린 문으로는 난롯불이 환하게 타올라 따스하고 붉은 열기를 발산하며 가을밤의 쌀쌀한 공기를 데우고 있었다. 앤은 쾌활하게 내달려 언덕을 올라가서 부엌으로 들어갔다. 부엌에는 따끈한 저녁 식사가 준비되어 있었다.

"드디어 돌아왔구나!"

마릴라가 뜨개질감을 접으며 물었다.

"네. 와, 집에 오니 정말 좋아요! 모든 물건에 입 맞추고 싶은 심정이에요. 심지어 벽시계에도. 마릴라 아주머니, 닭고기를 구워 놓으셨네요! 설마 저를 위해 닭 요리를 하신 건 아니죠?"

"물론 너를 위해서 했지. 장거리 여행을 해서 배가 고플 텐데 식욕이 당기는 음식을 먹어야 할 것 같아서. 얼른 외투를 벗어라. 매슈 오라버니가 들어오면 곧바로 식사할 거니까. 네가 돌아와서 정말 기쁘구나! 이 집에 네가 없으니까 어찌나 허전하던지, 나흘이 그렇게 길게 느껴진 적이 없었다."

앤은 저녁 식사를 한 뒤 매슈와 마릴라 사이에 있는 난롯불 앞에 앉아서 조세핀 할머니의 집에 다녀온 이야기를 빠짐없이 했다.

"정말 멋진 시간을 보냈어요! 이번 경험은 제 인생에서 일어난 획기적인 사건이었어요. 하지만 가장 좋았던 건 집에 돌아온다는 사실이었어요."

앤이 행복해하며 결론 내렸다.

30
퀸스 대학 입시반이 생기다

마릴라는 뜨개질감을 무릎에 내려놓고 의자 등받이에 기대었다. 눈이 침침했다. 아무래도 다음에 시내에 나갈 때 안경을 바꿔야겠다는 생각이 어렴풋이 들었다. 요즘 들어 눈이 점점 더 피로해졌기 때문이었다.

날이 어두워졌다. 11월의 흐릿한 황혼이 초록 지붕 집에 내려앉았다. 난로 안에서 춤추는 벌건 불꽃에서 나오는 불빛만이 부엌을 비추었다.

앤은 난로 앞에 까는 깔개 위에 웅크리고 앉아 기쁘게 타오르는 불빛을 응시했다. 100년 동안 여름마다 내리쬔 햇볕이 단풍나무 장작에 응축되어 있다가 발산되는 것이었다. 앤은 책을 읽고 있었지만 어느새 책은 바닥에 떨어져 있었다. 이제 앤은 입을 벌리고 미소를 띠며 꿈을 꾸고 있었다. 앤이 상상하는 엷은 안개와 무지개 속에서 반짝이는 스페인의 여러 성이 형체를 띠기 시작했다. 꿈나라에서 아주 신나고 재미있는 모험이 앤에게 일어나고 있었다. 항상 승리로 끝나는, 현실 세계에서처럼 앤을 난처한 지경에 빠뜨리지 않는 모험이었다.

마릴라는 다정한 표정으로 앤을 바라보았다. 난로 불빛과 어둠이 교묘하게 섞여 있는 곳보다 더 밝은 불빛에서는 볼 수 없는 표정이었다. 마릴라는 도무지 말과 표정을 통해서는 애정을 표현할 줄 몰랐다. 그러나 마릴라는 내색하지 않았지만 잿빛 눈을 한 이 깡마른 여자아이를 전보다 훨씬 더 깊고 열렬히 사랑했다. 앤을 사랑한 나머지 지나치게 너그럽게 대할까 봐 걱정되기도 했다. 마릴라는 자신이 앤에게 마음을 쏟듯 어떤 대상에게든 마음을 강렬히 쏟는 것이 오히려 죄가 되는 것이 아닐까 불안했다. 어쩌면 마릴라는 앤이 자신에게 소중한 만큼 더 엄격하고 더 비판적으로 대함으로써 무의식적으로 속죄하는 것일 수도 있었다. 확실히 앤은 마릴라가 자기를 얼마나 사랑하는지 몰랐다. 앤은 마릴라의 기분을 맞추는 일이 힘들고 마릴라가 공감과 이해력이 부족한 것이 틀림없다고 생각하며 안타까워했다. 그러나 앤은 마릴라에게 받은 은혜를 떠올리면서 자기 자신을 나무라고 그런 생각을 늘 억눌렀다.

"앤, 오늘 오후에 네가 다이애나와 밖에서 놀 때 스테이시 선생님이 다녀가셨단다."

마릴라가 불쑥 말했다.

앤은 깜짝 놀라서 한숨을 지으며 다른 세계에서 돌아왔다.

"선생님이요? 어휴, 제가 없을 때 오셨다니 정말 아쉬워요! 마릴라 아주머니, 저를 부르지 그러셨어요. 다이애나와 저는 멀리 있지 않고 유령의 숲에 있었어요. 지금 숲속이 멋지거든요! 온갖 작은 나무들, 그러니까 고사리와 매끈한 나뭇잎들, 그리고 나무 열매가 잠들었어요. 마치 누군가가 봄이 오기 전까지 나뭇잎 담요를 단단히 덮어 둔 것처럼 말이에요. 제 생각에는 달빛이 비친 어젯밤에 무지개 스카프를 두른 작은 잿빛 요정이 발끝으로 살금살금 걸어와서 그렇게 했을 것 같아요. 다이애나는 그 부분은 별로 말하려고 하지 않았어요. 숲에 유령이 있다고 상상한 일로 어머니한테 혼났던 걸 도무지 잊지 못한 모양이에요. 그 일이 다이애나의 상상력에 몹시 나쁜 영향을 미쳤어요. 상상력이 빈약해졌거든요. 린드 아주머니가 머틀 벨의 꼴이 엉망이라고 말했어요. 저는 머틀 벨의 꼴이 왜 엉망이 되었는지 루비 길리스에게 물었어요. 루비는 자기가 추측하기로는 머틀 벨의 애인이 머틀을 배반했기 때문일 거라고 했어요. 루비 길리스는 젊은 남자들 생각밖에 안 해요. 나이가 들수록 더 심해져요. 물론 젊은 남자들 얘기를 꺼내도 되는 때가 있어요. 하지만 그런 얘기를 시도 때도 없이 모든 일에 끌어들이는 건 적절하지 않아요, 안 그런가요? 다이애나와 저는 앞으로 절대 결혼하지 않고 훌륭한 노처녀가 되어 영원히 함께 살자고 서로에게 약속하는 일을 진지하게 생각하고 있어요. 하지만 다이애나는 아직 마음을 정하지 못했어요. 왜냐하면 다이애나는 어쩌면 제멋대로이고 늠름하며 짓궂은 젊은 이와 결혼해서 그 남자를 바로잡아 주는 것이 더 고귀한 일일지도 모른다고 생각하거든요. 다이애나와 저는 지금 여러 심각한 주제를 놓고 많은 이야기를 나눠요. 우리도 많이 컸으니까 유치한 문제를 이야기하는 건 적절하지 않다는 생각이 들어서요. 마릴라 아주머니, 열네 살이 다 되어 간다는 건 아주 엄숙한 일이에요. 지난 수요일에 스테이시 선생님은 십 대인 여학생을 모두 시냇가로 데리고 갔어요. 그런 다음 그 점에 대해 우리에게 말했어요. 우리가 십 대 때 어떤 습관을 형성하고 어떤 이상을 품을지 신중히 해야 한다고 했어요. 왜냐하면 우리가 스무 살이 되면 성격이 형성되고 앞으로 우리가 펼쳐 나갈 삶의 기초가 마련되기 때문이래요. 그리고 기초가 흔들리면 정말 가치 있는 것을 그 위에 절대 세우지 못한대요. 다이애나와 저는 학교가 끝나고 집으로 돌아오면서 그 문제에 관해 이야기했어요. 마릴라 아주머니, 우리는 무척 진지했어요. 그래서 우리는 신중해지고, 괜찮은 습관을 형성하고, 배울 수 있는 건 모두 배우고, 되도록 현명해지기 위해 노력하기로 했어요. 그렇게 하면 우리가 스무 살이 되었을 때 우리의 성격이 올바르게 형성될 거로 생각했거든요. 스무 살이 된다고 생각하니 아주 끔찍해요, 마릴라 아주머니. 굉장히 나이가 들고 다 자란 기분이 들어서요. 그런데 스테이시 선생님이 집에 왜 오신 거죠?"

"그게 바로 내가 너한테 해 주고 싶은 얘기란다, 앤. 나한테 얘기할 틈을 안 주는구나. 선생님이 네 얘기를 하셨어."

앤이 꽤 놀란 표정을 지었다. 그러더니 얼굴을 붉히고는 소리쳤다.

"제 얘기를요? 아, 선생님이 무슨 말씀을 하셨는지 알 것 같아요. 그렇지 않아도 말씀드리려고 했어요. 마릴라 아주머니, 정말이에요. 그런데 깜빡했어요. 어제 오후에 학교에서 캐나다 역사 공부를 해야 할 시간에 『벤허』를 읽다가 선생님께 들켰어요. 제인 앤드루스가 그 책을 빌려주어서 점심시간에 읽기 시작했어요. 전차 경주가 펼쳐지는 대목에 막 이르러 수업이 시작됐어요. 어떤 내용이 전개될지 몹시 궁금했죠. 저는 『벤허』가 분명히 이길 거라고 확신했거든요. 왜냐하면 『벤허』가 승리하지 않으면 권선징악의 교훈이 살지 않을 테니까요. 그래서 책상에 역사책을 펼쳐 놓고 책상과 제 무릎 사이에 『벤허』를 끼워 넣었어요. 그렇게 하면 꼭 캐나다 역사를 공부하는 것처럼 보이잖아요. 저는 그 시간 내내 열심히 『벤허』를 읽었어요. 너무 푹 빠져 있어서 스테이시 선생님이 통로를 따라 걸어오는 것도 전혀 몰랐어요. 고개를 들어 보니 스테이시 선생님이 그 자리에서 저를 내려다보고 계시지 않겠어요? 몹시 나무라는 눈초리로 말이에요. 그때 제가 얼마나 부끄러웠는지 몰라요, 마릴라 아주머니. 특히 조시 파이의 낄낄거리고 웃는 소리가 들렸을 때는 정말 민망했어요. 스테이시 선생님은 책을 가져간 뒤 한마디도 하지 않으셨어요. 쉬는 시간에 저를 붙잡아 두고 말씀하셨어요. 선생님은 제가 두 가지 점에서 큰 잘못을 저질렀다고 하셨어요. 우선은 공부해야 할 시간을 허비했다는 점이고, 두 번째는 이야기책을 읽고 있으면서 역사 공부하는 것처럼 보이게 해서 선생님을 속였다는 점에서요. 저는 그전까지는 제가 한 행동이 속임수였다는 것을 알지 못했어요, 아주머니. 그래서 충격받았죠. 저는 서럽게 울면서 다시는 그런 짓을 하지 않을 테니 용서해 달라고 선생님께 애원했어요. 그리고 꼬박 일주일 동안 『벤허』를 보지 않겠다고, 전차 경주가 어떻게 되었는지 들춰 보지도 않겠다고 했어요. 그렇게 해서 속죄하겠다고 말씀드렸어요. 하지만 스테이시 선생님은 그럴 필요는 없다고 하시면서 너그럽게 용서해 주셨어요. 그래 놓고 결국 여기에 와서 아주머니한테 그 일을 말씀하신 건 지나쳤다고 생각해요."

"앤, 스테이시 선생님은 그런 얘기는 한마디도 하지 않으셨어. 네가 마음에 걸리니까 그 이야기를 하는 거지. 앞으로는 이야기책을 학교에 가져가지 못하겠구나. 어쨌든 너는 소설책을 너무 많이 읽어. 내가 어렸을 때는 소설책을 읽는 것이 허용되지도 않았어."

앤이 이의를 제기했다.

"어머나, 아주머니는 어떻게 『벤허』를 소설책이라고 하실 수가 있어요? 『벤허』는 아주 아주 종교적인 책 아닌가요? 물론 『벤허』
는 너무 흥미진진한 이야기라서 일요일에 읽기에는 적당하지 않
아요. 그래서 저는 주중에만 그 책을 읽었는걸요. 그리고 이제는
스테이시 선생님이나 목사님 사모님이 열네 살이 다 되어 가는
여자아이가 읽기 적당하지 않다고 생각하는 책은 뭐든 절대 읽
지 않아요. 스테이시 선생님은 저더러 그 점을 약속하게 하셨어
요. 어느 날, 제가 『귀신이 나타나는 회관에 숨겨진 충격적인 비
밀』이라는 책을 읽는 모습을 선생님이 보셨어요. 루비 길리스가
빌려준 책이었어요. 아, 마릴라 아주머니, 그 책은 상당히 흥미롭
고 으스스했어요. 간담이 서늘해졌죠. 하지만 스테이시 선생님은
유치하고 건전하지 않은 내용이라고 하면서 앞으로 그와 비슷한
책은 읽지 말라고 하셨어요. 그런 책을 더는 읽지 않겠다고 약속
하는 건 괜찮았지만 결말이 어떤지 알지도 못하고 책을 돌려주
는 건 고통스러웠어요. 하지만 스테이시 선생님을 향한 사랑으로
저는 시련을 견뎌냈고 결국 해냈어요. 어떤 사람을 진심으로 기
쁘게 하고 싶을 때 할 수 있는 일이 있다는 건 정말 멋져요!"

　"이제 램프에 불을 붙이고 일을 해야겠다. 스테이시 선생님이
꼭 하고 싶어 한 말씀을 너는 듣고 싶지 않은 게 분명하구나. 다
른 것보다는 오로지 네 혀에서 나는 소리에 더 관심을 기울이니
말이다."

　앤이 깊이 뉘우치며 외쳤다.

　"어머, 마릴라 아주머니, 당연히 듣고 싶어요. 이제 더는 아무

말도 하지 않을게요. 한마디도. 제가 말이 너무 많다는 건 저도 알아요. 하지만 그걸 고치려고 정말로 노력하고 있어요. 제가 하고 싶은 이야기가 아주 많은데도 하지 않는다는 걸 아주머니가 아신다면 제가 노력한다는 사실을 믿을 수 있을 거예요. 말씀해 주세요, 아주머니."

"스테이시 선생님은 퀸스 전문대학 입학시험에 대비해 공부할 생각이 있는 상급반 학생들을 대상으로 반을 만들고 싶어 하더구나. 방과 후 그 학생들에게 한 시간 더 공부하게 할 생각이라고. 그래서 선생님이 너를 그 반에 넣어도 되는지 매슈 오라버니와 나에게 물어보려고 온 거야. 앤, 네 생각은 어떠니? 퀸스에 가서 선생님이 되고 싶니?"

앤이 벌떡 일어서서 두 손을 맞잡았다.

"아, 마릴라 아주머니, 그건 제 평생의 꿈이에요. 루비와 제인이 입학시험 공부 이야기를 시작한 뒤부터 지난 6개월 동안요. 하지만 저는 그 점에 대해 아무 말도 하지 않았어요. 왜냐하면 말해봐야 소용없다고 생각했기 때문이에요. 저는 선생님이 되고 싶어요. 하지만 학비가 어마어마하게 비싸지 않을까요? 앤드루스 씨가 프리시를 퀸스에 입학시키느라 150달러가 들었다고 했거든요. 그리고 프리시는 기하학을 못 하지는 않았어요."

"그 점은 네가 걱정할 필요가 없을 거야. 오라버니와 내가 너를 키우겠다고 데려왔을 때 우리는 너를 위해 무슨 일이든 최선을 다하고 좋은 교육을 하겠다고 결심했거든. 나는 여자가 생활비를 벌 수 있을 정도로 충분한 교육을 받아야 한다고 생각한다. 꼭 돈을 벌어야 하는 상황이 아니라고 해도 말이야. 오라버니와 내가 여기에 있는 한 초록 지붕 집은 언제나 너의 집이야. 하지만 이 불안한 세상에서 앞으로 어떤 일이 일어날지 아무도 모르는 법이니 잘 준비해 두어야 해. 그런 의미에서 네가 원한다면 퀸스 대학 입시반에 들어가도 된단다, 앤."

앤은 두 팔로 마릴라의 허리를 덥석 안고 진심 어린 눈빛으로 마릴라의 얼굴을 올려다보았다.

"아, 마릴라 아주머니, 감사합니다! 아주머니와 아저씨께 무척 감사해요! 두 분이 자랑스러워하실 수 있도록 최선을 다해 열심히 공부할게요. 그런데 기하학은 크게 기대하지 말아 주세요. 열심히 공부한다면 다른 과목은 뭐든 잘 해낼 수 있을 거예요."

"너는 충분히 잘 해낼 거야. 네가 무척 똑똑하고 부지런하다고 스테이시 선생님이 말했어."

마릴라는 스테이시 선생님이 앤을 두고 한 말을 무슨 일이 있어도 앤에게 그대로 전하지 않을 사람이었다. 말해 봐야 허영심만 부추길 게 뻔했다.

"앞으로 책 읽을 시간이 없다고 급하게 책을 읽을 필요는 없어. 서두를 이유가 없거든. 시험을 보려면 아직 1년 반이나 남았으니까. 하지만 제때 시작해서 철저하게 준비하는 것이 좋겠다고 스테이시 선생님이 그러더구나."

"이제는 공부에 더 관심을 둘 거예요. 삶에 목적이 있으니까요.

모든 사람은 삶에 목적이 있어야 하고, 그 목적을 충실하게 추구해야 한다고 앨런 목사님이 말씀하셨어요. 다만 앨런 목사님은 우선 그 목적이 가치가 있는지 확신할 수 있어야 한다고 하세요. 저는 스테이시 선생님 같은 선생님이 되는 것을 가치 있는 목적으로 삼을 거예요. 그럴 만한 가치가 있지 않아요, 마릴라 아주머니? 저는 선생님이 아주 고귀한 직업이라고 생각해요."

앤이 무척 행복해하며 말했다.

이윽고 퀸스 입시반이 마련되었다. 길버트 블라이드, 앤 설리, 루비 길리스, 제인 앤드루스, 조시 파이, 찰리 슬론, 무디 스퍼전 맥퍼슨이 이 반에 들어왔다. 다이애나 배리는 부모님이 다이애나를 퀸스 전문대학에 보낼 생각이 없었기 때문에 합류하지 않았다. 이 사실은 앤에게는 재앙이나 다름없는 일이었다. 미니 메이가 후두염을 앓은 날 밤 이후로 앤과 다이애나는 어떤 일이 있든 함께했다. 어느 날 저녁, 퀸스 입시반이 시험공부를 위해 방과 후 처음으로 학교에 남았다. 앤은 다이애나가 다른 친구들과 천천히 학교 밖으로 나가서 혼자 자작나무 길과 제비꽃 골짜기를 걸어 집으로 가는 모습을 보았다. 그 순간 당장 자리를 박차고 일어나 쏜살같이 달려 친구를 따라가고 싶은 충동을 느꼈으나 가까스로 억눌렀다. 앤은 목이 메어서 라틴 문법책을 세워 놓고 그 뒤에 숨어 눈물을 보이지 않으려 애를 썼다. 무슨 일이 있어도 길버트 블라이드나 조시 파이에게 눈물을 보일 생각은 없었다.

그날 저녁 앤이 슬픈 목소리로 말했다.

내 삶의 주인이 되기로
결심한 날

"네 인생이라는 배의 선장은 바로 너야, 꼬미!
누구도 네 배의 키를 대신 잡을 수는 없어.
내가 내 배의 키를 잡고 내가 원하는 방향으로 항해하는 것,
그게 바로 인생이야!"

"하지만 아, 마릴라 아주머니, 다이애나가 혼자 학교 밖으로 나가는 모습을 보았을 때 저는 정말로 죽음의 비통함을 맛본 기분이었어요. 지난 일요일에 앨런 목사님이 설교한 것처럼 말이에요. 저는 다이애나도 퀸스 입시반에서 공부했더라면 정말 좋을 텐데, 하고 생각했어요. 하지만 린드 아주머니가 말씀하신 것처럼 이 불완전한 세상에서 모든 것이 완벽하기를 바랄 수는 없겠죠. 린드 아주머니는 위로가 되는 분은 아니지만 가끔은 지극히 맞는 말씀을 하는 건 틀림없어요. 그런데 퀸스 입시반이 아주 흥미로울 것 같아요. 제인과 루비는 열심히 공부해서 선생님이 될 거래요. 선생님이 그 아이들이 품은 가장 큰 포부예요. 루비는 퀸스를 졸업하면 고작 2년 동안 아이들을 가르치고 결혼할 생각이라고 하고 제인은 평생을 교직에 바칠 거래요. 결혼은 절대로, 절대로 하지 않겠대요. 교사 일을 하면 월급을 받지만 남편은 돈을 한 푼도 주지 않고 아내가 생활비를 달라고 하면 으르렁거릴 거라면서요. 제 생각에는, 제인이 자신의 슬픈 경험에서 그런 말을 하는 것 같아요. 제인의 아빠가 늙은 괴짜에다 무척 인색하다고 린드 아주머니가 그랬거든요. 조시 파이는 자기는 생활비를 벌필요가 없을 거라면서 교육받으려고 대학에 간대요. 그러더니 도움을 받으며 살아가는 고아들과는 당연히 다르지 않겠느냐고 말했어요……. 고아들은 아등바등 살 수밖에 없대요. 무디 스퍼전은 목사님이 될 거래요. 린드 아주머니가 그런 이름으로는 다른어떤 것도 될 수 없을 거라고 했죠. 이름에 맞게 살 마련이라면서. 마릴라 아주머니, 제가 이런 말을 하면 나쁘다고 하실지 모르겠지만 정말이지 무디 스퍼전이 목사님이 된다고 생각하면 웃음이 나와요. 무디 스퍼전은 얼굴이 크고 토실토실한 데다 무척 웃기게 생겼잖아요. 파란 눈은 작고, 귀는 날개처럼 삐죽 튀어나오고. 하지만 무디 스퍼전이 어른이 되면 좀 더 지적인 모습으로 바뀔 수도 있어요. 찰리 슬론은 정치판에 뛰어들어서 국회의원이 되겠대요. 하지만 린드 아주머니는 찰리 슬론은 절대로 정치가가 되지 못할 거라고 했어요. 슬론 집안사람들은 모두 정직한데 요즘 정치하는 사람들은 악당들뿐이래요."

"길버트 블라이드는 뭐가 될까?"

마릴라가 앤이 『카이사르』를 펼치는 모습을 보고 물었다.

"길버트 블라이드가 어떤 포부를 가졌는지 저는 몰라요……. 있기나 한지 모르죠."

앤이 경멸스럽다는 표정으로 대답했다.

이제 길버트와 앤은 보란 듯이 경쟁했다. 전에는 상당히 일방적으로 경쟁이 이루어졌다. 그러나 이제 길버트가 앤 못지않게 반에서 1등을 차지하려고 벼르고 있다는 것은 의심할 여지가 없었다. 길버트는 훌륭한 경쟁 상대였다. 그 반의 다른 학생들은 암묵적으로 앤과 길버트의 우수성을 인정했고 그 둘과 경쟁하는 건 꿈도 꾸지 않았다.

길버트는 연못가에서 앤에게 용서해 달라고 사과했지만 앤이 들어주지 않은 뒤로 딴사람이 되었다. 길버트는 앤 셜리가 있어도 없는 것처럼 행동했고 앞서 말했듯이 단단히 벼르고 경쟁했다. 길버트는 다른 여자아이들과는 이야기를 나누고 스스럼없이 농담도 했다. 책과 퍼즐을 교환했고, 수업 내용과 계획을 의논했으며, 가끔 기도 모임이나 토론 클럽 모임을 마치면 그중 한 명과 함께 집까지 걸어갔다. 그러나 길버트는 앤 셜리만은 철저히 무시했다. 앤은 무시당하는 것이 기분 좋은 일이 아니라는 사실을 알게 되었다. 앤은 자기를 무시하든 말든 알 바 아니라는 의미로 고개를 꼿꼿이 세웠지만 소용없는 일이었다. 여자의 본성은 어쩔 수 없어서 다스리기 힘든 소심한 마음 깊은 곳에서는 자신이 무시당하는 것을 거슬려 한다는 사실, 그리고 반짝이는 호수에서 길버트가 용서를 구했던 때로 다시 돌아갈 수 있다면 다른 대답을 할 것이라는 사실을 알았다. 별안간 앤은 내심 당황스럽게도 길버트에게 품고 있던 오래된 분노가 사라졌다는 사실을 깨달았다. 분노가 주는 지속적인 힘이 가장 필요한 때에 사라지다니. 그 잊지 못할 사건에서 겪었던 모든 일과 감정을 떠올려 예전에 타올랐던 분노를 되살리려 했지만 뜻대로 되지 않았다. 앤이 품고 있던 분노는 그날 연못 옆에서 마지막 불꽃을 태우며 사그라진 것이 분명했다. 앤은 자기도 모르는 사이에 길버트를 용서하고도 그 사실을 알아채지 못한 것이었다. 앤은 그 사실을 너무 뒤늦게 깨달았다.

아무튼 길버트도 다른 누구도, 심지어 다이애나도 앤이 얼마나 미안해하는지, 그리고 그렇게 거만하고 못되게 굴었던 것을 무척 후회한다는 사실은 알지 못했다. 앤은 자신의 감정을 마음속 가장 깊숙한 곳에 묻어 두기로 했다. 이제 보니 앤이 그 결정을 감쪽같이 잘한 모양이었다. 길버트는 복수하는 의미에서 앤에게 경멸감을 보였고 앤이 그것을 느꼈다고 믿었다. 그러나 길버트는 그것으로는 마음에 위로가 되지 않았다. 사실 길버트는 겉보기와는 달리 앤에게 관심이 없지 않았다. 그나마 앤이 찰리 슬론을 무자비하게, 계속해서, 그리고 부당하게 무시한다는 사실이 길버트에게 위안이 되었다.

그 점을 제외하면 그해 겨울, 앤은 맡은 일과 공부를 즐겁게 하며 보냈다. 앤에게 그맘때 하루하루는 1년이라는 목걸이에 꿰놓은 황금 구슬처럼 흘러갔다. 앤은 행복하고 열의와 흥미로 가득 차 있었다. 열심히 공부해서 우등상을 타야 했고 재미있는 책을 읽었다. 또한 주일 학교 합창단에서 새로운 곡을 연습하고 토요일 오후에는 앨런 부인과 목사관에서 즐겁게 지냈다. 그러다 보니 어느새 다시 봄이 초록 지붕 집에 찾아왔고, 어김없이 세상은 온통 꽃으로 만발했다.

그즈음에는 공부에 대한 열정이 아주 조금 시들해졌다. 학생들은 녹음에 물든 오솔길, 잎이 돋아나기 시작한 숲, 그리고 방목장의 샛길로 뿔뿔이 흩어졌다. 한편 학교에 남아 있는 퀸스 입시반 학생들은 동경하는 눈으로 창밖을 내다보았다. 상쾌한 겨울에 몇 개월 동안 타올랐던 라틴 동사와 불어 공부에 대한 짜릿한 열정은 식어 버렸다. 앤과 길버트도 능률이 오르지 않아 하는 둥 마는 둥 했다. 학기가 끝나고 반가운 방학이 장밋빛처럼 그들 앞에 펼쳐졌을 때 선생님과 학생들은 한결같이 기뻐했다.

스테이시 선생님이 방학 전날 저녁 학생들에게 말했다.

"지난 1년 동안 열심히 공부하느라 다들 수고했어. 그러니 너희는 방학을 즐겁고 멋지게 보낼 자격이 충분해. 바깥세상에서 실컷 즐기고, 그다음 1년도 잘 지낼 수 있도록 건강과 활력과 포부를 키우렴. 입학시험이 겨우 1년 남았으니……. 이제 곧 치열한 경쟁이 펼쳐지겠구나."

"스테이시 선생님, 내년에도 이 학교에 계시나요?"

조시 파이가 물었다.

조시 파이는 아무 거리낌 없이 질문하는 아이였다. 그러나 이번만큼은 그런 조시 파이가 고마웠다. 그들 중 어느 누구도 스테이시 선생님에게 대놓고 그런 질문을 하지 못했다. 스테이시 선생님이 그다음 해에는 이 학교에 없을 거라는 놀라운 소문이 한동안 학교에 파다했다. 그래서 모든 학생이 진상을 알고 싶어 했다. 고향에 있는 학교에서 근무해 달라는 제안을 받았고 그 제안을 받아들일 생각을 하고 있다는 소문이었다. 퀸스 입시반 학생들은 숨을 죽이고 마음을 졸이며 선생님의 대답에 귀를 기울였다.

"그래, 그럴 생각이야. 다른 학교로 갈까 생각도 했는데 에이번리에 눌러 있기로 했어. 솔직히 말하면 이곳 학생들한테 관심이 부쩍 많아져서 떠날 수가 없더구나. 그래서 이 학교에서 지내면서 너희를 지도할 생각이야."

스테이시 선생님이 말했다.

"와!"

무디 스퍼전이 감탄했다. 무디 스퍼전은 전에는 자신의 감정을
그런 식으로 드러낸 적이 없었다. 그래서 일주일 동안 그 일만 생
각하면 얼굴을 붉히곤 했다.

"와, 정말 기뻐요! 존경하는 스테이시 선생님, 선생님이 이 학교
에 안 계신다면 정말 끔찍할 거예요. 다른 선생님이 여기에 오신
다면 저는 공부할 마음이 없어질 것 같아요."

앤이 초롱초롱한 눈빛으로 말했다.

그날 밤 앤은 집으로 돌아오자 교과서를 전부 다락에 있는 낡
은 트렁크에 잔뜩 집어넣어 잠그고 열쇠를 담요 상자 안에 던져
넣었다.

"방학 동안에는 교과서는 아예 안 보려고요. 학기마다 최선을
다해 열심히 공부했고, 기하학을 깊이 파고들어서 첫 책의 모든
명제를 다 암기하고 있을 정도예요. 이제 논리적으로 따지는 건
뭐든 진절머리가 나요. 여름에는 상상력을 마음껏 펼칠 거예요.
어머, 그렇다고 놀라실 건 없어요, 마릴라 아주머니. 적당한 선에
서만 상상할 거니까요. 하지만 이번 여름은 정말 멋지고 즐겁게
보내고 싶어요. 어쩌면 이번 여름이 제가 어린 소녀로서 보내는
마지막 여름이 될 수도 있으니까요. 린드 아주머니가 제가 지금
까지 그랬던 것처럼 내년에도 쑥쑥 큰다면 더 긴 치마를 입어야
할 거라고 말했어요. 저더러 다리가 훤히 보일 정도로 부리나케

뛰어다닌다며 더 긴 치마를 입으면 아주 얌전히 다닐 수밖에 없을 거라고 하더라고요. 그때가 되면 요정이 있다고 믿는 것도 가당치 않겠죠. 그래서 이번 여름에는 요정이 있다고 굳게 믿어 볼 작정이에요. 이번 여름은 아주 재미있을 것 같아요. 루비 길리스는 곧 생일 파티를 할 계획이래요. 다음 달에는 주일 학교 소풍과 선교사 발표회가 있어요. 배리 씨가 언젠가 저녁에 다이애나와 저를 화이트샌즈 호텔에 데려가서 저녁을 먹을 거라고 했어요. 다이애나의 가족은 저녁에 그 호텔에서 식사한대요. 제인 앤드루스는 지난여름에 한 번 화이트샌즈 호텔에 가서 전등과 꽃, 그리고 아주 아름다운 드레스를 입은 온갖 숙녀들을 봤는데 휘황찬란했대요. 그러고는 상류층의 삶을 처음으로 슬쩍 봤다면서 죽는 날까지 그 광경을 절대 못 잊을 것 같다고 했어요."

그다음 날 오후에 린드 부인이 초록 지붕 집을 찾아왔다. 목요일 자선 모임에 마릴라가 오지 않은 이유를 알아보기 위해서였다. 초록 지붕 집에 무슨 일이 있으면 모를까 그렇지 않고서는 마릴라가 모임에 빠질 사람이 아니라는 것을 사람들은 잘 알았다.

"매슈 오라버니가 화요일에 갑자기 심장 발작을 심하게 일으켰어요. 그래서 오라버니를 혼자 두고 나갈 수가 없었어요. 아, 네, 지금은 다시 괜찮아졌어요. 하지만 요즘 심장 발작이 잦아져서 걱정이에요. 의사 선생님은 오라버니가 흥분하지 않게 조심해야 한다고 했어요. 그거야 오라버니에게는 쉬운 일이죠. 오라버니는 절대 흥밋거리를 찾아다니는 사람이 아니고 그런 적이 한 번도 없었으니까요. 그리고 힘든 일도 해서는 안 된대요. 오라버니한 테 일하지 말라고 하느니 숨도 쉬지 말라고 하는 편이 낫죠. 레이철, 이제 그만 들어와요. 차 마시고 갈 거죠?"

"당신이 이렇게 권하니 차 한잔하고 가야겠어요."

사실 린드 부인은 그냥 갈 생각이 조금도 없었다.

린드 부인과 마릴라는 거실에 편안히 앉아 있었다. 한편 앤은 차와 함께 가볍게 먹을 수 있는 갓 구운 하얀 비스킷을 내왔다. 린드 부인도 불평할 수 없을 정도로 잘 만든 비스킷이었다.

"이제 보니 앤은 정말 똑똑한 아이예요. 마릴라한테 큰 도움이 되겠어요."

해가 질 무렵 마릴라가 오솔길 끝으로 배웅할 때 린드 부인이 인정했다.

"맞아요! 그리고 앤은 이제 정말 착실하고 믿음직스럽답니다. 앤이 덤벙대는 성격을 고칠 수 있을까 걱정했는데, 결국 고치더 라고요. 그래서 이제는 앤이 뭘 하든 믿고 맡긴답니다."

"3년 전에 이 집에 왔을 때만 해도 앤이 저렇게 훌륭하게 성장 할 줄은 정말 몰랐어요. 세상에, 예전에 앤이 발끈하고 화낸 일을 어떻게 잊겠어요. 그날 밤 토머스에게 이런 말을 했어요. '토 머스, 두고 봐. 마릴라 커스버트는 결국 자기가 한 일을 후회하게 될 거야'라고. 하지만 내가 잘못 생각했고 그래서 정말 다행이에 요! 마릴라, 나는 내가 저지른 잘못을 절대 인정하지 않는 그런 사람은 아니에요. 그럼요, 그건 내 스타일이 아니에요. 내가 앤을 잘못 판단하긴 했지만 그럴 만도 했어요. 앤보다 더 엉뚱하고 도저히 예측할 수 없는 마녀 같은 아이는 난생처음 봤으니까요. 다른 아이들을 가늠하는 잣대로는 앤을 절대 판단할 수 없어요. 지난 3년 동안 앤이 급격히 성장하는 모습을 보니 굉장히 놀라워요. 특히 외모가 그래요. 정말 예뻐졌어요! 내가 그 창백하고, 눈이 커다란 스타일에 지나치게 끌려서 이런 말을 하는 건 아니에요. 나는 다이애나 배리나 루비 길리스처럼 예쁘장하고 발그레한 얼굴을 더 좋아하거든요. 루비 길리스의 외모는 정말 화려하지요. 하지만 왜 그런지는 몰라도…… 앤과 그 두 아이가 함께 있을 때 보면 앤 때문에 두 아이가 좀 평범하거나 과해 보여요. 두 아이의 외모가 훨씬 출중한데도 말이죠……. 두 아이를 앤이 수선화라고 부르는 6월의 하얀 백합 같다고 한다면 앤은 그 옆에 핀 커다란 빨간색 모란꽃 같다고 할까요!"

31

시내와 강이 만나는 지점

앤은 여름 동안 신나게 놀며 멋진 시간을 보냈다. 앤과 다이애 나는 밖에서 살다시피 했다. 연인들의 오솔길과 드리아드의 물거 품, 버드나무 연못과 빅토리아섬이 선사하는 온갖 즐거움을 마 음껏 누렸다. 마릴라는 앤이 집시처럼 나돌아다니는 것을 반대하 지 않았다. 미니 메이가 후두염을 앓던 날 밤에 왔던 스펜서베일 의 의사가 방학 초인 어느 날 오후 한 환자의 집에서 앤을 만났 다. 의사는 날카로운 눈으로 앤을 훑어보더니 입을 오므리며 고 개를 절레절레 흔들었다. 그러고는 다른 주민을 통해 마릴라 커 스버트에게 당부했다.

"당신이 키우는 빨간 머리 여자아이를 여름 내내 야외에서 놀게 하세요. 아이가 다리에 힘이 더 생길 때까지 책을 읽지 않게 하셔야 해요."

그 말을 들은 마릴라는 정신이 번쩍 들었다. 의사의 조언을 철저히 따르지 않으면 앤의 건강이 악화하여 자칫하면 큰일 날 수도 있다는 것을 직감했다. 덕분에 앤은 자유롭고 즐겁게 뛰놀며 전에 없이 멋진 여름을 보냈다. 앤은 산책하고 노 저으며 딸기를 따 먹고 마음껏 꿈을 꾸었다. 9월이 되자 앤의 눈은 초롱초롱해졌다. 스펜서베일의 의사가 보면 흡족해할 만큼 동작이 민첩했으며 마음은 다시 포부와 열정으로 가득했다.

앤이 다락에서 교과서를 가져오며 단언했다.

"이제 공부하고 싶어요. 와, 오랜 친구들, 정직한 너희 얼굴을 다시 보니 반갑다……! 그래, 심지어 기하학, 너까지도. 마릴라 아주머니, 정말 아름다운 여름을 보냈어요. 이제는 지난 일요일에 앨런 목사님 말씀대로 경주해도 될 만큼 강한 남자가 된 기분이 들어서 아주 기뻐요! 앨런 목사님의 설교는 언제 들어도 정말 훌륭하지 않나요? 린드 아주머니도 앨런 목사님의 설교가 날로 좋아지고 있다고 했어요. 그러면서 도시에 있는 어떤 교회가 앨런 목사님을 빼앗아가 버리면 우리 교회에는 속수무책으로 또 다른 풋내기 설교사가 오게 될 거라는 사실을 잊지 말아야 한다고 하더라고요. 하지만 공연히 걱정할 필요는 없을 것 같아요, 안 그래요, 마릴라 아주머니? 그냥 앨런 목사님이 계시는 동안은 목사님

의 설교를 즐겁게 듣는 편이 좋다고 생각해요. 제가 남자라면 저도 목사님이 되었을 것 같아요. 사람들에게 언제까지고 큰 영향을 줄 수 있잖아요. 단, 신학 이론이 건전하다면 말이에요. 그리고 멋진 설교를 해서 신도들의 마음을 움직이는 건 짜릿한 일일 거예요. 마릴라 아주머니, 왜 여자들은 목사가 될 수 없죠? 제가 그 질문을 린드 아주머니에게 했더니 충격을 받으며 큰일 날 소리라고 하셨어요. 린드 아주머니는 미국에는 여자 목사가 있을 수도 있는데, 다행히 캐나다는 아직 그 단계까지 가지는 않았고 앞으로도 그러지 않았으면 좋겠다고 했어요. 하지만 저는 그 이유를 모르겠어요. 저는 여자들도 훌륭한 목사가 될 수 있다고 생각하거든요. 사교 파티를 열어야 할 때, 혹은 교회에서 다과회를 하거나 기금을 거두는 행사를 할 때 여자들이 일하잖아요. 저는 린드 아주머니가 벨 교장 선생님 못지않게 기도를 잘할 수 있다고 확신해요. 그리고 조금만 연습하면 설교도 잘할 수 있을 거예요."

마릴라가 무미건조하게 말했다.

"그래, 나도 그렇게 생각한다. 린드 부인은 평상시에 비공식적으로 설교를 많이 하잖니. 린드 부인이 마을 사람들을 감독하고 있으니 에이번리에 문제가 일어날 확률은 별로 없어."

앤이 어렵게 용기를 낸 듯 말했다.

"마릴라 아주머니, 드릴 말씀이 있는데 아주머니의 생각을 듣고 싶어요. 저도 몹시 걱정되고 일요일 오후만 되면 특히 그 문제를 생각하게 되거든요. 저는 정말로 착한 아이가 되고 싶어요.

아주머니나 목사님 사모님, 혹은 스테이시 선생님과 함께 있을 때는 어느 때보다 더 그런 마음이 들어요. 아주머니를 기쁘게 하고 아주머니가 찬성하실 일을 하고 싶거든요. 그런데 린드 아주머니와 함께 있으면 못되게 굴고 싶은 마음이 강하게 들 때가 많아요. 린드 아주머니가 해서는 안 된다고 말한 바로 그런 행동을 당장 가서 하고 싶다니까요. 뿌리칠 수 없을 정도로 그런 충동이 생겨요. 저한테 그런 마음이 드는 이유가 뭐라고 생각하세요? 제가 정말로 구제불능에다 나쁜 아이라서 그럴까요?"

마릴라가 잠시 미심쩍어하는 표정을 짓더니 웃었다.

"앤, 그러고 보니 나도 너처럼 그런 것 같구나. 레이철 때문에 나도 그런 마음이 들 때가 자주 있거든. 네 말대로 레이철이 그런 영향력 이상의 힘을 영원히 발휘할 것 같다는 생각이 가끔 들어. 레이철이 다른 사람들한테 올바르게 하라고 끊임없이 잔소리하지 않는다고 해도 말이야. 남의 일에 참견해서는 안 된다는 특별한 계명이 있으면 좋을 텐데. 하지만 그 얘긴 더 하지 않으마. 내가 그런 말을 하면 안 되지. 레이철은 기독교를 믿는 좋은 여자이고 나쁜 의도로 그러는 게 아니니까. 에이번리에 레이철보다 더 친절한 사람은 없어. 게다가 레이철은 자기가 맡은 일을 절대 게을리하지 않지."

앤이 단호하게 말했다.

"마릴라 아주머니도 저와 같은 마음이라고 하시니 기분이 좋아요! 한결 위로돼요. 이제부터는 그 문제를 그렇게 많이 걱정하지 않아도 되겠어요. 하지만 다른 걱정거리가 생기겠죠. 새로운 걱정이 늘 끊이지 않더라고요. 사람을 당혹스럽게 하는 걱정거리요. 한 가지 문제를 해결하면 곧바로 또 다른 문제가 생겨요. 성장하기 시작하면 곰곰이 생각해서 결정해야 할 문제가 아주 많아요. 그래서 그런 문제를 숙고하고 무엇이 옳은지 결정하느라 늘 바빠요. 성장한다는 건 진지한 일이잖아요. 안 그런가요, 마릴라 아주머니? 하지만 마릴라 아주머니와 매슈 아저씨, 목사님 사모님, 그리고 스테이시 선생님 같은 좋은 분들이 계셔서 저는 훌륭하게 성장해야 해요. 제가 만일 그렇게 성장하지 못한다면 그건 순전히 제가 잘못했기 때문일 거예요. 저에게는 딱 한 번의 기회밖에 없기 때문에 막중한 책임감을 느껴요. 제가 올바로 성장하지 못한다고 과거로 돌아가서 다시 시작할 순 없으니까요. 마릴라 아주머니, 올여름에 제 키가 5센티미터 자랐어요. 그릴스씨가 루비의 파티에서 제 키를 재주셨거든요. 아주머니가 새 원피스를 더 길게 만들어 주셔서 정말 기뻐요! 짙은 녹색 원피스가 정말 마음에 들거든요. 게다가 플라운스를 달아 주셔서 정말 감사해요. 물론 플라운스가 꼭 필요하지 않다는 건 저도 알아요. 하지만 올가을에 플라운스가 굉장히 유행이라서 조시 파이는 모든 원피스에 플라운스를 달았어요. 새 원피스 덕분에 저는 공부를 더 잘할 수 있을 거예요. 플라운스 생각을 하면 제 마음 깊은 곳까지 편안해질 테니까요."

"그런 마음이 든다니 그만한 가치가 있구나."

마릴라가 인정했다.

　스테이시 선생님이 에이번리 학교에 돌아와 보니 학생들은 다시 공부에 대한 열의에 휩싸여 있었다. 특히 퀸스 입시반 학생들은 앞으로 펼칠 경쟁에 대비해 각오를 단단히 했다. 내년 말에 운명을 판가름할 입학시험이 벌써부터 학생들의 길에 흐릿하게 그림자를 드리우며 어렴풋이 다가오고 있었다. 다들 그 생각만 하면 가슴이 철렁 내려앉았다. 입학시험에 합격하지 못하면 어떡하지? 그해 겨우내 깨어 있는 시간이면 앤 역시 그런 생각이 머리에서 떠나지를 않았다. 일요일 오후도 예외가 아니어서 도덕적이고 신학적인 문제는 생각할 겨를이 없었다. 나쁜 꿈을 꿀 때면 앤은 꿈속에서 입학시험 합격자 명단을 참담하게 응시하고 있었다. 명단 맨 위에 길버트 블라이드의 이름이 보란 듯이 적혀 있지만 앤의 이름은 눈을 씻고 봐도 없었다.

　그해 겨울은 유쾌하고 바쁘고 행복하게 금세 지나갔다. 학교 공부는 예전만큼 흥미로웠다. 학생들 사이에 경쟁이 치열해서 열심히 공부하지 않을 수가 없었다. 사상과 감정, 포부, 아직 개척되지 않은 신선하고 매력적인 지식 분야의 신세계가 열의로 가득한 앤의 눈앞에 열리는 듯했다.

　언덕 너머 또 언덕, 알프스산맥 너머 또 다른 알프스산맥이 솟아 있었다.

이 모든 것이 스테이시 선생님이 재치 있고 세심하고 너그럽게 지도해 준 덕택이었다. 스테이시 선생님은 반 학생들이 스스로 생각하고 탐구하고 알아내도록 이끌었으며 오랫동안 익숙해진 길에서 벗어나도록 장려했다. 린드 부인과 학교 이사들은 그런 교육 방식에 충격받았고 기존의 교육 방법을 뒤엎는 혁신적인 방식을 미심쩍어했다.

앤은 공부 외에도 사교적인 활동을 넓혔다. 마릴라는 스펜서베일의 의사가 건넨 조언을 염두에 두고 있었기 때문에 앤이 가끔 멀리 외출하는 것을 반대하지 않았다. 토론 클럽이 성황을 이루어서 발표회를 여러 번 열었다. 어른들 파티라고 해도 손색없는 파티가 한두 차례 열리기도 했다. 파티에는 썰매와 스케이트를 타는 놀이가 풍성하게 마련되었다.

앤은 하루가 다르게 자랐다. 어느 날 마릴라는 앤과 나란히 서 있다가 앤이 자기보다 더 키가 큰 것을 보고 깜짝 놀랐다.

"어머나, 앤, 키가 정말 많이 컸구나!"

마릴라는 도저히 믿을 수 없다는 듯 말하고는 한숨을 내쉬었다. 키가 커진 앤을 보니 이상하게 섭섭했다. 마릴라는 앤이라는 어린 여자아이를 통해 사랑하는 법을 배웠는데, 이제 그 아이는 사라지고 대신 열다섯 살 소녀가 그 자리에 있었다. 키가 크고 이마는 골똘히 생각에 잠긴 듯한, 진지한 눈빛의 소녀가 작은 머리를 당당하게 들고 있었다. 마릴라는 어린 앤을 사랑했던 것 못지않게 키가 훌쩍 자란 앤도 사랑했지만 왠지 모를 상실감에 슬펐다. 그날 밤 앤이 다이애나와 함께 기도 모임에 가고 나자 마릴라는 겨울 황혼의 어둠 속에 혼자 앉아 결국 울음을 터뜨렸고 한없이 흐느껴 울었다. 매슈는 등불을 들고 들어오다가 울고 있는 마릴라를 보았다. 매슈가 놀란 표정으로 물끄러미 바라보자 마릴라는 눈물을 흘리다가 피식 웃고 말았다.

"앤을 생각하다가 그만……. 앤이 정말 많이 컸어요……. 아마 내년 겨울쯤에는 멀리 떠나겠지요. 앤이 몹시 그리울 거예요."

마릴라가 자초지종을 설명했다.

"집에 자주 오겠지."

매슈가 마릴라를 위로했다. 매슈에게 여전히 앤은 몇 년 전 6월의 어느 저녁 브라이트리버 역에서 데려온 열정적인 어린 여자아이였다. 그리고 앞으로도 그 사실은 변하지 않을 터였다.

"그때쯤이면 카모디까지 철로가 깔릴 테니까."

"그렇다고 해도 앤이 항상 이 집에 있는 것과는 다를 거예요."

마릴라가 침울한 표정으로 한숨을 내쉬었다. 위로를 받아도 소용없자 슬픔을 한껏 즐기자고 마음먹었기 때문이었다.

"이제 이 이야기는 그만 해요……. 남자들은 이런 기분을 이해하지 못하니까!"

앤은 체격뿐만 아니라 다른 면에서도 달라졌다. 우선 매우 조용해졌다. 생각은 예전보다 더 많이 하고 예전과 다름없이 꿈을 꾸면서도 확실히 말수는 줄어들었다. 마릴라는 그 점을 알아채고 거기에 대해서 한마디 했다.

"앤, 예전보다 말수가 확 줄었구나. 거창한 말도 많이 하지 않고. 어떻게 된 거니?"

앤은 얼굴을 붉히고 살짝 웃으면서 손에 들고 있던 책을 내려놓았다. 그러고는 꿈을 꾸는 듯한 표정으로 창밖을 바라보았다. 창밖에는 봄의 햇살이 유혹하자 그에 답하듯 덩굴 식물에 커다랗고 두툼한 빨간 싹이 터져 나오고 있었다.

"모르겠어요……. 전처럼 이야기를 많이 하고 싶지가 않아요."

앤이 생각에 잠긴 표정으로 집게손가락으로 턱을 누르며 말했다.

"소중하고 예쁜 생각을 하다가 그것을 마음속에 간직하는 편이 더 좋아요, 보물처럼 말이에요. 괜히 제 생각을 꺼냈다가 사람들의 비웃음이나 놀라움을 사고 싶지 않아요. 그리고 왠지 거창한 말도 더는 하고 싶지 않아요. 좀 아쉽기는 하죠? 제가 원해서 하는 것이긴 하지만 이런 말을 할 정도로 성장했다는 사실이. 마릴라 아주머니, 어떤 면에서는 거의 성인이 되었다는 사실이 즐겁지만 제가 기대했던 것과는 다르더라고요. 배우고, 해야 하고, 생각할 게 정말 많아서 거창한 말을 할 시간이 없어요. 게다가 스테이시 선생님은 짧은 문장이 훨씬 더 강력하고 좋은 영향을 준다고 말했어요. 그래서 선생님은 에세이를 작성할 때 되도록 간결한 문장으로 쓰게 해요. 처음에는 그렇게 하는 것이 어려웠어요. 제가 생각할 수 있는 멋지고 거창한 말을 전부 동원해서 쓰는 일이 몸에 배서요. 그런 말을 아주 많이 생각했었거든요. 하지만 이제는 간단하게 쓰는 일에 익숙해졌고 그것이 훨씬 더 좋다는 걸 알겠어요."

"네가 하던 이야기 클럽은 어떻게 됐니? 한동안 클럽 얘기는 전혀 꺼내지 않는구나."

"이야기 클럽은 이제 없어졌어요. 저희가 시간이 없어서요……. 아무튼 다들 이야기 클럽에 싫증 난 것 같기도 해요. 사랑과 살인에 관한 이야기, 애인과 눈이 맞아 달아나는 이야기, 추리소설을 쓴다는 것이 유치하게 느껴졌어요. 스테이시 선생님은 작문 실력을 키워 준다며 우리에게 가끔 이야기를 쓰게 하세요. 하지만 우리가 에이번리에 살면서 일어날 수도 있는 일 외에는 쓰지 않게 하세요. 그리고 우리가 쓴 이야기를 날카롭게 비평하고, 우리에게도 우리가 쓴 글을 비평하게 하세요. 저는 제 작문에서 직접 단점을 찾아내기 전까지는 단점이 그렇게 많으리라고는 정말 생각도 못 했어요. 그래서 너무 창피해서 다시는 글을 쓰고 싶지 않았지만 스테이시 선생님이 스스로 엄격한 훈련을 통해 비평의 눈을 키우기만 하면 글을 잘 쓰는 법을 배울 수 있다고 하셨어요. 그래서 저는 노력하고 있어요."

"입학시험이 이제 겨우 두 달 정도 남았구나. 합격할 수 있을 것 같니?"

마릴라가 물었다.

앤이 몸을 떨었다.

"모르겠어요. 어떤 때는 잘할 수 있을 거라는 생각이 들어요……. 그러다가도 몹시 두려워져요. 우리는 열심히 공부했고, 스테이시 선생님도 최선을 다해 가르치셨지만 그래도 합격하지 못할 수 있어요. 각자 약한 과목이 하나씩 있거든요. 저는 물론 기하학이고, 제인은 라틴어, 루비와 찰리는 대수학, 그리고 조시는 연산이에요. 무디 스퍼전은 영국 역사를 망칠 것 같은 직감이 든대요. 스테이시 선생님은 6월에 우리에게 입학시험만큼 어려운 모의고사를 치르게 해서 엄격하게 점수를 매길 거라고 하셨어요. 그러고 나면 어느 정도 예상할 수 있을 거예요. 마릴라 아주머니, 얼른 시험이 끝나면 좋겠어요. 시험 때문에 힘들어요. 가끔 밤중에 깨어나서 만일 시험에 합격하지 못하면 어떻게 해야 하나 생각한다니까요."

"저런, 합격하지 못하면 내년에 학교를 다니고 다시 시험을 보면 되지."

마릴라가 대수롭지 않게 말했다.

"어휴, 그럴 마음은 없어요. 시험에 합격하지 못하면 정말 창피할 거예요. 특히 길…… 다른 아이들이 합격하면요. 시험을 볼 때 너무 긴장해서 망칠 수도 있어요. 저도 제인 앤드루스처럼 배짱이 있으면 좋겠어요. 제인 앤드루스는 어떤 일이 있어도 당황하는 법이 없거든요."

앤은 한숨을 내쉬었다. 그런 다음 봄이 수놓은 세계, 산들바람과 푸른색이 손짓하는 날, 정원에서 움트는 초록빛 새싹에서 힘겹게 눈을 떼며 마음을 굳게 다잡고 책에 몰두했다. 앞으로도 봄은 다시 올 터였다. 그러나 앤은 입학시험에 합격하지 못하면 봄을 온전히 즐길 수 있는 날이 다시 오지 않으리라 확신했다.

"오늘 하루도 수고했어, 꼬미!
네 지친 몸과 마음이 회복될 때까지 깨우지 않을게.
네가 잠에서 깰 때까지 네 곁을 떠나지 않고 지켜 줄게!"

몸도 마음도 지쳐
재충전이 필요한 날

나에게 말을 건넨다. "오늘 하루도 수고했다!"

_영화 〈블랙〉 중에서

32
합격자 명단이 발표되다

6월 말이 되자 학기가 끝나고 스테이시 선생님이 에이번리 학교를 이끌던 시대도 막을 내렸다. 그날 저녁 앤과 다이애나는 사뭇 진지한 얼굴로 집을 향해 걸어갔다. 눈이 벌겋고 손수건이 축축한 것으로 보아 스테이시 선생님의 작별 인사가 3년 전에 비슷한 상황에서 필립스 선생님이 했던 인사말 못지않게 꽤 감동적이었던 모양이었다. 다이애나는 가문비나무 언덕 아래에서 학교 건물을 돌아보며 한숨을 푹 내쉬었다.

"모든 게 끝난 것 같아, 그렇지 않니?"

다이애나가 침울하게 물었다.

"네가 아무리 기분이 안 좋다고 해도 나보다는 훨씬 덜할 거야. 그래도 넌 새 학기가 되면 다시 학교에 돌아오잖아. 하지만 난 정든 학교를 영원히 떠나게 된다고……. 물론 운이 좋을 때의 얘기지만."

앤이 손수건에서 젖지 않은 부분을 찾다가 결국 못 찾고는 말했다.

"그렇다고 해도 학교가 예전과 똑같지는 않잖아. 스테이시 선생님이나 너, 제인, 그리고 아마 루비도 없을 테니까. 나는 교실에서 짝꿍도 없이 혼자 앉아 있어야 할 거야. 너 말고 다른 짝꿍은 도저히 옆에 못 앉힐 것 같아. 아, 우리는 정말 즐겁게 학교생활을 했어. 안 그러니, 앤? 그 시절이 완전히 끝났다고 생각하니 끔찍해!"

굵직한 눈물 두 방울이 다이애나의 코를 타고 또르르 굴러떨어졌다.

"네가 그만 울면 나도 그럴 수 있을 것 같아."

앤이 애원하듯 말했다.

"기껏 손수건을 치우고 나면 네 눈에 눈물이 차오르는 게 보이니까 나도 덩달아 다시 눈물이 나려고 하잖아. 린드 아주머니 말대로 '쾌활할 수 없다면 쾌활해지려고 최대한 노력해.' 난 내년에 돌아올 거야. 아무래도 시험에 합격하지 못할 것 같은 예감이 들어. 당황스럽게도 그런 예감이 들 때가 점점 늘고 있어."

"넌 스테이시 선생님이 내준 모든 시험에서 점수가 아주 잘 나왔잖아."

"그렇기는 하지만 그 시험을 볼 때는 긴장되지 않았어. 실전을 치른다고 생각하면 얼마나 심장이 떨리는지 너는 상상도 못 할 거야. 그리고 내 번호가 13번인데 조시 파이가 그건 아주 불행한 숫자라고 하더라. 나는 미신을 믿지 않으니까 번호가 13번이라고 해서 달라질 건 없어. 그래도 13번이 아니면 좋겠어."

"마음 같아서는 정말 너와 함께 가고 싶어. 그러면 우리 둘이 정말 멋진 시간을 보낼 것 같지 않아? 하지만 너는 저녁마다 공부해야겠지."

다이애나가 말했다.

"아니야. 스테이시 선생님이 우리한테 책을 펼치지 않겠다는 약속을 하게 하셨어. 선생님은 공부해 봐야 피곤해서 헷갈리기만 할 테니까 밖에 나가서 걷고 시험은 생각하지 말고 일찍 잠자리에 들라고 하셨어. 선생님 말씀이 다 옳지만 지키기는 힘들 것 같아. 원래 좋은 조언이 다 그렇잖아. 프리시 앤드루스는 입학시험이 있는 주에는 매일 밤 잠자는 시간을 반으로 줄이고 필사적으로 공부했대. 나는 적어도 밤에 프리시 앤두루스가 공부한 만큼은 하기로 했어. 조세핀 할머니는 정말 친절하신 분이야. 내가 시내에 있는 동안 비치우드에서 지내라고 말씀하셨으니 말이야."

"시내에 있는 동안 나한테 편지 쓸 거지?"

"화요일 밤에 편지를 쓸게. 첫날이 어땠는지 알려 줄게."

앤이 약속했다.

"수요일에 우체국에 가겠어."

다이애나가 맹세했다.

앤은 다음 주 월요일에 시내에 갔고 다이애나는 약속한 대로 수요일에 앤의 편지를 받았다.

너무나 소중한 친구 다이애나에게

화요일 밤이 되어 비치우드의 서재에서 이 편지를 쓰고 있어.

어젯밤에는 방에 혼자 있으니까 무척 외롭더라. 네가 옆에

있으면 얼마나 좋을까 하는 마음이 간절했어.

나는 스테이시 선생님과 약속했기 때문에 벼락치기 공부를

할 수가 없었어. 하지만 역사책을 안 보려니 힘들었어.

예전에 수업 시간에 이야기책을 읽지 못했을 때처럼 말이야.

오늘 아침에 스테이시 선생님이 나를 위해 와 주셨어.

선생님과 나는 퀸스 전문대학에 가는 길에 제인과 루비와 조시를

불렀어. 루비는 나한테 자기 손을 만져 보라고 했어.

만져 보니 손이 얼음처럼 차갑더라. 조시가 내 얼굴을 보더니

내가 한숨도 안 잔 것 같다고 말하면서 시험에 합격한다고

해도 교사가 되는 교육 과정을 못 버텨 낼 거라고 했어.

이러니 조시 파이는 도무지 정이 안 가는 아이라는 생각이

들 때가 아직도 간혹 있다니까!

우리가 퀸스 전문대학에 도착해 보니 프린스에드워드섬 곳곳에서

수십 명의 학생이 와 있었어. 가장 먼저 무디 스퍼전이

계단에 앉아서 혼자 중얼거리는 모습이 눈에 띄더라.

제인이 무디 스퍼전에게 도대체 뭘 하는 거냐고 물었더니

무디 스퍼전이 구구단을 반복해서 외우고 있다고 대답했어.

그렇게 해야 마음을 진정시킬 수 있으니 제발 방해하지 말라고

하더라. 잠시라도 구구단을 멈추면 덜컥 겁이 나서 알고 있던

걸 모조리 잊어버릴 것 같지만 구구단을 계속 외우면 알고 있는

모든 사실이 제자리에 굳건히 있을 것 같은 기분이 든다지 뭐니!

우리가 교실에 배정되자 스테이시 선생님은 가서야 했어.

제인과 나는 함께 앉았어. 어쩌나 침착하던지 그런 제인이

부럽더라. 제인은 침착하고 현명해서 구구단을 외울 필요는

영원히 없을 거야! 난 내 심장이 쿵쾅거리는 소리가 교실

저 끝까지 또렷하게 들리는지, 그런 내 마음이 얼굴에 나타나는지

궁금했어. 그때 어떤 남자가 들어오더니 영어 시험지를 나눠 주기

시작했어. 시험지를 집어 드니까 손이 차가워지더니 머리가 핑

돌았어. 그 순간 얼마나 힘들었는지 몰라……

다이애나, 4년 전에 내가 마릴라에게 초록 지붕 집에서 살 수 있는지

물었을 때 들던 기분과 똑같았어……!

그러더니 머릿속이 맑아지고 심장이 다시 두근거리기 시작했

어…….

그런데 언제 그랬냐는 듯 그 모든 증상이 멈췄어!

어쨌든 그 시험지를 풀 수 있다는 걸 알았으니까.

정오에 우리는 점심을 먹으러 집에 갔고, 오후에는 교실로 돌아와

역사 시험을 봤어. 역사 시험은 꽤 어려웠어. 날짜가 엄청나게
헷갈리더라. 그래도 오늘은 시험을 꽤 잘 본 것 같아.
하지만 어휴, 다이애나, 내일은 기하학 시험이 있어. 그 생각만
하면 유클리드 책을 펴 보고 싶은 마음을 꽉 다잡아야 해.
구구단을 외우는 것이 나에게 도움이 된다면 지금부터
내일 아침까지 중얼거리겠어.
나는 오늘 저녁에 다른 여자아이들을 보러 내려갔어.
가는 길에 마음이 뒤숭숭해서 여기저기 돌아다니는
무디 스퍼전을 만났어. 무디 스퍼전은 보나 마나 역사 시험을
망쳤다면서 자기는 태어날 때부터 부모님에게 실망만 안겨 주는
존재라고 하더라. 아침 기차를 타고 집으로 돌아갈 거래.
목사보다는 목수가 되는 편이 더 쉬울 거라면서.
나는 무디 스퍼전을 격려하고 끝까지 남아서 시험을 보라고
설득했어. 시험을 포기하는 건 스테이시 선생님에 대한 도리가
아니니까. 가끔 나는 남자로 태어났으면 좋았을 텐데 하고
생각했거든. 그런데 무디 스퍼전을 볼 때마다 내가 여자라서,
그리고 그 아이의 여자 형제가 아니라서 다행이라는 생각이 들어.
내가 여자아이들의 하숙집에 가 보니 루비가 발작해서 심하게
흥분한 상태였어. 영어 시험을 보다가 엄청난 실수를 했다는
걸 그제야 안 거야. 루비가 진정되었을 때 우리는 시내 외곽에
가서 아이스크림을 먹었어. 그러면서 네가 옆에 없는 걸 얼마나
아쉬워했는지 몰라.

아, 다이애나, 기하학 시험이 얼른 끝나면 좋겠어! 하지만 린드
아주머니 말대로 내가 기하학 시험을 망치든 말든 태양은 뜨고
지겠지.

그건 지극히 당연한 사실이지만 위로가 되지는 않아.

내가 기하학 시험을 못 보면 차라리 해가 뜨지 않으면 좋겠어!

너의 충실한 친구, 앤

이윽고 기하학 시험과 다른 모든 시험이 끝나고 앤은 금요일
저녁에 집으로 돌아왔다. 앤은 꽤 피곤하기는 했지만 어려운 시
험을 치르고 나니 뿌듯했다. 앤이 도착하자 다이애나가 초록 지
붕 집에 건너왔다. 둘은 마치 몇 년 만에 만나기라도 한 것처럼
감격스러워했다.

"네가 다시 돌아온 걸 보니 너무 좋아! 마치 네가 시내에 간 지
아주 오래된 것 같은 기분이야. 그런데, 앤, 시험은 어땠니?"

"기하학 시험만 빼면 다른 과목은 아주 잘 본 것 같아. 내가
시험에 합격했는지는 모르겠어. 으스스하고 불길한 예감이 들어.
아무래도 합격하지 못할 것 같아. 와, 아무튼 돌아오니까 정말 좋
다! 이 세상에서 초록 지붕 집이 가장 사랑스럽고 멋진 곳이라니
까!"

"다른 아이들은 어때?"

"여자아이들은 합격하지 못할 거라고 말해. 하지만 나는 그 아
이들이 시험을 꽤 잘 봤다고 생각해. 조시는 기하학이 너무 쉬워

서 열 살짜리 아이도 거뜬히 풀 수 있을 정도라고 말하더라. 무디 스퍼전은 여전히 역사 시험을 망쳤다고 생각하고, 찰리는 대수학을 잘 못 봤다고 말해. 하지만 합격자 명단이 나오기 전까지 결과는 모르는 일이잖아? 앞으로 2주 뒤에나 합격자 명단이 발표될 거야. 마음을 졸이며 2주를 지낸다고 생각해 봐. 지금부터 잠들기 시작해서 발표될 때까지 절대 깨어나지 않으면 좋겠다니까."

다이애나는 길버트 블라이드는 시험을 어떻게 치렀는지 물어봤자 소용없다는 걸 알고 그 얘기는 꺼내지도 않았다. 그래서 이런 말만 덧붙였다.

"꼭 합격할 거야, 걱정하지 마."

"합격자 명단에서 높은 등수에 오르지 못하면 차라리 합격하지 않는 편이 나아."

앤이 불쑥 말했다. 다이애나는 그 말뜻을 잘 알았다. 설사 합격하더라도 길버트 블라이드의 점수를 앞지르지 못하면 그 성공은 빛바래고 괴로울 것이라는 의미였다.

앤은 그런 일을 겪지 않기 위해서 최선을 다해 시험을 보았다. 길버트도 마찬가지였다. 앤과 길버트는 길에서 우연히 만나 여러 번 지나쳤지만 서로 아는 척은 하지 않았다. 그리고 그때마다 앤은 고개를 약간 더 빳빳이 들었다. 그러나 마음속으로는 길버트가 자신에게 친구로 지내자고 했을 때 그러겠다고 대답하지 않았던 일을 진심으로 후회했다. 그러면서도 시험에서 길버트를 뛰어넘겠다고 더욱 결연히 다짐했다. 앤은 에이번리의 모든 학생들이 둘 중 누가 1등을 할 것인지 궁금해한다는 사실을 잘 알았다. 심지어 지미 클로버와 네드 라이트가 그 문제를 놓고 내기했으며, 길버트가 1등을 할 게 틀림없다고 조시 파이가 말했다는 사실도 알았다. 앤은 1등을 하지 못하면 너무 수치스러워서 못 견딜 것 같았다.

그러나 앤에게는 시험을 잘 보고 싶은 더 숭고한 동기가 있었다. 매슈와 마릴라를 위해서 '높은 점수로' 합격을 하고 싶었다. 특히 매슈를 위해서! 매슈는 앤이 '프린스에드워드섬 전체를 통틀어 1등을 할 거라고' 앤에게 호언장담했다. 앤은 아무리 큰 꿈을 꾸는 것이 좋다고 해도 너무 터무니없는 꿈을 꾸는 건 어리석은 일이라고 생각했다. 그러나 적어도 10등 안에 들기를 간절히 원했다. 그렇게 해서 자상해 보이는 매슈의 갈색 눈이 앤이 이룬 성과에 대한 자부심으로 반짝이는 것을 보고 싶었다. 그동안 앤은 열심히 노력하고 인내심을 발휘하며 상상력과는 동떨어진 방정식, 동사 활용형과 씨름했는데, 그런 매슈의 눈빛을 봐야만 한껏 보람을 느낄 수 있을 것 같았다.

시험을 본 지 2주가 지났을 때 앤은 마찬가지로 심란해하는 제인과 루비, 조시를 대동하고 우체국을 문턱이 닳도록 드나들었다. 앤은 떨리는 손과 철렁 내려앉는 시린 가슴으로 샬럿타운의 신문을 펼쳐보았다. 일주일 동안 입학시험을 보면서 겪었던 것 못지않게 긴장되는 나날이 이어졌다. 찰리와 길버트도 별수 없었다. 그러나 무디 스퍼전은 작심한 듯 우체국 근처에 얼씬도 하지 않았다.

"나는 너무 떨려서 차분하게 우체국에 가서 신문을 볼 엄두가 나지 않아. 그래서 누군가가 불쑥 와서 내가 합격했는지 안 했는지 얘기해 줄 때까지 그냥 기다릴 거야."

무디 스퍼전이 앤에게 말했다.

3주가 지나도 합격자 명단이 나오지 않자 앤은 너무 긴장돼서 정말로 인내심에 한계가 오기 시작했다. 식욕이 떨어지고 에이번리에서 일어나는 일에 대해서도 흥미를 잃어 갔다. 린드 부인은 보수당의 교육감한테 달리 뭘 기대하느냐고 말했다. 매슈는 앤이 매일 오후에 창백하고 무심한 표정을 하고 축 처진 걸음으로 집을 나서 우체국으로 가는 모습을 보면서 다음 선거에서는 보수당에 표를 주지 않는 편이 낫지 않을까 심각하게 고려하기 시작했다.

그러던 어느 날 저녁에 기다리던 소식이 왔다. 앤은 열린 창가에 앉아서 잠시 시험 결과에 대한 조바심과 세상에 대한 걱정을 잊고 여름 황혼이 선사하는 아름다운 풍경과 밑에 있는 정원에서 꽃들이 숨을 쉬며 풍기는 달콤한 향기, 포플러 나무가 바람에 흔들려 쉬쉬하며 바스락거리는 소리를 감상했다. 전나무 위 동쪽 하늘이 서쪽에서 반사하는 노을빛에 물들어 옅은 분홍색을 띠었다. 색깔의 정령이 저런 모습일까 하고 앤이 꿈을 꾸듯 생각에 잠겨 있을 때였다. 다이애나가 손에 쥔 신문을 흔들며 쏜살같이 전나무 숲을 달려 통나무 다리를 건너고 비탈을 올라오는 모

습이 눈에 들어왔다.

앤은 그 신문에 어떤 내용이 있을지 즉시 알아채고 벌떡 일어섰다. 합격자 명단이 나온 것이었다! 앤은 머리가 어지럽고 심장이 두근거려서 뻐근할 지경이었다. 한 걸음도 내디딜 수가 없었다. 다이애나가 복도를 달려 흥분에 휩싸인 나머지 노크도 하지 않고 앤의 방에 불쑥 들어오기까지 앤에게는 마치 한 시간이 흘러간 듯한 기분이었다.

"앤, 합격했어! 그것도 1등으로…… 너와 길버트 둘 다…… 너희 둘 동점이야……. 그런데 네 이름이 맨 위에 올랐어. 와, 네가 정말 자랑스러워!"

다이애나는 신문을 탁자에 내던지고 앤의 침대에 몸을 던졌다. 너무 숨이 차서 더는 아무 말도 하지 못했다. 앤은 램프에 불을 붙였다. 손이 떨려서 성냥갑을 뒤엎고 성냥 여섯 개를 버린 뒤에야 할 수 있었다. 그리고 나서 신문을 냉큼 집어 들었다. 정말 합격했다. 200명의 이름이 적힌 명단의 맨 위에 앤의 이름이 있었다! 삶의 보람이 느껴지는 순간이었다.

"앤, 정말 멋지게 해냈어!"

다이애나가 똑바로 앉아서 여전히 숨이 차기는 하지만 아까보다는 진정된 목소리로 말했다. 앤이 꿈을 꾸는 듯한 눈을 하고 넋을 잃은 채 한마디도 하지 않았기 때문이었다.

"아빠가 브라이트리버에서 신문을 들고 집에 오셨어. 오신 지 10분도 채 안 됐어. 오후 기차를 타고 오셨으니까 에이번리에는 신문이 우편으로 내일에나 도착할 거야. 난 합격자 명단을 보고 냉큼 달려왔어. 너희 모두 합격했어. 무디 스퍼전을 포함해서 전부. 무디 스퍼전은 역사 때문에 조건부 입학이긴 하지만. 제인과 루비도 꽤 잘했어. 중간 성적이야. 찰리도 마찬가지이고. 조시는 3점 차이로 아슬아슬하게 합격했어. 그래 놓고 마치 1등을 한 것처럼 잘난 체를 엄청나게 할걸? 스테이시 선생님이 기뻐하시지 않을까? 와, 앤, 네 이름이 합격자 명단 맨 위에 있는 걸 보는 기분이 어때? 나라면 너무 기뻐서 펄쩍펄쩍 뛸 거야. 지금도 거의 그러고 싶은 심정이지만……. 그런데 너는 봄날의 저녁처럼 무척 차분해 보이는구나."

"겉보기는 그런지 몰라도 속은 벅차오르는 기분이야. 하고 싶은 말은 무척 많은데, 마땅한 단어가 떠오르지 않아. 이런 일이 생길 줄은 꿈에도 몰랐어……. 그래, 사실 딱 한 번 꿈을 꾸기는 했지. 덜덜 떨면서 '내가 1등을 하면 어떡하지?' 하고 한 번 생각한 적은 있어. 내가 프린스에드워드섬을 통틀어 1등을 한다고 생각하니 주제넘고 헛된 꿈을 꾸는 기분이었어. 잠깐 기다려 봐, 다이애나. 얼른 밭에 가서 매슈 아저씨에게 이 소식을 전해야겠어. 그런 다음, 다른 아이들에게 이 기쁜 소식을 알려 주자."

앤과 다이애나는 헛간 아래쪽에 있는 풀밭으로 서둘러 갔다. 매슈는 풀밭에서 건초를 돌돌 휘감고 있었다. 마침 린드 부인이 길가에 세운 울타리에서 마릴라와 이야기 나누고 있었다.

"매슈 아저씨, 제가 시험에 합격했어요. 1등으로, 아니 공동 1등으로요! 자랑하려는 건 아니지만 정말 기뻐요!"

"글쎄, 내가 그렇게 될 거라고 했지."

매슈가 기뻐하며 합격자 명단을 빤히 바라보았다.

"네가 거뜬히 1등 할 줄 알았어."

"앤, 정말 잘했구나!"

마릴라가 말했다. 마릴라는 앤이 무척 자랑스러웠지만 내색하지 않으려 애썼다. 린드 부인에게 꼬투리를 잡히기 싫어서였다. 그러나 인정 많은 린드 부인은 진심으로 이렇게 말했다.

"앤이 참 잘했군요! 이런 말은 제때 얼른 해 줘야 하는 법이죠. 앤, 네 친구들이 너를 자랑스러워하겠구나. 우리 모두 네가 자랑스러워!"

그날 저녁에 앤은 목사관에서 앨런 부인과 잠깐 진지하게 이야기 나누며 즐겁게 지냈다. 그런 다음, 밤에는 달빛이 환하게 내리비치는 열린 창가에 얌전히 무릎 꿇고 앉아서 마음에서 우러나오는 감사와 소망의 기도를 속삭였다. 이제까지 별 탈 없이 잘 살아올 수 있었던 것에 감사를 드리고 앞으로도 잘 부탁드린다고 경건하게 기도했다. 앤은 하얀 베개에 머리를 누이고 잠자는 동안 아가씨의 소망처럼 밝고 예쁘고 아름다운 꿈을 꿨다.

33
호텔 발표회

"앤, 꼭 흰색 오건디로 된 옷을 입도록 해."

다이애나가 신신당부했다.

앤과 다이애나는 동쪽 방에 함께 있었다. 밖에는 이제 황혼이 깔리기 시작했다. 구름 한 점 없는 맑고 파란 하늘에 노르스름한 초록색 황혼이 아름답게 물들어 있었다. 유령의 숲 위에 떠 있는 커다란 보름달이 흐릿하게 빛나다가 은색으로 밝아졌다. 공기는 감미로운 여름의 소리로 가득했다. 나른한 새들이 지저귀는 소리, 별난 산들바람 소리, 멀리서 들리는 목소리와 웃음소리. 그러나 앤의 방에는 블라인드가 내려져 있고 램프에 불이 켜져 있었다. 중요한 몸단장을 하고 있기 때문이었다.

동쪽 방은 4년 전 그날 밤과는 많이 달라져 있었다. 그때만 해도 가재도구가 별로 없었고 사람이 살기 힘들 정도로 냉기가 감돌았다. 그 당시 앤은 냉기가 영혼의 뼛속까지 스며드는 기분이었다. 그 후 다락방에는 서서히 변화가 생겼고 마릴라는 체념한 듯 변화를 묵인했다. 그리하여 다락방은 아가씨의 취향에 맞는 아늑하고 앙증맞은 보금자리가 되었다.

앤은 처음에 상상했던, 분홍색 장미 무늬가 있는 벨벳 카펫과 분홍색 실크 커튼을 수중에 넣지 못했다. 그러나 성장하면서 나이에 걸맞게 꿈이 바뀌었기 때문에 앤은 그 점을 아쉬워하지 않았다. 바닥에는 예쁜 매트가 깔리고, 방랑하는 미풍에 나풀거리는, 옅은 초록색의 감각적인 모슬린 커튼이 높은 창이 주는 위압감을 부드럽게 했다. 벽은 금색과 은색 양단으로 짠 태피스트리가 아니라 앙증맞은 사과 꽃 그림이 있는 벽지가 발라져 있었다. 앨런 부인이 앤에게 준 훌륭한 그림 몇 점이 벽을 장식했고, 스테이시 선생님의 사진이 영예로운 자리를 차지했다. 앤은 사진 밑에 있는 받침대에 신선한 꽃다발을 올려 두어 분위기를 살렸다. 하얀 백합이 꿈을 꾸듯 다락방에 은은한 향기를 풍겼다. 다락방에 마호가니 가구는 없었지만 흰색 페인트칠이 된 책장에는 책이 빽빽이 꽂혀 있고, 고리버들로 만든 흔들의자에는 쿠션이 놓여 있었다. 화장대는 주름 장식이 있는 흰색 모슬린으로 꾸며져 있었다. 손님방에서 가져온 거울은 틀에 도금이 되어 있고 아치

형 상단 위에는 통통한 분홍색 큐피드들과 자주색 포도가 그려져 있었다. 마지막으로 야트막한 흰색 침대가 있었다.

앤은 화이트샌즈 호텔에서 열리는 발표회에 가기 위해 옷을 입고 있었다. 호텔 손님들이 샬럿타운 병원을 돕고자 발표회를 주최했고, 원활한 진행을 위해 주변 지역에서 동원할 수 있는 재주 있는 아마추어들을 찾아냈다. 화이트샌즈 침례교 합창단의 버사 샘슨과 펄 클레이는 이중창으로 노래해 달라는 요청을 받았다. 뉴브리지의 밀턴 클라크는 바이올린 독주곡을 연주하기로 되어 있었다. 카모디의 위니 아델라 블레어는 스코틀랜드 발라드를 부를 예정이었다. 스펜서베일의 로라 스펜서와 에이번리의 앤 셜리는 낭송을 할 예정이었다.

앤이 예전에 말했던 것처럼, 그 시기는 '앤의 인생에서 획기적인 사건이 일어나는 때'였고, 앤은 흥분으로 굉장히 들떠 있었다. 매슈는 자신이 아끼는 앤에게 부여된 명예에 자부심을 느껴 더할 나위 없이 행복한 상태였다. 마릴라 역시 매슈 못지않게 기뻤지만 차라리 죽으면 죽었지 그런 내색을 할 사람이 아니었다. 마릴라는 젊은이들이 보호자를 한 명도 동반하지 않고 호텔까지 나다니는 것은 부적절한 행동이라고 말했다.

앤과 다이애나는 제인 앤드루스, 제인의 오빠 빌리와 함께 마차를 타고 갈 예정이었다. 에이번리의 다른 여자아이들과 남자아이들도 여러 명 간다고 했다. 시내에서 오는 사람들도 있을 것으로 예상되었고, 발표회가 끝나고 나면 공연자들에게 저녁 식사가 제공될 예정이었다.

"넌 정말로 오건디가 가장 좋을 거로 생각하니?"

앤이 불안해하며 물었다.

"내 생각에는 오건디가 파란 꽃무늬가 있는 모슬린만큼 예쁜 것 같지 않아서 말이야……. 그리고 확실히 유행에 뒤처지고."

"하지만 오건디가 너한테 훨씬 더 잘 어울리는걸! 오건디는 아주 부드러운 데다 주름 장식도 많고 몸에 착 달라붙어. 모슬린은 뻣뻣하고 너무 잘 차려입은 인상을 줘. 하지만 오건디는 마치 네 몸에서 생겨난 것처럼 아주 자연스러워 보이거든."

다이애나가 말했다.

앤은 한숨을 푹 내쉬고 다이애나의 말에 따랐다. 다이애나는 패션에 대한 남다른 안목으로 명성을 얻기 시작했다. 그래서 친구들은 패션에 관해서라면 다이애나에게 조언을 구했다. 그 특별한 날 밤에 탐스러운 야생 장미 무늬가 있는 분홍색 드레스를 입은 다이애나는 무척 예뻐 보였다. 앤에게는 어울리지 않는 의상이었다. 그러나 다이애나는 발표회에서 아무 공연도 맡지 않았으므로 뭘 차려입든 별로 중요하지 않았다. 다이애나는 모든 노력을 앤에게 쏟아부었다. 다이애나의 맹세대로 에이번리의 자랑거리인 앤은 여왕의 취향에 걸맞은 옷과 빗질로 꾸며져야 했다.

"주름 장식을 좀 당겨 봐……. 그래, 여기, 허리띠는 내가 묶어 줄게. 이제 신발을 신어. 네 머리를 두 갈래로 두툼하게 땋아서 중간 지점에서 커다란 흰 나비 리본으로 묶어 올릴게. 아니야, 곱슬머리 한 가닥을 이마 위로 내리지 마. 살짝 가르마만 타. 앤, 그 머리 스타일이 정말 잘 어울린다. 목사님 사모님은 네가 가르마를 그렇게 타면 꼭 성모 마리아처럼 보인다고 하시더라. 집에서 가져온 이 작은 백장미 한 송이를 네 뒤에 꽂을게. 우리 집에 있는 내 덤불에 딱 한 송이가 있었는데, 너를 위해서 남겨 두었어."

"내 진주 목걸이를 걸어도 될까?"

앤이 물었다.

"매슈 아저씨가 지난주에 시내에서 나에게 목걸이를 사다 주셨거든. 내가 목걸이를 목에 건 모습을 보고 싶어 하실 거야."

다이애나는 입술을 오므리고는 검은 머리를 한쪽으로 갸우뚱하며 골똘히 생각했다. 그러더니 마침내 목걸이를 해도 좋다고 말했다. 그래서 가느다랗고 우유처럼 하얀 앤의 목에 목걸이가 걸렸다.

"너는 어딘가 아주 멋스러운 데가 있어, 앤."

다이애나가 시기하는 마음 없이 순수하게 감탄하며 말했다.

"머리를 그런 자세로 들고 있어. 네 몸매 때문인 것 같아. 나는 몸매가 펑퍼짐하잖아. 펑퍼짐해질까 봐 늘 걱정했는데, 정말 그렇게 됐어. 그러려니 해야지, 뭘 어쩌겠어."

"하지만 너한테는 매력적인 보조개가 있잖아!"

앤이 다이애나의 예쁘고 생기 있는 얼굴을 보고 다정하게 미소 지으며 말했다.

"꼭 크림에 생긴 움푹 들어간 작은 점처럼 매력적인 보조개.

나는 보조개가 생길 거라는 희망은 모두 버렸어. 보조개에 대한 내 꿈은 절대로 이루어지지 않을 거야. 하지만 나는 가진 꿈이 아주 많으니까 불평해서는 안 되겠지. 이제 준비가 다 된 거야?"

"다 됐어."

다이애나가 확인해 주었다. 그때 문 앞에 마릴라가 나타났다. 예전보다 머리카락이 더 희끗희끗해지고, 얼굴은 수척해지고, 여전히 각이 졌지만 훨씬 더 부드러워진 모습이었다.

"어서 들어오셔서 우리의 낭독자를 보세요, 마릴라 아주머니. 앤이 정말 근사해 보이지 않나요?"

마릴라가 알 수 없는 소리를 냈다. 그 소리는 콧방귀 뀌는 소리 같기도 하고 투덜거리는 소리 같기도 했다.

"아주 단정해 보이는구나. 머리 스타일이 정말 마음에 드는걸. 하지만 마차를 타고 거기까지 가는 동안 먼지와 이슬이 묻어서 드레스를 망치겠어. 그리고 요즘 밤이 되면 습도가 높은데 옷이 너무 얇아 보여. 아무튼 오건디는 세상에서 가장 쓸모가 없는 옷 감이라니까. 매슈 오라버니가 오건디를 살 때 내가 그 말을 해 주었는데. 하여간 요즘은 오라버니한테 어떤 말을 해 줘도 소용이 없어. 예전에는 내가 조언하면 잘 들어주었는데, 지금은 앤에게 뭘 사 줄 때만큼은 내 말을 싹 무시한다니까. 그래서 카모디에 있는 점원들은 매슈한테는 말만 잘하면 뭐든 쉽게 팔 수 있다고 믿어. 점원들이 어떤 물건이 예쁘고 유행이라고 말하면 매슈는 돈을 턱 하니 내준단다. 앤, 치맛자락이 마차 바퀴에 끼지 않게 조심하고 따뜻한 외투를 걸치도록 해."

마릴라는 아래층으로 성큼성큼 내려가면서 '이마에서 왕관까지 한 줄기 달빛이'라는 구절처럼 앤이 무척 사랑스러워 보인다는 사실을 자랑스럽게 생각했다. 한편 앤이 시를 낭송하는 모습을 직접 볼 수 없다는 사실이 안타까웠다.

"날씨가 너무 습하지 않아야 드레스의 맵시가 살 텐데."

앤이 불안해하며 말했다.

"걱정하지 않아도 돼."

다이애나가 창문의 블라인드를 올리며 말했다.

"완벽한 밤이야! 이슬은 안 내릴 것 같아. 달빛을 보라고."

"내 방 창문이 해가 뜨는 동쪽을 향해 있어서 정말 다행이야!"

앤이 다이애나에게 다가가며 말했다.

"저 길게 이어진 언덕 위로 동이 터서 뾰족한 전나무 꼭대기 사이사이로 아침 햇살이 빛나는 광경이 얼마나 장관인지 몰라. 동이 트는 광경은 아침마다 달라. 그때마다 나는 가장 일찍 떠오른 햇빛에 내 영혼을 깨끗이 씻은 기분이 들어. 다이애나, 난 이 작은 방이 정말 좋아! 다음 달에 시내로 가면 이 방에서 지내지 못할 텐데 잘 적응할지 모르겠어."

"오늘 밤에는 네가 멀리 간다는 이야기는 하지 마. 나는 그건 생각도 하고 싶지 않아. 그 생각만 하면 서글픈 기분이 들거든. 난 오늘 저녁을 정말 즐겁게 보내고 싶어. 앤, 너는 무슨 시를 낭송할 거니? 떨리지는 않니?"

다이애나가 간청했다.

"안 떨려. 많은 사람 앞에서 낭송을 자주 했더니 이제는 긴장되지 않아. 「아가씨의 맹세」를 낭송하기로 했어. 아주 가여운 이야기야. 로라 스펜서는 웃기는 이야기를 낭송할 거래. 하지만 나는 사람들을 웃기기보다는 눈물을 흘리게 하겠어."

"사람들이 너한테 앙코르를 청하면 뭘 낭송할 거니?"

"누가 앙코르를 청하겠니?"

말은 그렇게 했지만 사실 앤은 사람들이 앙코르를 외치기를 마음속으로 바랐다. 그다음 날 아침 식사할 때 매슈에게 앙코르를 받은 일을 빠짐없이 이야기하는 광경을 이미 머릿속에 그려보았다.

"빌리와 제인이 온 모양이야. 바퀴 소리가 들려. 얼른 가자."

빌리 앤드루스는 앤이 자신과 함께 앞 좌석에 타야 한다고 고집을 피웠다. 그래서 앤은 마지못해 앞자리에 올라탔지만 여자아이들과 함께 뒷자리에 앉아서 마음껏 수다를 떨면서 웃는 것이 더 좋았을 터였다. 빌리는 잘 웃지도 않고 말수도 그다지 많지 않았다. 빌리는 덩치가 크고 뚱뚱하고 둔감한 스무 살 청년이었다. 얼굴은 둥글고 무표정하며 고통스러울 정도로 말재주가 없었다. 그러나 빌리는 앤을 무척 대단하게 여겼다. 그래서 몸이 곧고 날씬한 앤을 자기 옆에 태우고 화이트 샌즈까지 마차를 몰고 갈 생각에 자부심으로 잔뜩 부풀어 있었다.

앤은 어깨너머로 여자아이들과 이야기 나누고 가끔 작은 선물처럼 예의상 빌리에게 말을 건넸다. 그러면 빌리는 활짝 웃다가 빙그레 웃으며 뭐라고 대답할지 생각했다. 그러나 뒤늦게 할 말이 떠올랐을 때는 이미 늦은 뒤였다. 앤은 마차를 타고 가는 동안 어떻게든 그 시간을 즐기려고 노력했다. 그도 그럴 것이 그날 밤은 즐기려고 마련된 시간이었다. 길은 마차로 가득했고, 모두 호텔을 향해 달리고 있었다. 그 길을 따라 또랑또랑한 웃음소리가 거듭 울려 퍼졌다. 그들이 호텔에 도착했을 때 호텔은 아래층에서부터 꼭대기까지 불빛으로 눈이 부셨다. 발표회 준비위원회의 여자들이 그들을 마중 나왔고, 그중 한 명이 앤을 분장실로 안내해 주었다. 분장실은 샬럿타운 심포니 클럽의 회원들로 가득했다. 앤은 그들과 함께 있으니 갑자기 부끄러움이 밀려들고 겁이 났다. 게다가 자신이 촌스럽게 느껴지기도 했다. 자기가 입고 있는 드레스가 동쪽 방에서는 앙증맞고 예뻐 보였지만 주위에서 온통 실크와 레이스가 반짝거리고 사각대는 소리가 나자 앤은 자신의 드레스가 너무 단순하고 소박해 보였다. 앤 가까이에 체격이 좋고 반듯하게 생긴 여자가 다이아몬드를 걸치고 있었다. 그 다이아몬드와 비교되는 앤의 진주 목걸이는 어때 보였을까? 그리고 다른 사람들은 온실에서 키운 꽃을 달고 있었다. 앤이 달고 있는 작고 흰 장미 한 송이는 그 꽃 옆에서 얼마나 보잘것없어 보일까. 앤은 모자와 외투를 멀찍이 두고 비참한 심정으로 구석에 움츠려 있었다. 앤은 초록 지붕 집 하얀 방으로 돌아가고 싶었다.

호텔의 넓은 공연장 단상에 오르니 상황은 더욱더 나빴고, 앤은 그 사실을 금세 실감했다. 화려한 전등에 눈이 부시고 향수 냄새와 웅성대는 소리에 혼란스러웠다. 마음 같아서는 다이애나와 제인과 함께 관객석에 앉아 있고 싶었다. 다이애나와 제인은 뒤쪽에 앉아 있었는데 퍽 즐거워 보였다. 앤은 분홍색 실크를 입은 통통한 여자와 흰색 레이스 드레스를 걸친, 키가 크고 경멸하는 표정을 띤 여자아이 틈을 비집고 들어가 있었다. 통통한 여자는 가끔 고개를 돌려 안경을 통해 정면으로 앤을 살펴보았다. 앤은 자신을 자세히 관찰하는 눈길을 민감하게 느끼자 큰 소리로 비명을 지르고 싶은 심정이었다. 그리고 흰 레이스를 입은 여자아이는 옆에 있는 사람한테 관객석에 있는 '시골뜨기들'과 '시골 미인들'에 대해 주위 사람들에게 들릴 정도로 계속 떠들고 있었다. 아무래도 그 여자아이는 지역의 재주꾼들이 펼치는 공연을 보면서도 이러쿵저러쿵 한가하게 트집을 잡으며 '그런 재미'를 볼 것 같았다. 앤은 흰 레이스 드레스를 입은 여자아이를 평생 두고 싫어할 것 같았다.

앤으로서는 반갑지 않은 사실이 한 가지 있었다. 전문 낭송가가 호텔에 머물고 있는데 이 자리에서 낭송하겠다고 수락한 것이었다. 그 낭송가는 몸이 나긋나긋하고 눈동자가 검은 여자로, 달빛을 엮은 것처럼 반짝이는 멋진 회색 드레스를 입었다. 목과 검은 머리카락은 보석으로 치장되어 있었다. 낭송가는 자유자재로 여러 목소리를 냈으며 표현력이 풍부했다. 관객은 낭송가가 발표하는 작품 내용에 열띤 반응을 보였다. 앤은 그 시간만큼은 자기 자신과 자신의 고민은 모두 잊고 넋을 잃고 눈을 반짝이며 귀를 기울였다. 그러나 낭송이 끝나자 앤은 갑자기 두 손으로 얼굴을 가렸다. 바로 뒤이어 낭송한다는 것이 부담스러워서 도저히 못 일어날 것 같았다, 도저히. 앤은 자신이 왜 낭송할 수 있을 것으로 생각했는지 후회스러웠다. 초록 지붕 집으로 돌아가고 싶은 심정이었다!

이렇게 비참한 기분에 빠져 있는 순간 앤이 호명되었다. 앤은 흰 레이스 드레스를 입은 여자아이가 약간 죄책감을 느끼며 살짝 놀라는 모습을 알아채지 못했다. 설사 앤이 그런 모습을 봤다고 해도 그 여자아이가 대놓고 내색하지는 않았지만 대단하다는 의미에서 그런 반응을 보였다는 사실을 앤은 알지 못했을 터였다. 앤은 간신히 일어서서 어지럽기는 했지만 앞으로 나아갔다. 앤의 얼굴이 너무 창백해서 무대 아래 관객석에 있는 다이애나와 제인은 자기들이 긴장해서 서로 손을 맞잡고 있었다.

앤은 강력한 무대 공포증에 휩싸여 있었다. 사람들 앞에서 자주 낭송하기는 했지만 이렇게 많은 관객 앞에 서기는 처음이었다. 앤은 어마어마한 관객을 마주한 순간 온몸에 힘이 쭉 빠지는 것 같았다. 이브닝드레스를 입고 줄줄이 앉아 있는 숙녀들과 비평의 잣대로 바라보는 얼굴, 전체적으로 부유하고 문화적인 분위기. 이 모든 것이 낯설고 눈이 부셨으며 당황스러웠다. 따뜻하고 인정 많은 친구와 이웃의 얼굴이 수두룩했던 토론 클럽의 소박한 벤치와는 사뭇 달랐다. 앤은 눈앞에 있는 사람들이 인정사 정없는 비평가들일 거로 생각했다. 어쩌면 그들은 흰 레이스 드 레스를 입은 여자아이처럼 앤이 '촌스럽게' 애쓰는 모습을 재미있 게 구경할 생각을 하는지도 몰랐다. 그러자 앤은 창피하고 비참 한 기분이 들어 절망적이고 무기력해졌다. 무릎이 떨리고 심장이 두방망이질치고 금방이라도 쓰러질 것 같았다. 앤은 도저히 입을 열 엄두가 나지 않아서 망신스럽더라도 단상에서 냅다 도망치고 싶은 심정이었다. 정말로 그 자리에서 달아난다면 톡톡히 망신당 할 게 분명했지만 말이다.

그러나 앤이 겁을 먹고 휘둥그레진 눈으로 관객을 응시하고 있 을 때 관객석 뒤편에서 허리를 앞으로 숙이고 얼굴에 미소를 띠 고 있는 길버트 블라이드가 갑자기 눈에 들어왔다. 앤의 눈에는 길버트 블라이드가 의기양양해하며 자신을 조롱하는 것처럼 보 였다. 그러나 사실은 그렇지 않았다. 길버트는 발표회의 전체적 인 분위기, 그리고 특히 야자수를 배경으로 앤의 하얗고 날씬한 몸매와 경건한 얼굴이 주는 인상을 감상하며 미소 지은 것뿐이 었다. 길버트가 마차에 태우고 온 조시 파이가 길버트 옆에 앉아 있었다. 조시 파이의 얼굴이야말로 의기양양해하며 조롱하는 표 정이 역력했다. 그러나 앤은 조시를 못 봤고 설사 봤다고 해도 개 의치 않았을 터였다. 앤은 길게 숨을 내쉬고 당당하게 고개를 들 었다. 전기에 감전된 것처럼 용기와 투지가 마구 솟아났다. 길버 트 블라이드 앞에서 망신당할 수는 없는 노릇이었다. 길버트 블

라이드가 자신을 비웃을 일은 절대, 절대 없을 터였다! 그러자 앤
을 엄습했던 두려움과 긴장감이 사라졌다. 앤은 낭송하기 시작
했다. 또렷하고 감미로운 앤의 목소리가 발표회장의 맨 구석까지
울려 퍼졌다. 목소리를 떨거나 중간에 끊기는 일은 없었다. 앤은
완전히 침착해졌고, 잠시 무시무시한 무력감에 빠졌던 탓인지 그
반작용으로 어느 때보다 더 멋지게 낭송했다. 앤이 낭송을 마치
자 진심에서 우러나온 박수가 터져 나왔다. 앤은 부끄럽고 기쁜
마음에 얼굴을 붉히며 자기 자리로 물러났는데, 언제 왔는지 분
홍색 실크 드레스를 입은 통통한 여자가 앤의 손을 힘차게 잡고
마구 흔들고 있었다.

"어머나, 정말 멋지게 잘했어요!"

분홍색 드레스를 입은 여자가 숨을 헐떡이며 말했다.

"내가 아기처럼 엉엉 울고 있더라니까요. 정말이에요. 저것 봐
요, 사람들이 앙코르를 청하네요. 앙코르를 안 하면 안 될 것 같
은 분위기네요!"

"어휴, 못 하겠어요."

앤이 당황하며 말했다.

"하지만…… 앙코르를 받아들이지 않으면 매슈 아저씨가 실망
할 텐데. 사람들이 앙코르를 외칠 거라고 매슈 아저씨가 저한테
말씀하셨거든요."

"그러면 매슈 아저씨를 실망하게 하지 말아요."

분홍색 드레스를 입은 여자가 웃으며 말했다.

앤은 경쾌한 걸음으로 다시 단상으로 나왔다. 눈은 초롱초롱하고 붉어진 얼굴에는 미소가 번졌다. 앤이 독특하고 재미있는 짧은 시를 낭송하자 관객들은 더욱 매료되었다. 앤은 큰 기쁨을 느끼며 그 뒤에 이어진 저녁 시간을 보냈다.

발표회가 끝났을 때 분홍색 드레스를 입은 통통한 여자가 앤을 끼고 다니며 사람들에게 소개했다. 그 여자는 한 미국인 백만장자의 아내였다. 모든 사람이 앤에게 상냥했다. 전문 낭송가인 에번스 부인이 앤에게 다가와서 이야기를 나누었다. 에번스 부인은 앤의 목소리가 매력적이고 작품을 아름답게 해석했다며 감탄했다. 흰 레이스 드레스를 입은 여자아이도 나른한 목소리로 가볍게 칭찬했다. 그들은 아름답게 장식된 넓은 식당에서 저녁을 먹었다. 다이애나와 제인 역시 앤의 일행이라는 이유로 초대받고 함께 식사했다. 빌리는 그런 초대를 극도로 두려워해서 어딘가로 재빨리 달아났기 때문에 도무지 찾을 수가 없었다. 그러나 식사가 완전히 끝났을 때 빌리는 여자아이들을 기다리고 있었다. 세 여자아이는 하얀 달빛이 내리비치는 차분한 바깥으로 쾌활하게 걸어 나왔다. 앤은 숨을 깊이 들이마시고 어두컴컴한 전나무 가지 너머로 맑은 하늘을 올려다보았다.

아, 맑고 고요한 밤의 공기 속으로 다시 나오니 정말 좋았다! 모든 것이 정지해 있는 근사하고 멋진 풍경이었다. 밤의 정적을 통해 바다가 속삭이는 소리가 들리고 그 너머에 펼쳐져 있는 절벽이 어두해지고 있었는데, 그 모양새가 마치 마법에 걸린 해안을 지키는 엄숙한 표정의 거인들 같았다.

제인이 마차를 타고 가는 길에 한숨을 쉬며 말했다.

"정말 나무랄 데 없이 멋진 시간 아니니? 내가 돈 많은 미국인이면 좋겠어. 그러면 매일 호텔에서 여름을 보내고 보석을 달고 목이 푹 파인 드레스를 입고 아이스크림과 치킨 샐러드를 먹으며 즐겁게 보낼 수 있을 텐데. 학교에서 아이들을 가르치는 것보다 그런 생활이 훨씬 더 재미있을 거야. 앤, 시 낭송을 정말 멋지게 잘했어. 그런데 처음에 네가 무대에 섰을 때 난 네가 시작도 못 할 것 같다는 생각이 들었어. 지금은 네가 에번스 부인보다 더 잘했다고 생각해."

"어머, 아니야, 그런 말 하지 마, 제인. 말도 안 되는 소리잖아. 에번스 부인은 전문 낭송가이고 나는 고작 학생인데 그럴 리가 있겠어? 나는 낭송에 소질이 조금 있는 것뿐이야. 사람들이 나의 시 낭송을 많이 좋아했다면 난 그걸로 대만족이야!"

"네가 들으면 좋아할 만한 말을 들었어, 앤. 아무튼 그 남자분의 어투로 봐서는 틀림없이 좋은 뜻에서 한 말일 거야. 그런 느낌이 들었어. 제인과 내 뒤에 어떤 미국인이 앉아 있었거든. 정말 낭만적인 외모의 남자분이었어. 머리카락과 눈이 새카만 색이었어. 그 남자분이 유명한 화가라고 조시 파이가 말하더라. 그리고 보스턴에 있는 조시 파이 어머니의 사촌이 그 화가와 같은 학교에 다니던 어떤 남자와 결혼했대. 우리는 그 남자가 하는 말을 들었어. 그렇지, 제인? '단상에 올라선, 멋진 티치아노 머리카락을 한 저 여자아이는 누구지? 내가 그려 보고 싶은 얼굴이야'라고 말했어, 앤. 그런데 티치아노 머리카락은 무슨 뜻이니?"

다이애나가 물었다.

"아마 그건 순수한 빨간색을 의미할 거야. 티치아노는 아주 유명한 화가야. 빨간 머리 여자들을 그리는 것을 좋아했지."

"그 여자들이 건 다이아몬드를 봤니? 다이아몬드가 정말 눈부시더라. 너희도 부자가 되고 싶지 않니?"

제인이 한숨을 내쉬며 말했다.

앤이 단호하게 대답했다.

"우리는 지금도 부자야. 우리는 16년을 살아 냈잖아. 그리고 우리는 여왕만큼 행복하고 많든 적든 모두 상상력이 있어. 얘들아, 저 바다를 봐. 바다는 겉보기에는 온통 은빛으로 빛나지만 그 안에는 눈에 보이지 않는 많은 것이 있어. 우리에게 수백만 달러와 다이아몬드 목걸이가 여러 개 있다고 해서 바다를 더욱 아름답게 즐길 수 있는 건 아닐 거야. 설사 너희가 그 여자들처럼 될 수 있다고 해도 너희는 그러지 않을 거야. 너희는 흰 레이스를 입은 그 여자아이처럼 세상에 태어날 때부터 머리를 치켜들고 태어난 듯 평생 뚱한 표정으로 살고 싶니? 아니면 아주 통통하고 키가 작아서 정말로 몸에 굴곡이 전혀 없는 분홍색 드레스를 입은 여자가 되어 친절하고 상냥해지고 싶니? 혹은 눈빛이 슬픈 에번스 부인이 되고 싶니? 슬픈 눈빛을 한 걸 보면 에번스 부인은 언제고 끔찍하게 불행한 때가 있었던 게 분명해. 제인 앤드루스, 얘기

사람들에게 인정받고 싶고
주목받고 싶은 날

"너는 왜 그렇게 주위 사람들과 똑같아지려고 노력하니?
돋보이기 위해서 태어났는데!"
_영화 〈왓 어 걸 원츠〉 중에서

를 듣고 보니 부자가 되고 싶지 않지?"

"모르겠어……. 정확한 내 마음을. 그래도 다이아몬드가 있으면 위안이 될 것 같은데."

제인이 알쏭달쏭해하며 말했다. 앤이 단호한 어조로 말했다.

"나는 나 자신 외에는 누구도 되고 싶지 않아. 설사 평생 다이아몬드로 위로를 얻지 못한다고 해도 말이야. 나는 진주 목걸이를 한, 초록 지붕 집 앤으로 사는 것에 만족해. 분홍색 드레스의 부인이 보석에 갖는 애착 못지않게 매슈 아저씨가 진주 목걸이에 사랑을 담뿍 담아 나에게 주셨다는 걸 나는 잘 알거든."

34
퀸스의 여학생

그다음 3주 동안 초록 지붕 집은 하루하루가 바빴다. 앤은 한창 퀸스에 갈 준비를 하고 있었다. 바느질할 옷가지와 의논해서 처리할 일이 많았다. 앤에게도 예쁜 옷이 많이 생겼다. 매슈가 그 점을 신경 썼기 때문이었다. 매슈가 뭘 사고 어떤 제안을 해도 이번만은 마릴라가 반대하지 않았다. 반대는커녕 오히려 한술 더 떴다. 어느 날 저녁, 마릴라는 하늘하늘한 옅은 초록색 옷감을 한 아름 안고 동쪽 방에 올라왔다.

"앤, 네가 입을 가볍고 멋진 드레스를 만들려고 옷감을 준비했어. 내가 보기엔 너한테 그런 드레스가 꼭 필요하진 않아. 예쁜 원피스가 많으니까. 하지만 시내에서 지내는 동안 저녁에 파티나 다양한 행사에 초대받아서 가게 될 때 멋진 정장용 드레스가 있으면 네가 좋아할 것 같아서 말이야. 내가 듣기로는 제인과 루비와 조시도, 그 애들 표현을 빌리자면, '이브닝드레스'가 있다는구나. 네가 그 아이들보다 뒤처져서야 되겠니? 지난주에 앨런 사모님한테 부탁해서 시내에 가서 옷감을 함께 골랐단다. 우리는 에밀리 길리스에게 네 드레스를 만들어 달라고 주문할 거야. 에밀리는 안목이 있어서 에밀리가 만드는 옷은 누구도 따라올 수 없어."

"어머, 마릴라 아주머니, 말씀만 들어도 행복해요! 정말로 감사해요! 저한테 이렇게 잘해 주시다니……. 이러시니까 제가 집을 떠나기가 날이 갈수록 더 힘들어요."

앤이 말했다.

초록색 드레스는 에밀리의 취향에 걸맞게 단과 주름 장식, 서링이 많이 들어갔다. 앤은 어느 날 저녁 부엌에서 매슈와 마릴라를 위해 그 드레스를 입고 「아가씨의 맹세」를 낭송했다. 마릴라는 앤의 생기 있는 밝은 얼굴과 우아한 동작을 지켜보면서 앤이 초록 지붕 집에 왔던 어느 날 저녁을 회상했다. 독특한 어린 여자아이가 겁에 질린 모습이 생생하게 떠올랐다. 누르스름한 갈색 혼방 원피스를 입은 볼품없는 차림, 눈물이 그렁그렁한 슬픈 눈. 그 기억을 더듬다 보니 마릴라의 눈에도 눈물이 차올랐다.

"제가 낭송한 시를 듣고 눈물을 흘리는 거죠, 마릴라 아주머니?"

앤이 마릴라의 의자 위로 허리를 숙여 마릴라의 볼에 살짝 입을 맞추며 명랑하게 말했다.

"대성공인걸요."

"아니야, 난 네 시를 듣고 눈물이 난 게 아니야."

마릴라가 말했다. 마릴라라면 어떤 것이든 '시 나부랭이'를 듣고 눈물 흘리는 것을 나약하다고 여겨 경멸했을 게 뻔했다.

"앤, 나도 모르게 네 어릴 때가 생각나더구나. 그래서 네가 계속 어린아이로 남아 있으면 좋을 텐데, 하는 생각을 하고 있었어. 아주 독특한 구석이 있기는 했지만. 이제 너는 성장해서 멀리 떠나잖니. 게다가 네가 이렇게 홀쩍 키가 크고 멋있어진 데다 그 드레스를 입으니…… 정말로…… 영 딴 사람 같구나……. 마치 에이번리 사람이 아닌 것 같아……. 그런 생각을 하고 있으니 마음이 휑하니 쓸쓸해지더라!"

"마릴라 아주머니!"

앤은 마릴라의 무릎에 걸터앉아 주름진 마릴라의 얼굴을 두 손으로 감싼 다음 진지하고 부드러운 눈빛으로 그녀의 눈을 바라보았다.

"저는 조금도 변하지 않았어요……. 정말로요. 키만 컸지 제 마음속에 있는 진정한 저는…… 바로 여기 있어요. 예전과 똑같아요. 제가 어디를 가든 제 겉모습이 얼마나 바뀌든 저는 조금도 달라지는 게 없을 거예요. 제 마음은 늘 마릴라 아주머니의 어린 앤이에요. 마릴라 아주머니와 매슈 아저씨, 그리고 소중한 초록 지붕 집을 날이 갈수록 더욱, 평생 사랑할 앤이요."

앤은 탄력 있고 보송보송한 볼을 마릴라의 처진 볼에 갖다 대고 한 손을 뻗어 매슈의 어깨를 토닥였다. 마릴라는 그즈음에는 앤처럼 자신의 감정을 말로 잘 표현할 수 있었다. 그러나 오랫동안 몸에 밴 천성과 습관 때문에 단지 두 팔로 앤을 끌어안고 부드럽게 가슴팍에 안았다. 그러면서 마음속으로 앤이 영영 가지 않으면 좋겠다고 생각할 뿐이었다.

매슈 역시 눈물인지는 모르겠지만 눈에 물기가 어려 있었다. 매슈는 일어서서 밖으로 나갔다. 마음을 가눌 수 없어서 푸른 여름밤의 별을 머리에 이고 마당을 질러 포플러 나무 아래에 있는 대문으로 갔다.

'글쎄, 앤은 별로 버릇없는 아이가 아니었어. 마릴라가 앤을 키우는 동안 내가 가끔 참견하기는 했지만 결국 그것이 그다지 해가 되지는 않은 것 같군. 앤은 똑똑하고 예쁘고 사랑스럽기까지 해. 사랑스럽다는 점이 난 다른 장점보다 가장 마음에 들어. 앤은 우리에게 축복이었어! 스펜서 부인이 한 실수보다 더 큰 행운을 가져다준 실수는 없었어. 운이라는 게 있다면 말이지. 그런 것이 있을 리 없겠지만. 이건 하늘이 도우신 거야! 하나님이 우리를 내려다보고 우리에게 앤이 필요하다는 걸 아신 거야.'

드디어 앤이 시내로 떠나야 하는 날이 왔다. 어느 화창한 9월의 아침, 앤과 매슈는 다이애나와는 눈물을 흘리며 작별 인사를 하고, 마릴라와는, 적어도 마릴라 편에서는, 눈물 없이 현실적인 인사말을 나눈 뒤 마차를 타고 출발했다. 그러나 앤이 가고 나자 다이애나는 눈물을 닦고 카모디에 사는 사촌들 몇몇과 함께 화이트샌즈에 있는 해변으로 소풍을 갔다. 다이애나는 그곳에서 슬픔을 잘 이겨내고 즐겁게 지냈다. 반면 마릴라는 마음이 너무 아파서 온종일 쉴 새 없이 움직이며 굳이 할 필요가 없는 일을 정신없이 해댔다. 마릴라는 가슴이 뻐근하고 괴로웠다. 아무리 눈물을 쏟아도 씻어낼 수 없는 고통이 밀려왔다. 그날 밤 마릴라는 잠자리에 눕자 복도 끝에 있는 작은 방에 생기 있는 어떤 젊은 생명이 거주하지 않고 나직한 숨소리도 없어 정적이 흐른다는 사실이 떠올랐다. 그래서 마음이 쓰리고 우울해서 베개에 얼굴을 묻고 앤을 그리워하며 격정적으로 흐느껴 울었다. 그러고 나서 마음이 조금 진정되자 죄 많은 한 인간에 대해 그토록 '애착을 갖는 것'이 사악한 일일지 모른다는 생각이 들면서 간담이 서늘해졌다.

앤과 에이번리의 다른 친구들은 예정대로 시내에 도착해 서둘러 퀸스로 갔다. 첫날인 그날은 온종일 흥분에 휩싸여 유쾌하게 지나갔다. 새로운 학생들을 만나고 교수들의 얼굴을 익히고 반을 배정받았다. 앤은 스테이시 선생님의 조언대로 1급 집중 과정을 공부할 생각이었다. 길버트 블라이드도 같은 선택을 했다. 그것은 두 사람이 공부를 잘 해내면 2년이 아니라 1년 만에 1급 교사 자격증을 딴다는 것을 의미했다. 그러나 그것은 또한 훨씬 더 많은 양의 공부를 더욱 열심히 해야 한다는 것을 의미하기도 했다. 제인과 루비, 조시, 찰리, 무디 스퍼전은 2급 교사 자격증을 따는 것으로 만족했다. 앤은 교실에서 50명의 다른 학생들과 함께 있으니 새삼 외로웠다. 교실 반대편 끝에 있는, 키가 큰 갈색 머리 남학생을 제외하면 앤이 아는 사람은 단 한 명도 없었다. 앤의 비관적인 생각대로라면 앤과 그 남학생의 관계를 생각해 볼 때 그 남학생을 안다고 해서 앤에게 크게 도움 될 것은 없었다. 하지만 앤은 두 사람이 같은 반에 있어서 기쁘다는 사실을 부인할 수 없었다. 예전처럼 계속 경쟁할 수 있기 때문이었다. 만일 그런 경쟁 상대가 없었다면 앤은 어떻게 해야 할지 몰랐을 터였다.

'경쟁할 상대가 없으면 마음이 편치 않았을 거야. 길버트도 보아하니 굳게 결심한 모양이야. 메달을 따겠다고 지금 단단히 벼르고 있겠지. 길버트의 턱이 정말 멋지던데. 전에는 그걸 전혀 알아차리지 못했어. 제인과 루비도 1급 교사 자격증반에 들어왔더라면 정말 좋았을 텐데. 하지만 반 학생들과 친해지고 나면 이상한 다락방에 갇힌 고양이가 된 기분은 들지 않을 거야. 여기에 있는 여자아이들 중에서 누가 내 친구가 될까. 그런 생각을 하니 정말 흥미로운걸. 물론 나는 퀸스에서 어떤 여자아이를 많이 좋아하게 되더라도 그 아이가 다이애나만큼 소중하지는 않을 거라고 장담했어. 하지만 다이애나만큼은 아니더라도 그다음으로 듬뿍 나눌 우정이 많이 있어. 나는 갈색 눈에 진홍색 원피스를 입은 저 여자아이의 모습이 마음에 들어. 저 아이는 활기가 있어 보이고 뺨이 발그레해. 그리고 창밖을 응시하는 창백하고 예쁘장한 여자아이가 있어. 그 아이는 머리카락이 탐스럽고 꿈에 대해 좀 아는 것 같아. 나는 그 두 아이를 알고 싶어……. 그들과 친해지고 싶어……. 내 팔로 그 아이들의 허리를 감싸고 걷기도 하고 그 아이들의 별명을 부를 수 있을 정도로. 하지만 지금 당장은 난 그 아이들을 모르고, 그 아이들은 나를 모르지. 아마 특별히 나에 대해 알고 싶어 하지 않을지도 몰라. 아, 정말 외롭다!'

그날 밤 땅거미가 질 때 앤은 문간방에 혼자 있으니 더욱더 외로웠다. 다른 아이들은 모두 시내에 인정 많은 친척이 있었다. 조세핀 할머니라면 앤이 머물 방을 기꺼이 내주겠지만 비치우드는 퀸스 대학에서 너무 먼 곳이라 그러기는 불가능했다. 그래서 조세핀 할머니는 하숙집을 알아봐 주었고 매슈와 마릴라에게 그집이 앤이 지내기 좋은 곳이라고 장담했다.

조세핀 할머니가 설명했다.

"그 하숙집 주인은 몰락한 상류층 부인이에요. 부인의 남편은 영국 장교였고요. 부인은 하숙인들을 가려서 받아요. 그래서 앤이 그 집에 하숙하게 되면 불쾌한 사람들을 만날 일은 없을 거예요. 식사도 잘 나온답니다. 게다가 집이 퀸스 대학과 가까운 조용한 동네에 있어요."

조세핀 할머니는 허튼 소리할 사람이 아니었다. 과연 조세핀 할머니의 말은 전부 사실이었다. 그러나 그러한 사실은 앤이 처음으로 겪는 고통스럽기 그지없는 향수병에 실질적으로 도움이 되지는 않았다. 앤은 침울한 표정으로 자신의 작고 좁은 방을 둘러보았다. 칙칙한 벽지를 바른 벽에는 그림 한 점 없었고 철제 틀

로 된 침대는 작았으며 책장은 텅 비어 있었다. 앤은 초록 지붕 집에 있는 자신의 하얀 방을 떠올리자 소름 끼칠 정도로 목이 메었다. 하얀 방에서는 정적이 흐르는 초록빛의 멋진 바깥 풍경을 즐겁게 감상하곤 했다. 정원에서 자라는 스위트피, 과수원에 내리비치는 달빛, 비탈 아래에 있는 시내, 그 너머로 밤바람에 흔들리는 가문비나무 가지, 별이 총총한 광활한 하늘, 다이애나의 방 창문에서 나무 틈 사이로 빛나는 불빛. 이곳에서 그런 풍경은 전혀 찾아볼 수 없었다. 앤은 창밖에 딱딱한 거리가 있고, 그 거리에 하늘을 가리는 전화선 망과 생경한 발소리, 낯선 얼굴들 위에 반짝이는 수많은 불빛이 있다는 것을 알았다. 앤은 금방이라도 눈물이 터져 나올 것 같았지만 꾹 참았다.

'난 울지 않을 거야. 눈물을 흘리는 건 바보 같고…… 약해 빠진…… 행동이야. 세 번째 눈물방울이 코를 타고 흘러내리네. 자꾸 눈물이 나. 재미있는 일을 떠올려서 눈물을 멈추게 해야겠어. 하지만 재미있는 일은 전부 에이번리와 관련되어 있어서 도움은 커녕 눈물만 더 나려고 해……. 네 방울…… 다섯 방울……. 다음 주 금요일에 집에 갈 텐데, 그날이 100년은 남은 것처럼 아득하게 느껴져. 아, 매슈 아저씨가 지금쯤이면 집에 거의 도착하셨겠지……. 마릴라 아주머니는 대문 옆에서 매슈 아저씨가 오는지 길을 살피실 테고……. 여섯 방울…… 일곱 방울…… 여덟 방울……. 어휴, 눈물을 세어 봐야 소용없어! 이제 눈물이 막 흘러내려. 기운을 낼 수가 없어……. 아니, 기운을 내고 싶지 않아.

우울한 기분에 푹 빠져 있는 편이 더 낫겠어!'

그때 조시 파이가 나타나지 않았다면 앤은 보나 마나 눈물을 펑펑 쏟았을 터였다. 앤은 낯익은 얼굴을 보자 기쁜 나머지 자신과 조시가 서로에게 호감이 별로 없다는 사실을 까맣게 잊었다. 에이번리 출신이라면 심지어 조시 파이도 반갑기 그지없었다.

"네가 와 줘서 정말 기뻐!"

앤이 진심으로 말했다.

"울고 있었구나."

"집이 그리운 모양이네. 어떤 사람들은 향수병에 걸리면 감정을 추스르지 못하더라. 난 향수병에 걸릴 일은 없어. 작고 오래된 에이번리에 비하면 시내는 너무 즐거운 곳이잖아. 내가 그런 곳에 어떻게 그렇게 오래 살았을까. 앤, 네가 울면 되겠니? 그래 봐야 좋을 게 뭐가 있어. 네 코와 눈이 벌게지니까 네가 온통 벌게 보이잖아. 나는 오늘 퀸스 대학에서 아주 재미있는 시간을 보냈어. 우리 불어 교수님이 완전히 오리 같이 생기셨더라. 교수님의 콧수염이 어찌나 우스꽝스럽던지. 앤, 뭐 먹을 거 없니? 배가 너무 고파서 말이야. 마릴라 아주머니가 너에게 케이크를 챙겨 보내시지 않았나 하는 생각이 들어서 여기에 잠깐 들른 거야. 그렇지 않았으면 프랭크 스토클리와 공원에 가서 밴드 공연을 봤을 거야. 프랭크 스토클리는 나와 같은 집에서 하숙하는 남학생인데 쾌활한 친구야. 그런데 그 아이가 오늘 수업 중에 너를 알아보고는 빨간 머리 여학생이 누구냐고 묻더라. 그래서 네가 커스버트 남매가 입양한 고아였는데 그전에는 어떻게 살았는지 아무도 잘 모른다고 말해 주었어."

조시는 안쓰러워하는 것 같으면서도 슬슬 약을 올리는 말을 했다.

앤은 쓸쓸해서 눈물 흘리는 것이나 조시 파이가 옆에 있는 것이나 만족스럽지 않기는 결국 마찬가지 아닐까 생각했다. 그때 제인과 루비가 각각 자주색과 주황색으로 된 퀸스 대학의 리본을 자랑스럽게 외투에 꽂고 나타났다. 조시는 제인과 '말을 섞는' 사이가 아니었다. 그래서 그때부터는 비교적 심기를 거스르는 말을 하지 않고 잠자코 있을 수밖에 없었다.

"아침부터 오늘 하루가 왜 이렇게 길게 느껴지던지. 집에 가서 베르길리우스를 공부해야 해. 그 지독한 늙은 교수가 우리에게 내일까지 스무 줄의 시를 공부해 오라고 했거든. 하지만 오늘 밤은 차분하게 앉아서 공부를 못 할 것 같아. 앤, 눈물 자국이 보이는 것 같아. 울고 있었다면 얼른 인정해. 그래야 내 자존심이 회복될 것 같아. 루비가 오기 전에 나도 눈물을 줄줄 흘리고 있었거든. 나 말고 다른 누군가도 바보처럼 울었다면 나만 바보 같지 않아서 다행이니까. 케이크가 있다고? 나한테도 조금 줄 거지? 고마워. 케이크에서 진짜 에이번리의 맛이 난다."

제인이 한숨을 내쉬며 말했다.

루비는 퀸스 대학의 달력이 탁자에 놓여 있는 것을 알아채고 앤이 금메달을 목표로 공부할 생각인지 알고 싶었다.

앤은 얼굴을 붉히며 그럴까 생각 중이라고 인정했다.

"아, 그러고 보니 생각난다. 퀸스에도 에이버리 장학금이 나온 대. 오늘 들은 소식이야. 프랭크 스토클리가 나한테 얘기해 주었어. 그 아이의 삼촌이 이사회에 계신다고 해. 내일 학교에서 발표할 거래."

조시가 말했다.

에이버리 장학금이라니! 앤은 심장이 더욱더 빠르게 뛰는 것을 느꼈다. 마법을 부린 듯 앤이 품은 포부의 지평선이 이동하더니 한층 넓어졌다. 조시가 그 소식을 말하기 전에 앤이 가장 크게 품었던 포부는 연말에 주(州)에서 지급하는 1급 교사 자격증, 그리고 어쩌면 메달까지 따는 것이었다. 그러나 어느새 앤은 조시의 말이 채 끝나기도 전에 에이버리 장학금을 받고 레드먼드 대학에서 인문학 과정을 이수한 뒤에 가운을 입고 사각모를 쓰고 졸업하는 자신의 모습을 순식간에 그려 보았다. 에이버리 장학금은 영어 과목에 주는 것이었고, 영어야말로 앤이 자신 있는 과목이었다.

뉴브런즈윅의 한 부유한 기업가가 세상을 떠나면서 자기 재산의 일부를 남겨 거액의 장학금을 노바스코샤, 뉴브런즈윅, 프린스에드워드섬의 여러 고등학교와 대학에 그 평판에 걸맞게 나누어 주도록 했다. 퀸스에 장학금이 배정될 것인가를 미심쩍어하는 사람들이 많았다. 그러나 그 문제는 결국 해결되었고, 연말에 영어와 영문학에서 가장 높은 점수를 받는 졸업생이 장학금을 타기로 결정되었다. 레드먼드 대학에 다니는 4년 동안 1년에 250 달러의 장학금이 제공될 예정이었다. 앤이 그날 밤 상기된 얼굴로 잠자리에 든 것도 당연했다.

'열심히 공부해서 얻을 수 있는 장학금이라면 내가 타고야 말겠어. 내가 문학 학사 학위를 받으면 매슈 아저씨가 자랑스러워하시지 않을까? 와, 포부를 갖는다는 건 기분 좋은 일이구나. 나는 포부가 많아서 기뻐! 그리고 포부는 끝도 없는 것 같아. 그게 가장 좋은 점이야. 한 가지 포부를 이루면 곧바로 훨씬 더 높은 또 다른 포부가 반짝반짝 빛나는 게 보여. 포부를 품으면 인생이 아주 흥미로워지거든.'

인생 목표도 방향 감각도
상실한 채 헤매는 날

"앤, 운전에선 '방향 설정'과 '속도', 그리고 '중심 잡는 일'이 가장 중요해.
이 중 한 가지만 잘못돼도 사고가 나거나 목적지에 도달하지 못하거든.
인생도 마찬가지야. 삶의 방향과 중심을 잘 잡고 적절한 속도로 달리다
보면 언젠가 네가 원하는 목적지에 도달하게 될 거야. 아, 그리고 하나
더. '헬멧' 쓰는 걸 잊지 마. 인생의 헬멧은 바로 '자신감'이야!"

35
퀸스에서 보낸 겨울

앤의 향수병은 점점 나아졌다. 주말마다 집에 가는 것이 크게 도움이 되었다. 날씨가 허락하는 한 에이번리 출신의 퀸스 학생들은 매주 금요일 밤이면 새로 생긴 철로를 달려 카모디로 갔다. 그때마다 다이애나와 에이번리의 다른 젊은이들은 퀸스 학생들을 마중 나왔고 모두 함께 에이번리까지 걸어갔다. 앤은 금요일 저녁마다 집시처럼 무리를 지어 걸으면서 상쾌한 황금빛 공기 속 저 너머에 있는 에이번리의 가정집에서 반짝이는 불빛을 바라보며 가을의 언덕을 넘어갔다. 앤은 그 시간을 일주일 중에서 가장 멋지고 소중한 시간으로 여겼다.

길버트 블라이드는 루비 길리스와 자주 동행했다. 그때마다 길버트는 루비의 책가방을 들어 주었다. 루비는 우아한 외모를 지닌 아가씨였고 자신이 이제 어른이 되었다고 생각했다. 그리 틀린 생각도 아니긴 했지만. 루비는 어머니가 허락하는 길이의 치마를 입었고 시내에서는 머리를 올리고 다녔다. 그러다가 집에 갈 때는 다시 머리를 내려야 했다. 루비는 눈이 컸고 밝은 파란색을 띠었다. 게다가 약간 통통한 몸매에 안색은 환하고 매혹적이었다. 루비는 성격이 좋았다. 잘 웃고 쾌활하며 내숭을 떨지 않고 인생의 많은 일을 즐겼다.

"루비는 길버트가 좋아할 만한 타입이 아닌데."

제인이 앤에게 속삭였다. 앤 역시 같은 생각이었지만 말로 내뱉지는 않았다. 앤 역시 길버트 같은 친구가 있으면 좋겠다고 생각했다. 유쾌한 농담을 주고받고 다양한 주제로 이야기 나누고 책과 공부와 꿈꾸는 삶에 관한 생각을 터놓고 말할 수 있는 그런 친구가. 앤은 길버트의 포부가 크다는 걸 알았다. 루비 길리스는 그런 길버트에게 적절한 조언을 해 줄 수 있는 타입으로 보이지는 않았다.

앤은 길버트에 대해 더는 어리석은 감정을 품지 않았다. 앤에게 남자아이들이란 좋은 동료가 될 만한 존재 그 이상도 이하도 아니었다. 앤은 길버트의 친구가 몇 명인지, 그가 누구와 자주 동행하는지 따위 일에는 마음 쓰지 않았다. 앤은 사교성이 좋아서 동성 친구들이 많았다. 그러나 남자아이들과 친구로 지내는 것도 동료의식의 개념을 완성하고 판단과 비교의 관점을 넓혀 가는 데 도움 될 수 있지 않을까 하는 생각이 막연히 들기도 했다. 앤은 그 문제에 관한 자신의 감정을 명확히 단정 지을 수 없었다. 그러나 만일 길버트와 함께 기차에서부터 출발해 상쾌한 들판을 넘어 고사리가 무성한 샛길을 따라 집을 향해 걸었다면 둘은 흥미진진한 대화를 풍성히 나누었을 터였다. 자기들 주변으로 차츰 열리기 시작하는 새로운 세계와 그 안에서 그들이 품은 희망과 포부에 관해서. 길버트는 주관이 뚜렷했고 인생에서 최선의 것을 끌어내고자 온 힘을 다하는 뚝심 있는 청년이었다. 어느 날, 루비 길리스는 제인에게 길버트에 관한 속내를 털어놓았다. 길버트가 하는 말의 절반 이상을 자신은 도무지 이해하지 못하겠고 앤 셜리가 어떤 생각이 마구 떠오를 때 이야기를 쏟아 내듯 길버트도 그런 식이라고 말했다. 그리고 책이나 그런 무거운 주제에 관해 깊이 생각할 필요가 없는데도 굳이 그런 생각을 하는 것이 재미없다고도 했다. 루비는 프랭크 스토클리의 태도가 훨씬 늠름하고 활력 넘치기는 하지만 외모는 길버트가 더 잘생겼다고 하면서 누가 더 마음에 드는지 잘 모르겠다고 했다.

앤은 퀸스 대학에서 하나둘 친구를 사귀었다. 그 친구들도 앤처럼 생각이 깊고 상상력이 풍부하고 큰 포부를 지닌 학생들이었다. 앤은 '장밋빛처럼 발그레한' 소녀 스텔라 메이너드와 '꿈꾸는 소녀' 프리실라 그랜트와 금세 친해졌다. 프리실라 그랜트는 창백하고 분위기 있는 외모와 달리 짓궂은 행동과 장난기 넘치는 재기발랄한 여학생이었다. 한편 생기발랄한 검은 눈을 지닌 스텔라의 머릿속은 앤처럼 아직 이루지 못한, 하늘에 뜬 무지개 같은 꿈과 상상으로 가득했다.

크리스마스 휴가가 끝나자 에이번리의 학생들은 금요일에도 집에 가지 않고 열심히 공부에 전념했다. 그 무렵 퀸스 대학 학생들은 등수가 어느 정도 안정되었고 저마다 독특한 개성을 드러내기 시작했다. 학생들 사이에서는 누구나 인정하는 몇 가지 사실이 있었다. 메달 경쟁자들이 세 명으로 좁혀졌는데, 길버트 블라이드와 앤 셜리, 루이스 윌슨이 그들이었다. 에이버리 장학금을 두고 세 사람 사이에 경쟁이 더욱 치열해졌다. 등수가 6위 안에 든 학생 중 한 명이 장학금을 타게 될 확률이 높았다. 수학 부문 동메달은 보나 마나 이마가 툭 튀어나오고 뚱뚱한 괴짜로, 기운 외투를 입은 자그마한 시골 소년이 차지할 것이었다.

그해에 루비 길리스는 퀸스 대학에서 '가장 아름다운 여학생'으로 뽑혔으나, 1급 집중 과정에서는 스텔라 메이너드가 그 영광을 차지했다. 그러나 비록 소수이기는 해도 몇몇 학생들은 앤 셜리에게 표를 던졌다. 에설 마는 심사위원단 전원의 표를 얻어 '헤어스타일이 가장 멋진 학생'이 되었다. 수수한 외모에 성실히 노력하는 타입인 제인 앤드루스는 '가정학 부문'에서 영광스럽게 수상했다. 조시 파이는 '독설을 잘하는 퀸스 아가씨'로 인정받았다. 스테이시 선생님의 옛 제자들이 더욱더 폭넓은 학문의 무대에서 각기 한 자리를 차지했다고 해도 지나친 표현이 아니었다.

앤은 열심히 공부했다. 길버트와의 경쟁은 에이번리 학교에 다닐 때만큼 치열했다. 그러나 그 사실을 아는 반 학생들은 별로 없었다. 전과 달라진 점이라면 좋은 마음으로 경쟁한다는 것이었다. 이제 앤은 길버트를 반드시 이겨야 한다는 생각으로 경쟁하지 않았다. 훌륭한 경쟁 상대와 당당히 겨루어서 이기고 싶을 따름이었다. 경쟁에서 이기는 것은 그 자체로 가치 있는 일이지만 설사 그러지 못한다고 해도 괜찮다고 여겼다.

학생들은 공부에 전념하면서도 틈틈이 즐겁게 지냈다. 앤은 시간이 날 때마다 비치우드를 방문했다. 그곳에서 일요일에 조세핀 할머니와 점심을 먹고 교회에 갔다. 조세핀 할머니는 스스로 인정하듯 나이가 들어가고 있었지만 검은 눈은 흐릿하지 않았고 말할 때도 여전히 기력이 왕성했다. 그러나 그녀는 앤에게 독설하는 법이 없었다. 까다로운 노부인이 여전히 가장 좋아하는 사람은 앤이었다.

"그 앤이라는 아이는 언제 봐도 항상 전보다 더 성숙해 있어. 다른 여자아이들은 이제 싫증 나……. 그 아이들은 늘 변함없이 똑같아서 짜증 난다니까. 앤은 무지개처럼 색깔이 많고, 어느 색깔이든 한 가지 색이 지속하는 동안 그 색깔이 가장 예뻐. 앤이 어릴 때처럼 지금도 재미있는지는 모르겠지만 정말 사랑할 수밖에 없는 아이야. 나는 자기 자신을 사랑할 수밖에 없게 만드는 사람이 좋아! 그런 사람들은 내가 큰 노력을 들이지 않고도 사랑할 수 있거든."

조세핀 할머니가 말했다.

그러던 어느 날, 아무도 모르는 사이에 봄이 성큼 다가왔다. 에이번리의 눈 더미가 남아 있는 메마른 황무지에서는 단풍나무가 분홍색 싹을 틔우고 있었다. 나무 위와 계곡 안에는 '엷은 초록빛 안개'가 머물러 있었다. 그런데 샬럿타운에 있는 퀸스 대학 학생들은 공부하느라 지친 상태였다. 그럼에도 그들은 오로지 시험 생각만 하고 시험 이야기만 나누었다.

"조금 있으면 학기 말이라니 믿어지지 않아. 지난가을에는 학기가 너무 길게 느껴져서 빨리 끝났으면 하고 생각했는데 말이야. 겨우내 수업을 들으며 공부했으니까. 그런데 벌써 다음 주에 시험을 치른다니. 얘들아, 어떤 때는 그 시험이 전부인 것 같은 생각이 들어. 하지만 저 밤나무에 돋아나는 커다란 싹과 거리 끝에 있는 푸른 안개를 볼 때면 시험이 뭐가 그리 중요할까 싶기도 해."

앤이 말했다.

그러나 제인과 루비와 조시는 앤과 생각이 달랐다. 그들에게는 코앞에 닥친 시험이 여느 때처럼 매우 중요했다. 그들에게 시험은 밤나무 새싹이나 5월의 실안개보다 훨씬 중요했다. 그러나 적어도 합격을 확신하고 이따금 시험을 대수롭지 않게 여기는 앤에게는 그런 말을 할 마음의 여유가 남아 있었다. 그러나 제인과 루비와 조시가 진심으로 믿는 것처럼, 미래가 전적으로 시험에 달려 있다면 시험에 대해 철학적으로 생각할 수는 없을 터였다.

"나한테 걱정하지 말라는 얘기는 하지 마. 그래 봐야 소용없어. 아무리 그래도 난 걱정할 테니까. 걱정하면 조금이나마 도움되거든⋯⋯. 걱정하고 있으면 뭐라도 하는 것 같으니까 말이야. 겨우내 퀸스에 다니면서 거액의 돈을 썼는데 교사 자격증을 따지 못하면 끔찍할 거야!"

제인이 한숨을 내쉬며 말했다.

"난 상관없어."

조시 파이가 말했다.

"올해 합격하지 못하면 내년에 다시 학교에 다닐 거야. 우리 집은 다시 나를 학교에 보내 줄 능력이 되니까. 앤, 프랭크 스토클리가 그러는데, 트레마인 교수님이 길버트 블라이드가 틀림없이 메달을 받게 될 거고 에밀리 클레이가 에이버리 장학금을 탈 가능성이 크다고 하셨대."

앤이 웃으며 말했다.

"그 말을 듣고 보니, 내일이나 돼야 내 기분이 상할 것 같구나, 조시. 하지만 솔직히 말해서 지금 당장은 내가 에이버리 장학금을 타든 못 타든 그건 별로 중요하지 않아. 초록 지붕 집 아래 골짜기에 제비꽃이 보라색으로 흐드러지게 피어나고 작은 고사리들이 연인들의 오솔길에서 얼굴을 빠끔히 내밀고 있다는 사실보다 더 좋은 일은 없으니까. 난 최선을 다했고, '경쟁을 통해 얻는 기쁨'이란 말뜻을 이제 알 것 같아. 노력해서 이기는 것 다음으로 좋은 것은 노력해서 실패하는 거야. 애들아, 시험 얘기는 하지 말자! 저 집들 위로 펼쳐진 옅은 초록색 하늘의 아치를 바라보고 에이번리 뒤편의 자줏빛으로 어두컴컴한 너도밤나무 숲 너머의 풍경이 어떨지 상상해 봐."

"제인, 졸업식에 어떤 옷을 입을 거니?"

루비가 현실적인 질문을 했다.

제인과 조시는 동시에 대답했고, 어느새 화제는 한창 유행하는 패션으로 바뀌었다. 그러나 앤은 창턱에 팔꿈치를 대고 맞잡은 두 손에 부드러운 볼을 기댄 채 한창 꿈꾸는 듯한 눈으로 도시 지붕과 첨탑 저편에 일몰의 하늘이 펼치는 장엄한 돔을 거침없이 바라보았다. 동시에 마음속으로는 젊은이다운 황금빛 낙관론에 근거해 실현 가능한 미래의 꿈을 엮어 나갔다. 그 너머에는 앞으로 닥쳐올 나날 뒤에 장밋빛으로 숨어 있는 앤의 꿈이 온통 펼쳐져 있었다. 매년 희망의 장미가 피어나 불멸의 화관으로 엮일 터였다.

36
영광과 꿈

모든 시험을 치르고 최종 결과가 퀸스 대학 게시판에 공고되는 날 아침, 앤과 제인은 함께 길을 걸었다. 제인은 행복해서 미소 띤 표정을 지었다. 시험이 끝난 데다 합격을 확신한 터라 마음이 놓였기 때문이었다. 제인은 깊이 고민할 문제가 없었던 데다 포부도 크지 않아서 거기에 따르기 마련인 불안감도 느끼지 않았다. 이 세상에서 대가를 치르지 않고 얻을 수 있는 것은 아무것도 없다. 포부는 품을 만한 가치가 충분하지만 값싸게 얻을 수 있는 것이 아니다. 당연히 노력과 자제심이 필요하고 불안과 좌절도 따르기 마련이다. 앤은 창백한 얼굴로 아무 말도 하지 않았다. 이제 10분만 더 있으면 누가 메달을 받고 누가 에이버리 장학금을 탈지 알게 될 터였다. 그 10분이야말로 '시간'이라고 불러도 손색없을 만큼 귀중하게 느껴졌다.

"너는 어쨌든 둘 중 하나는 탈 거야."

제인이 말했다. 만일 다른 결과가 나온다면 제인은 교수님들이 어떻게 그렇게 불공평할 수 있냐고 여기며 그 결과를 이해하지 못할 터였다.

"난 에이버리 장학금은 못 탈 거야. 다들 에밀리가 에이버리 장학금을 탈 거라고 말하더라. 그래서 나는 맨 나중에 확인하려고 해. 도저히 게시판을 볼 용기가 나지 않아서 말이야. 나는 여학생 화장실로 곧장 갈게. 제인, 네가 먼저 가서 게시판에 난 공고를 확인한 뒤 알려 주면 좋겠어. 그리고 우리의 오랜 우정을 걸고 너에게 간청하는데, 되도록 빨리 얘기해 줬으면 해. 만일 내 이름이 합격자 명단에 없다면 조심스럽게 말하지 말고 있는 그대로 편하게 얘기해 줘. 그리고 어떤 상황에서도 나를 동정하지는 말아 줘. 이건 꼭 약속해, 제인."

앤이 말했다.

제인은 엄숙하게 약속했다. 그러나 사실 그런 약속은 할 필요가 없었다. 앤과 제인이 퀸스 대학 출입구 계단을 올라가자 복도를 가득 메운 남학생들이 길버트 블라이드를 어깨에 메고 목청껏 소리 지르고 있었다.

"메달 수상자 블라이드 만세!"

그 광경을 본 앤은 순간 가슴이 철렁 내려앉았다. 크나큰 패배감과 실망감이 엄습해 오는 걸 느꼈다. 그러니까 자신은 불합격하고 길버트는 1등을 차지한 모양이었다! 앤이 1등을 할 거라고 철석같이 믿고 있던 매슈가 무척 상심할 터였다.

바로 그때였다! 누군가가 외쳤다.

"에이버리 장학금을 타게 된 앤 설리를 위해 모두 만세 삼창!"

"어머나, 앤!"

제인이 앤과 함께 진심 어린 환호 속에 숨을 헉 들이마시면서 여학생 휴게실로 달려가며 말했다.

"어머나, 앤, 네가 자랑스러워! 정말 기쁘지 않니?"

여학생들이 앤과 제인 주위로 몰려들었고 그 한가운데에 선 앤은 여학생들이 웃으며 건네는 축하의 말을 기쁘게 받았다. 여학생들은 앤의 어깨를 툭 치고 손을 힘차게 흔들었다. 그런가 하면 밀거나 당기기도 하고 얼싸안기도 했다. 그런 와중에도 앤은 제인에게 간신히 속삭였다.

"와, 매슈 아저씨와 마릴라 아주머니가 기뻐하시겠지? 당장 집에 편지를 써서 이 소식을 전해야겠어."

졸업식은 그다음으로 중요한 행사였다. 퀸스 대학의 넓은 강당에서 졸업식이 열렸다. 연설과 고별사 낭독을 하고 노래를 불렀다. 졸업장과 상과 메달이 수여되었다.

매슈와 마릴라는 졸업식에 참석했다. 두 사람은 단상 위의 한 학생에게만 온전히 집중하고 있었다. 옅은 초록색 가운을 입고 볼이 살짝 발그레하며 초롱초롱한 눈매에 키가 큰 여학생이었다. 그 여학생은 그때까지 가장 뛰어나다고 평가받은 낭독을 했고 에이버리 장학금 수여자로 지명되었다. 사람들은 그 여학생을 가리키며 '장학금을 탄 학생'이라고 수군거렸다.

"마릴라, 우리가 앤을 키우길 정말 잘했지?"

매슈가 속삭였다. 앤이 낭독을 마치자 매슈는 강당에 들어온 뒤 처음으로 말문을 열었다.

"그런 생각을 한 게 이번이 처음은 아니에요. 잊을 만하면 꼭 그 얘기를 하네요, 매슈 커스버트 오라버니?"

마릴라가 미소를 지으며 쏘아붙였다.

두 사람 뒤에 앉아 있는 조세핀 할머니가 허리를 숙여 양산으로 마릴라의 등을 쿡 찔렀다.

"앤이 자랑스럽지 않아요? 난 저 아이가 정말 자랑스럽다오!"

그날 저녁 앤은 매슈, 마릴라와 함께 에이번리의 집으로 갔다. 4월 이후 집에 간 적이 없어서 하루도 더 기다릴 수 없었다. 사과 꽃이 만발해 있었고 온 세상이 싱그럽고 풋풋했다. 다이애나는 초록 지붕 집에서 앤을 맞이했다. 앤은 자신의 하얀 방에 들어가 주위를 찬찬히 둘러보더니 한껏 행복감을 느끼며 한숨을 내쉬었다. 창턱에는 마릴라가 놓아둔 장미가 꽃을 피우고 있었다.

"아, 다이애나, 집에 다시 돌아오니까 정말 좋아! 뾰족한 전나무가 분홍색 하늘을 배경으로 솟아 있는 광경과 저 하얀 과수원……. 그리고 정든 눈의 여왕을 내다보니 참 좋다! 박하 향이 기분 좋지 않니? 그리고 월계꽃도……. 노래와 희망과 기도가 하나로 어우러진 것 같아. 그리고 너를 다시 보니 좋다, 다이애나!"

"난 네가 나보다 스텔라 메이너드를 더 좋아하는 줄 알았지. 조시 파이가 그렇게 말했거든. 네가 스텔라 메이너드에게 푹 빠졌다던데?"

다이애나가 원망하듯 말했다.

앤이 웃으며 시든 '6월의 백합' 부케를 다이애나에게 툭 던졌다.

"앤, 정말 멋지게 해냈어! 넌 에이버리 장학금을 탔으니까 당장은 가르치는 일을 하지 않겠지?"

"응. 9월에 레드먼드 대학에 갈 거야. 근사할 것 같지 않니? 3개월 동안 즐겁고 멋진 방학을 보낸 다음 완전히 새로운 목표를 세우려고 해. 제인과 루비는 교사로 일하게 될 거야. 무디 스퍼전과 조시 파이까지 합쳐서 우리 모두 합격했다고 생각해 봐. 정말 잘되지 않았니?"

"뉴브리지 이사들이 벌써 제인에게 와 달라고 제안했대. 길버트 블라이드도 교사로 일할 거래. 그 수밖에 없대. 아버지가 내년에 길버트를 대학에 보낼 형편이 안 되신다나 봐. 그래서 길버트는 자기 힘으로 학비를 마련해서 대학에 가려고 한대. 에임즈 선생님이 학교를 떠나시면 길버트가 여기에서 가르치겠지?"

다이애나가 말했다.

앤은 놀랍기도 하고 당황스럽기도 해서 기분이 묘했다. 앤은 길버트 역시 레드먼드 대학에 갈 거라고 예상했기 때문에 전혀 뜻밖의 소식을 듣게 된 셈이었다. 경쟁 상대가 있어야 자극받는데, 앤으로서는 난감한 일이었다. 실질적으로 학위를 받을 수 있는 대학에서도 친구이자 라이벌인 상대가 없으면 맥이 빠지지 않을까?

그다음 날 아침, 앤은 식사하는 동안 매슈의 안색이 별로 좋아 보이지 않는다는 걸 깨달았다. 확실히 매슈는 1년 전보다 흰 머리가 훨씬 많아졌다.

"마릴라 아주머니, 매슈 아저씨는 괜찮으신 건가요?"

매슈가 나가자 앤이 머뭇거리며 물었다.

"아니, 괜찮지 않단다."

마릴라가 걱정하는 목소리로 대답했다.

"올봄에 오라버니에게 심각한 심장 발작이 몇 번 일어났는데도 일을 쉬려고 하지 않아. 그래서 정말 걱정스러웠거든. 요즘 들어 건강이 좀 나아지긴 했지만 이참에 오라버니 일을 덜어 줄 괜찮은 일꾼을 고용하고 있단다. 이젠 오라버니가 쉬면서 건강을 회복하기를 간절히 바라고 있어. 네가 집에 돌아왔으니 그렇게 되겠지? 넌 늘 오라버니를 기운 나게 하잖아."

앤은 식탁 맞은편으로 두 손을 뻗어 마릴라의 얼굴을 감싸고 말했다.

"마릴라 아주머니, 아주머니도 제가 기대했던 것과 달리 안색이 안 좋아 보여요. 피곤해 보이세요. 일을 너무 열심히 하셨나 봐요. 이제 제가 집에 돌아왔으니 아주머니도 쉬셔야 해요. 오늘 딱 하루만 쉬면서 제가 소중히 여기는 정든 장소를 찾아가 보고 제 오랜 꿈을 더듬어 보려고 해요. 그러고 나면 제가 일할 테니 이제는 아주머니가 게으름을 피우실 차례예요."

마릴라는 앤에게 다정하게 미소를 지어 보였다.

"일해서 그런 게 아니야⋯⋯. 두통 때문이야. 요즘에는 자주 아프구나⋯⋯. 눈 뒤쪽이 아파. 스펜서 박사는 안경을 쓰라고 아우성치지만 안경을 써도 소용없어. 6월의 마지막 날에 유명한 안과 의사가 섬에 온다고 하면서 그 의사의 진료를 꼭 받아 보라고 권하더구나. 그래야겠어. 지금은 편하게 글을 읽을 수도 바느질을 할 수도 없어. 앤, 퀸스에서 정말 잘했어! 1년 만에 1급 교사 자격증을 따고 에이버리 장학금까지 타다니⋯⋯. 그런데 글쎄 린드 부인이 뭐라고 하는 줄 아니? 자만하다가 큰코다친다고 하면서 여자들이 고등 교육을 받을 필요가 뭐가 있느냐고 하더라. 여자들에게 주어진 본분이 따로 있는데 고등 교육을 받아 봐야 쓸데가 없다는 거야. 나는 그 말에 공감할 수 없어. 레이철 이야기를 하다 보니 생각나는구나⋯⋯. 앤, 최근 애비 은행에 대해 들은 소식이 있니?"

"애비 은행이 위태롭다고 들었어요, 왜요?"

앤이 대답했다.

"레이철이 그런 말을 하더구나. 지난주 어느 날 레이철이 와서 그런 소문이 돈다면서 얘기했어. 그 얘길 듣고 매슈 오라버니가 무척 걱정했단다. 우리 돈을 그 은행에 전부 저축해 뒀지 뭐니.

나는 오라버니가 우선 그 돈을 모두 찾아서 세이빙스 은행에 예금했으면 했어. 하지만 늙은 애비 씨가 아버지와 친한 친구분이라서 아버지가 늘 그와 거래했거든. 오라버니는 아는 사람이 대표로 있는 은행과 거래하는 것보다 더 좋은 게 어디 있겠냐고 말했어."

"애비 씨는 오랫동안 그 은행의 명목상 대표에 불과할걸요? 애비씨는 나이가 많으셔서 지금은 그분의 조카들이 대표로 있어요."

앤이 말했다.

"레이철이 우리에게 그 얘기를 했을 때 나는 우리 돈을 당장 찾았으면 좋겠다고 오라버니에게 말했어. 그러자 오라버니가 생각해 보겠다고 했어. 그런데 러셀 씨가 어제 오라버니에게 애비 은행이 아무 문제 없다고 말한 거지."

앤은 바깥세상을 만끽하며 좋은 하루를 보냈다. 잊을 수 없는 날이었다. 황금빛으로 찬란한 아름다운 날이었다. 어둠은 찾아볼 수 없고 꽃이 만발했다. 앤은 그 풍요로운 시간 중에서 얼마 동안을 과수원에서 보냈다. 그런 다음 드리아드의 물거품과 버드나무 연못, 제비꽃 골짜기에 갔다. 목사관에 들러 앨런 부인과 즐겁게 이야기를 나누기도 했다. 그리고 마지막으로 저녁에는 매슈와 함께 소들을 찾으러 연인들의 오솔길을 통과해 집 뒤편에 있는 방목장에 갔다. 해가 지는 때라 숲의 풍경은 찬란했다. 따뜻한 노을빛이 서쪽에 있는 언덕 틈새로 흘러내려 장관을 이루었다. 매슈는 머리를 숙이고 천천히 걸었다. 키가 큰 앤은 허리를 곧게 펴고 매슈의 걸음에 맞춰 활기차게 걸었다.

"매슈 아저씨, 일을 너무 열심히 하세요. 좀 더 느긋하게 하시
지 그래요?"

앤이 나무라듯 말했다.

"글쎄, 그게 잘 안 되는구나. 앤, 내가 점점 늙어서 쉬어야 한다
는 걸 자꾸 잊어버려. 나는 늘 아주 열심히 일했거든. 차라리 일
하다가 죽는 편이 나아."

매슈가 마당 대문을 열어 소들을 들이면서 말했다.

"만일 제가 애초에 입양하려 했던 남자아이였다면 지금쯤 아
저씨를 도와 일손을 많이 덜어드렸을 텐데……. 그 점이 늘 마음
에 걸려요."

앤이 아쉬워하며 말했다.

"저기, 남자아이 열둘보다 너 하나 있는 게 더 좋아, 앤. 그 말
명심해라……. 남자아이 열둘보다 네가 더 좋다고! 저기, 에이버
리 장학금을 탄 친구는 남자아이가 아닌 것 같은데, 안 그러니?
그 아이는 여자아이…… 나의 딸…… 내가 자랑스러워하는 나
의 앤이었지!"

매슈가 앤의 손등을 토닥이며 말했다.

매슈는 앤에게 수줍게 미소를 지어 보이며 마당으로 들어갔
다. 그날 밤 앤은 그 기억을 가슴에 간직하고 자기 방으로 들어
가 열린 창문가에 한참 동안 앉아서 과거의 일을 생각하고 미래
를 꿈꾸었다. 바깥을 보니 눈의 여왕은 달빛이 내리비쳐 희부옇

게 안개가 낀 것 같았다. 과수원 비탈 너머에 있는 습지에서는 개구리들이 노래하고 있었다. 앤은 은빛으로 평화롭게 반짝이는 그날 밤의 아름다운 풍경과 향기로운 평온함을 늘 기억했다. 평온한 밤은 그날로 끝이었다. 슬픔이 앤의 인생을 향해 손을 뻗치고 있었다. 인생은 신의 차디찬 손길이 한번 닿으면 다시는 예전으로 돌아갈 수 없는 법이다.

37
죽음이란 이름의 신

"매슈 오라버니……, 오라버니……, 왜 그래요? 오라버니, 어디 아파요?"

마릴라가 놀라서 간신히 말했다. 그때 앤은 양손에 한가득 흰 수선화를 들고 복도를 지나가고 있었다. 앤이 흰 수선화의 자태와 향기에 다시 취할 새도 없이 마릴라의 다급한 말소리가 들렸다. 그리고 현관 출입구에 서 있는 매슈가 눈에 들어왔다. 매슈는 접힌 종이를 손에 들고 있었는데 안색이 핼쑥하고 납빛을 띠어 영 이상했다. 앤은 마릴라와 동시에 부엌을 가로질러 매슈를 향해 뛰어갔다. 앤의 손에 들려 있던 꽃이 바닥에 떨어졌다. 그러나 앤과 마릴라 둘 다 너무 늦었다. 두 사람이 도착하기도 전에 매슈는 문턱 위로 쓰러졌다.

"매슈가 정신을 잃었어! 앤, 얼른 뛰어가서 마틴을 데리고 와. 빨리, 빨리! 마틴은 헛간에 있어."

마릴라가 다급하게 말했다.

일꾼으로 고용한 마틴은 마차를 타고 우체국에 갔다가 막 돌아오자마자 의사를 부르러 곧바로 출발해야 했다. 마틴은 가는 길에 비탈길 과수원 집에 들러 배리 씨 부부를 초록 지붕 집으로 보냈다. 마침 볼일이 있어 배리 씨 집에 있던 린드 부인도 함께 왔다. 세 사람이 초록 지붕 집에 와 보니 앤과 마릴라는 매슈의 의식을 되찾게 해 주려고 애를 쓰고 있었다.

린드 부인은 앤과 마릴라를 부드럽게 옆으로 밀어내더니 매슈의 맥박을 잰 다음 그의 심장에 자신의 귀를 갖다 댔다. 린드 부인은 슬픈 눈빛으로 걱정하는 두 사람의 얼굴을 바라보더니 눈물을 글썽였다.

"아, 마릴라, 우리가 매슈를 위해 할 수 있는 일이…… 없는 것 같아요."

린드 부인이 심각하게 말했다.

"린드 아주머니, 설마 매슈 아저씨가…… 아저씨가……."

앤은 그 무시무시한 단어를 차마 입에 올릴 수 없었다. 앤의 안색이 창백해졌다.

"그래, 애야, 유감스럽게도 그렇구나. 매슈의 얼굴을 보렴. 저런 얼굴을 나처럼 자주 보면 너도 그게 무얼 의미하는지 알 거야."

앤은 아무 움직임이 없는 얼굴을 바라보았고 영혼이 떠난 육체를 보았다.

의사가 와서 매슈가 즉사했고 아마 고통을 느끼지 않았을 거라고 진단했다. 의사는 매슈가 갑자기 어떤 충격을 받았을 확률이 크다고 말했다. 매슈가 손에 쥔 종이에 그 충격의 비밀이 밝혀져 있었다. 그 종이는 마틴이 그날 아침 우체국에서 가져다준 것이었다. 종이에는 애비 은행이 파산했다는 소식이 적혀 있었다.

매슈의 사망 소식은 에이번리 전역에 빠르게 퍼졌다. 온종일 친구들과 이웃들이 초록 지붕 집에 모여들어 죽은 사람과 산 사람을 위해 친절하게도 갖은 일을 해 주며 들락거렸다. 수줍음 많고 말수가 적은 매슈 커스버트가 난생처음 주인공이 되었다. 하얀 죽음의 왕이 매슈를 덮쳐서 왕관을 씌워 매슈를 돋보이게 했다.

초록 지붕 집에 고요한 밤이 부드럽게 내려앉았을 때 그 오래된 집은 조용하고 적막이 흘렀다. 매슈 커스버트는 거실에 놓인 관에 누워 있었다. 긴 잿빛 머리카락이 차분한 얼굴을 감쌌다. 마치 기분 좋은 꿈을 꾸며 자는 듯 살짝 자상한 미소를 띤 얼굴이었다. 매슈 주위에는 꽃이 놓여 있었다. 그것은 매슈의 어머니가 신혼 때 집 정원에 심었던 향기 좋은 꽃이었다. 평소 말은 안 했지만 매슈는 늘 그 꽃에 남모르게 특별한 애정을 품고 있었던 듯했다. 앤은 그 꽃을 따서 매슈에게 가져다주었다. 이상하게도 앤의 눈은 눈물은 흘러나오지 않고 시리기만 했다. 얼굴은 겨울

눈처럼 창백했다. 그것이 앤이 매슈를 위해 마지막으로 할 수 있는 일이었다.

그날 밤 배리 가족과 린드 부인이 앤과 마릴라 곁에 있어 주었다. 다이애나는 동쪽 방에 가서 창가에 서 있는 앤을 보고 부드럽게 말했다.

"앤, 내가 오늘 밤 네 옆에서 잘까?"

앤이 진심 어린 눈빛으로 친구의 얼굴을 바라보았다.

"고마워, 다이애나! 내가 이런 말 한다고 해서 네가 오해하지 않으면 좋겠어. 사실, 혼자 있고 싶어. 무섭진 않아. 그 일이 일어난 뒤 나는 단 한 순간도 혼자만의 시간을 갖지 못했거든……. 그래서 오늘은 혼자 있고 싶어. 내가 그 사실을 실감할 수 있도록 아무 말 없이 조용히 있고 싶어. 아직 실감이 안 나서 말이야. 매슈 아저씨가 돌아가셨을 리 없다는 생각이 들다가도 돌아가신 지 오래된 것 같은 기분이 들기도 해. 그 일을 겪은 뒤로 가슴이 묵직하게 아파."

다이애나는 앤의 말이 이해되지 않았다. 다이애나는 눈물을 흘리지 않으면서 극도의 괴로움을 표현하는 앤보다는 평생 감정 표현을 잘 하지 않다가 오랜 습관을 깨고 격정적으로 슬픔을 쏟아낸 마릴라가 더 이해되었다. 그러나 다이애나는 앤이 슬픔을 안고 지새울 첫 밤을 혼자 지낼 수 있도록 친절하게 방에서 나왔다.

앤은 혼자 있을 때 눈물이라도 나왔으면 좋겠다고 생각했다. 자신이 그토록 사랑했고 자신에게 그토록 다정했으며 전날 저녁 일몰 때 함께 걸었지만 이제는 어둑한 1층 거실에 평온한 표정으로 누워 있는 매슈를 위해 눈물 한 방울 흘러나오지 않는다는 사실이 끔찍했다. 매슈가 영원히 떠났다는 사실을 받아들여야 했던 그 순간부터 나오지 않는 눈물은 어둠 속에서 창문 앞에 무릎 꿇고 앉아 언덕 너머의 별들을 올려다보며 기도할 때까지 나오지 않았다. 고통과 흥분에 시달린 나머지 지쳐서 잠들 때까지 갑작스럽게 찾아온 불행으로 인해 가슴만 무지근하고 지독하게 계속 아팠다.

앤은 밤중에 잠에서 깨어났다. 주위에는 정적과 어둠이 감돌았고 낮에 있었던 일이 슬픔의 파도가 덮치듯 앤의 머릿속에 떠올랐다. 미소를 띠며 자신을 바라보는 매슈의 얼굴이 보였다. 전날 저녁에 두 사람이 대문에서 헤어졌을 때 매슈가 지었던 것과 똑같은 미소였다. 앤은 매슈의 목소리도 들을 수 있었다.

"나의 딸…… 내가 자랑스러워하는 나의 앤이었지!"

그때 눈에서 눈물이 흘렀고 앤은 가슴이 터지도록 울었다. 마릴라는 앤이 우는 소리를 듣고 살며시 들어와서 앤을 위로했다.

"저런…… 저런……. 얘야, 너무 슬프게 울지 마라. 그런다고 매슈 오라버니가 돌아오진 않잖니. 그렇게 우는 게…… 옳은 건 아니더라. 그걸 오늘 알았어. 하지만 그때는 어쩔 수 없었어. 언제나 나에게 자상하고 좋은 오라버니였어……. 그런 사실은 누구보다도 하나님이 잘 아시지."

앤이 흐느껴 울며 말했다.

누군가에게
위로받고 싶은 날

"나에게는 당신이 있다. 바로 곁에 당신이 있다."
_영화 〈츠레가 우울증에 걸려서〉 중에서

"앤, 내가 너의 우산이 되어 줄게!
네가 우산을 가지고 있든 가지고 있지 않든……
그리고…… 햇볕이 쨍쨍 내리쬐는 날엔 양산이 되어 줄게!"

"그냥 울게 내버려 두세요, 마릴라 아주머니. 가슴이 아픈 것보다는 차라리 우는 게 덜 아파요. 저를 안아 주시고 잠깐 제 옆에 있어 주세요……. 네, 그렇게요. 차마 다이애나에게는 옆에 있어 달라고 못 하겠더라고요. 그 아이는 착하고 친절하고 사랑스럽잖아요……. 하지만 다이애나가 슬퍼할 일이 아니죠……. 다이애나는 제삼자이고 제 마음을 충분히 이해하지 못할 테니까요. 그건 아주머니와 저의 슬픔이죠. 아, 마릴라 아주머니, 이제 매슈 아저씨도 없는데 아주머니와 저는 어떻게 살죠?"

"우리 둘이 의지하며 살면 되지, 앤. 네가 여기에 없었다면…… 네가 애초에 이 집에 오지 않았다면 난 어떻게 해야 할지 정말 막막했을 거야. 앤, 그리고 내가 지금까지 너에게 좀 엄격하고 가혹하게 대했던 거 나도 잘 알아. 그렇다고 해서 내가 매슈 오라버니보다 너를 덜 사랑했다고 생각해서는 안 돼. 지금 말할 수 있을 때 말해 주고 싶구나. 나한테는 마음에 있는 말을 끄집어내 표현한다는 것이 생각처럼 쉽지 않았어. 하지만 이런 때는 한결 쉽지. 나는 마치 내가 낳은 아이처럼 너를 너무너무 사랑한단다! 네가 초록 지붕 집에 온 뒤로 너는 나의 기쁨이자 커다란 위안이 돼 주었어."

이틀 뒤 매슈 커스버트는 자기 집과 손수 경작하던 들판과 사랑하는 과수원과 직접 심은 나무를 뒤로하고 영원히 떠나갔다. 에이번리는 여느 때처럼 다시 차분해졌다. 심지어 초록 지붕 집도 틀에 박힌 생활로 돌아가 전처럼 규칙적으로 일하고 의무를 이행

했다. 그 모든 익숙한 일과 중에서 뭔가 빠진 듯한 허전함이 느껴져 늘 마음이 아프기는 했다. 슬픔에 익숙하지 않은 앤은 현실이 그렇다는 것이 슬프다고 생각했다. 그러니까 매슈가 없는데도 앤과 마릴라가 예전처럼 계속 살아갈 수 있다는 사실이 서글펐다. 앤은 전나무들 뒤편에 해가 떠오르고 정원에서 옅은 분홍색 새싹이 돋아나는 광경을 본 순간 다시 마음이 설렜다. 앤은 그런 자신의 모습을 보자 왠지 부끄러운 생각이 들면서 마음이 불편했다. 그때뿐이 아니었다. 다이애나가 집에 놀러 오면 기분이 좋다는 사실과 다이애나가 즐겁게 하는 말과 행동에 웃음이 나기도 하고 미소 짓기도 한다는 사실, 요컨대 꽃과 사랑과 우정이 있는 이 아름다운 세상에 자신의 상상력을 만족시키고 심장을 뛰게 하는 힘이 남아 있다는 사실, 그리고 삶이 여전히 많은 목소리로 자신을 계속 부른다는 사실을 깨달을 때도 마찬가지였다.

앤은 어느 날 저녁 목사관 정원에서 앨런 부인에게 아쉬워하는 목소리로 말했다.

"그런 것들을 보며 즐거워하는 것이 어쩐지 매슈 아저씨를 배신한 것 같은 기분이 들어요. 아저씨가 무척 보고 싶어요. 늘 그래요……. 하지만 사모님, 그런데도 저에게는 이 세상과 삶이 아름답고 흥미롭게 느껴져요. 오늘 다이애나가 재미있는 말을 해서 저도 모르게 웃었어요. 저는 그 일이 일어났을 때 제가 두 번 다시 웃지 못하게 되지 않을까 생각했거든요. 왠지 웃으면 안 될 것 같기도 하고요."

앨런 부인이 다정하게 말했다.

"매슈는 네 웃음소리를 듣는 걸 좋아하셨어. 그리고 네가 주변에 있는 기분 좋은 것들을 통해 즐거움을 얻는 것을 알고 흐뭇해하셨단다. 지금은 멀리 가셨지만 그 마음은 변함이 없을 거야. 자연이 우리에게 선사하는 치유의 힘을 거부해서는 안 된다고 나는 확신해. 하지만 네 기분도 이해한단다. 우리는 모두 같은 경험을 하거든. 우리는 사랑하는 누군가가 이 세상에 없어서 함께 기쁨을 나눌 수 없을 때도 뭔가가 우리를 기분 좋게 해 줄 수 있다는 생각에 화가 나기도 해. 그리고 다시 일상으로 돌아가 삶에 흥미를 얻게 되면 마치 배신이라도 한 것처럼 양심의 가책을 느끼지."

앤이 꿈꾸듯 말했다.

"오늘 오후에 매슈 아저씨의 무덤에 장미 나무를 심으려고 묘지에 내려가 보았어요. 오래전에 아저씨의 어머니가 스코틀랜드에서 가져온 작고 하얀 스코틀랜드 장미 나무를 제가 가져왔거든요. 아저씨는 그 나무에서 피는 장미를 가장 좋아하셨어요……. 가시가 돋아난 줄기에 피어난 장미가 아주 작고 향기로웠거든요. 매슈 아저씨의 무덤가에 장미 나무를 심을 수 있다고 생각하니 기분이 좋아지더라고요……. 마치 제가 아저씨와 가까운 그곳으로 장미 나무를 가져가서 기쁘게 해 드릴 만한 일을 한다는 기분이 들었어요. 아저씨가 계시는 천국에도 그런 장미가 있으면 좋겠어요. 아저씨가 숱한 여름 동안 사랑한 그 작고 흰 장미의 영혼들이 어쩌면 그분을 맞이하기 위해 전부 그곳에 있을 지도 모르겠다는 생각이 들어요. 이제 집에 가야겠어요. 마릴라 아주머니가 혼자 계시는데, 황혼이 들 때쯤이면 외로움을 타시거 든요."

"네가 다시 대학으로 멀리 떠나면 마릴라는 더 많이 외로워하 시겠구나!"

앨런 부인이 말했다.

앤은 아무 대답도 하지 않고 인사한 뒤 초록 지붕 집으로 천천 히 돌아갔다. 마릴라는 현관 계단에 앉아 있었고 앤은 마릴라 옆 에 앉았다. 두 사람 뒤로 현관문이 열려 있었다. 현관문이 저절 로 닫히지 않도록 커다란 분홍색 소라 껍데기가 문 앞에 놓여 있 었다. 소라 껍데기 안쪽에 있는 매끄러운 주름에 바다의 일몰 풍 경을 짐작하게 하는 흔적이 엿보였다.

앤은 연한 노란색 인동의 작은 가지를 몇 개 주워서 머리에 꽂 았다. 꽃향기가 은은하게 퍼져 기분을 좋게 해주었다.

그 향기는 공중에 퍼지는 축복 기도처럼 앤이 움직일 때마다 머리 위에서 존재감을 드러냈다.

"네가 외출한 사이에 스펜서 박사가 왔다 가셨단다. 내일 안과 전문 의사가 시내에 오니까 꼭 가서 눈 검사를 받아 보라고 한사 코 권하더구나. 아무래도 그렇게 하는 편이 낫겠어. 안과 의사가 내 눈에 딱 맞는 안경을 해 줄 수 있다면 그 고마움을 어떻게 말 로 다 표현하겠니. 내가 집을 비우는 동안 여기에서 혼자 지내도 괜찮겠지? 마틴이 나를 태우고 가야 하는데, 다림질도 해야 하고 빵도 구워야 하거든."

"괜찮아요. 다이애나가 와서 저와 함께 있어 줄 테니까요. 제가 다림질 싹 해 놓고 빵도 맛있게 구워 놓을게요. 손수건에 풀을 먹이거나 케이크에 진통제를 넣는 일은 없을 테니 걱정하지 마세요."

마릴라가 웃었다.

"앤, 그러고 보면 넌 참 어처구니없는 실수를 자주 저질렀어. 늘 문제를 일으켰지. 그래서 나는 네가 뭔가에 홀린 게 아닌가 생각하기까지 했다니까. 네가 머리카락을 염색했던 일 기억하니?"

앤이 예쁘게 땋아 내린 묵직한 머리를 만지며 미소 지었다.

"그럼요, 그 일은 절대 못 잊을 거예요. 가끔 예전에 제 머리카락이 저한테 얼마나 큰 걱정거리였나 생각하면 이제는 피식 웃음이 나요. 하지만 마음 놓고 웃지는 못하겠어요. 그땐 정말 큰 고민이었으니까요. 저는 머리카락과 주근깨 때문에 몹시 마음고생을 했어요. 이제는 주근깨가 감쪽같이 없어졌지만요. 그리고 사람들이 친절하게도 제 머리카락이 이제는 적갈색이 됐다고 말해 줘요. 조시 파이를 제외한 모든 사람이 그래요. 조시 파이는 어제 제 머리가 그 어느 때보다 더 빨갛다고 하더라고요. 그러더니 그게 아니면 아무튼 제가 입은 검은 드레스 때문에 머리카락이 더 빨갛게 보이는 것 같다는 말도 굳이 하더라고요. 그러고는 머리카락이 빨간 사람들은 그 사실에 익숙해지느냐고 묻더라니까요. 마릴라 아주머니, 저는 조시 파이를 좋아하려고 노력해 왔는데 이제 포기해야 할 것 같아요. 조시 파이는 도무지 정이 가지 않는 아이예요."

마릴라가 날카롭게 말했다.

"파이 집안사람이잖니. 그래서 그 아이는 호감이 안 갈 수밖에 없어. 그런 사람들도 사회에서 나름 쓸 데가 있겠지만 엉겅퀴만큼도 못할걸? 조시도 교사가 된다고 하니?"

"아니요. 조시는 내년에 퀸스 대학으로 돌아갈 거래요. 무디 스퍼전과 찰리 슬론도 그렇고요. 제인과 루비는 교사가 될 거고 둘 다 다닐 학교를 정해 놓은 상황이에요. 제인은 뉴브리지에 있는 학교로 가고 루비는 서쪽 지방에 있는 어떤 학교로 간대요."

"길버트 블라이드도 교사가 된다고 하지?"

"네."

앤답지 않은 짤막한 대답이었다.

마릴라가 멍하니 말했다.

"그 아이는 참 잘생겼어. 지난주 토요일에 교회에서 봤는데 키가 크고 남자다워 보이더구나. 그 나이 때의 자기 아버지와 많이 닮았어. 존 블라이드는 좋은 남자아이였지. 그 사람하고 나, 우리는 정말 좋은 친구였는데…… 사람들은 존 블라이드를 내 애인이라고 불렀어."

앤은 급속히 흥미를 보이며 시선을 들어 마릴라를 바라보았다.

"어머, 마릴라 아주머니……. 그런데 어떻게 된 거예요? 왜 두 분이…….

574

"싸웠거든. 존이 나에게 용서해 달라고 했는데, 난 그를 절대 용서하지 않았어. 시간이 좀 지나면 용서할 생각이었는데……. 하지만 그때는 부루퉁한 표정으로 화를 냈지. 우선 존에게 벌주고 싶었거든. 하지만 존은 돌아오지 않았어. 블라이드 집안사람들은 자존심이 굉장히 강했지. 나는 늘…… 미안했어. 기회가 있을 때 존을 용서하지 못한 것이 항상 마음에 걸려."

"그러면 아주머니도 연애하신 적이 있군요."

앤이 부드럽게 말했다.

"그래, 그렇다고 볼 수 있겠구나. 나를 봐서는 그런 추억이 없을 거로 생각했지? 하지만 사람들은 겉만 보고는 알 수 없는 법이란다. 모두 나와 존의 일에 대해서는 까맣게 잊었어. 나도 잊어버렸으니 말 다 했지. 하지만 지난주 일요일에 길버트를 보니 옛날 일이 생생히 떠오르더구나."

38
길모퉁이에서

다음 날 마릴라는 시내에 갔다가 저녁에 돌아왔다. 앤이 다이애나와 함께 비탈길 과수원 집에 갔다가 집에 와 보니 마릴라가 머리를 손에 괴고 부엌 식탁 의자에 앉아 있었다. 앤은 어딘가 기운이 없는 마릴라의 모습을 보니 가슴이 철렁 내려앉았다. 앤은 마릴라가 꼼짝도 하지 않고 힘없이 앉아 있는 모습을 난생처음 보았다.

"마릴라 아주머니, 많이 피곤하세요?"

"그래⋯⋯. 아니, 모르겠다. 내가 무심코 피곤하다고 했는데, 생각 없이 말한 것뿐이야. 피곤하지 않아."

마릴라가 고개를 들며 힘없이 말했다.

"안과 의사는 만나 보셨어요? 의사 선생님이 뭐라고 하셨어요?"

앤이 걱정스러운 얼굴로 물었다.

"그래, 만났어. 의사가 내 눈을 검사했어. 의사가 그러더구나. 내가 독서와 바느질, 그리고 눈을 피로하게 하는 일을 전혀 하지 않고, 울지 않으려고 조심하고, 의사가 맞춰 준 안경을 쓰면 내 눈이 더 나빠지지 않고 두통도 나을 거라고. 하지만 의사의 처방에 따르지 않으면 6개월 안에 눈이 완전히 멀게 될 거라고 했어. 눈이 멀다니! 앤, 생각만 해도 끔찍하구나!"

앤은 깜짝 놀라서 자기도 모르게 탄식을 내뱉고는 잠시 아무 말도 하지 않았다. 아니 아무 말도 할 수가 없었다. 그러다가 앤은 목이 메기는 했지만 용기 내어 말했다.

"마릴라 아주머니, 그런 생각은 하지 마세요. 의사 선생님이 희망을 주셨잖아요. 조심하면 시력을 완전히 잃는 일은 없을 거예요. 그리고 안경을 써서 두통이 나아진다면 좋은 일이죠."

마릴라가 비통하게 말했다.

"그게 어떻게 희망을 준 거니? 책을 읽거나 바느질하지도 못한다면 무슨 재미로 살겠니? 차라리 눈이 머는 편이 낫지……. 아니면 죽어 버리던지. 그리고 외로울 때는 눈물이 나는데 어떻게 울지 않을 수가 있니? 하지만 그 얘긴 그만하자. 얘기해 봐야 심란하기만 해. 네가 차를 한 잔 갖다 주면 고맙겠구나. 지쳐서 쓰러질 지경이야. 어쨌든 이 얘기는 당분간 아무한테도 하지 마라. 사람들이 여기에 와서 그 일에 관해 묻고 동정하고 떠드는 걸 도저히 못 견딜 것 같아."

저녁 식사를 마치자 앤은 마릴라에게 한숨 자는 것이 좋겠다고 설득했다. 그런 다음 앤은 동쪽 방에 가서 혼자 창가에 앉아 눈물을 흘렸다. 마음이 무거웠다. 앤이 집으로 돌아와 창가에 앉아 있던 날 밤 이후로 상황이 얼마나 슬프게 바뀌었는가! 그때만 해도 앤은 희망과 기쁨으로 가득했고 미래는 온통 장밋빛으로 밝아 보였다. 앤은 그 뒤로 세월이 몇 년은 흘러간 듯한 기분이 들었다. 그러나 잠자리에 들기 전에 앤의 입가에는 미소가 번지고 마음은 평온해졌다. 앤은 용감하게 자신의 의무를 정면으로 바라보고 그것을 친구로 삼았다. 의무를 회피하지 않고 그대로 받아들일 때 의무는 친구처럼 친숙해지는 법이다.

며칠이 지난 어느 날 오후, 마릴라는 마당에서 자신을 찾아온 남자와 이야기를 나눈 뒤 천천히 집 안으로 들어왔다. 앤은 그 남자를 본 적이 있는데, 카모디에서 온 존 새들러였다. 그 남자가 무슨 말을 했기에 마릴라가 저런 표정을 지을까, 앤은 의아했다.

"마릴라 아주머니, 새들러 씨가 무슨 일로 오신 거예요?"

마릴라는 창가에 앉아서 앤을 바라보았다. 안과 의사가 주의를 주었는데도 마릴라는 눈물을 글썽였고 잠긴 목소리로 말했다.

"내가 초록 지붕 집을 판다는 소식을 새들러 씨가 들었다면서 사고 싶다고 하는구나."

"이 집을 산다고요? 초록 지붕 집을요?"

앤은 자신의 귀를 의심했다.

"아, 마릴라 아주머니, 설마 초록 지붕 집을 진짜로 파실 생각은 아니죠?"

"앤, 곰곰이 생각해 봤는데 그것 말고는 다른 방법이 없는 것 같아. 내 눈이 멀쩡하면 내가 이 집에서 살면서 괜찮은 일꾼을 고용해서 어떻게든 일을 처리하고 살림을 꾸려 갈 수 있을 것 같은데 그럴 수가 없으니…… 시력을 완전히 잃을 수도 있고, 아무튼 집을 관리하는 일은 무리야. 아, 이 집을 팔아야 하는 날이 올 줄은 꿈에도 몰랐어. 하지만 보나 마나 상황이 계속 안 좋아질 거야. 그러면 결국 아무도 이 집을 사려고 들지 않을 테고. 우리 돈이 전부 그 은행에 저축되어 있었잖니. 게다가 지난 가을에 매슈 오라버니가 대금을 치르라고 내게 적어 준 쪽지도 있단다. 린드 부인은 농장을 팔고 어디 가서 하숙하라고 조언하더구나…… 아마 자기네 집에서 하숙하라는 말이겠지. 집을 팔아 봤자 남는 게 별로 없을 거야. 농장 규모가 작고 건물도 오래 됐으니까. 하지만 내가 먹고살 수 있을 만큼은 될 거야. 앤, 네가 그 장학금을 타게 돼서 참 다행이야! 다만 네가 방학 때 돌아올 집이 없게 돼서 안타깝구나. 하지만 너는 어떻게든 잘 헤쳐나갈 거야."

마릴라는 감정을 억누르지 못하고 비통하게 울었다.

"초록 지붕 집을 파시면 안 돼요."

앤이 단호하게 말했다.

"앤, 나도 집을 팔 필요가 없으면 좋겠어. 하지만 너도 알잖니. 나는 여기에서 혼자 지낼 수가 없어. 힘들고 외로워서 미쳐 버릴 거야. 게다가 시력도 잃게 될 테고."

"마릴라 아주머니, 아주머니는 이 집에서 혼자 살 필요가 없어요. 제가 곁에 있을 거예요. 레드먼드에 가지 않을 생각이거든요."

"레드먼드에 안 간다고? 그게 무슨 말이니?"

마릴라는 두 손에 묻었던 얼굴을 들어 앤을 바라보았다.

"말씀드린 그대로예요. 저는 장학금을 받지 않을 거예요. 마릴라 아주머니가 시내에서 집으로 돌아온 날 밤에 그렇게 하기로 했어요. 아주머니가 그동안 저를 보살펴 주셨는데 제가 곤란한 상황에 놓인 아주머니를 혼자 두고 어떻게 갈 수 있겠어요? 설마 그럴 수 있다고 생각하신 건 아니죠? 그동안 깊이 생각하면서 계획을 세웠어요. 제 계획을 말씀드릴게요. 배리 씨가 내년에 농장을 빌리고 싶어 하세요. 그러니까 아주머니는 그 문제로 걱정하실 필요가 없어요. 그리고 저는 아이들을 가르칠 거예요. 이곳에 있는 학교에 지원해 두었어요. 하지만 될 거라는 기대는 안 해요. 이사들이 길버트 블라이드에게 그 자리를 약속한 거로 알고 있어요. 그리고 어쩌면 카모디 학교에서 일할 수도 있어요. 블레어 씨가 어젯밤 저에게 그렇게 얘기하셨거든요. 물론 에이번리 학교에서 일하는 것만큼 좋거나 편하지는 않을 거예요. 하지만 집에서 지내면서 직접 마차를 몰고 카모디로 출퇴근하면 돼요. 날씨가 따뜻할 때만이라도요. 그리고 겨울에도 금요일에는 집에 올 수 있어요. 그래서 말 한 마리는 집에 있어야 해요. 제가 다 계획을 세웠다니까요, 마릴라 아주머니. 그리고 제가 아주머니한 테 책을 읽어 드려서 힘이 나시게 할게요. 아주머니는 지루하거 나 외로울 새가 없을걸요? 아주머니와 저는 이 집에서 함께 아늑 하고 행복하게 지내게 될 거예요."

마릴라는 마치 꿈꾸는 여자처럼 앤의 말을 경청했다.

"앤, 네가 이곳에 머문다면 난 정말 잘 지낼 수 있을 거야. 하지 만 날 위해서 널 희생하게 할 수는 없어. 그러면 내 마음이 편치 않을 거야."

앤이 쾌활하게 웃었다.

"말도 안 돼요! 저는 아무 희생도 하지 않아요. 초록 지붕 집을 포기하는 것보다 더 나쁜 일은 없어요. 그것보다 저에게 더 큰 상처를 주는 일도 없고요. 마릴라 아주머니와 저는 우리가 아끼 는 오래된 이 집을 지켜야 해요. 저는 마음을 정했어요, 아주머 니. 저는 레드먼드에 가지 않을 거예요. 저는 여기에서 아이들을 가르치며 살 거예요. 제 걱정은 조금도 하지 마세요."

"하지만 네 꿈…… 그리고……."

"저는 여느 때처럼 지금도 포부가 커요. 단지 방향이 조금 달 라졌을 뿐이에요. 저는 좋은 선생님이 될 거예요. 그리고 아주 머니가 시력을 잃지 않게 할 거예요. 이 집에서 공부하면서 독학으로 대학 과정을 조금 밟을 생각이에요. 아, 제 계획이 수십 가지는 돼요, 아주머니. 일주일 동안 생각한 거예요. 저는 여기에서 살면서 최선을 다할 거예요. 그러면 그에 따른 최선의 결과가 저에게 돌아올 거라 믿어요. 퀸스 전문대학을 졸업할 때는 제 미래가 직선 도로처럼 쭉 뻗어 있는 것 같았어요. 그 길을 따라가다 보면 많은 중요한 일들이 일어나리라 생각했죠. 이제는 그 길이 약간 꺾였을 뿐이에요. 꺾인 길을 돌아가면 어떤 상황을 마주하게 될지 모르지만 가장 좋은 일이 기다릴 거라고 믿어요. 마릴라 아주머니, 꺾인 길도 나름대로 매력이 있다니까요. 그 길모퉁이를 돌면 어떤 길이 나올지 궁금해요. 눈부시게 아름다운 초록색 자연과 갖가지 부드러운 빛과 어둠 속에 어떤 모습이…… 어떤 새로운 풍경이…… 어떤 새로운 아름다움이…… 어떤 굽은 길과 언덕, 모퉁이가 계속 펼쳐질까요?"

"네가 그걸 포기하게 내버려 두면 안 될 것 같은 기분이 드는 구나."

마릴라는 장학금을 두고 하는 말이었다.

"말리셔도 소용없어요. 저는 곧 열일곱 살이 되고, 린드 아주머니 말대로 전 노새처럼 고집이 세니까요."

앤이 웃으며 말했다.

"아, 마릴라 아주머니, 저를 가엾게 여기지는 마세요. 저는 동정받는 걸 좋아하지 않고, 그러실 필요도 없으니까요. 저는 제가 아끼는 초록 지붕 집에 산다는 생각만으로도 아주 기쁘거든요!

아주머니와 저만큼 초록 지붕 집을 사랑할 수 있는 사람은 없어요. 그러니까 아주머니와 제가 이 집을 지켜야 해요."

마릴라는 더는 앤을 설득하지 않기로 했다.

"정말 기특하구나! 네가 나한테 새로운 삶을 열어 준 기분이야. 어떻게든 너를 대학에 보내야 한다고 생각했는데…… 하지만 설득한다고 네가 내 말을 들을 리 없지. 그러니 더는 아무 말 안 할게. 대신 살면서 네게 보답할게, 앤."

앤 설리가 대학에 가는 것을 포기하고 집에서 지내면서 교사가 되기로 했다는 소문이 에이번리에 퍼지자 마을 주민들은 그 문제를 놓고 한바탕 갑론을박했다. 대부분의 선량한 주민들은 마릴라의 눈이 어떤지는 모르고 앤이 어리석다고 생각했다. 앨런 부인의 생각은 달랐다. 앨런 부인은 앤의 결정을 지지하는 말을 해 주었고 앤은 그 말을 듣고 기쁨의 눈물을 흘렸다. 인정 많은 린드 부인도 앤을 나무라지 않았다. 어느 날 저녁, 린드 부인이 초록 지붕 집에 들렀다. 앤과 마릴라는 따뜻하고 향기로운 여름의 황혼이 깔린 현관문 앞에 앉아 있었다. 그들은 황혼이 내려앉아 나방들이 정원 여기저기로 날아다니고 이슬 머금은 대기에 박하 향이 가득 퍼질 때 그곳에 앉아 있는 것을 좋아했다.

린드 부인은 지치기도 하고 한시름 덜기도 한 듯 길게 숨을 내쉬며 현관문 옆에 있는 돌 벤치에 앉았다. 돌 벤치 뒤에는 커다란 분홍색과 노란색 접시꽃이 일렬로 자라나 있었다.

"앉으니까 정말 좋군요. 온종일 걸어 다녔거든요. 90킬로그램의 덩치로 걸으려니 힘에 부쳐요. 뚱뚱하지 않은 것도 복이에요, 마릴라. 당신은 그 점을 감사해야 해요. 그나저나 앤, 대학에 간다는 생각을 버렸다며? 그 소식을 들으니 정말 기뻤단다! 너는 여자로서 사는 데 불편하지 않을 정도로 이미 충분한 교육을 받았으니까. 여자가 남자들과 대학에 가서 라틴어와 그리스어 같은 쓸데없는 지식으로 머리를 가득 채워서 어디에 쓰겠니?"

"하지만 저는 대학에는 안 가더라도 집에서 라틴어와 그리스어를 공부할 거예요, 린드 아주머니. 바로 여기 초록 지붕 집에서 인문학 과정을 밟고 대학에서 공부할 모든 과목을 공부할 거예요."

앤이 웃으면서 말했다.

린드 부인이 기겁하며 두 손을 들었다.

"앤 셜리, 그러다가 큰일 난다."

"전혀 그렇지 않아요. 저는 오히려 더 즐길 거예요. 저는 어떤 일을 하더라도 무리하지는 않거든요. '조시어 앨런 씨의 부인' 말대로 저는 '적당히' 할 거예요. 긴 겨울밤에는 남는 시간이 아주 많을 텐데 적성에 맞지 않는 수예를 하지는 않을래요. 이미 알고 계시겠지만, 저는 카모디에서 교사로 일할 거예요."

"그건 몰랐다만 너는 이곳 에이번리에서 아이들을 가르치게 될 거다. 학교 이사들이 너에게 교사 자리를 제안하기로 했거든."

앤이 깜짝 놀라서 벌떡 일어나 외쳤다.

"린드 아주머니! 어떻게요? 길버트 블라이드에게 그 자리를 약속한 거로 알고 있었거든요."

"그랬었지. 하지만 네가 에이번리 학교에 지원했다는 소식을 들은 길버트가 곧바로 이사들을 찾아갔단다. 어젯밤에 학교에서 회의가 있었거든. 길버트는 지원을 취소하겠다고 말하고는 네 지원을 받아 달라고 부탁했어. 자기는 화이트샌즈에서 교사로 일하겠다고 했다더구나. 순전히 너를 돕기 위해 에이번리 학교를 포기한 거야. 네가 얼마나 마릴라와 함께 지내고 싶어 하는지 길버트가 잘 알고 있기 때문이야. 길버트는 정말 친절하고 사려 깊은 아이인 것 같구나. 진정으로 자기를 희생한 것이기도 하지. 화이트샌즈 학교에서 일하려면 하숙비도 많이 들 텐데 말이야. 게다가 길버트가 대학에 가려면 스스로 돈을 벌어야 한다는 건 누구나 아는 사실이잖아. 어쨌든 학교 이사회에서 너를 받아 주기로 했단다. 토머스가 집에 와서 나한테 그 소식을 알려 주었는데 네게 한시라도 빨리 전해 주고 싶었다."

"그 자리를 받으면 안 될 것 같아요. 제 말은…… 저 때문에…… 길버트가 그런 희생을 하게 해서는 안 될 것 같아요."

"이제는 네가 길버트를 말려도 소용없을걸? 화이트샌즈 학교 이사들이 보는 앞에서 이미 서류에 서명했으니까. 그래서 네가 거절한다고 해도 길버트에게 이득 될 게 없을 거야. 물론 너는 에이번리 학교에서 일하게 될 테고. 너는 잘 해낼 거야. 학교에 파이 집안의 아이들은 한 명도 없으니까. 조시가 마지막 학생이었단다. 그나마 그 애는 괜찮은 편이었어. 지난 20년 동안 파이를 비롯한 그 집안의 아이들이 에이번리 학교에 다녔는데, 내 생각에 그 아이들의 인생에 주어진 임무는 학교 선생님들에게 그들이 상식적으로 도저히 이해할 수 없는 존재라는 걸 계속 상기시켜 주는 일이었던 것 같아. 어머나, 배리 씨 다락방에서 요란하게 깜박거리는 저건 뭐니?"

"다이애나가 저에게 건너오라고 신호를 보내는 거예요. 저희는 옛날 방식으로 신호를 보내요. 실례지만, 다이애나가 왜 저를 부르는지 얼른 가 봐야겠어요."

앤이 웃으면서 말했다.

앤은 사슴처럼 클로버 비탈을 뛰어 내려갔고 전나무가 유령의 숲에 드리운 어둠 속으로 모습을 감췄다. 린드 부인은 너그러운 눈빛으로 앤의 뒷모습을 바라보았다.

"저 아이는 아직도 어린애 같은 면이 있어요."

"다른 면에서 보면 숙녀다운 구석이 훨씬 더 많아요."

마릴라가 잠시 예전처럼 사무적인 목소리로 대꾸했다.

그러나 사무적인 목소리는 이젠 마릴라의 특징이 아니었다. 린드 부인이 그날 밤 토머스에게 한 말처럼.

"마릴라 커스버트가 부드러워졌어요, 정말이에요!"

다음 날 저녁, 앤은 에이번리의 작은 묘지에 가서 매슈의 무덤에 싱싱한 꽃을 놓고 스코틀랜드 장미 나무에 물을 주었다. 그러고는 땅거미가 질 때까지 그곳에 있으면서 그 작은 공간의 평온함과 고요함을 즐겼다. 포플러 나무가 바스락대는 소리가 다정하게 나직이 건네는 말소리 같고 무덤 사이사이에서 풀이 제멋대로 자라며 속삭이는 듯했다. 마침내 앤이 묘지에서 나와 반짝이는 호수까지 이어지는 비탈길을 내려갈 때 일몰이 끝났다. 그러자 마치 꿈꾸듯 온통 저녁노을에 물든 에이번리의 풍광이 앤의 눈앞에 펼쳐졌다. '태곳적 평화가 머무는 곳' 같았다. 바람이 꿀처럼 달콤한 클로버 들판 위로 불어온 듯 공기가 상쾌했다. 농가의 나무들 한가운데에서 여기저기 집마다 불이 반짝였다. 그 너머에 펼쳐진 바다가 보랏빛의 옅은 안개 속에서 멈추지 않고 잔잔히 흐르고 있었다. 서쪽은 부드러운 여러 빛깔이 찬란하게 뒤섞여 있고 훨씬 더 부드러운 색조가 연못에 반사되었다. 앤은 그 모든 아름다운 경치를 보자 가슴이 두근거렸고 영혼의 문까지 활짝 열어 놓았다.

"사랑하는 세상, 정말 아름답구나! 네 품에 살아 있다는 게 너무 기쁘다!"

앤이 혼잣말로 중얼거렸다.

앤이 언덕 중간에 이르자 키가 큰 청년이 휘파람을 불며 블라이드 씨 농가 앞에 있는 대문 밖으로 나왔다. 길버트였다. 길버트는 앤을 알아보자 휘파람을 멈추었다. 길버트는 모자를 들어 인사했다. 그러나 만일 앤이 걸음을 멈추고 한 손을 내밀지 않았더라면 길버트는 조용히 가던 길을 갔을 터였다.

"길버트, 나를 위해 학교를 포기하다니 너에게 고맙다는 말을

하고 싶어. 정말 마음이 넓구나……. 내가 너에게 고마워한다는 사실을 네가 알면 좋겠어."

앤이 새빨개진 얼굴로 말했다.

길버트는 앤이 내민 손을 덥석 잡았다.

"앤, 내가 유별나게 마음이 넓어서 그런 게 아니야. 너에게 조금이라도 도움 될 수 있어서 기뻤어! 그러면 이제 우리 둘이 친구가 되는 거지? 내가 예전에 한 잘못을 정말로 용서한 거니?"

앤은 웃으면서 손을 빼려 했지만 길버트가 손을 놓지 않았다.

"그날 연못가에서 난 널 용서했어. 사실 그 당시에는 나도 그 사실을 몰랐지만. 나는 정말 고집불통이었어. 난…… 솔직히 말하면…… 그 이후로 줄곧 미안한 마음이 들더라."

"우리는 좋은 친구가 될 거야. 앤, 우리는 좋은 친구가 될 운명이었어. 네가 우리의 운명을 오랫동안 꼬아 놓은 거야. 우리는 여러모로 서로에게 도움 되는 사이가 될 수 있을 거야. 너 계속 공부할 거지? 나도 그래. 자, 너희 집까지 같이 걸어가자."

길버트가 기뻐하며 말했다.

마릴라는 앤이 부엌으로 들어오자 호기심 어린 눈빛으로 앤을 바라보았다.

"너와 함께 걸어온 청년은 누구니, 앤?"

"길버트 블라이드예요. 배리 씨네 언덕에서 우연히 만났어요."

앤이 자기도 모르게 얼굴이 붉어져서 난처해하며 대답했다.

"너와 길버트 블라이드가 그렇게 좋은 친구 사이는 아니었던 것 같은데? 대문 앞에 서서 30분 동안이나 이야기를 나누더구나."

마릴라가 무표정한 얼굴로 살짝 미소 지으며 말했다.

"맞아요. 우리는 좋은 친구가 아니고…… 좋은 경쟁자였어요. 하지만 앞으로는 좋은 친구로 지내는 편이 훨씬 더 현명할 거라고 함께 결정 내렸어요. 우리가 정말 대문 앞에서 30분 동안이나 있었어요? 몇 분밖에 안 된 것 같았는데. 하긴 길버트와 저는 5년 동안 서로 말을 하지 않고 지냈으니 얼마나 할 말이 많겠어요, 마릴라 아주머니?"

그날 밤, 앤은 흡족하고 기쁜 마음에 창가에 오랫동안 앉아 있었다. 바람이 살랑살랑 벚나무 가지를 간질이고 박하의 숨결이 앤의 코끝으로 불어왔다. 계곡에 있는 뾰족한 전나무들 위로 별들이 반짝이고 그 오래된 틈으로 다이애나의 방을 밝힌 불빛이 어슴푸레 빛났다.

앤이 퀸스 대학에서 집으로 돌아와 창가에 앉아 있었던 날 밤 이후로 앤의 지평선은 막혀 있었다. 그러나 앤은 자신의 발 앞에 뻗은 길이 좁아지면 조용한 행복의 꽃이 그 길을 따라 피어나리라는 것을 알았다. 성실하게 공부하고 훌륭한 포부를 품고 마음이 통하는 우정을 나누는 기쁨은 앤의 몫이 될 터였다. 그 어떤 것도 타고날 때부터 주어진 상상을 펼칠 수 있는 권리 혹은 이상적인 꿈의 세계를 앤에게서 빼앗을 수는 없었다. 그리고 길에는 언제나 모퉁이가 있기 마련이다!

앤이 나직이 속삭였다.

"하나님은 천국에 계시고 땅에서는 모든 게 평화롭도다."

The end

루시 모드 몽고메리
Lucy Maud Montgomery

   루시 모드 몽고메리는 1874년 11월 30일, 『빨간 머리 앤*Anne of Green Gables*』의 주 무대인 캐나다 세인트로렌스만 남부에 있는 프린스에드워드섬에서 태어났다.

   루시는 두 살 때 어머니가 폐결핵으로 세상을 떠난 후 일곱 살 때부터 프린스에드워드섬 연안의 캐번디시 마을에 사는 외할아버지와 외할머니 손에서 자랐다. 소설 속에서 앤을 입양한 매슈와 마릴라 커스버트의 캐릭터를 형성하는 데 자신을 키워 준 외조부모를 모델로 했을 것으로 추측된다. 루시는 어린 시절부터 앤처럼 상상력이 풍부했으며 자기가 지어낸 이야기를 친구들에게 들려주는 것을 좋아했다.

   루시는 여섯 살에 학교에 입학했다. 친구들과 바다에서 송어를 잡고 숲속에서 산딸기를 따고 소꿉놀이 집을 짓거나 놀이 정원을 가꾸며 놀았다. 소설 속 앤의 모습에는 루시의 어린 시절이 투영되어 있다.

루시의 삶의 목표이자 가장 큰 즐거움은 글을 읽고 쓰는 것이었다. 루시는 열 살 때 「가을」이라는 시를 쓰고 열다섯 살에는 샬럿타운 지역 신문에 시를 발표해 작가로서의 재능을 발휘했다. 루시는 작가가 되겠다는 굳은 의지로 쉬지 않고 습작했다. 신문과 잡지에 글을 써서 이름이 어느 정도 알려지기도 했고 석간신문《데일리 에코》기자로 일하기도 했다. 그 와중에도 루시는 끊임없이 출판사에 작품을 보냈다. 원고는 매번 되돌아왔지만 루시는 좌절하지 않았다.

루시는 『빨간 머리 앤』에 등장하는 사범학교인 퀸스 전문대학의 모델이 되는 샬럿타운의 프린스 오브 웨일스 대학과 핼리팩스의 댈하우지 대학을 졸업한 뒤 교사 생활을 시작했다.

루시는 먼 친척인 심프슨 가족과 자주 왕래했다. 심프슨 가족 중에는 루시와 6촌지간인 세 아들이 있었다. 루시는 외로워서 그 집에 종종 가곤 했지만, 오만한 심프슨 가를 좋아하지는 않았다. 루시는 성격이 밝고 몸매가 날씬한 데다 옷도 잘 입는 멋쟁이였다. 그래서 세 아들 모두 루시를 좋아했다. 세 아들 중 첫째가 가장 적극적으로 다가갔지만 병에 걸려 관계가 더 진척되지 못했다. 그 틈을 타서 둘째 아들이 루시에게 데이트를 신청했다. 그러나 본격적으로 연애가 시작되기도 전에 첫째 아들이 반발하여 관계가 멀어졌다.

셋째 아들 에드윈은 문학적 감각이 뛰어났고 그 점에서 루시와 잘 통했다. 두 사람은 가까운 사이로 발전해 에드윈은 청혼하기에 이르렀다. 두 사람은 에드윈이 대학을 졸업하면 결혼하기로 하고 비밀리에 약혼했다. 그러나 루시는 친구에게 '에드윈과 입맞춤하고 나면 마치 친구와 하는 것처럼 가슴이 조금도 설레지 않아'라는 내용의 편지를 썼다. 그 무렵, 루시는 새로 구한 하숙집에서 남자답고 씩씩한 농부 허먼에게 반했다. 루시는 "허먼과 두 번이나 입맞춤했다. 내가 결혼할 사람은 에드윈인데……"라는 글을 적었다.

급기야 에드윈이 루시의 하숙집에 초대되어 영문을 모르는 두 남자가 한 집에서 루시와 마주하는 상황까지 만들어졌다. 결국 루시는 둘 중 어느 남자와도 결혼하지 못했다. 루시와 파혼한 뒤에도 에드윈은 8년 동안 계속 구애했다. 루시는 허먼과도 더는 만나지 않았지만, 감정을 깨끗이 정리하지 못한 채 허먼은 독감으로 생을 마감했다.

스물네 살 때인 1898년에 외할아버지가 돌아가시자 루시는 교직을 그만두고 조부모가 꾸리던 우체국 일을 돕기 위해 캐번디시로 돌아갔다. 소설 속 에이번리 우체국은 바로 외할아버지의 우체국이며 에이번리 마을 역시 캐번디시가 모델이다. 아이들을 돌보던 앤 셜리의 모습은 외할아버지네 집에서 자라던 6남매를 보살펴야 했던 현실을 반영한 듯하다. 앤이 겪은 모든 소동은 루시 자신과 그 친구들에게 일어난 일이었다. 교사가 되었지만 홀로 된 할머니를 돌보기 위해 교사 일을 포기한 것도 앤이 홀로 남은 마릴라를 위해 대학에 진학하지 않고 에이번리에 남아 교사 일을 하는 상황과 비슷하다. 루시는 아름다운 캐번디시의 자연 속에서 작가의 꿈을 포기하지 않고 집안일과 교회일, 거기에다 우체국 업무까지 감당하며 분주한 나날을 보냈다. 이 시기인 1908년에 태어난 명작이 바로 『빨간 머리 앤』이다. 루시는 "그곳에서 성장한 세월이 없었다면 『빨간 머리 앤』을 쓰지 못했을 것이다"라고 말했다.

루시는 어려서부터 글쓰기를 좋아해서 이야기 클럽을 만들기도

했다. 또한 평소 머릿속에 떠오른 이야기를 메모하는 습관이 있었다. 1904년 어느 봄날, 루시는 우연히 자신의 옛날 메모 수첩을 발견했다. 거기에는 다음과 같은 글이 쓰여 있었다.

"어떤 농부가 양자로 삼기 위해 보육원에 남자아이를 부탁했는데 일이 잘못되어 여자아이가 오고 말았다."

이 메모는 루시가 이웃에 사는 독신인 남매 집에 어린 조카딸이 와서 사는 것을 보고 쓴 것이다. 그 아이를 처음 보았을 때 문득 '저 애는 고아가 아닐까?'라는 엉뚱한 상상을 했다. 루시는 이 메모를 토대로 해서 자신의 소녀 시절 체험과 프린스에드워드섬의 시골 생활을 바탕으로 『빨간 머리 앤』을 완성했다. 하지만 원고를 받아 주는 출판사가 없었다. 할 수 없이 포기하고 원고를 처박아 두었다가 2년 후에 다시 읽어 보았다. 묵혀 두기 아까운 원고였다. 이후 거듭된 투고 끝에 마침내 『빨간 머리 앤』이 빛을 보게 되었다.

루시가 작가로 자리매김하기까지의 길은 쉽지 않았다. 그런 사정을 알지도 못한 채 "당신이 가진 재능이 정말 부러워요! 저도 당신처럼 글을 쓸 수 있으면 좋겠어요"라고 하는 말을 들으면 기분이 좋기도 했지만, 어둡고 추웠던 겨울 새벽까지 습작에 매달렸던 자신의 모습을 사람들이 보면 과연 부러워할까 궁금해했다. 많은 출판사가 출간을 거부한 『빨간 머리 앤』은 바로 그와 같은 노력의 값진 결과였다. 1904년 무렵부터 집필을 시작해 1906년 1월에 완성된 『빨간 머리 앤』은 출판사로부터 다섯 번이나 거절당하며 빛을 보지 못하다가 여섯 번째로 원고를 보낸 출판사에서 출간을 결정해 1908년 4월 처음 발표되었다. 이 소설은 뜨거운 반향을 불러일으켜 루시를 캐나

다뿐 아니라 전 세계적인 작가가 되게 했다. 루시는 출간의 기쁨을 다음과 같이 표현했다.

출판사에서 오늘 새 책이 왔다. 고백하건대, 진정으로 자랑스럽고 멋지고 가슴 두근거리는 순간이었다. 내 의식이 품은 모든 꿈과 희망과 야심과 몸부림의 물질적 결정체인 내 첫 책이 바로 내 손에 놓여 있다. 위대한 책은 아니다. 하지만 나의 책, 나의 책, 나의 책, 내가 창조해 낸 바로 나의 책이다……!

루시는 『빨간 머리 앤』으로 인세 500달러를 받았다. 그 후 『빨간 머리 앤』의 인기에 힘입어 『에이번리의 앤』 등의 후속 작품을 발표했고, 나중에는 길버트와 결혼하여 아이들을 둔 중년 부인으로서의 앤의 이야기를 창작했다.

1911년에 외할머니가 돌아가시자 루시는 우체국 일을 그만두고 맥도널드 목사와 결혼했다. 루시는 아이 둘을 낳고 교회에서 봉사와 글쓰기로 바쁜 나날을 보냈다.

루시는 1942년 4월 24일 토론토에서 67세의 나이로 생을 마감하고 고향 캐번디시에 묻혔다. 그 후 루시의 아들이 미발표된 그녀의 원고를 정리하여 출간했지만 첫 작품만큼 성공하지는 못했다. 루시는 '앤 시리즈' 외에 『귀여운 에밀리』로 시작되는 '에밀리 시리즈'를 포함한 21권의 가정 소설과 시집을 남겼다. 왕립 예술 협회에 처음으로 이름을 올린 캐나다 여성의 영예를 차지한 루시는 1935년에 대영 제국 훈장을 받았다.

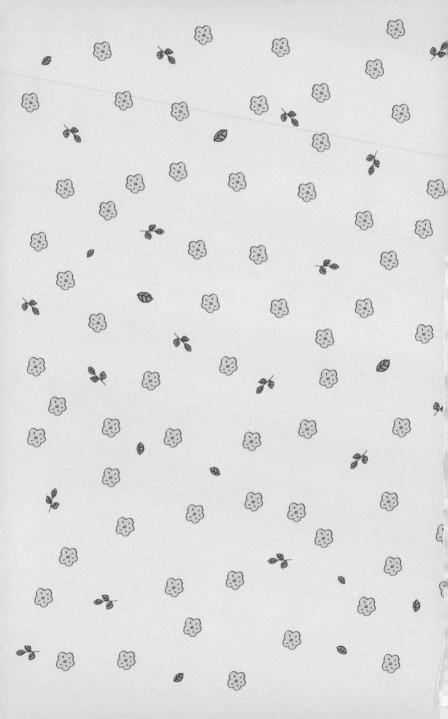